NATASHA LESTER
DIE BILDER DER FRAUEN

aufbau taschenbuch

NATASHA LESTER

Die BILDER der FRAUEN

ROMAN

Aus dem Englischen
von Christine Strüh

aufbau taschenbuch

Die Originalausgabe unter dem Titel
The French Photographer
erschien 2019 in Australien und Neuseeland
bei Hachette Australia, Sydney, und in Großbritannien bei Sphere,
einem Imprint von Little, Brown Book Group Ltd.

MIX
Papier aus verantwor-
tungsvollen Quellen
FSC® C083411

ISBN 978-3-7466-3664-1

Aufbau Taschenbuch ist eine Marke
der Aufbau Verlag GmbH & Co. KG

2. Auflage 2020
© Aufbau Verlag GmbH & Co. KG, Berlin 2020
Copyright © Natasha Lester 2019
Gesetzt aus der Adobe Devanagari durch die LVD GmbH, Berlin
Druck und Binden CPI books GmbH, Leck, Germany
Printed in Germany

www.aufbau-verlag.de

Teil 1

Heute, fast fünfzig Jahre später, ist es fast unmöglich
nachzuvollziehen, wie schwer es für eine Frau war,
als Korrespondentin über eine militärische
Etappenposition hinauszukommen, mit anderen Worten,
wirklich an die Front zu gelangen, wo etwas passierte.
David E. Scherman, Korrespondent
des LIFE Magazine

Kapitel 1

NEW YORK, SEPTEMBER 1942 | Jessica May setzte ihr berühmtes Lächeln auf und hob den Arm – ihre Bewegungen waren eigentlich nicht weniger monoton als die der Nieterinnen, Schweißerinnen und all der anderen Frauen, die derzeit in den Fabriken die Arbeit der Männer verrichteten. Nur dass sie keinen Overall trug. Stattdessen stand sie an diesem strahlenden Herbsttag in einem langen weißen Seidenkleid auf einer weißen Plattform. Das Kleid hätte ein Brautkleid sein können, so geschnitten, dass es vorn eng anlag und sich, gemeinsam mit dem weißen Schultercape, hinter ihr im Luftstrom der auf sie gerichteten Ventilatoren üppig bauschte. Es verlieh ihr die Ausstrahlung eines Himmelswesens. Neben ihr wehten zwei große amerikanische Flaggen, und mit ihrem ausgestreckten Arm sah Jess fast aus, als würde sie gleich etwas höchst Bedeutsames vortragen. Allerdings war auch das nur Teil der hier erschaffenen Illusion, denn seit wann hatte ein Model denn etwas Wichtiges zum Thema Patriotismus und Krieg zu sagen?

Früher hatte sie auf den Straßen von Paris leidenschaftlich gegen den Faschismus demonstriert; zuerst, als seine niederträchtige Ideologie sich in Spanien breitmachte, dann, als diese in Italien und Deutschland immer groteskere Formen annahm. Nun war Jessica May lediglich eine Galionsfigur. Oder besser gesagt – Toni Frissell, die Fotografin, würde sie in eine solche verwandeln, wenn das Foto für das Cover der *Vogue* sorgfältig zurechtgeschnitten und so manipuliert worden war, dass sie die Menschen Ende 1942 wachrüttelte. Niemand würde je erfahren, dass es in der Realität kein Schiff, kein Wasser, keine Meeresbrise und auch kein Himmelswesen gab, sondern nur ein paar Requisiten auf einer Wiese nördlich von New York, direkt neben einer Herde von Kühen, die mit verwunderten Glotzaugen über die Störung in ihrer normalerweise friedlichen Umgebung nachsannen.

Toni bat Jessica, zu Ehren der Flagge, der Soldaten, ihres Landes als solches und der Tatsache, dass es in einen Krieg verwickelt war, ein ernsteres Gesicht aufzusetzen. Selbstverständlich kam Jess dem sofort nach.

»Perfekt«, sagte Toni kurz darauf. »Ich habe alles, was ich brauche.«

Also verließ Jess die Plattform, winkte jedoch ab, als die Assistentin der Garderobiere ihr beim Heruntersteigen helfen wollte. Unterwegs löste sie das Cape und verschwand dann hinter einem Paravent, wo sie sich von der jungen Frau ins nächste Modell helfen ließ: einen schwarzen Wolljersey-Badeanzug von Claire McCardell mit einem tiefen V-Ausschnitt und einem Verschluss aus Messinghaken und -ösen.

Diesmal nahm Jess zwischen den Flaggen Platz und tat so, als tauche sie die Zehen in Wasser, das die *Vogue*-Leserinnen außerhalb des Bildrahmens vermuten würden, wandte lächelnd das Gesicht der Sonne zu und lehnte sich auf die Ellbogen zurück, was eine Kuh mit einem anerkennenden Muhen kommentierte. Jess lachte, und Tony drückte genau im richtigen Moment auf den Auslöser.

Fast zeitgleich hielt ein Auto auf dem Feldweg neben der Wiese, und Belinda Bower, Herausgeberin der *Vogue* und Jess' Freundin, stieg aus. In Bleistiftrock und auf hohen Absätzen suchte sie sich einen gangbaren Weg über die Wiese – schwankend, aber offensichtlich wild entschlossen, nicht allzu deplatziert zu wirken. Toni senkte die Kamera, Jess richtete sich auf. Bel störte sonst nie bei einem Fotoshooting. Irgendetwas war also passiert.

Genau das bestätigte Belinda wenige Augenblicke später, als sie bei

Jess ankam und ihr die neueste Ausgabe von *McCall's* mit einer ganzseitigen Werbeanzeige für Kotex-Damenhygiene unter die Nase hielt. Oben auf der Seite prangte der Slogan »Davon sind Frauen hundertprozentig begeistert!«, darunter posierte Jessica May in einem Abendkleid. Entspannt, unbekümmert – und das ausgerechnet beim Tabuthema Menstruation.

»Verdammt!«, entfuhr es Jess.

»Genau«, stimmte Bel zu. »Wir machen Schluss«, rief sie Toni und ihrem Team zu.

Ohne Fragen zu stellen packte Toni die Kamera ein, doch alle anderen beobachteten Jess und Bel verstohlen aus den Augenwinkeln. Wenn ein Fototermin abgebrochen wurde, der offensichtlich gut gelaufen war, gab es dafür nur einen einzigen Grund, nämlich, dass Jessica May in Schwierigkeiten war. Und das war sowohl wahrscheinlich als auch eine saftige Klatschgeschichte, die sich niemand entgehen lassen wollte.

»Garantiert steckt Emile dahinter«, murmelte Jess, als sie sich mit Bel in Richtung der Kühe zurückzog, um ungestört reden zu können. »Er hat das Foto letztes Jahr gemacht und wahrscheinlich jetzt an Kotex verkauft.«

»Das dachte ich mir«, antwortete Bel. »Ich habe versucht, es Condé auszureden, Himmel, er wollte sogar, dass ich es ihm ausrede – du weißt ja, wie sehr er dich verehrt –, aber wir wissen auch, dass die Anzeigenkunden uns schneller fallen lassen als eine heiße Kartoffel.«

Jess seufzte. Bel hatte vollkommen recht, kein Inserent der *Vogue* würde Wert darauf legen, dass seine Anzeigen in einer Zeitschrift erschienen, auf deren Cover das Gesicht des Kotex-Mädchens prangte. Und das war Jess nun unwiderruflich, denn das Thema Menstruation war ein schlimmeres Tabu, als mit Emile in wilder Ehe zu leben. »Wie lange werde ich wohl auf der schwarzen Liste stehen?«, fragte sie.

»Das kann ich dir auch noch nicht sagen«, antwortete Belinda ehrlich. »Hängt davon ab, wie lange Kotex die Anzeige bringt. Condé hofft, dass wir dich nächstes Jahr wieder bei uns modeln lassen können, aber ...«

»... aber bis dahin sollte ich Emile umbringen und eine andere Möglichkeit finden, meine Miete zu bezahlen«, vollendete Jess den Satz. »Condé möchte aber, dass du heute Abend trotzdem zu seiner Party kommst. Er wird dich nicht komplett fallen lassen.«

Nur was meinen Lebensunterhalt angeht, dachte Jess grimmig. Im Alter von zweiundzwanzig, nach fast drei Jahren, in denen sie Hunderte von Kleidern vorgeführt und eine unfassbare Menge Lippenstift verbraucht hatte, nachdem unzählige Fotos von ihr in der *Vogue*, im *Harper's Bazaar* und der *Glamour* erschienen waren und viel Wind um ihre blonden Haare gemacht worden war, schien ihre Karriere vorerst zu Ende zu sein. Sie würde nicht mehr zu denen gehören, die eine Phantasiewelt lebendig zu erhalten versuchten, in der eine Frau trotz Krieg einen ausgeschnittenen Badeanzug tragen und sich bei einem Ausflug an den Strand in einen Prinzen verlieben konnte.

»Außerdem«, fuhr Bel fort und schob mit dem gleichen Nachdruck, mit dem sie sich glückloser Praktikanten entledigte, eine Kuhnase von ihrer Mainbocher-Jacke weg, »außerdem wirst du mehr Zeit haben, für mich zu fotografieren. Und zu schreiben.«

»Wird Condé das dulden?«

Bel sah Jess an, die immer noch den Badeanzug trug, in dem ihr Dekolleté besonders anmutig zur Geltung kam. »Deine Namenszeile wird für die Inserenten nicht annähernd so bedrohlich wirken wie eine ganzseitige, annähernd hüllenlose Jessica May.«

Das brachte Jess zum Lachen, so laut und herzlich, dass das gesamte Team sich zu ihr umwandte. Ein seltsamer Anblick, ein Fotomodell in einem Badeanzug mitten auf einer Wiese, umgeben von Kühen, vertieft in ein Gespräch mit einer Frau, der man ansah, dass sie eigentlich in ein Büro in der City gehörte.

»Denk zumindest darüber nach«, drängte Bel. »Du weißt, wie sehr mir die Sachen gefallen haben, die du für mich gemacht hast.«

»In Ordnung«, sagte Jess. »Aber jetzt muss ich mich erst mal umziehen, zurück in die Stadt fahren und mir Emile vorknöpfen.«

»Und was wirst du ihm sagen?«, fragte Bel, während sie zu dem provisorischen Umkleideraum hinübergingen.

Jess hakte den Badeanzug auf, ohne sich um Belindas Anwesenheit zu kümmern. Sie war es so gewohnt, sich vor anderen Leuten auszuziehen, dass es ihr inzwischen manchmal seltsam vorkam, wenn sie dabei allein in ihrer Wohnung war. »Etwas, das ich ihm schon vor einem halben Jahr gesagt hätte, wenn er nicht mit zwei Fingern weniger aus dem Trainingslager zurückgekommen wäre«, antwortete sie finster.

———

Ein paar Stunden später eilte Jess, den Blick zielstrebig auf ihre gewohnte Nische gerichtet, durch den *Stork Club*, ohne den pompösen Blumenarrangements und üppigen Samtvorhängen die geringste Beachtung zu schenken. Als zwei Männer ihr nicht rechtzeitig aus dem Weg gingen, reagierte sie energisch wie immer, wenn ein Mann dachte, Gesicht und Körper von Jessica May, dem Model, gehörten ihm. »Sehen Sie mal, dort«, sagte sie nur und deutete nach vorn.

Als die beiden verwundert den Blick von ihr abwandten, bahnte Jess sich mit einem Rempeln den Weg und rief über die Schulter zurück: »Sie sollten besser aufpassen, sonst gibt es noch Verletzte.«

In der Nische erwartete Emile sie mit dem Lächeln, das sie früher einmal charmant und sinnlich gefunden hatte. Er hatte wie üblich die Haare glatt nach hinten gekämmt, sein Anzug war gerade noch elegant genug für den *Stork Club*. Als Jess ihm gegenüber Platz nahm, schob er ihr einen Manhattan-Cocktail über den Tisch. Sie nahm ihn entgegen und reichte ihrerseits Bels Exemplar von *McCall's* zu ihm hinüber.

»Ich dachte, du würdest dich freuen.« Sein Lächeln wurde breiter –
dachte er wirklich, mit seinem typischen Grinsen könnte er sie dazu
bringen, sich dafür zu bedanken, dass er ihre Karriere ruiniert hatte?
»Du hast genau gewusst, was du damit anrichtest. Sonst hättest du
mir Bescheid gesagt.«

Sein Lächeln blieb. »Du sagst doch immer, ich soll wieder arbeiten
gehen. Ich habe deinen Rat befolgt.«

Instinktiv blickten sie beide auf seine rechte Hand, die nur noch
aus zwei Fingern und Daumen bestand. Früher einmal war der at-
traktive Franzose Emile Robard einer der beliebtesten Modefotogra-
fen gewesen, gleichrangig mit Man Ray und Cecil Beaton, erst in
Frankreich, dann in New York, wohin er 1939, als der Krieg ausbrach,
geflohen war. Genau genommen war auch Jess hierher geflohen – sie
war zwar Amerikanerin, hatte mit ihren Eltern jedoch mehr als ihr
halbes Leben in Frankreich verbracht und dort auch Emile kennengelernt.

Bereits ein Jahr nach ihrer Ankunft in New York waren Emile
Robard und Jessica May die Lieblinge sowohl der Skandalblätter als
auch der Gesellschaftsseiten geworden. Ein erfolgreiches Model und
ein französischer Fotograf, beide nach Meinung der Presse mit einer
Schönheit gesegnet, die jede Party, bei der sie auftauchten, zum Er-
eignis machte.

Dass Jess mit Emile zusammenlebte – als seine Mätresse, wie manche es ausdrückten –, war für die meisten Einwohner Manhattans, die
wesentlich konservativer waren, als ihre kosmopolitische Fassade es
nahelegte, nicht nur schockierend, sondern auch prickelnd und enorm
interessant. Jess hasste das Wort »Mätresse«, weil es suggerierte, dass
sie von Emile ausgehalten wurde. Dabei verdiente sie als Model mehr
als genug eigenes Geld, in den letzten Monaten war sogar Emile derjenige gewesen, der auf ihre Kosten gelebt hatte. In der Presse war zu
lesen, er habe ihr das Fotografieren beigebracht, was ebenfalls eine

Lüge war, selbst wenn sie durch seinen Einfluss einiges dazugelernt hatte. Auch die Behauptung, er habe dafür gesorgt, dass sie das beliebteste Gesicht der Modezeitschriften wurde, entbehrte jeder Grundlage, denn sie fand jederzeit Arbeit und kannte in der Branche inzwischen so viele einflussreiche Leute, dass sie es seit zwei Jahren nicht einmal mehr nötig hatte, zu Castings zu gehen.

Als Emile Anfang des Jahres bemerkt hatte, welcher Ruhm Kriegsfotografen wie Robert Capa und Edward Steichen umgab, hatte er beschlossen, sich selbst etwas von diesem Glanz zu besorgen, hatte den Models und Hochglanzmagazinen abgeschworen und sich einen Auftrag in einem Trainingslager der Armee in Texas verschafft. Insgeheim war Jess froh gewesen, ihn eine Weile los zu sein, denn in den vergangenen sechs Monaten hatte Emile sich mit der gleichen Leidenschaft ins Partyleben gestürzt, die er zuvor beim Fotografieren gezeigt hatte, und außerdem Whiskey getrunken, als wäre es Wasser. Dieser Lebensstil war absolut nicht nach Jess' Geschmack. Durchfeierte Nächte ließen sich schlecht mit einem fotogenen Gesicht vereinbaren, vor allem aber lag ihr die Rolle des geistlosen Partygirls ganz und gar nicht. Sie hatte andere Ambitionen, als eine Couch zu finden, auf der sie um drei Uhr morgens ohnmächtig werden konnte. Doch jedes Mal, wenn sie eine Party vor Mitternacht verlassen wollte, brach Emile einen Streit vom Zaun und bezichtigte sie, langweilig geworden zu sein. Nun hoffte sie, dass sein plötzlicher Drang, militärische Übungsmanöver zu fotografieren, dazu führen würde, sich von etwas anderem als Alkohol inspirieren zu lassen. Leider geriet er stattdessen im Camp in eine Auseinandersetzung mit einem Soldaten, wurde angeschossen und verlor dabei zwei Finger.

Als er mit einer verbundenen Hand zurückkehrte, erzählte er Jess, er habe ihre Ehre verteidigen müssen, weil der Soldat anzügliche Kommentare über ein Zeitschriftenfoto gemacht hatte, auf dem ihr nackter Rücken zu sehen war. Demzufolge war es ihre Schuld, dass er nun seine Kamera nicht mehr richtig halten konnte. Deshalb war sie bei Emile geblieben, obwohl sie längst nicht mehr sicher war, ob sie ihn überhaupt noch liebte.

Doch nun war es aus zwischen ihnen. Jess konnte nicht mehr in dem Wissen zur Arbeit gehen, dass Emile den ganzen Tag nur in der Wohnung saß und Whiskey trank, konnte abends nicht mehr mit ihm tanzen gehen und sich das leere Lächeln, das für ein Model angeblich so typisch war, aufs Gesicht kleistern. Sie wollte Emile auch nicht mehr irgendwann am frühen Morgen nach Hause bringen, weil er zu betrunken war, um auch nur noch einen Fuß vor den anderen setzen zu können. Und vor allem konnte sie jetzt die Tatsache nicht ignorieren, dass er sich auf ihre Kosten die Taschen mit Kotex-Geld gefüllt hatte.

Sie schob ihr unberührtes Martiniglas über den Tisch zurück zu ihm. »Ich habe gemeint, dass du rausgehen und Fotos machen sollst, und nicht, dass du alte Bilder von mir verkaufst, für eine Anzeige, die mich zur Persona non grata in der ganzen Modelszene macht. Du kannst nur deshalb die Kamera nicht mehr ruhig halten, weil du zu viel trinkst. Mit ein bisschen Training würdest du bestimmt wieder auf dein früheres Niveau zurückkommen.«

Emile trank sein Glas leer und nahm noch einen großen Schluck aus ihrem. »Ich habe nichts Unrechtes getan.«

Jess seufzte. Sie musste es aussprechen. *Es ist aus.* Sie musste vergessen, wie sie in einem Jazzclub in Paris aufgeblickt und diesen Mann gesehen hatte, der sie so charmant angelächelt und dann mit ihr bis in die frühen Morgenstunden getanzt hatte. Auch das Romantischste von allem musste sie vergessen – wie sie mit ihm bei Sonnenaufgang Hand in Hand durch Paris geschlendert war, wie sie haltgemacht hatten, um einen Espresso zu trinken und sich zu küssen. Sie musste einsehen, dass das, was sie mit ihm verbunden hatte, eine Art von hedonistisch aufregender Liebe gewesen war, die in ihre damalige Lebensphase gepasst hatte, als sie dachte, sie würde verrückt vor Kummer, weil ihre Eltern gerade gestorben waren und sie niemanden mehr hatte. Außer Emile. Aber sie würde die Trennung freundlich vollziehen, so viel hatte er verdient.

»Heute früh hat der *New Yorker* für dich angerufen«, sagte Emile. Jess wünschte sich, sie könnte ihn ein andermal fragen, wenn er nüchterner und einfühlsamer war als jetzt, aber sie konnte sich nicht zurückhalten. »Was wollten sie von mir?«

»Dir mitteilen, dass deine Idee nicht ihren Ansprüchen genügt und deshalb für sie uninteressant ist.« Emiles Blick wanderte im Raum umher und blieb bei Gene Tierney, der Schauspielerin, die als schönste Frau der Welt galt, hängen. Was eigentlich ein Glück war, denn so entging ihm, wie betroffen Jess war.

Bei einem Casting abgewiesen zu werden, hatte Jess nie viel ausgemacht, aber die Ablehnung des *New Yorker* traf sie hart. Sie hatte gehofft, mit ihrem Exposé an die Reportagen anknüpfen zu können, die sie für die *Vogue* über Künstlerinnen der *Parsons School of Design* geschrieben und fotografiert hatte. Statt ihre eigenen Kunstwerke zu schaffen, malten diese Frauen jetzt Camouflage auf Flugzeuge und entwarfen Propagandaposter. Jess wollte darüber schreiben, was mit all diesen Frauen geschehen würde, wenn der Krieg einmal zu Ende war und die Männer wieder an ihre Arbeitsplätze zurückkehrten. Was würden die Frauen mit ihren neuen Fähigkeiten anfangen? Würde es überhaupt weiterhin Arbeit für sie geben?

Sie hatte vorgehabt, auf eine Leiter zu steigen, so dass sie in den Fabriken von oben fotografieren und zeigen konnte, wie viele Frauen dort derzeit beschäftigt waren – nämlich nicht nur eine oder zwei, sondern eine ganze Generation. Sie wusste, dass eine Fotografie nicht so schnell abgetan werden konnte wie Worte. Sie wollte etwas tun, was sich wichtig anfühlte, statt ihre Empörung über den Faschismus an der Place de la Concorde in den Wind zu schreien, wie sie es in jüngeren Jahren getan hatte. Vielleicht konnte sie so verdeutlichen, dass der Krieg nicht nur mit Gewehrkugeln ausgefochten wurde, sondern dass seine Verästelungen bis zu diesen Frauen reichten, die einmal Bronze zu Skulpturen verarbeitet hatten und jetzt Propeller für Flugzeuge herstellten.

»Meine Idee mochten sie dagegen sehr«, fuhr Emile fort, lehnte sich zurück und zündete sich eine Zigarette an.

»Deine Idee?«

»Ich habe ihnen angeboten, einen Artikel über die Arbeitsstellen zu schreiben, an denen Frauen weniger gute Leistungen erbringen, als es vorher bei den Männern der Fall war. Ich werde die auftretenden Mängel mit Fotos dokumentieren und die Mehrkosten offenlegen, die entstehen, wenn eine Arbeit von einer dafür nicht geeigneten Person erledigt wird. Man erzählt euch Amerikanern ja gern, wie gut alles läuft, aber vielleicht stimmt das gar nicht.«

»Das kannst du doch nicht ernst meinen.« Jess starrte ihren Exliebhaber an und wartete darauf, dass er endlich anfing zu lachen. Es musste ein Scherz sein – so einen Quatsch würde er niemals schreiben.

Aber er begegnete ihrem Blick, ohne mit der Wimper zu zucken, und erwiderte: »O doch.«

Nun kamen ihr die Worte auf einmal ganz leicht über die Lippen. »Du weißt, dass es aus ist zwischen uns«, begann sie und stand auf. »Wir klammern uns an etwas Vergangenes, was vor langer Zeit passiert ist, als ich jung war und es nicht besser wusste. Und als du …« Wie sollte sie den Satz zu Ende bringen? »Als du noch ein besserer Mensch warst. Und damit meine ich nicht, dass dir jetzt zwei Finger fehlen.«

»Von denen spricht sowieso nie jemand«, gab er zurück. »Obwohl alle an sie denken. An den armen Emile, dem früher die Models zu Füßen lagen.«

»Ist es das, was du vermisst?«, fragte sie, plötzlich traurig. »Ich bin sicher, dass du irgendein Mädchen dazu kriegen würdest, sich dir vor die Füße zu werfen – falls du am Ende der Nacht überhaupt noch stehen kannst. Ich werde die nächsten Tage anderswo übernachten, dann kannst du deine Sachen aus meiner Wohnung räumen.«

»Wie soll ich denn so schnell eine neue Bleibe finden?«, fragte er, weinerlich wie ein Kleinkind.

»Ich lasse dir genug Geld überweisen, dass du einen Monat davon Miete zahlen kannst. Danach kannst du dich bestimmt mit deinen genialen Artikeln über Wasser halten.« Sie konnte ihre Wut nicht ganz verbergen, drehte sich aber rasch um und ging davon, ehe einer von ihnen Zeit hatte, noch mehr verletzende Sachen zu sagen.

———

Nach diesem Gespräch hatte Jess eine Party bitter nötig. Gegen Mitternacht traf sie in Condé Nasts Wohnung an der Park Avenue ein, was spät, aber noch nicht unhöflich war – hier begannen die Partys frühestens um zehn. Condé küsste sie auf beide Wangen und entschuldigte sich für seine Haltung in der Kotex-Sache.

Er war derjenige gewesen, der Jess entdeckt hatte, kurz nachdem sie nach New York zurückgekommen war. Sie hatte für die Fahrt nicht das gleiche Schiff genommen wie ihre Eltern, weil Emile nicht auf der *SS Athenia* hatte fahren wollen – an seine Begründung konnte sie sich nicht mehr erinnern. Als dieses Schiff dann unterging, sprachen alle von einem glücklichen Zufall, doch Jess' Eltern waren tot, wie konnte man da von Glück reden?

Einen Monat nach ihrer Ankunft in Manhattan, als sie nicht mehr ständig weinen musste, hatte sie sich schließlich in der *Parsons School of Design* für ein paar Fotokurse eingeschrieben. Condé Nast hatte dort gerade eine Mode-Vorlesung gehalten und sie gesehen – mit ihren braunen, von den Wochen des Weinens noch feuchten Augen so anrührend wie eine leibhaftige Madonna. So formulierte er es jedenfalls später, wenn er von ihrer ersten Begegnung erzählte. Der Rest war, wie man so schön sagt, Geschichte.

Nachdem Condé ihr noch einmal beteuert hatte, dass sie natürlich noch immer sein Lieblingsmodel war, entließ er sie aus seiner Umarmung und befahl ihr, sich zu amüsieren.

Das würde vermutlich in dieser Umgebung nicht schwierig werden: Die Bar war gut ausgerüstet mit französischem Champagner, der eigentlich nicht mehr zu bekommen war – ein Mann wie Condé hatte vermutlich einen Keller, der groß genug war, um den Krieg zu überdauern –, die Gäste waren teuer gekleidet, in der Luft lag der Duft französischen Parfüms. Ein Orchester spielte Melodien von Cole Porter, an einem der Tische plauderte George Gershwin mit einer Gruppe von Bewunderern, auf der Terrasse war unter dem versöhnlich milden Herbsthimmel ein mehr als reichliches Buffet aufgebaut, und drinnen wurde eifrig getanzt. In der Menge der Tanzenden entdeckte Jess auch Emile Wange an Wange mit einer ihrer Modelkolleginnen – diese war vier Jahre jünger als sie selbst, also gerade achtzehn. Jess wartete, ob sich etwas wie Eifersucht in ihr regen würde, spürte jedoch nichts dergleichen – wenn überhaupt, empfand sie eine gewisse Erleichterung. Sie ließ sich an einem der Tische nieder und zündete sich gerade eine Zigarette an, als sie ihren Namen hörte.

»Sie sind Jessica May, richtig?«

Jess blickte auf und erkannte das Gesicht sofort.

»Martha Gellhorn!«, rief sie, verblüfft grinsend.

»Offenbar eilt mein Ruhm mir voraus«, erwiderte Martha mit einem ironischen Lächeln, setzte sich neben Jessica und zündete sich ebenfalls eine Zigarette an. »Ein Gefühl, das Ihnen sicher nicht ganz unbekannt sein dürfte.«

»Wahrscheinlich passiert es mir nicht ganz so oft wie der Ehefrau von Ernest Hemingway«, erwiderte Jess. »Bringt es Sie nicht jedes Mal zur Weißglut, wenn man Sie so nennt?«

Martha lachte. »Ich habe mir schon überlegt, ein Schild zu tragen, auf dem alles steht, was ich selbst geleistet habe, aber das scheint niemanden zu interessieren.«

Jess schüttelte den Kopf; sie wusste ja, dass Martha eine der wenigen Frauen – wenn nicht sogar die einzige – war, die über den Krieg in Europa berichtete, und dass die meisten Menschen sie trotzdem in erster Linie als Frau von Ernest Hemingway kannten.

»Ich habe alle Ihre Artikel gelesen«, sagte sie. »Natürlich haben sie mir keine Freude gemacht – schließlich sind Krieg und Tod keine erfreulichen Themen –, aber ich fand sie hervorragend.«

»Ich habe Ihre Texte auch gelesen.« Martha musterte Jess. »Und Ihre Fotos gesehen. Das von dem Gemälde neben den von der Künstlerin jetzt produzierten Propagandapostern sagt mehr aus als jeder Zeitungsbericht, finde ich. Mir gefällt, wie Sie das eine Bild ins andere verschwimmen lassen …«

»Solarisation«, erklärte Jess. »Ich wollte, dass es aussieht, als blutete das eine buchstäblich ins andere.«

Martha nickte. »Das dachte ich mir. Ein höchst subtiler Kommentar. Sie erklären ohne Worte das Problem, dass sich die Künstlerin einerseits wünscht, selbstlos zu erscheinen und ihr Talent ihrem Land zu opfern, aber dass sie gleichzeitig den Verlust der wahren Kunst bedauert.«

»Danke.« Jess spürte, wie sie rot wurde, was ihr seit sehr langer Zeit nicht mehr passiert war.

»Woran arbeiten Sie zurzeit?«, fragte Martha, die keinen Champagner trank, sondern an einem Whiskey nippte.

»Das ist eine sehr gute Frage. Außer dass ich meinen Liebhaber dazu bringen muss, auszuziehen, arbeite ich momentan nicht viel«, antwortete Jess mit einer Kopfbewegung zu Emile auf der Tanzfläche.

»Ich habe von seiner Hand gehört«, meinte Martha ohne eine Spur von Mitleid. »Und ich habe auch gehört, wenn es nicht passiert wäre …«

»… hätte ich ihn wahrscheinlich schon vor langer Zeit rausgeschmissen«, vollendete Jess den Satz für sie.

»Warum sehen Sie dann nicht glücklicher aus? Soweit ich weiß, waren Sie beide früher ein außergewöhnliches Paar – ähnlich wie Hem und ich –, aber ist das nicht schon eine ganze Weile her?«

»Jessica May und Emile Robard. Model und Fotograf. Unkonventionelle Künstlertypen«, erwiderte Jess nachdenklich.

»Sie verkaufen sich aber deutlich unter Wert, wenn Sie sich nur als Model bezeichnen. Nach allem, was ich gesehen habe, sind Ihre Fotos den seinen absolut ebenbürtig. Sie haben doch einiges veröffentlicht.«

»Das vergessen die meisten aber lieber. Schauen Sie doch mal.« Jess griff nach der Zeitung auf dem Sideboard, schlug die Gesellschaftsseiten auf und deutete auf ein Foto, das vor zwei Tagen bei einer Party gemacht worden war. Darunter stand: *Der gefeierte Fotograf Emile Robard mit dem Model Jessica May.* »Allzu offensichtlich werde ich jedenfalls nicht gefeiert«, meinte sie mit einem bitteren Lächeln. »Gerade heute Vormittag habe ich gedacht, dass ich nicht weiß, wie lange ich noch in irgendwelchen schicken Kleidern herumstolzieren und in die Kameras lächeln möchte. Sie tun etwas Nützliches«, fügte sie an Martha gewandt hinzu. »Aber ich?«

»Sie stärken den Kampfgeist?«, schlug Martha scherzhaft vor. »Ich wette, im Trainingslager haben etliche Soldaten ein Bild von Ihnen über dem Bett hängen.«

Jess verdrehte die Augen. »Und genau dafür möchte ich den Menschen in Erinnerung bleiben«, entgegnete sie ironisch.

»Ach, da seid ihr ja!«, rief eine muntere Stimme. Belinda gesellte sich zu ihnen und küsste Jess und Martha nacheinander auf die Wangen.

»Du siehst so finster aus, wie ich mich fühle«, stellte Jess fest, als Bel sich setzte.

»Du siehst eben nie richtig finster aus, Jessica May«, erwiderte sie. »Und ihr beide macht den Eindruck, als würdet ihr das interessanteste Gespräch auf der ganzen Party führen.«

»Darauf trinke ich«, sagte Martha und hob ihr Glas.

»Vielleicht können wir dafür sorgen, dass dein Stirnrunzeln verschwindet, Belinda«, meinte Jess. »Geteiltes Leid und all das.«

Bel trank einen Schluck Champagner. »Ich habe den ganzen Nachmittag mit irgendwelchen Regierungsvertretern verbracht. Seit Kriegsbeginn ist der Papierpreis ins Unermessliche gestiegen, und jetzt redet man auch noch von Rationierung. Ich weiß, ich muss mich mit den Politikern gut stellen, wenn ich die *Vogue* im Krieg am Leben erhalten will, aber bei dem Treffen heute bin ich tatsächlich gefragt worden, ob ich nicht etwas mehr zu den Kriegsanstrengungen beitragen könne, als wir das bisher tun.«

»Ich nehme an, mit ›gefragt‹ meinst du, dass sie dich erpresst haben?«, vermutete Jess.

»Genau. Ich habe den Herren erklärt, dass Frauen ein wichtiger Teil der Propagandamaschinerie sind und die *Vogue* dabei helfen kann und muss. Die Regierung möchte die Frauen dazu bringen, ihre Männer klaglos in den Kampf ziehen zu lassen, die Rationierungen als moralische Pflicht und Schuldigkeit hinzunehmen und zu arbeiten, um die Wirtschaft am Laufen zu halten. Die *Vogue*-Leserinnen sind genau die Frauen, die die Regierung auf ihrer Seite haben möchte. Deshalb soll ich mir jetzt etwas einfallen lassen, aber ich weiß nicht, was – ich brauche Bilder, nicht nur Worte; die *Vogue* ist ein visuelles Medium. Vermutlich willst du nicht zufällig bei *Collier's* aufhören und für mich arbeiten?« Bel sah Martha fast flehend an.

Plötzlich formte sich in Jess' Kopf eine ebenso haarsträubende wie perfekte Idee. Als sie sich vor vier Jahren in Paris den antifaschistischen Demonstrationen angeschlossen hatte, hätte sie sich niemals vorstellen können, in naher Zukunft, während der Faschismus ein Leben nach dem anderen und ein Land nach dem anderen einforderte, bei einer Party in einem Penthouse der Park Avenue zu sitzen und Champagner zu trinken. Damals war sie marschiert, hatte protestiert und sich vor allem große Sorgen gemacht wegen dem, was in der Welt geschah. Natürlich sorgte sie sich immer noch, doch auf eine hilflose Art. Die Fotos und Artikel für Bel hatten ihr das Gefühl gegeben, sie könne mehr tun, vielleicht so etwas wie Martha. Fliegen oder schießen konnte sie zwar nicht, aber schreiben und fotografieren dafür sehr gut.

Martha lehnte sich auf ihrem Stuhl zurück, zielte mit ihrer Zigarette in Jess' Richtung und sprach genau das aus, was Jess dachte:»Du brauchst mich nicht«, meinte sie.»Du hast doch Jess.«

»Ja. Schick mich!«, sagte Jess, und als sie sich zu Bel umwandte, fiel jede Rastlosigkeit von ihr ab, und an ihre Stelle trat eine Lebendigkeit, die sie seit langer Zeit nicht mehr gespürt hatte.

Bel lachte.»Ich weiß es sehr zu schätzen, dass du mich aufheitern willst, aber ...«

»Ich meine es ernst.« Jess stellte ihr Glas ab und fixierte Bel.»Ich bin perfekt dafür. Du weißt, dass ich schreiben und Bilder machen kann, also bin ich doch die ideale Korrespondentin für die *Vogue*.«

»Ich werde dich nicht in ein Kriegsgebiet schicken, kommt nicht infrage.« Bel trank einen großen Schluck Champagner und fügte dann hinzu:»Die Idee ist brillant, aber lächerlich.«

Doch Jess spürte den Riss in Bels Mainbocher-Rüstung.»Die Idee ist wirklich brillant. Und ich bitte darum, in ein Kriegsgebiet zu gehen, du schickst mich nicht. Da drüben sind noch andere Frauen.«

Bel zog die Augenbrauen hoch.»Ungefähr zwei.«

»Mit mir wären es immerhin schon drei. Drei ist eine Glückszahl.«

»Du hast sogar recht«, warf Martha ein und duzte Jess nun ganz selbstverständlich, als gehöre sie dazu. »Margaret Bourke-White ist die einzige Fotojournalistin im Mittelmeerraum, die ich kenne. Es gibt ein paar Korrespondentinnen wie mich, aber das ist dann auch schon alles.«

Diesmal verzog Bel die Augenbrauen so akrobatisch, dass Jess ein Kichern unterdrücken musste. »Ich wollte eigentlich einen Scherz machen, als ich zwei gesagt habe!«, protestierte sie.

»Ich möchte Kriegskorrespondentin werden«, sagte Jess, so ruhig sie konnte. »Ich *muss* Kriegskorrespondentin werden. Bitte.«

Bel winkte einem Kellner und bat um Champagner-Nachschub. »Wie um alles in der Welt soll ich für dich denn eine Zulassung kriegen? Ehemaliges Model, Emiles Geliebte … Bist du das eigentlich noch? Ich sehe da drüben, dass er soeben großen Gefallen an den Lippen anderer Mädchen findet – gehört das jetzt dazu, wenn man unkonventionell leben möchte? Außerdem ist die Frau in der Passstelle angeblich ein ganz harter Brocken, die denkt bestimmt, dass ein Model nur auf Seidenlaken in den teuersten Hotels schläft, und würde nie im Leben jemanden wie dich in ein Kriegsgebiet reisen lassen.«

»So billig solltest du mich auch nicht verkaufen«, sagte Jess. »Du weißt doch, wie ich aufgewachsen bin, dass ich häufig in einem Zelt gewohnt und unter freiem Himmel geschlafen habe – wahrscheinlich bin ich in dieser Hinsicht abgehärteter als die meisten Männer. Wir sollten es wenigstens versuchen. Oder etwa nicht?«

»Als ich 1937 in Spanien gelandet bin, um über den Bürgerkrieg zu berichten, hatte ich noch nie in einem Zelt geschlafen«, steuerte Martha bei. »Und noch nie gesehen, wie ein Mensch erschossen wird. Aber ich hab's überlebt. Man lernt am besten, wenn man einfach ins kalte Wasser springt. Mit Bomben und allem.«

Bel sog den Rauch tief ein, atmete ihn wieder aus und inhalierte noch einmal. »Wenn du nur nicht so verdammt recht hättest«, sagte sie zu Jess. »Du wärst tatsächlich perfekt. Und ich wusste schon immer, dass du nicht dein ganzes Leben lang Model bleiben würdest.« Sie griff nach Jess' Hand und drückte sie. »Martha, du warst doch schon drüben in Europa. Sollte ich nicht viel entschiedener versuchen, Jess von ihrem Vorschlag abzubringen?«

»Ganz im Gegenteil«, erwiderte Martha. »Wenn du das tust, kriegen wir nur Geschichten von Männern, die uns etwas über andere Männer erzählen. Da ich mit dem größten Chauvinisten des Landes verheiratet bin, habe ich ein ureigenes Interesse daran, das zu ändern.«

Bel wandte sich wieder Jess zu und sagte: »Du bist wirklich die einzige Person auf der ganzen weiten Welt, die mir das Gefühl gibt, ich tue ihr einen Gefallen, wenn ich mich bereit erkläre, sie in ein Kriegsgebiet zu schicken.«

»Dann versuchen wir's doch«, antwortete Jess. »Wenn wir scheitern, dann immerhin spektakulär.«

Kapitel 2

Wenn wir scheitern, dann immerhin spektakulär. Als Jess Anfang 1943 – Eile war der Bürokratie fremd – auf einem Korridor des Außenministeriums saß und auf das Gespräch wartete, das über ihre Zukunft entscheiden würde, ging ihr dieser Satz immer wieder durch den Kopf. *Du musst einfach sämtliche Einwände ausräumen,* schärfte sie sich ein, während sie auf die leise tickende Uhr sah, nervöser als bei jedem Casting, bei dem sie je gewesen war.

Beim Casting wusste sie, dass sie alles getan hatte, was sie konnte. Ihr Portfolio war fertig, ein freundliches Schicksal hatte sie mit dunkelbraunen Augen gesegnet, von denen alle Fotografen, mit denen sie je zusammengearbeitet hatte, behaupteten, ihnen niemals gerecht werden zu können. Aber bei diesem Interview hing alles davon ab, was sie sagte, nicht davon, wie sie aussah. Vielleicht auch von ihrem Lächeln – wie viel war zu viel? Was unterschied für die Frau, die ihr einen Passierschein nach Europa ausstellen oder verweigern konnte, ein halbherziges Grinsen von einem übertrieben schmeichlerischen Lächeln, das alle Vorurteile gegenüber Fotomodellen bestätigte?

Schluss damit, sagte sie sich und blickte auf ihre nüchterne schwarze Smokinghose von Stella Designs und ihre förmliche, weiße Bluse – ebenfalls von Stella, denn nur deren Modelle hatten eine weiße Pfingstrose über der linken Brust, wodurch die Kombination eher Jess' wahrem Wesen entsprach als der Person, die sie zu sein vorspielte.

»Miss Jessica May«, rief eine Stimme.

Jess stand auf, straffte den Rücken, und als sie merkte, dass sie den Flur hinuntermarschierte wie ein Model auf dem Laufsteg, versuchte sie, sich zu korrigieren, konnte sich aber gar nicht mehr richtig erinnern, wie man normal ging. Am Ende marschierte sie einfach weiter und hoffte, dass sie trotzdem eher militärisch als modelhaft wirkte. »Nehmen Sie Platz.« Eine große Frau – sie hätte ein verdammt gutes Model abgegeben – deutete auf einen Stuhl.

Jess setzte sich und machte ein Gesicht, von dem sie hoffte, dass es Kraft, Ausdauer und Entschlossenheit ausdrückte.

»Ich dachte, ich sollte mein Anliegen näher erklären«, begann sie.

»Ich weiß, dass ich eine ungewöhnliche Kandidatin dafür bin, um in Europa als Fotojournalistin zu arbeiten. Aber ich verfüge über viele Vorteile, die einige Männer, die derzeit über den Krieg berichten, sicher nicht besitzen. Sehen Sie, meine Eltern waren Paläobotaniker, und ich war schon als Kind ziemlich viel auf Reisen. Wir haben rund um den Erdball Pflanzenfossilien untersucht; ich habe in Südamerika, Australien und auf Tahiti gelebt. Nachdem die Arbeit meiner Eltern anfing, Anerkennung zu gewinnen, sind wir nach Europa gezogen. Dank zehn Jahren in Frankreich spreche ich fließend Französisch.« Sie spürte, wie ihre Stimme sich entspannte, war immer mehr überzeugt von ihrer Glaubwürdigkeit.

»Als ich alt genug war, um zu lernen, wie man mit einer Kamera umgeht, habe ich jeden Sommer und oft auch während der Schulzeit für meine Eltern Fotos gemacht. Wenn sie dachten, dass sie einer Entdeckung auf der Spur waren, nahmen sie mich einfach mit, drückten mir die Rolleiflex in die Hand und baten mich, festzuhalten, was immer sie gefunden hatten. Ich habe an der *Parsons School of Design* studiert, danach hat mir Emile Robard noch zusätzlich einiges beigebracht.«

Während sie erzählte, erschienen und verschwanden in ihrem Kopf Bilder, als öffne und schließe sich ein Kameraverschluss: fossilisierte Farnwedel, die sich zart über einen Felsen rankten, winzige Spuren von Keimblättern auf der Oberfläche eines Steins, kaum erkennbare, in Kalkstein geritzte Zamitenblätter. Und dann Bilder, auf denen sie selbst zu sehen war, sehr wenige nur, denn ihre Mutter nahm die Kamera nur selten in die Hand: eine Jessica, die in ihre schlaksigen Gliedmaßen und ihr breites Grinsen noch hineinwachsen musste, die blonden Haare wild und wuschelig, die Haut in damals ganz unmoderner Manier gebräunt, die Nase voller Sommersprossen.

Weitere Schnappschüsse von Jess im Schlamm, beim Klettern über Felsen, an denen sie sich die Knie aufschürfte, beim Schwimmen in Seen und Flüssen, obwohl es Warnungen vor Parasiten und Krokodilen gegeben hatte. Ihre Mutter, die Jess anlächelte, mit Schlapphut, schmutzig, voller Staub. Wie immer glücklich, mit den Händen im Matsch zu wühlen, Zeugnisse längst vergangener Zeiten freizulegen, Berichte und Forschungsergebnisse in die alte Schreibmaschine zu hämmern. Und auch ihr Vater, ein stiller Mensch, nicht ganz von dieser Welt, den Kopf immer in der Vergangenheit, verträumt, in der Phantasie vielleicht gerade mit einem längst ausgestorbenen Verwandten des Ginkgobaums beschäftigt.

Eine unkonventionelle Kindheit mit gelegentlich unterbrochener Schulbildung, oft vor die Wahl gestellt, entweder Deutsch, Italienisch oder Französisch zu lernen oder nicht mit anderen Kindern spielen zu können. Wenn ihre Eltern Bücher auftreiben konnten, las sie, so viel sie konnte. So war Jess' Kindheit von zwei scheinbar gegensätzlichen Quellen geformt worden: von den Geheimnissen der Erde und den auf Buchseiten gebannten Geschichten. Was bedeutete, dass sie in Englisch, Geschichte und Naturwissenschaften immer gut gewesen war, aber nie das geringste Interesse an Mathematik entwickelt hatte.

»Darf ich auch etwas sagen?« Die Stimme der Frau war ruhig und höflich. Jess blinzelte, verdrängte eilig die Vergangenheit und ärgerte sich darüber, dass sie so leicht abzulenken war.

»In Europa herrscht Krieg, und Sie haben Pflanzen fotografiert«, fuhr die Frau fort.

Auf einmal bemerkte Jess, dass sie der Frau nicht einmal Zeit gelassen hatte, sich vorzustellen, sondern hereingestürzt war und, statt selbstbewusst ihre Qualifikationen darzulegen, wahrscheinlich arrogant jedes Vorurteil bestätigt hatte, das diese Frau gegen Models hegte. Beispielsweise, dass sie es gewohnt waren, im Mittelpunkt zu stehen, und sich häufig für etwas Besseres hielten.

»Tut mir leid«, entschuldigte sie sich. Sollte sie zugeben, dass sie nervös war? Aber man würde wohl kaum jemanden in ein Kriegsgebiet schicken, dem schon am helllichten Tag in einem Büro die Nerven flatterten. »Ich habe nicht nur Pflanzen fotografiert, 1939 wurden auch einige Bilder und Artikel von mir über den Exodus aus Paris in der französischen *Vogue* veröffentlicht. In der amerikanischen *Vogue* ist außerdem meine Arbeit über von Frauen kreierte Camouflage und Propaganda erschienen.«

Jess schwieg und wartete. Wartete. Und wartete. Und wartete.

Sie war es gewohnt, beurteilt zu werden. Wenn sie zu einer Party kam oder einen Club betrat, spürte sie unweigerlich Dutzende von Blicken auf sich, die herausfinden wollten, ob Jessica May im wirklichen Leben genauso schön war wie auf den Seiten einer Zeitschrift. Aber das hier war etwas anderes. Diese Überprüfung war so intensiv, dass sie sich auf ihrem Stuhl immer weiter zurückzog und den Blick zu Boden richtete, um zu verhindern, dass diese Frau etwas an ihr entdeckte, was sie zu der Überzeugung brachte, es wäre besser, Jess nicht nach Europa zu schicken.

»Es ist nicht mein Ziel, Frauen ins Kriegsgebiet zu entsenden«, sagte die Frau nüchtern und sogar höflich. Aber für Jess fühlten ihre Worte sich an, als setze man sie unter Druck, um ihr klarzumachen, dass sie lieber bleiben sollte, wo sie war, und weiterhin das tun, was sie jetzt tat. Dass sie zu nichts anderem als zur Kleiderpuppe mit einem hübschen Lächeln taugte.

Sie versuchte, sich dem pragmatischen Ton der Frau anzupassen. »Ich spreche auch Deutsch, zwar nicht fließend, aber mehr als genug, um zurechtzukommen. Italienisch spreche ich ebenfalls. Haben Sie denn schon mal einem Mann, der Französisch, Deutsch und Italienisch spricht, einen Passierschein ausgestellt?«

Die Frau hielt ihrem Blick stand. »Nicht dass ich wüsste«, antwortete sie.

Also hatte Jess wenigstens einen kleinen Vorteil.

Endlich wandte die Frau den Blick ab. »Ich werde der Chefredakteurin der *Vogue* meine Entscheidung mitteilen, aber es wird sicher eine Weile dauern.«

Jess wurde weggeschickt, ohne den geringsten Anhaltspunkt, ob sie ihre Sache gut gemacht hatte oder nicht. Wenn es nicht funktionierte, würde sie mit Glück irgendwann wieder auf einer Wiese oder an einem Strand oder vor einem stahlgrauen Hochhaus stehen, die Kleider der nächsten Modesaison vorführen und dabei lächeln. Unbeachtet wie ein vergessener, von der Zeit in Vulkangestein gepresster Farnwedel.

———

Zwei Monate darauf bekam sie ihren Passierschein. Das Jahr 1943 schritt voran, und Jess hatte nichts erreicht, außer dass sich ihre Ersparnisse spürbar reduziert hatten; sie lebte von externen Model-Aufträgen bei Firmen wie Stella Designs und konnte von Glück sagen, dass ihre Eltern ihr eine Wohnung hinterlassen hatten, für die sie keine Miete bezahlen musste.

Nun fehlte ihr nur noch die Überprüfung durch die Pressestelle des Kriegsministeriums. Dafür einen Termin zu bekommen, dauerte einen weiteren Monat. Jess war sich bewusst, dass ihre Eltern die Fähigkeit besessen hatten, der Erde Geheimnisse abzutrotzen, aber auf die Rigorosität des Kriegsministeriums war sie trotzdem nicht vorbereitet. Dabei hatte Martha sie gewarnt: »Wenn die mit dir fertig sind, fühlst du dich, als säßest du in Unterwäsche vor ihnen.«

Genau so war es. Beispielsweise hatte man ihr ein Foto ihrer Mutter gezeigt, und als sie es sich abends in ihrer Wohnung noch einmal anschauen wollte, war es nicht mehr im Fotoalbum – ein weiterer Beweis dafür, dass Emile noch wesentlich fieser war, als sie gedacht hatte. Sie fühlte sich verloren, wie an dem Tag, als sie in New York von Bord gegangen waren: Jess saß in ihrem Apartment in Greenwich Village auf dem Boden und weinte. Allerdings war damals Emile bei ihr gewesen, auch wenn er nur stumm und ratlos im Türrahmen gestanden und nicht gewusst hatte, was er tun sollte. Jetzt aber war sie völlig allein. Sie hatte schon lange nicht mehr geweint. Aber das Foto ihrer Mutter zu sehen und – falls die haarsträubenden Behauptungen des Kriegsministeriums der Wahrheit entsprachen – zu wissen, dass ihr tatsächlich weder Tochter noch Mann noch Botanik je genügt hatten, brachte den Schmerz zurück.

Doch dann war ihr plötzlich, als höre sie die Stimme ihrer Mutter, die sie ermahnte, praktisch zu denken und aufzustehen, statt sich in ihrem Kummer zu suhlen. Sich von diesem Ministerium nicht so leicht unterkriegen zu lassen. Also wischte sie sich die Wangen trocken und tat genau das, was ihre Mutter – die immer den besten Lagerplatz gefunden, das Kochen organisiert und stets dafür gesorgt hatte, dass alles Notwendige vorhanden war – auch getan hätte.

Als Erstes holte sie ihre Rolleiflex, ein Geschenk ihrer Mutter, hervor. Dann die Leica, die Emile ihr in ihrem ersten Jahr in Manhattan zum Geburtstag gekauft hatte. Zwar mochte sie die Rollei lieber, wusste aber, dass es von Vorteil sein würde, zwei Kameras mitzunehmen. Sie strich über die Schreibmaschine, die ebenfalls ihrer Mutter gehört hatte und zu deren Tastengeklapper Jess als Kind jeden Abend eingeschlafen war – das Wiegenlied ihrer Jugend.

Für Europa würde sie nicht genügen. Eine kleine Reiseschreibmaschine wie die Hermes Baby wäre genau das Richtige für ihre Zwecke. Wie viel Papier konnte sie mitnehmen? Martha hatte gesagt, in ganz Europa gebe es Papierengpässe. Sie zwang sich, bei diesem Gedankenstrang zu bleiben – als gäbe es keinerlei Zweifel daran, dass sie die Reise antreten würde –, denn die Vorstellung, dass sie hierbleiben, weiterhin als Model arbeiten und darauf warten musste, dass die Inserenten ihre Fotos wieder in den Zeitschriften duldeten, war ihr mittlerweile nahezu unerträglich geworden.

Als es an der Tür klopfte, zuckte sie zusammen, doch auf der Schwelle stand Bel mit einem Topf Suppe und einer Flasche Wein. »Das letzte Abendmahl«, verkündete sie fröhlich und machte sich sofort auf den Weg in die Küche. »Ich dachte, wenn wir es durchspielen, wird es vielleicht wahr.«

Jess brachte ein Lächeln zustande, während sie Suppenschalen und Gläser aus dem Schrank holte und dann ihre Freundin umarmte. »Danke. Was soll ich in Europa bloß ohne dich machen?«

»Ach, du wirst schon einen Ersatz für mich finden, du landest doch immer auf den Füßen.« Damit stellte Bel die Suppe auf den Herd, und die beiden Freundinnen setzten sich an den Küchentisch. »Wie war es denn?«, fragte Bel und musterte Jess.

»Genau so, wie Martha es prophezeit hat.« Jess zögerte und griff nach einer Zigarette. »Man hat mir ein Foto meiner Mutter gezeigt, das ich damals in einem Club in Montmartre von ihr gemacht habe, bei einem der eher seltenen Besuche meiner Eltern in der Zivilisation. Ich bin in Paris aufs Internat gegangen, und sie haben mich dort abgeholt, um abends mit mir auszugehen. Ich glaube, es ist ihnen nicht im Traum eingefallen, dass ein Jazzclub in Montmartre nicht unbedingt die richtige Umgebung für ein sechzehnjähriges Mädchen ist.«

Bel grinste. »Klingt, als wären sie die Art Eltern gewesen, die sich jede Sechzehnjährige wünscht. Aber die Realität sah vermutlich anders aus.«

»Damals fand ich das jedenfalls nicht, aber jetzt …« Jess dachte an das Foto – ihre Mutter saß an einem Tisch mitten in einer Gruppe von Künstlern, zu deren Kreis sie schon immer gehört hatte, sie hatte auf dem College ja neben Botanik auch Illustration und Zeichnen studiert. Im Hintergrund stand ihr Vater an der Bar und betrachtete seine Frau mit einem Blick, als wäre sie der kostbarste Schatz der Welt. So war es immer gewesen: Er stand am Rand des Geschehens, damit zufrieden, Zuhörer und Bewunderer zu sein. Jess saß eigentlich immer bei ihm, bis sich herausstellte, dass sie die Kunst des Erzählens besser beherrschte als die meisten anderen – zumindest glaubte sie selbst das in dieser Zeit –, und sich zu der Gruppe am Tisch gesellte. Recht bald wurde ihr allerdings klar, dass der Wechsel ins Zentrum eher damit zusammenhing, dass sie in ihren Körper und ihr Lächeln hineinwuchs, und nicht so sehr mit ihren erzählerischen Fähigkeiten.

»Mit fünfzehn habe ich meinen ersten Gin getrunken«, erzählte Jess, inhalierte tief den Zigarettenrauch und atmete ihn wieder aus. »Meinen ersten Kuss habe ich am selben Abend bekommen, und man könnte sagen, dass meine Neugier hinsichtlich Sex mit siebzehn ausreichend gestillt war. Meine Eltern waren entweder blind oder folgten einem anderen moralischen Standard als die meisten Menschen – das wusste ich nie so genau. Ich bin mir auch relativ sicher, dass meine Mutter meinem Vater nicht immer treu war.«

»Was das Kriegsministerium sicher nur zu gern bestätigt hat«, meinte Bel bedächtig, als füge sie in Gedanken zusammen, was sich in etwa am Vormittag abgespielt hatte.

Jess nickte. »Ja, sie haben mir eine Liste der Männer präsentiert, mit denen meine Mutter angeblich eine Affäre hatte. Und eine weitere Liste mit Namen von Männern, mit denen ich ihrer Meinung nach ins Bett gehe. Um herauszufinden, ob irgendein Muster dahintersteckt, haben sie behauptet. Eine Neigung zu Freizügigkeit und Unmoral, die von vornherein ausschließen würde, dass sie mich auf eine Armee männlicher Wesen loslassen könnten. Natürlich war ihre Liste meiner Liebhaber lang und enorm übertrieben.«

»Dann gehst du also nicht nach Europa?«

»Keine Ahnung. Ich hab ihnen gesagt …«< Sie zögerte und fragte sich, wie sie jemals die Kühnheit besessen hatte, zu kontern, wo sie doch eigentlich nur weinen wollte. Die Ironie der Geschichte bestand darin, dass sie zwar drei Jahre lang in aller Offenheit mit einem Mann zusammengelebt hatte, aber eben nur mit diesem einen. Fremdgehen lag ihr völlig fern, ganz gleich, was das Kriegsministerium von ihr dachte.

»Ich hoffe, du hast irgendetwas Jessica-May-Typisches gesagt, das ihnen ihr dreckiges Mundwerk gestopft hat.« Bel griff nach Jess' Hand.

Etwas Jessica-May-Typisches. Im Büro des Kriegsministeriums hatte Jess sich zum ersten Mal gewünscht, etwas anderes zu sein als typisch sie selbst. Aber warum sollte sie sich für diese Gruppe herablassender Männer ändern?

Sie stand auf und stemmte die Hand in die Hüfte. »Meine Güte, es ist ja ein Wunder, dass ich noch genug Energie habe, mich als Korrespondentin zu bewerben. Kriegen die Männer auch eine Liste mit ihren Eroberungen? Oder stoßen Sie später in der Bar alle zusammen darauf an? Vielleicht könnte ich in der *Vogue* etwas über das Prüfungsverfahren hier veröffentlichen, wo ich doch anscheinend sowieso keinen Ruf zu verlieren habe.«

Bel lachte. »Bravo!«

Jess ging hinüber zum Herd, um in der Suppe zu rühren. Klar, dass man sie nach dieser Retourkutsche weggeschickt hatte, ihre Drohung hing ja in der Luft wie billiges Parfüm – geschmacklos, aber durchdringend. Doch wenn sie jetzt kapitulierte, wie würde sie es jemals schaffen, an europäischen Kriegsschauplätzen zu überleben?

»Manchmal habe ich das Gefühl, dass ich ständig Abschied nehmen muss«, sagte Jess unvermittelt, den Rücken zu Bel. »Das gehört zu meinen wichtigsten Erinnerungen. Ich musste lustig und interessant sein, um Freunde zu finden, und wenn ich endlich welche gefunden hatte, zogen wir schon wieder weiter. Selbst als ich in Paris das Internat besuchte, holten meine Eltern mich alle paar Wochen ab, wenn sie jemanden zum Fotografieren brauchten. Zwar kam ich dann in dieselbe Schule zurück, aber es war trotzdem wieder ein Neuanfang.«

Ein Neuanfang. Genau wie jetzt, falls sie die Erlaubnis bekam, nach Europa zu gehen. Ein Glück, dass sie solche Situationen so gründlich geübt hatte.

»Nur einem einzigen Mädchen, Amelia, schreibe ich bis heute«, fuhr sie fort. »Sie ist Engländerin, ihre Eltern haben sie im Alter von sieben Jahren ins Internat gesteckt und sich in den folgenden neun Jahren nur zwei Mal dort blicken lassen. Obwohl sich unsere Eltern überhaupt nicht ähnelten, haben wir auf der Grundlage einer Art von elterlicher Ignoranz einen engen Kontakt zueinander entwickelt. Amelias Vater war in der Armee und immer irgendwo unterwegs. Mein Vater hatte die sozialen Fähigkeiten eines Einzellers, weshalb meine Mutter dachte, wenn sie mich zu ihren Partys mitschleppte, würde ich sowohl lernen, mich um mich selbst zu kümmern, als auch, andere Menschen für mich zu gewinnen.«

»Hat es funktioniert?«, fragte Bel mit einer Spur Ironie.

»Bei dir zumindest, oder etwa nicht?«, erwiderte Jess mit einem leisen Lachen, wandte sich ihrer Freundin zu und drängte die Vergangenheit dorthin zurück, wo sie hingehörte.

Dann schöpfte sie die Suppe in die Schalen und schob einen Stapel Zeitungsausschnitte über den Tisch zu Bel. »Martha hat mir gesagt, ich soll das hier alles lesen. Ruth Cowan und Inez Robb sind dem *Women's Army Corps* in Nordafrika zugeteilt worden und berichten von dort. Es geht darum, wie es ist, wenn man statt Röcken Hosen tragen muss, und wie man leidet, wenn man nur alle paar Monate zum Friseur gehen kann. In diesem Artikel hier« – Jess deutete auf eine Seite –»behauptet Cowan sogar, es wäre ihr lieber, von einer Bombe getroffen zu werden, als im Schützengraben neben einer Spinne zu sitzen. Ich frage mich, ob sich die Soldaten da draußen ähnliche Gedanken machen. Übrigens steht in jeder Namenszeile der Frauen die Bezeichnung *Girl Reporter*. Wenn du das auch nur einem einzigen Artikel von mir anhängst, spreche ich nie wieder ein Wort mit dir. Man erwartet doch wohl nicht ernsthaft von mir, dass ich nach Europa gehe und darüber berichte, was ich alles erdulden muss, um gut auszusehen? Und es würde doch bestimmt niemand wagen, mich als *Girl Reporter* zu bezeichnen, oder?«

»Was werden die nur mit dir machen, wenn du tatsächlich da drüben aufkreuzt?«, überlegte Bel kopfschüttelnd und fing an zu lachen. »Ich möchte jedenfalls nicht in der Haut des Mannes stecken, der dich als Erster *Girl Reporter* nennt. Aber vergiss nicht, dass du wahrscheinlich dem Kriegsrecht unterstehst und möglicherweise hin und wieder etwas schlucken musst. Obwohl ich mir auch nicht vorstellen kann, dass eine Frau, die mit fünfzehn ihren ersten Kuss bekommen hat, allzu viel Zensur dulden wird.«

»Mein Plan ist, niemanden zu küssen, solange ich weg bin«, informierte Jess sie sittsam. »Wenn ich es tue, bestätige ich damit doch nur jedes Vorurteil, das man gegen mich hat. Garantiert warten die nur darauf, dass ich mir einen Fauxpas leiste oder als Klischee-Model die Hälfte der US-Armee verführe. Ich habe nicht vor, ihnen diese Genugtuung zu verschaffen.«

»Klingt ganz so, als würdest du da drüben auf sämtliche Befriedigung verzichten müssen.« Bel grinste, aber der Satz traf bei Jess offenbar einen wunden Punkt.

Sie spürte, wie ihr die Tränen kamen, ihre Kehle war wie zugeschnürt. »Ich glaube jedenfalls, dass Emile mich für eine ganze Weile von dem Wunsch nach dieser speziellen Befriedigung geheilt hat.«

»Ich wollte dich zum Lachen bringen«, sagte Bel. »Weine nicht, du bist die furchterregende Jessica May. Ich habe dich nicht mal weinen sehen, als unser Art Director dich damals vor einem ganzen Team von Designern runtergeputzt hat, weil du ihrer Meinung nach ein Bild zu surrealistisch gestaltet hast.«

Jess lachte leise, wischte sich die Tränen aus den Augen und hoffte, dass sie damit auch die Erinnerung an Emile loswurde. »Daran habe ich lange nicht gedacht«, sagte sie. »An dem Tag hast du mir gesagt, du würdest meinen ersten Artikel bringen. Danach haben wir uns im *Stork Club* mit Champagner betrunken.«

»Und jetzt sitzt du hier in den Startlöchern, um weiter zu fotografieren und noch jede Menge Reportagen über einen Krieg zu schreiben.«

»Vielleicht zahlt es sich ja aus, öffentlich heruntergeputzt zu werden und sich danach zu betrinken.«

»Hört sich nach einem Motto an, das dir möglicherweise in den nächsten Jahren gute Dienste leisten wird.« Bel nahm Jess in den Arm. »Ich werde dich vermissen, wenn du weg bist. Die Frage lautet ja nicht ob, sondern wann.«

Das Kriegsministerium ließ Jess tatsächlich nach Europa reisen – glücklicherweise war der Einfluss des Condé-Nast-Imperiums gewaltig. Erste Erfahrungen machte sie mit dem Auftrag, von der Heimatfront über das Training für die Frauen des WAC einen Bericht zu schreiben, den die *Vogue* veröffentlichte, und als sie ihre Aufgabe zur allseitigen Zufriedenheit erledigt hatte, bekam sie kurz nach ihrem dreiundzwanzigsten Geburtstag endlich den Marschbefehl nach Übersee.

So wurde sie Captain der US-Armee – ihr Rang und ihre Uniform eine Gefälligkeit, die als Tarnung diente und im Fall, dass sie in Gefangenschaft geriet, verhindern sollte, dass sie als Spionin erschossen wurde. Sie wurde gegen Tetanus, Typhus und Fleckfieber geimpft und bekam vom Büro des Generaladjutanten des Kriegsministeriums eine Ausweiskarte mit Fingerabdrücken, Geburtsdatum, Haarfarbe, Augenfarbe, Größe, Gewicht und einem Foto, auf dem sie wie betäubt aussah. In der *Vogue* würde so etwas niemals erscheinen, dachte sie grinsend. Sie rüstete sich aus mit Hosen – die beiden Röcke, die man ihr aufgedrängt hatte, packte sie zwar ebenfalls ein, bezweifelte aber, dass sie in der Kampfzone praktisch sein würden –, zwei Armeehemden, einer Krawatte, Tarnkleidung und grünen US-Kriegskorrespondenten-Abzeichen für Jacke und Mütze.

Ihr Einschiffungspunkt war Brooklyn, wo ein Sergeant sie musterte und fragte: »Jungfrau?«

Jess konnte sich das Lachen nicht verkneifen. »Nur was den Krieg angeht«, antwortete sie schlagfertig, woraufhin der Mann knallrot wurde. Er bemühte sich, seine Verlegenheit zu verbergen, und führte sie schweigend zu einem Lagerhaus. Eigentlich hatte er sich mit seiner Frage über Jess lustig machen wollen, aber nun hatte sie den Spieß umgedreht.

Im Lager bekam sie einen Tornister und auch eine Sonnenbrille, die sie jedoch verstohlen auf den Haufen zurücklegte, weil sie eine eigene besaß und dank der Exkursionen ihrer Eltern wusste, dass diese wahrscheinlich besser war als alles, was die Armee der Vereinigten Staaten zu bieten hatte. Als Nächstes kam das Insektenpulver, das ihr von den paläobotanischen Expeditionen bekannt war, Schokolade, ein Moskitonetz und Handschuhe. Sie legte die Sachen zu denen, die sie mitgebracht hatte: Socken, Unterwäsche, Cold Cream, Lippenstift und Puder, ihre beiden Kameras, Film, Kameraobjektive, Blitzbirnchen, Ersatzteile und Schreibmaschinenpapier. Außerdem ein Kleid von Stella Designs, eigens für sie von Estella Bissette geschneidert, aus hauchfeiner Seide, so dass es sich auf Handtellergröße zusammenfalten ließ. Zum Glück hatte man ihr gestattet, ihre Schreibmaschine als extra Gepäckstück mitzunehmen, statt sie auch noch in die Reisetasche quetschen zu müssen.

Nach ausführlicher Recherche hatte sie darum gebeten, nach Italien geschickt zu werden, denn man hatte ihr gesagt, dass die Krankenschwestern dort näher an der Front waren als irgendwo sonst. Als Frau durfte Jess nicht direkt über die Kampfhandlungen, sondern lediglich über das Hilfspersonal berichten. Daher war das jüngst von der US-Armee befreite Neapel ihr Ziel, und ihr Auftrag lautete, für die Leserinnen und Leser der *Vogue* die Arbeit der im Lazarett stationierten Krankenschwestern zu dokumentieren.

In Neapel stand sie sich zwei Wochen lang die Beine in den Bauch, während der Public Relations Officer – kurz PRO – überprüfte, ob ihr Marschbefehl gültig war und tatsächlich *irgendein verdammter*

Idiot in Washington einer Frau erlaubt hatte, nach Italien zu kommen. Offensichtlich hatte Warren Stone, *der verdammte Idiot in London*, ihn nicht vorgewarnt. Obwohl mit Jess' Papieren alles in Ordnung war, konnte er sich gar nicht genug aufregen, und ihr war rasch klar, dass es besser für sie war, ihn nicht weiter auf die Palme zu bringen.

»Meinetwegen können Sie ins Feldlazarett 11 gehen«, erklärte er ihr schließlich. »Aber Sie müssen warten, bis jemand in die Richtung fährt. Ich habe keinen Jeep für Sie.«

»Und wo soll ich warten – was schlagen Sie vor?«, fragte sie gelassen. »Am Straßenrand mit ausgestrecktem Daumen? Oder verlangt die US-Armee eine ordnungsgemäßere Herangehensweise?«

»An Ihrer Stelle würde ich mich auf meine eigene Sicherheit konzentrieren«, antwortete er gleichmütig. »Frauen ist es nicht gestattet, sich in die Nähe eines Kampfgebiets zu begeben. Ich werde keinesfalls dafür geradestehen, wenn Ihnen etwas passiert.«

———

Auf dem Tanzboden des Orange Club in Neapel hatte Jess erfahren, dass das Feldlazarett 11 in der Nähe der kleinen Ortschaft Mignano auf dem Höhenrücken über dem Cassinotal lag. Die Gegend hatte der Beschreibung nach idyllisch geklungen, aber als sie in einem Jeep, der an der Stelle, wo das Lazarett eigentlich liegen sollte, ankam, war sie alles andere als das: Es herrschte ein unvorstellbarer Lärm, so laut, dass man keine einzelnen Geräusche unterscheiden konnte, sondern nur ein ohrenbetäubendes Dröhnen wahrnahm, wie von einem gewaltigen, wütenden Löwen.

Auf der Fahrt von Neapel nach Norden hatte es für Jess keinerlei Anzeichen dafür gegeben, was ihr bevorstand. Sie hatte in dem Jeep gesessen, dessen Boden gegen eventuelle Minen mit Sandsäcken belegt war, eines in einer Kolonne anderer olivgrüner Fahrzeuge – Panzer, Lastwagen, Rettungsfahrzeuge, Kommandoautos mit aufgemalten Namen wie *Black Devil* und *Death Dodger*. Sie waren an Zeltlagern vorbeigekommen, die sich meilenweit in einen Schlammsee hinein erstreckten, man erkannte Soldaten, die mit nacktem Oberkörper umherliefen und sich rasierten. Trümmerberge, die einmal Häuser gewesen sein mussten, gelegentlich eine rosa Mauer, die noch aufrecht stand. Italienerinnen, die in Trögen Kleidungsstücke wuschen, denn die Wäsche musste ja auch im Krieg gemacht werden. Endlose Kabelschlangen, die herumlagen, als stelle man die Adern der Erde zur Schau. Kinder, die in zerstörten Munitionskarren spielten.

Dann plötzlich kamen schneebedeckte, wilde Berggipfel in Sicht. Aus dem Tal unter ihnen stiegen dicke, weiße Rauchschwaden auf, Granatennarben durchfurchten die ehemals wunderschöne Landschaft, Geschützeinschläge hatten hier ein seltsam kreisförmiges Muster hinterlassen. Doch einen Moment später setzte sintflutartiger Regen ein, so heftig, dass er alles in seiner grauen Nässe zu verschlingen schien.

Kurz darauf brachte der Fahrer den Jeep schlingernd zum Stehen. Hinter der Kurve, die sie soeben genommen hatten, fanden sie kein Lazarett vor, sondern ein Schlachtfeld. Inzwischen hörte Jess den Lärm nicht mehr nur in den Ohren, sondern spürte ihn im ganzen Körper, wie ein zweiter oder gar dritter Herzschlag pochte er in ihr, nahezu unerträglich presste das Getöse auf Kopf und Brust. Der Fahrer machte Anstalten, zu wenden, doch Jess öffnete die Tür des Jeeps und sprang – Rollei um den Hals, Leica in der Hand – aus dem Fahrzeug, ehe er sie aufhalten konnte.

»Sie sollten helfen!«, rief sie, als der Mann zögerte. Für sie sah es aus, als könnten die Soldaten auf ihrer Seite sich nur mit größter Mühe gegen den feindlichen Beschuss verteidigen.

So folgte er ihr und landete im Schlamm, der so zäh war, dass man sich festen Boden darunter nicht vorstellen konnte. »Bleiben Sie beim

Wagen«, befahl er Jess, während er sich mühsam fortbewegte, mittlerweile schon so schlammbespritzt, dass das Tarnmuster auf seiner Uniform nicht mehr zu erkennen war.

»Wieso das denn?«, rief Jess. Eine lächerliche Anweisung, der Jeep stand völlig frei und ungedeckt. Ein grässlicher Schrei, den sie direkt über ihrem Kopf hörte, ließ sie instinktiv das Gleiche tun wie der Fahrer, und sie versuchte, so schnell sie konnte, festen Boden unter den Füßen zu finden. Glücklicherweise stolperte sie dabei in einen Graben, der wenigstens ein kleines bisschen Deckung gewährte, und dankte Gott, dass der Mann, der sich dort befand, eine amerikanische und keine deutsche Uniform trug.

»Was zum Teufel tun Sie denn hier?«, blaffte der Träger der Uniform sie an.

»Hier sollte ein Feldlazarett sein«, fauchte Jess zurück, zeigte dann auf den Fahrer, der wenige Meter entfernt im gleichen Graben kauerte, und fügte hinzu: »Er hätte doch wissen müssen, wo wir hinfahren.«

»Wenn er aus Neapel kommt, hat er keinen blassen Schimmer davon, was hier los ist. Es gab hier tatsächlich ein Lazarett, aber letzte Nacht ist es evakuiert worden.« Der GI, dessen Abzeichen ihn als Captain auswiesen, hob den Kopf und feuerte seine Waffe blind in das Chaos vor ihnen.

Jess kauerte sich zusammen. Unfassbar, dass Krieg so aussah – in einem schlammigen Graben hockte ein wirrer Haufen von Männern, die alle paar Sekunden den Kopf hoben und mit der Waffe ungefähr in die Richtung zielten, aus der ihnen heftiges Maschinengewehrfeuer entgegenschlug. Und auf einmal war ihr klar, dass sie tatsächlich jeden Augenblick sterben konnte und verflucht dumm gewesen war. Sie hatte sich nicht klargemacht, was eine bewaffnete Auseinandersetzung bedeutete. Sicher, sie hatte verstanden, dass es nicht komfortabel werden würde, dass sie wahrscheinlich in einem Zelt wohnen und auf jeden Luxus würde verzichten müssen. Doch die Bemühungen, hierherkommen zu können, hatten sie so auf Trab gehalten, dass sie keine Sekunde innegehalten hatte, um sich zu vergegenwärtigen, was für ein Gefühl es sein würde, sich in direkter Reichweite feindlicher Kugeln zu befinden. Denn an einen solchen Ort hätte sie ja eigentlich nie gelangen sollen.

Der Lärm und das körperliche Echo in ihrem Innern waren ein Gottesgeschenk, denn das Getöse machte Jess für alle üblichen körperlichen Angstreaktionen unempfindlich: Sie konnte weder ihren womöglich stark beschleunigten Herzschlag noch ihren Atem spüren und fühlte ihre Hände nicht mehr. Lediglich ihre Augen schien sie kontrollieren zu können, deshalb versuchte sie, den Blick nur auf eine Sache zu konzentrieren und nicht alles gleichzeitig aufzunehmen. Dabei erkannte sie, dass außer ihr niemand in diesem Graben erstarrt war – keiner der Männer wirkte, als hätte er Angst. Nach der ersten kurzen Überraschung darüber, eine Frau zu sehen, hatten sich alle wieder in einen Zustand zurückfallen lassen, der sehr nach Resignation aussah. Was bedeutete, dass sie so etwas schon des Öfteren durchgemacht haben mussten – zu oft wahrscheinlich. Aber sie hatten es überlebt, denn sonst wären sie ja jetzt nicht hier. Jess schöpfte Hoffnung.

Sie konzentrierte sich auf ihre Finger, und als diese endlich reagierten und sich dehnten, erinnerte sie sich auf einmal auch an die Kameras. Schnell schob sie die Leica auf ihren Rücken und hob die Rollei. *Schau durch den Sucher*, sagte sie sich. Eine Kamera reduzierte die Dinge auf die Größe eines Rahmens, und sie konnte es durchaus gebrauchen, das Chaos auf ein Minimum zu bringen.

Immerhin war sie geistesgegenwärtig genug, zu wissen, dass jede plötzliche Bewegung und überhaupt alles, was die amerikanischen Soldaten ablenkte, tödlich enden konnte. Aber der Vorteil einer zweiäugigen Spiegelreflexkamera wie der Rollei war, dass man mit ihr aus der Hüfte schießen und ganz unauffällig fotografieren konnte. Der

Captain war zu nah für eine gute Fokussierung, aber statt lange herumzufummeln, lehnte sie sich ein Stück zurück, um den nötigen Abstand herzustellen. Während ihr Grabennachbar auf einen kleinen Trupp deutscher Soldaten feuerte, die sie, wenn sie über den Rand des Grabens schielte, gerade eben ausmachen konnte, fotografierte sie.

Scharfstellen, abdrücken. Scharfstellen, abdrücken. Im Kopf wiederholte sie die Worte gebetsmühlenartig und konzentrierte sich stets darauf, den Hintergrund des Bilds verschwimmen zu lassen, damit die Lichtblitze der Geschosse wie Flammen um die Hände des Captain tanzten, die so von Schmutz starrten, dass sie fast Teil des Gewehrs zu sein schienen, das sie hielten.

Wie kann es sein, dass man sich an dieses Getöse gewöhnt, überlegte Jess, als sie irgendwann tatsächlich anfing, in dem Lärm einzelne Geräusche wahrzunehmen. Ein Aufschrei, ein Heulen ließ sie zusammenzucken, dann hob sich plötzlich der Erdboden, wurde in die Luft geschleudert und prasselte dicht neben ihnen wieder herab, und sie sah, wie der Jeep explodierte – mit all ihren Habseligkeiten, die sie nicht in London zurückgelassen hatte.

Nach einiger Zeit ließ der Regen so weit nach, dass Jess die Deutschen sehen konnte, die viel näher waren, als sie gedacht hatte – Gott sei Dank hatte sie es nicht bemerkt, als sie in den Graben gestolpert war, sonst hätte sie womöglich nie einen Weg aus der Todesangst heraus gefunden. Die Soldaten wirkten konfus, überhaupt nicht wie die teuflischen Kreaturen, die sie sich vorgestellt hatte. Viel eher ähnelten sie dem Captain neben ihr: jung, vielleicht Mitte zwanzig, schmutzig, müde, nass, von oben bis unten voller Schlamm und blind für alles außer dem Sichten und Abschießen von Feinden.

Dann begann der Captain, in Richtung der anderen Soldaten eine Reihe komplizierter Gesten zu machen – wohl eine Methode, trotz des Lärms mit ihnen zu kommunizieren. Die Soldaten kletterten daraufhin aus dem Graben, rannten etwa hundert Meter nach vorn und verschwanden in einem anderen Graben. Jess hob den Kopf genug, um ihre Flucht mit der Kamera festzuhalten.

»Das können Sie nicht machen!«, schrie der Captain sie an.

»Warum denn nicht, zum Teufel?«, konterte sie. Wenn er sie daran hinderte, zu fotografieren, hatte sie nichts mehr, was sie von der beängstigenden Tatsache ablenkte, dass sie sich in der direkten Schusslinie der Nazis befanden. Reflexartig griff ihr Körper auf die Schlagfertigkeit und das Lächeln zurück, mit denen sie in der Vergangenheit immer ihren Willen durchgesetzt hatte, und einmal mehr staunte sie, dass sie mitten in diesem Inferno einigermaßen funktionierten. »Hören Sie auf, sich meinetwegen Sorgen zu machen«, fuhr sie fort. »Ich bin viel weniger gefährlich als die Deutschen.«

Sie glaubte so etwas wie die Spur eines Lächelns auf seinem Gesicht wahrzunehmen, jedenfalls wandte er seine Aufmerksamkeit wieder den explodierenden Sternen zu, die vor ihnen aufstiegen und in den Qualm herabstürzten, der dicker war als jeder Nebel, der den Hudson heraufzog, herab in den erstickenden Dunst aus Erde, Munition und Adrenalin, der die Luft erfüllte.

Jess hätte nicht sagen können, wie lange sie dort kauerte und alles zunächst mit der Rolleiflex und dann, als nur noch ein letztes Bild übrig war, mit der Leica festhielt. In den Feuerpausen witzelten die GIs miteinander und fanden genügend Zeit, aus den allgegenwärtigen weiß-roten Päckchen eine Lucky Strike zu ziehen und anzuzünden. Auf einmal erinnerte Jess sich an etwas, das sie in einem von Marthas Artikeln über den Bürgerkrieg in Spanien gelesen hatte: Niemand konnte ständig damit rechnen, von einer Granate getroffen zu werden, niemand konnte sich den ganzen Tag in Erwartung des Todes zusammenkauern. Während sie die Männer um sich herum beobachtete, begriff Jess auf einmal, was Martha damit gemeint hatte.

Gerade als sie die Leica bereit hatte und ihr Finger schon auf dem

Auslöser lag, sah sie durch den Sucher einen Mann in deutscher Uniform fallen; ein Schuss ihres Grabennachbars hatte ihn getroffen. Der Captain reagierte nicht, sondern nahm nur den nächsten Deutschen ins Visier und erschoss auch ihn. Die Männer starben, nicht heldenhaft, nicht spektakulär, sie verschwanden einfach im Schlamm, ohne dass jemand in ihrer Nähe war, der um sie trauerte. Zwei Leben waren zu Ende, und Jess hatte mit ihrer Kamera den Moment ihres Todes festgehalten. Sie wusste nicht, ob sie das Negativ jemals würde betrachten können, wusste nicht, ob sie es jemals schaffen würde, sich anzuschauen, was genau es bedeutete, zu sterben.

Eigentlich hätte sie sich freuen müssen, denn es war doch gut für ihr Land, wenn es zwei Deutsche weniger gab. Aber wie konnte man sich darüber freuen, dass ein junger Mensch gestorben war, einsam und allein, als wäre es ein unwichtiger Nebeneffekt dieses gewaltigen Fiaskos, das man Krieg nannte?

———

»Ich muss Sie mit den Sanitätern rausschicken«, sagte ihr Nachbar eine Weile später, als das Schießen nachgelassen hatte und die Männer aus ihren Feldflaschen tranken.

»Wo sind sie denn?«, fragte Jess. »Der ganze Lärm hat meinen Kopf in lauter Puzzleteile zerlegt. Es ist mein erster Tag hier, und das sage ich nicht, um Mitleid zu erregen, sondern nur als Erklärung.«

»Erklärung angenommen, kein Mitleid gespendet.«

»Wie lange geht das hier schon so?«, fragte Jess weiter und machte eine ausladende Armbewegung zu Schlamm und Regen, denn schließlich war es ihre Aufgabe, Antworten zu bekommen, die zu ihren Fotos gehörten. Außerdem war Konversation als Ablenkung von der Angst mindestens so gut wie das Fotografieren.

Müde rieb sich der Captain die Schläfen. »Seit Wochen. Eigentlich seit unserer Ankunft im September. Anscheinend hat niemand daran gedacht, herauszufinden, wie der italienische Winter aussieht.«

Dann war er also ein Veteran. Nur wenige Einheiten der US-Armee waren bisher eingesetzt worden, aber er war bereits seit zwei Monaten in Italien. Seine Worte erinnerten Jess an ihren Vater, der auch immer im Winter in ferne Lande reisen wollte, aber nie das Wetter in Betracht gezogen hatte und sich auch nie erinnern konnte, wo genau sie das Zelt aufgeschlagen hatten. Die Organisatoren dieses Krieges mussten Männer wie ihr Vater sein – obwohl dieser Gedanke sicher nicht ganz fair war. Hier draußen im Matsch, der sich unter den ständig auf ihn herunterprasselnden Wassermassen bewegte, als wäre er lebendig, unter einem Regen, wie es ihn sicher seit Noahs Zeiten nicht mehr gegeben hatte, inmitten von jungen Männern, die im Bruchteil einer Sekunde tot sein konnten, war es wahrscheinlich unmöglich, irgendetwas richtig zu organisieren. Jess dankte Gott, dass sie nicht das dumme, naive Model war, für das alle sie hielten, sondern eine Frau, die schon früh gelernt hatte, sich auch inmitten des schlimmsten Chaos irgendwie zurechtzufinden.

»Was ist?«, fragte der Captain und musterte sie.

»Ich bin einfach nur dankbar, dass ich auf Tahiti in einen Hurrikan geraten bin, als ich sechs Jahre alt war. Das war natürlich nicht ganz so schlimm wie das, was hier vor sich geht, aber …« Sie zuckte die Achseln.

»Auf Tahiti?«, fragte er und zog erstaunt die Augenbrauen in die Höhe.

»Ja, auf Tahiti«, wiederholte sie.

»Ich würde alles darum geben, jetzt dort zu sein«, meinte er. »Hurrikan hin oder her. Kommen Sie, wir gehen.«

Jess wollte sich aufrichten und die verkrampften Beine vertreten, duckte sich aber sofort wieder in den Graben, als sie das Pfeifgeräusch hörte, das, wie sie inzwischen gelernt hatte, einer Granatenexplosion vorausging.

»Kein Grund, den Kopf einzuziehen«, erklärte der Captain. »Das ist eine der unseren. Und wir geben uns wirklich alle Mühe, nicht allzu oft einen von unseren eigenen Leuten damit abzuschießen.«

»Wie können Sie denn beurteilen, von wem das Ding stammt?«

»Man muss nur genau hinhören«, antwortete er und tat, als spitze er die Ohren – obwohl man sowieso nichts anderes tun konnte. »Wenn Sie erst das Pfeifen und dann den Einschlag hören, ist es eine von denen. Kommt der Einschlag zuerst und dann das Echo, eine von uns. Garantiert werden Sie verdammt schnell lernen, ein Pfeifen von einem Echo zu unterscheiden. Jetzt sind wir unterwegs zu dem Fuchsbau da drüben. Da müsste sich ein Sanitäter aufhalten. Sie brauchen sich keine Sorgen zu machen.« Dabei blickte er zum Himmel empor, als hätte er die Macht, zu verhindern, dass in ihrer Nähe Granaten hochgingen, während sie sich hinter die Schusslinie zurückzogen.

Jess war dankbar, dass sie Marthas Artikel gelesen hatte und wusste, dass ein Fuchsbau nichts mit Füchsen zu tun hatte, sondern ein Schutzraum war, in dem die Soldaten sich im Kampf versteckten. So blieb ihr wenigstens die Blamage erspart, nachfragen zu müssen, was ihr Begleiter meinte. Außerdem war sie dankbar für seine Lektion über die Granaten. Sie wusste verflucht wenig und fragte sich einmal mehr, weshalb sie darauf bestanden hatte, ausgerechnet an diesen Ort zu kommen. Was hatte sie sich bloß dabei gedacht?

Aber Martha hatte gesagt, sie hätte auch nichts vom Krieg gewusst, als sie 1937 nach Spanien kam. Und sie hatte überlebt, hatte von Männern wie dem neben Jess gelernt und ihre Sache verdammt gut gemacht. Nach einem schrecklichen Erlebnis aufzugeben war nicht Jessica Mays Sache. Doch sie erzählte dem Captain nichts von all dem, als sie zu dem Fuchsbau rannten. Der Boden war so glitschig, dass Jess dauernd befürchtete, hinzufallen, was womöglich nicht nur ihren Film beschädigt, sondern wahrscheinlich auch ihren Stolz verletzt hätte.

»Wäre es nicht leichter, auf dem Bauch zu rutschen wie ein Pinguin?«, fragte sie an einem Punkt, als sie zumindest einen Teil ihres Stolzes bereits aufgegeben hatte und es gerade noch rechtzeitig schaffte, nach dem Arm ihres Begleiters zu greifen.

Er lachte. »Ja, wahrscheinlich schon.«

Sie fanden den Sanitäter und setzten ihre mühsame Wanderung fort, hin zu einem noch weiter zurückliegenden Punkt, wo ein Jeep parkte. Gerade wurde ein Verwundeter hinten eingeladen, der Captain kletterte zu Jess auf den Vordersitz.

»Ich brauche keine Eskorte«, wehrte sie ab.

»Die Deutschen haben sich fürs Erste zurückgezogen und kommen erst morgen wieder – wenn wir Glück haben. Auf alle Fälle bin ich für eine halbe Stunde abkömmlich. Außerdem werde ich degradiert und muss in einem Trainingscamp arbeiten, statt eine Kompanie ins Feld zu führen, wenn herauskommt, dass ich eine Frau in meinen Fuchsbau begleitet und sie nicht sofort außer Schussweite gebracht habe. Und ja, man könnte so viele Witze über das machen, was ich gerade gesagt habe, dass man gar nicht wüsste, wo man anfangen sollte«, schloss er grinsend.

Jess prustete los. Wenn irgendjemand behauptet hätte, dass es möglich sei, über den gefährlichsten Augenblick des eigenen Lebens zu lachen, hätte sie es nicht für möglich gehalten. Doch in diesem Moment wurde ihr klar, dass man gar nichts anderes tun konnte, um diese Situation auszuhalten – jenseits des Witzes lauerte nur noch die Verzweiflung, und niemand konnte es sich leisten, damit auch nur eine Sekunde zu verschwenden. Sonst hätte man sich ebenso gut unbewaffnet den Deutschen in die Arme werfen können.

Schon nach einer kurzen Fahrt waren sie beim Feldlazarett angekommen – doch diese Bezeichnung wirkte für die Zelte, die Bahren, die Leichen und den Gestank viel zu hoch gegriffen. Die wenigen verfügbaren Hilfskräfte schafften es nicht, die vielen Toten von den

Wagen zu laden. »Flick!«, rief der Captain einer Frau zu, die gerade herausgekommen war, um nach den Verwundeten in ihrem Fahrzeug zu sehen. »Kannst du Captain …« Er hielt inne.

»Oh, ich bin Jessica May. Freut mich, Ihre Bekanntschaft zu machen«, stellte Jess sich vor und hielt ihm ihre schmutzige Hand hin.

Ehe er antworten konnte, unterbrach Flick: »Wo bist du denn so lang gewesen, Fremder?«, und lächelte ihn mit einer Unbefangenheit an, die nahelegte, dass sie sich nicht nur Kriegsgeschichten erzählt hatten.

Jess spürte, dass sie das letzte Bild auf der Rollei genau für einen solchen Moment aufgespart hatte, und packte die Gelegenheit beim Schopf: der schlammbedeckte Offizier, der über die Schulter zum Schlachtfeld zurückblickte, zu den Männern, um die er sich kümmern musste – und die Krankenschwester, die ihn anhimmelte.

———

Die Nacht im Feldlazarett 11 war fast schlimmer als der Tag auf dem Schlachtfeld. Die Deutschen kontrollierten die Hochlagen des Gebirges, und das Lazarett befand sich in Reichweite ihrer Granaten. Die Stelle, an die es aus Sicherheitsgründen verlegt worden war, stellte sich lediglich als die bessere von zwei schlechten Möglichkeiten heraus.

Wenige Minuten nach Jess' Ankunft hatte Flick sie in ein Zelt geführt, das sie mit fünf weiteren Frauen teilen würde und in dem ein Feldbett frei war, weil die Schwester, die es bisher benutzt hatte, mittlerweile selbst Patientin war. So bezahlte man dafür, wenn Krankenschwestern näher an der Frontlinie arbeiten durften als in jedem anderen Krieg, doch das Risiko wurde dadurch aufgewogen, dass ein Verwundeter statt in fünf schon innerhalb von einer Stunde im Schockzelt wiederbelebt und mit einer rettenden Plasmainfusion versorgt werden konnte.

Jess hatte Glück und konnte im Vorratslager einen Film für ihre Leica auftreiben. Doch es war der einzige Glücksfall an einem langen und glücklosen Tag, an dem die Deutschen mit tödlicher Entschlossenheit das Lazarett mit Granaten beschossen.

»So ein heftiger Angriff ist noch nie passiert«, sagte Anne, eine zierliche Krankenschwester, grimmig zu Jess. Anne sah aus, als wäre sie kaum in der Lage, beim Anheben einer Trage zu helfen, doch in Wirklichkeit lastete die Verantwortung für das Überleben eines jeden Verwundeten auf ihren schmalen Schultern. »Das erste Mal haben wir noch gedacht, es wäre ein Versehen. Aber inzwischen wissen wir, dass die Deutschen tatsächlich ernsthaft auf uns zielen.«

Und so war es. Kurz darauf schlug eine Granate im Messezelt ein und hinterließ ein Chaos von halb im Schlamm begrabenen Rationsdosen, eingelegten Eiern, gesalzenen Erdnüssen und Zwiebeln. Zum Glück war um die Zeit niemand dort, doch die gesamte Stromversorgung, deren Verbindungskabel durch das Zelt liefen, brach zusammen, und für den Rest der Nacht war man auf Taschenlampen angewiesen.

Da alle medizinischen Pflegekräfte mit anderen Dingen beschäftigt waren, hielt auch Jess im Operationszelt eine davon in der Hand, beobachtete die Ärzte, die in schlammbedeckten Stiefeln und blutbespritzten Chirurgenkitteln operierten, und hielt die Szenerie mit der Kamera fest. Wieder konzentrierte sie sich ganz darauf, nur durch den Sucher zu blicken, denn so schaffte sie es, ihren Magen einigermaßen im Zaum zu halten. Und es war ja ihre Aufgabe, ruhig zu bleiben – wie würden die Menschen in Amerika sonst erfahren, was hier vor sich ging?

Sie hatten doch keine Ahnung, was eine Granate mit einem Bein anrichten konnte – wie sie das Fleisch einfach abriss, bis es nur noch durch den Knochen am Körper festgehalten wurde. Wie sich bei diesem ganz speziellen Heulen alle auf den Boden warfen – aber erst, wie Jess bemerkte, nachdem Anne überprüft hatte, dass die Infusionsnadel sich an der richtigen Stelle im Arm des Verletzten befand. Wie alle, wenn sie die Explosion gehört hatten und die Granate detoniert war, sofort wieder aufstanden und dort mit der Operation fortfuhren, wo sie unterbrochen worden waren, anscheinend ohne einen Gedanken daran, dass sie alle jeden Moment sterben könnten. Und so ging es immer weiter – mit dem Zischen der Granaten, dem Auf-den-Boden-Werfen, der Explosion, dem Aufstehen, dem Weiteroperieren, dem endlosen Auswechseln von Blut- und Plasmabeuteln.

Ein Verwundeter nach dem anderen wurde hereingetragen, zerrissene Gesichter, zerschmetterte Knochen – so viele junge Männer, dass nach Mitternacht der Vorrat an Blutkonserven gefährlich knapp wurde. Doch nun streckte das Personal die Arme aus und spendete Blut, als wäre es das Selbstverständlichste der Welt. Auch Jess reihte sich ein. Sie sah, wie einer der Chirurgen – er hatte sich als Major Henderson vorgestellt – einen Soldaten, dessen Lungen voll Blut waren, vor dem Ertrinken zu retten versuchte, indem er mit einer Tracheotomiekanüle das Blut aus der Lunge absaugte und es dem Mann intravenös wieder zuführte. Ständig trafen neue Verwundete ein, und Jess konnte gar nicht glauben, wie die Sanitätsfahrzeuge überhaupt noch durch den Schneeregen und die Finsternis draußen vorwärtskamen.

»Halten Sie mal seinen Fuß«, befahl Major Henderson an einer Stelle.

Jess legte die Kamera ab und tat es, sah zu, wie er erst das eine, dann das andere Bein absägte, folgte den Anweisungen, zwang sich, in das Gesicht des Verletzten zu schauen, ohne zu weinen, denn er war es, der seine Beine verlor, nicht sie.

Der Soldat packte ihre Hand. »Meine Füße sind so kalt«, murmelte er. »Bitte, könnte ich eine Decke haben?«

Und obwohl der Soldat keine Füße mehr hatte, fand Jess eine Decke für ihn und legte sie über die Stelle, wo sie gewesen waren. Doch bei dem Versuch, ein wenig Trost zu spenden, übermannten sie endlich die Tränen. Egal wie sehr sie versuchte, sie zu unterdrücken, Anne bemerkte es doch und berührte sie sanft an der Schulter.

»Such dir eine Beschäftigung«, sagte sie. »Wenn nichts passiert, haben wir zu viel Zeit zum Nachdenken, und das führt immer zu Tränen. Versuch, nicht zu denken. So gut es eben geht.«

Jess bemühte sich nach Kräften, befolgte alle Anweisungen, half beim Verbinden von Verbrennungen, beim Reinigen von Wunden. Aber als sie den Stapel amputierter Beine sah, der an der Seitenwand des Zelts aufgeschichtet war, musste sie innehalten und tief durchatmen, um sich nicht zu übergeben – obwohl ihr Magen leer war. Auf einmal wollte sie nur noch nach Hause.

Zum Glück hörte der Granatenbeschuss ungefähr um diese Zeit auf, so dass sie und drei andere Schwestern zu Bett geschickt wurden, wo Jess sich anstrengte, sich ihr plötzliches, quälendes Heimweh nicht anmerken zu lassen.

»Leg deinen Schlafsack am besten unter die Pritsche«, riet Anne ihr. »Wenn das so weitergeht, könnte es sein, dass wir den Extraschutz brauchen.«

Jess tat es und sah zu, wie Anne in einer leeren Rationsdose auf einem kleinen Ölofen, der in der Mitte des Zelts stand, Wasser erhitzte, in ihren Helm goss und begann, sich damit zu waschen. Eine der anderen Schwestern schrubbte ihr den dünnen, fröstelnden Rücken. Während der ganzen Prozedur behielt Anne ihre Stiefel an, denn nicht einmal die Dämme, die die Frauen um das Zelt herum erbaut hatten, konnten ganz verhindern, dass das Regenwasser hereinsickerte. Schließlich schloss sie die Säuberung damit ab, dass sie die Füße nacheinander aus den Stiefeln zog und reichlich mit dem Inhalt einer gelben Dose mit Marathon-Fußpuder bestäubte.

»Du kannst als Nächste ein Bad nehmen«, sagte sie dann zu Jess und machte eine Kopfbewegung zur nächsten Portion Wasser, die bereits auf dem Ofen warm wurde.

»Morgen müssen wir den Graben um die Damentoilette ein bisschen tiefer machen«, sagte eine andere Krankenschwester, die gerade ins Zelt kam. »Ich glaube, der gesamte Fluss Volturno ist zu uns umgeleitet worden.«

Die ganze Nacht lag Jess wach in ihrem Schlafsack und war froh, dass wegen des Lärms draußen niemand ihr Schluchzen hören konnte. Wäre Emile da gewesen, hätte sie ihn zu sich ins Bett geholt, weil sein vertrauter Körper als Verbindung zu einer Welt, die sie verstehen konnte, wenigstens ein kleiner Trost gewesen wäre. Stattdessen jedoch gingen ihr die Fotos nicht aus dem Kopf, die sie hier bisher gemacht hatte – wobei die Bilder des Kampfs gar nicht die schlimmsten waren, sondern die anderen. Das Foto der Krankenschwester, die eine Latrine mit Wänden aus Stapeln zusammengefalteter Decken als Damentoilette bezeichnet hatte. Das Bild von Anne, die darauf bestanden hatte, dass ihre kümmerliche Katzenwäsche mit Wasser aus ihrem Helm ein Bad war. Das Foto von Flicks leuchtend rosa lackierten Fingernägeln. Und auch ein Bild von dem großen Spiegel, den eine der Schwestern auf dem Weg nach Norden aus einem zerstörten italienischen Palast mitgenommen hatte und der jetzt mit einem Seil am Zeltdach befestigt war. In all diesen Bildern war der Geist des Fotos gegenwärtig, das sie nicht gemacht hatte. Das des jungen Mannes, der trotz der Tracheotomie gestorben war und der sie, kurz bevor sein Herz aufgehört hatte zu schlagen, um ein Stück Wassermelone gebeten hatte.

Die Welt musste erfahren, dass Monte Cassino, ein kleines Fleckchen auf der Landkarte und für die Amerikaner lediglich der Name einer Schlacht, in Wahrheit ein junger Mann ohne Füße war, der Trost in einer Decke suchte. Aber konnte Jess das in ihren Fotos wirklich vermitteln? Auf einmal erschien ihr ihre Arbeit viel komplexer, als sie anfangs begriffen hatte. Und auch aus diesem Grund weinte sie: weil sie an ihrem Talent und vielleicht sogar an ihrem Durchhaltevermögen und ihrer Fähigkeit zweifelte, diese Aufgabe so bewältigen zu können, wie sie bewältigt werden musste.

Vielleicht musste sie sich eingestehen, einen Fehler gemacht zu haben. Vielleicht musste sie Bel bitten, jemand anderen an ihrer Stelle hierherzuschicken.

Kapitel 4

Doch sie hatte keine Gelegenheit, um eine Ablösung zu bitten. Stattdessen traf der PRO aus Neapel im Lazarett ein – der Mann, der ihr gesagt hatte, sie solle dafür sorgen, dass er ihretwegen keinen Ärger bekam –, beschimpfte sie und unterstellte ihr, sie habe seine Anweisungen missachtet und sich mutwillig auf ein Schlachtfeld begeben.

»Es war ein bisschen schwierig, an Sie und Ihre Anweisungen zu denken, während ich in einem Graben saß und auf mich geschossen wurde«, gab sie zurück und klang dabei wieder mehr nach ihrem alten Selbst, als es in den letzten beiden Tagen der Fall gewesen war.

Irgendwie hatte sich die Nachricht schneller verbreitet als Läuse in einem Fuchsbau, dass eine Frau sich an der italienischen Front herumtrieb – dies kam einem Verstoß gegen die Konditionen ihrer Akkreditierung gleich und war offenbar ein schlimmeres Verbrechen als jedes Massaker. Man verfrachtete sie in Neapel kurzerhand in ein Flugzeug und schickte sie zurück nach England. Eigentlich hatte Jess gedacht, dass sie die Hölle, die aus der Unterwelt ausgebrochen und auf einem italienischen Berg gelandet war, nur zu gern hinter sich lassen würde. Dennoch machte sie die Art, wie man sie angeschrien und einfach wegbeordert hatte, so wütend, dass sie den Mund hielt und niemandem verriet, dass sie keineswegs sicher gewesen war, ob sie in Italien bleiben wollte.

Am Flugfeld wurde sie von einem anderen PRO abgeholt und nach London gefahren. Sein Name war Warren Stone, also war er der Mann, den der PRO in Neapel einen verdammten Idioten genannt hatte.

Stone war groß, blond, hatte auffallend weiße Zähne und sprach mit ihr in einem Ton wie ein Tierarzt, der eine reizbare Stute zu beschwichtigen versuchte. Er legte ihr sogar behutsam die Hand auf den Arm. »Ich weiß, dass ein Fehler gemacht worden ist«, säuselte er dabei.

»Richtig«, erwiderte Jess erleichtert, denn immerhin schien diesem Mann klar zu sein, dass sie nicht vorsätzlich losgezogen war, um Kampfhandlungen zu fotografieren. »Man hat mir gesagt, dass ich an der Stelle ein Lazarett vorfinden würde, darüber sollte ich schreiben – und nicht über eine Schlacht.«

»Ich kann Ihnen sicher einen wesentlich passenderen Auftrag verschaffen«, erwiderte Warren und lächelte sie an. »Wir haben es gern, wenn Frauen sich auf weibliche Interessen konzentrieren, für die Frauenseiten. So etwas etwa.« Er überreichte ihr eine bei einem Artikel von Inez Robb in Nordafrika aufgeschlagene Zeitung. Die Überschrift lautete: »Nicht mal der Krieg kann eine Winterkreuzfahrt im Mittelmeer verderben«, daneben eine Karikatur von Robb, die sich vor einem Spiegel die Lippen schminkte. »Ich habe keine Ahnung, warum man Sie nach Italien geschickt hat. Wie gesagt – jetzt kümmere ich mich um Sie, und so etwas wird nicht noch einmal vorkommen.«

»Ich habe selbst darum gebeten, nach Italien geschickt zu werden«, entgegnete Jess leise, während sie nicht nur das verarbeitete, was er gesagt hatte, sondern auch, wie er es ausgedrückt hatte – als wäre er ihr Beschützer, der sie gnädig in eine für Frauen schickliche Richtung leiten und nicht wieder in Gefilde abschweifen lassen wollte, die für sie unpassend waren.

»Aber nun, da Sie Italien gesehen haben, wissen Sie ja, dass Sie einen Fehler gemacht haben.«

Er ließ den Satz zwischen ihnen in der Luft hängen und eröffnete ihr den Ausweg, den Jess sich eine Weile zu wünschen geglaubt hatte. Doch dieser Mann behandelte sie dermaßen herablassend, dass es für sie vollkommen ausgeschlossen war, ihm zu gestehen, wie dicht sie in

Italien tatsächlich an ihre Grenzen geraten war. Weil sie jedoch nicht sicher war, ob sie mit ihrer Einschätzung richtiglag, sondierte sie die Lage lieber noch einmal und fragte: »Wenn einem Mann dasselbe passiert wäre wie mir, hätte man ihn nicht nach England zurückgeschickt, oder? Es geht also nicht nur darum, dass ich Fotos gemacht habe, die über den Rahmen meiner Anweisungen hinausgehen?«

»Frauen ist der Zutritt zu Kampfgebieten strengstens verboten. Aber wie ich schon gesagt habe, kann ich Ihnen gern jede Menge Aufträge vermitteln.« Wieder die Berührung am Arm, wieder das Lächeln – das nahelegte, dass er es gewohnt war, irgendeine starke Wirkung auszuüben, wenn er seine weißen Zähne fletschte. Nun war Jess endgültig klar, dass er sie nicht nur zu der Art von Berichterstattung zurückpfeifen wollte, die sie für die *Vogue* ebenso gut in Amerika erledigen konnte, sondern obendrein auch noch mit ihr flirtete. Und er tat das mit einer Dreistigkeit, als ginge er fest davon aus, sie würde ihn voller Dankbarkeit dafür, dass er sie gerettet hatte, anhimmeln und sich, da sie ja eine Frau war, liebend gern von ihm zum Abendessen ausführen lassen. Vorausgesetzt natürlich, das Restaurant befand sich nicht in einem Kriegsgebiet.

»Ich soll mich also auf Kreuzfahrten und Kosmetik beschränken?«, fragte sie kühl und ließ die Zeitung auf den Boden des Jeeps fallen.

»Vielleicht lieber nur auf Kosmetik«, antwortete er und ließ dabei, statt nach vorn auf die Straße zu schauen, den Blick über Jess' Gesicht und ihren Körper wandern, wobei er sie angrinste, als gehe er fest davon aus, dass sie den Witz gut fand. »Soweit ich weiß, ist das doch Ihr eigentlicher Kompetenzbereich.«

Er wusste also, wer sie war. Jess biss die Zähne zusammen. »Ich bin hier, weil ich auch über andere Kompetenzen verfüge.«

»Darüber können wir uns gerne bei einem Drink unterhalten.«

»Ich möchte wirklich nur meine Arbeit machen«, sagte Jess förmlich und versuchte, so zu tun, als hätte sie einfach keine Zeit, denn ihr war klar, dass es keine gute Idee war, es sich mit diesem PRO zu verderben. Dabei wusste sie gar nicht, ob sie überhaupt noch Arbeit bekommen würde, die sie erledigen konnte und wollte, oder ob dieses unbehagliche Treffen in einem Auto das Ende von allem war.

»Frauen gehören nicht ins europäische Einsatzgebiet.« Jetzt schlug Stone einen härteren Ton an, und Jess verstand seine Bemerkung als Warnung – es wäre besser, einen Schritt zurückzuweichen und sein Interesse sowie seine Einladung zum Rendezvous anzunehmen. Vermutlich verfielen die Frauen, denen er den Zutritt zum kosmetischen Einsatzgebiet gestattete, sonst seinem Lächeln – oder taten zumindest so, um des lieben Friedens willen. Leider war Jess nie sonderlich gut darin gewesen, sich zu verstellen. In diesem Moment kam der Jeep vor dem Dorchester Hotel zum Stehen.

»Und warum sollte das so sein?« Sie wünschte, sie könnte einfach weggehen, denn sie war sicher, dass seine Antwort ihr nicht gefallen würde.

»Nun«, sagte er und lächelte wieder, »denken Sie doch mal an die Probleme mit den Latrinen. Wo würden Sie …«

»Stopp«, fiel sie ihm ins Wort, unfähig, seinen Ausflüchten noch länger zuzuhören. Männer verloren Gliedmaßen, verloren ihr Leben, und die PROs machten sich Sorgen, wo eine Frau ihre Blase entleerte?

Als sie ihm den Rücken zuwandte und wortlos aus dem Jeep kletterte, zischte Warren: »Sie werden Ihr Zimmer nicht verlassen, bis die PR-Abteilung entschieden hat, wie Sie für Ihre Befehlsverweigerung zu bestrafen sind.«

Im Lauf der nächsten Woche begriff Jess, dass sie faktisch eingesperrt war. Man hatte ihr die Chance gegeben, aus dem Schlamassel herauszukommen, nach New York zurückzukehren oder inhaltsleere Füllartikel zu schreiben, aber nun hatte sie stattdessen jemanden verärgert, mit dem sie zusammenarbeiten musste, wenn sie blieb. Falls sie blieb.

Tag für Tag starrte sie aus dem Fenster auf den trostlosen, zerbombten Trümmerhaufen namens London. Konnte man die Welt jemals wieder reparieren? In dieser Stadt gab es kaum genug zu essen, Zigaretten und Zahnbürsten waren entweder gar nicht zu haben oder kosteten ein Vermögen. All das würde es für Jess noch schwieriger machen, Ersatz für die Dinge zu finden, die sie bei der Explosion des Jeeps verloren hatte. London schien in einer endlosen Nacht gefangen zu sein; kaum war die Sonne mühsam aufgegangen, wurde es – gegen vier Uhr nachmittags – auch schon wieder dunkel, und die Verdunkelungspflicht machte es nicht besser.

Auf der Straße hinter dem Hotel beobachtete Jess zwei Mädchen in selbst gemachter Schwesternuniform, die ihre Puppen in den zerbröselten Backstein- und Betonüberresten eines Hauses vergruben, sie wieder ausbuddelten, in einen Kinderwagen legten und ihre Wunden versorgten. Sie spielten Krieg, denn es war die einzige Wirklichkeit, die sie kannten. Was geschah mit den Kindern, die im Krieg geboren wurden und es für normal hielten, dass Bomben vom Himmel fielen? Die ganz selbstverständlich davon ausgingen, dass es in einer Straße nicht nur bewohnbare, sondern auch zerstörte Häuser gab? Die noch nie eine von elektrischem Licht erhellte Nacht erlebt hatten?

Jess saß mit gezücktem Stift auf dem Stuhl an ihrem Schreibtisch und überlegte, ihre Gedanken aufzuschreiben und vielleicht später abzutippen, falls sie irgendwann ihre Schreibmaschine ersetzen konnte. Aber Warren Stones offensichtliche Überzeugung, dass Frauen nur über Staffage schreiben und letztlich auch nur welche sein sollten, machte sie einerseits unfähig zu schreiben, andererseits war sie aber auch nicht bereit, seine Theorie, dass Frauen und Krieg nicht zusammenpassten, zu bestätigen. Also wartete sie und redete sich ein, dass sie, wenn man sie rauswarf, zwar wohl oder übel gehen musste, aber keinesfalls bereit war, klein beizugeben. Oder?

Ein Klopfen ließ sie aufschrecken, und als sie öffnete, stand ein Hotelangestellter mit einem Telegramm für sie vor der Tür.

Tut mir leid, Jess, keins von Deinen Fotos hat es geschafft, nicht mal das vom Lazarett. Das Kriegsministerium hat alle zensiert. Ohne Bilder kann ich die Lazarettgeschichte nicht bringen. Was soll ich sagen – beim nächsten Mal klappt es bestimmt? Bel xx

Jess zerknüllte das Papier sofort.

Alles war umsonst gewesen. Schlimmer noch – ihr Versuch, eine Geschichte zu veröffentlichen, hatte dazu geführt, dass man sie in ein Hotelzimmer sperrte, wo sie jetzt darauf wartete, gefeuert zu werden. Aber seit wann war Jessica May eine Frau, die demütig auf irgendetwas wartete? Sie schleuderte das zerknüllte Telegramm an die Wand, stürmte zu ihrem Toilettentischchen und starrte sich im Spiegel an.

Du bist kein Feigling, sagte sie sich. Aber was, wenn sie nicht talentiert genug war, um die Bilder zu verwirklichen, die sie vor ihrem inneren Auge sah? Dann bestand ihre Aufgabe darin, es zu lernen. Niemand anderes konnte diese Fotos machen, kein männlicher Fotojournalist würde je auf die Idee kommen, dass Krankenschwestern es wert waren, ihnen Interesse entgegenzubringen – höchstens sexueller Natur. Natürlich hinderte das Kriegsministerium Bel daran, Jess' Fotos zu veröffentlichen, denn dann würde jeder erfahren, dass eine Frau an einem Kriegsschauplatz gewesen war – und offenbar lag genau hier das wahre Problem. Es war nicht der Tod und das Sterben, nicht die undokumentierte Tapferkeit eines kleinen Zelts voller Frauen bei Monte Cassino.

Wieder sah Jess zu den beiden Mädchen hinaus, die mit ernsten, erwachsenen Gesichtern ihren Puppen Kopfverbände anlegten. Jess' Gedanken rasten. Die Fotos, die sie in Italien gemacht hatte, die Fotos, die sie, wenn sie es schaffte, zu bleiben, weiterhin machen würde, waren nicht so wie die, die andere Journalisten aus Europa schickten und auf denen Soldaten mit Gewehren in Schützengräben zu sehen waren – das waren alles Bilder, die kundtaten, dass es im Krieg um Männer, Schlachten und Munition ging. Ihre Fotos aus Italien wären Präzisierungen gewesen, bildhafte Erklärungen, wie die Folgen dieses Krieges aussahen. In jeder Fotografie hatte Jess Grauen und Schönheit gleichermaßen eingefangen – eine wertvolle und seltene Verbindung, und es war ihre Pflicht, genau das der Welt zu übermitteln, ganz gleich, was es mit ihrem Magen anrichtete. Sie nahm die Rollei in die Hand, drückte sie an die Fensterscheibe und bannte auf Zelluloid, was aus Kinderspielen geworden war.

Dann legte sie die Kamera weg und ging zur Tür. Sie würde der PR-Abteilung ihren Fall darlegen. Denn sie musste bleiben, unbedingt.

Wieder klopfte es. Sie öffnete. »Marty!«, rief sie, als sie ihre Freundin sah.

»Ich dachte, das hier kannst du bestimmt gut gebrauchen.« Mit der Haltung eines Menschen, mit dem man sich nicht anlegen sollte, trat Martha Gellhorn ins Zimmer. »Frag mich bloß nicht, was ich tun musste, um dir das zu besorgen.« In Händen hielt sie eine große Flasche Whiskey und eine neue Reiseschreibmaschine. »Ich habe gehört, was passiert ist.« Martha machte es sich auf einem Stuhl gemütlich und goss zwei Gläser randvoll. »Prost. Trinken wir auf den Regelbruch.«

»Ist dir etwa das Gleiche passiert?« Jess nahm den Whiskey und machte es sich auf dem Bett bequem. Wenn man Martha so sitzen sah, mit übereinandergeschlagenen Beinen, das Glas lässig zwischen den Fingerspitzen, konnte man sich das überhaupt nicht vorstellen.

»Ich bin fünfunddreißig und habe über vier Kriege berichtet – aber hier darf ich nur am Rand sitzen und zuschauen. Ich habe eine Woche beim Bomberkommando verbracht, keiner dort wollte mich mitfliegen lassen. Dann habe ich gesehen, wie sie zwei männliche Korrespondenten problemlos mitgenommen haben.« Martha trank einen Schluck Whiskey. »Als du in Italien warst, gab es eine Pressekonferenz, und ich habe wie immer darum gebeten, in ein Pressecamp versetzt zu werden – die sind nämlich in der Nähe der Front. Der reizende Warren Stone hat mich gemustert, als wäre ich eine Nutte, und geantwortet: ›Als ich das letzte Mal nachgesehen habe, waren Sie eine Frau, Martha.‹ Der ganze Saal hat sich schiefgelacht, die fanden das unglaublich komisch. Natürlich war Warren Stones Behauptung schlicht gelogen, den würde ich doch nie an mich ranlassen. Aber ich habe beschlossen, solche Situationen – wenn Männer dich behandeln, als würdest du nur aus Brüsten, Beinen und vor allem dem dazwischen bestehen – ausnahmslos als sexuelle Belästigung zu verbuchen.«

»Warum hast du mir das alles nicht erzählt, als du Bel so eifrig zu überzeugen versucht hast, mich hierherzuschicken? Was werden die jetzt mit mir machen? Ich möchte nicht zurück nach New York!«, erklärte Jess mit Nachdruck.

»Kommt darauf an, ob jemand sich für dich einsetzt und damit rausrückt, was wirklich passiert ist«, lautete Marthas kluge Antwort – die Antwort einer Veteranin vieler Kämpfe dieser Art.

»Das wird niemand tun. Es war mein erster Tag.«

»Vielleicht lassen sie dich wegen Naivität laufen. Hab keine Angst, einen Rock zu tragen, erbettle, leihe oder stiehl dir ein Paar Seidenstrümpfe, schlag die Beine übereinander und klimpere mit den Wimpern«, riet Martha. »Um deine Prinzipien kannst du dich später kümmern.«

Jess stand auf, schon ein bisschen unsicher auf den Beinen – das große Glas Whiskey hatte rasch den Weg in ihren Blutkreislauf gefunden –, und streichelte die Schreibmaschine, die Martha mitgebracht hatte. »Hast du eigentlich auch manchmal Angst?«, fragte sie leise.

Martha lächelte. »Erinnerst du dich an meinen Artikel über das Krankenhaus in Barcelona?«

Jess musste einen Moment nachdenken, doch dann nickte sie. In dem Artikel hatte Martha über einen Jungen auf einer Station für verwundete Kinder geschrieben, der weinte und nach seiner Mutter rief. Sie war gefragt worden, ob sie die Einrichtung besichtigen wollte, und in ihrem Bericht hörte sich ihre Antwort folgendermaßen an: *»Hm, ja«, sagte ich. Hm, nein, dachte ich.* Auch Martha hatte also instinktiv den Wunsch gehabt, nicht hinzuschauen.

Als sie Martha ansah, glaubte sie in deren Blick das Gleiche zu erkennen, was auch sie selbst so beschäftigte. Eine Beklommenheit, die anders war als Angst oder gar Feigheit.

»Das bedeutet nur, dass du ein Mensch bist«, sagte Martha leise. »Und keineswegs, dass du unfähig bist, deine Arbeit zu machen. Genau diese Gefühle musst du in deine Bilder und deine Texte lenken.«

Ein guter Rat. Ehe Jess es aussprechen konnte und ehe sie sich beide noch weiter in die schwierigen Emotionen verstrickten, die der Krieg mit sich brachte, wechselte Martha entschlossen das Thema. »Ich habe gehört, dass Warren Stone nicht die Beförderung bekommen hat, nach der er sich so sehnt. Was heißen könnte, dass es demnächst gute Neuigkeiten für dich gibt.«

Es klopfte erneut. Als Jess die Tür öffnete und einen Offizier in Paradeuniform vor sich sah, sank ihr Mut. »Ich nehme an, Sie wollen mich abholen«, sagte sie.

Doch der Offizier schüttelte den Kopf. »Sie erinnern sich wohl nicht an mich?« Er nahm die Mütze ab.

Jess musterte ihn, irgendwie kam er ihr bekannt vor – es war der Captain aus dem Fuchsbau in Italien. »Scheiße!«, entfuhr es ihr, ehe sie sich auf die Zunge beißen konnte.

»Soweit ich mich erinnere, war meine Ausdrucksweise im Schützengraben auch vulgärer, als wünschenswert gewesen wäre, deshalb würde ich sagen, wir sind jetzt quitt«, meinte er trocken.

»Ohne den Schlamm habe ich Sie nicht erkannt«, erklärte Jess. Jetzt, bei Licht und ohne Regen, konnte sie sehen, dass der Captain auch ohne Morast dunkle Haare hatte, graublaue Augen und ein sehr ernstes Gesicht. »Aber wenn man Sie als Zeuge herzitiert, bin ich wohl wirklich verloren«, sagte sie resigniert.

»Mein Name ist Dan Hallworth. Und ich bin tatsächlich nach London gekommen, um eine Aussage zu machen.« Seine Mundwinkel zogen sich ein wenig nach oben, und Jess fürchtete schon, dass dieser Mann es womöglich genießen würde, ihre Laufbahn als Kriegskorrespondentin zu ruinieren, bevor sie richtig begonnen hatte.

»Und?«, fragte sie bedrückt. Sie fühlte, wie Martha hinter sie trat.

»Ich habe ausgesagt, dass Ihr Aufenthalt im Kriegsgebiet nicht Ihre Schuld war. Dass Sie keine andere Wahl hatten, weil Sie von einem Angehörigen der US-Armee dorthin gebracht wurden. Außerdem habe ich zu Protokoll gegeben, dass Sie niemanden gefährdet und das Schlachtfeld verlassen haben, sobald Sie konnten.«

»Wirklich?« Jess hielt sich mit beiden Händen an ihrem Whiskeyglas fest, um Dan Hallworth vor lauter Dankbarkeit nicht um den Hals zu fallen. »Und was hat die PR-Abteilung dazu gesagt?«

»Dass Sie sich in Zukunft heraushalten sollen. Aber«, fügte er hinzu und sah zu Martha, »ich sehe schon, dass das nicht passieren wird. Wie geht es Ihnen, Gellhorn?«

»Verdammt gut, Captain, nein, Major Hallworth. Schau einer an«, sagte sie und befingerte das Abzeichen – ein goldenes Eichblatt – auf seiner Uniform. »Dann stehen Sie jetzt also rangmäßig über uns beiden.«

Er grinste. »Ich hätte damit rechnen müssen, dass Sie beide sich zusammentun würden. Sie sehen ja schon aus wie Schwestern.«

Martha fasste sich in die Haare, die kurz und blond waren wie die von Jess, und sogar noch lockiger. »Vielleicht wenn ich zehn Jahre jünger wäre.«

»Kennst du eigentlich jeden?«, fragte Jess sie.

»Nur die, bei denen es sich lohnt«, antwortete Martha mit einem Augenzwinkern in Richtung Major Hallworth. »Ich bin Dan vor ein paar Wochen in Italien begegnet. Er hat sich die Zeit genommen, mir zu erklären, wie schnell unsere Leute bei Monte Cassino sterben.«

»Und daran hat sich nichts geändert«, bestätigte er und sah dann zu Jess. »Sie dürfen zurück nach Italien. Ich nehme an, Ihr PRO wird gleich da sein, um es Ihnen mitzuteilen. Aber da ich von Gellhorn weiß, dass die Damen keinen Jeep bekommen, dachte ich, ich hole Sie hier um 0800 am Dienstag ab. Bis zum Wochenende sind wir wieder im Purple Heart Valley.« Damit wandte er sich zum Gehen.

»Purple Heart Valley?«, wiederholte Jess fragend, und er blieb stehen.

»Das ist der Name des Verwundetenabzeichens – man hat in Italien so viele davon verliehen wie nie zuvor.«

»Ein schöner Name für einen furchtbaren Ort.«

Ehe Dan antworten konnte, sah Jess, wie Warren Stone über den Korridor auf sie zukam.

»Dann lasse ich Sie jetzt allein«, sagte Dan.

»Danke!«, rief Jess ihm nach.

»Officer Stone«, begrüßte Martha den PRO und machte sich nicht die Mühe, ihren Zigarettenrauch in die andere Richtung zu blasen. »Immer ein Vergnügen, Sie zu sehen.«

»Lassen Sie den Unsinn, Martha«, erwiderte er.

»Ich wette, wenn ich eine Schwesternuniform anhätte, wären Sie viel netter«, konterte Martha und zog eine Augenbraue hoch. Offensichtlich hatte sie keine Angst, ihn zu provozieren.

Das gab Jess neue Kraft. »Ich habe gehört, dass ich nach Italien zurückkehren kann?«

Warren verzog das Gesicht. »Offensichtlich, ja. Und ich habe den Auftrag, dafür zu sorgen, dass Sie nicht aus der Reihe tanzen. Wenn Sie diesmal also Ihre Anweisungen befolgen, muss ich mir nicht noch einmal die Schuld an Ihren Fehlern in die Schuhe schieben lassen.«

Etwas in seinem Ton und die der Formulierung innewohnende

Kränkung machten Jess stutzig. Ob Martha recht hatte? Gab es womöglich tatsächlich eine Verbindung zwischen der Beförderung, die man Stone versagt hatte, und ihrem Erfolg? Aber vielleicht konnten sie noch einmal von vorn anfangen, also versuchte sie, abzuwiegeln: »Es lag nie in meiner Absicht, ein Schlachtfeld zu betreten.«

»Aber dann haben Sie dort fotografiert und diese Fotos den Zensoren geschickt, damit jeder sie sehen kann.« Diesmal klang seine Stimme hart, und Jess ahnte, dass definitiv noch etwas anderes im Spiel war – wahrscheinlich war er zu dem Schluss gelangt, sie sei an allem schuld, und kanalisierte nun seinen ganzen Ärger, was immer ihn verursacht haben mochte, in seinen Groll gegen sie.

Also war es wohl am besten, das Gespräch zu beenden, ehe die Stimmung sich noch weiter verschlechterte. »Ab jetzt werde ich Schlachtfelder meiden«, versprach sie und schloss dann die Tür. »Was für ein Idiot«, seufzte sie, nachdem seine Schritte sich entfernt hatten.

Martha zuckte die Achseln. »Und das ist noch vorsichtig ausgedrückt. Wie gesagt, er war hinter einer Beförderung her. Hat er dir bei eurer ersten Begegnung erzählt, dass er dir jeden Auftrag verschaffen kann, den du möchtest? Und dich eingeladen, mit ihm essen zu gehen?«

Jess nickte.

»Das hat er bei mir auch versucht, aber genau wie du war ich schlau genug, erst mal vorsichtig zu sein. Er kann keine Aufträge vergeben, nur Empfehlungen aussprechen. Mit einer Beförderung hätte sich das geändert. Aber zum Glück hat er sie nicht gekriegt, und ich habe den Verdacht, dass es vielleicht daran liegt, dass Dan Hallworth, ein befehlshabender Offizier, der – im Gegensatz zu Warren – mehr als genug Schlachten hinter sich hat, hier aufgetaucht ist und ausgesagt hat, dass du recht hast. Die da oben haben deine Fotos garantiert gesehen, und weil sie wütend waren, dass du mitten in der Kampfzone gelandet bist, haben sie Warren damit beauftragt, sich darum

66

zu kümmern. Was er nicht getan hat. Und anscheinend muss er dich zur Strafe jetzt betreuen«, schloss Martha mit einem Schmunzeln, als freue sie sich darauf, Zeugin des Schlagabtauschs zu werden, der zwischen Jess und Warren zu erwarten war. »Wie so viele andere Männer hasst auch Warren die Vorstellung, dass Frauen journalistisch arbeiten – anscheinend geht das für ihn gegen die Natur. Es sei denn, die Frauen erklären sich bereit, auch mit ihm auszugehen. Aber vielleicht hasst er dich auch ein kleines bisschen mehr als den Rest von uns.«

»Ich weiß nicht, ob ich mich dadurch besser fühle.«

»Du hast einen Kommandooffizier wie Dan auf deiner Seite – einige Leute würden so etwas einen unfairen Vorteil nennen. Ich finde aber, wenn du das Glück hast, einen der wenigen Männer in der US-Armee zu finden, denen es völlig gleichgültig ist, ob du eine Frau bist oder ein Flamingo, dann solltest du das ausnutzen.« Mit einem kleinen Schmunzeln fügte Martha hinzu: »Außerdem ist er eine Augenweide.«

»Wie bitte?«, explodierte Jess. »Ich finde nicht, dass so ein Idiot gleichzeitig attraktiv sein kann.«

Martha lachte. »Doch nicht Warren! Ich meine deinen Major Hallworth. Wir brauchen mitten im Krieg doch alle ein bisschen Liebe – oder zumindest körperliche Nähe.«

Körperliche Nähe – genau danach hatte sie sich in jener Nacht in Italien so gesehnt. Doch Jessica May konnte auf ihren eigenen Füßen stehen; diesen Krieg mitzuerleben machte ihrem Herzen genug zu schaffen, sie musste sich nicht auch noch mit einem Mann einlassen. Kopfschüttelnd entgegnete sie: »Er ist nicht *mein* Major, er hat sich nur gerade als Freund herausgestellt. Und von denen brauche ich schon ein paar, wenn ich da drüben mehr als einen Monat durchhalten will.«

Egal wie sehr sie sich bemühte, Jess konnte am Tag ihrer Abreise nach Italien Warren Stone unmöglich aus dem Weg gehen. Um sechs Uhr früh passte er sie in der Lobby ab, und sie versuchte, mit einer Entschuldigung allem zuvorzukommen, was er vielleicht gegen sie ins Feld zu führen beabsichtigte.

»Dass Sie nicht befördert worden sind, tut mir wirklich leid«, sagte sie und meinte es ehrlich, denn sie wollte wirklich nicht, dass jemand ihretwegen eine verdiente Chance einbüßte. »Wenn es jemanden gibt, dem ich erklären soll, dass es nicht meine, aber genauso wenig Ihre Schuld war, werde ich das gern tun.«

Kaum waren die Worte aus ihrem Mund, wusste sie, dass sie ein großer Fehler gewesen waren. Erst starrte er sie überrascht an, doch dann blitzte die Wut in seinen Augen auf und überdeckte alles, was zuvor vielleicht Verlegenheit oder Demütigung gewesen war. Natürlich wollte er nicht, dass eine Frau von seinem Misserfolg erfuhr, und schon gar nicht, dass ebendiese Frau sich dann auch noch in die Bresche warf und ihm ihre Unterstützung anbot.

»Ich brauche keine Hilfe von einem Model«, stieß er hervor.

»Ich weiß«, antwortete Jess und wollte sich schnell wieder abwenden.

»Machen Sie, dass Sie nach Italien kommen«, fügte er unvermittelt hinzu. »Und nur damit Sie Bescheid wissen – für mich war das absolut keine Niederlage. Ich habe dafür gesorgt, dass Sie bleiben können, denn es wird viel mehr Spaß machen, mitanzusehen, wie Sie sich später, wenn Sie es am wenigsten erwarten, mit Schimpf und Schande davonschleichen müssen.«

»Ich habe nicht vor, etwas zu tun, das mir Schimpf und Schande einbringt.« Zu ihrer vollen Modelgröße aufgerichtet konnte Jess sich diese Retourkutsche nicht verkneifen, obwohl sie genau wusste, dass es das Beste gewesen wäre, sich stumm ihr Gepäck zu greifen und schleunigst zu verschwinden.

»Ich habe den Untersuchungsbericht des Kriegsministeriums gelesen. Sie können gar nicht anders«, beharrte Stone, und jetzt lächelte er.

»Nichts in diesem Bericht entspricht der Wahrheit.«

Er lachte. »Tja, so ein Pech. Vielleicht habe ich gestern Abend ja ein bisschen zu viel getrunken und bei einigen Ihrer Kollegen Details über Ihre Vorliebe für Bettgeschichten durchsickern lassen.« Bevor Jess ihren Zorn an ihm auslassen konnte, änderte sich sein Verhalten plötzlich, und er begann, in neutralem Ton Regeln aufzusagen: »Weibliche Reporter dürfen sich nicht näher an die Front begeben als die dort stationierten Krankenschwestern.«

Verdutzt starrte Jess ihn an.

»Gute Arbeit, Stone«, hörte sie dann die Stimme eines anderen PRO, der gerade an ihnen vorüberging.

»Danke, Sir«, antwortete Warren unterwürfig, und jetzt war Jess natürlich klar, dass seine Darbietung für jemanden inszeniert gewesen war, den er damit beeindrucken wollte, wie gut er aufsässige Frauen auf Linie hielt.

Ohne weiter auf ihn einzugehen drehte sie sich um und ging davon, um nach ihrem Gepäck zu sehen und sich zu vergewissern, dass alles da war: die Uniformen, die Filmrollen, das Papier, das sie im Presseamt hatte ergattern können, die Unterwäsche und der Lippenstift, die sie tags zuvor schnell noch gekauft und dafür so viel bezahlt hatte, dass sie es kaum wagen würde, die Sachen zu benutzen. Noch immer fuchsteufelswild ging sie dann nach unten, um auf Major Hallworth zu warten.

Dan begrüßte sie herzlich, als sie in seinen Jeep stieg, und machte sie mit den beiden jungen Männern auf der Rückbank bekannt: Private Sparrow und Private Jennings, Sparrow groß und blond, Jennings rothaarig und zierlich, beide ebenso unerfahren wie sie. »Die beiden sind Ersatzleute«, erklärte Dan.

Jess zuckte unwillkürlich zusammen, denn die Bezeichnung beinhaltete zweifellos, dass zuvor zwei andere junge Männer den Platz von Jennings und Sparrow innegehabt hatten und dass diese nun verwundet oder womöglich tot waren. Die beiden glotzten sie eine Weile an, dann begrüßte Sparrow, der offensichtlich der Frechere der beiden war, Jess mit einem sehr suggestiven Hallo und fragte: »Sagen Sie, sind Sie wirklich …?«, doch Dan setzte dem Flirtversuch mit einem strengen Blick ein Ende.

Als sie losfuhren, erkundigte sich Jess: »Sollte nicht einer der beiden Sie fahren? Hat ein Major nicht normalerweise einen Chauffeur?«

»Wie Sie in Italien festgestellt haben, bedeutet es nicht unbedingt, dass jemand, der einen Jeep fährt, sich auch auskennt. Und diese beiden hier sind vollkommen ahnungslos«, erklärte Dan, senkte dabei aber die Stimme, und Jess begriff, dass es ihm nicht um die Strecke ging, sondern um das, was sie in Italien erwartete.

Sie drehte sich zu den beiden jungen Männern um und schenkte ihnen ein Lächeln. Jennings schien zu einem Typ Mann zu gehören, den Jess eigentlich für ausgestorben gehalten hatte – unter ihrem Blick wurde er knallrot. Sparrow dagegen nahm das Lächeln auf, als hätte er darauf gewartet, und lehnte sich lässig im Sitz zurück. Doch dann fuhr ein Auto mit einer ohrenbetäubenden Fehlzündung an ihnen vorbei, und Jess hätte schwören können, dass auch er zusammenzuckte und blass wurde. Jedenfalls griff er sofort nach einer Zigarette und sah nicht mehr in ihre Richtung.

Jess wandte sich zurück zu Dan und beschloss, ein paar Fragen zu riskieren. »Sie waren Captain. Als Major – wen führen Sie da jetzt an? Und sind Sie bei der Infanterie?« Sie versuchte, einen Blick auf sein Divisionsabzeichen zu werfen. »Mit den Heeresstrukturen und militärischen Rängen muss ich erst noch klarkommen, auch wenn das jetzt vielleicht dumm klingt. Ich könnte gut ein bisschen Nachhilfe gebrauchen.«

»Das klingt keineswegs dumm«, erwiderte Dan. »Die US-Armee ist wirklich eine Welt für sich. Ich bin Fallschirmjäger. Luftlandedivision.« Er deutete auf die Insignien auf seinem Ärmel. »Verantwortlich für eine Kompanie.«

Ein Fallschirmjäger – im Italienfeldzug waren diese Eliteeinheiten zum ersten Mal eingesetzt worden. Diese Männer riskierten ihr Leben und sprangen hinter den feindlichen Linien ab, um dort Unruhe zu stiften, und bereiteten – wie beispielsweise in Sizilien – einen amphibischen Angriff vom Land her vor. Jess war beeindruckt, fragte jedoch nur: »Und was haben Sie in London gemacht? Ich nehme nicht an, dass Sie nur meinetwegen den ganzen Weg zurückgelegt haben.«

»Meine Kompanie war neunundsechzig Tage im Gefecht. Möglicherweise hört sich das jetzt nicht sehr lange an, aber unter den Bedingungen dort unten ist das eindeutig zu viel. Wir haben Urlaub bekommen, und ich hatte keine Lust, im Orange Club in Neapel das Tanzbein zu schwingen und mir am Ende noch eine Geschlechtskrankheit einzufangen …« Er zuckte zusammen, brach ab und entschuldigte sich.

»Was für ein Schlamassel«, seufzte Jess.

»Ich war froh, diesem Schlamassel für eine Woche zu entkommen«, fügte er hinzu. »Als ich in England gelandet bin, habe ich gehört, dass Sie Hilfe brauchen könnten. Außerdem hatte ich diverse Treffen zum Thema …« Er unterbrach sich und zuckte die Achseln. »Na ja, zu unserer Zukunft.«

»Den Invasionsplänen?«, fragte Jess. Über die Invasion wurde mehr und mehr geredet, jeder wusste, dass sie kommen würde, aber niemand, wann und wie.

»Genau. Nun muss ich aber noch sagen, dass ich ein paar Regeln habe«, wechselte er abrupt das Thema.

»O Gott!«, rief Jess. In der letzten halben Stunde hatte sie angefangen zu glauben, dass Dan ein ganz normaler Mensch war, aber jetzt klang er plötzlich genau wie Warren Stone. »Man hat mir die Regeln schon so oft erklärt, dass ich sie in- und auswendig kann, vorwärts und rückwärts. Ich muss mich von Kampfgebieten fernhalten. Ich darf nicht mit Ihren Männern flirten und mich nicht so benehmen, wie es mein Ruf nahelegt, denn jeder weiß, dass ich die letzten drei Jahre in skandalöser wilder Ehe mit einem Mann zusammengelebt und angeblich mindestens mit halb Amerika geschlafen habe. Sonst noch etwas, oder war es das?«

»Nein«, antwortete er ruhig.

»Was habe ich denn vergessen? Oh, natürlich, ich muss mit den Wimpern klimpern und meine Beine in Seidenstrümpfe packen, damit alle neben dem Schlamm noch etwas anderes anzustarren haben – ja?«

Als ihr Ausbruch vorbei war, merkte sie, dass die beiden jungen Männer hinten im Wagen ganz still geworden waren. Und Dan ebenfalls.

»Ihre Vergangenheit hat im Purple Heart Valley keinerlei Bedeutung«, sagte Dan schließlich. »Was Sie umbringen kann, ist die Gegenwart, und um die geht es bei meinen Regeln – falls Sie bereit wären, mich aussprechen zu lassen.«

»Oh.« Verlegen senkte Jess die Augen.

»Ich wusste nicht, dass Sie Model sind oder … sonst was.« Hier wurde der hartgesottene Fallschirmspringer tatsächlich rot.

Jess musste lachen, sie konnte nicht anders. Endlich jemanden gefunden zu haben, der nicht wusste, wer sie war, dem das auch völlig gleichgültig zu sein schien, und ausgerechnet auf diese Art mit dem ganzen Thema herausgeplatzt zu sein, gehörte eindeutig nicht zu ihren Sternstunden.

»Tut mir leid«, stieß sie hervor und schnappte vor unterdrücktem Lachen nach Luft. »Ich glaube, ich sollte einfach für den Rest der Fahrt still hier sitzen. Ich war so wütend auf Warren Stone und dachte, Sie wären wie er. Erklären Sie mir Ihre Regeln, ich verspreche, dass ich zuhöre.« Sie versuchte, ein gefasstes Gesicht zu machen, wusste aber, dass ihre Mundwinkel noch immer zuckten.

Auch Dan lachte, und das Sonnenlicht verfing sich in seinen Augen, die silberblau schimmerten. »Ich weiß, dass Sie verärgert sind, und ich kann es nicht ändern. Meine einzige Regel ist, dass die Sicherheit meiner Männer erste Priorität hat, und wenn Sie die aufs Spiel setzen, befördere ich Sie mit einem Fußtritt schneller nach New York zurück, als Warren Stone es jemals schaffen würde. In Ordnung?«

»In Ordnung«, stimmte sie zu.

»Nur damit Sie es wissen, diese Regel gilt für alle, egal ob Mann oder Frau.«

»Danke. Und vielleicht könnten Sie vergessen, was ich vorhin gesagt habe?«

»Ich habe leider ein ziemlich gutes Gedächtnis«, antwortete er. »Aber ich verrate es niemandem.«

»Und ich hoffe, alle wissen genauso wenig über mich wie Sie.«

Aber das traf natürlich nicht zu. Sobald sie aus dem Jeep stieg und sich in das Gedränge der Männer stürzte, die darauf warteten, an Bord des Truppentransporters zu gehen, fühlte sie die Blicke und hörte das Geflüster. Ein GI stieß seinem Freund den Ellbogen in die Rippen und sagte laut: »Ein Model und ganz sicher keine Jungfrau. Da wird es bestimmt gleich viel unterhaltsamer auf dem Schiff.«

Die Angst, da war sie wieder. Eigentlich hatte Jess gedacht, Gewehrkugeln wären das Einzige, wovor man sich im Krieg fürchten musste. Aber stattdessen erwies sich ihr Ruf als das Hindernis, das ihr ständig im Weg stand. Unwillkürlich berührte sie ihr Gesicht – sie hatte die Faszination um ihr Aussehen nie ganz verstanden. Wenn sie in den Spiegel schaute, wusste sie zwar, dass sie schön war. Dass ihre blonden Haare, ihre dunkelbraunen Augen, die feinen Wangenknochen und die vollen Lippen, die reine glatte Haut und ihre Figur, die in einem Badeanzug am Strand gut zur Geltung kam, eine Gabe Gottes waren. Aber da sie ein Model war, hatte sie auch viele andere, ebenso reich beschenkte Mädchen gesehen, allesamt hübsch, aber ohne das gewisse Etwas, das nur sehr wenige besaßen. Eine Qualität, die schwer zu greifen und noch schwerer zu erklären war, eher ein Gefühl als eine Tatsache. Ein faszinierendes Gesicht, eines, das man den ganzen Tag anstarren konnte, ohne seiner müde zu werden, um das sich auf jeder Party eine Menschentraube versammelte und das auf dem Weg zu einem Feldlazarett in Italien ein Pfeifkonzert provozierte. Selbst hier war sie Dekoration, die jeder gern anfassen wollte. Wieder einmal war es Zeit, dagegen anzukämpfen.

»Entschuldigen Sie«, sagte sie zu Dan. »Ich muss mir mal kurz Ihren Jeep ausleihen.«

Ehe er antworten konnte, kletterte sie auf die Kühlerhaube, richtete sich auf und verschaffte sich mit einem lauten Pfiff Gehör.

»Jawohl, ich bin Jessica May.« Ihre Stimme hallte klar und fest durch die Luft, ohne zu verraten, dass ihr flau im Magen war und sie sich fragte, was passieren würde, wenn sie jetzt in Ohnmacht fiele. »Ja, ich war Model. Ja, ich habe mit meinem Freund zusammengelebt, obwohl ich nicht mit ihm verheiratet war. Vor Kurzem hat ein kluger Mann zu mir gesagt, dass für die Deutschen nichts davon die geringste Rolle spielt. Hier bin ich Fotojournalistin. Ich habe vor, Bilder zu machen und Reportagen zu schreiben, die in der *Vogue* veröffentlicht werden, Fotos und Artikel, in denen ich euren Müttern, Schwestern, Freundinnen und Ehefrauen drüben in Amerika eure Geschichten erzählen werde. Nur aus diesem einen Grund bin ich hier.«

Damit sprang sie von der Kühlerhaube, nahm ihr Gepäck und bemühte sich, so zu tun, als wäre sie auf dem Laufsteg bei einer Modenschau, auch wenn sie hier noch intensiveren Blicken ausgesetzt war, als es dort die Regel war.

Eine Stimme durchbrach die Stille. »Ich denke, ihr könnt jetzt den

Mund wieder zumachen und an Bord gehen.« Dans Worte waren ein Befehl, und die Männer gehorchten sofort.

Auch Jess folgte seiner Anordnung. Zu ihrer Überraschung fragte der schüchterne Private Jennings, als sie über die Laufplanke schritt: »Glauben Sie wirklich, dass mein Gesicht in einer Zeitschrift veröffentlicht werden kann?«

Sparrow kicherte laut, aber freundlich – für die beiden jungen Männer war die Vorstellung lächerlich, Bilder von ihnen könnten in der *Vogue* erscheinen.

Statt einer Antwort nahm Jess die Kamera von der Schulter, stellte ihre Taschen ab, fokussierte und machte einen Schnappschuss von Jennings und Sparrow. Eigentlich hätten die beiden ihren Namen tauschen müssen: Sparrow war groß und kräftig und ähnelte nicht im Geringsten einem Vogel, während Jennings schlank und nicht einmal so groß wie Jess war – fast so, als wäre er noch nicht ausgewachsen und würde es vielleicht auch nie sein, wenn der Krieg so weiterging.

Dann stürzte sich eine wahre Woge aufgeregter junger Männer auf sie, und Jess wurde klar, dass etwas, was für sie selbstverständlich war – ihr Gesicht in einer Zeitschrift zu sehen –, hier ein Novum darstellte, eine Extravaganz, etwas Unfassbares. Auf dem Weg nach Italien wollten alle von ihr fotografiert werden, und sie tat ihr Bestes, die Aura dieser in ihren Uniformen so unsäglich jung wirkenden Männer einzufangen, die in den Krieg zogen, aber deren größte Sorge es gerade zu sein schien, ob ihre Mütter sie in der *Vogue* sehen und stolz auf sie sein würden.

Kapitel 5

Im Hafen von Neapel ging sie von Bord und machte sich gerade daran, sich mit ihrer ganzen Überredungskunst in einem der bereitstehenden Lastwagen unterzubringen, der nach Norden fuhr, als sie plötzlich eine Hand auf ihrer Schulter spürte. »Ich kann Sie mitnehmen«, hörte sie Dans Stimme. »Es wäre doch Wasser auf Warren Stones Mühlen, wenn Sie hier in Neapel jammervoll festsitzen und tagelang auf die Weiterfahrt warten müssten.«

»Himmel, noch vor ein paar Monaten standen die Männer in Manhattan Schlange, um mich nach einer Party nach Hause zu begleiten. Ist das jetzt vielleicht eine Art Vergeltung? Um mir zu zeigen, wie tief ich gesunken bin?«, erwiderte sie grinsend.

Dan lachte.

Jess äugte zu den überfüllten Lastwagen hinüber, die hinter den Befehlsfahrzeugen und den Jeeps der Offiziere warteten. »Sie müssen mich nicht chauffieren. Ich weiß, dass Sie Wichtigeres zu tun haben.«

»Jetzt steigen Sie schon ein«, erwiderte Dan. »Ich muss sowieso beim Feldlazarett haltmachen.«

»Sie sehen aber nicht sehr krank aus«, meinte Jess zweifelnd.

Im Licht des italienischen Morgens war deutlich zu erkennen, dass Dan höchstens ein paar Jahre älter war als sie und außerdem sehr attraktiv – nicht auf die Art von Warren Stone, der in seiner Perfektion irgendwie unecht wirkte, sondern wie ein Mann, der sich selbst gut kannte, im besten Sinne selbstbewusst, aber nie überheblich, mit einem charismatischen Lächeln ohne jede Zweideutigkeit.

Auf einmal glaubte Jess zu verstehen – vermutlich war nicht nur eine Krankenschwester hinter ihm her, sondern gleich mehrere. »Möchten Sie im Lazarett jemanden besuchen?«, fügte sie hinzu.

»So könnte man es ausdrücken, ja«, antwortete er.

Dort angekommen empfing ihn schon am Eingangszelt eine Schwester mit einem Lächeln und sagte: »Sie hat schon nach dir gefragt, ich glaube, sie ist bei Anne.«

»Da wollte ich auch hin«, sagte Jess und musterte Dan, während sie sich durch das Labyrinth von Zelten und Spannleinen schlängelten. Zuerst Flick, jetzt eine Frau in Annes Quartier. Anscheinend war auch er ein Vertreter von Marthas Philosophie, dass man im Krieg Liebe oder zumindest körperliche Nähe brauchte.

Nach ein paar Minuten machten sie vor einem Zelt halt, aus dem Jess zu ihrem Erstaunen Kinderlachen hörte. Instinktiv machte sie die Rolleiflex bereit.

»Victorine?«, rief Dan. Jess hörte jemanden aufgeregt nach Luft schnappen, dann öffnete sich die Zeltklappe, ein kleines Mädchen kam herausgeflitzt und warf sich in Dans Arme.

Jess hatte die Kamera perfekt positioniert, um den Augenblick ihrer Umarmung einzufangen – das strahlende Gesicht des kleinen Mädchens war ihr direkt zugewandt.

»Du bist wieder da!«, rief die Kleine begeistert.

Auch in den Gesichtern der beiden Schwestern, die aus dem Zelt gekommen waren, spiegelte sich das wider, was Jess selbst empfand – ein eigentlich ganz alltäglicher Moment verwandelte sich im Krieg in etwas unendlich Kostbares. Auf einmal war sie sehr froh, nach Italien zurückgekehrt zu sein, denn genau solche Geschichten wollte sie erzählen, solche Bilder lagen ihr am Herzen. Sie wollte die Menschlichkeit zeigen, die jenseits der Waffen existierte, das Mitleid jenseits des Blutvergießens – die Tatsache, dass es neben all dem Bösen immer noch Hilfsbereitschaft, Güte und

Liebe gab – und dass all das am Ende doch noch siegreich bleiben konnte.

»Ich bin Victorine«, erklärte das kleine Mädchen dann, an Jess gewandt. »Was ist das?«, fragte sie dann, auf die Kamera deutend, und glitt aus Dans Armen.

»Freut mich, dich kennenzulernen, Victorine«, sagte Jess. Da sie den leichten französischen Akzent des Mädchens wahrnahm, redete sie auf Französisch weiter. »Das ist meine Kamera. Möchtest du sie dir mal genauer anschauen?«

Victorine klatschte in die Hände. »Sie sprechen wie Papa«, antwortete sie ebenfalls auf Französisch, und Jess fragte sich, wer wohl dieser Papa war und warum er sie an einem so gefährlichen Ort zurückgelassen hatte.

Sie ging in die Hocke, hielt dem Mädchen die Kamera hin und zeigte ihr den Sucher. »Hier schaut man durch«, erklärte sie, »und wenn du diesen Knopf hier drückst, dann macht dies hier«, sie deutete auf die Linse, »ein Bild von dem, was du siehst. Aber das Bild bleibt in der Kamera, bis ich nach London zurückfahre und es entwickeln kann. Ich verspreche dir, dass ich es dir das nächste Mal mitbringe. Wird aber wahrscheinlich ein paar Wochen dauern.«

»Alles dauert immer so lange«, klagte Victorine mit einem resignierten Seufzer, der sich anhörte, als wäre sie sehr viel älter, als sie aussah.

Jess blickte zu Dan empor. Was hatte ein Kind in einem Feldlazarett zu suchen? War Victorine etwa seine Tochter? Das Mädchen hatte gesagt, dass ihr Vater Französisch sprach, und Dan war ungefähr so französisch wie das Empire State Building. Dennoch hatten er und die Kleine sich sehr vertraut begrüßt.

»Wo ist Vicki?«, hörte Jess eine andere Stimme rufen, und zwei Soldaten erschienen. »Wir haben dir Schokolade mitgebracht, Vicki«, verkündete der eine und hielt der Kleinen ein weißes Päckchen mit der Aufschrift »US Army Field Ration D« entgegen.

»Ich heiße Victorine«, korrigierte das kleine Mädchen verärgert. »Aber danke.« Auf Zehenspitzen gab sie beiden Soldaten je einen Kuss auf die Wange, ohne jedoch dabei Dans Hand loszulassen.

»Habt ihr beiden euren Abschied bekommen?«, fragte Dan, und die beiden nickten.

»Ja, Sir. Deshalb brauchten wir unsere Küsschen«, antwortete der eine und deutete auf Victorine.

»Ich dachte, wir könnten vielleicht mit Ihnen fahren, Sir«, fügte der andere hinzu.

»Klar«, antwortete Dan. »Gebt mir noch fünf Minuten.«

»Danke, kleine Vicki«, sagte der eine, und der andere rief: »Leb wohl, Vicki!«, ehe sie sich in Richtung Jeep davonmachten.

»Victorine!«, protestierte das Mädchen erneut. »Ich bin Französin!« Dann wandte sie sich wieder Jess zu. »Sind Sie eine Freundin von Dan?«

»Ich glaube schon«, antwortete Jess.

Dan kauerte sich neben Victorine. »Ich muss gehen, aber ich komme zurück, sobald ich kann. Versprochen.«

Victorine verzog das Gesicht. »Ich möchte aber, dass du bleibst.«

»Soll ich dir noch mehr von der Kamera zeigen?«, bot Jess an, denn ihr war klar, dass Dan sich irgendwie von dem anhänglichen Kind befreien musste.

Die Augen voller Tränen nickte Victorine. Sanft machte Dan sich von ihr los, und sie küsste ihn auf die Wangen.

»Lass mich Dan zum Auto zurückbringen, dann schauen wir uns gemeinsam die Kamera genauer an, ja?«, sagte Jess und folgte Dan durch den Schlamm. »Wer ist sie?«

»Sie brauchen ein Paar Springerstiefel«, sagte er im Gehen, als hätte er ihre Frage nicht gehört.

»Springerstiefel?«

Er nickte und sah hinunter auf ihre Schuhe, von denen sie, bevor sie nach Italien gekommen war, geglaubt hatte, dass sie ihre Füße trocken halten würden. »Fallschirmjägerstiefel. Wie diese hier.« Dabei deutete er auf seine eigenen Schuhe, und Jess wurde tatsächlich neidisch auf seine robusten, dicken, hohen Lederstiefel, die für die hiesigen Verhältnisse wirklich perfekt sein mussten.

»Von der US-Armee habe ich ein Paar braune Oxford-Schuhe bekommen, und ich wusste über das Soldatenleben immerhin so viel, dass mir klar war, sie würden nichts taugen. Deshalb habe ich mir diese hier besorgt.« Kleinlaut deutete sie auf ihre eigenen Stiefel – in Manhattan hatte sie nichts Praktischeres auftreiben können.

Dan musterte ihre Füße. »Ich besorge Ihnen ein Paar richtige Stiefel. Allerdings sind sie ziemlich gefragt, und wenn ein GI von der Luftwaffe stirbt, ist sofort jemand von der Infanterie zur Stelle, um Anspruch auf dessen Schuhe zu erheben.«

Jess schauderte. »Ich weiß nicht, ob ich die Stiefel eines Toten tragen kann.«

»Wenn ich sterben würde, wäre es mir lieber, dass jemand meine Stiefel anzieht, der sie wirklich brauchen kann, als dass sie irgendwo im Morast vergraben werden«, stellte Dan nüchtern fest. »Beispielsweise benutzt Major Henderson, der Chirurg, den Sie in jener Nacht im Feldlazarett getroffen haben, das Stethoskop meines Bruders Laurie, weil es einfach viel zu gut ist zum Wegwerfen.«

Unvermittelt brach er ab, blieb stehen, und obwohl das, was er gesagt hatte, die schreckliche Antwort eigentlich schon in sich trug, hörte Jess sich fragen: »Was ist Ihrem Bruder passiert?«

Dans Worte überschlugen sich fast, als könne er die Frage nur beantworten, wenn er sich beeilte: »Laurie war Arzt. Im Urlaub in Europa hat er ein französisches Mädchen kennengelernt, sich verliebt, sie geheiratet und ist dann zu ihr nach Paris gezogen. 1940 hat er als Chirurg bei der französischen Armee gearbeitet, und im Juni sollte seine Frau ihr erstes Kind zur Welt bringen. Es war ungefähr der ungünstigste Zeitpunkt, ein Baby zu bekommen.«

Jess erinnerte sich, dass sich die britische Armee Ende Mai 1940 aus Frankreich zurückgezogen hatte und Paris im Juni vor den Deutschen kapituliert hatte. Einen schlechteren Zeitpunkt für eine Geburt hätte man sich tatsächlich kaum vorstellen können.

»Im Juni gab es einen Massenexodus aus Paris, die Menschen wollten weg, ehe die Deutschen einmarschierten. Meine Schwägerin gehörte dazu«, fuhr Dan fort und setzte sich langsam wieder in Bewegung. »Die Straßen waren so verstopft, dass es Tage dauerte, um ein paar Meilen vorwärtszukommen, es gab kein Wasser und nichts zu essen, und die Deutschen bombardierten die Flüchtlingsströme. Alle Menschen taten ihr Möglichstes, um ihre Kinder zu schützen. Deshalb gaben sie sie zum Beispiel den nach Süden flüchtenden französischen Truppen mit, überließen sie jedem, der ein Fahrzeug hatte, denn sie glaubten, südlich der Loire wären sie in Sicherheit. Dort würden sie sich wiederfinden.«

»O Gott«, sagte Jess leise. Sie mochte sich gar nicht vorstellen, wie es sein musste, wenn man sein eigenes Kind in die Obhut eines Wildfremden geben musste, weil es die bessere Wahl zu sein schien.

»Mein Bruder war bei einem Konvoi von Sanitätern, und direkt nach einem Tieffliegerangriff auf eine Kolonne von Zivilisten reichte ihm eine Frau durchs Fenster seines Fahrzeugs zwei Kinder, eines davon ein Junge, etwas älter, aber er war angeschossen worden und starb wenig später. Das andere war ein Mädchen, ungefähr eine Woche alt.«

»Victorine«, warf Jess ein. »Aber warum ist sie jetzt nicht bei der Frau Ihres Bruders?«

Diese Frage beantwortete Dan nicht direkt. Stattdessen erzählte er in abgehackten Sätzen, dass sein Bruder in Moulins zwei Wochen gewartet und versucht hatte, die Mutter des Babys zu finden, weil sie ihm gesagt hatte, der Ort sei ihr Ziel. Aber es gab zu viele verlorene Kinder, und es war vollkommen unmöglich, sie alle mit ihren Familien wiederzuvereinen. Da niemand auch nur genug Milch für die eigenen Kinder hatte, konnte Laurie das Baby auch nicht bei einer anderen Familie unterbringen. Also nahm er es mit nach Toulouse, wo seine Frau bei ihren Verwandten untergekommen war.

»Er dachte, sie könnten sich dort ein paar Wochen um das Baby kümmern, dann nach Moulins zurückgehen und es noch einmal versuchen, wenn die Lage sich etwas beruhigt hatte. Aber im Familienheim seiner Frau fand er …« Dan stockte.

Sie waren beim Jeep angekommen, die Männer, die er mitzunehmen versprochen hatte, saßen, die Mäntel eng um sich geschlungen, bereits auf ihren Plätzen. »Verfluchter Regen«, schimpfte Dan, denn das erbarmungslose Nieseln hatte sich in einen Sturzbach verwandelt, der sie allerdings auch nicht viel nasser machen konnte, als sie bereits waren.

Dan lehnte sich an den Jeep, wandte den wartenden Männern den Rücken zu und fuhr mit gedämpfter Stimme fort: »Seine Frau und das Baby waren bei der Geburt gestorben. In Toulouse gab es keinen Arzt mehr. Lauries Schwiegermutter war krank vor Kummer, sein Schwiegervater weigerte sich, Victorine auch nur anzusehen, weil er glaubte, sie sei ein Wechselbalg, das den Platz seiner Tochter und seiner Enkelin eingenommen hatte.«

Dan verstummte und biss die Zähne zusammen. Jess lehnte sich neben ihn an den Jeep, sah ihn aber nicht an, um ihn nicht abzulenken, und so erzählte er in den Regen hinein. »Das Baby ließ sich von niemandem außer Laurie beruhigen. Und sein Schwiegervater impfte den anderen Dorfbewohnern seinen Verdacht gegen Victorine ein – Sie haben ja keine Ahnung, was die Leute auf dem Land alles glauben. Als Laurie seinen Schwiegervater schließlich dabei erwischte, wie er das Baby schüttelte, wusste er, er musste mit Victorine verschwinden, sonst würde auch sie sterben. Er schlug sich nach London durch. Als die amerikanischen Truppen nach Italien vorstießen, meldete er sich als Sanitätsoffizier – und nahm Victorine mit.«

»Aber wie hat er das geschafft?«, staunte Jess. »Man lässt eine Frau nicht einmal in die Nähe einer Kampfzone, da kann ich mir gar nicht vorstellen, dass ein Kind hier einfach bleiben darf.«

»Er hatte keine andere Wahl«, antwortete Dan schlicht. »Letztlich hat niemand wirklich eine Wahl. Wir alle tun, was wir können. Ob das, was hier geschieht, wirklich das Beste ist, sei dahingestellt«, fügte er mit einer Handbewegung zu dem Krankenwagen hinzu, aus dem gerade ein Verwundeter gehoben wurde. »Laurie dachte, das Lazarett wäre sicher und die Krankenschwestern könnten ihm helfen, sich um die Kleine zu kümmern. Aber niemand hatte auch nur die geringste Ahnung, welche Zustände in einem Feldlazarett an der italienischen Front herrschen würden.«

Jess warf ihm einen vorsichtigen Blick zu und dachte an den Horror, den sie im letzten Monat miterlebt hatte. An die Blutlachen unter ihren Schuhen, an die Latrinen mit Wänden aus schwankenden, vom Regen durchweichten Deckenstapeln, an den Granatenbeschuss. Es war tatsächlich unfassbar. »Dann war Ihr Bruder der Mann, den Victorine Papa nennt? Und sie weiß nichts von ihren richtigen Eltern?«

»Genau so ist es.«

Im strömenden Regen konnte Jess nicht erkennen, was Dan in diesem Moment fühlte, aber seine ganze Haltung wies auf eine Distanz hin, die ihr einen Stich versetzte. Wie alt war er wohl? Höchstens fünfundzwanzig. Und verantwortlich für wie viele Männer? Wohl wissend, dass alles, was er ihnen befahl, sie das Leben kosten konnte. Und jetzt hatte er noch eine Nichte zu beschützen – wenn auch keine, die mit ihm blutsverwandt war. Auf einmal begriff sie, warum er einen Menschen erschießen und dabei aussehen konnte, als fühle er nichts: Es gab so viele Menschen, um die er sich kümmern und die er am Leben erhalten musste, dass er für einen Feind keine sichtbaren Gefühle erübrigen konnte. Doch das bedeutete nicht, dass er dabei nichts empfand.

Sie wartete ab, was er als Nächstes sagen würde, aber die Anspannung, die von ihm ausging, ließ sie erahnen, dass es nichts Gutes war.

»Im September schlug eine Granate im Operationszelt ein. Laurie wurde dabei getötet.«

Instinktiv streckte Jess die Hand aus und berührte seinen Arm. »Und jetzt gehört Victorine zu Ihnen?«

»Ja«, antwortete er nur.

»Ihr Name bedeutet ›Sieg‹«, sagte sie, als sie ihre Stimme wiedergefunden hatte.

Dan nickte. »Und niemand wird es wagen, sie wegzuschicken. Sie ist unser Glücksbringer. Beinahe eine kleine Göttin.« Er holte tief Luft. »Die Jungs bringen Schokolade für sie mit, sie glauben, wenn Victorine sie auf die Wangen küsst, bevor sie ins Gefecht ziehen, werden sie überleben. Und tatsächlich fallen immer diejenigen, die nicht daran glauben. Ich habe dafür keine Erklärung, aber so ist es. Natürlich will auch keiner aus den oberen Rängen der Armee den Männern etwas wegnehmen, woran sie glauben, also drückt man ein Auge zu. Die Schwestern kümmern sich sehr gut um die Kleine, ich habe ihnen verdammt viel zu verdanken.«

Inzwischen konnte Jess gar nicht mehr glauben, dass sie überzeugt gewesen war, Dan wolle sie zum Lazarett bringen, um eine der Schwestern mit seinem Charme zu beeindrucken. Für so etwas hatte er weder Zeit noch Energie. »Dann sollte ich jetzt gehen und Victorine meine Kamera zeigen«, sagte sie. »Und Sie sollten aufpassen«, fügte sie in schelmischem Ton hinzu, denn er sollte dem Feind ja nicht mit dieser schweren Traurigkeit, sondern mit Zuversicht und Leichtigkeit entgegentreten. »Wenn Sie zurückkommen, bin ich vielleicht diejenige, mit der Victorine am engsten befreundet ist, und nicht mehr Sie.«

——

Im Lauf der nächsten Woche gewöhnte sich Jess an ihr neues Leben als Fotojournalistin. Sie stellte ihre Schreibmaschine auf einen kleinen Tisch, den sie gefunden hatte und unter dem sie sich außerdem verkriechen konnte, falls die Deutschen das Lazarett wieder unter Beschuss nahmen. So saß sie nun Tag für Tag, bekleidet mit allem, was sie besaß – zwei Paar Socken, Hose, Hemd, Jacke, Mantel, Schal. Allerdings half alles nicht wirklich gegen die Kälte, und auch der Ölofen schaffte es nicht, das Zelt warm zu halten. Nur wenn man nach draußen ging, merkte man, dass es drinnen tatsächlich ein paar Grad wärmer war – irgendwo um den Gefrierpunkt, statt mehrere Grad darunter. Die Geschichten, die Jess sammelte, handelten von Victorine, die wie ein kleiner Sonnenschein Licht und Wärme an diesen ansonsten so trostlosen Ort brachte.

Jeden Tag besuchten sie und Victorine das Genesungszelt und setzten sich eine Weile zu den Männern. Auch heute ertönte, kaum dass sie hereingekommen war, der Ruf: »Vicki?«

Ärgerlich drehte Victorine sich um und stolzierte – so gut eine Vierjährige eben stolzieren konnte – zu der Pritsche, von der die Stimme gekommen war. »Mein Name ist Victorine!«

»Entschuldigung, Miss«, verbesserte sich der Soldat.

Victorine lächelte erfreut, als »Miss« angesprochen zu werden, und setzte sich zu ihm. »Du darfst mich auf die Wange küssen«, sagte sie förmlich, und erst jetzt erkannte Jess Private Jennings, den jungen Mann, der sein Foto so gern in der *Vogue* sehen wollte.

»Captain May«, sagte er und nickte Jess zu.

»Dein Arm ist ganz schmutzig«, tadelte ihn Victorine.

»Was ist denn passiert?«, fragte Jess, die sich wunderte, dass er als Ersatzmann bereits im Lazarett gelandet war. Unter seinem roten Wuschelkopf wirkte sein Gesicht sehr bleich, und schmal, wie er war, sah er unter den Lazarettlaken noch kindlicher aus als sonst.

Jennings wurde rot. »Hab mich am Kopf verletzt«, murmelte er, was die quer durch seine Augenbraue verlaufende Wunde erklärte, die augenscheinlich mit mehreren Stichen genäht worden war.

»Irgendwie hat er es geschafft, zu stolpern und sich an einer Feldhaubitze den Kopf aufzuschlagen«, erklärte eine der Schwestern sarkastisch, und Jennings wurde noch röter. Wieder fiel Jess auf, wie unschuldig und treuherzig er wirkte – ein Charakterzug, den er hoffentlich nicht so schnell verlieren würde.

»Schau mal!«, rief Victorine und zeigte Jess den Schmutzfleck, den sie auf Jennings' Arm festgestellt hatte. »Das sieht aus wie …«

Ein Hündchen. Ein Vogel. Eine Fee. Ein Kaninchen – irgend so etwas erwartete Jess. Einen Vergleich wie in den Spielen, die sie selbst als Kind gespielt hatte, wenn sie auf Tahiti an einem Sandstrand gelegen und beobachtet hatte, wie die Wolken sich zu Riesen und Einhörnern zusammenballten.

»… wie so eine silberne Ananas, die ich nie anfassen darf«, vollendete Victorine den Satz, als wäre es eine große Gemeinheit, dass sie nicht mit einer Handgranate spielen durfte. »Siehst du?«, fuhr sie fort. »Sie hat genau solche Linien. Und obendrauf dieses komische Ding.«

Jess begegnete Jennings' Blick und sah in seinen Augen den gleichen Schock, der sich sicher auch in ihren eigenen spiegelte. Dann machte sie ein Foto von dem kleinen Mädchen, das auf dem Arm eines Mannes die Umrisse eines Schmutzflecks nachzog, den sie in der Begrenztheit ihrer kindlichen Erfahrungen mit einer tödlichen Waffe verglichen hatte.

»Es spielt doch keine Rolle, weshalb man ins Lazarett kommt«, sagte Jess zu Jennings, um ihn ein bisschen aufzumuntern – und sich selbst ebenfalls. »Jetzt wird Ihr Foto ganz bestimmt in der *Vogue* veröffentlicht.«

Jennings grinste schwach.

Später ging Jess wieder mit Victorine in ihr Zelt, wo die Kleine – ohne vorher zu fragen – das Bett in Anspruch nahm, das Jess bei ihrer Ankunft zugeteilt worden war. Jess legte sich zu ihr und begann, ihr das Märchen vom Däumling zu erzählen, wobei sie den winzigen

Jungen jedoch in ein Mädchen verwandelte und am Ende den Menschenfresser besiegen ließ.

Später in der Nacht, während die Schwestern kamen und gingen – immer am Rande der Erschöpfung, immer frierend und nass, immer blutbespritzt, denn kaum eine brachte die Energie auf, sich mitten in der italienischen Winternacht zu waschen –, schrieb Jess abwechselnd weiter an ihrer Geschichte und erhitzte in leeren Plasmadosen Kakao auf dem Ofen. Sie schrieb über Dan, den jungen Major, der nicht nur die Verantwortung für eine Kompanie, sondern auch noch für ein kleines Mädchen trug und sich um beide aufopferungsvoll kümmerte, mit einem Mut und einer Tapferkeit, die Jess nie zuvor erlebt hatte.

Als sie fertig war, holte sie das Papier aus der Schreibmaschine und las sich das Geschriebene noch einmal durch. Ihr gefiel der Bericht, denn er erzählte die ganz besondere Geschichte davon, was der Krieg im Leben eines vierjährigen Mädchens anrichtete – aber sie musste ihn Dan zeigen. Nur mit seiner Zustimmung konnte sie das Ganze an Bel schicken.

Da Victorine tief und fest schlief, ging sie nach draußen, stemmte sich gegen den Wind und machte sich auf den Weg zum Empfangszelt. Glücklicherweise herrschte dort Flaute – gerade trafen keine Krankenwagen ein, es warteten keine Verwundeten darauf, versorgt zu werden, und Anne, deren Lächeln immer so breit war, als bilde es eine Art Gegengewicht zu ihrer zierlichen Statur, hatte eine Dose Nescafé in der Hand.

»Wie schön, gerade dachte ich, wie nett es wäre, jemanden zum Reden zu haben«, begrüßte sie Jess und hielt die Kaffeedose fragend in die Höhe.

»Sehr gern, danke«, meinte Jess, die das Angebot sofort verstand.

Anne machte ihr einen Kaffee, und Jess trank ihn, an den Schreibtisch gelehnt.

»Ich weiß nicht, ob es nur Einbildung ist, aber der Kaffee schmeckt aus einem Becher so viel besser als aus einer Plasmadose.« Jess wackelte mit den Zehen und wünschte, die Wärme würde irgendwie bis in ihre Füße vordringen, die sie schon seit ein paar Tagen nicht mehr richtig spürte. »Wie lange noch bis zum Frühling?«

»Ich dachte, du fliegst nächste Woche zurück ins gemütliche London«, sagte Anne. »Denk an mich, wenn du dort unter der warmen Dusche stehst.«

»Ich darf nur so lange in Italien bleiben, wie man es mir gestattet. Die PROs in London wollen mich im Auge behalten.«

»Ich mach nur Witze«, erwiderte Anne. »Geh zurück und erzähl deine Geschichte. Ich hab gesehen, wie du mit den Schwestern geredet und alles, was sie tun, aufgeschrieben und mit deiner Kamera festgehalten hast. Wenn ich meiner Mama einen Brief schreiben und ihr erklären würde, wie es hier aussieht, würde sie nur ungläubig lachen. Aber über deine Bilder lacht garantiert niemand.«

»Es würde dir also nichts ausmachen, wenn ich zurückkomme und ein Bett in deinem Quartier belege, sobald sie mich wieder gehen lassen?«

»Kein bisschen.« Anne nahm Jess die leere Tasse ab und füllte sie noch einmal.

»Kannst du mir sagen, wo ich Dan Hallworth finde?«

Anne stöhnte. »Wenn man alle Herzen, die diesem Mann zugeflogen sind, auf eine Schnur fädeln könnte, würde sie von hier bis New York reichen. Erzähl mir nicht, dass er schon wieder ein neues erobert hat.«

Jess lachte. »Mein Herz ist gut gesichert in meiner Brust. Aber Dan scheint ja wirklich beliebt zu sein.«

»Beliebt ist eine ziemliche Untertreibung. Die meisten Schwestern würden ihm ins Gefecht folgen, nur um eine Minute länger mit ihm zusammen sein zu können. Freut mich, dass du anscheinend etwas mehr Verstand besitzt.«

»Warum das denn? Ist er …« Jess stockte. Wollte sie die Antwort auf die Frage, ob er all diese Herzen vielleicht gar nicht verdient hatte, denn wirklich hören?

»O nein, er ist ein guter Mann, nicht nur einer, der gut aussieht. Er sagt immer, man hat ihn zum Major ernannt, weil alle anderen tot sind und sie deshalb keine Wahl hatten. Aber er ist vor ein paar Wochen rüber ins Niemandsland, um einen von seinen Leuten zu holen, der verwundet da draußen lag – zwischen den Granatenexplosionen hat man ihn stöhnen hören, und nichts versetzt eine Kompanie in schlimmere Panik, als wenn die Jungs mitkriegen, dass da einer von ihnen liegt, allein und verwundet. Dan hat dem GI das Leben gerettet.«

»Das will sie doch gar nicht hören.«

Beim Klang von Dans Stimme wirbelte Jess herum. Er stand hinter ihnen, ein wenig verlegen, mit müden Augen und einer hässlichen Wunde auf dem Handrücken. »Wie lange stehen Sie schon da?«, fragte sie.

»Lange genug, um verstanden zu haben, dass mein Charme bei Ihnen nicht ankommt«, grinste er, eindeutig darauf erpicht, das Thema zu wechseln und von seinen Heldentaten abzulenken.

»Du willst den kleinen Jennings abholen, richtig?«, fragte Anne. »Warte kurz, bitte.« Damit verschwand sie in der Station.

»Es ist eigentlich nicht die Aufgabe eines Majors, einen Soldaten an die Front zurückzubegleiten, oder?«, fragte Jess und bot Dan ihren Kaffeebecher an, ehe sie merkte, was sie tat und dass er wahrscheinlich keinen Wert darauf legte, den Rest ihres Kaffees zu trinken. »Entschuldigung«, sagte sie schnell und wollte die Hand zurückziehen.

Aber er nahm den Becher entgegen. »Hey, wenn Sie mir etwas anbieten, können Sie es mir doch nicht gleich wieder wegnehmen«, meinte er und leerte die Tasse in einem einzigen Zug. »Verdammt, das war gut. Und nein, ein Major eskortiert einen Soldaten für gewöhnlich nicht, aber ich kenne Jennings, seit wir Kinder waren, und seine Mutter hat geschworen, dass sie mich umbringt, wenn ihm etwas zustößt. Angesichts dessen, dass er nicht mal Granaten und Kugeln braucht, um sich zu verletzen, wollte ich mich sicherheitshalber um ihn kümmern. Schließlich möchte ich nicht den Krieg überleben, um dann von Jennings Mum erwürgt zu werden.«

Jess lachte. Deshalb verliebten sich die Schwestern also in ihn: Er gehörte zu der extrem seltenen Spezies der netten Männer. »Wollen Sie noch zu Victorine, bevor Sie gehen?«

»Wissen Sie denn, wo sie ist?«, fragte er, und auf einmal war jede Müdigkeit verschwunden, und er strahlte einen Eifer aus, den er, zumindest soweit Jess wusste, den in ihn verliebten Schwestern gegenüber nie an den Tag gelegt hatte.

Sie nickte, und er folgte ihr nach draußen, wo sie abrupt stehen blieb.

»Was ist denn?«, fragte er, nachdem er um ein Haar mit ihr zusammengestoßen wäre.

»Es regnet nicht«, flüsterte sie, voller Ehrfurcht, als wäre es ein Wunder, dass kein Wasser mehr vom Himmel fiel.

»War auch gottverdammt Zeit«, sagte er, machte reflexartig die gleiche Bewegung wie sie, legte den Kopf in den Nacken und schaute zum Himmel hinauf.

Doch im gleichen Augenblick begann die Sintflut von Neuem, dicke Tropfen landeten auf ihren Gesichtern, hart wie Steine. Erst einen Moment später begriff Jess, dass es Hagelkörner waren, und aus irgendeinem Grund musste sie lachen, als eines ihre Stirn traf. Dan stimmte ein, und lachend rannten sie los, durch den Schlamm, so gut es eben ging.

»Das nächste Mal sagen Sie lieber nichts, dann dauert die Pause vielleicht etwas länger«, nörgelte Dan im Spaß, als sie das Zelt erreichten.

»Ich hab es verhext, stimmt's?«, sagte Jess und zog die Zeltklappe auf.

Als Dan die schlafende Victorine entdeckte, lächelte er und fragte: »Ist das Ihr Bett?« Er musterte Jess' Schreibmaschine, ihre in einer auf Steinen gelagerten Kiste liegenden Kameras und die Papiervorräte. »Ich dachte, Victorine wohnt zurzeit im Genesungszelt.«

»Sie hat sich sozusagen selbstständig hier einquartiert. Mich stört es nicht. Sie hält mich warm.«

»Jess …«

Sie hob die Hand. »Kein Grund, sich zu bedanken, ich habe nur getan, was jeder normale Mensch getan hätte. Sie lieben Victorine, die Männer lieben die Kleine, Himmel, ich habe mich auch innerhalb einer Woche in sie verliebt …« Sie verstummte, weil sie Dans Gesichtsausdruck sah.

»Was ist?«, fragte sie.

Er schüttelte den Kopf. »So etwas können Sie nicht sagen.«

Was kann ich nicht sagen?, hätte Jess am liebsten gefragt, aber dann wurde es ihr plötzlich klar. *Nur nichts beschreien.* Wenn man sagte, der Regen hat aufgehört, dann fing er garantiert gleich wieder an. Wenn man sagte, dass man jemanden liebte, dann war die Person … zum Sterben verurteilt.

»Ich nehme alles zurück«, sagte sie schnell. »Die ganze Nacht malträtiert sie mich mit ihren knochigen Ellbogen, und Sie sollten mal die blauen Flecke auf meinen Beinen sehen. Victorine kann im Schlaf schlimmer zutreten als jedes Pferd.«

Prompt rührte die Kleine sich im Schlaf, streckte wie auf ein Stichwort ein Bein aus, und Dan und Jess begannen wieder zu lachen. »Du bist wieder da«, sagte das kleine Mädchen schläfrig zu Dan, worauf er sich zu ihr auf die Bettkante setzte und ihr sanft über die Haare strich. Innerhalb einer halben Minute war sie wieder eingeschlafen.

»Würden Sie sich das hier bitte einmal ansehen?«, fragte Jess etwas unvermittelt und reichte ihm ein paar Seiten Papier.

Im schwachen Schein der Kerosinlampe las Dan neben dem fest schlafenden kleinen Mädchen ihren Artikel über Victorine. Jess wandte ihm bewusst den Rücken zu, und erst als sie die Seiten nicht mehr knistern hörte, erklärte sie: »Ich möchte es an meine Chefredakteurin schicken, aber nur, wenn Sie damit einverstanden sind.«

»Das sollten Sie unbedingt tun«, sagte er nur, gab Victorine einen schnellen Kuss auf die Wange und machte sich auf den Weg zu Jennings.

Kapitel 6

Jess' Artikel und die begleitenden Bilder wurden weltweit verkauft. *Ich kann dir gar nicht genug danken*, hatte Bel geschrieben. *Du hast der* Vogue *in dieser Kriegsperiode eine Glaubwürdigkeit verschafft, die sie ohne dich nie erreicht hätte.* Und nun kannten die Menschen Jess' Namen nicht mehr nur deshalb, weil sie in einem Kleid gut aussah.

Als sie erfuhr, welche Verbreitung ihre Fotografien gefunden hatten, setzte Jess sich auf den Boden ihres fast leeren Badezimmers im Savoy Hotel und weinte. Sie weinte wegen Victorine, dann auch um die Männer, die an diesem Tag zum Sterben vom Berg heruntergekommen waren, und wegen der Krankenschwestern, die für die Verwundeten sorgten, damit sie erneut ins Gefecht ziehen konnten, aber auch wegen der Menschen, die ihre Fotos betrachteten und nicht verstanden, dass jedem dieser festgehaltenen Augenblicke alles zugrunde lag, was zuvor geschehen war und was danach geschehen würde.

Doch unter den Tränen war sie zutiefst dankbar, dass sie trotz aller Angst nach Italien zurückgekehrt war und eine Geschichte erzählt hatte, die es wert war, erzählt zu werden.

In dieser Nacht sah sie Warren Stone in der Bar sitzen, wie er kopfschüttelnd über einer Zeitung brütete, und sie bemerkte, dass er ihr Foto von Dan und Victorine betrachtete. Warren war noch immer nicht befördert worden, während Jess' Name nun mit einer Reihe berühmter Bilder in Verbindung gebracht wurde. Am besten ging sie ihm aus dem Weg und provozierte ihn nicht weiter. Nicht dass sie dachte, er könne ihr etwas anhaben – außer ihre Zeit mit unangenehmen Gesprächen zu verschwenden.

Während der kurzen Verschnaufpause verbrachte sie so viel Zeit wie möglich im Freien und spürte der fremden Geographie einer verwundeten Stadt nach, in der Schlafsäcke in den U-Bahn-Stationen lagen, Frauen mit Kopftüchern auf Trümmerhaufen Tee tranken und Kinder in zerbombten Häusern nach Eisenstangen suchten, um sie als Gewehre für Kriegsspiele zu benutzen. Weil sie zurück nach Italien wollte, um weiter von dort zu berichten, beantragte sie schon bald einen neuen Marschbefehl und war froh, dass Warren Stone zu diesem Zeitpunkt eine Woche Urlaub hatte und sie nichts mit ihm zu tun haben musste.

In der Hoffnung, Martha treffen zu können, die sich nach einem Besuch bei ihrem Mann auf dem Rückweg aus den Vereinigten Staaten befand, wartete sie noch ein paar Tage in London und hatte fast schon aufgegeben, als sie auf ihrem Zimmer einen Anruf von ihr bekam und sie ihr sagte, sie sei unten in der Lobby. Sofort schlüpfte Jess in eine saubere Uniform und eilte über schwarz-weiße Marmorböden durch die Mahagoni-Opulenz der Eingangshalle zur American Bar, wo sich das Pressebüro der US-Armee eingenistet hatte. Dort entdeckte sie Martha in einer der Nischen, vor sich zwei große Whiskeys, und Jess ließ sich ihr gegenüber auf die Sitzbank sinken.

»Warte nur, bis du das Neueste hörst«, begrüßte Martha sie.

»Was denn?«

»*Collier's* hat meinen lieben Ehemann zu ihrem Kriegskorrespondenten ernannt.«

»Aber … bist du nicht die Kriegskorrespondentin von *Collier's*?«, entgegnete Jess verständnislos.

»Die wollen jemanden, der Zugang zu den Kampfzonen hat. Vor allem jetzt, wo sich die Gerüchte über eine Invasion der Alliierten in Europa überschlagen. Weil ich eine Frau bin, kann ich also den Auftrag nicht erfüllen, den das Magazin erledigt haben will.« Mit einem einzigen großen Schluck kippte Martha ihren Whiskey hinunter. »Die britische Luftwaffe hat Hem sogar nach London geflogen, während ich mich von einem norwegischen Frachter mitnehmen lassen musste.«

»Wie konnte er dir das nur antun?«

Martha zuckte die Achseln, eine Geste, die bei jedem anderen Menschen vielleicht locker gewirkt hätte, bei Martha aber aussah, als wollte sie sich verstecken, um sich vor Verletzungen zu schützen. Dabei war sie ganz offensichtlich tief getroffen, und das nicht nur emotional. Schon ihr nächster Satz bestätigte dies und machte ihr Bemühen, sich von der Reaktion ihres Ehemanns nicht einschüchtern zu lassen, umso anrührender. »So ist Hem nun mal«, sagte sie matt. »Natürlich habe ich gesagt, ich will mich scheiden lassen. Er hat mich ausgelacht – und mir eine Tracht Prügel verpasst.«

»Das tut mir so leid«, sagte Jess und griff nach der Hand ihrer Freundin. Aber das reichte nicht. Sie stand auf, ging um den Tisch herum zu Martha und nahm sie in den Arm. Dabei war ihr nur allzu bewusst, dass sie sich schützen konnten, soviel sie wollten – verwundbar würden sie dennoch bleiben.

»Wenn du mir letztes Jahr prophezeit hättest, dass mir bei Hem so etwas passiert, hätte ich es nicht geglaubt. Wir waren so verliebt.« Martha blinzelte heftig. »Als ich ihm erzählt habe, dass ich zurück nach Europa gehe, hat er zu mir gesagt: ›Bist du Kriegskorrespondentin oder Ehefrau in meinem Bett?‹«

Zwei sich ausschließende Alternativen. Eine Dualität, die den Frauen, die sich mehr wünschten, anscheinend um jeden Preis aufgezwungen werden sollte, so dass sie beschränkt waren auf den Augenblick einer Umarmung, den gemeinsamen Abschiedsschmerz, ein gebrochenes Herz und die Unsicherheit, was ihnen blühte, wenn sie sich dazu bekannten, dass ein Entweder-oder ihnen nicht genügte.

In der Stille, die auf Marthas Worte folgte, hörte Jess, wie am Nachbartisch ein Mann ihren Namen sagte, worauf lautes Gelächter folgte, und auf einmal war ihr klar, dass die Bar des Savoy kein guter Aufenthaltsort für sie war. Und für Martha auch nicht – vor allem, wenn ihr Mann auch hier war. »Lass uns nach Italien gehen.«

»Nicht so hastig.« Warren Stone drängte sich auf den Platz neben Jess.

Verdammt. Offenbar war Jess doch zu lange in London geblieben, und jetzt war Warrens Urlaub vorbei, oder er war verfrüht zurückgerufen worden.

»Hast du noch nichts davon gehört, Jess?«, fragte Martha sarkastisch.

»Wovon? Dass ein Aktgemälde von mir in der Tate Gallery ausgestellt wird oder etwas ähnlich Läppisches?«, erwiderte Jess, lächelte Warren dabei jedoch freundlich an.

»Aber Sie wissen doch sicher, dass man den Männern bei der Infanterieausbildung ein in Tarnfarben gemaltes Bild einer nackten Frau zeigt, damit sie sich besser konzentrieren können«, erklärte er prompt und nippte genüsslich an seinem Whiskey.

Jess starrte ihn an, sie konnte ihr Erstaunen nicht verbergen. »Das ist doch garantiert eine Lüge«, stieß sie hervor.

»Nein, leider nicht«, widersprach Martha traurig.

»Das ist jetzt auch gar nicht so wichtig«, fuhr Warren fort, während auf seinem Gesicht ein breites Grinsen erschien. »Es werden eine Menge neuer Frauen hierhergeschickt, und weil sie ausgesprochen unerfahren sind, wollen wir natürlich alle beschützen. Deshalb werden sie unter Quarantäne gestellt und dürfen London nicht mehr verlassen.«

Jess wusste, dass zumindest die Hälfte von dem, was Warren sagte, der Wahrheit entsprach. Der amerikanischen Presse lag nicht nur daran, Reporter am Boden zu haben, wenn die Invasion, von der gemunkelt wurde, tatsächlich bevorstand, sondern man hatte auch den Erfolg von Ruth Cowans Artikeln über die Frauen des WAC in Nordafrika, Iris Carpenters Reportage über den Blitz und natürlich auch Marthas zahlreiche Beiträge durchaus zur Kenntnis genommen – obwohl diese sich stets hinter der Namenszeile »Mrs. Ernest Hemingway« verbarg. Die Folge war, dass die Ankunft von einem Dutzend kriegsunerfahrener Reporterinnen in England zum Gesprächsthema in den Bars geworden war und die Latrinen- und Umkleidefrage, wie die Briten es so höflich nannten, neue Brisanz gewonnen hatte. Und wenn die Frauen nun unter Quarantäne gestellt wurden, bestätigte das, dass die Invasion nicht nur ein Gerücht war, sondern bald Wirklichkeit werden würde.

»Wie lange wollt ihr uns hier festsetzen?«, fragte Jess, die sich von Warrens Bemerkungen so provoziert fühlte, dass sie ihren Vorsatz, ihn nicht absichtlich gegen sich aufzubringen, in den Wind schlug. »Außerdem haben *Sie* uns sowieso nichts zu sagen. Ich werde mit Ihrem Vorgesetzten sprechen.«

»Nun, inzwischen bin ich mein Vorgesetzter. Sie dürfen mir gern zu meiner Beförderung gratulieren«, entgegnete Warren nur.

Jess und Martha sahen sich an, und Jess wusste, dass die Fassungslosigkeit in Marthas Gesicht genau ihrer eigenen entsprach.

»Und um Ihre Frage zu beantworten«, fuhr Warren fröhlich fort, nachdem er den Gesichtsausdruck der beiden Frauen mit Befriedigung zur Kenntnis genommen hatte, »Sie beide werden erst einmal auf unbestimmte Zeit hierbleiben.«

»Nur weil die neuen Reporterinnen so grün sind wie eine englische Viehweide, müssen wir doch nicht alle gleich behandelt werden. Marty und ich sind ganz sicher nicht unerfahren und neigen auch nicht zu Hysterie«, entgegnete Jess und wunderte sich – noch vor einer Woche war sie so stolz darauf gewesen, dass ihre Fotos weltweit verkauft worden waren, und jetzt ließ man sie auf einmal nicht mehr in die Nähe der bevorstehenden Invasion, einfach nur weil sie eine Frau war? Von der Schönheit des Erfolgs blitzschnell zurückgeworfen in die Lächerlichkeit des Versagens, ganz plötzlich. »Wie sollen wir über eine Invasion in Europa berichten, wenn wir in London festsitzen?«

»Ganz einfach – gar nicht. Das übernehmen die Männer, Sie können solange mit den Donut-Mädchen vom Roten Kreuz nach Südengland fahren und dort Frohsinn oder sonst was verbreiten.« Warren drückte seine Zigarette aus.

»Sie können uns nicht zwingen, hierzubleiben«, sagte Martha mit fester Stimme.

»Habe ich vergessen zu erwähnen, dass wir seit Neuestem ein festes Regelwerk haben?« Lässig, breitbeinig, die Arme auf der Rückenlehne der Sitzbank ausgebreitet, lehnte Warren sich zurück, während ihn die beiden Frauen verunsichert und angespannt über ihren Whiskey hinweg taxierten.

»Die Regeln legen endlich alles in Schriftform fest, was in der Praxis bereits ausgeübt wird«, fuhr Warren fort und begann zu rezitieren: »*Die Schwierigkeiten, die sich – beispielsweise bei der Unterbringung – aus der Anwesenheit von Frauen in frontnahen Bereichen ergeben, machen deren Akzeptanz als Korrespondentinnen naturgemäß zum Problem. Man kann davon ausgehen, dass genügend männliche Korrespondenten zur Verfügung stehen, so dass es nicht notwendig ist, Frauen in diesen Gebieten einzusetzen, um über ortsgebundene Nachrichten und technische Themen zu berichten. Allerdings wird anerkannt, dass bestimmte Reportagen, beispielsweise über Krankenschwestern, am besten aus weiblicher Perspektive behandelt werden. Ich hoffe, Sie sind mir dankbar, dass ich den letzten Punkt so klar einräume. Allerdings kann keine Ihrer Schwesternberichte vor den Kriegsberichten der Männer eingereicht werden. Sie müssen sich hinten anstellen für Zensur, Übertragung, für alles. Prost.«* Er trank sein Glas aus und stand auf – er hatte ihnen ihre Machtlosigkeit genüsslich vor Augen geführt, jetzt sollten sie sich ihrer Enttäuschung hingeben.

»Scheiße«, sagte Martha, als er außer Hörweite war. »Ich hatte schon gehört, dass nur die Männer mit der Invasionsflotte rüberdürfen. Aber ich wusste nicht …«

»… dass die bisher mündlich überlieferten Regeln jetzt schwarz auf weiß abgedruckt sind, damit alle PROs, die Lust dazu haben, sie uns um die Ohren hauen können?«, vollendete Jess den Satz. »Das ist doch ein Witz. Sicherheit wird es nirgendwo geben, bis einer diesen Krieg gewinnt. Heißt das, sie werden uns überhaupt nie mehr nach Europa lassen?«

Sie schwiegen, tranken und rauchten.

Schließlich sagte Jess: »Zum Glück habe ich meinen Marschbefehl schon erhalten, ehe Warren aus dem Urlaub zurückkam. Wenn ich sofort verschwinde, könnte ich es gerade noch in einen Transport schaffen, wo man nichts davon gehört hat, dass Frauen interniert werden sollen.«

»Wenn Warren davon erfährt, wird er dich eigenhändig umbringen!«, meinte Martha und starrte sie an.

»Aber hier in der Savoy-Bar kann ich nicht vom Krieg berichten, oder? Hier gibt es keinen. Ich habe doch schon eine Reportage veröffentlicht. Wenn ich jetzt hier eingesperrt bin, werde ich so was womöglich nie wieder tun können.«

»Dann zieh los und pack deine Sachen. Ich wünsche dir viel Glück.«

Mit Herzklopfen sowohl wegen ihrer Tollkühnheit als auch in dem Gedanken daran, was ihr von Warren blühen konnte, machte Jess sich auf den Weg.

———

Jennings wartete bereits auf sie, als sie von Bord des Schiffs ging. Offensichtlich hatte er sich für seinen Auftrag hastig das Gesicht geschrubbt, denn schwache Schmutzspuren zeigten noch deutlich, wo seine Finger über Stirn und Kinn gewischt hatten.

»Captain May«, stammelte er zur Begrüßung.

»Wem verdanke ich denn dieses Vergnügen?«, fragte Jess.

»Anne hat Major Hallworth Bescheid gesagt, dass Sie kommen, und er meinte, er muss allen Korrespondenten eine Eskorte schicken und sieht nicht ein, warum Sie sich allein per Anhalter durch halb Italien zum Lazarett durchschlagen müssen. Letzten Monat habe ich für einen Ihrer Kollegen eine Woche lang Objektive durch die Gegend geschleppt.«

Jess schnaubte. Wie konnte die Armee ehrlich glauben, dass eine Frau, die keinen Bodentransport in Anspruch nahm oder sonstige Unterstützung forderte, mehr Ärger machte als ein Mann?

Tatsächlich drängelten sich auffallend viele GIs hier am Hafen, unter ihnen auch der Neapel-PRO, der vor ein paar Monaten so wütend auf sie gewesen war. Er trat auf sie zu und musterte sie mit einem Lächeln, das alles andere als freundlich war.

»Schauen Sie mal, was ich hier habe«, sagte er, zog ein zerknittertes Bild aus der Tasche und hielt es ihr unter die Nase. Es war ein Foto, das Louise Dahl-Wolfe im Jahr 1940, also ziemlich zu Anfang von Jess' Modelkarriere, für *Harper's Bazaar* aufgenommen hatte: Jess saß mit dem Rücken zur Kamera auf dem Boden und las in einem Buch, nackt bis auf den Slip, so dass ihr bloßer Rücken und die oberen Ansätze ihrer Hüftknochen zu sehen waren. Damals hatte sie auf ihr nächstes Kleid gewartet, und Louise hatte plötzlich den Einfall gehabt, dass Jess eigentlich kein Kleid brauchte, denn bei der Aufnahme ging es nur um die Diamantspange in ihrem Haar. Jetzt, hier am Hafen, umgeben von GIs, fragte Jess sich zum ersten Mal, wie viele Betrachter die Spange wohl wahrnahmen.

»Ich hab auch eines«, mischte sich ein anderer Soldat ein und zog ein Foto hervor, auf dem Jess im Badeanzug zu sehen war.

»Einer der Pressetypen in London war echt nett und hat eine ganze Menge Bilder für uns organisiert«, erklärte der PRO feixend. »Und jetzt stehen Sie tatsächlich in Fleisch und Blut vor uns.«

Er zog das Wort »Fleisch« genüsslich in die Länge, und Jess konnte nur mit Mühe ein Schaudern unterdrücken. Sie war sicher, dass Warren Stone besagter Mann in der Pressestelle war, der so viele Bilder von ihr besaß.

Aber das war nicht das Schlimmste. »Außerdem habe ich hier ein Telegramm für Sie«, fügte der PRO hinzu und überreichte ihr ein Blatt Papier.

Ihr Marschbefehl war storniert worden. Sie musste sofort zurück nach London. *Es wird viel mehr Spaß machen mitanzusehen, wie Sie sich später, wenn Sie es am wenigsten erwarten, mit Schimpf und Schande davonschleichen müssen*, hatte Warren gesagt. Jetzt fragte sie sich, ob Warren sie nur deshalb hatte gehen lassen, damit sie, ehe er sie zurückbeorderte und dazu verdammte, den Krieg nur noch aus der Ferne zu beobachten, auch ganz bestimmt mitbekommen würde, dass er jedem Mann in der US-Armee ein Bild von ihr zum Befummeln verschafft hatte.

»Wann fährt das nächste Schiff zurück?«, fragte sie, so gleichmütig sie konnte.

»Morgen. Bringen Sie die Dame für die Nacht in eins der Hotels«, sagte der PRO zu Jennings.

Sofort warf Jennings sich Jess' Gepäck über die Schulter und ging zu dem wartenden Jeep. Jess folgte ihm. Was hätte sie auch sonst tun sollen? Am Hafen stehen und zusehen, wie die GIs ihre Fotos verglichen? Offensichtlich hatte sie also doch keinen Sieg errungen, als ihre Reportage und ihre Fotos von Victorine veröffentlicht worden waren. Warren Stone hatte beabsichtigt, dass sie sich für erfolgreich hielt, damit die Wahrheit umso mehr schmerzte.

Jennings fuhr los. »Der Befehl meines Kommandooffiziers lautet, dass ich Sie zum Lazarett in Cassino bringen soll«, erklärte er schüchtern. »Ich kann Sie morgen rechtzeitig zurückfahren, damit Sie das Schiff erwischen.«

Jess beugte sich zu ihm und küsste ihn überschwänglich auf beide liebenswert erröteten Wangen, die so gut zu seiner Haarfarbe passten. »Danke!«

———

Als Jess am nächsten Morgen erwachte, sah sie, wie Victorine zusammengekuschelt neben ihr im Bett lag und sie anstarrte – wahrscheinlich, um sie zum Aufwachen zu bewegen. »Du bist auch zurückgekommen!«, rief sie – Victorine begrüßte sie mit den gleichen Worten, die sie bei jedem Wiedersehen zu Dan sagte. Es wirkte fast so, als könne sie nie ganz glauben, dass jemand, der wegging, tatsächlich wieder in ihrem Leben auftauchte. Als wäre die Erfahrung, dass sie einem Sanitätskonvoi mitgegeben worden war und ihre Mutter nie wiedergesehen hatte, für immer in ihre Psyche eingebrannt, wie ein Blattfossil in einen Felsen – kaum sichtbar für jemanden, der nicht wusste, worauf er achten musste.

Jess umarmte die Kleine. »Ja, ich bin wieder da.«

Obwohl die Sonne noch nicht aufgegangen war, kletterten sie zusammen aus dem Bett, und ihre ganz alltäglichen morgendlichen Tätigkeiten verwandelten sich – sowohl durch die wundersame Tatsache, dass es nicht regnete, als auch durch Victorines tatkräftige Unterstützung – in etwas wesentlich Vergnüglicheres, als man vom Wassersammeln in einem Armeehelm, Katzenwäsche und einem Frühstück aus Dosenfleisch und Eigelb eigentlich erwarten konnte.

Auf der Suche nach Anne wanderten sie dann zwischen den Zelten umher, als Jess eine Stimme hörte. »Ich finde, ehe Sie wieder verschwinden, sollte ich Sie heute Vormittag an einen Ort bringen, von dem Sie Warren Stone ein paar Ihrer Fotos mitbringen können.«

Sie wirbelte gerade rechtzeitig herum, um zu sehen, wie Victorine sich in Dans Arme warf.

»Ich komme mit«, verkündete die Kleine, aber Jess wusste, dass das unmöglich war. Im Lazarett war es gefährlich genug.

»Aber ich habe einen Auftrag für dich, Victorine«, sagte Jess rasch. »Komm mit.«

Sie holte einen Stapel von *Vogue*-Heften aus ihrem Zelt. »Da sind Fotos von dir drin«, erklärte sie, »außerdem welche von Anne, ein paar von den Soldaten und eines von Dan«, fügte sie hinzu. »Kannst du die Hefte bitte Anne und den Männern im Genesungszelt zeigen?«

Vor Aufregung begann Victorine auf und ab zu hüpfen. »Ja!«, rief sie begeistert.

Jess blätterte zu dem Foto, auf dem Victorine und Dan sich umarmten – Jess' Kamera hatte das Lächeln auf dem Gesicht des Mädchens für alle Zeiten in Schwarz-Weiß festgehalten, keiner konnte diesen Augenblick bedingungsloser Liebe jemals zerstören. Dans Gesicht wirkte im Profil so offen und ungeschützt, dass Jess beim ersten Mal die Zeitschrift sofort wieder zugeklappt hatte, weil ihr plötzlich klar wurde, wie verletzlich dieser Mann war – und dass Victorine ohne ihn niemanden mehr haben würde. Am liebsten hätte Jess ihn angeschrien: *Wag es bloß nicht, zu sterben!*

Jetzt war sie gespannt, ob Dan sich selbst würde ansehen können. Aus Erfahrung wusste sie, dass ein Foto manchmal einen Teil einer Person offenbarte, der ihr selbst nicht bewusst gewesen war, so dass es sich anfühlte, als sehe sie sich nackt, verbunden mit der Erkenntnis, dass hier etwas entblößt worden war, was der Welt normalerweise verborgen blieb. Erst als Jess den Abzug des Fotos von Dan und Victorine gesehen hatte, war ihr klar geworden, dass die Aufnahme etwas ganz Besonderes war, etwas selten Ergreifendes, was ihr vielleicht nie wieder in dieser Prägnanz gelingen würde.

Als Victorine die Zeitschrift in die Höhe hielt und Dan das Bild erkannte, zuckte er tatsächlich zurück. Doch dann gesellten sich die Krankenschwestern zu ihnen, und Jess drängte ihn zum Gehen, weil sie vermeiden wollte, dass er das, was Jess gesehen hatte, ausgerechnet jetzt sah: den Beweis, dass seine Rüstung Risse hatte.

Jetzt wusste sie, dass alles falsch war, was Emile ihr über Fotografie beigebracht hatte, und auch das, was sie als Kind von ihren Eltern und später vor der Kamera darüber gelernt hatte. Hier draußen kam es auf das Zufallsmoment an, darauf, dass man den richtigen Augenblick erwischte und für ihn bereit war. Die exakte Positionierung einer Person, eines Motivs oder einer Lichtquelle war nebensächlich, ebenso, dass man sich das Ergebnis exakt vorstellte, bevor man die Kamera ausrichtete und den Auslöser betätigte. Vielmehr lag die Aufgabe darin, zu improvisieren und auf diese Weise die Realität freizulegen, die sich oft schwer erkennen ließ, weil alles auf das simple Wort »Krieg« reduziert war.

Genau das rief sie sich für den bevorstehenden Ausflug mit Dan wieder ins Gedächtnis. »Wohin fahren wir?«, fragte sie, als sie sich dem Jeep näherten.

»Es ist Ostern«, antwortete Dan, als erkläre das alles.

Einen Moment lang musste Jess nachdenken, bis sie nachgerechnet hatte – an diesem der realen Zeit entrückten Ort verschmolz jeder Tag namenlos mit dem nächsten. »Gehen wir etwa in die Kirche?«, scherzte sie.

»So könnte man es ausdrücken«, antwortete er, und Jess wurde immer neugieriger.

Dann fügte er hinzu: »Ich komme übrigens auch bald nach England. Meine Division ist abberufen worden, und ich nehme Victorine mit, sie kann dort aufs Internat gehen.«

Was nur eines bedeuten konnte: Die Invasion würde stattfinden, und zwar sehr bald. Die Großattacke auf Europa, die Jess nicht miterleben und über die sie nicht berichten durfte. Das war so ungerecht, dass sie ihrem Ärger am liebsten laut Luft gemacht hätte, doch stattdessen sagte sie nur: »Ich werde Victorine besuchen, sooft ich kann. Ich meine, ich werde ja reichlich Zeit haben, wenn es nach Warren Stones Nase geht.«

Vor dem Auto blieb Dan stehen. »Sie sind eine großartige Fotografin, Jess. Kämpfen Sie weiter.«

Einen Moment machte die ehrliche Bewunderung in seinen Worten sie sprachlos – und es war echte Anerkennung, keine Schmeichelei, die sich auf ihr Gesicht, ihr Dekolleté oder ihre Beine bezog. »Danke«, brachte sie schließlich heraus. Dann kletterte sie in den Jeep.

Dan fuhr sehr sicher, aber so schnell, als müssten sie rechtzeitig an einem bestimmten Ziel ankommen. Nach einer kurzen Weile hielt er an und sprang aus dem Wagen: »Jetzt müssen wir zu Fuß weiter.«

Sie schlossen sich einer Karawane von Soldaten an, die sich den Steilhang vor ihnen emporschlängelte. Gerade begann die Morgensonne die Landschaft mit einem orangenen Schimmer zu überziehen, Nebel umwaberte sie und verschwand, als sie höher stiegen, schließlich unter ihnen, als wären sie in den Himmel hineingeklettert. Kaum jemand sprach, nur das Schlurfen der Stiefel im Sand und das Klappern der geschulterten Gewehre waren zu hören, ansonsten hatte Jess nur Dans Warnung in den Ohren, um jeden Preis auf dem Pfad zu bleiben, da das Gelände durchweg vermint war.

Immer wieder betätigte sie im Weitergehen den Auslöser der Rolleiflex, und Jess war froh, dass noch niemand sie richtig wahrgenommen hatte; der Helm verbarg ihr Gesicht, sie trug die gleiche Uniform wie die Männer, und sie war groß genug, um nicht allzu sehr aus dem Rahmen zu fallen. Von den anderen Soldaten unterschied sie im Grunde nur, dass sie anstelle des Gewehrs eine Kamera bei sich trug.

Schließlich erreichten sie eine Stelle, an der sich der Hang zu einem weitläufigen Felsvorsprung mit einem großen, flachen Stein im Zentrum ebnete. Die Männer schwärmten aus, ließen sich auf den Boden nieder oder lehnten sich an die Bergwand, doch Jess setzte sich ganz vorn auf die Kante und ließ wie das draufgängerische Kind von einst die Beine über den Abgrund baumeln. Dan tat das Gleiche, und so blickten sie hinaus über das gewaltige Tal des Garigliano-Flusses, das sich vor ihnen ausbreitete. Auf der einen Seite schimmerte in der Ferne das Meer, auf der anderen ragte das Gebirge auf. Der Talgrund war zum größten Teil vom Krieg verwüstet, doch hier oben klammerten sich Ölbäume hartnäckig an den Berghang, und in den Bodenritzen blühten rosa und lila Anemonen. Jess saugte den Blick in sich auf, versuchte, die Feuer auszublenden, die unter ihnen brannten und gelegentlich aufflammten, obwohl Jess kaum glauben konnte, dass dort unten überhaupt noch etwas Brennbares zu finden war.

Sie richtete die Rolleiflex aus und fotografierte erst das einst fruchtbare Tal, in dem jetzt nichts anderes als Gewalt gedieh, richtete die Kamera dann auf eine Gruppe von auf dem Boden ausgestreckten Männern, dann auf ein Maultier, das unerklärlicherweise eine kleine Orgel auf dem Rücken trug, und dann auf einen Mann mit einem großen Buch, das er auf den flachen Felsen legte. Auf einmal bemerkte sie, dass er die Uniform eines Kriegspfarrers trug, doch ehe sie Dan danach fragen konnte, zischte eine Granate über die Gruppe hinweg, verlor sich dann aber im Tal unter ihnen und detonierte in einem Feuerball.

»Wie nah sind die Deutschen eigentlich?«, fragte sie Dan.

»Ungefähr vierhundert Meter«, antwortete er leichthin.

»Das klingt für mich ein bisschen zu nah«, meinte sie.

»Sie werden uns nichts tun. Es ist Ostern, eine kurzfristige Waffenruhe. Außerdem sind wir außerhalb ihrer Schussweite, sie müssten sich bewegen, und da wir so viele sind, werden sie nicht aus ihren Schutzräumen kommen.«

Bevor Jess Zeit hatte, zu entscheiden, ob Dan recht hatte, begann der Pfarrer zu sprechen. Irgendwie waren ein Mikrophon und mehrere Lautsprecher aufgebaut worden, und der Gruß des Geistlichen, der sowohl Katholiken wie Protestanten, amerikanische und deutsche Soldaten auf Deutsch und Englisch willkommen hieß, erscholl bis dorthin, wo Jess die Schutzräume der Deutschen vermutete, und noch weit über das unter ihnen liegende Tal hinaus.

»Als der Sabbat vorüber war und der erste Tag der Woche anbrach, kamen Maria von Magdala und die andere Maria, um nach dem Grab zu sehen«, las der Pferrer auf Deutsch vor. Dann wiederholte er den Text auf Englisch.

Niemand sprach, alle lauschten der Geschichte des Osterwunders, und alle, ganz gleich welcher Nationalität, waren sich nur allzu bewusst, was jeder von ihnen sich wünschte: ein Wunder von der Art, wie man es seit der Zeit, als das Evangelium des Matthäus niedergeschrieben worden war, nicht mehr erlebt hatte.

Als der Pfarrer zu Ende gelesen hatte, setzte sich jemand an die kleine Orgel und begann zu spielen. Aus einer Gruppe von Krankenschwestern erhob sich eine Frau und stimmte das Lied *Ich weiß, dass mein Erlöser lebt* aus Händels *Messias* an, und die Schönheit dieser einsamen Stimme, begleitet vom vollen Klang der über ein entweihtes italienisches Tal erschallenden Orgel, war zu viel für Jess. Sosehr sie auch die Hände aneinanderpresste und die Zähne zusammenbiss, ihre Kehle begann zu brennen, und schon strömten die Tränen über ihre Wangen wie der italienische Winterregen, fielen in großen Tropfen hinunter auf ihre Hose. Sie schloss die Augen und schluckte, gab sich Mühe, nicht laut zu schluchzen, sondern sich wenigstens so weit zusammenzureißen, dass sie ihr Zittern unterdrücken konnte.

Auf einmal streifte etwas ihre Hand und ergriff sie sanft – als Jess die Augen öffnete, sah sie, dass es Dan war, dass sein Unterkiefer ebenfalls angespannt war und auch auf seiner Wange eine Träne glitzerte. So saßen sie während des ganzen Liedes, die Hände fest ineinander verschlungen, denn nur auf diese Weise konnten sie der Musik zuhören, ohne dass es ihnen das Herz zerriss.

Kämpfen Sie weiter, hatte Dan gesagt, und als das Lied zum Ende hin noch einmal anschwoll, schwor Jess sich, genau das zu tun. Warren konnte sie erhängen, wenn sie nach London zurückkehrte, oder sie im Savoy einsperren. Aber sie würde die verdammten Regeln bis an die Grenze ausreizen, um einen Weg zu finden, nach Europa zurückzukehren, um Augenblicke wie den jetzigen zu fotografieren, eine feierliche, gefühlvolle Pause mitten im Feuersturm der Invasion.

In der Stille nach dem Lied vibrierte noch der Klang der Sopranstimme, und die letzten, bittersüßen Worte – *Nun aber ist Christus auferstanden von den Toten, der Erstgeborene jener, die schlafen –* klangen nach. Jess wusste, dass keiner von denen, die hier am Monte Cassino oder bei der bevorstehenden Invasion fielen, auferstehen würde, dass all die Männer um sie herum, einschließlich Dan, morgen schon diejenigen sein konnten, die für immer schliefen.

Teil 2

Kapitel 7

FRANKREICH, JUNI 2004 | Der Zug verließ den Flughafen Charles de Gaulle, und D'Arcy genoss die Aussicht mit allen Sinnen – sie konnte beinahe riechen, wie sich langsam die nach Kastanien und Lilien duftende französische Sommerluft in den Waggons ausbreitete. Sie war viel zu lange weg gewesen und hatte die Allgegenwart der Kirchtürme in den Dörfern ebenso schmerzlich vermisst wie die sich regenbogengleich über Flüsse und Straßen schwingenden Eisenbahnbrücken sowie das satte Van-Gogh-Gelb der Kornfelder.

Nach einer Stunde erreichte sie Reims, wo ihr Leihwagen bereitstehen sollte – hoffentlich hatte die Galerie daran gedacht, ein kleines Auto für sie zu buchen, eines, das sie problemlos durch die französischen Städtchen steuern konnte, und nicht einen der mächtigen SUVs, die in Sydney so groß in Mode waren. Zu ihrer Erleichterung erwartete sie ein winziger blauer Renault, und sie öffnete sofort alle Fenster, ohne auf ihre wild umherfliegenden blonden Haare Rücksicht zu nehmen. So fuhr sie vorbei an Weinbergen mit dicken, champagnersaftig vollgesogenen Trauben, die aussahen, als müssten sie im Fahrtwind ihres Autos eigentlich aufplatzen. Eichen blickten majestätisch auf sie herab, einige neigten die Köpfe, andere hoben die Äste zum Himmel, als freuten sie sich, dass D'Arcy Hallworth endlich wieder in Frankreich war. Wie sehr wünschte sie sich, eines Tages – wenn sie endlich erwachsen war – eine prachtvolle, von Eichen gesäumte Auffahrt zu besitzen!

Von Zeit zu Zeit warf sie einen Blick auf den Beifahrersitz, auf dem sie die Straßenkarte ausgebreitet hatte. Nachdem sie etwa zwanzig Minuten in südöstlicher Richtung gefahren, dabei hoch in die Montagne de Reims hinaufgeklettert war und das pittoreske Tal mit seinen impressionistischen Schattierungen weit unter sich gelassen hatte, verließ sie schließlich die Überlandstraße und nahm eine schmale Landstraße in Richtung Verzy, vorbei an einer Reihe von Champagnerkellereien. Kurz darauf wurde die Straße so eng, dass sie unwillkürlich die Luft anhielt, als ihr ein Weintraktor entgegenkam.

Unvermittelt kam das Schild in Sicht, *Lieu de Rêves,* fast vollständig versteckt. Sie bog in die Auffahrt ein – eine Platanenallee, die so dicht gepflanzt war, dass es unmöglich war, zu sehen, was hinter der nächsten Kurve lag. Doch dann war sie plötzlich da, scheinbar mitten in einem Märchen: Die Bäume eröffneten den Blick auf ein Schloss aus weißem Stein, mit einem blauen Schieferdach, einer Zugbrücke, Türmchen und einem Bergfried.

»Oh!«, entfuhr es ihr.

Sie parkte und stieg aus, froh, sich nach der langen Reise endlich strecken zu können, strich sich die Haare und ihr Kleid glatt, das wenigstens nur im Zug und Auto gelitten hatte, da sie sich am Flughafen umgezogen hatte. Es war mit leuchtend orangeroten und blauen Blumen bedruckt, der Rock leicht ausgestellt, und sie hatte es mit braunen Cowboystiefeln kombiniert, unter denen der Kies leise knirschte, als sie langsam, sehr aufrecht, den Rock mit den Händen ausbreitend, über die Zugbrücke schritt – trotz der Cowboystiefel konnte sie nicht anders, sie musste so tun, als wäre sie eine Märchenprinzessin. Dabei war sie neunundzwanzig Jahre alt und glaubte nicht an so etwas.

Sie grinste über sich selbst und konnte gerade noch rechtzeitig ihren Rock loslassen, als das Schlosstor sich öffnete und ein Mann heraustrat, um sie zu begrüßen.

»D'Arcy Hallworth?«, fragte er.

»Ja, die bin ich.« Ihr Lächeln wurde breiter, als sie sah, dass der Mann, der vor ihr stand, mit seinen zerzausten, fast schwarzen Haaren und seinem perfekt gebügelten frischen blauen Hemd, das eine Nuance heller war als seine Augen, geradezu absurd attraktiv war.

»Ich bin Josh Vaughn.«

»Oh, Sie sind Amerikaner?« Kaum waren die Worte aus ihrem Mund, merkte sie, dass sie enttäuscht geklungen hatte, und er reagierte tatsächlich entsprechend.

»Tut mir leid, wenn Sie gehofft haben, dass hier ein hübscher Franzose erscheinen würde«, sagte er ohne ein Lächeln.

Sie riskierte einen Witz. »Tja, aber wenigstens sehen Sie auch so ganz gut aus«, erwiderte sie.

Jetzt lachte er, was besser zu ihm passte als die ernste Miene, mit der er sie begrüßt hatte. »Na, wenn Sie so was sagen, dürfen Sie reinkommen.«

Sie ging durch das Tor und wandte sich automatisch hierhin und dorthin, um alles in sich aufzunehmen, was sie hier an Pracht, Eleganz und Ausgewogenheit erwartete. In dieser Umgebung verblasste selbst Joshs Attraktivität.

D'Arcy erkannte sofort, dass die Marmorböden mit dem schwarzweißen Schachbrettmuster, auf denen das Klacken ihrer Stiefel widerhallte, mindestens ein paar Hundert Jahre alt waren und höchstwahrscheinlich auch wesentlich elegantere Kleidung gesehen hatten als die ihre. Die Wände waren ebenfalls aus Stein und hätten abweisend wirken können, wären sie nicht so reich mit Fotografien geschmückt gewesen – Fotografien, die D'Arcy gut kannte, mit denen sie sich jahrelang beschäftigt hatte. Sie jetzt zu berühren wäre ein Sakrileg gewesen, vergleichbar mit dem Anfassen der Kronjuwelen.

»Schade, dass ich nicht einfach alles mit nach Australien nehmen kann«, sagte sie und deutete zu der hohen Decke hinauf, die sich in der Leere über ihnen verlor und die man nur richtig bewundern konnte, wenn man den Kopf in den Nacken legte und den Rücken nach hinten wölbte.

»Die Gebühren für das Mehrgepäck würden Sie vermutlich ein bisschen ärmer machen«, meinte Josh trocken, während er – aufmerksam, aber nicht voyeuristisch – beobachtete, wie sie die Umgebung in sich aufsog.

»Und – vertrauen Sie mir schon?«, fragte sie.

»Nein.«

Jetzt musste sie lachen. »Sie zahlen mir meine charmante Ehrlichkeit also mit Ihrer brutaleren Version heim.« Dann fiel ihr Blick auf eins der vielen Bilder, auf die sie sich gefreut hatte: Es war nicht sehr groß, aber zog sie trotzdem magisch an.

Es war das Bild einer Mutter mit Kind, inspiriert von dem Gemälde von Christian Krohg – eine erschöpfte Frau neben ihrem schlafenden Baby, den Kopf aufs Bett gelegt, jeder Pinselstrich von Öl auf Leinwand durchdrungen von ihrer Müdigkeit. Genau wie das Gemälde die Kunsttradition der aufopfernden Mutter vermied, so zeigte auch das Foto, vor dem D'Arcy stand, den nackten Rumpf einer Frau, schweißnass, die Haare feucht am Kopf klebend, ein weinendes, mit fuchtelnden Armen protestierendes Baby an der Brust. Die Augen der Frau waren geschlossen, in ihrem Gesicht spiegelte sich die gleiche Erschöpfung wie in Kroghs Gemälde, und sie schien zu fragen: *Warum muss ich nach stundenlangen Wehen dieses Kind nun auch noch stillen?* Aber dann nahm der achtsame Betrachter die Hand der Mutter wahr, die mit einem Finger die nicht sichtbare Wange des Babys streichelte.

»Es ist …« D'Arcy hielt inne, weil ihr klar wurde, dass sie eine Weile wie in Trance gewesen war und mit ausgestreckter Hand vor dem Bild gestanden hatte, als wolle sie Kontakt mit ihm aufnehmen. »Das ist eine der besten Arbeiten, die ich je gesehen habe«, sagte sie schlicht. Dann wandte sie sich zu Josh um und fand ihre Professionalität wieder. »Warum hängt es noch hier? Ich dachte, es wäre schon verpackt.«

»Laut Vertrag gehört es zu Ihren Aufgaben, auch einige wertvolle Stücke zu packen«, erklärte er in einem Tonfall, als würde er sie für eine Idiotin halten.

»Ich habe den Vertrag unterschrieben, ich weiß sehr gut, was drinsteht«, erwiderte sie gereizt. »Aber ich habe nicht erwartet, dass dieses Bild hier dazugehört.« Ein Traum, eine so erlesene Fotografie in der Hand zu halten, aber durchaus nicht nur auf die gute Art. Was, wenn sie dieses Kunstwerk zerstörte? »Wie viele Bilder sind denn für mich noch zu verpacken?«

»Die meisten«, antwortete Josh sachlich.

»Die meisten?«, wiederholte sie. »Aber ich bin nur zwei Tage hier.«

»Dann müssen Sie Ihr Ticket wohl umbuchen. Die Arbeit wird mindestens zwei Wochen in Anspruch nehmen.«

»In dem Vertrag, den Sie an die Galerie geschickt haben – ich gehe doch recht in der Annahme, dass Sie der Kunstagent sind, der meinen Vertrag aufgesetzt hat? –, wurden ›einige wertvolle Stücke‹ erwähnt. Aber ›die meisten‹ ist etwas ganz anderes als ›einige‹.«

Er zuckte aufreizend gleichmütig die Achseln, als sei das alles nicht sein Problem. »Ich habe die Galerie angerufen und erklärt, dass das Packen niemandem sonst anvertraut werden soll. Dass es Ihre Aufgabe sein würde und Sie länger bleiben müssten. Die Galerie hat eine Bestätigung für Ihr zusätzliches Honorar an Sie geschickt, weil die Arbeit länger dauern wird.«

»Dann wissen Sie also, wie ich bezahlt werde«, folgerte D'Arcy ärgerlich. Da hatte dieser Mann die Galerie, für die sie arbeitete, bereits kontaktiert und anscheinend auch noch in ihrem Namen verhandelt!

»Schien mir kein übles Honorar dafür zu sein, nach Frankreich zu reisen und mit Fotos zu hantieren, die Sie doch offenbar unbedingt sehen wollten«, erklärte er steif, beinahe feindselig, ganz der Agent, dem es ausschließlich um seine Kunden ging und dem alle anderen Menschen gleichgültig waren.

Sie konnte sich eine schlagfertige Erwiderung nicht verkneifen. »Aber bekomme ich dann auch eine Gefahrenzulage, weil ich zwei Wochen mit Ihnen zusammenarbeiten muss?«

Einen kurzen Moment zuckten seine Mundwinkel, und kindischerweise gratulierte sich D'Arcy bereits dazu, seine strenge Fassade durchbrochen zu haben, als er ihr ein Blatt Papier reichte. Es war die Bestätigung der Art Gallery of New South Wales, dass sie in Frankreich bleiben sollte, bis das Packen der Bilder erledigt war, für die sie sich bisher nur als Kurierin zuständig gefühlt hatte. Als Arthandler war sie an kleinere und größere Probleme in der Begleitung von Kunstwerken auf dem Weg zu Ausstellungen und ihrem Auf- und Abbau gewöhnt, die sie normalerweise auch zur allseitigen Zufriedenheit löste – sie hatte genug Erfahrung in dieser Arbeit, um zu wissen, dass ein gewisses Maß an Chaos zu erwarten war, wenn Flugzeuge, Lastwagen, Lagerhäuser, Zollagenten und Kunst unter einen Hut gebracht werden mussten. Aber es war ziemlich ungewöhnlich, einen Auftrag einfach um ein, zwei Wochen zu verlängern. Allmählich begriff sie, warum die Galerie sie gebeten hatte, schon so früh anzureisen.

»Es ist leichter, wenn Sie hier im Schloss arbeiten«, meinte Josh.

»Vermutlich kriege ich das hin.« D'Arcy sah sich noch einmal in der hinreißenden Umgebung um. »Kann ich die Fotografin kennenlernen?«

»Anscheinend gehen Sie fest davon aus, dass es sich um eine Frau handelt.«

»Ich weiß, dass sie eine Frau ist, weil ihre Arbeit ein Einfühlungsvermögen aufweist, wie ich es bei männlichen Fotografen noch nie gesehen habe.«

»Also haben Cartier-Bresson, Penn oder Mapplethorpe Ihrer Ansicht nach allesamt nicht genügend Einfühlungsvermögen?« Er verschränkte die Arme vor der Brust.

»Nein«, erwiderte D'Arcy entschieden. »Technisch waren sie meisterhaft, aber ohne Empathie. Wie Ansel Adams es formuliert hat, drückt eine großartige Fotografie präzise das aus, wie sich die – oder der – Fotografierende seinem Gegenstand gegenüber fühlt, und bringt auf diese Weise ihre – beziehungsweise seine – ganze Lebenseinstellung zum Ausdruck.«

Josh zog eine Augenbraue in die Höhe – vermutlich hielt er D'Arcy jetzt, nachdem sie Adams zitiert hatte, entweder für eine Angeberin oder eine Besserwisserin. Vielleicht auch beides.

Doch er fragte nur: »Und was ist mit Capa?«

Für gewöhnlich machte D'Arcy bei Capa Zugeständnisse, doch heute nicht. »Sollten Sie nicht lieber Ihre Klientin verteidigen, statt den fotografischen Kanon aufzulisten – eine Gruppe von Männern, die wirklich nicht noch mehr Anerkennung nötig haben?«, erwiderte sie.

»Sie sind nicht bloß als Babysitter für Fotos hergekommen, stimmt's?«

Ja, das ist ja auch alles, was ein Arthandler macht, hätte sie um ein Haar zurückgeblafft, nahm sich jedoch zusammen und erwiderte stattdessen: »Ich habe über vierundzwanzig Stunden im Flieger gesessen, schließlich ist Sydney immer noch auf der anderen Seite der Erde, dann in einem Zug und zum Schluss noch ein paar Stunden im Auto. Demzufolge habe ich ein bisschen Schlaf bitter nötig, und morgen fange ich mit der Arbeit an. Könnten Sie mir jetzt also bitte mein Zimmer zeigen? Da Sie über mein Eintreffen informiert waren, haben Sie doch sicher eines für mich vorbereitet.«

»Célie zeigt es Ihnen.« Dabei deutete er auf eine Frau, die gerade wie aus dem Nichts aufgetaucht war. Während D'Arcys reisebenebeltes Gehirn langsam abschaltete, folgte sie der Frau die Wendeltreppe hinauf in den Turm, dann einen langen Korridor entlang und in ein Zimmer, das sie erst am nächsten Tag genauer unter die Lupe nehmen würde – momentan wollte sie nur duschen und ins Bett fallen.

———

Als D'Arcy am nächsten Morgen erwachte, war sie wie immer in solchen Fällen sehr froh, dass ihre nomadische Lebensweise sie gelehrt hatte, zu jeder Zeit an jedem beliebigen Ort schlafen zu können und den Jetlag nicht als allzu anstrengend zu empfinden. Sie gähnte, streckte sich und nahm nun endlich auch den sie umgebenden Luxus wahr.

Herrliche Laken, bestimmt aus ägyptischer Baumwolle. Ein echtes französisches Holzbett, formschön und am Kopfteil mit Blumenschnitzereien verziert. Zuerst dachte D'Arcy, das Holz wäre in sanftem Cremeweiß gestrichen, merkte dann aber, dass die Farbe einen Hauch von dem Blau enthielt, das sich in der samtig blaugrauen Tapete wiederholte. Auf beiden Seiten des Betts standen ebenfalls mit Holzschnitzereien geschmückte Nachttische. Langsam setzte sie sich auf, schwang die Beine über den Bettrand, ging hinüber zu den zarten weißen Vorhängen und zog sie auf. Dahinter erschienen die Türen zu ihrem persönlichen Balkon. Ihr Magen knurrte – sie merkte, dass sie am Verhungern war und keine Ahnung hatte, wo sie hier ein Frühstück bekommen konnte. Würde man sie verpflegen? Oder musste sie ins nächste Dorf fahren und sich selbst Kaffee und Croissants besorgen?

Wie als Antwort klopfte es in dieser Sekunde an der Tür.

»Herein!«, rief D'Arcy, die Tür öffnete sich, und Célie erschien, in ihren Händen ein Tablett mit Croissants, Baguettes, Käse, Obstsaft und – D'Arcy schnupperte – Kaffee.

»Frühstück auf dem Balkon?«, fragte Célie auf Französisch.

»*Oui, merci*!« D'Arcy folgte ihr nach draußen und atmete tief die wilden Düfte des ländlichen Frankreichs ein: moschussüße Kastanien, das kräftige Aroma des Wermutkrauts, würziges Süßholz und herb-frische Zitrusfrüchte. Gelbe Butterblumen leuchteten überall im Garten unten, eine lockere Ordnung versteckte sich in der natürlichen Landschaft – ineinander verschlungene Limettenbäume hielten die wilden Orchideen in Schach, Maulbeerbäume bildeten mit ihren hängenden Zweigen eine Art separaten Gartenraum, in dem der Küchengarten angepflanzt worden war. Dort wuchsen Erdbeeren, Brombeerbüsche und auch Kürbisse im leuchtendsten Orange, das D'Arcy je gesehen hatte. Sogar ein Labyrinth entdeckte sie.

Als sie sich in einen der Sessel sinken ließ und mit geschlossenen Augen an ihrem Kaffee nippte, breitete sich in ihr eine Zufriedenheit aus, die sich in ihrem Leben nicht oft einstellte.

»Möchten Sie sonst noch etwas?«, fragte Célie.

»Ich glaube, es ist alles perfekt«, antwortete D'Arcy, und das Französisch ihrer Mutter kam ihr ebenso leicht über die Lippen wie das Englisch, das sie normalerweise sprach.

Es war sehr verlockend, einfach den ganzen Morgen auf dem Balkon sitzen zu bleiben, Kaffee zu trinken und sich den Bauch mit kräftig duftendem, saftigem Käse und frischem Baguette vollzuschlagen. In ganz Australien schmeckte kein Brot so gut wie das in Frankreich. Aber sie hatte Arbeit zu erledigen, also schlüpfte sie in eine Jeans und eine früher einmal zitronengelbe, jetzt zu Creme verblasste Ossie-Clark-Chiffonbluse aus den 1970ern mit einer Schleife am Kragen und den ausgebleichten Linien eines gerade noch erkennbaren Celia-Birtwell-Drucks. Auf die Cowboystiefel verzichtete sie heute und ersetzte sie durch ein Paar abgewetzter Vintage-Stiefel mit Spuren einer einst farbenfrohen Stickerei.

Ehe sie nach unten ging, rief sie noch rasch ihre Mutter an, um ihr mitzuteilen, dass sie erst um einiges später nach Sydney zurückkehren würde als erwartet.

»Hallo, Darling«, begrüßte Victorine Hallworth sie sofort, als sie den Hörer abhob, und D'Arcy lächelte.

»Dieses Schloss ist unfassbar, du würdest es nicht glauben. Und ich bleibe zwei Wochen!«, erzählte sie ihr begeistert. »Der absolute Traum. Köstliches Essen. Tolle Aussicht. Und dann auch noch Fotos, die ich verehre.«

»Du klingst, als wärst du glücklich.« D'Arcy konnte hören, dass auch ihre Mutter lächelte.

»Bin ich auch. Vielleicht schreibe ich sogar einen Artikel darüber. Heute Abend schicke ich Maya ein Exposé.«

»Bestimmt würde Maya sich freuen, wenn du mal wieder etwas für sie schreibst. Seit dem letzten Mal ist einige Zeit vergangen«, sagte Victorine. Maya war die Reiseredakteurin einer Zeitung in dem Medienkonzern, den Victorine viele Jahre lang geleitet hatte.

»Stimmt«, pflichtete D'Arcy ihr bei. Das freiberufliche Schreiben war nur eins von den vielen Dingen, in denen sie sich in ihrem rastlosen Leben versucht hatte. »Aber dieser Ort hier bettelt förmlich darum, dass man über ihn schreibt. Du würdest ihn lieben. Genau das Frankreich, von dem jeder träumt.«

»Das Frankreich meiner Träume ist wahrscheinlich eine etwas dunklere Version. Obwohl du mir schon Lust machst, dich zu besuchen. Wo genau bist du?«

»In der Nähe von Reims.«

»Nicht meine Lieblingsgegend.« Ihre Stimme klang seltsam. »Ach, es ist sowieso besser, wenn ich hierbleibe.«

»Wieso ist es nicht deine Lieblingsgegend? Wie ist das möglich?«

Ihre Mutter zögerte. »Es liegt an den Erinnerungen. Von vor langer Zeit. Aber ich wünsche dir eine wundervolle Zeit, genieße sie für uns beide.«

»Mach ich. Und ich liebe dich, Maman.«

Stirnrunzelnd legte D'Arcy auf. Sie sprachen kaum über die Kindheit ihrer Mutter in Frankreich, und D'Arcy wusste, dass Victorine das letzte Mal in ihren Zwanzigern hier gewesen war, obwohl sie darauf bestanden hatte, dass D'Arcy Französisch lernte und das Land besuchte – von Austauschreisen in der High School bis hin zu ihrem Studium in Paris. Doch ihre Mutter hatte gesagt, sie solle den Aufenthalt genießen, also würde sie es tun. Sie ging nach unten, stieg in ihr Auto und fuhr zur nächstgelegenen *quincaillerie* – dem Haushaltswarengeschäft –, um einzukaufen.

Als sie zum Schloss zurückkam, trug sie alles hinein und hätte Josh um ein Haar mit einer Sperrholzplatte enthauptet. »Entschuldigung, ich hab Sie nicht gesehen«, entschuldigte sie sich, nachdem er sich mit einem Sprung in Sicherheit gebracht hatte.

»Das Ohr brauche ich sowieso nicht mehr«, sagte er und rieb sich die Seite seines Kopfes.

»Sagen Sie mir am besten, wo ich das ganze Zeug unterbringen kann, ehe ich doch noch jemanden verletze. Ich möchte nicht das Risiko eingehen, dass ich Célie außer Gefecht setze und morgen ihr göttliches Frühstück nicht mehr kriege.«

»Aha, aber ich bin anscheinend entbehrlich«, sagte er und grinste dabei tatsächlich.

»Natürlich.« Sie erwiderte das Grinsen. Vielleicht hatte er gestern nur einen Kaffee gebraucht. Jedenfalls kam er ihr heute viel netter vor, obwohl er noch immer ein perfekt gebügeltes Hemd und eine schicke, teure Anzughose trug – womöglich würde sein steifes Benehmen also bald wiederkommen.

»Folgen Sie mir. Vielleicht eignet sich der *Salon de grisailles*.«

Er ging voraus zu einem riesigen Raum mit hohen Säulen, in dem in der Vergangenheit bestimmt Empfänge oder Bälle gegeben worden waren. Die Aussicht war die gleiche wie von D'Arcys Balkon – ein Terrain, das vor Farben und Düften regelrecht explodierte und in sanften Wellen zu einem Kanal hin abfiel. Der Saal war ebenso geschmackvoll eingerichtet wie D'Arcys Zimmer, die Wände in sanften Blau- und Grautönen gehalten, die diesem Raum seinen Namen verliehen hatten. Vor allem die Täfelung fesselte sofort D'Arcys Aufmerksamkeit – sie war mit Malereien in Silber, Perlgrau, Schwarz und Weiß verziert, die ein Kind in einem Wald aus seltsam verkrüppelten und grotesk gewundenen Bäumen zeigten. Unwillkürlich überlegte sie, ob dieser Wald dem Kind wohl eher Angst machte oder Trost spendete.

Schließlich riss sie sich los und meinte unschlüssig: »Vermutlich werde ich aber ein bisschen Unordnung machen.«

»Wenn Sie möchten, können Sie auch auf der Terrasse arbeiten.« Josh öffnete die Türen an der hinteren Seite des Raums. »Oder im Wintergarten da drüben.« Er deutete zu einem von Fenstern umrahmten, abgeschlossenen Raum, der an kühleren Tagen sicher ideal, im Sommer aber wahrscheinlich unerträglich heiß war.

»Ich nehme gerne die Terrasse«, sagte D'Arcy und ging hinaus. Ihre Ausrüstung legte sie auf einen Tisch, den sie als Arbeitsbank nutzen konnte. »Ich werde für jedes Foto, das noch nicht gepackt ist, eine separate Kiste anfertigen«, sagte sie, »aber die Bilder sollten zum Schutz noch eine zweite bekommen. Hier gibt es doch sicher irgendwo isolierte Transportkisten?«

Josh nickte und verschwand, während D'Arcy anfing, zu sägen und zu hämmern. Sie hatte schon des Öfteren Kisten gebaut – es gab immer wieder besonders penible Klienten, und D'Arcy stand in dem Ruf, sich von Anfang bis Ende gut um ein Kunstwerk zu kümmern. Sie wusste nicht nur, wie man packte, sondern auch, wie man transportierte und mit Zollbeamten verhandelte. Manchmal konnte sie selbst nicht glauben, dass ihr Kunstdiplom sie dazu gebracht hatte, eine Art glorifizierter Babysitter für unbezahlbare Kunstwerke zu werden. Aber sie wusste auch, dass sie ihren Job liebte, sogar die Schreinerarbeit, aus der er jetzt gerade bestand.

Als die erste Kiste fertig war, begann sie, den Zustandsbericht für die dazugehörige Fotografie zu vervollständigen. Gerade als sie damit fertig war, erschien Josh mit den Transportkisten.

»Ich brauche Ihre Unterschrift«, sagte sie und reichte ihm das Formular.

Er las es durch, runzelte die Stirn, warf einen Blick auf das Foto, um das es ging, und schien D'Arcys Beschreibung schließlich zu billigen.

»Dann arbeite ich heute Vormittag über auch hier, damit ich die Berichte gleich durchlesen und unterschreiben kann«, sagte er.

»Es wird hier aber ziemlich laut werden. Sägen und Hämmern geht nun mal nicht leise.«

»Lärm stört mich nicht. Ich habe im Großraumbüro einer Anwaltskanzlei in Manhattan gearbeitet; zwanzig Mitarbeiter sind wahrscheinlich lauter als eine Säge.«

»Wow, dann muss das hier aber eine ziemliche Umstellung für Sie sein«, staunte D'Arcy.

Er zuckte nur die Achseln und führte seine Antwort nicht weiter aus.

So ging es weiter mit Kistenbauen und dem Ausfüllen der Formulare, die Josh stets wortlos unterschrieb. Zwischen dem Kreischen und Surren von Säge oder Bohrer konnte sie hören, wie er in makellosem Französisch telefonierte. Der Vormittag verging wie im Flug, und erst als Célie mit dem Essen erschien, merkte D'Arcy, dass es bereits zwei Uhr war. Wieder das leckere Baguette. Käse. Tomaten. Charcuterie. Ihr Magen knurrte laut.

»Ich bin am Verhungern«, sagte sie zu Célie, die lächelte.

»Warten Sie nur, bis Sie die Tarte Tatin probiert haben, die ich zum Nachtisch gemacht habe«, meinte sie.

D'Arcy stöhnte. »Dafür muss ich auf jeden Fall Platz lassen.«

Josh kam auf die Terrasse, als D'Arcy sich hinsetzte. »Für eine Australierin sprechen Sie eigentlich viel zu gut Französisch«, stellte er fest.

D'Arcy schluckte ihren Bissen hinunter. »Sind Australier nicht für ihr Sprachtalent berühmt?«, fragte sie unschuldig.

»Im Allgemeinen nicht, nein. Sie wohnen auf einer Insel im Nirgendwo. Da gibt es keine Notwendigkeit, etwas anderes als Englisch zu sprechen.«

»Und die Amerikaner sind anders? Seit wann ist es für sie wichtig, Französisch zu sprechen? Etwa, weil Kanada direkt vor ihrer Haustür liegt?«

»Touché«, antwortete er, und wieder erschien sein so schwer zu provozierendes Lächeln. »Was ich sagen wollte: Wie kommt es, dass Sie so gut Französisch sprechen?«

»Meine Mutter ist Französin. Und Ihre Mutter ist …?«, fragte sie, denn um die Sprache so perfekt zu beherrschen, musste auch er sie schon als Kind gelernt haben.

»Frankokanadierin.«

»Aha. Dann erzählen Sie doch mal ein bisschen von diesem Großraumbüro.« Sie griff nach dem Brot. »Wie sind Sie von dort hierhergekommen?«

»Ein Job, bei dem es vornehmlich darum geht, zu verhindern, dass Firmen wegen unanständiger Geldsummen verklagt werden, garantiert einem zwar kurzfristig ein gewisses Erfolgsgefühl, ist ansonsten aber eine ziemlich seelenlose Angelegenheit«, antwortete er geradeheraus. »Ich habe meinen Abschluss in Jura und Kunstgeschichte gemacht – eine bizarre Kombination, aber ich wollte es so. Als dann eine Künstleragentur jemanden mit juristischen und vertragsrechtlichen Fachkenntnissen gesucht hat, habe ich mich beworben, ohne ernsthaft zu erwarten, die Stelle zu bekommen. Aber weil ich Französisch spreche, hat man mich nach ungefähr einem Jahr gebeten, das französische Büro der Agentur zu leiten.«

»Was bedeutet, dass Sie kein ganz schlechter Agent sein können. Aber sollten Sie dann nicht eher in Paris sein als ausgerechnet hier?«

»Ich komme mindestens einmal pro Woche hierher, schließlich war es mein erster und wichtigster Job. Und wenn Kunstwerke über Weltmeere reisen, ist es doppelt wichtig, dafür zu sorgen, dass alles gut über die Bühne geht.«

Ein kurzes Schweigen folgte und eröffnete für D'Arcy eine Vielzahl von Fragen. *Wer ist die Fotografin? Sprechen Sie persönlich mit ihr? Wie ist sie so?*

Denn auf den Fotografien, die D'Arcy verpackte, stand nirgends ein Name. Der Künstler war in Fachkreisen nur unter dem Namen *Photographer* bekannt, und obwohl D'Arcy überzeugt war, dass es sich um eine Frau handelte, wusste das niemand mit Sicherheit. Das Geheimnis der Anonymität gab dem kreativen Genie der Fotos eine zusätzliche, ganz eigene Faszination und sorgte für einen Mediensturm, der seit Jahren nie völlig abflaute. Jedes Mal, wenn jemand eine neue Theorie über die Identität des *Photographer* in Umlauf brachte, erwachten die fieberhaften Spekulationen von Neuem, und nun, da die Fotografien zum ersten Mal Europa verlassen, zunächst nach Australien und dann nach Amerika reisen würden, war das Interesse natürlich besonders heftig entbrannt. D'Arcy, die sich seit Jahren fachkundig um Kunstwerke kümmerte, sei es als Arthandler, sei es gelegentlich als Kuratorin, war ausgewählt worden, nach Frankreich zu reisen und die Fotografien zu begleiten, wofür sie sich glücklich schätzte. Natürlich war die Aussicht, dieser großen Fotokunst hautnah zu begegnen, allein schon ein Anreiz gewesen, und dazu kam noch, dass sie mit an Sicherheit grenzender Wahrscheinlichkeit persönlich von der Künstlerin angefordert worden war.

Célie brachte eine Platte mit der Tarte Tatin, und sofort war die Luft erfüllt vom kräftigen Duft von Äpfeln und Karamell. D'Arcy griff nach einem Stück und fragte Josh dabei: »Sie sind nicht bereit, mir irgendetwas über die Fotografin zu erzählen, oder?«

»Ja, ganz richtig.«

»Aber Sie könnten doch wenigstens, um die Spannung noch zu erhöhen, so tun, als ob.« D'Arcy steckte sich einen Bissen der Tarte in den Mund und kaute. »Oh, ist das lecker.«

»Ich spiele keine Spielchen«, erklärte Josh schlicht.

»Das ist mir auch schon aufgefallen. Zum Glück machen die kulinarischen Stimuli Ihr mangelndes Interesse, mich mit Infohäppchen zu füttern, mehr als wett. Wieso verbringen Sie Ihre Zeit nicht immer hier? Wenn jemand für mich so ein Essen machen und so ein Bett zur Verfügung stellen würde, von der Aussicht mal ganz zu schweigen …« – D'Arcy machte eine ausladende Armbewegung über die wundervolle Umgebung – »… dann würde ich nie mehr weggehen.«

»Soll das eine Warnung sein, dass ich Sie in zwei Wochen mit Gewalt rausschmeißen muss?«

»Sehen Sie«, gab D'Arcy zurück und stand auf. »Wenn Sie wollen, können Sie ja doch ganz witzig sein. So, ich werde mein Essen jetzt abarbeiten und eine Weile Holz zersägen. Hier sind übrigens noch zwei Zustandsberichte, über die Sie die Stirn runzeln können.«

Sie gab ihm die Formulare, nahm sein Grinsen zur Kenntnis und drehte sich schnell um, ehe er sehen konnte, dass sie ebenfalls lächelte.

Auch der Nachmittag verging sehr schnell. Irgendwann spürte sie, dass jemand sie beobachtete, und als sie aufblickte, sah sie Josh in Joggingklamotten vor sich stehen.

»Ich gehe eine Runde laufen. Sie können die Berichte einfach auf dem Tisch liegen lassen.«

»Stört es Sie, wenn ich mich auf Ihrem Computer in meinen Mailaccount einlogge? Ich habe meinen Laptop dabei, aber den müsste ich an Ihr Modem anschließen, und es wäre einfacher, Ihren zu benutzen.«

»Nur zu.« Er nickte. »Er steht im Büro den Korridor runter.« Ehe er sich zum Gehen wandte, fügte er hinzu: »Ich hab Célie gesagt, dass wir unten in der *Folly* zu Abend essen.« Er deutete auf ein kleines Bauwerk zwischen Haus und Kanal, fast völlig versteckt unter einer Gruppe von Buchen mit verblüffend rotem Laub. »Gegen acht. Wenn Ihnen das passt.«

»Na ja, irgendwas muss ich ja essen. Viel Spaß beim Laufen.«

Kapitel 8

Laufen – schon der Gedanke machte sie müde. D'Arcy blickte auf die Uhr und sah, dass es schon nach sechs, aber natürlich noch hell war – ein richtiger europäischer Sommer. Sie klopfte sich das Sägemehl von der Hose, fand Joshs Büro und loggte sich in ihren Account ein. Die E-Mail, auf die sie gehofft hatte, war ganz oben in ihrer Inbox, und ehe sie innehalten und darüber nachdenken konnte, hatte sie auch schon daraufgeklickt. Als sie den Text gelesen hatte, sank sie allerdings auf dem nächstbesten Stuhl in sich zusammen.

Sie hatte das Stipendium, die *Jessica May Fellowship for Women Artists*, um die sie sich beworben hatte, nicht bekommen. Eigentlich hatte sie bei der Bewerbung ein ganz gutes Gefühl gehabt und gedacht, es würde ihr nichts ausmachen, wenn es nicht klappte. Doch nun traf sie die Ablehnung wesentlich härter als erwartet. So lange hatte sie sich an die schwache Hoffnung geklammert, doch noch ihren Traum, Dokumentarfilmerin zu werden, verwirklichen zu können – ein Traum, der an der Universität begonnen und sich dort weiterentwickelt hatte, unter dem Druck, eine gut bezahlte Arbeit zu finden, jedoch irgendwann verkümmert war. Nun schien sie sich endgültig von ihm verabschieden zu müssen. Jahrelang hatte sie ihn nicht mehr aktiv verfolgt, sondern lediglich im Kopf irrlichtern lassen, wenn sie auf Flugreisen oder langen Kurierfahrten mit den Kunstwerken anderer allein war, und sich dabei eingeredet, das Stipendium wäre das, was sie wieder in Schwung bringen würde. Aber ohne Stipendium konnte sie sich keine Träume erlauben.

Sie las die Mail bis zum Ende und merkte, wie alle ihre Ambitionen wieder erwachten. Es tat weh, als sie die Sätze las: *Das Auswahlkomitee fand Ihre Projektidee exzellent und durchaus eines Stipendiums würdig, doch Ihre Erklärung des kreativen Prozesses erschien uns lückenhaft. Wir möchten Sie ermutigen, sich gegebenenfalls erneut zu bewerben und dabei Ihr Augenmerk besonders darauf zu richten, wie Sie Ihre Idee in eine Dokumentation überführen wollen, sowie auf Ihre Pläne, wie die Geschichte sich entwickeln soll.*

Es war verlockend, das Komitee als eine Gruppe von Menschen zu verfluchen, die keine Ahnung hatten und einfach unfähig waren, ein Talent zu erkennen, selbst wenn sie eines direkt vor sich hatten. Doch tief im Innern wusste D'Arcy, dass die Kritik zutraf, weil sie die Bewerbung in ihrer typischen impulsiven Art drei Stunden vor Ablauf der festgesetzten Frist abgegeben und die Details wahrscheinlich nicht gründlich genug ausgearbeitet hatte, um damit konkurrenzfähig zu sein. Womöglich würde ihre Mutter sagen, dass D'Arcy nicht wirklich erfolgreich hatte sein wollen, weil sie dann ein Zwölf-Monats-Projekt hätte einreichen müssen, während ihr Leben doch aus Kurzzeitverträgen und minimalen Verpflichtungen bestand. Das war die beste Strategie, Enttäuschungen aus dem Weg zu gehen.

D'Arcy ging nach oben. Am liebsten hätte sie sich gleich für ein langes Bad in die Wanne gelegt, aber sie wusste, dass sie sich besser fühlen würde, wenn sie sich zuerst ein bisschen reckte und streckte. Wenn sie für ihre Überseereisen packte, gehörte ihre Yogamatte immer dazu, die sie jetzt auf dem Balkon ausrollte und sich dann fast eine halbe Stunde lang Sonnengruß, Streckungen und Dehnungen widmete. Erst danach ließ sie sich ins herrliche Badewasser sinken.

Célie hatte ein Körbchen mit edlen Badezusätzen und Körperlotion in Vintage-Fläschchen bereitgestellt, alles von *Buly 1803*, und D'Arcy atmete den Duft von Zitrone, Minze und Rosmarin tief ein, während der Schaum um sie herum immer dicker wurde. Langsam legte sie den Kopf in den Nacken und schloss die Augen, fühlte, wie sich der Muskelschmerz vom Hämmern und Sägen im warmen Wasser löste. Sie hätte endlos so liegen bleiben können, ein Gedanke, der für jemanden mit ihren nomadischen Gewohnheiten fast schon beunruhigend war.

Schließlich hievte sie sich aus dem Wasser, trocknete sich ab und benutzte ausführlich die luxuriösen Lotionen. Dann ging sie zu ihrem Koffer und stellte fest, dass alle ihre Kleider frisch gebügelt im Schrank hingen. Sie konnte sich nicht erinnern, wann sie selbst zum letzten Mal ein Bügeleisen benutzt hatte. Von den im Schrank aufgehängten Kräutersäckchen duftete außerdem alles nach Lavendel und Zitrusfrüchten.

Wie kleidete man sich zum Abendessen in der *Folly* eines französischen Châteaus? Sie holte eines ihrer Lieblingsstücke hervor, ein türkisgrünes Minikleid von Courrèges, das sie auf Reisen immer mitnahm, weil es nicht knitterte, außerdem schick oder leger kombiniert werden konnte und ihr sehr gut stand. Dazu schlüpfte sie in die braunen Cowboystiefel vom Vortag. Als sie auf ihre Armbanduhr blickte, sah sie, dass es gleich halb acht war, aber in Frankreich kam man ja gern etwas zu spät. Hoffentlich galt die Toleranz auch für Josh.

Die Nacht war mild, es war noch nicht dunkel, der Sichelmond ging gerade auf. Die *Folly* war mit Kerzen erleuchtet, und D'Arcy roch schon das Essen. »Wenn es so weitergeht, muss ich demnächst anfangen zu joggen«, sagte sie, während sie den Blick erst über den Tisch schweifen ließ, der sich unter der Last der leckeren Speisen bog, und dann zu Josh lenkte.

»Ich glaube nicht, dass Sie sich da Sorgen machen müssen«, meinte er, was sie überraschte, und sie glaubte in seinen Augen sogar etwas wie Bewunderung zu erkennen, ehe er den Wein einschenkte.

»Dann veranstalten Sie also immer Candlelight-Dinner mit den weiblichen Arthandlern, die für eine Weile im Schloss wohnen?« Sie konnte sich die Frage nicht verkneifen.

Er schüttelte den Kopf. »Arthandler wohnen sonst nie hier. Aber ich esse oft in der *Folly* zu Abend, manchmal sogar in Begleitung des *Photographer*. Für gewöhnlich übernachte ich im Schloss, wenn ich meinen wöchentlichen Besuch mache – und ich bin gerne an der frischen Luft.«

»Danke, dass Sie mich eingeladen haben.«

»Na ja, Sie haben ja selbst schon festgestellt, dass Sie etwas essen müssen.«

Dann hatte der bewundernde Blick wohl dem Wein gegolten, auf den er noch immer starrte. Dieser Mann war nicht leicht zu durchschauen.

D'Arcy setzte sich und hob den Deckel von der Terrine. »Wer kocht hier eigentlich, und wie viele Michelin-Sterne haben die Köche? Kann ich sie bitte nach Australien mitnehmen?«

»Bekocht werden wir von Célies Schwester, und da selten Gäste kommen, nutzt sie die Gelegenheit und zeigt, was in ihr steckt. Célie kümmert sich ums Haus und sorgt für den *Photographer*. Ihr Mann ist für die Außenanlagen zuständig.«

»Ein echtes Familienunternehmen also. Sind denn auch alle mit der Fotografin verwandt?« Die Worte waren aus ihrem Mund gekommen, ehe sie sich Zeit zum Nachdenken genommen hatte. Sie hob die Hand und sagte schnell: »Sorry, ich wollte nicht neugierig sein. Das war nur die Art interessierter Frage, die man normalerweise stellt, wenn man Konversation macht.«

D'Arcy nahm einen Schluck Wein, und er war so lecker, dass sie um ein Haar schon wieder gestöhnt hätte. Ein Festmahl für alle Sinne – wahrscheinlich war das auch der Grund, dass sie Josh mit dem einen Teil ihres Gehirns verstohlen musterte, während der andere sie ermahnte, sich zu benehmen. Aber Josh sah wirklich sehr gut aus, vor allem im Schein der flackernden Kerzen vor dem Hintergrund eines Gartens, der so üppig war, dass man beinahe zu hören glaubte, wie die Knospen sich öffneten und neue Schösslinge ans Licht drängten. Die Begleitung einer vollmundigen Flasche Wein und einer Pâté, die so urig und so frisch war, dass sie am liebsten mit den Fingern zugelangt hätte, tat ihr Übriges. Außerdem – seit wann hatte D'Arcy etwas mit gutem Benehmen am Hut? Bevor sie Zeit mit Flirten verschwendete, war sie sich allerdings schon gern ein bisschen sicherer, ob ihr Gegenüber interessiert war.

Sie riss die Augen von Joshs Gesicht los. *Bleib lieber beim Geschäftlichen*, ermahnte sie sich. *Ausnahmsweise mal.* »Apropos neugierig, was würden Sie davon halten, wenn ich für eine australische Zeitung einen Artikel über das Schloss und seine Umgebung schreibe?«, fragte sie kurz entschlossen. »Ich würde natürlich darauf achten, dass ich weder den Ort noch die Personen namentlich erwähne, aber ich weiß nicht, wie Sie grundsätzlich zu dieser Art Publicity stehen. Möglicherweise wäre es im Vorfeld der Ausstellung ein netter Beitrag. Ich arbeite ja nicht nur als freie Galerieassistentin, sondern schreibe auch für Zeitschriften und Tageszeitungen, hauptsächlich natürlich über Kunst, aber da ich so viel unterwegs bin, verfasse ich gelegentlich auch Reiseberichte.« Unerwähnt ließ sie, dass diese Arbeit schneller und leichter zu erledigen war, als eine Geschichte in Filmform zu bringen – auch wenn der kreative Prozess bei einer Bildreportage deutlich befriedigender war.

»Sind Sie gern Freiberuflerin? Keine Lust auf einen festen Job?«

D'Arcy schüttelte entschieden den Kopf. »Das ist nichts für mich. Ich habe gern die Möglichkeit, zu arbeiten, wo und wann es mir passt. Ich mag es, verschiedene Dinge zu tun. Ich mag es, Nein sagen zu können, wenn ich möchte.«

»Waren Sie schon immer so?« Es klang neugierig, und auf einmal sah D'Arcy sich mit seinen Augen – womöglich hielt er sie für flatterhaft, unfähig, sich festzulegen, zu allem Unkonventionellen hingezogen, wie er es als Jurist nie gewesen war.

»Ja, größtenteils. In der Highschool war ich ein paarmal im Rahmen eines Austauschs in Italien und in Frankreich. Ich habe in Paris studiert. Als ich meinen Abschluss gemacht hatte, hat mir dann die *Maison Européenne de la Photographie* eine Stelle als Assistenzkuratorin angeboten, die ich geliebt habe. Nur die schwarzen Bleistiftröcke habe ich gehasst, die gepflegten Pferdeschwanzfrisuren, die ehrfürchtige Stille und den Ernst. Das hat mir keinen Spaß gemacht, und ich finde, Kunst sollte vor allem Spaß machen. Wie hier beispielsweise – ich bin sicher, dass Ihre Klientin Spaß am Leben hat. Alles blüht und gedeiht, da bleibt einem doch gar nichts anderes übrig, als in vollen Zügen zu genießen. In der *Maison* gab es das so gut wie gar nicht.«

Tatsächlich entlockte ihre Beschreibung ihm ein Lächeln, das sie dazu brachte, hinzuzufügen: »Für Sie bedeutet das wahrscheinlich nichts, aber ich hätte damals in Paris am liebsten meine Wohnung an *Buly 1803* verpfändet, und in meinem Badezimmer hier gibt es eine ganze Auswahl von ihren tollen Produkten. Das verpflichtet mich doch praktisch, diesen Luxus in vollen Zügen zu genießen, oder nicht?«

»Ich kenne *Buly*, weil ich meiner Exfreundin mal ein paar Sachen von dort geschenkt habe. Sie hat das Zeug gehasst – es sei viel zu altmodisch, meinte sie.«

D'Arcy zog die Augenbrauen hoch. »Ich wette, sie trug Bleistiftröcke und hatte einen ordentlich gestriegelten Pferdeschwanz, richtig?«

»Ja, das stimmt tatsächlich.«

»Na bitte.« Zufrieden nippte D'Arcy an ihrem Wein.

»Sie sagen das, als hätten Sie gerade eine wichtige wissenschaftliche Theorie bewiesen.«

»Habe ich doch auch. Frauen in Bleistiftröcken haben nie gelernt,

richtig zu genießen. Ich bin sicher, dass Ihre Exfreundin ein Parade-
beispiel dafür ist.«

Er lachte. »Ehe wir uns weiter über meine früheren Beziehungen
unterhalten, sollten wir lieber zum Ausgangspunkt unseres Gesprächs
zurückkommen«, schlug er vor. »Ich bin nicht sicher, ob wir einen
Artikel über das Schloss riskieren können. Aber ich werde den *Photographer* fragen und Ihnen Bescheid geben.«

»Okay«, antwortete D'Arcy und wandte den Kopf den Gaumen-
freuden zu, die soeben aufgetragen wurden.

Als Erstes platzierte Célie eine Platte mit einem ganzen Fisch zwischen ihnen, pfannengebraten, die Haut köstlich knusprig, duftend
nach Butter, Zitrone und Rosmarin. Auf einer weiteren Platte war das
Gemüse angerichtet, offensichtlich direkt aus dem Garten. »Oh, Dorade!«, rief D'Arcy, deutete auf den Fisch und schnupperte. »Stimmt
doch, oder?«

Célie lächelte. »Ja, ich hatte das Gefühl, sie könnte Ihnen schme-
cken.«

»*J'aurais voulu montrer aux enfants ces dorades, du flot bleu, ces
poissons d'or, ces poissons chantants*«, zitierte D'Arcy.

»Rimbaud«, stellte Josh fest, während Célie wieder in der Dunkelheit verschwand.

»Ich hatte während meines Studiums für ein paar Monate einen
Freund aus Paris, der gern Rimbaud gewesen wäre. Ich glaube, er
mochte die Zeilen über Erbrochenes und billigen Wein am allerliebs-
ten, während ich aus irgendeinem Grund immer die goldenen, sin-
genden Fische in Erinnerung behalten habe. Seither habe ich eine
Vorliebe für Doraden – obwohl ich weiß, dass Rimbaud eigentlich
gar nicht über sie geschrieben hat.«

»Er klingt jedenfalls wie ein Genießer.«

D'Arcy musste lachen. »Er hat nur leider die falschen Dinge genossen.«

Sie begannen zu essen, und Josh kam auf das Gespräch zurück, das sie bei D'Arcys Ankunft im Schloss geführt hatten. »Dann sagen Sie mir doch mal, wer Ihrer Meinung nach in seiner Arbeit genügend Einfühlungsvermögen zeigt«, forderte er sie auf, und sie freute sich, dass er die Diskussion über dieses Thema offensichtlich am Laufen halten wollte.

Die nächste Stunde verging wie im Flug, erfüllt von einer lebhaften, sehr anregenden Unterhaltung – D'Arcy hatte selten mit jemandem eine so angenehme Zeit verbracht. Schließlich schob sie ihren Teller weg. »Ich kann wirklich nichts mehr essen. Sagen Sie jetzt bloß nicht, dass Célie auch noch Nachtisch gemacht hat oder gleich mit einer Käseplatte auftauchen wird.«

»Wie ich Célie kenne …«

»Schauen Sie nur!«, fiel sie ihm abrupt ins Wort, sprang auf und eilte hinüber zu einem Bestand von Lobelien, auf denen der außergewöhnlichste Schmetterling Platz genommen hatte, weiß wie eine Braut, die an einem Altar aus Blütenblättern ihren Liebsten erwartete. Um ihn besser betrachten zu können, kauerte sie sich nieder, unterdrückte allerdings den Impuls, seine zarten Flügel zu berühren.

Josh kniete sich neben sie. »Das ist ein Weißling. Aber ich fand immer, er sollte einen extravaganteren Namen haben.«

»Stimmt«, hauchte D'Arcy.

Im nächsten Moment erhob der Schmetterling sich in die Luft, und sie spürte eine hauchzarte Berührung, als er sich auf ihren Haaren niederließ, so unerwartet, dass sie fast das Gleichgewicht verloren hätte. Dann flog er wieder auf, eine Geistererscheinung, die vor dem dunkel werdenden Himmel leuchtete, märchenhaft wie der Vollmond. Doch im nächsten Augenblick verblasste er und war verschwunden.

»Solche Momente …«, murmelte D'Arcy beim Aufstehen. »So etwas kann man unmöglich inszenieren. Genau wie die besten Fotos.«

Sie blickte zu Josh empor. Jetzt, wo er so nah war, erkannte sie, dass er um einiges größer war als sie, und er roch, als gehöre er hierher. Ganz sicher nach Zitrone, auch nach Minze, mit einer Basisnote von Zeder oder Zimt. Oder vielleicht von beidem? Sie wäre gern einfach die ganze Nacht hier stehen geblieben, hätte ihn eingeatmet und den Blick über den dunklen Schatten seines Kinns wandern lassen, über das Tintenblau seiner Augen, die ohne Kerzenlicht oder Sonnenschein viel eher in Richtung Indigo gingen, als sie bisher bemerkt hatte.

Wie von selbst legte sich ihre Hand auf seine Brust, ganz leicht nur, aber fest genug, dass sie fühlte, wie durchtrainiert und muskulös er war. Als sie den Kopf in den Nacken legte, sah sie, dass seine Augen nachtblau geworden waren und zu ihren Lippen wanderten. Wahrscheinlich war es besser, ihn nicht zu küssen, schließlich war sie zum Arbeiten hergekommen. Aber im Leben ging es darum, den Moment zu nutzen, und wenn ein milder Abend im üppigen Garten eines französischen Châteaus in Gesellschaft eines attraktiven Fremden, mit dem man sich hochinteressant unterhalten konnte, kein solcher Moment war, was dann? Auf diese Weise würde sie zumindest schnell herausfinden, ob er vorhin vielleicht doch sie und nicht den Wein so intensiv angeblickt hatte. An ausländische Affären war sie gewöhnt – es waren sogar ihre liebsten Begegnungen –, es kümmerte sie eigentlich nicht, was später passieren würde. Entweder würde er ihr ausweichen und ihr die nächsten zwei Wochen besonders ernst und förmlich begegnen, so dass sie ihr Vergnügen an den Badeprodukten von *Buly* und dem Essen finden musste, oder er würde sich darauf einlassen und sie könnten eine Nacht – oder auch mehrere? – zusammen Spaß haben. Fertig.

Also ließ sie ihre Hand in seinen Nacken wandern und zog seinen Kopf behutsam zu sich herab. Obwohl sie ihm auf diese Weise mindestens eine Minute Vorwarnung gegeben hatte, machte er dennoch einen überraschten Eindruck, als ihr Mund seinen traf und sie ihn sanft küsste – viel zu sanft. Ein Kuss, bei dem es lediglich um die Berührung ging, ihre Lippen an seinen, er hatte noch nicht einmal einen Schritt auf sie zu gemacht, aber eine Intensität geschaffen, eine gespannte Erwartung, wie es sein würde, wenn ihre beiden Körper sich trafen.

Nach einer Weile, während derer sie ihn einerseits gern leidenschaftlicher geküsst hätte, andererseits jedoch zugeben musste, dass es der romantischste Kuss ihres Lebens war, bemerkte sie, dass er schließlich nachgab. Seine Hände umfassten ihr Gesicht, und zum ersten Mal berührte seine Zunge die ihre – ein unfassbar sinnliches Gefühl, wie von selbst neigte ihr Körper sich seinem entgegen, und Stück für Stück wanderten ihre Hände seinen Rücken empor, an dem jeder einzelne Muskel zu spüren war.

Sie unterbrach den Kuss lange genug, um zu fragen: »Dein Zimmer oder meines?«, und war einen Moment sprachlos, als er sich von ihr löste und den Kopf schüttelte.

»Seit wann bedeutet ein Kuss, dass wir sofort ein Schlafzimmer aufsuchen?«, fragte er.

»Na ja, es war doch ein ganz guter Kuss«, sagte sie und hatte vor, scherzhaft zu klingen. Aber Josh verzog das Gesicht.

»Sorry«, fuhr sie fort. »Eine Minute lang dachte ich, du bist ein Mensch, der sich zu mir hingezogen fühlt, und nicht meine Großmutter.«

Diesmal erschien ein kleines Lächeln auf seinem Gesicht, und sie war erleichtert. Mangelndes Interesse machte ihr nichts aus, aber er musste sich ja nicht gleich so anstellen.

»Es ist nur …« Er hielt einen Moment inne und sah sie an, als überlege er, ob er aussprechen sollte, was ihm durch den Kopf ging.

»Raus damit«, sagte sie. Für sie gab es in Liebesdingen nichts Schlimmeres, als wie ein Teenager um den heißen Brei herumzuschleichen. Sie bevorzugte es, wenn man ehrlich und direkt war und gegebenenfalls seiner Wege ging. »Ich merke doch, dass du etwas sagen willst. Vielleicht habe ich Mundgeruch. Vielleicht magst du keine Frauen, die mit einer Säge besser umgehen können als du. Vielleicht hast du ein Keuschheitsgelübde abgelegt. Trifft davon etwas zu?«

»Nein, es ist nichts dergleichen. Ich habe dich geküsst, weil ich dich küssen wollte, nicht weil ich Sex mit dir haben will. Hast du nie die Erfahrung gemacht, dass manche Dinge tausendmal besser werden, wenn man eine Weile darauf wartet?«

D'Arcy runzelte die Stirn. »Nein, eigentlich nicht. Die Dorade beispielsweise wäre nach einer Woche verdorben. Die Pastete auch. Okay, das Kleid hier war es wert, fünfundvierzig Jahre darauf zu warten, aber im Allgemeinen finde ich nicht, dass es den Sex besser macht, je mehr man über einen Menschen weiß.«

»Vielleicht hast du einfach noch nicht mit den richtigen Leuten geschlafen.«

Sie traute sich, ihn anzuschauen, bereute es aber umgehend. Ja, sie wollte ihn eigentlich noch einmal küssen, aber jetzt würde sie es bestimmt nicht mehr tun. »Na ja, da ich offensichtlich nicht herausfinden werde, wie es mit dir sein würde, kannst du mir vielleicht jemand anderen empfehlen?«

Sein Blick wanderte den Hügel hinauf zum Haus, als hätte dort etwas seine Aufmerksamkeit erregt, und als D'Arcy sich umwandte, sah sie Célie mit der Nachspeise näher kommen. Josh ging zu ihr und nahm ihr das Tablett ab. »Wir haben beschlossen, ein bisschen zu arbeiten«, sagte er zu Célie. »Ich nehme das mit nach oben.«

»Arbeit«, wiederholte D'Arcy schelmisch, als Célie gegangen war, und versuchte, die Situation herunterzuspielen. »Du kannst von Glück sagen, wenn ich mich noch auf irgendwas konzentrieren kann.«

Er schubste sie mit dem Tablett sanft in den Rücken. »Beweg dich«, sagte er, und seine Stimme klang beinahe so, als wolle er flirten. »Momentan ist Arbeit das Beste für uns. Und stell die lüsternen Blicke ab.«

Ehe sie sich auf den Weg zum Haus machte, starrte sie ihn aus reinem Trotz noch einmal lange an – alles, um aus seinem bisher einzigen Ausflug ins Flirten Kapital zu schlagen. »Ich hatte keine Ahnung, dass meine Blicke lüstern sind, also kann ich sie auch nicht abstellen. Damit musst du dich wohl oder übel abfinden.«

Kapitel 9

Ihre Hoffnung stieg ein wenig, als Josh sie nach oben führte, sank aber sofort wieder, als er die Tür zu einem Dachboden voller Kisten und Aktenschränke öffnete – eine Art Archiv der Arbeiten des *Photographer*, vermutete D'Arcy.

»Wahrscheinlich habe ich gehofft, Arbeit wäre ein Euphemismus für …«, begann sie.

»Hör auf damit!«, fiel er ihr gespielt streng ins Wort. »Wenn dich das hier nicht ablenkt, ist es aussichtslos. Außer mir bist du der einzige Mensch, der jemals diesen Raum betreten durfte.«

»Weiß die Fotografin davon?«, fragte D'Arcy und wusste selbst nicht, warum sie es tat. Josh war ganz sicher nicht der Typ Mensch, der sich von einem Kuss den Kopf verdrehen ließ und ihr Zugang zu Dingen verschaffte, wenn seine Klientin es verboten hatte. »Warum darf ich hier rein?«

Josh zuckte die Achseln. »Das weiß ich auch nicht. Ich war sprachlos, als ich erfahren habe, dass ich Kontakt mit der australischen Galerie aufnehmen soll, um zu sehen, ob dort Interesse an einer Ausstellung besteht – bisher durften die Fotografien Europa noch nie verlassen. Ich meine, ich kannte deinen Namen, du hast ja schon für ein paar unserer Kunden gearbeitet. Außerdem gibt es in Australien nicht sehr viele weibliche Arthandler.«

»Tja«, meinte D'Arcy, »du hast es jedenfalls geschafft, mich total abzulenken. Sind hier alle ihre Arbeiten untergebracht?«

»Ja. Bei Weitem keine idealen Bedingungen, doch das kümmert sie wenig. Selbst ich durfte nur bestimmte Kisten und Dateien anschauen – die auf der linken Seite des Raums. Aber heute Abend ...« Er hielt inne. »Heute Abend hat sie Célie aufgetragen, mich hierherzuschicken, wenn ich vom Laufen zurückkomme. Sie meinte, du würdest vielleicht gern ein paar ihrer älteren Sachen sehen, um ein besseres Gespür für ihre Karriere zu bekommen. Dinge, die noch nie ausgestellt wurden. Wir können uns alles in diesem Raum anschauen, auch die Kisten auf der rechten Seite – obwohl ich ihr erklärt habe, dass du nicht die Kuratorin und wahrscheinlich nicht autorisiert bist, Dinge zur Ausstellung hinzuzufügen, hat sie darauf bestanden.«

»Dann ist sie also tatsächlich eine Frau?«, grinste D'Arcy und freute sich, dass sie intuitiv richtiggelegen hatte.

Josh fluchte. »Die Tatsache, dass ich dich hierher mitnehmen darf, hat mich wohl mehr aus der Fassung gebracht, als mir klar war. Sonst passieren mir solche Ausrutscher eigentlich nicht.«

»Mach dir keine Sorgen, ich verrate es keinem. Und du hast recht, ich kann keine zusätzlichen Fotos zur Galerie rüberschicken. Aber ich kenne die Kuratorin, und sie wird auf mich hören, wenn ich etwas finde, was ich für ausstellungswürdig halte.«

D'Arcy wusste, dass ihr Gesicht verriet, wie gespannt und aufgeregt sie war. Für eine ausgebildete Kunsthistorikerin war dieser Raum ungefähr das, was ein vergrabener Schatz für einen Piraten bedeutete. »Wir brauchen Handschuhe«, sagte sie. »Und Licht.« Sie blickte zur Decke empor und sah, dass die dort installierten Lampen den Kunstwerken nicht schaden würden.

»Handschuhe liegen da drüben. Aber das Licht mache ich definitiv nicht aus.«

Sie lachte. »Hinter dem Juristen versteckt sich anscheinend ein Spaßvogel, Josh. Den solltest du öfter mal rauslassen. Aber jetzt gib mir bitte die Handschuhe. Kann ich mir aussuchen, wo ich anfangen möchte?«

Er nickte. »Als ich dich vorhin geküsst habe, sahst du längst nicht so begeistert aus wie jetzt.«

»Nur weil du mich viel zu früh gebremst hast. Gehe ich recht in der Annahme, dass du hier nicht versuchen wirst, mich noch einmal zu küssen?«

»Stimmt.«

»Gut. Na ja, wenn du dich bisher auf der rechten Seite nie umschauen durftest, dann fangen wir doch am besten dort an.«

Sie öffnete die erste Kiste, die eine Mischung aus Fotos von Details aus Haus und Garten enthielt – Blumen, Blätter, Insekten. Ihnen gemeinsam war ein Gefühl von Unsicherheit, als sei die Fotografin mit dieser Art von Motiv nicht vertraut.

»Schau dir das mal an«, sagte D'Arcy und zeigte Josh ein Foto von einem Weißling, dem Schmetterling, der sich vorhin ihren Kopf als Landeplatz auserkoren hatte. Das Schloss im Hintergrund sah ähnlich aus wie jetzt, aber der Garten war weniger dicht bewachsen, als wäre vieles erst vor wenigen Jahren angepflanzt worden. Auf einer weiteren Fotoreihe waren vier Leute zu sehen, zwei Männer und zwei Frauen, der Kleidung nach in den siebziger Jahren, die Gesichter waren nicht zu erkennen, da sie vermutlich aus einem der Zimmer hoch oben beim Umherwandern im Garten aufgenommen worden waren.

Nichts davon hatte magische Qualität, keine der Aufnahmen hätte einen Platz in der Retrospektive beanspruchen können. »Hast du irgendwas Interessantes?«, fragte D'Arcy, denn Josh arbeitete sich durch eine andere Kiste.

»Nicht wirklich. Auf sehr vielen Bildern ist die gleiche Frau, aber ich weiß nicht, wer sie ist.«

D'Arcy warf einen Blick auf die Fotos. Eine aparte Frau war darauf zu sehen, auf eine ungebändigte Art attraktiv, ein Gesicht, von dem man die Augen nicht abwenden, sondern instinktiv herausfinden wollte, ob sie wirklich so schön war, wie sie auf den ersten Blick wirkte.

Wer immer sie sein mochte, sie war jedenfalls bestimmt kein Typ für einen ordentlich gestriegelten Pferdeschwanz.

Sie öffnete die nächste Kiste und runzelte unwillkürlich die Stirn, als ihr Blick auf Bilder von fast zur Körperlosigkeit abgemagerten Frauen fiel. Obwohl sie noch aufrecht stehen konnten, sahen sie aus wie tot. Als Nächstes grinsten ihr uniformierte Soldaten entgegen. Doch dann kam sie zu einer Aufnahme, die ihr schon tausendmal begegnet war – als Reproduktion in der Kleenex-Werbung, für Vatertagsaktionen in Warenhäusern und als Krönung des Ganzen sogar von IKEA. Hier hatte sie das Original vor sich, und sie erkannte sofort, dass keine der Kopien dem Original je gerecht geworden war und alle Reproduktionen das Bild seiner wahren Kraft beraubt hatten.

Inzwischen war das Foto sechzig Jahre alt, das Papier vergilbt und matt, doch das verstärkte nur seine Prägnanz. Ein Mann in US-amerikanischer Uniform, der ein kleines Mädchen umarmte. Er war nur im Profil zu sehen, das Kind jedoch wandte der Kamera in einem Augenblick vollkommener Liebe das Gesicht zu – einer Art von Liebe, der D'Arcy vielleicht noch nie in ihrem Leben begegnet war. Für eine kurze, schmerzhafte Sekunde fragte sie sich, ob – abgesehen von ihrer Mutter – ihr jemals ein Mensch eine solche Liebe entgegenbringen würde.

Als Josh merkte, dass D'Arcy plötzlich ganz still geworden war, kam er zu ihr herüber.

»Was hat das denn hier drin zu suchen?«, fragte er.

»Du kennst das Foto auch, oder nicht?«, sagte sie und blickte aus der Hocke zu ihm empor.

»Selbstverständlich. Aber …«

»Die ganze Kiste ist voller Kriegsfotografien. Diese hier auch.« D'Arcy deutete auf die zum Skelett abgemagerten Frauen. »Das Foto hier, von dem Mann mit dem Mädchen, hat eine Fotojournalistin namens Jessica May gemacht, die im Krieg für die *Vogue* gearbeitet hat. Ich weiß gar nicht, ob sie überhaupt noch lebt.« D'Arcy versuchte, sich zu erinnern, ob sie bei ihrer Bewerbung auf der Website des Stipendiums irgendetwas über Jessica Mays Leben gelesen hatte, musste aber feststellen, dass sie arroganterweise geglaubt hatte, bereits alles zu wissen, und sich deshalb gar nicht darum gekümmert hatte. »Ich bin ziemlich sicher, dass sie nach dem Krieg nie wieder fotografiert hat. Wie so viele andere hat man sie vergessen – bis auf dieses Foto mit dem Mann und dem Kind. Das Foto hat durchgehalten, die Fotografin nicht, und die meisten Leute wissen nicht mal, wer es gemacht hat. Warum sind die Bilder wohl hier?«

»Vielleicht kannte Jessica May meine Klientin«, überlegte Josh. »Vielleicht hat sie ihr nach ihrem Tod alle Negative und Abzüge vermacht.«

D'Arcy runzelte die Stirn. »Vielleicht. Aber warum hat sie es niemandem gesagt? Auch wenn May ein Opfer historischer Amnesie geworden ist, sollten diese Abzüge in einem Museum sein, nicht in diesen Kisten hier. Sie sind nicht nur als Kriegsprotokolle interessant, sie zeigen auch ein großes Talent.«

D'Arcy zog ein weiteres Foto aus der Kiste, von einer Krankenschwester, die, umgeben von Soldaten, auf einem Berg stand und sang. »Schau doch, wie das hier solarisiert ist – die Frau sieht beinahe aus wie ein Engel«, sagte sie. »Solarisation war damals ganz neu, und auf diesem Bild wird diese Technik perfekt eingesetzt. Der Engel, der am Ostersonntag für die Truppen singt – ich glaube, es war Händels Messias –, um ihnen Mut zu machen. Beinahe Propaganda, aber richtig gut gemacht.«

Plötzlich stockte sie. »Sorry, ich halte dir hier eine kunstgeschichtliche Vorlesung. Es ist nur …« Sie vollendete den Satz nicht.

»Es fühlt sich ein bisschen surreal an«, sagte Josh und ließ sich neben ihr nieder, um mit ihr in der Kiste kramen zu können.

»Genau. Es ist der Traum eines jeden Kunsthistorikers, auf so etwas zu stoßen, und hier stehe ich mittendrin, die Hände voller Fotos, und weiß nicht recht, was ich davon halten soll.« D'Arcy zögerte, aber ihre charakteristische Offenheit ließ sie fortfahren: »Ich habe Kriegsfotografie studiert, und man hielt diese Negative für verloren. Alle Reproduktionen wurden von dem Abzug gemacht, der bei der *Vogue* lagert, nicht vom Negativ.«

»Du weißt so viel darüber. Warum bist du nicht …«

Er hielt inne, aber D'Arcy wusste genau, was er sagen wollte. Warum bist du nicht Kuratorin? Warum verschwendest du einen Abschluss in Kunstgeschichte darauf, Gemälde zu verpacken? Solche Fragen stellte ihr jeder, weil so wenige genau wussten, was Arthandler machten. Aber Josh wusste Bescheid und meinte trotzdem, ihr diese Frage stellen zu müssen.

Sie kramte weiter in der Kiste, um ihn nicht ansehen und enttäuscht sein zu müssen, weil er die gleichen Vorurteile hatte wie alle anderen. »Als Kuratorin muss man sich vor so vielen Menschen rechtfertigen«, antwortete sie knapp. »Den Vorständen, der Öffentlichkeit, den Medien. Oft scheint es beim Kuratieren weniger um Kunst zu gehen als darum, es allen recht zu machen. Und dann natürlich noch die Bleistiftröcke. Ich bevorzuge die Freiheit des Arthandling. Und auch die entsprechende Garderobe.«

Josh setzte an, sie zu unterbrechen, und sie erwartete, er würde eine Plattitüde äußern und sagen, dass er nicht hatte andeuten wollen, Kuratieren sei der einzig wahre Job für eine Kunsthistorikerin, aber sie ließ ihm nicht die Gelegenheit dazu. »Und dass ich so viel weiß, liegt daran, dass ich einmal gedacht habe, ich werde Dokumentarfilmerin«, antwortete sie. »Das war genau meine Kunstrichtung. An der Uni habe ich nicht nur Kunstgeschichte, sondern auch Medienwissenschaft studiert. Eine meiner Dokumentationen hat sich damit beschäftigt, was mit den Künstlerinnen nach dem Krieg passiert ist. Frauen, die als Camouflage- und Propagandamalerinnen oder Kriegsfotografinnen gearbeitet haben, Frauen, die ihre kreativen Ambitionen auf die Warteschleife gelegt haben, um ihrem Land zu dienen, und die, als der Krieg vorüber war, hinausgeworfen wurden, weil die Männer zurückkamen, den Frauen ihre Jobs wegnahmen und sich die Kunstwelt wieder aneigneten. Ich hatte in der *Art Monthly* einen Artikel gelesen, der Linda Nochlins Essay von 1971 aus der Mottenkiste holte. Du kennst ihn sicher: ›Warum hat es keine bedeutenden Künstlerinnen gegeben?‹ In meiner Doku habe ich dagegengehalten und gezeigt, dass es solche sehr wohl gab und warum sie übersehen und vergessen wurden.«

D'Arcy holte tief Luft. Gott, das war alles so lange her. Damals war sie eine leidenschaftliche Kunststudentin gewesen und hatte gedacht, sie könne Filmemacherin werden. Nicht einmal als sie ihre Bewerbung für das Stipendium geschrieben hatte, war sie so aufgewühlt gewesen wie jetzt. Ein ihr bislang unbekanntes Bedauern hatte ihr Herz ergriffen – wie gedankenlos sie ihre künstlerischen Bestrebungen beiseitegeworfen hatte, genau wie Tausende anderer Frauen.

»Für das Jessica-May-Stipendium wolltest du die Dokumentation wieder ausgraben«, sagte Josh leise.

Scheiße! Anscheinend hatte sie die blöde E-Mail auf seinem Computer offen gelassen.

»Ich habe nicht spioniert«, sagte er. »Ich habe die Mail sofort geschlossen, als mir klar wurde, dass es deine ist, aber es war unmöglich, nichts davon zu sehen. Die Kommission hatte recht, die Idee eignet sich gut für eine Dokumentation.«

»Jedenfalls dachte ich, man sollte sich ihr intensiver widmen, als ich mit meinen laienhaften Fähigkeiten vor zehn Jahren imstande war«, bestätigte sie. »Aber es wird nichts draus. Noch ein Grund, einfach ›nur‹ als Arthandler weiterzumachen«, endete D'Arcy sarkastisch.

»Ich wollte gar nicht fragen, warum du nicht Kuratorin geworden bist«, sagte Josh. »Ich wollte fragen, warum du nicht lieber über Kunst geschrieben hast statt über Reisen. Aber kaum hatte ich das gedacht, wusste ich auch schon die Antwort. Ich wette, Reiseberichte werden besser bezahlt. Auch besser als Dokumentationen, für die man gar nichts bekommt, bis man Geldgeber findet. Ich erlaube mir kein Urteil darüber, dass du Dinge tust, mit denen du Geld verdienst, ich finde nur, dass es dir liegt, einer Theorie Leben einzuhauchen, und du würdest sicher auch gut darüber schreiben können. Oder sie gut in Film umsetzen.«

»Danke.« D'Arcy rang sich zu einem kurzen Lächeln durch.

»Kennst du dieses Zitat von Walter Lippmann? ›Fotografien haben heutzutage die Art von Macht über unsere Phantasie, die das geschriebene Wort gestern und davor das gesprochene Wort hatten.‹«

»›Sie scheinen die Realität abzubilden‹«, vollendete sie das Zitat für ihn.

»Ich habe schon immer gedacht, man müsste es noch einmal verbessern …«, fuhr er fort, »… und sagen, dass der Film die Art von Macht über die Phantasie ausübt, die Fotos gestern hatten.«

»Vielleicht.« D'Arcy zuckte nur unverbindlich die Achseln, denn sie wollte nicht mehr im Fokus stehen. Schon jetzt hatte sie Josh mehr von ihren ambitionierten Plänen erzählt als jemals zuvor einem Mann. »Was denkst du, warum …«

»… diese Fotos hier sind?« Josh schüttelte ratlos den Kopf. »Keine Ahnung.«

»Du glaubst doch nicht …« Eigentlich hatte sie Josh fragen wollen, ob er es für möglich hielt, dass es sich bei seiner Klientin um Jessica May handelte. Aber sie verkniff sich die Frage rechtzeitig. Dass die Fotografin anonym bleiben wollte, hieß ja noch lange nicht, dass sie einmal eine berühmte Kriegsfotografin gewesen war – selbst wenn sie in ihrem Haus das Archiv einer ehemals berühmten Kriegsfotografin aufbewahrte. Dass Jessica May die Person gekannt hatte, in deren Schloss D'Arcy in diesem Moment stand, war, genau wie Josh meinte, die wesentlich realistischere Möglichkeit. Die andere passte eher in einen Hollywoodfilm. Außerdem war Joshs Überraschung echt gewesen, als sie auf die Fotos gestoßen waren. Wenn seine Klientin Jessica May wäre, hätte sie ihn doch sicher darüber in Kenntnis gesetzt. Oder nicht?

»… dass wir in jeder Kiste das Werk einer anderen Fotografin finden?«, witzelte Josh und brachte ihren Satz auf eine ganz andere Art zu Ende, als sie beabsichtigt hatte.

»Und du die ganze Zeit auf einer Sammlung von einmal berühmten Fotografinnen gesessen hast, ohne es zu wissen? Das wage ich zu bezweifeln. Aber schauen wir doch mal nach.« Vielleicht war etwas in den Kisten, durch das klar wurde, warum diese Fotos hier waren und welche Verbindung zwischen Jessica May und Joshs geheimnisvoller Klientin bestand.

Die nächste Kiste war auf Englisch beschriftet – *Unpublished*. Ganz oben lagen weitere Fotos von dem Ostergottesdienst, wenn die Etikettierung stimmte, waren es diejenigen, die nicht in der *Vogue* veröffentlicht worden waren. Dann verstörende weitere Bilder von den leichenartigen Frauen, die D'Arcy gar nicht richtig anschauen wollte, obwohl sie wusste, dass es ja genau darum ging. Man sollte nie wegschauen von den Dingen, die einen beunruhigten. »Die sind aus einem Konzentrationslager«, sagte sie leise. Josh nahm ihr die Bilder ab und studierte sie so sorgfältig, als könne er damit den Mut dieser kaum noch lebendigen Frauen würdigen.

»Wie du sicher weißt, haben die Menschen nicht geglaubt, dass es diese Lager gab«, sagte D'Arcy. »Fotos wie diese haben sie real gemacht, die Menschen haben die Bilder gesehen und gedacht, sie verstehen, wie es gewesen ist – als wären die Bilder die Realität. Als wäre das Betrachten dieser Fotos ein Ersatz dafür, tatsächlich das Leiden dieser Frauen zu fühlen. Genau das machen wir auch heute noch; wir schauen uns in der Zeitung das Bild einer Katastrophe an und sagen, oh, wie furchtbar, und dann blättern wir die Seite um.«

»Und was wäre denn die richtige Reaktion?«, fragte Josh. »Keine Fotos zu machen? Dann wüsste niemand irgendetwas davon.«

»Stimmt. Deshalb habe ich die Arbeit deiner Klientin immer so bewundert. Weil sie den Betrachter dazu zu ermuntern scheint, innezuhalten und wirklich zu fühlen, nicht nur hinzusehen.«

»Vielleicht solltest du ihre Agentin werden.« Josh runzelte die Stirn. »Es ist lange her, seit ich innegehalten und gefühlt oder auch nur richtig hingeschaut habe. Immer habe ich dafür zu viel zu tun. Wie fast jeder heutzutage.«

Einen Moment schwiegen sie beide und dachten über ihr Gespräch nach. Auf einmal merkte D'Arcy, wie dankbar sie dafür war, Josh bei sich zu haben. Seit er sich etwas entspannt hatte, war er der interessanteste Mann, dem sie seit Langem begegnet war. Und es war schön, die heutige Entdeckung mit jemandem wie ihm, der ebenso daran interessiert war, zu teilen.

D'Arcy arbeitete sich ein Stück tiefer in die Kiste vor und zog zwei weitere Fotos heraus, auf denen der gleiche Mann und das gleiche kleine Mädchen zu sehen waren wie auf dem Kultbild mit der Umarmung, eines davon war offenbar wenige Sekunden davor gemacht worden: Das Mädchen rannte mit ausgestreckten Armen auf den Mann zu. Der andere Schnappschuss war sicher kurz danach entstanden. Das erste Foto war so verschwommen, dass man sofort einsah, warum es nicht veröffentlicht worden war, aber D'Arcy mochte es trotzdem, denn die Unschärfe betonte die Lebendigkeit der Bewegung und auch das Gefühl, das die Kleine für den Mann hegte.

Auf der zweiten Aufnahme hob der Mann das Mädchen in die Luft. Jetzt erkannte D'Arcy, dass die Kleine eine Jacke trug, die offensichtlich einer damaligen Schwesternuniform nachempfunden war. Auf das Revers hatte man anstelle der Schwesterninsignien von Hand einen Namen gestickt. Als D'Arcy ihn las, schnappte sie unwillkürlich nach Luft. *Victorine.*

»Was ist?« Josh sah sie fragend an.

»Das kleine Mädchen hat den gleichen Vornamen wie meine Mutter. In meinem ganzen Leben bin ich noch nie einer Person begegnet, die auch Victorine heißt.« Sie zuckte die Achseln. »Vielleicht war der Name ja während des Kriegs beliebt.«

Josh nahm ihr das Foto aus der Hand, und dabei fiel D'Arcy zufällig die Rückseite des Bilds ins Auge.

Dan Hallworth und Victorine Hallworth. 1944.

Ihr verschlug es für einen Moment den Atem. Wortlos starrte sie auf den Abzug, dann spürte sie, wie sie reflexartig die Hand ausstreckte, um die Schrift zu berühren, als wollte sie die Worte wegwischen.

»Du bist ganz blass geworden«, sagte Josh und legte das Foto weg. »Alles in Ordnung?« Offensichtlich besorgt berührte er ihren Arm.

»Ich glaube nicht.« Sie schloss die Augen und öffnete sie gleich wieder. Dann nahm sie das Foto wieder in die Hand. Drehte es um. Die Schrift war noch da, unverändert: *Dan Hallworth und Victorine Hallworth. 1944.*

»Meine Mutter heißt Victorine Hallworth.« D'Arcys Stimme klang dünn. Vielleicht gab es noch andere Frauen auf der Welt, die Victorine hießen, aber konnte es denn mehr als eine Victorine Hallworth geben, die im gleichen Alter war wie D'Arcys Mutter?

»Das ist ein sehr sonderbarer Zufall«, sagte Josh langsam. »Wer ist denn dieser Dan Hallworth?«

»Ich habe keine Ahnung. Na ja, eigentlich doch, aber das ergibt keinen Sinn.« Sie legte das Foto wieder weg. »Ich brauche was zu trinken.«

»Bin gleich wieder da.« Josh ging zur Tür und verschwand, während D'Arcy zu Boden sank und die Knie an die Brust zog. Pausenlos kreisten ihre Gedanken um die gleichen Worte – *Dan Hallworth und Victorine Hallworth. 1944* – und produzierten eine lange Liste von Fragen, die sie nicht beantworten konnte.

»Cognac?«

D'Arcy sprang auf, als sie Joshs Stimme hörte – er war mit einer Karaffe und zwei Gläsern zurückgekommen. Sie nickte stumm.

Josh ließ sich neben ihr nieder, viel weniger linkisch, als sie es auf einem staubigen Boden neben einer Frau im Minikleid, die einen Cognac brauchte, von ihm erwartet hätte. Er schenkte ihnen beiden ein Glas ein.

»Mit welchem Rätsel fangen wir an?«, fragte er, als wolle er helfen.

»Ich weiß es nicht«, antwortete sie, trank ihren Cognac und starrte an die Decke. »Ich weiß es wirklich nicht.«

Teil 3

Die innere Struktur der Befreiung ist wenig eindrucksvoll.
Sicher, es gibt fröhliches Beiwerk wie Wein und Gesang.
Und es gibt auch die wunderschöne Grundfarbe
der Freiheit an sich. Aber ebenso gibt es Niedergang
und Zerstörung. Es gibt Probleme, Fehler, enttäuschte
Hoffnungen und gebrochene Versprechen.

Lee Miller

Kapitel 10

LONDON, MAI 1944 | Während der Mai ins Land zog, verbrachten Jess und Martha, von der PR-Dienststelle noch immer in London eingesperrt, fast jede Minute des Tages in der Bar des Savoy Hotel und belauschten die Gespräche nach Hinweisen, was draußen los war und ob sich irgendwelche Möglichkeiten für sie auftaten, sich der Invasionsflotte anzuschließen. Außerdem tat Martha ihr Bestes, um Hemingway aus dem Weg zu gehen – der wohnte zum Glück im Dorchester, hatte jedoch die unangenehme Angewohnheit, sie bei jeder Gelegenheit auf dem Korridor anzupöbeln und ihr sturzbetrunken mit lauter, wütender Stimme Vorhaltungen zu machen. Umso mehr Grund, sich so bald wie möglich wieder auf den Kontinent zu begeben, fand Jess.

In der Bar hörten sie dann auch zum ersten Mal von der Fallschirmspringerschule.

»Ich frage mich, warum wir nicht eingeladen worden sind«, meinte Jess und grinste charmant zu den beiden Korrespondenten hinüber, deren Unterhaltung soeben Marthas und Jess' Interesse geweckt hatte.

Martha stand auf und setzte sich neben die beiden Männer. »Ich habe eine Geschichte für euch«, erklärte sie.

Die Männer blickten von Martha zu Jess, und Jess wusste, dass sie dabei waren, zu spekulieren, welche von ihnen sie später wohl in ihr Bett locken könnten – natürlich würde es jedoch nie so weit kommen, denn Jess und Martha ging es ausschließlich um Informationen. Wenn sie aus der Tatsache, dass sie Frauen waren, Profit schlagen konnten, waren sie bereit, darauf zurückzugreifen – schließlich hatten sie deshalb schon mehr als genug Nachteile.

»Wusstet ihr«, flirtete Martha mit ihrem hübschen Lächeln und den hellblonden Ringellocken munter drauflos, »wusstet ihr, dass die Entscheider gerade tausend Kondome für die Korrespondenten bestellt haben?«

»Aber nur für die Fotografen«, fügte Jess hinzu. Auch sie hatte ihr Modellächeln aufgesetzt, obwohl sie insgeheim dabei war, das Lachen zu unterdrücken. Die Geschichte mit den Kondomen entsprach der Wahrheit – sie waren tatsächlich für die Presse bestellt worden, allerdings nicht für den sexuellen Gebrauch, sondern als Schutzhüllen für die Filme, die sie nach Frankreich mitnehmen würden. »Vielleicht solltest du fotografieren lernen, Marty, dann bist du genauso gut ausgerüstet wie ich.«

»Ja, vielleicht sollte ich das wirklich«, pflichtete Martha ihr bei. »Vermutlich ist keiner von euch Gentlemen Fotograf, oder doch?«

Die Männer verneinten bedauernd, sichtlich angeregt vom Thema der Unterhaltung.

Martha seufzte dramatisch. »So ein Pech. Aber vielleicht habt ihr andere interessante Dinge zu erzählen. Wie wäre es, wenn ich euch beiden einen Whiskey spendiere, dann könnt ihr uns ein bisschen von der Fallschirmspringerschule erzählen?«

Martha und Jess hatten sich aus strategischen Gründen am Tisch dieser beiden Männer niedergelassen, da diese erst vor ein paar Tagen nach London gekommen waren und in ihrer Unerfahrenheit tatsächlich noch dachten, es sei der Mühe wert, sich für einen kostenlosen Whiskey und hübsche weibliche Gesellschaft ins Zeug zu legen. Ahnungslos, wie sie waren, wussten sie nicht, dass alles seinen Preis hatte, und da sie vermutlich auch schon Warrens Geschichten über Jess gehört hatten, hofften sie nun, dass die gemütliche Plauderei im Schlafzimmer enden würde.

Einer von ihnen beugte sich vor und flüsterte verschwörerisch: »Die PR-Jungs sitzen in der Patsche, weil mehr Korrespondenten mit der Invasionsflotte mitkommen wollen, als Plätze vorhanden sind. Deshalb haben sie gedacht, sie könnten doch ein paar mit dem Fallschirm abspringen lassen. Man muss fünf Trainingssprünge absolvieren, und jetzt schicken sie jeden, der sich dafür interessiert, zur Fallschirmspringerschule in ein Dorf namens Chilton Foliat.«

»Ah, dorthin hat Joe Dearing sich also abgesetzt«, meinte Martha nachdenklich. Tatsächlich war der Fotograf von *Collier's* vor ein paar Tagen in angeblich offizieller Mission verschwunden.

»Ihr habt den besten Teil noch nicht gehört«, mischte sich der zweite Mann ein und beäugte Jess, die ihn ein wenig näher rücken ließ, als ihr angenehm war, weil sie genau wie Martha darauf brannte, den Rest der Geschichte zu hören. »Am Wochenende gab es eine Party bei Bob Capa, bei der er, Bill Landry und Larry LeSueur sich bis zum Anschlag mit Champagner haben volllaufen lassen«, erzählte er weiter. »Sie haben mit einem der PROs, der auch mitgefeiert hat, einen Vertrag abgeschlossen, dass sie um elf am nächsten Morgen mit ihm ihre Trainingssprünge absolvieren würden. Aber als der Pressemann sie abholen wollte, waren Bob, Bill und Larry spurlos verschwunden, und als er Bill anrief, sagte der, er habe sich den Knöchel verstaucht. Das Gleiche bei Larry. Und Bob war nirgends aufzutreiben. Also …«

»… wurden drei Plätze für das Fallschirmspringertraining der Korrespondenten verschwendet, weil die Kerle betrunken waren«, beendete Martha den Satz. »Schön zu wissen, dass sie ihre Verantwortung für die Vorbereitung der Invasion so ernst nehmen.«

»Tut mir leid, Kumpel«, sagte Jess, trank ihren Whiskey aus und stand auf. »Wir haben leider noch einen Termin.«

Die Männer machten ihrer Enttäuschung mit unflätigen Beschimpfungen Luft, und Martha stachelte sie zusätzlich an, indem sie ihnen spöttisch eine Kusshand zuwarf. Jess ging voraus in ihr Zimmer, wo sie einen Brief in die Schreibmaschine hämmerte, dann stiegen die beiden Freundinnen die Treppe hinauf und klopften an Warrens Tür. Als er öffnete und sie sah, grinste er anzüglich. »Zwei auf einmal?«, rief er, zweifellos in der Hoffnung, dass man ihn in den Nebenzimmern hören könnte. »Das ist selbst für mich ein bisschen viel.«

Ohne auf die Stichelei zu achten erwiderte Jess: »Das hier ist ein Brief, in dem Martha und ich offiziell beantragen, als Vorbereitung auf die Invasion mit dem Fallschirmspringertraining zu beginnen. Ich habe hier auch eine Kopie für die Presseabteilung des Obersten Hauptquartiers der alliierten Streitkräfte – wir informieren ausführlich über die Verschwendung von Teilnehmerplätzen im Fallschirmspringertraining und fordern diesbezüglich von Ihnen eine schriftliche Antwort innerhalb der nächsten acht Tage.«

»Davon würde ich Ihnen abraten«, sagte er, und als er sie diesmal ansah, war sein entnervendes Lächeln verschwunden. »Schicken Sie diesen Brief nicht ans Hauptquartier.«

Auf einmal glaubte Jess in seinen Augen etwas wie Menschlichkeit aufflackern zu sehen – er wollte nicht, dass sie seinen Vorgesetzten der *Supreme Headquarters of the Allied Expeditionary Forces* über die Vorgänge informierten und die verantwortlichen PR-Männer womöglich auf die Idee kommen könnten, Warren Stone hätte zwei kleine unbedeutende Frauen wie Jess und Martha nicht unter Kontrolle.

Aber jedes Mitgefühl, das sie vielleicht einmal für ihn hätte aufbringen können, hatte sie im Hafen von Neapel verloren – dort, in der langen Schlange der Männer, denen er Kopien der *Vogue* verschafft hatte, nur um Jess damit eins auszuwischen.

»Ich muss es tun«, entgegnete sie ruhig.

Damit wandte sie sich um, marschierte davon und ließ selbst die erfahrene Martha mit offenem Mund zurück.

Eine Woche lang ließ Warren sie warten. Der einzige Lichtblick war ein Brief von Dan, mit dem Jess Kontakt gehalten hatte. Als sie zum ersten Mal einen in unbekannter Handschrift adressierten Brief bekommen hatte, war Dans Erklärung gewesen, dass Victorine ihr ein paar Bilder habe schicken wollen. In dem Umschlag war eine Kinderzeichnung in verwischter schwarzer Tinte. Darauf war ein lesendes Mädchen zu sehen, und bei näherer Betrachtung hatte Jess erkannt, dass die schnörkeligen Buchstaben auf der Vorderseite dessen, was sie für ein Buch gehalten hatte, das Wort *Vogue* ergaben.

Jess hatte sowohl an Victorine als auch an Dan zurückgeschrieben, und er hatte geantwortet, dass seine Kompanie bei der Rückkehr nach England durch weiteres Training geschleust und schließlich irgendwo unter Quarantäne gestellt worden war – natürlich durfte er ihr nicht sagen, wo. Aber Jess wusste, dass die US-Armee, abgesehen von den Männern aus Italien, über sehr wenige kampferfahrene Soldaten verfügte. Daher war es für sie offensichtlich, dass man sich auf diese Männer verlassen würde, um den noch unerfahrenen beizubringen, was sie tun mussten, wenn sie einem Feind gegenüberstanden, der wesentlich unerbittlicher war, als man anfangs gedacht hatte. Und Dan würde als Fallschirmjäger zu den Ersten gehören, die kurz vor dem amphibischen Angriff mit dem Fallschirm in Frankreich abspringen und versuchen würden, strategische Ziele zu sichern und der Infanterie so das Vorrücken zu ermöglichen. Nun lag die Zukunft in den Händen all dieser viel zu jungen Männer, die aus einem Flugzeug in den Abgrund springen würden. Wenn sie nicht schafften, was man von ihnen erhoffte, was würde dann mit der Welt geschehen?

Aber solche Gedanken gestattete Jess sich nie lange, sondern schüttelte sie ab und wandte ihre Aufmerksamkeit wieder Dans Brief zu. Im nächsten Augenblick jedoch betrat Warren die Bar und ließ sich neben Martha und ihr nieder. Sein Grinsen war wieder ganz das alte.

»Und?«, fragte sie und drückte ihre Zigarette aus.

»Ihr müsst die Sache mit euren Herausgebern besprechen«, antwortete Warren so heiter, als unterhielten sie sich darüber, was heute zum Nachmittagstee gereicht werden sollte.

»Warum?«, fragte Martha.

»Es ist ein wenig … delikat«, antwortete Warren, und seine Mundwinkel zuckten.

»Noch delikater, als mich zu beschuldigen, mit der halben US-Armee geschlafen zu haben, um an meine Geschichten zu kommen?«, entgegnete Jess ruhig.

»Ihr habt die Informationen über verschwendete Trainingsplätze garantiert nicht nur durch Nachfragen bekommen.« Jetzt machte Warren sich nicht einmal mehr die Mühe, sein Lächeln zu unterdrücken. »Die US-Armee brennt darauf, eure speziellen Talente zu schützen.«

Jess' Magen krampfte sich zusammen. Zwar hatte sie keine Ahnung, worauf er hinauswollte, aber sie war sicher, dass es nichts Gutes sein würde.

»Wenn ihr es wirklich lieber von mir hören wollt statt von jemandem, der die Sache sensibler behandelt, dann will ich euch den Gefallen tun«, fuhr Warren mit geheuchelter Rücksicht fort. »Wie ihr seht, konnte keine Abteilung eine Begründung liefern, weshalb Frauen das Recht verwehrt werden sollte, mit einem Fallschirm über Frankreich abzuspringen.«

Damit überreichte er Jess einen Brief, der ihre Übelkeit in pure Aufregung verwandelte. Grinsend blickte sie zu Martha. Das hörte sich doch an, als könnten sie tatsächlich mitmachen, gleich bei der nächsten Trainingseinheit! Doch wenn Warren seinen Willen nicht bekommen hatte, waren seine Chefs bei der Presseabteilung des Hauptquartiers wahrscheinlich wütend auf ihn, genau wie er es befürchtet hatte, und demzufolge hätte er zumindest niedergeschlagen wirken müssen …

»Mit Ausnahme eines Majors in der Dienststelle des Sanitätsinspekteurs«, fuhr Warren fort, lehnte sich zurück und legte den Arm über die Rückenlehne von Jess' Stuhl. »Er war sehr besorgt hinsichtlich der Auswirkungen, die ein Sprung aus einem Flugzeug bei einem Tempo von 180 Stundenkilometern auf die weibliche Anatomie haben würde. Dazu kommt noch der vom Öffnen des Fallschirms verursachte heftige Aufwärtsschub – man mag sich gar nicht vorstellen, was das mit den zarten weiblichen Organen anrichten könnte.«

Absolute Stille folgte. Weder Jess noch Martha brachte ein Wort heraus. Warren musste sich dumm und dämlich gesucht haben, um diesen Major zu finden, und hatte sich bestimmt unbändig über diesen Bericht gefreut, mit dem er seinen Vorgesetzten beweisen konnte, wie gut es war, dass er die Frauen auch weiterhin unter Quarantäne stellte und aus der Invasionsflotte heraushielt.

Dann ließ Warren seine Hand scheinbar zufällig auf Jess' Schulter sinken.

Sie sprang sofort auf. »Und was hat dieser Sanitätsinspekteur zu den männlichen Organen zu sagen, die doch recht exponiert zwischen den Beinen baumeln? Oh, stimmt ja, den heftigen Aufwärtsschub sind sie ja gewohnt, aber davon haben wir Frauen natürlich keine Ahnung. Und ich vermute, wenn einer sowieso keine Eier in der Hose hat, wie beispielsweise die PROs, die lieber im Hotel rumsitzen, als für ihr Land zu kämpfen – Herrgott, ich habe mehr vom Krieg gesehen als Sie! –, dann brauchen wir uns auch keine allzu großen Sorgen wegen eventueller Beeinträchtigungen machen.«

Martha prustete los, und der Rest der Männer an der Bar, die Jess' lautstark zum Besten gegebene Tirade mitangehört hatten, stimmte ein.

Stones Antwort dagegen war so leise, dass Jess sich gegen ihren Willen zu ihm hinunterbeugen musste, um ihn zu verstehen. Diesmal war nichts von Menschlichkeit oder gar Verwundbarkeit zu spüren.

»Eines Tages werden Sie das heutige Gespräch bereuen, Captain May. Und dann werde ich Sie an den Aufwärtsschub erinnern.«

Damit stand er auf und ging, und Jess war die Freude an ihrem Sieg vergällt. Indem sie Warren öffentlich damit konfrontiert hatte, dass sein »Kriegsdienst« in Hotelbars und nicht auf den Schlachtfeldern stattfand, hatte sie bei ihm direkt einen weiteren wunden Punkt getroffen. Nun würde weder sie noch Martha per Fallschirm Zeuginnen der Invasion sein, und außerdem musste sie auch noch versuchen, zu vergessen, was er wohl mit seiner geflüsterten Aussage meinte. Bisher war alles kindischer Unfug gewesen, doch diese Drohung war anders. Jess schauderte und trank schnell einen großen Schluck Whiskey.

———

In Portsmouth konnte man sich überhaupt nicht vorstellen, dass auf der anderen Seite des Ärmelkanals Frankreich und damit auch der Feind wartete. Heute war der Tag nach der Invasion; gestern hatten sich alle in Richtung Südengland aus dem Staub gemacht. Untätig mussten Jess und Martha zusehen, wie zahllose, mit Massen männlicher Journalisten besetzte Flugzeuge den Himmel verdunkelten, wie Soldaten, die keinerlei Kampferfahrung besaßen, an Bord der Schiffe nach Frankreich strömten. So starrten sie hinüber zu dem Krieg, den Frauen nicht mitansehen durften.

Aber statt sich von Warrens Drohung und seinem fast schon krankhaften Interesse an Jess unterkriegen zu lassen – was konnte er ihr in einem Hotel voller Menschen schon anhaben? –, beschlossen die beiden Frauen, die Umstände zu ihrem eigenen Vorteil zu nutzen. Solange Jess in Warrens Sichtlinie blieb, konnte doch wenigstens Martha versuchen, irgendwie über den Kanal zu gelangen.

Bei Morgendämmerung umarmten sie sich. »Ich bin wirklich froh, dass ich dich kennengelernt habe«, sagte Martha.

»Ich auch. Und jetzt geh endlich!«

Jess marschierte provokativ in die Bar und setzte sich neben Warren, bereit, ihn in ein weiteres Wortgefecht zu verwickeln, während Martha zum Strand entwischte. Während Jess Warrens Verbalattacken über sich ergehen ließ, stellte sie sich vor, wie Martha sich wie besprochen auf das Lazarettschiff schmuggelte und sich dort in einer der Toiletten versteckte – konnte der Plan, der ihr jetzt auf einmal so simpel und töricht vorkam, denn überhaupt funktionieren? Schließlich würde Martha am sogenannten Omaha Beach landen und ihre Geschichte bekommen: die erste Frau, die nach der Invasion Fuß auf französischen Boden setzte, die erste Frau, die den Menschen berichten würde, wie es wirklich war. Nicht so, wie die Männer es sahen.

Nach gut ein oder zwei Stunden, als sie sicher sein konnte, dass Martha unterwegs war, wandte Jess sich an ein paar Offiziere und ließ sich von ihnen eine Mitfahrgelegenheit zu der nahe gelegenen Dorfschule vermitteln. Natürlich hatte Warren ihr einen eigenen Jeep verweigert. Sie ging die Auffahrt zur Schule hinauf, als sie plötzlich eine Kinderstimme lauthals ihren Namen rufen hörte. Im nächsten Moment kam ein kleines Mädchen mit einem wirren dunklen Lockenkopf in einer viel zu großen Uniform auf sie zugerannt und warf sich in ihre Arme. Wie damals Dan hob Jess sie hoch und schwang sie im Kreis.

»Du bist gekommen!«, strahlte Victorine, küsste Jess auf beide Wangen, und Jess erwiderte ihre Küsse mit der gleichen Herzlichkeit.

Eine Frau, wahrscheinlich die Lehrerin, erschien und begrüßte Jess mit einem Nicken. »Sie sind bestimmt Miss May«, sagte sie mit einem freundlichen Lächeln. »Warum machst du mit Miss May nicht einen Spaziergang, Victorine? Du kannst in der Küche fragen, ob du ein bisschen Kuchen mitnehmen darfst.«

»Vielen Dank!«, sagte Jess. »Entschuldigen Sie, wenn ich störe.«

»Aber nein, Sie stören gar nicht«, entgegnete die Frau mit fester

Stimme. »Victorine hat sich so nach Major Hallworth gesehnt, und obwohl wir den Kindern so viel Zuwendung geben, wie wir nur können, ist es doch nicht dasselbe. Es wird ihr guttun, den Vormittag mit Ihnen zu verbringen.«

So setzten Jess und Victorine sich auf einen Zauntritt an einer Wiese und aßen Schokoladenkuchen. Jess erzählte Victorine von ihren eigenen Eltern, dass sie, genau wie Victorines Papa im Lazarett in Italien, ebenfalls gestorben waren und dass sie sie, obwohl sie so viel älter war als Victorine, immer noch vermisste. »Ich dachte, wir könnten uns vielleicht umeinander kümmern«, meinte Jess am Ende. »Ich habe keine Eltern und du auch nicht, und es wäre schön, zu wissen, dass es einen anderen Menschen gibt, der für mich da ist.«

Victorine strahlte. »Ich werde deine Familie sein«, verkündete sie mit ernstem Gesicht. »Und du meine. Dan ist auch meine Familie, also ist er jetzt auch deine.«

Jess grinste, als sie sich vorstellte, dass sie diese Information in ihrem nächsten Brief an Dan schreiben würde. Er hatte nur gewollt, dass sie Victorine besuchte, und jetzt waren sie praktisch zu einer Familie erklärt worden. Doch sie wusste auch, dass es vor allem darum ging, Victorine wohlbehalten durch diesen Krieg zu bringen. Wenn sie das schafften, würde auch alles andere gut werden – jedenfalls versuchte sie, sich das einzureden.

Doch dieser Glaube war ruiniert, als sie später am Tag hörte, dass in der Nacht zuvor dreihundertfünfundzwanzig Einsätze in die Normandie geflogen worden waren, um Dans Luftlandedivision mit Nachschub zu versorgen. »Wir haben das Zeug für die armen Kerle einfach irgendwo abgeworfen und das Beste gehofft, aber wir wussten ebenso wenig wie die Armee, wo genau sie sich aufhielten«, sagte einer der Piloten zwischen zwei langen Zügen an seiner Zigarette.

»Wie meinen Sie das?«, zwang Jess sich zu fragen.

»Die Jungs von der Luftlandedivision sind ziemlich willkürlich abgesprungen, weil die Krauts auf sie geschossen haben. Kaum welche sind gelandet, wo es geplant war. Vorausgesetzt, sie haben den Boden überhaupt lebend erreicht …«

Jess hob die Hand. »Ich habe verstanden«, sagte sie nur.

Jetzt hatte sie einen weiteren Grund, eine Möglichkeit zu finden, nach Frankreich hinüberzugelangen: Sie musste herausfinden, ob Dan am Leben war. Sie konnte Victorine erst wiedersehen, wenn sie das wusste, denn sonst würde die Kleine in ihrem Gesicht sofort die Angst erkennen.

———

Als sie zurückkam, wartete Warren Stone schon in der Bar auf sie. »Ihre Freundin ist gerade festgenommen worden«, rief er triumphierend. »Mrs Ernest Hemingway hatte sich auf die Toilette eines Lazarettschiffs verkrochen und in eine Wasserambulanz geschmuggelt, die am Strand gelandet ist. Als wäre das allein nicht schon dumm genug, hat sie darüber, was sie gesehen hat, einen Bericht an *Collier's* geschickt. Den habe ich bei der Zensur abgefangen – sie hat sich also praktisch selbst überführt.«

»Ich denke, das war auch ihre Absicht«, sagte Jess ruhig. »Man fährt doch nicht als blinder Passagier auf einem Schiff, um eine Geschichte zu kriegen, und schreibt sie dann nicht auf. Aber wäre es nicht viel einfacher, wenn Sie uns einfach gehen ließen?«

»Wie Sie das quälen muss – Ihre Freundin hat es geschafft und Sie nicht.« Warren verschränkte die Arme vor der Brust, als hätte er soeben alle Einwände endgültig widerlegt.

»Es quält mich nicht im Geringsten.« Das entsprach der Wahrheit. Wenn überhaupt, musste Jess sich zusammennehmen, ihre Freude darüber zu verbergen, dass Martha früher an Ort und Stelle gewesen war als ihr Ehemann – Hemingway war noch immer nicht auf französischem Boden gelandet. Jess riskierte ein Lächeln und fügte mit lauter Stimme hinzu, damit alle in der Bar sie hören konnten: »Wenn ich mir vorstelle, wie Sie sich gefühlt haben müssen, als Sie rausgefunden haben, was Martha gemacht hat, kann ich nur lachen. Und mein Glas auf sie erheben.«

»Schade nur, dass Sie niemanden haben, der mit Ihnen trinkt. Martha Gellhorn ist in einem Trainingslager für Krankenschwestern interniert, ohne Passierschein und ohne Presseausweis. Da kommt sie so schnell nicht wieder raus.«

»Vermutlich brauche ich Sie auch gar nicht erst zu fragen, ob ich meine Freundin besuchen kann, richtig?«

»Nur, wenn Sie noch ein Nein von mir hören möchten.«

»Tja, das ist nur noch eine weitere in einer langen Reihe beschissener Entscheidungen«, sagte Jess. »Martha hat mehr Reportage-Erfahrung als sonst irgendjemand, aber man sperrt sie ein, weil sie ihre Arbeit macht. Wie lange will man denn mich und alle anderen Korrespondentinnen noch hier festhalten? Das fing als lächerliches, sexistisches Hirngespinst an – haben Sie wirklich Angst, dass Frauen ohnmächtig werden könnten, wenn sie sehen, wie es in einem Krieg zugeht? Aber inzwischen hat es sich zu stur durchgesetztem Gewohnheitsrecht eingefahren, das niemand im SHAEF aufgeben will. Das ist kindisch und unlogisch, vor allem jetzt, wo endlich die Krankenschwestern nach Frankreich geschickt werden.«

Auf einmal spürte sie, wie jemand hinter sie trat. Gerade wollte sie sich hastig umdrehen, weil sie dachte, es sei jemand, der Warren gegen die verrückte, schamlose Jessica May verteidigen wollte, als sie eine Frauenstimme sagen hörte: »Ja, wie lange wollen Sie uns denn noch davon abhalten, unseren Job zu machen? Das würden wir alle gerne wissen.« Es war Iris Carpenter von *The Boston Globe*.

Und noch jemand gesellte sich zu ihnen: Ruth Cowan von der *Associated Press* – eine weitere erfahrene Frau. Einen Augenblick später hatte sich eine ganze Gruppe um Jess versammelt, und alle starrten

Warren Stone erbittert an, damit er endlich zu Jess' Fragen Stellung bezog.

»Wenn Sie nicht antworten«, fuhr Jess ruhig fort, »könnte es sein, dass wir zu der Ansicht gelangen, dass Sie nicht die erforderliche Autorität besitzen.«

»Ich mag es nicht, wenn man mich in einen Hinterhalt lockt«, erwiderte er.

Trotz der Härte in seiner Stimme und obwohl sie wusste, dass es nur Stones Entschlossenheit stärken würde, die finstere Drohung, die er vor ein paar Tagen ausgestoßen hatte, wahr zu machen, zwang Jess sich, hinzuzufügen: »Dann ist es ja gut, dass bessere Männer als Sie in Frankreich kämpfen.« Beim Sprechen spürte sie, wie die Frauen um sie herum den Atem anhielten – alle wollten Beifall klatschen, wünschten sich aber gleichzeitig, dass Jess das Gesagte zurücknehmen könnte – denn was würde Warren Stone jetzt tun?

Doch Jess wartete nicht auf seine Antwort. »Als Sie uns unter Quarantäne gestellt haben, haben Sie gesagt, wir könnten gehen, wenn die Schwestern es tun. Nächste Woche werden sie aufbrechen, aber wir haben unsere Marschbefehle noch immer nicht. Also werden wir unser Anliegen schriftlich formulieren«, fuhr sie fort. »Wir erwarten eine Antwort innerhalb von vierundzwanzig Stunden. Wenn in dieser Antwort irgendetwas über unsere zarten weiblichen Organe steht, werden wir, und zwar jede Einzelne von uns, alles an die Öffentlichkeit bringen.«

Damit wandte sie sich ab und ging hinüber zu einem leeren Tisch. Iris stellte ihre Schreibmaschine vor sie, Ruth holte Drinks für alle – und Jess hämmerte das Schreiben in die Tasten. Am Ende hatten sie einen Brief an das Hauptquartier der Alliierten produziert, in dem sie nachdrücklich forderten, nach Frankreich geschickt zu werden. Jede einzelne Korrespondentin, die seit über einem Monat in Europa war, unterschrieb die Forderung mit ihrem Namen.

Kapitel 11

Zwei Tage später waren Jess und Iris Carpenter im Flugzeug unterwegs zu dem von den Alliierten »Omaha Beach« getauften Strand in der Normandie. Die ersten Frauen, die – einmal abgesehen von Marthas außerplanmäßigem Vorstoß – nach D-Day unterwegs nach Frankreich waren. Sie hatten sechsunddreißig Stunden zur Verfügung, mehr nicht. Während das Hauptquartier der alliierten Streitkräfte vermutlich genau wusste, dass der *Boston Globe* keine militärische Kommunikation über weibliche Genitalien veröffentlichen würde, war man sich hinsichtlich der *Vogue* vermutlich nicht ganz so sicher. Jess' Drohung hatte also funktioniert. Allerdings hatte das Zugeständnis auch seinen Preis: Vom Hauptquartier prasselten rasant eine Vielzahl an neuen Regeln für *Girl Reporter* auf sie herab, und jede Übertretung würde vor dem Kriegsgericht enden. Außerdem hatte Jess gehört, dass Warren Stone von seinem Chef erneut zurechtgewiesen worden war – bestimmt war seine Laune nun an einem neuen Tiefpunkt angelangt.

Aber als ihr Flugzeug die winzige Landepiste von Saint-Laurent ansteuerte, dachte Jess nicht mehr an all das und fragte sich stattdessen, wie irgendjemand von diesem Strand aus starten oder hier landen konnte. Tatsächlich sah der Pilot extrem angespannt aus, als sie sich durch aschgraue Rauchschwaden hinabsenkten.

»Glaubst du, wir kommen heil an?«, fragte sie Iris.

»Jedenfalls wäre es wirklich der Gipfel der Ironie, wenn wir jetzt, wo wir endlich die Erlaubnis haben, herzukommen, auf dem Strand eine Bruchlandung hinlegen würden«, antwortete Iris.

»Vielleicht schließe ich einfach die Augen und schicke ein Stoßgebet zum Himmel«, sagte Jess.

Am Ende betete sie tatsächlich, konnte sich aber nicht dazu durchringen, die Augen zu schließen. Auf dem blau funkelnden Meer wimmelte es von Kriegs- und Schleppschiffen, alle mit silbernen Sperrballons, die über ihnen flatterten wie deformierte Monde. Hier und dort waren versunkene Panzer und Lastkräne zwischen den Überresten zerbombter Boote zu erkennen, die grauen Befestigungen des Mulberry-Hafens warfen ihre Schatten auf den Ozean, große Haufen metallener Hedgehogs – kleiner Granatwerfer zur U-Boot-Abwehr – streckten drohend ihre Stacheln aus dem Sand. Unterstände, in denen noch vor wenigen Tagen Soldaten Schutz gesucht hatten, klafften leer in den Klippen.

Sie landeten schließlich wohlbehalten und stiegen erleichtert aus dem Flugzeug. Überall am Strand neben ihnen gingen Sanitäter mit Spaten umher und suchten nach Leichen, die bisher nur provisorisch mit Sand bedeckt worden waren. Endlose Reihen von Stöcken markierten die frischen Gräber, von jedem Stock wehte ein Stoffbeutel. Jess wanderte zwischen den Toten umher.

Das Schlimmste war die Flutlinie. Der Strand war so breit, der Unterschied zwischen Ebbe und Flut so ausgeprägt, dass die Hochwasserstelle zur ergreifendsten Erinnerung an das Leben derer, die hier lagen, geworden war: Yardley-Haarwasser, Bibeln, ein Baseballhandschuh. Rasiermesser, Briefe von zu Hause, Pistolengürtel. Tarnschminke, eine Gitarre, Schuhcreme. Hinterlassenschaften von Männern, die nie wieder ihre Schuhe putzen würden.

Jess zwang sich, über den Strand zu gehen. *Du musst nur fotografieren*, sagte sie sich. *Deine Aufgabe ist die leichteste von allen, die hier in Frankreich zu tun sind.* Und so machte sie Bilder von der Flutlinie und nahm sich dabei vor, Bel zu bitten, eine Weitwinkelaufnahme über zwei Ausklappseiten zu veröffentlichen, vier Seiten insgesamt.

So würde sie versuchen, ohne Worte zu erklären, dass die offizielle Version zwar lautete, die Verluste seien geringer als angenommen – was in Amerika jeder so verstehen würde, dass es nur wenige Todesopfer gab. Doch »geringer« war relativ und bedeutete in diesem Fall, dass Tausende gefallen waren und niemand am Omaha Beach sitzen und etwas anderes empfinden konnte als tiefste Bestürzung.

———

Fünf Tage später war Jess noch immer in Frankreich. Wie schon so oft war das allerdings nicht ihre Schuld; sie hatte, obwohl sie sich redlich bemüht hatte, keine Möglichkeit gefunden, zurück nach London zu gelangen, weder per Flugzeug noch per Schiff, denn alles war besetzt mit verwundeten GIs, deren Notlage weit dringlicher war als die ihre. Sie hatte Iris Carpenter aus den Augen verloren. Wenn sie irgendwann wieder in England eintrudelte, würde Warren Stone wahrscheinlich schon am Hafen auf sie warten, um sie festzunehmen. Doch sie war klug genug gewesen, sich von den Piloten und Sanitätern per Unterschrift bestätigen zu lassen, dass man sie nicht hatte an Bord nehmen können, und freute sich schon darauf, Warren die Papiere bei ihrer Rückkehr unter die Nase zu halten.

Sie war so schmutzig wie noch nie in ihrem ganzen Leben; da man ihr gesagt hatte, sie dürfe nur sechsunddreißig Stunden bleiben, hatte sie sich nicht die Mühe gemacht, Sachen zum Wechseln mitzunehmen. Inzwischen hatte sie auch fast keinen Film mehr, alles Material, was sie verschossen hatte, hatte sie in einem Umschlag nach London zurückschicken müssen, trotz ihrer bösen Ahnungen, dass die Bilder womöglich im Mülleimer der Zensur landen würden.

Gerade war sie dabei, sich einen Weg über den Strand zum Friedhof zu bahnen, als sie dort jemanden entdeckte, der stumm die Gräber betrachtete. Seine aufrechte Haltung, die eine selbstverständliche

Art von Autorität ausstrahlte, kam ihr bekannt vor, andererseits ähnelte er mit seinem Helm und der Uniform zugleich so ziemlich jedem anderen Soldaten hier in Frankreich.

Langsam wandte der Mann sich zu ihr um, und als er sie entdeckte, veränderte sich sein Gesichtsausdruck.

»Major Hallworth«, sagte sie mit einem schwachen Lächeln.

»Captain May«, antwortete er genauso.

Noch bevor ihr die Tränen über die Wangen liefen, spürte Jess den Druck in ihren Augen – all die verdammten Tränen, die sie in den letzten fünf Tagen so sorgfältig zurückgehalten hatte, weil sie nicht schlappmachen durfte, wenn sie jemals wieder eine Chance haben wollte, nach Frankreich zurückzukehren. Sie sagte nichts und setzte alles daran, die Tränen zum Rückzug zu zwingen, was ihr nicht ganz gelang. Schließlich stieß sie mit zitternder Stimme hervor: »Ich glaube, ich muss gleich heulen.«

»Komm her«, sagte er, breitete die Arme aus, und sie nahm das Angebot an, presste den Kopf samt Helm unbeholfen an seine Schulter und begann zu weinen. Doch sie gönnte sich nur ein paar Minuten, denn wenn Dan alles verdauen konnte, was er gesehen hatte – garantiert war es noch viel schlimmer gewesen als ihre Erlebnisse –, dann konnte sie das auch.

»Entschuldigung«, sagte sie und wich zurück. »Und danke. Ich habe seit fünf Tagen nicht mehr geduscht. Momentan erfordert es schon einen gewissen Heldenmut, sich in meiner Nähe aufzuhalten. Ich denke, gerade hast du mir den Gefallen getan, den du mir noch schuldig warst.«

»Jess, dich festzuhalten, wenn du weinst, hat nichts mit dem Zurückzahlen eines Gefallens zu tun. So etwas tun Freunde füreinander.« Seine Stimme klang sanft, eine Liebkosung inmitten all der Brutalität, die sie umgab.

Dennoch schüttelte sie den Kopf. »Himmel, sag so was nicht, da fange ich doch gleich wieder an zu heulen.« Sie grinste. »Aber es freut mich sehr, dass du noch am Leben bist.«

»Und mich freut es auch, dich zu sehen.«

»Wann musst du zurück?«

Er sah auf die Uhr. »Erst in einer Stunde.«

»Dann möchte ich dir etwas zeigen.«

Sie führte ihn auf eine kleine Anhöhe, eine Stelle, wo sie in den letzten Tagen schon ein paar Mal gesessen und die Vorgänge am Strand beobachtet hatte. Dort ließen sie sich nieder, an den Felsen gelehnt, drückten die Brombeerranken flach, und Jess begann zu erzählen: von Marthas Eskapade, davon, dass man sie beide, weil sie Frauen waren, nicht zum Fallschirmspringertraining zugelassen hatte und was sie Warren darauf erwidert hatte.

Er lachte, und sie sah, wie sein Gesicht sich für einen Moment entspannte, die Falten auf seiner Stirn sich kurz glätteten.

»O nein.« Plötzlich fuhr ihr der Schreck in die Glieder. »Doch hoffentlich nicht Jennings?«, fragte sie mit einer Handbewegung zu den Gräbern hinter ihnen.

»Nein, nicht Jennings. Aber verdammt viele andere Jungs wie er. Einige sind nicht einmal lebend auf dem Boden gelandet. Ihr Dienst in der US-Armee belief sich auf ein Trainingslager in England, einen Flug über den Kanal – und endete mit dem Tod in der Luft.« Er rieb sich das Gesicht, als wolle er den besorgten Ausdruck wegwischen. »Ich habe den Befehl erhalten, mir den heutigen Nachmittag freizunehmen und zu schlafen. Seit einer Woche habe ich praktisch kein Auge zugetan. Aber jetzt, wo wir den Damm gesichert und die Brückenköpfe miteinander verbunden haben, musste ich hierherkommen.«

Jess sprang auf. »Dann halte ich dich vom Schlafen ab, du solltest gehen!«

Aber er blieb, wo er war, und klopfte neben sich auf den Boden.

»Nein, das hier ist genau das, was ich brauche. Lachen. Reden ...« Er stockte.

»Erzähl es mir«, sagte sie und setzte sich wieder.

»Hast du jemals eine Luftlandedivision vom Himmel herabschweben sehen?«, fragte er.

Jess schüttelte den Kopf.

»Es ist irgendwie schön – so viele Fallschirme. Als würde man zuschauen, wie Tausende blütenweißer Taschentücher zu Boden flattern. Vorausgesetzt, man kann die Vibrationen der C-47er ausblenden und die Tatsache, dass man achtzig Kilo Ausrüstung schleppen muss, was mehr ist als das Körpergewicht manch eines jüngeren GI. Wir mussten springen, bevor wir die vorgesehene Landezone erreicht hatten, weil die Deutschen uns so heftig unter Beschuss genommen hatten. Um uns herum war nichts mehr außer von Feuer und Rauch erfüllter Himmel, der Qualm so dick, dass du deine eigenen Hände nicht mehr sehen konntest, und von oben stürzten Teile beschädigter Flugzeuge auf uns herunter. Viele Männer sind getroffen worden, noch bevor sie den Boden berührten.«

Er brach ab, und Jess wartete, denn sie wusste, dass er nicht fertig war, weil es zahllose schreckliche Geschichten darüber gab, was »Invasion« wirklich bedeutete. Dan hatte ganz bestimmt keinem anderen Menschen davon erzählt, weil er die Verantwortung trug und derjenige war, der Befehle gab und seinen Männern zuhörte. Niemals schüttete er jedoch selbst sein Herz aus.

»Wir sollten bei Sainte-Mère-Église landen, aber wir sind ungefähr überall in der ganzen verdammten Normandie runtergekommen, und der Merderet hat uns voneinander getrennt«, fuhr er fort. »Die Männer in der Nähe von Carentan landeten bis zum Hals im Schlamm, der sie einsog wie Treibsand. Die Gleiter kamen zu hart auf, haben sich auf dem verfluchten Rommelspargel aufgespießt, und alles, was überlebt hat, war die Ausrüstung. Die Klicker, die wir benutzen, um einander Zeichen zu geben, waren nutzlos, weil wir zu weit voneinander entfernt waren. Wir haben einen Soldaten, der mit dem Fallschirm in einem Baum stecken geblieben war, gefunden – statt ihn gefangen zu nehmen, hatten die Deutschen ihn mit mindestens fünfzig Schüssen und Bajonettstichen durchbohrt. Zu seinen Füßen lag sein Gebetbuch, völlig zerfetzt. *Niemand hat größere Liebe als die, dass er sein Leben lässt für seine Freunde*«, zitierte Dan.

Diesmal griff Jess nach Dans Hand, genau wie er es bei ihr zu Ostern getan hatte. Denn obwohl Dans Division nicht in der Absetzzone hatte landen können, hatte sie die Stadt Sainte-Mère-Église in den frühen Morgenstunden des D-Days eingenommen und damit eine Defensivstellung gesichert, die verhindert hatte, dass deutsche Nachschubkräfte zum Strand durchkamen. Über diesen Erfolg war viel geredet worden, aber nicht darüber, was er gekostet hatte.

»Glücklicherweise habe ich Jennings ein paar Stunden später gefunden«, sagte Dan nach einer Weile.

»Gott sei Dank«, sagte Jess leise.

»Zwei Tage nach D-Day hatte unsere Division nur noch zweitausend kampffähige Männer – weniger als die Hälfte von denen, die sich in England auf den Weg gemacht hatten.«

Schweigend saßen sie da und beobachteten, ohne ihre Hände voneinander zu lösen, wie am Strand Tragen aus den Krankenwagen in Flugzeuge umgeladen wurden, ein endloser Strom von Männern, die völlig verändert nach Hause zurückkehren würden.

Schließlich fragte Dan: »Wartest du darauf, dass dich jemand zurück nach England mitnehmen kann?«

»Wie hast du das nur erraten?«, antwortete sie ironisch angesichts ihres heruntergekommenen Zustands.

»Ich erinnere mich daran, wie gut die Kerle aus der Presseabteilung sich um dich gekümmert haben«, erwiderte er im gleichen ironischen Ton. »Lass uns gehen. Ich werde einen Chauffeur für dich auftreiben.«

Als sie sich einen Weg hinunter zum Strand suchten, fiel Jess auf, dass Dan noch häufiger als sonst mit einem respektvollen »Sir« begrüßt wurde, bis sie einen Mann sah, der ihm zunickte und ihn »Lieutenant Colonel« nannte. Plötzlich verstand sie, was los war.

»Lieutenant Colonel?«, wiederholte sie fragend.

Er wurde rot, und sie musste an Jennings denken. »Und Bataillonskommandant.«

»Für wie viele Männer bist du jetzt verantwortlich?«

»Ungefähr siebenhundertfünfzig.«

Vielleicht war es albern, aber diese Tatsache stimmte sie zuversichtlich – wenn ein so guter Mensch wie Dan für derart viele Menschen verantwortlich war, würde die Invasion womöglich doch gelingen.

Schon eine Stunde später stieg sie in ein Flugzeug, und Dan fragte sie: »Wann kommst du zurück?«

»Bald, hoffe ich. Aber bisher hat keine der Korrespondentinnen die Erlaubnis bekommen, zu bleiben.«

»Schick mir eine Nachricht und komm zu mir, sobald du sie hast. Und …« Er stockte. »Victorine …«

»Ist wohlauf und glücklich. Ich werde sie bald besuchen und ihr sagen, dass es dir gutgeht.«

»Danke.«

Als das Flugzeug startete, sah sie ihn neben der Startbahn stehen. Er winkte nicht, sondern sah einfach nur zu, wie sie wegflog, erst spät wandte er sich schließlich ab. Den ganzen Flug zurück nach England hielt sie ihre rechte Hand – mit der sie die von Dan gehalten hatte – in der linken, aber ohne seine Gegenwart war diese Geste längst nicht so tröstlich.

———

Als Jess im Savoy Hotel eintraf und ihre Uniform zum Reinigen und Entlausen abgab, erfuhr sie, dass Iris Carpenter vors Kriegsgericht gestellt worden war. Es hieß, sie habe sich zu weit vom Brückenkopf entfernt, und nun wollte das Propagandaministerium an ihr ein Exempel statuieren. Außerdem wartete ein Brief von Martha auf sie.

Ich konnte nicht bis in alle Ewigkeit in einem Ausbildungslager für Krankenschwestern rumsitzen, deshalb habe ich mich rausgeschmuggelt und bin jetzt unterwegs nach Neapel. Allerdings habe ich weder einen Marschbefehl noch Papiere oder einen gottverdammten Passierschein – aber zum Glück kann ich ja so ziemlich jeden beschwatzen. Alle sind dermaßen auf Frankreich konzentriert, ich glaube nicht, dass sich jemand um mich schert, Italien ist ja so weit weg. Vorausgesetzt, ich kann mich einer französischen oder kanadischen Einheit anschließen, dann muss ich mich überhaupt nicht mehr um die Regeln der US-Armee kümmern.

Du machst deine Sache mit Frankreich großartig, und ich werde in Italien das Gleiche tun.

Marty

Jess grinste beim Lesen. Es wäre schön gewesen, Martha an ihrer Seite zu haben, aber ihr Entschluss, nach Italien zu gehen und Warren Stone zu entfliehen, war ihrer Meinung nach absolut richtig. Das Hauptquartier der Alliierten hatte schon eine Frau aus dem Verkehr gezogen, und Jess hoffte, dass sie durch den Prozess gegen Iris nicht noch mehr aus dem Weg schafften.

Zum Glück hatte Iris eine Menge Unklarheiten sowie auch einen Colonel auf ihrer Seite – niemand konnte wirklich genau definieren, was mit dem »Brückenkopf« eigentlich gemeint war. »Colonel Whitcomb, der mir eine Eskorte nach Cherbourg mitgegeben hat, hat ausgesagt, dass der sogenannte ›Brückenkopf‹ bis in die Stadt reicht«, erklärte Iris ihr an diesem Abend bei einem Whiskey. »Und keiner der PROs war in der Lage, von einem Gleichrangigen, der in

Frankreich gewesen war, eine andere Interpretation zu bekommen.«

»Dann lassen sie dich also vom Haken? Aber wirst du irgendwann nach Frankreich zurückkönnen?«, fragte Jess. Innerhalb von zwei Sätzen hatte sich ihre Freude in Hoffnungslosigkeit verwandelt.

Doch Iris grinste. »Brigadier Turner hat mir versichert, dass es sehr lange dauern wird, bis ich jemals wieder einen Marschbefehl in die Normandie bekomme.«

»Warum lächelst du dann?«, fragte Jess.

»Bevor ich die Normandie verlassen habe, hat Colonel Whitcomb mir auf meine Bitte einen Marschbefehl ausgestellt, der aussagt, dass ich so bald wie möglich zum Brückenkopf zurückkehren soll.«

»Bravo!«, rief Jess, hob ihr Whiskeyglas und stieß mit Iris an.

»Ich denke, du wirst merken, dass sie nach diesem ganzen Wirbel ihren Umgang mit den Frauen drüben ändern müssen«, ergänzte Iris.

Glücklicherweise hatte sie recht. Nach dem verpfuschten Prozess vor dem Kriegsgericht musste die Pressestelle des alliierten Hauptquartiers einige ihrer Regeln ändern, und nun bekam jede Frau, die es beantragte, einen Marschbefehl für Frankreich, der einen ganzen Monat gültig war. Jess drückte ihre Papiere an die Brust und konnte ihr zufriedenes Grinsen nicht einmal vor Warren verbergen.

Sein Versuch, ihre Stimmung zu dämpfen, indem er ihr mitteilte, sie müsse eine Woche auf den Transport warten, änderte nichts daran. Außerdem sah er ausnahmsweise einmal richtig eingeschüchtert aus, als sei er des Kämpfens und Verlierens allmählich müde, und Jess hoffte, dass sie, wenn sie in Frankreich war, nichts mehr mit ihm zu tun haben würde, dass ihre Fehde vergessen war und sie beide mit ihrer Arbeit ungestört weitermachen konnten.

Die Woche vor der Einschiffung nutzte sie, um sich von Victorine zu verabschieden und Amelia, ihre Freundin aus der Internatszeit, zu besuchen. Mit ihr hatte sie weiterhin Briefe gewechselt, und seit

Amelia herausgefunden hatte, dass Jess in England war, hatte sie die Freundin bestürmt, zu ihr zu kommen.

»Jessica May!«, rief sie, als Jess auf der Schwelle ihres prächtigen Landhauses in Cornwall auftauchte. »Als du angerufen hast, konnte ich es kaum glauben. Komm rein.«

Jess umarmte Amelia, die noch genauso hübsch war wie damals auf dem Internat. »Du hast dich überhaupt nicht verändert.«

»O doch.« Amelia wedelte mit der linken Hand. »Ich hab geheiratet, erinnerst du dich?«

»Ich kann mir dich überhaupt nicht als verheiratete Frau vorstellen«, meinte Jess, als sie Amelia in einen sehr männlich mit Hirschgeweihen und anderen Jagdsouvenirs geschmückten Salon folgte.

»Ich kann es selbst kaum glauben«, erwiderte Amelia grinsend, »und ständig muss ich mich zusammenreißen, um mich entsprechend zu benehmen.« Dann bat sie das Dienstmädchen, Champagner zu bringen.

Jess lachte – Amelia und sie hatten sich zu ihrer Schulzeit in Paris gern gemeinsam weggeschlichen und einen der Jazzclubs in Montmartre besucht, wo sie ihre Alkohol- und Kusskompetenz trainierten, obwohl sie gerade erst sechzehn waren.

»Zum Glück ist er Korporal oder Colonel oder Admiral oder irgendwas in der Navy – ich kann mir die ganzen Ränge nicht merken – und irgendwo auf einem Schiff unterwegs, während ich hier bin und Hauspartys veranstalte.«

Jess' Hand krampfte sich um ihr Champagnerglas. »Machst du dir keine Sorgen um ihn?«, fragte sie. Jeden Morgen beim Aufwachen und jeden Abend vor dem Einschlafen sorgte sie sich um Dan, nicht um ihrer selbst willen, sondern wegen Victorine – jedenfalls redete sie sich das ein.

Amelia lachte. »Er ist ein Freund von Daddy und fast so alt wie er, also sagen wir einfach mal, dass der Krieg für mich ganz praktisch ist.«

»Warum hast du ihn dann geheiratet?«

»Um frei zu sein natürlich.« Amelia starrte Jess an, als wäre die Frage unsinnig. »Als Ehefrau habe ich das Geld und die Mittel, nach meinen Wünschen zu leben. Ich wollte einen Ehemann, der beim Militär ist. Da mein Vater beim Militär war, weiß ich, wie wenig Zeit solche Männer für die Familie haben. Und das passt mir sehr gut, dann muss ich nicht die ganze Zeit auf mein Benehmen achten«, erklärte sie augenzwinkernd. »Du hast Glück, dass ich überhaupt wach bin. Die Party letzte Nacht war erst in der Morgendämmerung zu Ende ...«

»Müsstest du nicht eigentlich beim Kriegsarbeitsdienst mitmachen? Ich dachte, in England sind alle Frauen dazu verpflichtet ...«

»Jessica May!«, fiel Amelia ihr ins Wort. »Hast du dich wirklich so sehr verändert? Bitte gib mir meine Freundin zurück! Du bist so ... ernst geworden.«

Jess seufzte. Das stimmte tatsächlich. Wo war das fröhliche Mädchen geblieben, das die ganze Nacht in den Clubs von Greenwich Village oder auf Condé Nasts Partys getanzt hatte? Die junge Frau, die wunderschöne Roben trug und deren Lächeln so oft fotografiert wurde? War Jess wirklich diese Person gewesen?

Sie trank einen großen Schluck Champagner. Wie war es möglich, Omaha Beach zu sehen und davon unberührt zu bleiben? »Heute hast du die Aufgabe, dafür zu sorgen, dass ich weniger ernst werde«, sagte sie mit einem schwachen Lächeln zu Amelia.

»Halleluja!« Amelia hob ihr Glas und trank, doch dann breitete sich doch etwas Dunkles, Nachdenkliches auf ihrem Gesicht aus. »Es tut wirklich gut, dich zu sehen«, sagte sie. »Jeder, der da oben seinen Rausch ausschläft«, sagte sie und hob ihr Glas in Richtung des oberen Stockwerks, »kennt mich nur mit all dem hier.« Sie machte eine ausladende Geste, die den großen Raum mit seinen vermutlich teuren, aber verstaubten Dekorationen umfasste. »Nur du kanntest mich schon vorher.«

Jess blieb über Nacht und feierte Amelias Party mit den anderen, doch statt wie sie Trost in den Armen eines Mannes zu finden, ging Jess früh zu Bett, schlang die Arme um sich und dachte an Amelias Worte, die ihr nicht mehr aus dem Sinn gingen: *Nur du kanntest mich schon vorher.* Und die Antwort, die Jess nicht gegeben hatte: *Aber wo ist diese Welt geblieben? Und wer sind wir ohne sie?*

Kapitel 12

In Frankreich begriff Jess innerhalb weniger Tage, was für ein schlechter Scherz die Regeln waren, die angeblich dazu dienten, Frauen zu schützen. Das Pressecamp befand sich mehrere Meilen weiter von der Front entfernt und war damit sehr viel sicherer als das Fifth General Hospital außerhalb von Carentan, in das Jess geschickt worden war. Zu den Pressecamps hatte sie als Frau jedoch keinen Zugang, konnte demzufolge auch nicht an den Lagebesprechungen teilnehmen, bekam keine Landkarten, keine Informationen über Gefahrenherde, Tieffliegerattacken, Angriffsziele oder sonstige Informationen, mit denen sie sich ein Bild davon verschaffen konnte, welche Teile des Landes sicher waren und welche nicht. Als sie darauf hinwies, dass sie wesentlich gefährdeter war als die Männer, schien das niemanden zu kümmern.

Auch mit ihren Reportagen musste sie sich nach wie vor hinten anstellen; die ihren wurden nach London geschickt, wo die Zensoren sie auseinanderzupften und dann an Bel weitersandten, und da sie ihre Sachen nicht noch einmal überprüfen durfte, hatte dieses Vorgehen zur Folge, dass gelegentlich der Zusammenhang verloren ging und die Texte keinen Sinn mehr ergaben. Die Männer dagegen reichten ihre Berichte direkt aus Frankreich ein, nachdem ihr eigener Zensor sie angeschaut und den Autoren eine letzte Überarbeitung genehmigt hatte.

Warren hatte besonders hervorgehoben, dass sie das Lazarett ohne Genehmigung des Kommandanten nicht verlassen dürfe, und lächelnd hinzugefügt, dass er sich in Kürze ebenfalls nach Frankreich begeben werde. Am liebsten hätte Jess erwidert: *Aber ist das für Sie nicht ein bisschen zu nah an der Gefahrenzone?*, doch sie verkniff sich die Bemerkung und hoffte, dass er in seinem gemütlichen Pressecamp blieb und sie ihm nicht über den Weg laufen musste.

Aber sie hielt sich an seine Anordnung, nicht ohne Genehmigung eines CO das Lazarett zu verlassen. Denn sie kannte einen Mann dieses Rangs, der ihr gegebenenfalls die Erlaubnis erteilen würde, da war sie ganz sicher. Zwar hatte Warren es bestimmt nicht so gemeint, aber er hatte nicht spezifiziert, dass es der CO des Lazaretts sein musste – und Jess hatte vor, diese Ungenauigkeit zu ihrem Vorteil zu nutzen.

In ihrer neuen Unterkunft auf französischem Boden gewann sie rasch Übung darin, sich in den Splittergraben hinter ihrem Zelt zu werfen, wenn die Deutschen nachts in Tieffliegerangriffen über ihren Kopf brausten, das Jucken der enorm dicken Mückenstiche zu ignorieren und nie irgendwo allein zu sein, nicht einmal auf der Toilette – die Latrine hatte sechs Sitze, und meistens waren ein oder zwei Krankenschwestern anwesend, die ihre kostbaren Klopapierrationen umklammerten. Unglaublich, welche Gesprächsthemen behandelt wurden, während man seine Notdurft verrichtete, vor allem in den seltenen ruhigen Zeiten, die alle fürchteten, denn genau dann gab es die schlimmsten Überraschungen.

Außerdem wurde Jess eine Expertin darin, immer und überall einschlafen zu können, obwohl ihr die Ohren wegen des ständigen Lärms der Granaten und Gewehrschüsse unerträglich dröhnten. Sie lernte, zu essen, obwohl der Geruch von Äther und Wundbrand ihren ganzen Mund auszukleiden schien, wurde sehr geschickt darin, so zu tun, als hätte sie keine Angst, und weinte nur noch unter der Dusche. Sie war es, die den neuen Schwestern erklärte, dass es besser war, unter dem Feldbett zu schlafen als darauf, und sie machte neben sich Platz, wenn sie eine Neue bei einem Stuka-Angriff weinen hörte, redete denen gut zu, die Angst hatten, beruhigte und tröstete überall dort, wo es nötig war.

Jess erinnerte sich noch gut an ihre erste Nacht in Italien und wusste, dass sie genauso viel Angst empfand wie damals, ihre Gefühle aber inzwischen besser zu verstecken gelernt hatte. Die Methoden ihrer Wahl waren Humor und praktische Ratschläge. So führte sie beispielsweise ausführlich vor, wie man abends, ehe man schlafen ging, den Kopf nach unten hielt und die Haare gründlich ausschüttelte, um die Tagesration des dicken, gelben Staubs loszuwerden, der alles bedeckte; die zerbombte Erde Frankreichs war Schutz suchend zum Himmel geflüchtet, schwirrte nun den ganzen Tag in der Luft herum und bestätigte die Wahrheit dessen, was alle in Frankreich längst wussten: Es gab keine Sicherheit. Frankreich war nicht mehr Frankreich.

Wenn man den verführerischen Anblick des seidenblauen Meers am Rand des Landes hinter sich gelassen hatte, veränderte sich alles. Am Strand und zwischen den Hecken war der Boden von Granattrichtern durchsiebt, aufgeschlitzt von Schützenlöchern, überall waren frische Gräber ausgehoben worden. Bulldozermäuler würgten neue Straßen hervor, die im Handumdrehen von Militärkonvois überrollt wurden. Schilder mit roten Schädeln, gekreuzten Knochen und der Warnung *attention aux mines* waren ein ebenso alltäglicher Anblick wie Apfelbäume. An jeder Straßenkreuzung stand ein in die Erde gerammter Pfosten mit Pfeilen, die dem Verkehr den Weg zu den verschiedenen Einheiten wiesen: Madonna Charlie, Missouri Baker, Missouri Charlie. Alles war behängt mit einem lamettaähnlichen Gewirr von Kommunikationskabeln.

Jess' Tagesablauf begann damit, dass sie mit einem der Krankenwagen näher an die Front fuhr, beobachtete, wie Krankenwagen die Verwundeten vom Schlachtfeld antransportierten, deren Gesichter schlohweiß unter dem Dreck, von Tränenspuren durchzogen. Viele waren körperlich unverletzt, hatten aber andere Teile von sich selbst irgendwo in Frankreich verloren, und Jess fotografierte die Sanitäter, die wenig für diese Männer tun konnten, sie aber dennoch besonders sanft versorgten.

Der *Bocage*-Kampf war der schmutzigste, den man sich vorstellen konnte, nicht nur wegen der Schrapnellminen, die bis auf Leistenhöhe hochsprangen und explodierten – sondern auch wegen des einsamen deutschen Soldaten, der mit erhobenen Händen auf die amerikanischen GIs wartete, um sich gefangen nehmen zu lassen, dann aber jäh zur Seite sprang, worauf die in den Hecken verborgenen Maschinengewehre jeden Amerikaner niedermähten, der gedacht hatte, die weiße Fahne gehöre zu den wenigen Dingen, auf die man sich im Krieg verlassen konnte. Doch hier gab es keine Regeln mehr.

An einer Sanitätsstation in der Nähe von La Fière hörte Jess schließlich, dass Dans Bataillon in der Nähe sei. Anscheinend war es ihm gelungen, den Deutschen auf der Halbinsel von Cherbourg den Rückweg abzuschneiden, doch seine Männer hatten seit dreiunddreißig Tagen ohne jede Entlastung und Ablösung gekämpft, alle Missionen erfolgreich bewältigt und nichts von dem gewonnenen Boden wieder aufgegeben. Die Nachricht, dass Dan lebte, brachte nun Jess an diesem Abend dazu, im Lazarett auf ihrem Feldbett leise zu weinen – und sie fragte sich, warum sie so viele Tränen wegen eines Mannes vergoss, der doch einfach nur ein Freund war.

———

Am Tag nachdem die Deutschen, die sich wie bodenbrütende Vögel in den Hecken der Umgebung verschanzt hatten, bei Saint-Lô endlich kapitulierten, bat Jess Major Henderson um die Erlaubnis, mit einem

Sanitätsfahrzeug zur Stadt fahren zu dürfen. »Sie ist eingenommen worden, demzufolge nicht mehr die Front, also darf ich dorthin reisen«, argumentierte sie.

Er schüttelte nur den Kopf, nicht um ihr die Bitte abzuschlagen, sondern weil er genau wusste, dass er es ihr nicht verbieten konnte. »Passen Sie auf sich auf«, sagte er nur, und Jess dankte Gott, dass der Chirurg, dem sie eines Nachts in Italien geholfen hatte, derjenige, der auch das Stethoskop von Dans Bruder geerbt hatte, das Feldlazarett leitete und sie in ihren Plänen unterstützte.

In den Berichten ihrer männlichen Kollegen über die Belagerung von Saint-Lô – geschrieben im Luxus ihres Pressecamps bei Valognes, mit eigenen Jeeps, Zensoren und Kurieren – war mit großen Worten von einem gloriosen Kampf gesprochen worden. Doch als Jess dort aus der Ambulanz stieg, konnte sie von ruhmreicher Glorie absolut nichts erkennen.

Die Stadt war zerstört, unbewohnbar, ein weiteres Opfer des Krieges. Vor einer zerbombten Villa blühten direkt über der Leiche eines amerikanischen Soldaten eine Fülle magentaroter Fuchsien, und ein flauschiges, weißes Kaninchen hoppelte über sein Bein – eine geradezu surrealistische Komposition, die eines Man Ray würdig war. Doch Jess fotografierte sie nicht. Wie leicht der Krieg einen Toten zu entmenschlichen vermochte. Dieser Mann war gestorben, um eine kleine Stadt zu schützen, weit weg von seinem Zuhause, in einem fremden Land, und außer einem Kaninchen beachtete ihn niemand. Irgendwo in Amerika weinte jemand um ihn und stellte sich wahrscheinlich vor, dass man ihm mit Gebeten die letzte Ehre erwies, dabei hatten ihn das Getöse der Kugeln und das Dröhnen explodierender Granaten in den Tod begleitet.

Langsam ging Jess zur Straße zurück, lehnte sich an eine Mauer und wartete auf das nächste Fahrzeug. Warum war sie hier? Was erreichte sie mit ihren Fotos? Dass Dinge gezeigt wurden, die keine

Mutter sehen wollte? Dass sich die Menschen an etwas erinnerten, was sie ganz sicher nicht noch einmal erleben wollten? Sie musste sich zusammennehmen, sonst konnte sie ihre Rückfahrt zum Lazarett nicht mit dem üblichen Lächeln und Geplänkel bezahlen, aber alles in ihr wehrte sich dagegen, die Jessica May zu sein, für die sie jeder hielt. Ehe sie so weit war, näherte sich eine Staubwolke, und sie brachte es zumindest fertig, zu winken, um den Jeep zum Anhalten zu bewegen.

Als der Wagen stoppte und sie Dans Gesicht erkannte, war sie unendlich froh und erleichtert.

»Sag mir jetzt nicht, dass du immer noch keinen Fahrer oder auch nur einen Jeep bekommen hast!«, rief er und stieg aus.

Jess zuckte die Achseln. »Das weißt du doch.«

»Ein Glück, dass ich dich gefunden habe«, sagte er in einem Ton, den sie von ihm nicht gewohnt war. »Du kannst nicht am Rand einer Stadt rumstehen, die gerade befreit worden ist, du weißt nie, was plötzlich vom Himmel auf dich herabfällt oder ob irgendwo noch Heckenschützen lauern. Ich habe im Lazarett nachgefragt, und Major Henderson hat mir gesagt, dass du dich vor acht Stunden auf den Weg hierher gemacht hast. Ich dachte, womöglich wärst du in einen Tieffliegerangriff geraten.«

»Um zu wissen, wo die Front ist, bin ich auf die Berichte der Verwundeten im Lazarett angewiesen, aber ich versuche, mit den spärlichen Informationen so gut es geht zurechtzukommen«, sagte sie. »Sei mir bitte nicht böse, das kann ich momentan gar nicht gebrauchen.«

»Hast du wenigstens eine Waffe?«

Sie schüttelte nur den Kopf.

Er fluchte. »Im Jeep liegt ein zusätzlicher Colt, den kannst du haben. Komm zum Abendessen, dann zeige ich dir, wie man damit umgeht.«

»Beim Abendessen?«

»Nein, da wird nur gegessen. Von einem Teller, nicht aus der Rationsbox. Komm mit zum Lager.«

»Ist das ein Befehl?«

»Allerdings«, antwortete er, und jetzt lächelte er endlich.

»Tja, in dem Fall …«

Sie stieg zu ihm in den Jeep, lehnte den Kopf zurück und schloss die Augen, aber die Bilder der letzten Tage flogen unerbittlich durch ihren Kopf, so dass sie die Augen schließlich wieder öffnete und lieber Dan ansah.

»Wie zum Teufel machst du das?«, fragte sie.

Er brauchte nicht nachzufragen, was sie meinte, sondern antwortete grinsend: »Na ja, am liebsten, indem ich Korrespondentinnen zu einem feinen Abendessen aus C-Rationen in mein ebenso feines Messezelt mitnehme.«

Sie knuffte ihn in den Arm. »Immerhin nennst du mich Korrespondentin und nicht Model.«

»Ich möchte den heutigen Abend gern überleben«, neckte er sie.

Zum ersten Mal seit Tagen entspannte sie sich. Eine Freundschaft wie die zwischen ihr und Dan war fast die einzige Möglichkeit, bei Verstand zu bleiben, und sie wusste, dass sie sich alle Mühe geben würde, sie nicht zu gefährden.

»Außer dem Revolver habe ich noch was für dich«, sagte Dan. »Hinten.«

Sie drehte sich um, und hinter Dans Maschinenpistole, hinter Munitionsgürtel, Machete und Seil fand sie tatsächlich ein Paar Springerstiefel, die aussahen, als könnten sie ihr passen. »Sind die wirklich für mich?«, fragte sie aufgeregt. Dann fing sie an zu lachen. »Früher hätte man mir wahrscheinlich einen Saphir schenken müssen, damit ich mich so freue, nicht ein Paar gebrauchte Stiefel.«

Sie zog ihre inzwischen völlig abgenutzten Schuhe aus und schlüpfte in die fast neuen Springerstiefel. Sofort tanzten ihre Zehen vor Begeisterung, dass sie es auf einmal so bequem hatten, und ihre überanstrengten Knöchel taten plötzlich überhaupt nicht mehr weh. »Ich glaube, das ist das großartigste Geschenk, das ich jemals bekommen habe«, sagte sie, legte die Füße aufs Armaturenbrett und betrachtete sie. »Obwohl es mir wirklich leidtut, dass ein Mensch dafür gestorben ist.«

Dan warf ihr einen Blick zu. »Er ist nicht gestorben, aber er hatte schlimme Brandwunden und ist deshalb nach Texas zurückgegangen. Er wusste, dass ich Stiefel für dich suche, und hat mir gesagt, ich soll dir seine geben. Er war einer der Männer, die du am Ostersonntag fotografiert hast.«

Eine Weile schwiegen sie. Dann fuhr Dan fort: »Und wenn du glaubst, dass du, wenn ich dir je wieder etwas schenke, beim nächsten Mal einen Diamanten bekommst, dann bist du genauso verrückt wie dieser ganze verfluchte Krieg. Und jetzt nimm gefälligst deine Dreckfüße von meinem Armaturenbrett. Auch das ist ein Befehl.«

Jess lachte und salutierte: »Jawohl, Sir.«

———

Als Jess aus dem Jeep sprang, hörte sie Applaus aufbranden, und sie schaute sich verwirrt um. Traf womöglich gleichzeitig mit ihr Eisenhower hier ein? Aber sie konnte nichts Beifallwürdiges entdecken, bis sie wenigstens zwei der Männer erkannte, nämlich Sparrow und Jennings, die vortraten und ihr herzlich die Hand schüttelten. Die von Jennings war verbunden – er habe sich die Handfläche mit einem Messer aufgeschlitzt, erklärte er verlegen, und Jess lächelte wieder einmal über seine Tollpatschigkeit.

»Meine Freundin ist jetzt viel stolzer auf mich«, fuhr Jennings fort. »Jedes Mal, wenn sie einer ihrer Freundinnen das Bild von mir in der

Vogue zeigt, sterben die fast vor Neid und wünschen sich, dass sie selbst mit mir zusammen wären.« So viele Worte hatte er bisher noch nie an Jess zu richten gewagt. Überhaupt war er offenbar dabei, in sich hineinzuwachsen, schien größer und – trotz der Armeerationen – auch kräftiger.

Sparrow, dessen Selbstvertrauen vom Krieg anscheinend nicht in Mitleidenschaft gezogen worden war, lachte laut bei dem Gedanken, dass Jennings so gefragt war, und Jess lächelte. Dann gesellte sich ein weiterer Mann zu ihnen, der Jess, statt ihr die Hand zu schütteln, kurzerhand umarmte. Ihr kam sein Gesicht vage bekannt vor. »Ich war zu Ostern auf dem Berg«, erklärte er, und Jess erinnerte sich wieder, dass sie damals seinen leidenschaftlich andächtigen Gesichtsausdruck, der stellvertretend war für die Empfindungen aller anderen Anwesenden, mit der Kamera festgehalten hatte.

Ziemlich unerwartet und mit ganz untypischem Ernst sagte Sparrow: »In einem der Gräber am Omaha Beach liegt mein Bruder. Meine Mum war froh, zu sehen, dass er bei seinen Freunden begraben ist.«

Jess konnte nur seine Hand drücken. Inzwischen buhlten auch die anderen Männer um ihre Aufmerksamkeit, denn jeder hatte ihr etwas zu erzählen – von dem Foto, das Jess von ihm, seinem Bruder, Freund oder Nachbarn gemacht hatte, oder in welcher ihrer Reportagen er erwähnt wurde. So begleitete eine Menge bewundernder Männer sie zum Messezelt, wo sie an einen Tisch gesetzt und ein blechernes Essenstablett vor sie gestellt wurde.

»C-Rationen!«, sagte Jess andächtig und sog den Duft von Fleisch und Gemüseeintopf ein. Sie war sicher, dass sie eine solche Mahlzeit vor zwei Jahren nicht angerührt hätte, aber jetzt sah das Essen verlockender aus als der feinste Kaviar. »Und Brot mit Butter! Seit Wochen habe ich nur K-Rationen gesehen.«

»Dann solltest du das hier noch dazubekommen.« Als Jess aufblickte, sah sie Dan, der ihr einen Becher entgegenstreckte, in dem sie Kaffee vermutete, doch der Inhalt entpuppte sich als Cidre.

Dan deutete hinter sich zu einem Fass. »Das haben wir gefunden und dachten, es wäre doch schade, das Zeug zu vergeuden. Vor allem jetzt, wo wir eine Woche Urlaub haben.« Dann reichte er ihr eine Zigarette.

»Lucky Strikes!«, seufzte sie. »Im Lazarett gibt es nur Chesterfields. Es könnte sein, dass ich hier nie wieder weggehe.«

Die Männer jubelten und klatschten Beifall, als wäre Jess ihnen höchst willkommen. Während sie aß, plauderte und die Rollei bediente, hatte sie nur einen einzigen Gedanken im Kopf: dass sie endlich einen Ort gefunden hatte, an dem sie dazugehörte.

———

Als die Männer, die Victorine in Italien kennengelernt hatten, nach ihr fragten, brachte Jess sie bereitwillig auf den neuesten Stand. »Wenn ich gewusst hätte, dass ich zum Essen eingeladen werde, hätte ich die Bilder mitgebracht, die sie für euch gemalt hat. Sie fand nämlich, dass sie den gleichen Zweck erfüllen könnten wie ihre Glücksbringer-Küsschen.«

»Die GIs drüben in der 371st Fighter Group haben ihre eigene Victorine«, erzählte Sparrow mit vollem Mund, und die anderen nickten bestätigend. »Ein Mädchen namens Yvette«, fuhr Sparrow fort. »Die Krauts haben ihre Schwester umgebracht und Yvette so schwer verwundet, dass man ihr beide Beine amputieren musste. Da haben die Männer ihr ein Zelt aus Fallschirmseide gemacht, und jetzt nehmen sie Yvette überallhin mit, wenn sie fliegen. Weil sie sonst niemanden hat, der sich um sie kümmert. Yvette ist ihr Glücksbringer, genau wie Vicki für uns.«

Eine Weile war es ganz still, aber die bittere Traurigkeit dessen, was Sparrow erzählt hatte, flackerte durch die Nacht. Nicht nur, weil die Männer irgendetwas brauchten, an das sie glauben konnten, um die Hoffnung nicht endgültig zu verlieren, sondern auch, weil irgendwo in der Dunkelheit ein Mädchen namens Yvette existierte, das nie wieder würde laufen können.

»Wir mussten uns alle neue Glücksbringer suchen, weil wir Vicki nicht mehr haben«, beendete Sparrow schließlich sowohl sein Essen als auch seine Geschichte, und Jess fragte sich, ob sie ihn bei ihrer ersten Begegnung in London falsch eingeschätzt hatte, denn vielleicht hatte er viel mehr Substanz, als das lässige Grinsen nahelegte, mit dem er sie damals begrüßt hatte. Vielleicht hatte aber auch der Krieg seinen Charakter gestärkt.

»Würde es euch stören, wenn ich eure Glücksbringer fotografiere?«, fragte sie, denn sie war sicher, dass Fotos dieser Männer mit ihren neuen Talismanen eine bewegende Fortsetzung für ihren Artikel über Victorine bilden würden. Da sie nicht wusste, ob Dan die Idee billigte, sah sie fragend zu ihm hinüber.

Als Dan zustimmend nickte, führten die Männer Jess zu ihren Zelten, vorbei an den Wäscheleinen und den Dreifüßen mit den Wassersäcken, vorbei an einem in die Nacht trällernden Grammophon. In jedem Zelt erwartete sie das gleiche Bild, überall verwandelten sich die GIs in herzzerreißend junge Männer. Einer trug seit Italien stets eine Süßstofftablette der Marke *Sweeten it* bei sich, weil das Leben in Europa, wie er es geradezu erschreckend tiefstapelnd ausdrückte, so wenig süße Seiten hatte. Einer glaubte an den Schutz einer roten Pomadendose, die ein Kamerad in der Tasche gehabt und damit eine Kugel abgelenkt hatte. Für einen anderen erfüllte die grüne Verpackung eines Stücks *Camay*-Seife, die ein hübsches WAC-Mädchen ihm geschenkt hatte, diese Funktion.

Außerdem gab es Fotografien – tausendmal auseinander- und zusammengefaltet, tausendmal betrachtet – von Müttern, Ehefrauen und Freundinnen, von Hunden, Pferden und sogar von Wildfremden wie Jessica May. So viele Männer hatten Bilder schöner Frauen aus Zeitschriften oder Kalendern bei sich, Gesichter und Körper, auf Taschengröße reduziert.

Sogar eines von ihr, das sie ganz vergessen hatte: Jessica May in einem Ballkleid, eine bodenlange Robe von Lelong mit einem weiten Tüllrock und schmalen Schulterträgern, die sich auf ihrem ansonsten bis zum Kreuzbein nackten Rücken kreuzten. Sie sah aus, als hätte sie in der Welt, in der sie sich jetzt befand, keinen Platz, als wäre sie wirklich und wahrhaftig aus einem anderen Universum, was vermutlich genau der springende Punkt dieser Fotos war – sie waren die einzige Möglichkeit, wie die Männer hier draußen Schönheit in ihren Händen halten konnten. Und vielleicht erinnerten die Bilder die Soldaten daran, dass es noch eine andere Welt gab, in die sie zurückkehren konnten, wenn sie es schafften, in dieser hier zu überleben.

Sie lächelte weiter, als wäre es ihr überhaupt nicht unangenehm, zu wissen, dass so viele Männer Fotos von ihr besaßen. Als sie die Einladung eines übereifrigen Soldaten, sobald die Stadt befreit wäre, mit ihm in Paris essen zu gehen, freundlich ablehnte, merkte sie, dass Dan sie musterte, doch ehe sie ihn fragen konnte, warum, unterbrach Jennings sie. »Sir, da ist ein Mann, der Jess sprechen will.«

»Ein Mann?«, hakte Dan nach.

Jennings wurde rot. »Ja, er sagt, er heißt …«

»Warren Stone«, fiel ihm eine nur allzu bekannte Stimme ins Wort.

»Mir ist zu Ohren gekommen, dass Sie verschwunden sind«, fuhr Stone, der hinter Jennings hereingekommen war, an Jess gewandt fort. »Ich wollte schon den Befehl ausgeben, Sie festzunehmen und nach London zurückzubringen.«

»Haben Sie mich so sehr vermisst?«, erwiderte Jess schlagfertig, um ihre Wut zu übertünchen. Sie war sich sehr bewusst, wie viele Blicke auf ihr ruhten, Blicke von Männern, deren Geschichten sie seit einer Stunde mit der Kamera dokumentierte und die sie als eine der Ihren behandelten – was Warren Stone zu zerstören drohte, indem er diesen Männern vormachte, sie wäre sein Besitz und hätte nichts als Geringschätzung verdient.

Tatsächlich wirkte er nicht mehr im Geringsten eingeschüchtert und müde, sondern sogar verjüngt und so bösartig wie eh und je. Außerdem sagte ihr sein plötzliches Erscheinen, dass er keineswegs vorhatte, seinen Rachefeldzug zu beenden, wie sie es gehofft hatte. Bei dem Gedanken, dass er mit seiner Drohung damals in der Bar des Savoy Hotels gemeint hatte, jedes Mal, wenn sie glaubte, glücklich zu sein und ihre Sache gut zu machen, auftauchen und alles zerstören zu können, schnürte ihr die Wut förmlich die Kehle zu. Und dann sah sie, dass Warren nicht allein gekommen war. Sie kannte seinen Begleiter: Es war Emile.

Jess erstarrte. Er lächelte, aber es war keine Wiedersehensfreude, vielmehr ein hämisches Grinsen, genau wie an dem Abend im Stork Club, als sie erfahren hatte, dass er sie an den Meistbietenden verkauft hatte. Ihr war sofort klar, dass er sich nicht zufällig mit Warren angefreundet hatte. Und wenn sie noch vor einem Augenblick gedacht hatte, sie wäre verärgert, war sie jetzt dabei, sich in eine Furie zu verwandeln.

»Jessica May«, sagte Emile gedehnt, als wären sie einfach nur gute Bekannte.

Ehe Jess etwas erwidern konnte – nicht, dass sie eine Ahnung hatte, was aus ihrem Mund kommen würde, ihre Gedanken waren gespickt mit Schimpfwörtern und einer bodenlosen Traurigkeit, denn wie oft wollte dieser Mann, der ihr einmal seine Liebe geschworen hatte, sie denn noch verraten? –, mischte Dan sich ein und trat vor.

»Ich bin Lieutenant Colonel Hallworth«, hörte Jess ihn sagen. »Vielleicht erinnern Sie sich noch an mich, vom letzten Mal, als sie Captain May festnehmen wollten.« Er ließ Warren keine Zeit, ihn zu unterbrechen, sondern fuhr unbeirrt fort: »Ich bin hier der CO. Ich habe gehört, dass Captain May seit zwei Wochen nur K-Rationen zu essen bekommt, obwohl die empfohlene Dauer einer solchen Ernährung zehn Tage nicht überschreiten sollte. Ich fand das Anlass genug, ihr gastfreundlich zu begegnen. Captain May ist keineswegs verschwunden. Ich und alle Anwesenden hier wissen genau, wo sie ist. In ihrem Marschbefehl steht, dass sie mit Erlaubnis des CO das Feldlazarett verlassen darf. Ich habe es ihr erlaubt.«

»Aber ihr Marschbefehl sagt etwas anderes«, entgegnete Warren, und seine Stimme zitterte vor Wut. Jess blickte vom einen zum anderen und wusste, dass sie selbst für sich eintreten musste, aber ihr Kopf und ihr Mund waren noch dabei, eine schlüssige Verteidigung zu formulieren. »Gemeint ist der CO des Lazaretts.«

»Das steht dort aber leider nicht so genau«, gab Dan ruhig zurück. »Es wird nur die Erlaubnis eines beliebigen CO gefordert.«

Natürlich ließ Warren sich nicht anmerken, welche Gefühle es in ihm auslöste, von einem Lieutenant Colonel abgekanzelt zu werden. »Ich sorge mich doch nur um das schwache Geschlecht, das kann man einem Mann nicht zum Vorwurf machen. Aber wie ich sehe, hat Captain May Sie dort einspringen lassen, wo Emile hier sich aus dem Staub gemacht hat. Und ich meine damit nicht, dass Sie ihr das Fotografieren beibringen«, schloss er feixend, und Emile grinste breit.

Das war zu viel. Warrens Vorwurf war nicht der Anstoß, dass Jess nun endlich explodierte. Nein, es war Emiles offensichtliche Freude darüber, dass jemand gezielt ihren guten Ruf schädigte.

»Ja, genau«, stieß sie hervor, »obwohl Lieutenant Hallworth seit über dreißig Tagen ohne Pause gekämpft hat, haben wir genug Zeit, um eine heimliche sexuelle Beziehung zu führen. Da ich ja keinen Jeep bekomme, laufe ich jede Nacht durchs Flakfeuer, um den Graben, das Zelt oder das verlassene Dorf zu finden, in dem sein Bataillon sich gerade versteckt, und vergnüge mich ein Weilchen mit ihm, ohne dass jemand etwas davon merkt. Danach eile ich durch die Flak wieder zurück und komme pünktlich in meinem Zelt an, um aufzustehen und putzmunter dem nächsten Tag entgegenzutreten. Woher ich diese Kondition habe, wo ich doch zum schwachen Geschlecht gehöre, weiß ich selbst auch nicht so genau!«

Auf Jess' Ausbruch folgte Totenstille, aber Warren musterte sie unablässig, das Gesicht von begierigem Hass erfüllt, und plötzlich verwandelte sich Jess' Wut in schneidende, schmerzhafte Furcht. *Eines Tages, Captain May,* hatte er gesagt. Sie wandte den Blick als Erste ab, doch sah stattdessen zu Emile, der in diesem Augenblick tatsächlich weniger bösartig wirkte.

Im nächsten Augenblick konnte Sparrow nicht mehr an sich halten und brach in Gelächter aus.

Dans Stimme übertönte den Lärm und brachte ihn, abgesehen von einem gelegentlichen mühsam unterdrückten Schnauben, zum Schweigen. »Sparrow, begleiten Sie Mr. Stone und seinen Freund bitte zu seinem Jeep. Und Sie, Jennings, fahren Captain May zurück zum Lazarett.«

O Gott, was hatte sie getan? Mit der Wucht einer Granatenexplosion traf Jess die Erkenntnis. Sie hatte sich für Dans Essenseinladung revanchiert, indem sie öffentlich die Beherrschung verloren und Dinge gesagt hatte, die außer ihr keine Frau jemals laut herausposaunen würde. Kein Wunder, dass Dans Mund sich zu einer schmalen grimmigen Linie verzogen hatte und er sie mit Jennings wegschickte. Sie schämte sich abgrundtief, hütete sich aber, Warren die Genugtuung zu geben, dass sie über die Schulter zu Dan zurückblickte und auf diese Art seinen absurden Verdacht noch bestätigte. Stattdessen konfrontierte sie Emile, als sie die Jeeps erreichten. »Was hast du hier zu suchen?«, fragte sie, ohne sich im Geringsten um Höflichkeit zu bemühen.

»Ich mache Fotos«, antwortete er. »Das kann ich nämlich, falls du dich erinnerst.«

»Ich erinnere mich sehr gut«, erwiderte sie ganz ruhig, ohne ihn aus ihrem Blick zu entlassen, während Warren Stone sich sichtlich über die Darbietung freute.

Erneut merkte Jess, dass ihre Gefühle für Emile völlig erloschen waren, sie empfand nichts, nicht einmal einen winzigen Rest von Zuneigung für diesen Mann, der dabei gewesen war, als sie vom Tod ihrer Eltern erfahren hatte. Doch sie spürte auch keine Abneigung gegen den Liebhaber, der in New York zum Verräter geworden war und sich jetzt mit dem Mann angefreundet hatte, der ihr nur Böses wollte. Hier in Frankreich waren Emile Robard und Warren Stone im Gegensatz zu den Männern, die zu ihrem Schutz Seifenverpackungen in der Tasche herumtrugen, reine Zeitverschwendung für sie.

Außerdem konnte sie beim Wegfahren nur daran denken, dass Dans Gesicht viel zu ernst geworden war, als sie aus vollem Hals in die Gegend gebrüllt hatte, ein Verhältnis mit ihm zu haben, was natürlich nicht nur Warren, sondern alle um sie herum gehört hatten. Was würde Dan jetzt von ihr denken?

Kapitel 13

Doch sie hatte keine Gelegenheit, das herauszufinden, denn kurz darauf wurde Rennes eingenommen, und alles fing wieder von vorn an – genau wie vor dem D-Day wurden die Korrespondentinnen ausgesondert, zusammengetrieben, aus den Lazaretten und WAC-Lagern geholt, rund ein Dutzend Frauen, von Stone und einem weiteren PRO in einem winzigen Hotel in Rennes zusammengepfercht und bewacht, bis Paris wieder in alliierter Hand und sicher sein würde. Jeden Tag mussten sie sich an- und abmelden. Um das Hotel zum Lunch zu verlassen, brauchten sie einen Urlaubsschein. Eine der anderen Korrespondentinnen zeigte tatsächlich zwei ihrer Kolleginnen an und behauptete, sie wären ausgebrochen und unterwegs nach Paris, was sich als Lüge herausstellte, weil die beiden nach dem Essen, für das sie einen Urlaubsschein bekommen hatten, wieder ins Hotel zurückkehrten.

»Verdammt nochmal!«, explodierte Jess, als sie davon erfuhr. Als wäre es nicht schlimm genug, dass die Männer, die das Sagen hatten, sie behandelten, als wären sie schwachsinnig, fielen die Frauen einander jetzt auch noch gegenseitig in den Rücken. Wäre sie doch nie nach Rennes gegangen, hätte sie es nur wie Lee Carson gemacht und sich einfach davongestohlen! Natürlich wurde Lee seit einer Woche gesucht, aber bislang hatte noch niemand sie finden können.

Erst als Paris gefallen war, erlaubte man Jess, Rennes zu verlassen. Zusammen mit Iris Carpenter fuhr sie per Anhalter zum Hotel Scribe, dem Pariser Treffpunkt der Korrespondenten. Als sie über die Anhöhe kamen und nach Norden blickten, sahen sie die in Sonnenschein gebadete Stadt vor sich, weiß und unschuldig, so friedlich auf sie wartend, als hätte es keinen Krieg und keine Besatzung gegeben und sie hätten nur viel zu lange gebraucht, um endlich anzukommen. Als sie die Porte d'Orléans durchquert hatten, rannte eine Gruppe von Frauen und Mädchen auf Jess zu. Sie überreichten ihr Blumen und begrüßten sie als *la femme soldat*.

»O nein, ich bin nur Korrespondentin«, protestierte sie, während Iris blitzschnell Jess' Leica packte und sie fotografierte, wie sie mit geröteten Wangen, die Arme voller Blumen, bei den strahlenden Französinnen stand. Jess beschloss, das Bild an Victorine zu schicken, denn ihr würde es bestimmt gefallen, dass ihre Landsleute Jess als Soldatin bezeichneten.

Die Pariser Straßen waren von feiernden Menschen gesäumt, die jedem Fahrzeug zujubelten, und oft war es schwierig, vorwärtszukommen. Endlich erreichten sie das Hotel, das sich mit seiner symmetrischen Haussmann-Fassade direkt gegenüber der verschnörkelten, unbeschädigten Pracht der Opéra befand. Die toten Geranien in den vernachlässigten Fensterkästen waren das einzige sichtbare Zeichen, dass in der Stadt etwas von großer Bedeutung geschehen war.

Im Lauf der nächsten Tage füllte sich jedes Eckchen, jede Nische des Hotels mit Korrespondenten und deren Ausstattung. Jeeps und Schlafsäcke säumten die Rue Scribe, Haufen von Gasmasken und Reisetaschen stapelten sich in der Lobby. Im Nu hatte das Pressebüro das ganze erste Stockwerk übernommen, wo nun die Zensoren alle ihnen nicht genehmen Wörter ausmerzten, während die Korrespondenten um die Unversehrtheit ihrer Beiträge feilschten und bettelten. Im Transportraum stapelten sich die Benzinkanister bis zur Decke, in der Kantine gab es nur K-Rationen und Kaffee, aber aus unerfindlichen Gründen auch Champagner.

Sobald sie die Möglichkeit hatte, war Jess auf den Straßen unterwegs, denn sie wusste, dass sie ihre eigenen Geschichten finden und nicht darauf warten konnte, bis einer der PROs ihr sagte, worüber sie schreiben sollte. Im Gegensatz dazu schienen die männlichen Korrespondenten überhaupt keine Eile zu haben, nach Worten zu jagen, wo die Damen von Montmartre kaum Überredung brauchten, ihnen zu geben, was sie wollten. Unzählige Male hatte Jess schon mitbekommen, wie einer der Korrespondenten ganz ungeniert ein Bordell betrat oder verließ. Im Hotel Scribe war es allerdings fast ebenso schlimm – als angebliche Verwandte getarnt huschten Frauen in den Aufzug, auch wenn jedem klar war, dass in den Adern des Betreffenden kein Tropfen französisches Blut floss. Schließlich vermied Jess es, aus dem Fenster zu schauen, um die Ankunft der weiblichen Gäste nicht mehr mitansehen zu müssen. Wahrscheinlich hätte sie erleichtert sein sollen, denn diese Frauen hielten zumindest das Interesse an ihrer Person auf einem Minimum, doch es fiel ihr schwer, dankbar dafür zu sein, dass Frauen so viel Beschäftigung in diesem Gewerbe fanden. Sex war leichter zu bekommen als Nylonstrümpfe und wesentlich billiger.

So ließ Jess das Hotel hinter sich und fand Frauen, die ihr ihre Geschichten erzählten, Frauen wie sie selbst, die unvorstellbare Dinge getan hatten, ohne an die Konsequenzen zu denken – Widerstand kam von Herzen, nicht vom Kopf, behaupteten sie. Eine Gruppe von Résistance-Kämpferinnen zeigte Jess ihren Unterschlupf im Kanalisationssystem, wo auch der Aufstand geplant worden war, der letztlich zur Befreiung von Paris geführt hatte. Sie sprach mit Frauen, ganz normalen Frauen, die den Deutschen Gewehre für die Bewaffnung der Résistance gestohlen hatten. Aus ihnen waren die ersten Schüsse abgefeuert worden, die den Aufstand in Gang gebracht hatten. Sie hatten die Menschen dazu gebracht, Barrikaden zu errichten und sich die Straßen ihrer Stadt zurückzuerobern.

Jess wusste, dass man bei der *Vogue* solche Berichte lieben würde, vor allem die Fotos, auf denen lachende Pariserinnen mit exotischen

Hüten die Gewehre zur Schau stellten, die sie den Deutschen praktisch unter der Nase weggeklaut hatten. Aber dann nahmen die Männer – eigentlich waren es noch Jungen – Jess mit zu den feuchten Tunneln in Ivry, in denen die Deutschen die Widerstandskämpfer eingesperrt hatten. Nach einer halben Stunde unter der Erde war sie durchgefroren bis auf die Knochen; kein Lichtstrahl drang hier herunter. So erfuhr sie, dass die Deutschen die verhafteten Männer und Frauen in den nassen, stockfinsteren Gängen einfach hatten sterben lassen. Im Licht einer Taschenlampe zeigte man ihr an den Mauern, wo die Gefangenen versucht hatten, einen Weg in die Freiheit zu finden, die Kratzspuren von Fingernägeln.

Als Jess ins Hotel Scribe zurückkehrte, war sie nicht mehr der gleiche Mensch, als der sie morgens hier weggegangen war. An einem einzigen Tag Zeugin sowohl beispielloser Barbarei als auch grenzenloser Verzweiflung zu werden, hatte ihr die Sprache geraubt. Doch die Atmosphäre im Hotel machte es nicht besser. Iris Carpenter und die soeben eingetroffene Lee Carson begrüßten sie mit der Nachricht, dass die Frauen wieder einmal eingesperrt werden sollten, sie durften Paris nicht mehr verlassen und nur über die Dinge berichten, die ihr PRO ihnen zuwies.

»Angeblich geschieht das alles nur zu unserer Sicherheit«, erklärte Lee – die groß und blond war und deren klimpernde Wimpern Major Mayborn, den verantwortlichen PR-Mann des alliierten Hauptquartiers SHAEF, dazu veranlasst hatten, ihr den Ausbruch aus Rennes zu verzeihen.

»Nicht mal eine andere gottverdammte Ausrede fällt ihnen ein«, stieß Jess mit zusammengebissenen Zähnen hervor.

»Dein Kumpel Warren hat mir aufgetragen, dir auszurichten, dass er dir erlaubt, über die demnächst wieder beginnenden Modenschauen zu berichten«, fügte Iris finster hinzu. »Er fand, das passe wunderbar in deinen ›Kompetenzbereich‹.«

»Hast du ihn geohrfeigt?«, fragte Jess.

»Hätte ich gern.«

»Hört mal«, warf Lee plötzlich grinsend ein. »Wir könnten diese Kompetenz doch ausnutzen.«

»Wie meinst du das?«

»Hast du dich in letzter Zeit mal angeschaut?«, fragte Lee und musterte Jess einigermaßen kritisch. »Wenn ich mich aus einem Militärgericht befreien kann, indem ich den Major nett anlächle, dann müsste ein ehemaliges Model wie du, geduscht, geschminkt und schick gekleidet, doch wahrscheinlich noch eine ganze Menge mehr erreichen können.«

Iris nickte zustimmend.

Ein schneller Blick in den Spiegel zeigte Jess, dass sie so schmutzig war wie üblich, außerdem bemerkte sie auf einmal auch den durchdringenden Kanalisationsgeruch, den sie nach dem heutigen Tag verströmte. Nichts wies darauf hin, dass sie mit diesem Gesicht und diesem Körper einmal Werbung für elegante Kleidung gemacht hatte. Ihre momentanen Umstände störten sie zwar nicht im Geringsten, doch es ärgerte sie ungemein, dass man sie daran hindern wollte, Geschichten und Bilder zusammenzutragen. Allein was sie in den letzten Tagen gesehen hatte, zeigte überdeutlich, dass es eine Menge grauenhafter Dinge gab, über die bisher niemand berichtet hatte, die jedoch dringend ans Tageslicht gebracht sowie in Wort und Bild erfasst werden mussten.

»Wenn das funktioniert, seid ihr mir wesentlich mehr schuldig als ein paar Drinks«, sagte sie zu Lee und Iris und ging auf ihr Zimmer.

Dort nahm die ein langes Bad, wusch sich die Haare und legte Puder, Rouge, Lippenstift und Mascara auf. Dann schlüpfte sie in ihren unbenutzten düster-olivgrünen Rock, ließ die wundervoll bequemen, aber eindeutig unpassenden Springerstiefel stehen und machte sich auf den Weg, in der Lobby ganz zufällig Major Mayborn zu begegnen.

»Oh, entschuldigen Sie«, sagte sie, als sie mit ihm zusammengestoßen war. »Ich habe den Tag damit verbracht, die Männer von der Résistance zu interviewen, und war so in Gedanken, weil ich nur den Beitrag im Kopf habe, den ich für die *Vogue* schreiben will.« Lächelnd stand sie da, in Modelpose, eine Hand in der Hüfte, und zeigte die Figur, die sich so lange in Hosen und schmutzigen Hemden verborgen hatte – Jessica May, wie man sie von den Seiten der Hochglanzmagazine kannte. »Ich wollte, ich könnte ein paar amerikanische Soldaten zu der Rolle interviewen, die sie bei der Befreiung von Paris gespielt haben, sonst denken die *Vogue*-Leserinnen am Ende noch, ihre Männer hätten gar nichts damit zu tun gehabt, sondern es wäre ein rein französischer Sieg gewesen ...« Natürlich war ihr das Risiko bewusst, dass der Major, statt einzusehen, dass Jess recht hatte, ebenso gut wütend reagieren konnte – was angesichts der Streitereien über genau dieses Thema auch durchaus nicht unwahrscheinlich war.

Doch er antwortete: »Meine Liebe, Sie müssen mir nur sagen, was Sie brauchen, dann kann ich bis morgen so viele Interviews für Sie organisieren, wie Sie möchten.«

»Oh, aber das geht doch nicht!« Jess brachte tatsächlich einen Schmollmund zustande. »Ich darf ja nicht an die Front, um mit den Männern zu sprechen, weil Frauen das feindliche Geschützfeuer anscheinend stärker anziehen als Männer. Obwohl das eigentlich seltsam ist, schließlich habe ich sogar in Italien und in der Normandie überlebt und es geschafft, ohne Kratzer nach Paris zu kommen.«

»Was, Sie waren in Italien?« Der Major war offensichtlich beeindruckt, und Jess ging sofort aufs Ganze.

»Ja, ich denke, ich bin eine der erfahrensten Korrespondentinnen hier in Paris. Ich könnte Ihnen einen Drink spendieren und ein bisschen von meinen Erlebnissen erzählen, wenn Sie möchten.«

Höchst angetan stimmte Mayborn zu, und so machte Jess sich in der Hotelbar daran, mit den Namen der Feldlazarette, in denen sie untergebracht gewesen war, Eindruck zu schinden. Immer wieder bemerkte sie die ermutigenden Blicke von Lee und Iris, während die wenigen Männer in der Bar sie unverhohlen lüstern anstarrten. Sie erinnerte den Major auch daran, dass sie es gewesen war, die einen seiner Kollegen mit einem kleinen französischen Mädchen fotografiert hatte – ein Bild, das ihres Wissens inzwischen zum Symbol für die Menschlichkeit und Nächstenliebe avanciert war, die von der amerikanischen Armee selbst unter Beschuss durch den brutalsten Feind der Menschheitsgeschichte an den Tag gelegt wurden.

»Ah, Sie sind also das Mädchen, von dem Stone immer redet!«, sagte der Major, als Jess geendet hatte. »Jetzt verstehe ich auch, warum.«

Jess behielt ihr Lächeln bei und ließ das Kinn ein wenig sinken, was nach Ansicht der Fotografen besonders verführerisch wirkte. Im gleichen Moment hörte sie einen der Korrespondenten am Pokertisch ihren Namen erwähnen, worauf seine Kumpel in Gelächter ausbrachen, und sie wusste, dass man morgen im ganzen Hotel tuscheln würde, sie hätte eine Affäre mit dem diensthabenden PR-Mann des SHAEF. Aber inzwischen war ihr das Gerede gleichgültig.

Nein, das stimmte nicht ganz, es störte sie nach wie vor. Es störte sie sogar sehr, dass sie sich so aufführen musste, um zu bekommen, was sie wollte. Offenbar hatte Stone eine derart solide Grundlage von Gerüchten und Anspielungen gelegt, dass ein einziges Lächeln und ein Drink mit einem Mann reichten, um alle glauben zu lassen, sie tue das Gleiche, was die Männer allesamt taten, was bei ihr ein Verbrechen war, während die Männer die Freiheit besaßen, so promiskuös zu sein, wie es ihnen beliebte. Sie hatte versucht, ihre Fotos für sich sprechen zu lassen, aber es funktionierte offensichtlich nicht. Zeit, eine andere Waffe einzusetzen.

Nach dem zweiten Whiskey lachte Major Mayborn über Jennings' Missgeschicke, nach dem dritten gratulierte er Jess, weil sie sich so dafür eingesetzt hatte, dass die Amerikanerinnen unbeirrt hinter ihren Männern standen. Nach dem vierten stand sie auf und ließ das Lächeln aufblitzen, das einst die Zeitschriftencover geziert hatte. »Ich danke Ihnen ganz herzlich, dass Sie mir zugehört haben. Jetzt muss ich aber wirklich gehen und meinen Bericht schreiben, so einseitig er auch ausfallen mag. Wenn doch nur jemand den Frauen die gleichen Rechte zugestehen würde wie den Männern.« Mit diesem Wunsch ließ sie ihn allein, drehte sich um und tänzelte durch die Lobby davon, als befinde sie sich auf dem Laufsteg.

—

Am nächsten Morgen saßen Jess, Iris und Lee zusammen im Speiseraum und hofften inständig, dass Jess' Gespräch mit Major Mayborn nicht umsonst gewesen war. Aber als Warren Stone hereinkam, um Jess tatsächlich den Auftrag für einen Modenschau-Artikel zu erteilen, während Lee und Iris eine Lobeshymne darüber schreiben sollten, wie die Alliierten den Einwohnern von Paris beim Wiederaufbau halfen, wussten sie, dass sie gescheitert waren.

»Anscheinend kann ich nicht mal mehr richtig flirten«, seufzte Jess. Ihre Aussichten, jemals etwas anderes zu sein als eine Frau, der ein oder zwei gute Fotos gelungen waren, schienen auf eine bittere Enttäuschung hinauszulaufen.

»Gib der Sache ein bisschen Zeit«, redete Iris ihr zu, aber Zeit war genau das, was Jess nicht hatte. Der Krieg ging ohne sie weiter, und ihre männlichen Kollegen waren die Einzigen, die etwas Lesenswertes veröffentlichen durften.

Zwei lange Wochen saß Jess griesgrämig in Paris herum, trank und jammerte mit Lee und Iris um die Wette. Wenn sie nachts wach lag, dachte sie daran, wie Dan sie bei ihrer letzten Begegnung, als sie vor seinem ganzen Bataillon in die Luft gegangen war, angesehen hatte und dass sie sich nicht bei ihm entschuldigen konnte, weil seine Division nicht in Paris war. Sie wusste ja nicht einmal, ob sie ihm, wenn die Dinge sich so weiterentwickelten, jemals wieder begegnen würde. Einmal abgesehen davon, dass er wahrscheinlich ohnehin keinen Wert mehr darauf legte.

Doch sie war unendlich froh, als sie eines Abends ins Hotel Scribe zurückkehrte und unversehens sehr fest umarmt wurde.

»Marty!«, rief sie, als sie erkannte, wer es war. »Du musst meine Stoßgebete gehört haben!«

»Schließlich konnte ich dir ja nicht den ganzen Spaß allein überlassen«, erwiderte Martha grinsend.

Ihre Begrüßung wurde unvermittelt durch eine Musikkapelle in der Lobby unterbrochen, eine junge blonde Frau in einem sehr weit ausgeschnittenen Kleid begann vor dem für ihre Reize sehr empfänglichen Publikum der Korrespondenten zu singen. Die Männer konnten den Blick nicht von ihrem Dekolleté abwenden, und natürlich kamen die lautesten Jubelrufe von Warren Stone. Jemand – wahrscheinlich Major Mayborn – hatte auf dem Klavier ein Schild aufgestellt: »Jeder, der mit der Sängerin fraternisiert, kriegt den Kopf geschoren!«

»Das wird sie garantiert davon abhalten«, meinte Jess ironisch und verschränkte die Arme vor der Brust. »Und ich wage zu behaupten, dass meine extra 4 Dollar 75 für Lebensmittel auch in ihre Tasche gewandert sind.«

»Wahrscheinlich hast du recht«, antwortete Martha kopfschüttelnd. »Wird es wirklich immer schlimmer? Vielleicht hätte ich in Italien bleiben sollen.«

»Nein!«, rief Jess entsetzt, packte Marthas Arm und zog sie mit sich zur Treppe. »Ich brauche dringend jemanden, mit dem ich Trübsal blasen kann, Lee hat ja Iris. Du kannst in meinem Zimmer wohnen. Oder hast du schon deinen Presseausweis bekommen?«

»Nein. Eigentlich bin ich gar nicht hier. Ich werde mich unauffällig verhalten und hoffen, dass man mich nicht bemerkt.«

Als sie in Jess' Zimmer ankamen und es sich zwischen Papierstapeln, Schreibmaschine, Kameras, Objektiven, Filmen, Kosmetika und Cognacflaschen bequem gemacht hatten, stießen beide einen langen Seufzer aus.

»Da unten kommt man sich vor wie auf einer extrem freizügigen Verbindungsfeier«, bemerkte Martha.

Jess erzählte ihr, was sie seit ihrer Ankunft in Paris erlebt hatte. »Aber ich habe gehört, dass noch weit schlimmere Dinge passieren«, fügte sie hinzu und berichtete Martha, was in den letzten Tagen von Pariserinnen angedeutet worden war: dass US-Soldaten Französinnen vergewaltigten und sich niemand darum kümmerte. Wer glaubte einem jungen französischen Mädchen denn auch eher als einem Angehörigen der alliierten Armee, einem der Männer, die geholfen hatten, die Stadt zu befreien? »Chanel schenkt jedem Soldaten Parfüm, das nehmen die Männer gern, suchen sich ein Mädchen, zeigen es vor und erklären ihr, was sie tun muss, um es zu bekommen. Und das ist noch eine der positiveren Versionen«, endete Jess bitter.

»Hast du vor, darüber zu schreiben?«, fragte Martha und zündete sich eine Zigarette an.

Jess schüttelte den Kopf. »Das würden die Zensoren niemals durchlassen. Außerdem fehlen mir handfeste Beweise.«

»Aber so etwas muss doch erzählt werden!«

»Wie so vieles andere auch«, seufzte Jess. »Du weißt sicher, dass niemand wirklich Pläne für die Zeit nach der Befreiung von Paris gemacht hat. Im ursprünglichen Invasionsplan sollten wir Paris bis vierundsiebzig Tage nach D-Day erobert haben. Tatsächlich ist die Befreiung am fünfundsiebzigsten gelungen. Aber das war's. Anscheinend ist man davon ausgegangen, dass die Deutschen kapitulieren, sobald Paris befreit ist. Eine Information über die nächste Aktion der

Armee zu kriegen ist – zumindest für uns Frauen – im Augenblick ungefähr so einfach, wie in Paris noch einen Nazi zu finden.«

Natürlich half der Cognac auch nicht bei der Lösung dieser Probleme, und so stiegen Jess und Martha am nächsten Morgen zum Frühstück genauso niedergeschlagen in den Aufzug wie am Abend zuvor.

»Irgendwas von meinem Ehemann gehört?«, fragte Martha unterwegs.

»Dass er im Ritz wohnt«, antwortete Jess. »Anscheinend ist das Hotel Scribe seiner Reputation nicht ganz gewachsen.«

»Dann muss ich wohl gelegentlich dorthin, um mich mit ihm zu treffen«, sagte Martha mit einem sehr untypischen Zögern. »Ich weiß, dass ich ihn um die Scheidung bitten muss. Aber gleichzeitig …«

»Ist es hart, Schluss zu machen«, beendete Jess den Satz für sie. »Du weißt aber, dass ich es jederzeit für dich tun würde, wenn ich könnte.«

»Es fällt mir so schwer, mir einzugestehen, dass eine Liebe wie die zwischen Hem und mir am Ende nun doch gescheitert ist«, meinte Martha mit einem traurigen Lächeln.

»Ich frage mich manchmal, was es schafft, einen Krieg zu überleben.«

Martha schüttelte den Kopf, die Aufzugtüren öffneten sich, und Jess wusste, dass sie etwas sagen musste, damit Martha sich wieder einigermaßen fassen konnte.

»Jedenfalls wirst du ein gutes Frühstück brauchen, wenn du *mon général* entgegentreten möchtest«, sagte sie, da sie es für das Beste hielt, sich auf praktische Dinge zu konzentrieren. »Hemingway hat eine große Schar von Anhängern angezogen, und du wirst eine gute Grundlage brauchen, um dir einen Weg durch die Massen zu bahnen und zu ihm vorgelassen zu werden.«

Jess stockte abrupt, weil sich in dem Moment, als sie den Speisesaal erreichten, ein kahlgeschorener Emile an ihnen vorbeidrängte, wo er mit Jubel und Applaus empfangen wurde und sich mit einem triumphierenden Gesicht zu ihr umdrehte.

»Wenn ich es mir recht überlege, könnte es aber auch sein, dass mir von diesem Frühstück schlecht wird«, stieß sie hervor und wandte sich ab. Tatsächlich war ihr übel, als wolle ihr Körper sich um jeden Preis von ihrer Vergangenheit mit Emile reinigen. Sie hatte nichts Falsches getan, trotzdem schämte sie sich dafür, ihn geliebt zu haben. »Wie sollen wir das alles noch länger aushalten?«, fragte sie leise.

»Dir ist aber schon klar, dass er sich die Haare selbst abrasiert hat, oder?«, erwiderte Martha.

»Das spielt keine Rolle, die denken doch alle, Sex mit einer Frau ist ein Witz, den sie mit der ganzen Welt teilen müssen«, entgegnete Jess kopfschüttelnd. »Wahrscheinlich werden die uns hier nie rauslassen. Jeden Morgen wache ich auf und denke, heute ist es endlich so weit, aber dann passiert wieder nichts, und wir schleppen uns zu irgendeiner Geschichte, die niemanden interessiert. Was machen wir denn bloß? Sollen wir einfach die Segel streichen?«

»Ich weiß auch nicht«, antwortete Martha, nicht einmal ihr fiel eine schlagfertige Erwiderung ein. »Ich weiß es einfach nicht.«

———

Als Jess nach einer weiteren Modenschau spätabends ins Hotel zurückkehrte und einen Drink mehr als nötig hatte, dröhnte ihr das Gespräch vom Frühstück noch immer wie eine Granatenexplosion im Kopf: *Sollen wir einfach die Segel streichen?* Sie tat nichts Nützliches, und an jedem Tag, an dem sie eine Modenschau fotografierte, sank ihr Selbstrespekt noch ein Stück. Menschen starben, das war wichtig – nicht, welche Kleider in der nächsten Saison modern werden könnten! Bald würde sie überhaupt keinen Stolz mehr besitzen. Dann hätte Warren gesiegt, und Jess wäre nichts weiter als eine Person, die früher einmal etwas Wichtiges zu sagen gehabt hatte.

»Hat hier jemand Whiskey?«, rief sie Martha zu, die mit Lee und Iris an ihrem üblichen Tisch in der Bar saß.

»Wenn wir so weitermachen, sind wir bald Alkoholikerinnen«, antwortete Iris deprimiert, während Martha Drinks für alle organisierte. Es fühlte sich an wie eine Beerdigung, sie tranken zügig und ohne weiter darüber nachzudenken.

»Was sollen wir bloß tun?«, fragte Jess.

Ehe jemand antworten konnte, erschien Major Mayborn, begrüßte Jess, Iris und Lee und überreichte ihnen je einen Umschlag. Dann verschwand er wieder.

Den Brief in der Hand sah Jess ihm verwirrt nach. »Eine Vorladung vors verdammte Kriegsgericht kann es nicht sein, oder?«, sagte sie. »Wir haben doch nichts verbrochen …«

»Unsere bloße Existenz reicht, um Ärger zu kriegen«, meinte Lee bitter.

»Schau endlich rein«, drängte Martha.

Jess tat es, und ihre Freundinnen ließen sie beim Lesen keine Sekunde aus den Augen. Als sie fertig war, stützte sie die Ellbogen auf den Tisch, legte den Kopf in die Hände und begann zu schluchzen.

»Was ist?« Martha klang besorgt, und nun öffneten auch Lee und Iris ihre Briefe.

Wortlos reichte Jess ihren an sie weiter.

Als Martha am Ende angekommen war, wanderten ihre Augen zurück an den Anfang, und sie las sich noch einmal alles genau durch.

»Ich fass es nicht«, sagte sie dann langsam. »Wir werden uns betrinken, und zwar ordentlich. Aber diesmal mit Champagner, nicht mit Whiskey.«

Jetzt begann Jess tatsächlich zu lachen, und auch Iris und Lee jubelten: Der Brief erteilte Jessica May, Lee Carson und Iris Carpenter die Zutrittserlaubnis für sämtliche Bereiche. Sie mussten nicht mehr bei den Krankenschwestern bleiben. Jede bekam einen Jeep zugeteilt. Sie durften an den Pressekonferenzen teilnehmen, sich in den Pressecamps außerhalb von Paris aufhalten, sich über die Gefahrenherde des jeweiligen Tages informieren lassen, Kopien ihrer Artikel direkt an ihre jeweiligen Redaktionen schicken, sobald die Zensur sie freigegeben hatte, und brauchten nicht mehr zu warten, bis die Männer die ihren eingereicht hatten. Sie bekamen sogar eine Zigarettenration!

Vorausgesetzt, sie fanden eine Einheit, der sie sich anschließen konnten, gehörte Europa ihnen damit ganz genauso wie den Männern – und das, dachte Jess, während ihre Freude ein bisschen abnahm, bedeutete, dass sie Dan dazu bringen musste, ihr ihren Wutausbruch zu verzeihen.

Kapitel 14

Jess erwachte erst ziemlich spät und nahm mit einem Stöhnen zur Kenntnis, dass sie eindeutig mehr getrunken hatte, als gut für sie war. »Das war eine lange Nacht«, brummte auch Martha.

»Allerdings.« Jess blinzelte. »Kommst du mit, wenn ich an die Front gehe? Als meine Jeep-Partnerin? Wahrscheinlich wäre es für dich dann leichter, dich überall reinzuschmuggeln – ohne Akkreditierung wird Stone dir wohl kaum ein eigenes Zimmer geben. Außerdem kannst du auf diese Weise Hemingway aus dem Weg gehen.«

»Das ist genau das, was ich brauche«, seufzte Martha. »Willst du dich Dans Division anschließen?«

Jess stand auf und ging zum Fenster hinüber. »Ich weiß nicht, ob er mich nimmt«, antwortete sie schließlich und erklärte, was damals passiert war. »Er hat Hunderte Männer unter sich, er muss ein Vorbild sein, und ich, sein Gast, krakeele vor allen, die er anführt, irgendwelche absurden Sexgeschichten herum. Warren hatte es verdient, aber ich hätte es anders rüberbringen müssen.«

»Es gibt nur eine einzige Möglichkeit, das rauszufinden«, erwiderte Martha pragmatisch. »Außerdem werden wir auf jeden Fall jemanden finden, der uns mitnimmt, schließlich haben wir im Lauf des letzten Jahres beide eine Unmenge COs kennengelernt.«

»Ja, vermutlich hast du recht«, gab Jess zu, obwohl ihr die Vorstellung, an der Seite von Dan und seinen Männern zu arbeiten, wesentlich angenehmer war. Aber sie konnte nicht mehr tun, als zu ihm zu fahren, zu schauen, ob er ihr verzeihen konnte, und die Frage, was sie machen würde, wenn er tatsächlich noch wütend war, fürs Erste zu verdrängen.

Im Handumdrehen waren sie und Martha mit ihrem Gepäck auf dem Weg nach unten. Verwundert stellten sie fest, dass sich in der Lobby eine Menge Korrespondenten und PROs befanden und offenbar auf jemanden warteten. Was war los? Ziemlich schnell erfuhr sie, dass es keineswegs um eine Kriegsentwicklung ging, sondern um etwas im Hotel Scribe, direkt vor ihrer Nase.

»Wäre ich doch bloß blond«, sagte einer der Männer sehr laut, als Jess an ihm vorbeiging.

»Dann brauchst du aber auch hübsche lange Beine«, fügte ein anderer hinzu.

»Vergesst nicht die Brüste«, ergänzte Warren.

Jess blieb stehen. »Vermutlich sollen das irgendwelche Anspielungen auf mich sein, richtig?«

»Sie haben so unerwartet Zutritt zur Front bekommen, da interessiert es uns natürlich, wie Sie das angestellt haben«, griente der Reporter einer drittklassigen Zeitung.

»Ja«, erwiderte Jess. »Das ist wirklich interessant, stimmt's? Ich habe jetzt genau die gleichen Rechte wie ihr. Nicht mehr und nicht weniger. Keinerlei zusätzliche Privilegien. Aber ich musste ein ganzes Jahr um diese Rechte kämpfen, während ihr sie in dem Augenblick bekommen habt, als ihr hier aufgekreuzt seid. Ich vermute, es macht euch hauptsächlich deshalb so großes Kopfzerbrechen, weil ihr Sorge habt, dass ich bessere Artikel schreibe und obendrein schneller bin. Also, was hängt ihr dann noch an der Bar rum? Der Krieg findet da draußen statt, Kumpel.«

Jess deutete zur Tür und marschierte davon.

Als sie und Martha auf die Auffahrt zum Quartier von Dans Division in der Nähe von Reims einbogen, verschlug es ihnen beiden untypischerweise die Sprache, denn vor ihnen lag ein echtes Märchenschloss, mit Türmchen und allem Drum und Dran. Natürlich erkannte man auch Zeichen der Zweckentfremdung durch die deutsche Okkupation, doch nicht einmal die khakifarbenen Zelte, die sich jetzt überall auf dem einst gepflegten Grundstück und den sanft zu einem Kanal abfallenden Wiesen breitmachten, konnten die Pracht mindern. *Lieu de Rêves*: Jess entdeckte den Namen des Schlosses auf einem Schild vor ihnen und fand ihn mehr als passend. Es war wirklich ein Ort zum Träumen.

Nach und nach wanderte ihr Blick über das verwilderte Labyrinth, das wahrscheinlich für die GIs und Frauen des WAC ein idealer Treffpunkt war, von dort weiter zu den Platanen, die sich stolz über die wirren Äste kleiner Kastanienbäume in die Höhe reckten, und schließlich zu den lebhaften Farbklecksen der gerade aufblühenden, von allerlei bunten Schmetterlingen bevölkerten wilden Orchideen. Hier und dort entdeckte sie gekrümmte, moosbewachsene Zwergbuchen, die aussahen wie Spukgestalten. Von ihren Eltern wusste Jess, dass sich um *Les Faux de Verzy*, wie man sie nannte, zahlreiche Legenden rankten – von Waldtrollen, die das normale Wachstum der Bäume behindert hatten, von einem Mönch, der sie mit einem Fluch belegt hatte, aber auch von Paaren, denen es zu Liebe und Fruchtbarkeit verhalf, wenn sie zusammen unter dem Blätterdach tanzten.

»Ich gehe auf gar keinen Fall zum Lazarett«, sagte Martha, ohne den Blick von dem Schloss zu wenden. »Vielleicht habe ich keine Akkreditierung, aber ich bleibe trotzdem mit dir hier.«

»Wenn wir davon ausgehen, dass ich willkommen bin«, gab Jess zu bedenken und parkte den Jeep in der langen Reihe von Fahrzeugen, die auf der einen Seite des Schlosss standen.

Tatsächlich empfingen die Männer sie ausnehmend herzlich. Sparrow klopfte Jess auf die Schulter, und Jennings offerierte sein typisches schüchternes Hallo. Die Unruhe erweckte auch im Innern des

Schlosses Aufmerksamkeit, einige der WAC-Frauen kamen heraus, um zu sehen, was los war, und schließlich erschien Dan.

»Jess!«, rief er, offensichtlich überrascht.

»Lieutenant Colonel Hallworth«, antwortete sie, wild entschlossen, sich tadellos zu benehmen. »Könnten Sie mir bitte fünfzehn Minuten Ihrer Zeit schenken?«

Zwar runzelte er die Stirn, sagte jedoch nach kurzem Zögern: »Okay, dann komm rein.«

Jess folgte ihm in eine prächtige Empfangshalle, in dem sie unwillkürlich den Kopf in den Nacken legte, und dann in einen riesigen Raum – sicher einen ehemaligen Ballsaal –, mit grauem Holz getäfelt, in dem verblasste Zeichnungen zu sehen waren. Den in Reihen aufgestellten Tischen nach zu urteilen diente er jetzt als Speisesaal.

»Kaffee?«, fragte Dan.

Sie schüttelte den Kopf. Zum Glück war es momentan ruhig, und sie wartete nicht einmal, bis sie sich gesetzt hatten, sondern begann sofort zu sprechen. »Was bei unserer letzten Begegnung passiert ist, tut mir sehr leid. Ich verspreche, dass ich mich nie wieder so unbeherrscht verhalte. Jedenfalls nicht vor dir und deinen Männern – das nächste Mal erledige ich das privat. Ich habe endlich die Erlaubnis erhalten, Paris zu verlassen«, fuhr sie fort und hielt ihm ihre Papiere entgegen, »und nicht nur das, ich darf hingehen, wohin ich will, und hatte die Hoffnung, es würde dich nicht stören, wenn ich mich deinem Bataillon anschließe. Natürlich würde ich es verstehen, wenn du wegen der Szene damals sauer wärst und mich lieber nicht dabeihättest.«

Er ignorierte ihre Papiere und grinste sie an. »Ich hab mich schon gewundert, warum du mich so förmlich begrüßt hast. Weißt du eigentlich, warum ich dich an dem Abend zum Essen eingeladen habe?«, fragte er.

Sie schüttelte den Kopf.

»Um uns alle daran zu erinnern, wie es ist, zu lachen«, fuhr er fort.

»Ich selbst hätte mich um ein Haar völlig daneben und eines COs unwürdig benommen, weil ich Stone vor der versammelten Meute auslachen wollte. Er hatte deine Tirade absolut verdient, und niemand hätte es besser formulieren können als du. Tut mir leid, wenn ich dir dabei den Eindruck vermittelt habe, ich wäre wütend auf dich – ich habe lediglich versucht, die Fassung zu bewahren. Und ich wollte nicht auch noch Öl auf Stones idiotisches Feuer gießen, indem ich dich persönlich zurückfahre. Ich weiß ja, wie schwer es für dich ist, auch ohne dass ich zusätzlich Grund zum Tratschen liefere.«

Endlich brachte Jess ein Lächeln zustande. »Na, dann bin ich ja froh, dass ich anscheinend alle bei Laune halte. Wirst du mich als Gegenleistung für mein spezielles Talent in diesem grandiosen Schloss wohnen lassen?«

»Jess, du kannst hier ein Zimmer haben, ohne irgendeine Gegenleistung erbringen zu müssen. Ich werde eine der WAC-Frauen bitten, das zu organisieren. Und der Champagner, den wir heute Abend zur Feier des Tages trinken werden« – er deutete vielsagend auf Jess' Papiere –, »geht natürlich auf mich. Ich gratuliere!«

»Danke, aber womöglich möchtest du das alles zurücknehmen, wenn ich dir sage, dass Marty mit mir hergekommen ist ... Obwohl sie ihren Presseausweis noch nicht wiederbekommen hat, möchte sie auch bleiben«, sprudelte sie hervor und war ziemlich sicher, dass Dan jetzt gezwungen sein würde, sie beide wegzuschicken, aber erneut grinste er nur.

»Glücklicherweise ist meine Division derzeit im Reservistendienst, daher achtet momentan niemand allzu sehr auf Förmlichkeiten. Ich denke, Gellhorn könnte es durchaus schaffen, ungeschoren hierzubleiben.«

Kurz darauf wurde er gerufen, und Jess machte sich auf den Weg, um Martha zu holen, sich von einer WAC-Frau zu einem Zimmer im

Dachgeschoss führen zu lassen und darauf einzustellen, endlich uneingeschränkt als Reporterin arbeiten zu dürfen.

Da Dans Division also eine wohlverdiente Ruhepause genoss, war das Leben ein paar Wochen lang beinahe normal. Jess verfügte nun sogar über eine Adresse und bekam gelegentlich einen Brief von Amelia, mit allerlei Geschichten über ihre nächtlichen Eskapaden, bei denen man nicht recht wusste, ob sie zum Lachen oder zum Weinen waren. Es kam Jess vor, als wären es Berichte aus einer anderen Welt, in die sie niemals mehr wirklich zurückkehren konnte. Dan hatte Victorine inzwischen in einem Pariser Internat untergebracht, was bedeutete, dass er und auch Jess sie hin und wieder besuchen konnten. Für Martha war die Schönheit der sie umgebenden Natur tatsächlich Balsam für die Wunden, die Hemingways Verrat ihr zugefügt hatte, und ihr Herz heilte langsam.

Jess hatte vor Kurzem eine Reportage geschrieben, die nichts mit Kampf und Krieg zu tun hatte: Sie hatte die Männer nach den Dingen gefragt, die sie fern der Heimat am meisten vermissten. Es waren einfache, alltägliche Dinge – der Lieblingskaffeebecher, den einer immer benutzt hatte, obwohl er am Rand angeschlagen war. Oder die kratzige Häkeldecke, die seit der Kindheit auf dem Bett eines anderen lag. Oder das Knarren einer Treppenstufe, das bedeutete, dass die Mutter unterwegs in die Küche war, um Speck und Eier zu braten. Nun hatte Jess sich vorgenommen, jeden Teil des Artikels mit einem Foto zu kombinieren, ein schlichtes Porträt in Großaufnahme, auf dem Jennings' Sommersprossen und auch die seltsame Traurigkeit, die seit einer Weile in Sparrows einmal so selbstsicheren Augen lauerte, deutlich zu erkennen sein würden.

So suchte sie an einem Dezembermorgen ihre Kameras zusammen und fühlte sich beinahe glücklich. Durch den frühen Wintereinbruch war der Vormarsch nach Deutschland zum Stillstand gekommen, und niemand erwartete bis zum Frühling weitere kriegerische Auseinandersetzungen. Zwar gab es vereinzelte Berichte, dass die Deutschen in den Ardennen einmarschiert seien, aber das wollte bisher niemand so richtig glauben.

Nun schlängelte sich Jess also zwischen den Zelten hindurch, begegnete wie immer barbrüstigen Männern beim Rasieren, den Helm als Wasserschüssel nutzend, während andere rauchend herumsaßen, Briefe lasen oder Karten spielten, alles mit einer gewissen Rastlosigkeit, die auch Dan umgab – als hätten sie vergessen, wie man sich ausruhte. Erst am Vorabend hatte Dan sich beim Essen beklagt, dass seine Männer gelangweilt seien, dass Langeweile zu Dummheiten führe und dass er sich wünsche, sie würden in die Ardennen einberufen und könnten sich dort dem Kampf anschließen, von dem zunehmend gemunkelt wurde. Sie war nicht überrascht gewesen, dass er heute schon frühmorgens zur Front aufgebrochen war, um nachzusehen, was dort vor sich ging.

»Jess!«, rief Jennings – frisch aus dem Lazarett, nachdem er aus Versehen und zu Dans resigniertem Amüsement in ein Lagerfeuer getreten war –, als er sie kommen sah. »Alle sind bereit.«

In dem Versuch, anschaulich zu machen, was für ein Wunder es war, dass diese Gruppe den ganzen blutigen Krieg überlebt hatte und zusammengeblieben war, hatte sie für die Aufnahmen eine Stelle gewählt, die ihr ebenfalls magisch vorkam. Den Boden zierten Feenringe aus Pilzen, zwei verwunschene Bäume beugten sich über die Männer, so dass ihre nackten, verkrümmten Äste ihnen Schutz boten, gleichzeitig jedoch auch ihre geheimnisvolle Aura heraufbeschworen. In der blassen Wintersonne war das Moos nur eine Spur heller als die Uniform der Männer, und als sie unter *Les Faux* saßen, sah es aus, als vermischten sie sich mit dem Wald und würden Teil der französischen Landschaft, auf eine Art, die es nahezu unmöglich machte, zu angeschlagenen Kaffeebechern und knarrenden Treppenstufen zurückzukehren.

»Ich bin als Erster dran.« Natürlich war das Sparrow, der seine Größe und Breite nutzte, um sich in der Gruppe ganz nach vorn zu manövrieren.

Auf Sparrows Forderung folgte wie jedes Mal, wenn die GIs die Kamera sahen, das Schieben und Rempeln um den besten Platz. Jess lachte mit, wenn die Männer denjenigen, der gerade porträtiert wurde, gnadenlos aufzogen, als hässlich bezeichneten und ihm erzählten, er habe ein Gesicht, das nur eine Mutter lieben könne.

»Ihr wisst doch gar nicht, wer alles dieses Gesicht liebt«, grinste Sparrow, und der Schmerz in seinen Augen wich dem Schimmer von etwas, was Jess abstieß, die Qualität des Lachens veränderte sich, es wurde garstig und besaß einen Beigeschmack, den sie nicht verstand.

Dann sagte ein anderer in gedämpftem Ton zu Sparrow: »Hey, du bist nicht der Einzige«, und wieder erhob sich das seelenlose Lachen.

Jess versuchte den Vorfall mit dem Gedanken zu verdrängen, dass es wahrscheinlich nur anzügliches Geplänkel war, mit dem die jungen Männer sie beeindrucken wollten. Stattdessen konzentrierte sie sich auf ihr Projekt, fokussierte und brachte die Rollei in Position.

»Danke«, sagte sie, als sie sich schließlich wieder aus der Hocke aufrichtete. »Ich garantiere euch, dass ihr damit die Aufmerksamkeit eurer Schätzchen zumindest ein paar Monate lang aufrechterhalten könnt.«

»Es sei denn, man ist Jennings«, sagte Sparrow und knuffte seinen Kumpel in den Arm. Wieder dieses Lachen.

Jess erhaschte einen Blick auf Jennings' knallrotes Gesicht, hatte aber nach wie vor keine Ahnung, was hier eigentlich vor sich ging. Sie sammelte ihre Sachen ein und war noch nicht ganz wieder beim Schloss angekommen, als ihr auffiel, dass sie ihr Notizbuch vergessen hatte. Rasch machte sie kehrt, war fast schon an den Zelten vorbei und näherte sich gerade dem verkrüppelten Wäldchen, wo sie ihre Fotos gemacht hatte, als sie erhitzte Stimmen hörte, die auch ihren

Namen erwähnten. Einen Augenblick hatte sie das Gefühl, der Baum direkt vor ihr strecke seine seltsam schönen Arme aus, um sie vor dem Weitergehen zu warnen. Sie schüttelte den Kopf. Die lautstarke Diskussion durchbrach die eigenartige Halluzination, und sie erkannte die Stimmen von Sparrow und Jennings.

»Natürlich bin ich Mitglied«, protestierte Jennings gerade.

»Hast du Beweise?«, erwiderte Sparrow. »Um dein Abzeichen zu kriegen, musst du es nachweisen. Wie wir alle es getan haben!«

Um ein Haar wäre Jess auf die beiden zugegangen, um sie wegen des mysteriösen Clubs zu necken, aber dann hörte sie, wie Sparrow fortfuhr: »Du wirst bald der Einzige in der Kompanie ohne Abzeichen des J-Clubs sein. Vielleicht ist Jess einfach immun gegen deine Reize.«

»Aber deinen kann sie nicht widerstehen?«, entgegnete Jennings wütender, als Jess ihn jemals gehört hatte. »Was war denn dein Beweis?«

»Ihre Zulassungspapiere.«

Jetzt hatte Jess genug gehört und wandte sich ab, so schnell sie konnte. Auf einmal ergab alles einen Sinn. All die kleinen Dinge, die in letzter Zeit aus ihrem Zimmer verschwanden. Am einen Tag fehlte ihr Presseausweis, am nächsten war er wieder an seinem üblichen Aufbewahrungsort. Ihr Parfümfläschchen blieb verschwunden. Ein Paar vermisster Socken tauchte am nächsten Tag plötzlich wieder auf. Von den wenigen Slips, die sie besaß, löste einer sich in Luft auf, als hätte das Chaos des Krieges ihn verschlungen. Für die meisten dieser Vorfälle hatte sie eigentlich gute Erklärungen gefunden: Wenn sie ihre Wäsche wusch, hängte sie die meisten Sachen zum Trocknen über einen Busch, vielleicht hatte der Wind das gute Stück weggeweht. Und das Parfüm hatte sich vielleicht eine der WAC-Frauen geliehen und dann vergessen.

Aber was sie gerade gehört hatte, bedeutete, dass alles, was sie geglaubt hatte – dass die Männer ihre Anwesenheit akzeptierten und sie einfach als ihren Kumpel ansahen –, nicht stimmte. Die frauenfeindlichen Intrigen grassierten hier ebenso wie in Paris.

Sie hatten einen Club gegründet. Einen Club, für den man etwas, was ihr gehörte, als Eintrittskarte brauchte. Vermutlich, so folgerte Jess, behauptete das neue Clubmitglied, ihr diesen Gegenstand entwendet zu haben, nachdem sie seinem Charme erlegen war. *Der Teufel soll dich holen, Warren Stone.* Jess kochte innerlich. *Der Teufel soll dich holen, Sparrow, dich und sämtliche anderen Mitglieder dieses verdammten J-Clubs.*

Sie machte sich nicht die Mühe, ihr Notizbuch zu holen, sondern stürmte ins Schloss zurück, zu Martha, die seit zwei Tagen krank in ihrem Zimmer im Bett lag. »Lass uns einer Geschichte nachgehen«, schlug Jess grimmig vor. »Wir fahren in die Ardennen und schauen, ob die Gerüchte der Wahrheit entsprechen.«

Marty ächzte. »Mein Magen will nichts bei sich behalten. Ich weiß überhaupt nicht, wie du hier rumspringen und so verflucht jung und schön und gesund aussehen kannst, während meine Innereien sich verflüssigt haben und ich mich fühle, als wäre ich steinalt.«

Jess setzte sich zu ihrer Freundin. Für den Augenblick war ihre Wut verflogen. »Ich bringe dich besser ins Lazarett. Die können dich schneller rehydrieren und wieder auf die Beine kriegen, als wenn du hier liegen bleibst und allein versuchst, deine Rationen runterzuwürgen.«

»Die wollen doch garantiert nicht, dass ich ein Bett belege.«

»Anne hat Dienst, und sie stört das nicht. Außerdem solltest du sowieso dort sein, und jetzt, wo die Kampfhandlungen nachgelassen haben, gibt es auch Platz. Gehen wir.«

Jess beharrte so lange darauf, bis Martha nachgab – endlich konnte sie an etwas anderes denken als an den widerlichen Club und die Frage, ob Dan davon wusste. Sie packte Martha, die ziemlich schwach war, in den Jeep. Im Feldlazarett erklärte Anne sich tatsächlich ohne Weiteres bereit, Martha eine Infusion zu geben, und sagte Jess, sie solle ihre Freundin in zwei Tagen wieder abholen. Nun hatte Jess für ihre Reise an die belgische Grenze allerdings keine Partnerin mehr.

»Ich komme mit«, erklärte Catherine Coyne, eine Korrespondentin, die im Feldlazarett postiert gewesen war.

»Es gibt Berichte, dass die Deutschen die Front attackieren«, sagte Jess. »Das willst du wahrscheinlich nicht miterleben.« Catherine war erst seit D-Day in Europa, und Jess wusste nicht, was sie verkraften konnte.

»Die Folgen habe ich hier schon längst gesehen«, erwiderte Catherine mit einer ausladenden Handbewegung über die Betten. »Da draußen kann es nicht viel schlimmer sein.«

Da das vermutlich stimmte und Jess eine Partnerin brauchte, fuhren sie zu zweit nach Norden. Als der Lärm der Granaten, Bomben und Gewehrschüsse zunahm, war klar, dass die Gerüchte der Wahrheit entsprachen. Die Alliierten waren zu einer Gegenoffensive gezwungen gewesen, um ihre Linien zu halten, doch es sah ganz danach aus, als wären sie dabei, zu scheitern. Bei einem zerbombten Haus begegneten sie einer Gruppe von Soldaten, die alle auf ihrem Panzer kauerten, um das Bombardement eines Dorfs unten im Tal beobachten zu können.

»Hier wimmelt es überall von Krauts«, sagte einer von ihnen zu Jess. »An Ihrer Stelle würde ich lieber nicht weiterfahren. Obwohl auch niemand weiß, welche Straße besser wäre – wir wissen nicht mal, wo sich die Infanterie befindet, und schon gar nicht, wo die Front genau ist. Man hat uns gesagt, dass dreißig Panzer diese Straße runterkommen sollen. Also …« Fatalistisch zuckte er die Achseln, als wären dreißig deutsche Panzer gegen einen einzigen Sherman eine Lappalie.

»Wir sollten besser zurückfahren«, sagte Jess zu Catherine, denn sie wusste, dass diese instabile Situation sich absolut nicht für jemanden eignete, der das erste Mal eine Kampfsituation erlebte.

Sie wendete den Jeep, doch kurz darauf mussten sie aus dem Wagen in den nächstbesten Graben springen, weil ein Stuka sie im Tiefflug beschoss. Der Lärm war ohrenbetäubend und die Erschütterung so heftig, dass es ihnen den Atem verschlug. Catherine packte Jess' Hand.

»Bist du okay?«, fragte Jess.

Catherine nickte stumm.

Als sie sich daranmachten, vorsichtig aufzustehen, hielt neben ihnen ein Jeep, so plötzlich, dass Erde und Schnee aufspritzten, und Jess erkannte nicht nur Iris Carpenter und Lee Carson, sondern, auf den Beifahrersitz gekauert, auch Emile – mit mehreren Kameras um den Hals, als hätte er tatsächlich gearbeitet, statt irgendwelchen Sängerinnen gemeine Streiche zu spielen. Glücklicherweise hatte sie ihn seit Paris nicht mehr gesehen. Sie winkte.

»Wir ziehen uns aus Spa zurück«, erklärte Iris. Sie und Lee hatten es geschafft, beim Pressecamp zu bleiben, und in Jess regte sich der Verdacht, dass es viel mit der Beziehung zu tun hatte, die Iris zu einem der PROs geknüpft hatte. »Hauptquartier und Pressecamp ziehen nach Liège«, fuhr Iris fort.

»Herrje«, antwortete Jess. »Dann ist die Lage aber wirklich brenzlig.«

»Kommt mit und schaut es euch an«, lockte Iris.

»Lass uns lieber hier verschwinden«, murmelte Emile.

Lee verdrehte die Augen. »Du wolltest, dass wir dich aus Spa wegbringen, Emile«, antwortete sie ungeduldig. »Und das heißt, du gehst dorthin, wo wir hingehen.«

Jess und Catherine quetschten sich neben Lee auf den Rücksitz, und schon fuhren sie den Hügel hinauf zu einem Höhenrücken, wo sie auf eine lange Schlange von Fahrzeugen stießen. Stoßstange an Stoßstange, unter den Angriffen der deutschen Luftwaffe die gefährlichste

Art der Fortbewegung, kam ein Konvoi von amerikanischen Lastwagen und Panzern, die sich auf dem Rückzug befanden, auf sie zu.

»Wir müssen hier weg«, sagte Jess zu Catherine, denn sie wusste, dass man kein größeres Risiko eingehen konnte, als in einer langsam dahinschleichenden Wagenkolonne zu sitzen, ohne die geringste Möglichkeit, im Notfall zu beschleunigen.

Doch ehe sie etwas tun konnten, kamen die Stukas auch schon zurück und bombardierten kaum hundert Meter von ihnen entfernt den Panzer, mit dessen Besatzung sie sich vorhin unterhalten hatten. Der Lärm war höllisch, sie warfen sich alle auf den Boden und bedeckten ihre Köpfe mit den Händen, doch vorher sahen Jess und Catherine noch, wie der Sherman Feuer fing. Bevor sich ein Einziger der Besatzung in Sicherheit bringen konnte, brannte er lichterloh. Jess wusste, dass alle in diesem Inferno tot waren.

Nun brach Catherine doch zusammen, schluchzte an Jess' Schulter, während Jess versuchte, ihre eigenen Tränen zurückzuhalten und nicht ebenfalls schlappzumachen.

»Schschsch«, flüsterte sie, während sie Catherine beruhigend über den Rücken strich, betete, dass die Stukas nicht noch einmal kamen, und verfluchte sich, weil sie sie mitgenommen hatte. Wie konnte man jemals wieder lachen, wenn man gesehen hatte, wie diese Männer in den Flammen einen grässlichen Tod starben?

Plötzlich ertönte ein langgezogenes Stöhnen, von dem Jess zunächst glaubte, es komme vom brennenden Panzer. Doch als sie den Kopf hob, sah sie, dass es Emile war, der völlig die Fassung verloren hatte. »Geh nach Hause«, sagte sie mit tonloser Stimme. »Du hast hier nichts zu suchen. Niemand von uns sollte hier sein.«

Das war die reine Wahrheit, aber Emile starrte sie nur weiter an. »Deshalb gefällt es dir ja«, erwiderte er bitter. »Weil du ein Niemand bist. Nur ein Gesicht und ein Lächeln.«

»Du hast vergessen, meinen Körper zu erwähnen«, sagte sie und hatte das Gefühl, sich mit den Worten die Zunge zu verätzen. Dann stand sie mit Catherine auf und ging davon.

Der Rückweg nach Reims dauerte vier Stunden, eine endlose Wanderung mit einer nervösen Catherine, die wollte, dass Jess im Lazarett blieb, statt allein ins Schloss zurückzugehen – und Jess musste zugeben, dass sie nicht abgeneigt gewesen wäre. Aber sie hatte keine Lust, Jennings oder Sparrow oder einem der anderen Männer die Gelegenheit zu bieten, sich weitere Souvenirs zu klauen, und wollte auch nicht zugeben, dass sie Angst hatte. Angst davor, zurückzukehren zu diesen Männern, denen sie vertraut hatte, für die sie aber vor allem die Frau mit dem nackten Rücken auf dem Foto war, die jeder von ihnen in sein Bett locken wollte, um sich an ihr zu wärmen. Am liebsten hätte sie geweint, aber hier im Lazarett konnte sie das nicht.

Gegen Mitternacht war sie wieder in ihrem Zimmer, machte sich nicht einmal die Mühe, zu essen, sondern fiel in ihrem Nest unter dem Dach einfach ins Bett. Doch der Schlaf schien für sie unerreichbar zu sein. Jedes Mal, wenn sie die Augen schloss, sah sie die im Panzer gefangenen brennenden Männer. So lag sie da, starrte an die Decke, lauschte den Geräuschen der Offiziere in den Stockwerken unter ihr, dem Lachen aus den Zelten auf der Wiese, das durch ihr Fenster hereinwehte, und Emiles Worte – *du bist ein Niemand* – dröhnten in ihren Ohren wie Maschinengewehrfeuer. Vermutlich dachte jeder Mann hier in Reims das Gleiche wie er. Nur war Emile der Einzige gewesen, der den Mut besessen hatte, es ihr ins Gesicht zu sagen.

———

Das Lachen der GIs hallte durch die Nacht. Jess träumte von Feuer, von Männerrudeln, die in ihren Zelten saßen und über eine Frau kicherten, die sie in einen Münzautomaten verwandelt hatten, so dass sie weiter nichts zu tun brauchten, als genug Whiskey oder Parfüm oder Geld einzuwerfen, und schon gehörte sie ihnen, so lange sie Spaß an ihrem Körper hatten.

Der unruhige Schlaf und die Träume steigerten ihren Ärger. Sobald die Sonne aufging, stand sie auf und marschierte ins erste Stockwerk hinunter, inzwischen so wütend, dass sie das Anklopfen vergaß und einfach Dans Tür aufriss.

»Was glaubst du, mit wie vielen deiner Männer ich geschlafen habe?«, fragte sie und stürmte in sein Zimmer, wo er mit nacktem Oberkörper an einer alten Porzellanwaschschüssel – einem Relikt der vornehmen Vergangenheit des Schlosses – stand und sich rasierte.

Den Rasierer in der Hand starrte er sie an. »Was?«

»Du kannst mir also keine genaue Zahl nennen?«, fuhr sie fort. »Dann versuchen wir es doch mal mit einer Schätzung. Unterbrich mich, wenn ich ungefähr richtigliege. Eins bis fünf? Nein? Fünf bis zehn? Mehr? Vierzig bis fünfzig? Herr des Himmels!« Sie ging auf ihn zu. »Weißt du was – ich habe mit überhaupt keinem geschlafen! Nicht mit einem Einzigen von ihnen. Null, zero, nada. Aber jetzt frage ich mich, warum ich mich überhaupt so bemüht habe, abstinent zu bleiben. Ich mag Sex. Ich hätte welchen haben können. Nein, habe ich mir gesagt, ich will mich nicht so benehmen, wie alle es von mir erwarten. Ich habe zwölf verflucht frustrierende Monate zölibatär verbracht, und jetzt erfahre ich, dass ich deinen Männern zufolge mindestens mit der Hälfte von ihnen im Bett gewesen bin!«

Dans Mund zuckte, dann bekam er einen Lachkrampf.

Fassungslos starrte Jess ihn an. Plötzlich schienen alle ihre Befürchtungen unerträglich wahr zu sein. Dass er Bescheid wusste. »Was ist denn daran so komisch?«

Doch Dan war vor Lachen hilflos auf einen Sessel gesunken und brachte kein Wort heraus. Auch Jess war sprachlos, aber sie fühlte die grässliche Erkenntnis, dass Dan womöglich nicht der Freund war, für den sie ihn gehalten hatte, wie einen Schlag in den Magen.

Als er sich endlich wieder einigermaßen gefasst hatte, sagte er: »Es ist nur so, dass du die einzige Frau in meiner Bekanntschaft bist, die mir erklärt, dass sie gern Sex hat und wie frustriert sie ist, ohne sich dabei auch nur ansatzweise darüber im Klaren zu sein, dass ich mir so ein Gespräch vor gerade mal zwei Jahren mit einer Frau niemals hätte vorstellen können.«

Während er sprach, gingen Jess ihre eigenen Worte noch einmal durch den Kopf. »O Gott«, seufzte sie. »Ich bin hier reingekommen, um dich von meinem makellosen Ruf zu überzeugen, und habe damit genau das Gegenteil erreicht, stimmt's?«

»Du hast mich von gar nichts überzeugt, weil ich keine Ahnung habe, wovon du redest«, entgegnete er. Dann wurde er ernst. »Erzähl mir bitte, was eigentlich los ist.«

Sie schüttelte den Kopf, fest entschlossen, zu gehen, ehe sie sich noch mehr blamierte. »Ach, spielt keine Rolle. Nur eine vorübergehende Geistesstörung.«

Dan stand auf, legte sanft die Hände auf ihre Schultern und führte sie zurück zu seinem Sessel. »Ich möchte es aber wissen.«

Als sie schließlich zu erzählen begann, war ihre Wut verraucht, und sie hörte selbst, wie müde und resigniert ihre Stimme klang – und wie traurig. »Ich habe zufällig ein Gespräch zwischen Sparrow und Jennings mitangehört. Sparrow hat Jennings gefragt, warum er kein ›J-Club-Abzeichen‹ hat, was anscheinend jedem in deinem Bataillon verliehen wird, nachdem er mit mir geschlafen hat. Und da bin ich …« Sie hielt inne, weil sie ihn nicht hören lassen wollte, wie ihre Stimme brach, obwohl sie ja wusste, dass es nicht nur wegen Jennings und Sparrow war, sondern auch wegen des Panzers, der in Flammen aufgegangen war, wegen Catherine und wegen all der toten und verwundeten Körper, die sie im letzten Jahr gesehen hatte. »Ich dachte, sie sehen mich inzwischen als eine der Ihren. Aber inzwischen glaube ich, das wird nie passieren. Ich bin in erster Linie eine Frau, und alles andere ist bestenfalls zweitrangig.«

Mit geballten Fäusten und zusammengebissenen Zähnen stand sie auf. »Und jetzt bin ich genau so, wie sie es von mir erwartet haben: schwach. Unfähig, mich ein bisschen veralbern zu lassen. Eine Petze. Vergiss alles, was ich gesagt habe. Aber ich vermute ...« Sie zögerte. »Für mich bist du in erster Linie ein Freund und erst in zweiter der Kerl, der das Sagen hat. Und das sollte ich wahrscheinlich ändern.«

Damit wandte sie sich ab und eilte zur Tür hinaus. Sie wusste, dass er ihr nicht nachlaufen konnte, weil er erst ein Hemd anziehen musste – er würde seinen Ruf nicht noch mehr schädigen, indem er ihr halb nackt nachjagte. Sie stieg in ihren Jeep und fuhr wieder nach Norden, die Kamera bereit für alles, was sie in diesem Land jenseits der Realität finden würde.

Unterwegs erinnerte Jess sich an die Geschichte, die sie schreiben wollte, aber aus Angst nicht weiterverfolgt hatte – bis jetzt. Fast hasste sie sich dafür, dass sie nicht in die Ardennen fuhr, weil es ihr vorkam, als wäre es Verrat an den Männern, die sie gestern in dem brennenden Panzer hatte sterben sehen, doch sie hielt in der Nähe von Sedan, denn sie wusste, dass sie sonst alle Frauen verraten hätte. Sie klopfte an Türen, sprach mit den Frauen, fragte sie nach den Soldaten, die hier durchmarschiert waren, nach Deutschen und Amerikanern. Wie waren sie? Wie hatten sie die Dorfbewohner behandelt? Hatten sie sich einfach genommen, was sie wollten, als hätten sie ein Recht dazu, oder hatten sie danach gefragt?

Wenn ihre Fragen vom Allgemeinen ins Konkrete übergingen, sprachen viele nicht mehr mit ihr. Aber sie fragte weiter, machte sich Notizen, fotografierte diese Frauen, die seit 1940 mehr gesehen hatten, als irgendjemand ahnte. Eine von ihnen, Marie-Laure, deren Mann in Deutschland Kriegsgefangener war und deren Vater von den Deutschen getötet worden war, weil er abgestürzten britischen Piloten bei der Flucht geholfen hatte, lud Jess ein, mit ihr und ihrer Mutter zu Abend zu essen.

»Wir haben nur ein bisschen Brot und Käse«, sagte Marie-Laure. Sie sah aus, als wäre sie ungefähr achtzehn, aber das konnte auch die Auswirkung der schlechten Ernährung in den langen Kriegsjahren sein.

»Ich habe Schokolade und Zigaretten«, bot Jess ihr an – Dinge, die begehrter waren als Geld.

Marie-Laures Mutter nahm beides mit einem stummen Nicken entgegen. Genau genommen sagte sie das ganze Essen über kein Wort. Aber ihre Tochter erzählte.

»Wir haben den Soldaten immer unser Essen, unsere Kühe und unsere Hühner gegeben«, sagte sie, zog an ihrer Lucky Strike und ignorierte das Essen vollkommen. »Aber irgendwann waren keine Hühner und keine Kühe mehr da, und das Gemüse im Garten war zu mickrig. Das reichte ihnen nicht. Mein Vater hatte einen Piloten im Keller versteckt. Die Deutschen kamen. Vielleicht ... vielleicht hätten wir ihnen den Piloten geben sollen. Andererseits hätten sie meinen Vater dann auch genommen. Also ...«

Mit einem Achselzucken stand Marie-Laure auf, ging zu ihrer Mutter und küsste sie auf den Kopf.

»Sie haben gesagt, wir sollen wählen«, fuhr Marie-Laure fort. »Ich oder meine Mutter. Also bin ich mit ihnen ins Schlafzimmer. Es waren vier Männer.«

Jess bewegte den Stift über das Papier, ohne aufzublicken, sie spürte Marie-Laures Scham und wusste, dass die junge Frau nicht angeschaut werden wollte. Am liebsten hätte sie laut gerufen: *Du bist nicht diejenige, die sich schämen muss!* Aber Marie-Laure war noch nicht fertig.

»Als der Letzte von ihnen fast fertig war, sind die anderen rausgegangen. Sie kamen mit meiner Mutter zurück. Und haben mich gezwungen zuzuschauen.«

In Jess' Augen brannten nutzlose Tränen.

»Am nächsten Tag waren sie wieder da.« Marie-Laure zündete sich die zweite Zigarette an. »Meine Mutter konnte nicht mehr aus dem Bett aufstehen, seit sie gegangen waren. Mein Vater kauerte auf dem Boden daneben und weinte. Die *Boches* nahmen den Piloten mit und meinen Vater auch. Es war alles umsonst gewesen.«

———

Es war alles umsonst gewesen. Auf dem Rückweg nach Reims gingen Jess Marie-Laures Worte nicht mehr aus dem Kopf.

Bevor Jess gegangen war, hatte sie ihr noch etwas erzählt. Etwas Schreckliches.

»Vor zwei Wochen waren ein paar Amerikaner hier. Diesmal habe ich einfach gleich mein Kleid ausgezogen. Es tut weniger weh, wenn du dich nicht wehrst.«

Jess wusste, dass niemand so eine Geschichte veröffentlichen würde, wenn sie es in ihren Bericht aufnahm. Niemand wollte lesen, dass amerikanische Soldaten in einem Land, das jahrelang unter der Naziherrschaft gelitten hatte, Frauen vergewaltigten. Niemand wollte etwas darüber wissen, was sich hinter der Resignation auf Marie-Laures Gesicht und dem Schweigen ihrer Mutter verbarg. Jess hatte ein Foto von ihnen gemacht, wie sie vor zwei dünnen Scheiben Brot am Tisch saßen und ihre Zigaretten umklammerten, als hielten sie in ihnen ihren eigenen Verstand fest.

Was konnte sie tun? Die Frage verfolgte Jess auf dem langen, dunklen Rückweg, während sie jedes bisschen ihrer Kraft und ihres Urteilsvermögens dafür nutzte, um ohne ortskundige Hilfe den richtigen Weg zu finden, und betete, auf der Straße keinen Deutschen, keinen Bomben, keiner Flak, keinen Minen zu begegnen, dass sie keinen Grund haben würde, aus dem Jeep zu springen, sich in einen Graben zu werfen und dort mutterseelenallein zu liegen. Spät, todmüde, schmutzig und wie gerädert erreichte sie endlich das Schloss.

Es war still, viele der Fenster waren dunkel, in den Zelten hörte man die Männer sich bewegen, aber in Dans und in ihrem eigenen Zimmer ganz oben brannte helles Licht. Sie schüttelte den Kopf. Vermutlich waren sie wieder dabei, Souvenirs zu klauen. Da konnte sie doch ihre Tasche einfach auf dem Rasen ausschütten und ihnen sagen, sie sollten sich nehmen, was sie wollten – sie war viel zu müde, um sich zu wehren.

Das Gewicht der Kameras drückte ihr auf die Schultern, als sie die Treppe hinaufstieg, und ihr Magen knurrte, weil sie den ganzen Tag über nur eine einzige K-Ration gegessen hatte. Oben angekommen sah sie, dass ihre Tür sperrangelweit offen stand und Sparrow, Jennings sowie einige der anderen Männer in ihrem Zimmer waren. Wie angewurzelt blieb sie stehen – sie waren also tatsächlich gekommen, um sich den Rest ihrer Sachen zu holen.

Aber dann fiel ihr auf, dass Sparrow einen Besen in der Hand hatte, während Jennings saubere Laken auf ihrem Bett ausbreitete und ein weiterer GI gerade ein Essenstablett auf den Tisch stellte, den sie als Schreibtisch benutzte. Auf dem Bett lagen außerdem ihre Uniformen, allesamt frisch gewaschen, gebügelt und mit militärischer Präzision zusammengefaltet. Sie rieb sich die Augen.

Sobald die Männer sie entdeckten, nahmen sie Haltung an, obwohl sie das ihr gegenüber eigentlich nicht mussten. »Captain May«, begrüßten sie Jess wie aus einem Munde.

»Was macht ihr denn hier?«, fragte sie etwas argwöhnisch.

»Wir machen das Zimmer sauber«, antwortete Jennings.

»Das sehe ich. Warum das?«

Verlegen sahen die Männer einander an, dann stieß Sparrow mit knallrotem Kopf hervor: »Wir sind ja schon fertig, Captain May. Hoffentlich ist alles zu Ihrer Zufriedenheit.«

»Es sieht hier aus wie im Paradies«, antwortete sie. »Aber warum?«

Keiner antwortete. Stattdessen gingen sie im Gänsemarsch mit gesenktem Blick zur Tür hinaus.

Jess' Tasche fiel zu Boden, aber als sie die Kamera auf dem Bett ablegte und den schmutzigen Fingerabdruck sah, den sie auf den sauberen Laken hinterließ, zuckte sie unwillkürlich zusammen. Aus irgendeinem Grund gab ihr dieser Fleck den Rest, und die Tränen, die sie mühsam zurückgehalten hatte, während sie Marie-Laures entsetzlicher Geschichte lauschte, füllten ihre Augen. Einen langen Moment stand sie reglos da und schluckte. Der Schmerz in ihrer Kehle war nahezu unerträglich.

Sie wusste, warum die Männer in ihrem Zimmer gewesen waren. Und sie wusste auch, dass es mindestens einen Mann im Schloss gab, der nicht nur ihr Lächeln, ihr Gesicht und ihren Körper sah, sondern auch das, was sich unter dieser Oberfläche befand. Der nicht dachte, sie sei ein Niemand. Als die Enge in ihrer Kehle sich etwas entspannte, ging sie die Treppe hinunter und klopfte an Dans Tür.

»Herein!«, hörte sie ihn rufen, leise, als wäre er weit weg.

Sie öffnete die Tür, konnte ihn aber nirgends im Raum entdecken, bis ihr eine leichte Bewegung der Vorhänge auffiel. Die Balkontür stand offen, und sie konnte seinen Hinterkopf sehen, an ein Sofa gelehnt, das dort hinausgeschleppt worden war und fast die ganze Fläche einnahm.

»Dan?«, rief sie von der Tür.

»Ja, du kannst ruhig reinkommen, Jess.«

Der Schicklichkeit halber ließ sie die Zimmertür offen stehen – eine Geste, die sie selbst fast zum Lachen brachte –, dann trat sie hinaus. Einen Moment lang verschlug es ihr den Atem. Das Zimmer befand sich auf der Rückseite des Schlosses, man blickte von hier nach Norden in Richtung Belgien, über die Zelte und die Reste des Gartens, der sich zum dunklen Band des weiter entfernten Kanals hinunterschlängelte. Der sternengesprenkelte Nachthimmel umhüllte sie samtig. Keine Wolke verdeckte die Lichter, nur ein zarter Hauch von weißem Phosphor. In regelmäßigen Abständen erleuchtete eine Granate oder eine Leuchtspur den Himmel wie ein überirdischer Regenbogen oder eine Sternschnuppe. »Es ist wunderschön hier«, sagte sie leise.

»Ich weiß«, bestätigte Dan.

Jess ließ sich neben ihn aufs Sofa sinken.

»Du kommst gerade rechtzeitig.« Dan hielt ein Glas Cognac in die Höhe und reichte es ihr.

Dankbar nippte sie daran.

»Du siehst aus, als hättest du einen harten Tag hinter dir«, fuhr er fort, während er aufmerksam ihr Gesicht musterte.

»Als Krönung habe ich sechs Männer in meinem Zimmer vorgefunden, die dort sauber gemacht haben. Meine Uniformen sind gewaschen. Mein Bett hat frische Laken.«

»Ich habe sämtliche J-Club-Mitglieder heute Nachmittag zu einem Treffen geladen«, erzählte Dan heiter. »Vermutlich haben sie nicht genau das bekommen, was sie erwartet hatten. Ich habe ihnen gesagt, ich hätte von ihrem Projekt gehört und gehe davon aus, dass es sich um eine Art Jury handle, die Hausmeisterpflichten überprüft, und dass in deinem Zimmer unbedingt sauber gemacht werden müsse.«

»Jetzt werden sie mich hassen.«

Er schüttelte entschieden den Kopf. »Nein, nein. Sie wissen, dass sie einen Fehler gemacht haben. Dampf ablassen ist in Ordnung, aber nicht so, dass man damit den Charakter eines anderen Menschen in Verruf bringt. Wenn ich nichts dagegen unternehme, ist es so, als würde ich glauben, es ist okay. Und das ist es nicht.« Er hielt inne und sah zu, wie eine weitere Leuchtspur über den Himmel tanzte. »Du bist spät wiedergekommen.«

Sie gab ihm das Glas zurück. »Ich hatte Gerüchte von Vergewaltigungen gehört und eine Frau gefunden, die mit mir darüber geredet hat. Ich glaube, ich kann es nicht ignorieren, obwohl ich weiß, dass ich niemanden dazu bringen kann, es zu veröffentlichen.«

Als Dan nicht antwortete, hätte sie sich am liebsten auf die Zunge gebissen. Sie hatte ihn zu sehr ins Vertrauen gezogen. So etwas konnte er doch nicht einfach hinnehmen – dass sie die Organisation, die er als Offizier zu unterstützen verpflichtet war, aktiv beleidigte. Aber dann sagte er leise: »Du solltest es trotzdem aufschreiben.«

Ein erleichtertes Lächeln machte sich auf ihrem Gesicht breit.

Wenn in der Armee doch nur mehr Männer wie Dan wären – und weniger solche wie Warren.

Weil sie es nicht fair fand, ihn zusätzlich zu belasten, erzählte sie ihm nichts weiter, sondern lenkte das Gespräch darauf zurück, weshalb sie erst so spät wiedergekommen war. »Die Fahrt hat ewig gedauert«, seufzte sie. »Mir war nicht klar, wie viel Zeit man spart, wenn jemand neben einem im Jeep sitzt, navigiert und mindestens die Hälfte der Straße im Blick behält.«

»Ich dachte, du wärst mit Martha unterwegs gewesen.« Er setzte sich auf, als wäre er beunruhigt.

»Martha ist krank, ich habe sie gestern ins Lazarett gebracht.«

»Du bist mitten in der Nacht allein durch die Gegend gefahren? Gestern auch schon?« Noch immer die gesteigerte Aufmerksamkeit, die angespannte Haltung.

»Es gab keine Probleme.«

»Aber du hättest gut welche kriegen können. Himmel, Jess, warum hast du denn nicht im Pressecamp übernachtet?«

Sie versuchte, ihn zu unterbrechen, zu protestieren, dass sie keine Lust hatte, sich nach einem dermaßen anstrengenden Tag mit einem Haufen anderer Korrespondenten zu unterhalten, doch Dan ließ nicht locker.

»Es hätte alles Mögliche passieren können«, fuhr er fort. »Nicht mal hier sind wir wirklich so sehr in Sicherheit, um nachts allein durch die Gegend zu fahren. Zu allem Überfluss sind die Straßen auch noch glatt wie eine Eisbahn.«

»Dan«, erwiderte sie sanft und starrte ihn an, bis er eine Pause einlegte. »Wenn ich in die Luft geflogen wäre, hätte es nicht die geringste Rolle gespielt, ob ich mit einer anderen Person im Jeep gewesen wäre oder nicht. Du bist nicht für mich verantwortlich. Du musst dich um ein ganzes Bataillon kümmern. Nicht auch noch um mich.«

»Wenn ich nicht für dich verantwortlich bin, wer dann? Die Presseabteilung des SHAEF, die sich so liebevoll um dich sorgt? Warren Stone? Ihm würde ich dich nicht mal für eine Sekunde anvertrauen, um keinen Preis.«

»Ich bin selbst für mich verantwortlich«, beharrte Jess. »Das wusste ich schon, bevor ich mich entschlossen habe hierherzukommen.«

»Aber du nimmst deine Verantwortung nicht ernst genug.«

Er starrte sie an, als wäre er böse auf sie, aber sie wusste, dass er sich nur deshalb so aufregte, weil sie ihm am Herzen lag. Was sie heute Morgen zu ihm gesagt hatte – *für mich bist du in erster Linie ein Freund und erst in zweiter der Kerl, der das Sagen hat* –, stimmte umgekehrt also auch für ihn – sie waren Freunde.

Behutsam legte sie die Hand auf seinen Arm. »Ich nehme diese Verantwortung sehr ernst. Genauso ernst, wie du deine Verantwortung für dich selbst nimmst. Ich weiß, welche Risiken ich eingehe – die Deutschen, die Straßenverhältnisse –, und war die ganze Rückfahrt mehr als wachsam. Deshalb bin ich jetzt ja auch so dreckig und müde«, fügte sie etwas kläglich hinzu. »Ich weiß doch, wie ich mich fühlen würde, wenn dir etwas passiert, und bin extra vorsichtig, wenn ich allein im Jeep sitze.«

Einen langen Moment schwiegen sie beide, doch keiner wandte den Blick ab. Sie sahen sich in die Augen, während in der Ferne die Granaten einschlugen, mit einem seltsam wimmernden Laut, der klang wie unterdrücktes Weinen. Schließlich entspannte sich Dans Gesicht ein wenig, der Ärger verflüchtigte sich, doch seine Augen blieben dunkel und ernst. »Du bist so schmutzig, dass ich nur das Weiße in deinen Augen sehen kann.«

Sie lachte und wischte sich vergeblich über die Wange. »Und ausgerechnet heute habe ich frisches Bettzeug und muss erst mal unter die eiskalte Dusche, damit ich es nicht gleich wieder schmutzig mache. Dafür liege ich dann die nächsten zwei Stunden wach und versuche, wieder warm zu werden. Für warmes Wasser würde ich so ziemlich alles tun.«

Dan hob die Augenbrauen. »Bei mir gibt es warmes Wasser.«

»Was? Wo?«

»Ich wusste nicht, dass du keines hast. So ein Mist«, fluchte er. »Manchmal habe ich das Gefühl, als Offizier hat man keine Ahnung von den Realitäten der anderen. Ich befehle dir hiermit, die Dusche auf diesem Stockwerk zu benutzen. Ich werde persönlich Wache stehen, um zu garantieren, dass dich niemand stört.« Er stand auf. »Komm, gehen wir.«

So wurde Jess zur Dusche abgeführt, und Dan schubste sie hinein, nachdem er ihr zuvor eines seiner sauberen Hemden aufgedrängt hatte. Sie schloss die Tür, und während sie das wunderbar warme Wasser über sich strömen und den Schmutz wegwaschen ließ, hörte sie ihn, wie er jeden, der das Bad benutzen wollte, wegschickte und dabei keine Widerrede gelten ließ.

Irgendwann hörte sie ein energisches Klopfen an der Tür und Dans Stimme: »Jess? Alles gut bei dir?«

Rasch drehte sie den Hahn zu. »Entschuldige«, rief sie, »ich komme gleich raus. Aber ich habe seit Paris kein warmes Wasser mehr gefühlt.« Eilig trocknete sie sich ab, schlüpfte in Dans Hemd, eine hundertprozentig anständige Bekleidung, da es länger war als manche kurze Hose, die sie für die *Vogue* getragen hatte, und verließ das Badezimmer.

»Dann bringen wir dich aber lieber schnell in Sicherheit, ehe du in diesem Aufzug jemandem über den Weg läufst«, meinte Dan, als er sie sah.

Sie lachte. »Nach dem heutigen Tag werden alle einen Sicherheitsabstand zu mir einhalten, weil sie Angst haben, dass du sie womöglich demnächst zwingst, meinen Jeep zu waschen. Kann ich es mir noch einmal anschauen?«

»Was?«, fragte er und folgte ihr den Korridor hinunter. Sie öffnete die Tür zu seinem Zimmer und eilte sofort auf den Balkon. »Das hier«, antwortete sie, deutete auf den Himmel und ließ sich auf das Sofa sinken.

Dan setzte sich neben sie, legte den Arm auf die Rückenlehne, und als Jess den Kopf an seine Schulter lehnte, rückte er nicht weg, nahm es jedoch auch nicht als Einladung zu einem Annäherungsversuch. Stattdessen griff er nach der Decke, die zusammengefaltet neben ihr auf der Lehne lag, und ließ den Arm auf ihre Schulter sinken, so dass sie sich einkuscheln konnte, während sie das Cognacglas hin- und herreichten und das prachtvolle elektrische Leuchten am Himmel beobachteten.

So vergingen mehrere Minuten. »Hast du das, was du heute Morgen gesagt hast, wirklich ernst gemeint?«, fragte Dan schließlich.

Mit einem schiefen Lächeln dachte Jess an ihr Gespräch in der Morgendämmerung. »Dass ich seit über einem Jahr keinen Sex mehr hatte? Ja.«

»Dann bist du ja noch schlimmer dran als ich«, sagte er und starrte zum Himmel. »Ich habe dem Sex in Italien abgeschworen.«

»Warum?«, fragte sie.«

»Weil ich Sex haben wollte, um zu vergessen. Aber das kann man nur, wenn man sich vollständig in jemandem verliert, und so viel Intimität konnte ich mir mit keiner der Frauen vorstellen, die ich kennengelernt habe.«

»Ja, genauso ist es«, konnte Jess noch flüstern, obwohl sie merkte, dass ihr die Augen zufielen.

Einige Zeit später erwachte sie mit einem Ruck. Dan hatte den Kopf auf die Lehne gelegt, seine Augen waren geschlossen, sein Gesicht war jung und friedlich. Sie erinnerte sich an ihr Gespräch und wusste ohne jeden Zweifel, dass sie in ihrem ganzen Leben nichts Intimeres erlebt hatte, als hier an Dans Seite einzuschlafen. Und dass sie jetzt verschwinden musste, bevor sie alles zerstörte.

Sie beugte sich zu ihm und küsste ihn auf die Wange. »Danke, Lieutenant Colonel Hallworth«, flüsterte sie noch, ehe sie sich zum Gehen wandte.

Im Hinausgehen hörte sie gerade noch seine leise Antwort: »Es war mir ein Vergnügen, Captain May.«

———

Am nächsten Tag erwachte sie von einem Klopfen und sah kurz darauf, wie ein Zettel unter ihrer Tür durchgeschoben wurde. Die Nachricht war von Dan. *Ab 7 Uhr 30 gehört dir das Badezimmer.* Sie sah auf ihre Uhr. Es war 7 Uhr 25. Ohne sich darum zu kümmern, dass sie noch im Pyjama war, sprang sie aus dem Bett, sammelte ein, was sie brauchte, rannte die Treppe hinunter und den Korridor entlang, vorbei an Dan. An der Badezimmertür entdeckte sie ein Schild: *Reserviert für Captain May, täglich von 7 Uhr 30 bis 7 Uhr 45.*

»Wer zum Teufel ist Captain May, und warum kriegt er Badprivilegien?«, hörte sie einen anderen Offizier fragen.

Mit ihrem Modellächeln drehte sie sich um. »Ich bin Captain May«, erklärte sie. »Vermutlich hat Lieutenant Colonel Hallworth Sorge, dass ich nicht nur dein Herz, sondern auch andere Teile deiner Anatomie in Wallung bringe, wenn ich das Bad mit dir gemeinsam benutze.«

Dem Mann blieb der Mund offen stehen, er wurde vom Haaransatz bis zum Hals puterrot und brachte keinen Ton mehr heraus. Hinter ihnen prustete Dan vor Lachen, und Jess verschwand eilig im Badezimmer.

———

Vielleicht mochte es mitten in einem Krieg frivol erscheinen, aber als die Deutschen in die Ardennen zurückgedrängt wurden, beschloss Jess, dass alle eine Party brauchten. Wie sonst sollte irgendjemand die Energie aufbringen, das Jahr 1945 zu beginnen, noch immer im Krieg, noch immer weit weg von der Heimat, ohne zu wissen, wann endlich alles vorbei sein würde? Und über allen hing das Wissen, dass Dans Division sehr bald aus der Reserve gerufen werden würde, denn die Ardennenschlacht ging unerbittlich weiter.

Als Termin wählte sie den ersten Weihnachtstag, und vor das winzige Heizgerät gekauert, das sie seit Italien mit sich herumschleppte, stürzte sie sich in die Vorbereitungen. Auch Jennings half ihr – er hatte sich das Handgelenk verstaucht, als er über eine Zeltleine gestolpert war, und Dan hatte Jess gebeten, ihn so lange wie möglich zu beschäftigen, damit er das Jahresende ohne weitere Verletzungen erreichte.

Sosehr die Männer stöhnten, wenn Jess sie überredete, ihr zu helfen, war doch klar, dass sie aufgeregt waren wie Kinder vor einer Geburtstagsfeier. Den unangenehmen Vorfall mit dem J-Club hatte sie überwunden. Groll führte zu Krieg, während Vergebung ihn verhinderte, und wenn sie davon nicht ein bisschen selbst praktizierte, wie konnte sie es dann von den Nationen der Welt erwarten?

Aber dann kamen Anordnungen vom Hauptquartier: Dans Division sollte sich bei Morgendämmerung in Marsch setzen. Kurz entschlossen verlegten sie Weihnachten ein paar Tage vor. Jess befahl allen, sich zu waschen und bei ihr in der Küche einzufinden, die sie zum Umkleideraum erkoren hatte. Als die Männer einigermaßen sauber waren, durften sie in ihre Kostüme schlüpfen, wobei Jess natürlich, wie es sich gehörte, den Raum verließ. Sparrow konnte es sich nicht verkneifen, ihr nachzurufen, dass es den meisten bestimmt gefallen würde, doch zum Glück war der fiese Unterton komplett verschwunden.

»Aber stell dir nur vor, wie meine armen Augen darunter leiden müssten«, antwortete sie lachend.

Sie hatten den ehemaligen Ballsaal, einen riesigen Raum mit prachtvollen Säulen, hellgrauen, holzgetäfelten Wänden, die teilweise kunst-voll bemalt waren, vom Speisesaal zum Festsaal befördert und alle Tische an die Wand geschoben. Das Stimmengewirr, das nun von dort auf den Korridor drang, deutete darauf hin, dass sich eine große Menschenmenge eingefunden hatte – mit den Soldaten flirtende WAC-Frauen und sogar Krankenschwestern, die zur Feier des Tages das Lazarett für ein paar Stunden verlassen durften. Natürlich waren auch jede Menge Korrespondenten, die keine Party verpassen wollten, zu diesem Zweck aus Paris und den umliegenden Pressecamps angereist und plauderten nun, einen Drink in der Hand, angeregt miteinander.

Mit einem kurzen Nicken gab Jess Private Ronnie Page, einem neuen Rekruten, den sie mit der Bedienung des Grammophons beauftragt hatte, das vereinbarte Zeichen, und als die Musik durch den Saal wehte, schickte sie das erste Model hinein – Sparrow in einem Kleid, das sie aus ein paar fadenscheinigen amerikanischen Flaggen zusammengestückelt hatte. Lachen und Jubel begrüßten ihn, und beim nächsten Soldaten, der in einem der edwardianischen Ballkleider folgte, die Jess in einer Truhe auf dem Speicher entdeckt hatte, war der Beifall sogar noch größer. Am Ende des Bereichs, den sie zum Laufsteg ernannt hatten, vollführte der junge Mann eine perfekte Drehung, und Jess grinste zufrieden. Jetzt war sie sicher, dass sie recht gehabt hatte und dass wirklich alle einen Abend brauchten, der ans Alberne grenzte, einen Abend, der selbst dem hartgesottensten Soldaten ein Lächeln entlockte.

Nun schickte sie Jennings in den Saal; er hatte auf dem Speicher einen alten Anzug gefunden, und sie hatte ihm geholfen, daran die schwarz-weiße Packung des Schokoriegels zu befestigen, auf der stand, der Riegel solle mit Bedacht verzehrt oder gegebenenfalls als Getränk aufgelöst und genossen werden. Dröhnendes Gelächter folgte ihm durch den ganzen Ballsaal.

Nach ihm schritt ein Gefreiter in einem Mantel aus Verbandsmaterial, das von den Krankenschwestern gespendet worden war, einem Hemd aus Tarnnetz und einem Hut aus Rationsboxen über den provisorischen Laufsteg, ihm folgten weitere von Jess und den Männern gebastelte Kostüme. Die sozusagen in jede Ausstattung eingenähte gute Laune war im ganzen Raum zu spüren, und Jess war sich sicher, dass tatsächlich alle für einen Moment vergessen hatten, warum sie hier waren. Als sie den Blick über die fröhlichen Gesichter wandern ließ, sah sie, dass Dan sie anlächelte und anerkennend den Daumen hob.

Zum Abschluss war sie nun selbst an der Reihe. Unbemerkt schlich sie zurück in die Küche und schlüpfte in ihr Kostüm, für das sie alle möglichen Stofffetzen von zerrissener oder ausgemusterter Armeebekleidung zu einem khakifarbenen Patchwork-Kleid zusammengenäht hatte, das ihrem Lelong-Kleid auf dem *Vogue*-Foto, das zahlreiche Männer über ihrem Bett an die Wand gepinnt hatten, so ähnlich war, wie es ihre Nähkünste eben zuließen: ein bodenlanges Prinzessinnenkleid mit einem üppigen Tellerrock und einem rückenfreien Oberteil, das ihren eleganten Hals betonte.

Sie hatte die Haare gewaschen und gebürstet, bis sie glänzten. Es war ihr gleichgültig, dass sie noch kürzer waren als früher, ja, sie fand, dass sie sogar besser aussah, weil ihre Gesichtszüge – die dunkelbraunen Augen, die vollen Lippen, die kräftigen Wangenknochen – dadurch sogar noch besser zur Geltung kamen. Dann allerdings erschrak sie, weil ihr eine Frau aus dem Spiegel entgegenblickte, die sie fast vergessen hatte. Vor zwei Jahren, als das Model Jessica May, hatte sie nie anders ausgesehen als wunderschön zurechtgemacht, doch inzwischen hatte sie sich an die verdreckte Frau in Armeehosen gewöhnt.

Mit geübten Bewegungen trug sie etwas Puder auf, tuschte sich die Wimpern, gab Rouge auf die Wangen und zog die Lippen mit rotem

Lippenstift nach. Dann ging sie hinaus, um als Finale der Schau durch den Ballsaal zu defilieren.

Doch statt des Johlens, Jubelns und Lachens, das sie erwartet hatte, wenn sie als Karikatur ihres eigenen Fotos auftauchte, begrüßte sie absolute Stille, lediglich das Grammophon dudelte eine lächerlich melodramatische Operettenmelodie der Jahrhundertwende. Mucksmäuschenstill sahen die Männer zu, wie sie locker und entspannt in den Saal stolzierte, in der Mitte in Modelpose stehen blieb und den Blick über die stummen Gesichter schweifen ließ. Ihr Lächeln, das hell und strahlend gewesen war, verblasste allmählich und verschwand schließlich ganz, so sehnsüchtig wartete sie auf eine – irgendeine! – Reaktion, die sie von diesem grässlichen Schweigen erlöste.

Schließlich stemmte sie die Hände in die Hüfte und fragte:»Was ist los? Hab ich vielleicht den Rock in der Unterhose hängen oder was ähnlich Peinliches?«

Da endlich brausten Gelächter und Jubel auf, es wurde so laut geklatscht und gebrüllt, dass Jess sich fragte, ob man es womöglich bis nach Deutschland hörte.

Mit einem erleichterten Lächeln vollendete sie ihren Rundgang, doch sie fragte sich noch immer, was in aller Welt sie getan, welche Regeln sie gebrochen hatte, dass alle so erstarrt gewesen waren.

Am Ende machte sie einen Knicks und winkte die anderen Models zum Verbeugen zu sich. Sie rechnete fest damit, dass sie danach so rasch wie möglich wieder in ihre Uniform schlüpfen wollten, aber keiner von ihnen machte die geringsten Anstalten, sich umzuziehen. Stattdessen stürzten WAC-Frauen und Soldaten herbei, um sich die Kostüme aus der Nähe anzuschauen, bewunderten die Schokoladenpackungen, wollten die Rationsboxen anfassen und kommentierten Sparrows Beine, die, behaart, wie sie waren, unter seinem patriotischen Fahnenkostüm hervorlugten.

Jess schlenderte durch den Saal, bis sie Dan fand. »Was habe ich denn diesmal wieder angestellt?«, fragte sie ihn. »Mein Rock war eindeutig nicht in meiner Unterhose!«

Dan schüttelte den Kopf. »Nein. Es war nur ...«

Er stockte, als wolle er nicht mit der Wahrheit herausrücken, um ein Haar hätte Jess auch tatsächlich den Kopf geschüttelt und die Sache mit einem »Ach, vergiss es« abgetan – schließlich wollte sie sich den Abend nicht mit Vorwürfen verderben lassen. Doch als Dan weitersprach, wandte er den Blick ab, und Jess senkte die Augen.

»Ich glaube, wir haben alle nicht gemerkt, was wir die ganze Zeit direkt vor der Nase hatten«, sagte er. »Dein Auftritt war ... umwerfend. Als wärst du ein Wesen aus einer anderen Welt. Eine bezaubernde, faszinierende Fremde. Eine Frau, für die es sich zu kämpfen lohnt.«

Sie blickte auf und starrte ihn an, sprachlos.

»Und dann hast du den Mund aufgemacht und genauso geredet, wie Jess mit uns reden würde«, fuhr Dan grinsend fort, »und wir haben uns endlich wieder erinnert, dass hinter dieser feenhaften Erscheinung ein Mensch steckt, den wir kennen. Eine Frau, über deren Anwesenheit wir uns sehr freuen. Prost.« Er hob sein Glas und stieß mit ihr an, ging dann jedoch zu Sparrow und klopfte ihm auf die Schulter, damit Jess Zeit hatte, sich zu fassen.

Als sie alle Fotos gemacht hatte, die ihr Filmmaterial noch hergab, kam das Grammophon erst richtig in Fahrt, wobei es keinen kümmerte, dass die verstaubte Plattensammlung keineswegs dem Niveau eines Jazzclubs gerecht wurde.

Über eine Stunde wirbelte Jess mit verschiedenen jungen Männern durch den Ballsaal, überrascht, wie leicht sie sich fühlte – als hätte die Fröhlichkeit in diesem Raum für den Augenblick die schwere Last dieses Krieges von ihnen allen genommen. Ihr wurde bewusst, wie ungewöhnlich es geworden war, dass so viele Menschen ihrer Lebensfreude Ausdruck verliehen, und das allein zeigte schon, dass sie sich alle, so lange sie konnten, an eine Art Amnesie klammern wollten, um den nächsten Morgen fernzuhalten.

Am Ende jedes Songs machten Jess' Tanzpartner freundlich Platz für den nächsten – ohne Streitereien, ohne Eifersucht, ohne Spott. Irgendwann erschien Dan, tippte seinem Vorgänger auf die Schulter und sagte: »Jetzt bin ich endlich auch mal dran.«

»Sehr gern«, lächelte sie.

Verlegen stammelnd räumte Private Page das Feld, und sie konnte nicht anders, als ihn auf die Wange zu küssen – denn er war so süß gewesen wie Zuckerwatte auf der Sommerkirmes, hatte ihr von seiner kleinen Schwester erzählt, die ihm zu Hause immer nachlief, so dass er sich fragte, wessen Schatten sie jetzt, wo er nicht zur Verfügung stand, wohl geworden war. Page drängelte sich also zum Grammophon, um die nächste Platte aufzulegen, das ach so langsame und ach so schmalzige *Smoke Gets in Your Eyes*, gesungen von Irene Dunne.

»Ach du liebe Zeit«, seufzte Jess ironisch. »Bestimmt hättest du dafür lieber eine von den Krankenschwestern im Arm.«

Doch Dan schüttelte den Kopf. »Ich glaube, mit dir bin ich eher in Sicherheit.«

Jess lachte. »Und umgekehrt. Ich weiß auch nicht, was Private Page getan hätte, wenn das Lied schon vorhin gekommen wäre.«

Sanft legte Dan ihr nun die eine Hand auf den bloßen Rücken, Jess umfasste seine Schulter, und sie verschränkten die beiden freien Hände.

Für eine Weile war außer Dunnes opernhafter Stimme, die durch den Raum schwebte, nichts zu hören – als hätte es allen die Sprache verschlagen bei diesem einen, langsamen Tanz im Ballsaal eines Schlosses mitten im Kriegsgebiet, irgendwo in Frankreich.

Doch dann erwachten die munteren Gespräche wieder.

Nur Jess und Dan schwiegen noch immer.

Wann wird Freundschaft zu Liebe? Wann verwandelt sich eine Berührung in eine Liebkosung? Wann ist Zuneigung plötzlich Verlangen?

Im Ballsaal eines Schlosses, mitten im Kriegsgebiet, irgendwo in Frankreich.

Während sie tanzten, dehnten sich Dans Finger, bis seine Hand flach auf Jess' nacktem Rücken lag, und auf einmal spürte sie, wie er mit dem Daumen zart über ihre Haut strich, ein Flüstern, das sie ignorieren konnte, wenn es ihr nichts bedeutete. Doch sie bekam eine Gänsehaut, ihr ganzer Körper reagierte auf seine Berührung mit einem Prickeln, das sich überall ausbreitete.

Sie wusste, dass er es bemerkte, denn wieder bewegte sich sein Daumen auf ihrem Rücken, und sie fühlte das Gleiche, ein unkontrollierbares Beben, das sie näher an ihn heranrücken ließ. Seine Hand auf ihrem Rücken hielt sie fester, zog sie an sich, bis nichts mehr zwischen ihnen war außer der Musik.

Sie erinnerte sich, wie sie sich auf dem Sofa an ihn gekuschelt hatte, damals auf seinem Balkon, wie sie seine Zimmertür aufgerissen hatte und ihn beim Rasieren mit nacktem Oberkörper überrascht hatte. Dann schloss sie die Augen und fühlte, wie sich dieselbe Brust an sie drückte, ertrug es kaum, dass er diesmal bekleidet war. So oft hätte er die Situation ausnutzen können, und selbst jetzt war Dan darauf bedacht, keine Grenze zu überschreiten, ohne ganz sicher zu sein, dass sie es ebenfalls wollte. Es zerriss ihr fast das Herz, wie viel Zärtlichkeit diese Zurückhaltung ausdrückte.

Der Song spielte weiter, unwiderstehlich, doch Jess nahm nichts von ihrer Umgebung wahr, nichts außer Dans Daumen, seinen winzigen Bewegungen auf ihrem Rücken, und einer Sehnsucht, das Gleiche bei ihm zu tun, seine nackte Haut unter ihrer Hand zu spüren. Als sie den Kopf hob, streifte ihre Stirn seine Wange, er beugte sich zu ihr herunter, und sie flüsterte in sein Ohr: »Dan.«

Im gleichen Augenblick sagte auch er ihr ihren Namen – »Jess« –, und seine Stimme hatte den gleichen Klang.

»Jetzt bin ich dran!«

Jess blieb vor Schreck die Luft weg, als plötzlich Jennings' Stimme neben ihr ertönte. Mit einem Ruck lösten sie und Dan sich voneinander, und der Augenblick zerfiel zu Staub.

Tatsächlich hatte sie noch nicht mit Jennings getanzt, außerdem endete der Song in diesem Moment. Dan zog sich zurück, und Jess überließ Jennings ihre Hand.

Später hatte sie keine Erinnerung daran, welcher Song spielte, und auch nicht, mit wem sie nach Jennings noch durch den Saal wirbelte. Sie konnte nicht einfach verschwinden, denn sie war etwas Besonderes, der Star des Abends. Alle würden es sofort bemerken, wenn sie nicht mehr da war. Sie erinnerte sich nur daran, was sie zu Dan hatte sagen wollen: »Komm mit mir nach oben. Jetzt sofort.« Und dass sie ihn verzweifelt im Saal suchte, ihn aber nicht mehr finden konnte.

Er war gegangen, aufgebrochen zu den Schlachtfeldern der Ardennen. Und sie hatte nicht einmal Zeit gehabt, ihm zu sagen: »Sieh zu, dass du lebend wiederkommst.«

Teil 4

Kapitel 16

»Erzähl mir, was du weißt«, sagte Josh, und sein Blick folgte dem von D'Arcy zur Decke des Speicherraums, in dem sie saßen, Cognac in der einen, ein Foto, dessen Existenz sie noch vor ein paar Minuten für undenkbar gehalten hatte, in der anderen Hand.

»Nicht viel«, gestand D'Arcy, ihr Glas umklammernd. »Meine Mutter heißt Victorine und ist in Frankreich geboren. Sie hat mir erzählt, dass ihr Vater im Krieg ums Leben gekommen und sie bei Verwandten aufgewachsen ist, die sie aber schon als Kind in ein Internat gegeben haben. Danach hat sie sie kaum noch gesehen. Als sie mit der Schule fertig war, wurde sie Reporterin, dann Redakteurin bei einer Pariser Zeitschrift, sie hat sich hochgearbeitet und ist schließlich als Chefin des Asia-Pacific-Zweigs der *World Media Group* in Australien gelandet. Ich habe keine Ahnung, wie sie auf dieses Foto gekommen ist, und auch nicht, warum sich dieses Foto hier bei deiner Fotografin befindet.«

Sie hielt inne. »Auf alle Fälle ist es mein Problem, nicht deines«, fuhr sie dann fort.

»Wenn es irgendetwas mit der Fotografin zu tun hat, dann geht es mich trotzdem sehr wohl etwas an. Lass uns die Sache mal analysieren«, erwiderte Josh in seiner spröden, geschäftsmäßigen Art, die D'Arcy in diesem Augenblick jedoch sehr zu schätzen wusste, weil das Problem dadurch unpersönlich, lösbar und unabhängig von ihr zu sein schien. »Wie ist deine Mutter zu dem Namen Hallworth gekommen? Offensichtlich ist er nicht französisch. Und wie ist sie in

Australien gelandet? Schließlich ist das kein naheliegender Ortswechsel für jemanden, der bei einer Zeitschrift in Frankreich arbeitet.«

»Zuerst brauche ich noch einen Cognac.«

D'Arcy streckte die Hand mit dem Glas aus, unsicher, welche von Joshs Fragen sie zuerst angehen wollte. Dann begann sie mit der Geschichte, die sie am besten kannte, obwohl sie ungefähr so viele kleine Löcher hatte wie ein Mimolette-Käse. »Ich dachte immer, sie sei wegen einer unglücklichen Liebesgeschichte nach Australien geflohen. Zwar hat sie das nie so ausgedrückt, aber der Umzug traf mit meiner Geburt zusammen, also war das für mich eine plausible Erklärung. Den Namen Hallworth hat sie bekommen, weil ihr Vater ein amerikanischer GI war. Noch eine unglückliche Liebe: Ihre Mutter ist unverheiratet schwanger geworden, deshalb wurde Victorine auf ein Internat geschickt, und die Familie hat sie sich vom Leib gehalten. Sie war einfach eine von den vielen unehelichen Kindern einer Französin und eines US-Soldaten in einem Kriegsgebiet. Und da sie ihre Familie nie wirklich kannte, hat sie den Kontakt zu ihnen auch nicht aufrechterhalten, als sie mit der Schule fertig war.«

»Und dein Vater? Hat Victorine ihn nicht geheiratet? Oder nur seinen Namen nicht angenommen?«

D'Arcy zögerte und nippte an ihrem Cognac. Sie kannte den Mann kaum, der hier neben ihr saß, und er fragte sie Dinge, über die sie fast nie mit jemandem sprach. Ja, sie hätte gern mit ihm geschlafen, aber irgendwie erschien ihr Sex gerade weit weniger intim als dieses Gespräch. Sie konzentrierte sich aufs Wesentliche. »Keins von beidem. Aber ich weiß auch nicht sehr viel über ihn. Wie gesagt habe ich angenommen, dass er meiner Mutter das Herz gebrochen hat, und sie hat mir erzählt, dass sie ihm nicht von mir erzählen konnte, weil er nicht mehr in Frankreich war, als sie ihre Schwangerschaft bemerkte.

Vielleicht war er ein Tourist, und in den siebziger Jahren gab es ja keine SMS oder E-Mails. Ich habe ihn nie gekannt und daher auch nie vermisst. Meine Mutter hat eine sehr starke Persönlichkeit, sie ist mehr als genug, um sowohl die Mutter- als auch die Vaterrolle auszufüllen«, endete sie bestimmt.

Josh rückte ein Stück näher, stellte sein Glas ab und studierte noch einmal das Mädchen auf dem Foto, das den gleichen Nachnamen trug wie D'Arcys Mutter. »Du kommst mir nicht vor wie jemand, die Angst hat, Fragen zu stellen. Für mich klingt das alles nach einer erfundenen Geschichte. Hast du denn überhaupt nicht nachgebohrt?«

»Nein«, antwortete D'Arcy leise. Doch dann sprudelte die Wahrheit aus ihr heraus, tausendmal intimer als Küsse. »Ich liebe meine Mutter abgöttisch. Aber jedes Mal, wenn ich sie nach etwas gefragt habe, sah sie plötzlich so traurig aus. Mehr als das – sie sah aus, als würde ich ihr das Herz aus der Brust reißen, ein qualvolles Stückchen nach dem anderen. Und ich wollte nicht diejenige sein, die sie dazu bringt, so auszusehen, ich wollte sie nicht quälen. Deshalb habe ich irgendwann aufgehört zu fragen.«

Mit einer raschen Bewegung stand sie auf. Noch nie in ihrem Leben hatte sie einem Menschen so viel über ihre Mutter und infolgedessen über sich selbst erzählt, und das hatte nun dazu geführt, dass ihre Augen für ihren Geschmack zu feucht geworden waren. »Sorry. Mein persönliches Gejammer interessiert dich bestimmt nicht, du solltest ins Bett gehen. Wir sehen uns ja morgen früh.« Ihre Stimme klang überzeugend, als würde sie wirklich einfach ihre Säge nehmen und weitermachen können, als wäre nichts geschehen.

Er streckte die Hand aus, um sie aufzuhalten. »Ich rede mit der Fotografin und frage sie, ob sie bereit ist, sich mit dir zu treffen. Vielleicht hat sie ja Antworten für dich.«

»Danke«, sagte D'Arcy, machte kehrt und eilte zurück in ihr Zim-

mer, wo sie sich auf den Balkon setzte und, ohne etwas wahrzunehmen, in den prächtigen, vom Vollmond beleuchteten Garten und die
dunkle Spirale des Kanals starrte.

———

Als D'Arcy am nächsten Morgen erwachte, musste sie mehrmals den
Reisewecker auf ihrem Nachttisch überprüfen, ehe sie bereit war, ihm
zu glauben. Neun Uhr! Sie konnte sich nicht erinnern, wann sie das
letzte Mal so lange geschlafen hatte. Sie war praktisch die ganze
Nacht wach gewesen und hatte über ihre Mutter nachgedacht, hatte
sich überlegt, sie einfach anzurufen, in der Hoffnung, im vertrauten,
pragmatischen Ton eine ganz simple Erklärung zu bekommen: Das
Mädchen auf dem Foto war eine ganz andere Victorine, und es handelte sich lediglich um eine merkwürdige Namensübereinstimmung.
Erst in der Morgendämmerung war sie erschöpft ins Bett gefallen.

Sie sprang auf und sauste unter die Dusche. Eine Menge Arbeit
wartete auf sie, da konnte sie sich nicht so gehen lassen! Rasch
schlüpfte sie in ein schwarzes Sommerkleid im Stil der Fünfziger, auch
ein Fundstück aus einer Secondhandboutique, mit Spaghettiträgern,
eng anliegendem Oberteil und einem weiten Rock, unter dem ein
getupfter, krinolinenartiger Petticoat hervorschaute, so dass er glo-
ckig fiel.

Célie, die anscheinend riechen konnte, wann ihre Gäste aufstanden – vielleicht hörte sie aber auch das Scheppern der Wasserleitung –,
klopfte und brachte das gleiche Frühstückstablett wie tags zuvor.

»Eigentlich dürfte ich mir nur ein Croissant und einen Kaffee ge-
nehmigen und müsste gleich an die Arbeit gehen«, sagte D'Arcy bedauernd.

Doch Célie schüttelte entschieden den Kopf. »Frühstück ist zum
Genießen da. Hier ist die Zeitung, setzen Sie sich nach draußen und

entspannen Sie sich. Sie sehen müde aus. Und Josh hat auch noch nicht angefangen zu arbeiten.«

Es fiel D'Arcy nicht schwer, sich überzeugen zu lassen. Als sie auf den Balkon trat, merkte sie, dass es bereits recht warm war, der Himmel strahlte in sorglosem Blau. Eigentlich ein perfekter Tag, um in einem französischen Château auf dem Balkon zu sitzen, Kaffee zu trinken, Zeitung zu lesen und ansonsten nicht viel zu tun. Doch sie war hier ja nicht im Urlaub.

Eine Weile starrte sie auf ihr Handy und überlegte hin und her, ob sie ihre Mutter anrufen sollte, kam aber zu dem Schluss, dass es wegen der Zeitdifferenz nicht passte. Dann hörte sie leise Stimmen, und als sie hinunterblickte, sah sie Josh mit einer älteren Frau vom Kanal heraufschlendern.

Die Frau hielt sich an Joshs Arm fest, und er ging langsam, damit sie Schritt halten konnte. Obwohl ihre Schultern vom Alter etwas gebeugt waren, wirkte sie noch immer sehr groß, ihr Gesicht hinter einer großen Sonnenbrille à la Brigitte Bardot verborgen, die Haare zu einem eleganten, klassisch leicht gewellten Bob geschnitten. Sie trug eine weiße Hose und dazu eine sehr modische Version eines traditionellen Fischerhemds mit transparenten Ärmeln.

Auf einmal merkte D'Arcy, dass sie die Luft anhielt, als könnten die beiden sie bemerken. Bestimmt war diese Frau die Fotografin. Auf einmal blickte sie zum Balkon empor und lächelte. D'Arcy erstarrte, sie konnte nicht lächeln, nicht winken, nur starren, während die Frau und Josh langsam in Richtung Haus verschwanden.

Ein paar Minuten später rappelte D'Arcy sich auf. Ihr schwirrte der Kopf: Warum hatte die Fotografin sich sehen lassen? Was ging hier vor? Und hatte es etwas mit dem zu tun, was sie und Josh gefunden hatten?

Josh. Auf einmal musste D'Arcy daran denken, wie sie sich geküsst hatten. Wie würde er sich heute verhalten? Verlegen? Professionell?

Würden sie sich vielleicht sogar noch einmal küssen? Sie schüttelte den Kopf. Momentan war Josh wahrscheinlich eine Ablenkung zu viel.

Aber als sie in den *Salon de grisailles* trat, erwischte sie sich trotzdem dabei, wie sie nach ihm Ausschau hielt. Er war schon da und telefonierte, entdeckte sie aber sofort, und sie hatte einen Moment den Eindruck, als freue er sich. Also riskierte sie ein Lächeln, nahm ihre Werkzeuge und ging auf die Terrasse hinaus, wo sie ihn nicht stören würde.

Die Säge durch das Holz zu führen war meditativ und beruhigend, ebenso das Einschlagen der Nägel, und so hakte sie auf ihrer Liste ein Kunstwerk nach dem anderen ab. Die Sonne schien warm auf ihre Schultern, und es gelang ihr tatsächlich, alle Sorgen, Ängste und ungelösten Fragen in Bezug auf ihre Mutter zu vergessen – alles aus ihrem Kopf zu bekommen, was nichts mit dem Verpacken dieser Kunstwerke zu tun hatte, die sie so zart behandeln musste.

Sie griff nach einer Bildergruppe – wahrscheinlich war es die Serie, die sie am meisten liebte. Es waren Fotos von Kindern in wenig kindgemäßen Situationen: zwei etwa zehnjährige Jungen mit blonden Locken und bunten T-Shirts, von denen einer mit offensichtlich viel zu viel Erfahrung eine Zigarette rauchte, der andere jedoch einen Lutscher im Mund hatte; ein Junge der sich auf dem Boden vor Schmerzen krümmte, daneben ein Mädchen in einem weißen Kleid, das sich, wahrscheinlich zufrieden, ihm einen ordentlichen Tritt verpasst zu haben, von ihm abwandte; ein Kind in einem bunt gestreiften Kleid, Strumpfhose und flachen Spangenschuhen, dessen Kopf praktisch unsichtbar in einem großen, kuppelförmigen Siebziger-Jahre-Haartrockner steckte, daneben die Mutter beim Lesen einer Zeitschrift, auf deren Cover die englische Queen zu sehen war; eine Gruppe wütender Erwachsener bei einem Protestmarsch, begleitet von einem selig lächelnden Mädchen.

Aus ihrem Studium wusste D'Arcy, dass die Fotografin es nie bewusst darauf angelegt hatte, ein Kultfoto zu schießen, sondern dass es ihr darum ging, Bilder zusammenzustellen, die miteinander kommunizierten, Fragen stellten und Antworten gaben, so dass das Thema wie von selbst aus der Serie hervortrat, nicht in einem einzelnen Bild. Sie nahm das letzte Foto der Reihe in die Hand: eine Hommage an Diane Arbus' Großaufnahme des weinenden Kinds. Darauf war ein Kind zu sehen, das man vielleicht in einem Märchenbuch erwartet hätte – blonde Locken, blaue Augen, glatte Wangen, bauschiges Kleidchen. Doch die Nahaufnahme des Kindergesichts war so intensiv, so konzentriert, dass sich dem Betrachter keineswegs die Assoziation von Unschuld und Naivität aufdrängte – nein, dieses Mädchen wusste schon viel zu viel, und der Effekt war so unmittelbar, so verstörend wie ein Schlag ins Gesicht.

Ein Räuspern ließ D'Arcy erschrocken auffahren. »Du siehst aus, als wärst du in einer anderen Welt versunken, ich war nicht sicher, ob ich dich stören kann«, sagte Josh. Er lehnte am Türrahmen und hatte als Zugeständnis an das Wetter die Ärmel seines Hemds hochgekrempelt, das wieder genau die gleiche Farbe hatte wie seine Augen.

Reumütig musste D'Arcy zugeben, dass es nicht der Wein oder die Umgebung des vorigen Abends gewesen war – Josh war auch bei Tageslicht ausgesprochen sexy, und ihr Blick wanderte unwillkürlich zu den Lippen, die sie geküsst hatte. Dagegen hatte er offenbar Schwierigkeiten, sie anzuschauen, und zuerst dachte D'Arcy, er wolle so tun, als wäre gestern nichts zwischen ihnen gewesen. Doch dann hatte sie eine Eingebung – vielleicht war er trotz seines selbstbewussten Auftretens und der zur Schau getragenen Coolness, was geschäftliche Dinge betraf, im privaten Bereich ja ein bisschen schüchtern.

Sie hielt ihm das Foto hin, um zu sehen, was er tun würde – in der Tür stehen bleiben, wo er die Situation im Griff hatte, oder näher kommen, wo er sich womöglich unbehaglich fühlen würde. Er entschied sich für eine Mischung aus beidem und hielt inne, um sich Wasser einzuschenken.

»Ich kannte diese Serie bisher nur als Reproduktion in Büchern«, erklärte sie. »Schon da fand ich sie extrem eindringlich. Aber diese Bilder in der Hand zu halten ist …«– sie zögerte –»… beinahe brutal. Der Blick des Mädchens ist so kraftvoll, obwohl man sofort weiß, dass keinerlei Absicht dahintersteckt. Als wäre alles, was sie denkt, einfach da, und der Betrachter könne es erahnen. Aber dann entgleitet es ihm wieder.« Sie unterbrach sich und grinste. »Ich doziere schon wieder. Ich wollte damit eigentlich nur sagen, dass ich es gar nicht einpacken mag. Es ist wie das Bild des Mädchens, das wir gestern gefunden haben.« Sie stockte. »Es ist wie das Bild des Mädchens, das wir gestern gefunden haben«, wiederholte sie dann.

Sie starrte Josh an. Bestimmt dachte er jetzt, sie würde einen Bogen spannen, der bis zurück nach Sydney reichte. Gestern Abend hatte sie die Idee noch als verrückt abgetan, als einen Effekt dessen, dass sie kurz vor Mitternacht auf einem Speicher in einem Schloss saßen, Cognac tranken und dabei über die Geheimnisse der Vergangenheit redeten. Aber jetzt, bei Tageslicht, konnte sie den Gedanken nicht mehr abschütteln. Niemand wusste, was mit Jessica May geschehen war, also war es möglich. »Vielleicht hat deine Fotografin Jessica Mays Bilder, weil sie selbst Jessica May ist.«

Josh nickte. »Das habe ich auch schon überlegt. Heute Nacht habe ich sie stundenlang gegoogelt. Ich wusste bisher so gut wie nichts über Jessica May, was seltsam ist, weil ihre Arbeiten wirklich hervorragend sind. Ich kann gar nicht glauben, dass man sie nach dem Krieg einfach vergessen hat.«

»Genau!«, rief D'Arcy. »Und sie war nicht die Einzige, deshalb wollte ich ja auch einen Dokumentarfilm drehen.«

Josh nickte begeistert. »Ich wünschte, du würdest eine Möglichkeit dazu finden. Es würde sich bestimmt lohnen.«

»Danke«, sagte D'Arcy, gerührt von seinem Verständnis.

»Und du hast recht«, fuhr er fort, »die beiden Fotos sind sich ähnlich. Aber nur, wenn man nach Ähnlichkeiten Ausschau hält. Hier.« Er gab ihr einen Umschlag, und sie durchwühlte ihn.

Er enthielt Negative, quadratisch, übergroß, bestimmt von einer alten Rolleiflex-Kamera.

»Da drin steht ein Leuchtpult«, fügte Josh hinzu und deutete zum Salon hinüber.

D'Arcy ging hinein, knipste das Licht an, beugte sich mit einer Lupe darüber und betrachtete ein Negativ nach dem anderen. Alle zeigten denselben Mann – Dan Hallworth – in amerikanischer Uniform, dazu noch einige von dem kleinen Mädchen, Victorine, unter anderem bei einem Picknick an einem Bach und vor einem eigenartig verwachsenen Baum, der den Gemälden auf der Holztäfelung im *Salon de grisailles* ähnelte. Ein Baum, der D'Arcy vorkam, als griffe er nach ihr, als flehe er sie an. Hastig wich sie einen Schritt vom Leuchtpult zurück.

»Wenn du sie gegoogelt hast«, sagte sie dann unvermittelt, um ihr Gruseln zu überspielen, »dann musst du doch wissen, ob sie es ist. Du hast doch bestimmt Bilder von ihr im Netz gesehen. Klar, ich weiß, sie ist inzwischen sechzig Jahre älter, aber wenn sie tatsächlich Jessica May ist, muss sie ihr doch ähneln.«

»Sie hat gesagt, sie ist bereit, sich mit dir zu treffen«, sagte Josh, ohne die Frage zu beantworten. »Aber sie ist meine Klientin, D'Arcy, ich muss auf sie aufpassen. Wenn du sie etwas fragst, worauf sie keine Antwort geben will, darfst du sie nicht drängen, in Ordnung?«

»Du weißt über sie Bescheid, stimmt's?« D'Arcy hatte eine Gänsehaut, eine Mischung aus Aufregung und Angst.

»Es ist nicht an mir, dir das zu sagen.«

»Ich glaube, du bist der einzige Mensch der Welt, dem es wichtiger ist, die Interessen einer Klientin zu wahren, als eine der größten Entdeckungen zu machen, die es seit Jahren in der Kunstwelt gegeben hat.«

Josh wollte etwas erwidern, aber sie hob die Hand. »Das war ein Kompliment«, erklärte sie. »Ich kann verstehen, warum sie sich dich als Agenten ausgesucht hat.«

Er musterte sie eindringlich. »Willst du ihr auch Fragen über deine Mutter stellen?«

»Selbstverständlich«, antwortete D'Arcy leichthin, als wäre das im Vergleich zu der künstlerischen Entdeckung eine Lappalie.

»Sie hat sich hier oben ein Zimmer eingerichtet, zweite Tür links.« D'Arcy stieg die Treppe empor, eine Hälfte ihres Hirns in heller Aufregung. Was, wenn die Fotografin wirklich Jessica May war? Was würde sie mit dieser Information anfangen? Zumindest würde sie wissen wollen, welche Absicht die Fotografin mit ihren Fotos seit 1943 verfolgt hatte – mit jedem einzelnen von ihnen. Was sie dazu gebracht hatte, verschwinden zu wollen. Die Welt musste doch erfahren, dass Jessica May noch lebte, musste sich an die Arbeit erinnern, die so wichtig gewesen und immer noch wichtig war, weil sie dem Gedächtnis einer Welt, die bei der geringsten Provokation zur Anwendung von Gewalt bereit war, auf die Sprünge helfen konnte. Jessica May sollte endlich unter ihrem eigenen Namen die Anerkennung finden, die ihr zustand.

Vor der Tür blieb D'Arcy stehen, um sich zu fassen, ehe sie anklopfte. Eigentlich hielt sie es für wesentlich wahrscheinlicher, dass sie vor lauter Ehrfurcht mit offenem Mund vor dieser Frau stehen und sie nur anstarren würde, statt sie mit Fragen zu bombardieren – falls ihre Vermutung überhaupt richtig war.

»*Entrez*!«, sagte eine Stimme, die wesentlich heller und klarer war, als D'Arcy es sich vorgestellt hatte.

Sie öffnete die Tür und stand vor einer Frau, an deren Wangenknochen und großen braunen Augen man noch immer ihre Schönheit erkannte, nur minimal abgeschwächt durch die Linien, die das Alter in ihr Gesicht eingraviert hatte. Sie wandte sich D'Arcy zu, und ein warmes Lächeln, das genau zu diesem Ort der Schönheit und Lebensfreude passte, zeigte sich auf ihrem Gesicht.

»Danke, dass Sie sich so gut um meine Arbeit kümmern«, sagte die Frau. Sie klang wirklich bemerkenswert jung. »Es tut mir leid, dass Sie davon ausgegangen sind, es wäre schon mehr verpackt worden. Wir hatten tatsächlich schon jemanden eingestellt, aber ich habe es einfach nicht geschafft, darauf zu vertrauen, dass er alles so handhabt, wie ich es mir wünsche. Wie es aussieht, erledigen Sie die Arbeit wesentlich besser.«

»Danke«, sagte D'Arcy. »Ehrlich gesagt fühlt es sich gar nicht wie Arbeit an. In der Nähe Ihrer Fotografien zu sein ist ein Traum für jede Kunsthistorikerin. Außerdem werde ich sehr gut versorgt – das Essen ist exzellent und dieses Schloss einfach umwerfend. Obendrein ist Josh sehr …« – sie wurde tatsächlich ein bisschen rot – »… nett.«

Die Fotografin nickte, und D'Arcy bemerkte, wie ein ganz anderes Lächeln sich auf ihrem Gesicht breitmachte. »Ja, das ist er allerdings. Die meisten Leute finden das nicht, weil er so ernst ist, aber manchmal muss man Geduld haben und zulassen, dass ein Mensch sich offenbart. Wie man an einem Foto in einer Ausstellung nicht einfach vorbeirauscht, sondern sich Zeit nimmt und es aus jedem Winkel studiert, ehe man sich ein Urteil bildet.«

D'Arcy wusste nicht, was sie sagen sollte. Hatte die Fotografin eine Bitte ausgesprochen, dass sie sich Zeit lassen und nichts überstürzen sollte? Oder meinte sie, dass Josh es wert war, ihm Zeit zu schenken? Aber das spielte eigentlich gar keine Rolle, da D'Arcy Ende der nächsten Woche wieder abfuhr. »Josh hat mir gesagt, dass ich mit Ihnen sprechen darf«, sagte sie stattdessen.

Die Fotografin nickte. »Ich möchte Sie fotografieren«, antwortete sie, als wäre das der Zweck ihres Treffens. »Ich dachte, ich müsste es förmlich angehen, habe es mir aber anders überlegt. Vielleicht mache ich einfach hin und wieder ein Foto, wenn Sie bei der Arbeit sind. Oder im Garten. Vorausgesetzt, es stört Sie nicht.«

»Aber warum …?«, begann D'Arcy.

»Sagen wir mal, es war ein Einfall. Eine schöne junge Frau in einem Alter, in dem das Leben noch vor ihr liegt und die Entscheidungen, mit denen sie in den kommenden Jahren leben muss, entweder die besten oder schwierigsten sind.«

Auf einmal hatte D'Arcy ein Gefühl, als hätte jemand ihr mitten im Sommer einen Pelzmantel umgelegt. »Das klingt bedrohlich.«

»Nur, wenn man die falschen Entscheidungen trifft.«

»Ist Ihnen das passiert?«

Die Fotografin nickte. »Meine Entscheidungen waren sowohl die schlechtesten als auch die besten.«

Das war der Augenblick. Die Frage sprudelte einfach aus ihrem Mund. »Sind Sie Jessica May? In der Serie mit den Kindern sehe ich jedenfalls Elemente ihres Werks, und …«

»Mein ganzer Speicher ist voll mit Fotos von Jessica May. Natürlich bin ich Jessica May.« Wie sie das sagte, klang es, als sei das nie fraglich gewesen. »Aber du kannst mich gerne Jess nennen. Und duzen.«

D'Arcy starrte sie an, mit offenem Mund, genau wie sie es befürchtet hatte, allerdings hauptsächlich wegen des beiläufigen Tons, in dem die Fotografin diese Enthüllung machte. Nachdem sie sich all die Jahre bemüht hatte, ihre Identität geheim zu halten, gab sie mit ein paar lakonischen Sätzen ihr Geheimnis preis? Und bot auch noch ihr, einer Wildfremden, das Du an? »Wow«, stieß D'Arcy schließlich kopfschüttelnd hervor. »Sorry, aber das ist einfach … unglaublich.«

»Ich bezweifle, dass es jetzt noch besonders viele Leute interessiert.« Die Fotografin – Jess – stützte sich auf die Armlehnen ihres Sessels, stand auf und ging langsam zum Fenster hinüber.

»Ist das ein Scherz? Natürlich wird das die Leute interessieren. Mich zum Beispiel.«

»Das ist sehr nett von dir.«

Jess sagte das, als tue D'Arcy ihr aus Höflichkeit einen Gefallen. Merkte sie denn nicht, dass D'Arcy ehrlich aufgeregt war, eine Heldin der Kunstwelt zu treffen? »Aber warum erfahre ausgerechnet ich es?«, platzte sie heraus. »Und warum jetzt? Warum erzählen Sie – äh – erzählst du es einer Wildfremden?«

»Heute Morgen habe ich es Josh erzählt. Er hatte es natürlich längst erraten, schließlich hat er die ganze Nacht nach Fotos von Jessica May in den 1940ern gesucht.«

Doch das war keine Erklärung – schon gar nicht für die Tatsache, wie Victorine Hallworth auf das berühmte Foto gekommen war. Also versuchte D'Arcy es noch einmal. »Ich verstehe nicht, warum du überhaupt ein Geheimnis daraus gemacht hast, wer du bist. Aber bei den Kriegsfotografien war auch eine …«

Jess fiel ihr ins Wort. »Ja. Josh hat mir schon erzählt, dass du ziemlich gut über meine Arbeit im Krieg Bescheid weißt. Dass du dich sehr dafür interessierst. Er hat erwähnt, dass du einen Dokumentarfilm darüber machen wolltest.«

D'Arcy würde Josh umbringen, wenn sie nach unten kam. Als könnte Jessica May das geringste Interesse an ihren Versuchen im Filmemachen haben! »Der Plan ist längst vom Tisch«, winkte sie ab. »Ich habe das Stipendium nicht bekommen, das – nebenbei bemerkt – nach dir benannt ist. Noch so ein merkwürdiger Zufall in einer ganzen Reihe von Zufällen.«

Diesmal wartete D'Arcy darauf, dass Jess etwas über Victorine sagen würde. *Vor langer Zeit kannte ich deine Mutter …* Aber nichts dergleichen. Jess musterte sie prüfend. Wie würde ihr Urteil ausfallen? Heiße Luft, Schall und Rauch. Nichts von Substanz und dauerhafter Bedeutung.

D'Arcy wusste selbst nicht, was plötzlich über sie kam, vielleicht war es das törichte Verlangen, Jessica May, der außerordentlichen Fotografin, zu zeigen, dass sie ihr Vertrauen verdient hatte. »Darf ich …« Um ein Haar hätte D'Arcy sich in letzter Sekunde die Hand vor den Mund geschlagen, aber dann war es heraus. Vermutlich würde Josh eher sie umbringen. »Darf ich Sie – äh – dich filmen? Obwohl die Leute, die über das Stipendium entschieden haben, es nicht glauben, bin ich eigentlich durchaus in der Lage, Dokumentationen zu machen. Ich kann dir meinen Lebenslauf geben, wenn du möchtest – Abschluss in Kunst und Medienwissenschaft. Medien wegen meiner Mutter, Kunst für mich selbst. An der Uni habe ich an allen Seminaren zum Filmemachen teilgenommen. Gelegentlich habe ich bei einem Doku-Dreh mitgemacht und es geliebt. Zwar ist das schon recht lange her, aber ich würde so gern einen Film über dich machen. Wenn du mich lässt.«

Sie rechnete damit, dass ihr Gegenüber in schallendes Gelächter ausbrechen würde, so lächerlich war ihr Vorschlag. Wie konnte sie als Amateurin ein Projekt vorschlagen, nach dem sich Filmcrews überall in der Welt die Finger lecken würden? Sie hatte nicht recherchiert, nichts geplant, verfügte bestenfalls über rudimentäre Ausrüstung, wie sollte sie modernen Qualitätsanforderungen genügen? »Ich möchte dir Fragen stellen und deine Geschichte erzählen«, beendete sie ihren Ausbruch. »Ich wette, sie ist es wert.«

»Das würde bedeuten, dass die Welt erfährt, wer ich bin. Und ich war die letzten sechzig Jahre sehr gern eine andere.« Mit unergründlicher Miene wandte Jess sich zu ihr um, und D'Arcy wäre am liebsten im Boden versunken. Warum redete sie, ehe sie eine Sache wirklich durchdacht hatte? Sie hatte sich so auf ihren egoistischen Traum konzentriert und überhaupt nicht an die Konsequenzen des Projekts gedacht. »Ich muss den Film auch nicht unbedingt zeigen, wenn dir das nicht recht ist …«, versuchte sie einzulenken. Dann schüttelte sie den Kopf. »Aber das hier …«– sie machte eine ausladende Handbewegung, mit der sie nicht nur das Schloss meinte, sondern auch Jess und die Wahrheit über ihre Identität – »… ist einfach etwas Außergewöhnliches. Warum sollte die Welt das nicht erfahren?«

Eine Weile schwiegen sie, nur das Summen und Brummen im Garten unter ihnen war zu hören. Dann sagte Jess: »Ich muss zuerst mit ein paar Leuten sprechen.« Dabei sah sie D'Arcy mit ihrem umwerfenden Lächeln an, doch darin war so viel Traurigkeit, dass D'Arcy impulsiv ihre Hand berührte. »Vermutlich kann ich nicht erwarten, dass ich dich fotografieren darf, wenn ich nicht bereit bin, mich dafür zu revanchieren«, fuhr Jess fort. Dann hielt sie inne, als warte sie auf eine Antwort, doch D'Arcy schwieg.

»Du solltest jetzt sagen ›Oh, das musst du doch nicht‹«, sagte Jess und lächelte wieder, diesmal allerdings nicht so traurig. »Aber ich sehe, dass falsche Höflichkeit nicht deine Sache ist. Also ja, du kannst eine Dokumentation über mich drehen. Wie gesagt – es gibt ein paar Menschen, mit denen ich sprechen muss, bevor du sie jemandem zeigen kannst. Lässt du mir ein bisschen Zeit?«

»Natürlich«, antwortete D'Arcy und wäre vor Freude am liebsten auf und ab gehüpft wie ein Kind. »Wenn ich dir sage, dass es das Aufregendste ist, was mir jemals passiert ist, würdest du mich dann endgültig lächerlich finden?«

Jess lachte. »Ich würde mich geschmeichelt fühlen. Danke, dass du mich besucht hast. Wenn du mich irgendwo mit meiner Kamera erwischst, dann versuche bitte, mich zu ignorieren. Und komm wieder, wenn du mich interviewen willst. Inzwischen gebe ich dir freie Hand, zu filmen, was du magst.«

Das klang wie eine Aufforderung, zu gehen. Was auch gut war, denn D'Arcy war nicht sicher, wie lange sie angesichts dessen, was sie gerade erlebt hatte, noch an sich halten konnte. Als sie den Raum verließ, fiel ihr Blick auf ein Foto, direkt in Jess' Blicklinie auf dem

Tisch. Es zeigte zwei Menschen, die sich offensichtlich gleich küssen würden, ihre Liebe war auf ihren Gesichtern deutlich zu erkennen. Ein Bild von einem sehr intimen Augenblick, realer als alles, was D'Arcy je auf gestellten und bearbeiteten modernen Bildern gesehen hatte. Es war die Art Bild, das in D'Arcy den Wunsch weckte, hineinzugreifen und die beiden Menschen herauszuzerren, um den Kuss zu vollenden, den die Fotografin für immer verhindert hatte. Gleichzeitig jedoch wünschte sie sich, die Zugluft von der Tür würde den Rahmen zum Kippen bringen, damit sie das Bild nicht mehr sehen konnte, denn der Mann auf dem Foto war der gleiche wie der auf dem Foto mit Victorine: Dan Hallworth. Und die Frau war Jessica May.

Während sie die Treppe hinunterging, verflüchtigte sich die freudige Erregung zusehends. Direkt vor ihren Augen, wo gerade noch das Foto gewesen war, stand jetzt die Frage, die Jess so sorgsam zu beantworten vermieden hatte: Warum verriet Jessica May ihr Geheimnis nach all der Zeit ausgerechnet ihr? Außerdem fiel ihr ein, dass sie nicht nach Victorine gefragt hatte.

D'Arcy blieb stehen und hielt sich am Geländer fest. Zwischen ihr und Jess bestand irgendeine Verbindung, die in diesem Foto von D'Arcys Mutter begann und bis zu Dan Hallworth führte. Das wusste sie mit der gleichen Sicherheit, wie sie wusste, dass Jessica sie – mit Diskussionen darüber, sich fotografieren zu lassen, mit der Erlaubnis, Dokumentarfilme zu drehen – irgendwie verhext hatte, damit sie nicht nach Victorine fragte. Außerdem wusste sie, dass auf dem Toilettentisch ihrer Mutter früher das Schwarz-Weiß-Foto einer Frau in Uniform gestanden hatte, die Arme voller Blumen, im Hintergrund Paris. Als D'Arcy ihre Mutter nach diesem Foto gefragt hatte, war es am nächsten Tag unerklärlicherweise verschwunden. Aber jetzt wusste sie, dass die Frau auf Victorines Toilettentisch Jessica May gewesen war.

Sie hatte das Gefühl, immer weiter in einen Wald gelockt zu werden, als hätte jemand in dem Augenblick, als sie das Schloss betreten hatte, vor ihr einen Pfad ausgelegt, und sie konnte nichts tun, als ihm unaufhaltsam weiter ins Dämmerlicht zu folgen. Auf dem Bild der Umarmung von Dan und Victorine Hallworth war für sie unzweifelhaft die enge Verbundenheit von Vater und Tochter zu erkennen. Und die Fotografie, die sie gerade bei Jess gesehen hatte, zeigte denselben Dan Hallworth mit Jessica May, eindeutig verliebt. Waren sie womöglich Victorines Eltern? Aber warum sollte Victorine daraus ein Geheimnis machen, warum hätte sie sich dann so von ihnen entfremdet?

D'Arcy schauderte und öffnete die Augen. Sie würde weiterarbeiten und dabei nachdenken. Und dann würde sie – wie auch immer – eine Entscheidung treffen, ob und wonach genau sie ihre Mutter fragen musste.

Kapitel 17

Die Arbeit und das Nachdenken bestanden darin, dass sie eigentlich gar nicht arbeitete und nachdachte, sondern stattdessen die Fotoserie mit den Kindern noch einmal studierte, bis Josh zu ihr nach draußen kam und sie dabei erwischte. Seit D'Arcys Treffen mit Jess hatten sie sich noch nicht gesehen, und D'Arcy wusste nicht recht, was sie erzählen sollte. Also wich sie aus. »Vermutlich müsste ich mich entschuldigen, dass ich hier sitze und trödle«, sagte sie. »Aber ganz ehrlich – ich könnte den ganzen Tag auf diese Bilder starren und immerzu etwas Neues in ihnen entdecken. Passiert dir das nie?«

Er stellte sich neben sie und blickte auf die Fotos. »Ich denke, ich habe den Fehler gemacht, all das als selbstverständlich hinzunehmen«, sagte er. »Das Geschäftliche zu erledigen, weil die E-Mails und Telefonate immer das Dringendste zu sein scheinen. Wenn ich ehrlich bin, kann ich mich nicht mehr daran erinnern, wann ich mir zum letzten Mal eines der Bilder länger als eine Minute angeschaut habe.«

»Du weißt aber schon, dass das ein Sakrileg ist und damit bestraft wird, dass du morgen den ganzen Tag statt in Businesshemd und Anzughose in T-Shirt und Shorts rumlaufen musst?«, neckte sie ihn in dem Versuch, die Last zu lindern, die seit dem Gespräch mit Jess ihr Herz bedrückte. »Oder besitzt du womöglich gar nichts anderes?«

»Ich bin ziemlich sicher, dass es nicht der Norm entspricht, in einem Kleid wie deinem Holz zu sägen«, gab er zurück, und es klang eher wie eine Feststellung als ein Scherz. »Deshalb möchte ich bezweifeln, dass nur meine Garderobe auf den Prüfstand gehört.«

»Ach, du meinst dieses alte Ding?«, konterte sie und schürzte den Rock ein bisschen, um den aparten, gepunkteten Petticoat darunter zu zeigen. »Es ist mindestens fünfzig Jahre alt, und da es bisher noch nicht den Geist aufgegeben hat, wird ihm ein bisschen Sägen bestimmt nicht schaden.«

Doch es war nicht Joshs Art, sie mit koketten Ausflüchten davonkommen zu lassen. »Also«, sagte er lapidar. Und sie wusste, dass er meinte: *Also, jetzt weißt du, dass die Fotografin tatsächlich Jessica May ist.*

»Also«, wiederholte sie.

Im gleichen Moment erschien Célie mit einem Picknickkorb. »Alles, was Sie brauchen, müsste hier drin sein«, sagte sie und lächelte Josh an, der sich bei ihr bedankte.

»Mit wem gehst du picknicken?«, erkundigte D'Arcy sich betont beiläufig. Vielleicht hatte er eine Freundin, die zum Picknick ins Schloss kam und dann die Nacht mit ihm verbrachte. Dieses Märchenschloss war ideal für ein romantisches Wochenende, kein Wunder, dass er sie nicht hatte küssen wollen. D'Arcy fühlte einen Stich, und obwohl sie so etwas noch nie zuvor gespürt hatte, hatte sie den Verdacht, dass dieses Gefühl Eifersucht war.

»Ich hab gehofft, mit dir«, antwortete Josh. »Es sei denn, du würdest lieber sägen. Ich würde mich sogar umziehen«, fügte er hinzu, wobei er tatsächlich lächelte. In D'Arcys Bauch meldeten sich Schmetterlinge.

»In diesem Fall«, meinte sie, »muss ich ja mitkommen.«

———

D'Arcy erklärte sich bereit, sich in einer halben Stunde mit ihm zu treffen, was ihr genügend Spielraum ließ, sich bei Célie einen Sonnenhut zu besorgen und ihrer Mutter eine SMS zu schicken, sie habe viel zu tun und würde sich später melden. Den ganzen Morgen Fotos anzustarren hatte sie in Bezug auf das bevorstehende Gespräch mit ihr keinen Schritt weitergebracht.

Als sie sich am Fuß der Treppe trafen, war Josh tatsächlich wesentlich legerer gekleidet. »Ich kenne ein sehr nettes Plätzchen unten am Kanal«, sagte er. »Es ist nicht weit von hier.«

So machten sie sich auf den Weg. »Ich komme mir vor wie ein Kind beim Schuleschwänzen«, sagte D'Arcy. »Als könnte jeden Moment das Museum anrufen und mich dabei erwischen, wie ich unter einer Kastanie sitze und Wein trinke, statt wertvolle Fotografien in Kisten zu verpacken und mit Zollbeamten zu verhandeln.«

»In Australien schlafen jetzt alle. Und hier ist Siesta-Zeit. Dafür arbeiten wir heute Abend länger.«

Arbeit. Was, wenn Josh nur höflich war und eigentlich lieber am Schreibtisch sitzen würde? Wenn er glaubte, er müsse der Australierin gegenüber gastfreundlich sein und ihr die Gegend zeigen? »Wir müssen nicht unbedingt picknicken, wenn du was anderes zu tun hast«, sagte sie, obwohl ihr bewusst war, dass sie enttäuscht gewesen wäre, wenn das Picknick endete, ehe es richtig begonnen hatte.

»Ich weiß. Aber ich tue niemals Dinge, die ich nicht tun will«, erwiderte er.

D'Arcy konnte nicht widerstehen zu kontern: »Einschließlich Frauen in Minikleidern zu küssen, wenn sie sich dir an den Hals werfen?«

Ihr Lohn war ein Lachen wie das am ersten Tag, als sie gesagt hatte, er sehe »ganz gut« aus. »Gibt es eigentlich Situationen, in denen du schüchtern bist?«, fragte er.

»Ich glaube eigentlich nicht«, antwortete D'Arcy ehrlich. Gerade schlenderten sie an einer Reihe von Judasbäumen vorbei, die in üppiger rosaroter Blüte standen. Das emsige Klopfen der Spechte war wie ein Gegengewicht zum trägen Kreisen eines einsamen Falken und dem Quaken der Enten in der Ferne. In der Luft lag ein Geruch, der noch besser war als das ganze Sortiment von *Buly 1803*, eine würzige Mischung verschiedenster Pollen, so diffus, dass es unmöglich war, die einzelnen Bestandteile herauszufiltern, berauschender als Cognac um Mitternacht. Sie passierten einen knorrig verwachsenen Baum mit einer Laubkrone wie ein Reifrock, doch unter dem Blattwerk sah D'Arcy seine in grotesker Schönheit gewundenen Zweige.

»Wie nennt man diese Bäume?«, fragte sie, denn sie erkannte plötzlich, dass der Baum zur gleichen Gattung gehörte wie die auf der Holztäfelung im *Salon de grisailles*.

»*Les Faux de Verzy*«, antwortete Josh. »Teil eines Walds aus Zwergbuchen. Niemand weiß genau, warum die Bäume so gewachsen sind. Es gibt Leute, die behaupten, es sei Hexenwerk oder Zauberei im Spiel.« Er zuckte die Achseln, als neige er selbst nicht zu dieser Auffassung.

D'Arcy konnte den Blick nicht von dem Baum losreißen, sie hatte das Gefühl, er locke sie zu sich, um ihr ein Geheimnis zu verraten, wenn sie sich unter den Schutz seiner elegant geschwungenen Äste traute. Was war nur mit ihr los? Ihre Phantasie schwang sich in verrückte Höhen, beschwor Zaubersprüche, Märchen und verhexte Bäume herauf, wo es hier doch nur um ein Schloss mit einem magischen Namen, einen Mann mit einem Picknickkorb und eine alte Frau mit Fotografien ging. Und um eine Mutter mit – ja, womit? Einer erlogenen Vergangenheit?

D'Arcy redete weiter, als könne sie so vielleicht den Zauberbann brechen, von dem sie sich umzingelt fühlte. »Meine Mutter ist schuld daran, dass ich nicht schüchtern geworden bin«, setzte sie das Gespräch von vorhin fort. »Sie hat mir schon sehr früh beigebracht, alles infrage zu stellen und zu sagen, was ich denke, weil es sonst sein könnte, dass jemand stirbt. Ich weiß, dass das wie eine brutale Lektion für ein Kind klingt, aber sie meinte damit, wenn die Deutschen und die Franzosen über das geredet hätten, was im Krieg passierte, wäre er vielleicht früher zu Ende gewesen, oder es hätte zumindest weniger Todesopfer gegeben. Sie hielt es für gefährlich, Dinge nicht auszusprechen, weil das ihrer Meinung nach immer Kummer nach sich zieht. Was offensichtlich mit deinem persönlichen Verhaltenskodex nicht übereinstimmt«, endete sie ihre Erklärung leichthin.

»Hey, ich habe dich zu einem Picknick eingeladen. Das war ziemlich gewagt.«

»Mein Gott, was wirst du bis heute Abend womöglich noch alles tun? Meine Hand halten?«

Im nächsten Augenblick fühlte sie, wie warme Haut ihre Finger berührte, und er nahm ihre Hand in seine.

»Ich lebe gefährlich«, grinste er, nicht mehr undurchschaubar, sondern enorm charmant. »Händchenhalten – und das schon vor Beginn des eigentlichen Picknicks!«

D'Arcys Herz machte einen Satz, vor lauter Freude darüber, dass er sie innerhalb von nur zwei Minuten sowohl zum Lachen als auch zum Grinsen gebracht hatte.

Als sie zum Wasser kamen, ließ er ihre Hand los, um das Picknick auszubreiten, und sie vermisste seine Berührung sofort. Langsam wanderte sie zum Kanal hinüber und machte unter den Platanen, die das Ufer säumten, bei einem wunderbar kühlen, grünen Farnbüschel halt. Es war heiß, die Sonne brannte vom Himmel, doch der Schatten unter dem Blätterdach fühlte sich herrlich an. Auf einmal sah sie, dass sie neben einem weiteren dieser seltsamen Zwergbäume stand, aber diesmal lockte er sie mit seinen anmutigen Armen nicht so intensiv zu sich.

Also zog sie die Schuhe aus, schob ihren Rock ein Stückchen hoch und watete ins angenehm kühle Wasser. Ein paar Minuten stand sie ganz still, dann warf sie ihren Hut ans Ufer und hob das Gesicht der Sonne entgegen. In der Wärme entspannte sich ihr Körper und wurde ganz weich, als könne sie mit diesem Ort verschmelzen und ihn nie mehr verlassen.

Das Gefühl, dass es ganz leicht wäre, ihre Füße wie die Wurzeln der Wasserlilien in den Schlamm sinken zu lassen und dort für immer zu bleiben, schockierte sie ein bisschen. So hatte sie sich in den ganzen neunundzwanzig Jahren ihres bisherigen Lebens noch nie gefühlt – niemals hatte sie in sich den Wunsch nach Stabilität gespürt. Nach dem Studium in Paris und ihrer kurzen Arbeitsperiode in der Galerie dort war sie zwei Jahre lang durch Europa gereist und hatte von den Reiseartikeln, die sie der Herausgeberin einer der Zeitschriften ihrer Mutter zuschickte, sowie von schlecht bezahlten Gelegenheitsjobs beim Dreh von Arthouse-Filmen gelebt. Im Sommer hatte sie in Rom Touristengruppen durch ein Kunstmuseum geführt – ein Wasserträgerjob par excellence! – und eine Affäre mit einem wesentlich älteren Arthandler angefangen. So war sie auf die Idee gekommen, dass diese Arbeit für einen Menschen wie sie eigentlich der perfekte Job war.

Als das Geld knapp wurde, war sie nach Australien zurückgekehrt, wo sie eine Stelle als Beraterin für eine neue Hotelkette annahm, dann wechselte sie in ein Auktionshaus. Durch den damit einhergehenden Kontakt zu zahlreichen Galerien bekam sie ein Stellenangebot als Assistenzkuratorin. Nach einem Jahr vertraute man ihr so weit, dass man sie mit dem Arthandling beginnen ließ. Nach einem weiteren Jahr in einer festen Anstellung, in der sie Kuratieren und Arthandling kombinierte, machte sie sich selbstständig. Manchmal musste sie sich ein oder zwei Tage Geldsorgen machen, aber sie konnte solche Lücken immer mit Projekten als freie Autorin überbrücken. Es bedeutete, dass sie nach Europa reisen konnte, wann immer sie wollte, und niemandem zu irgendeiner Form von Rechtfertigung verpflichtet war. Wenn sie morgens aufwachte, konnte sie entscheiden, was sie tun wollte – und das liebte sie.

So wie sie es in diesem Moment liebte, im Wasser zu stehen. Sie wusste, dass sie nur deshalb hier in Frankreich und in diesem Moment glücklich war, weil Freiheit für sie eine hohe Priorität hatte. Als Arthandler oder Kuratorin mit fester Anstellung in einer Galerie würde sie sich solche Momente nicht gönnen können, sondern müsste zurück an ihre Arbeit hasten, um E-Mails zu bearbeiten, während sie als Freischaffende die Sonne genießen konnte.

Plötzlich hatte sie das sichere Gefühl, beobachtet zu werden, riss die Augen auf und wirbelte herum. Niemand war zu sehen, doch nun erschienen die *Faux* – die exzentrischen Bäume – auf einmal undurchdringlich, als hüteten sie unter ihrem Blätterdach etwas sehr Kostbares.

Eine Minute später erschien Josh.

»Ich wette, du bist noch nie im Kanal herumgewatet«, rief sie.

»Da hast du recht«, gab er sofort zu.

Sie bückte sich, tauchte die Hände ins Wasser und spritzte ihn an. »Du hast doch behauptet, du wärst heute so risikofreudig …«

Ehe sie den Satz vollenden konnte, war er schon im Kanal, schöpfte Wasser mit den Händen und kippte es ihr über den Rücken.

Sie schnappte nach Luft und ließ ihren Rock los, dessen Saum sofort ein Stück im Wasser hing. Wehmütig blickte sie an sich hinunter, meinte dann aber: »Zum Glück ist es so warm, da muss ich ihn zum Trocknen nicht ausziehen und über einen Busch hängen.«

Josh lachte schon wieder. »Wirklich ein Glück«, erwiderte er trocken, legte ihr dann leicht die Hände um die Taille, drehte sie dem Ufer zu und schob sie vorwärts die Böschung hinauf. »Außerdem kühlt der feuchte Stoff dich ab, und mir scheint, das kannst du brauchen. Lass uns essen.«

Sie folgte ihm zu der Picknickdecke hinüber und blieb sprachlos davor stehen.

In hohen Gläsern sprudelte der Champagner, großzügig mit Brie belegte Baguettes drängten sich an frische Tomaten und Salatblätter, die aussahen, als wären sie soeben aus dem Garten gekommen. Eine Schüssel mit Beeren, die, nach ihren natürlich-unvollkommenen Formen zu schließen, von den Büschen beim Schloss stammten, leuchteten rot und lila, und eine üppige Platte mit Schokoladentörtchen, Macarons, Schweinsohren und Kirsch-Clafoutis bildete das Zentrum der ganzen Pracht.

»Ist das deine Art, jemanden nicht zu verführen? Denn dann solltest du mir lieber nie zeigen, was du tust, wenn du eine Frau tatsächlich ins Bett kriegen willst. Ich glaube, ich würde es nicht überleben«, sagte sie, während sie sich auf die Decke sinken ließ.

»Siehst du, deshalb habe ich gestern Abend Nein gesagt. Ich hatte nicht das Gefühl, dass du der Sache gewachsen wärst.«

D'Arcys Lachen prickelte wie der Champagner. »Das würde ich Flirten nennen«, erwiderte sie. »Und so was ist in der Geschäftszeit eigentlich nicht erlaubt.«

»Aber vorzuschlagen, dass du in der Geschäftszeit das Kleid ausziehst, findest du zulässig?«, meinte Josh mit unbewegter Miene und setzte sich zu ihr auf die Decke.

»Das mit dem Kleid war eine rein praktische Erwägung und keineswegs ein Versuch, zu flirten«, widersprach sie. »Glaubst du, es ist schlimm, wenn ich mit einem Schokoladentörtchen anfange?« Ehe er antworten konnte, hatte sie schon eines in der Hand und biss hinein. »Ist das lecker!«, seufzte sie, den Mund voll Schokolade. »Wie kann man sich denn nicht wünschen, jeden Tag hier zu verbringen und einfach nur zu essen? Kein Wunder, dass du joggst. Wenn ich so weitermache, muss ich den ganzen Weg zurück nach Australien rennen.«

Er lächelte. »Für mich bedeutet das Laufen, dass ich Zeit im Garten verbringen kann. In Paris jogge ich so gut wie gar nicht.« Er nahm sich ebenfalls ein Schokoladentörtchen, und sie grinsten sich an.

Nach einer Weile sagte er mit der gleichen Ehrfurcht in der Stimme, die auch D'Arcy noch immer empfand: »Also ist sie tatsächlich Jessica May.«

»Ich bin froh, dass du auch beeindruckt bist«, sagte sie.

»Ich habe letzte Nacht und auch heute Vormittag eine Menge über sie gelesen und endlich meine Wissenslücken gefüllt. Mir war klar, dass sie eine große Künstlerin ist, aber dass sie so großartig ist und warum – davon hatte ich keine Ahnung. Wenn man die Leute nach Kriegsfotografen fragt, nennen die meisten Robert Capa. Vielleicht noch Joe Rosenthal, obwohl man ihn hauptsächlich aufgrund dieses einen Fotos kennt, nicht wegen seines Gesamtwerks. Aber Jessica May sollte ebenfalls zu den Namen gehören, an die man sich zuallererst erinnert.«

»Allerdings.« Als D'Arcy fühlte, wie sich eine weitere Verbindung zwischen ihnen etablierte, traute sie sich, ihre Frage zu stellen. »Hat sie dir eigentlich schon früher verraten, wer sie ist?«

»Sie hat mir immer gesagt, dass für sie ihre Anonymität wichtiger ist als Ruhm oder Geld. Und so, wie sie das gesagt hat …« Er stockte. »Sie klang beinahe verzweifelt, als wäre sie bereit, alles für das Recht zu opfern, unerkannt zu bleiben. Das hat mich irgendwie berührt. Es war eine Bedingung dafür, ihr Agent zu werden – dass ich nie versuchen würde, etwas über sie in Erfahrung zu bringen. Es trotzdem zu tun, wäre mir fast vorgekommen wie Verrat. Was vielleicht ein bisschen zu dramatisch klingt, aber …« Er zuckte die Achseln.

»Wenn ich in den letzten vierundzwanzig Stunden etwas über dich gelernt habe, dann, dass du nicht dazu neigst, unnötig dramatisch zu werden. Jessica May hat sich ihren Agenten gut ausgesucht.« Ihre Blicke trafen sich, und D'Arcy sah in Joshs Augen die Integrität, die auch Jess dort erkannt haben musste. Es war verlockend, das Gespräch mit dieser versöhnlichen Note zu beenden, aber die wichtigste Frage hing immer noch in der Luft. »Weißt du, warum sie sich entschlossen hat, es uns ausgerechnet jetzt zu sagen? Ich habe versucht, es herauszufinden, bin aber nicht sehr weit gekommen.«

»Ich habe sie auch gefragt, und sie sagte, vielleicht sei einfach der Zeitpunkt gekommen. Sie hat mich daran erinnert, wie alt sie ist, was ich immer gern ignoriere, weil sie für mich nicht nur irgendeine Klientin ist, sondern eine Künstlerin, vor der ich großen Respekt habe und bei der ich mich jede Woche auf den Besuch freue. Ich finde es schwer vorstellbar, dass sie eines Tages nicht mehr da sein wird, womöglich in absehbarer Zukunft.« Er seufzte. »Jetzt werde ich auch noch rührselig.«

D'Arcy griff nach seiner Hand. »Weißt du, die meisten Agenten würden sich in deiner Situation freuen, dass ihre Klientin so eine interessante Vorgeschichte hat, und keinen Gedanken daran verschwenden, dass sie bald nicht mehr leben könnte.«

»Sie ist viel zu zerbrechlich, um sie den Publicity-Wölfen vorzuwerfen«, erwiderte Josh leise.

»Stimmt.« D'Arcy hielt inne. »Aber ich hätte nicht erwartet, dass ausgerechnet Jessica May zu den Frauen gehört, die allein und als Einsiedlerin alt werden. Ich meine, sie war ein bekanntes Model, sie sah phantastisch aus, und offensichtlich ist sie auch klug. Ihre Reportagen sind exzellent, ihre Fotos überragend. Warum wollte sie verschwinden? Wie kann es sein, dass sie an diesem wundervollen Ort nicht mit jemandem lebt, der sie liebt?«

»Hast du sie wegen des Fotos von Victorine und Dan Hallworth gefragt? Es ist nicht derselbe Dan Hallworth, dem die *World Media Group* gehört, oder?«

»Da bin ich mir nicht sicher.« D'Arcy ließ Joshs Hand los, nahm sich ein Stück Baguette, biss hinein, kaute und schluckte, ehe sie antwortete: »Er ist der einzige Dan Hallworth, den ich kenne. Meine Mutter leitet den Asia-Pacific-Zweig des Unternehmens in Sydney. Sie wird ständig geneckt, weil sie den gleichen Nachnamen hat wie der

Mann, dem das Ganze gehört, und sie lacht mit, als sei es ein Witz. Aber was, wenn es gar kein Witz ist? Was, wenn sie tatsächlich irgendwie mit ihm verbunden ist? Warum hätte sie mir das nicht erzählt?«

»Damit man ihr keinen Vorwurf wegen Vetternwirtschaft macht?«, riet Josh.

»Es wäre eine ziemlich drastische Art, solche Vorwürfe zu vermeiden, indem sie nicht einmal mir verrät, dass dieser Mann mein – was wäre er? –, mein Großvater ist … Die Verbindung ist wahrscheinlich nicht ganz so direkt, vielleicht ist er ein Großonkel oder sonst ein eher entfernter Verwandter, aber wie sie sich auf diesem Foto im Arm halten …« Die Worte kamen herausgepurzelt, unaufhaltsam, weil es auf einmal mehr war als Phantasie, das Locken der Bäume oder das hinreißende Lächeln von Jessica May, sondern fast eine Tatsache, mit schwarzer Tinte auf ein paar alte Fotografien geschrieben.

»Mein Leben lang habe ich gedacht, meine Mutter sei meine einzige Verwandte.« D'Arcy betrachtete ihr Baguette, während sie das sagte, und sah Josh nicht an. »Aber findest du es nicht auch zu viel des Zufalls, dass ich, wenn ich hier bin, eine Kiste mit Fotos finde und darin unter anderem ein Bild von einer Frau mit demselben Namen wie meine Mutter auftaucht und auch von einem Mann mit demselben Nachnamen wie ihr Chef? Ich versuche immer wieder, mir einzureden, dass es auf der Welt wahrscheinlich viele Dan Hallworths gibt, dass das auf dem Foto nicht derselbe ist, für den meine Mutter arbeitet. Aber bisher schaffe ich es nicht, das zu glauben. Und das einzige Rätsel, das ich gelöst habe, ist für mich persönlich das am wenigsten wichtige – auch wenn es für dich und den Rest der Welt sicher das aufsehenerregendste ist.«

D'Arcy legte ihr Baguette beiseite, drehte sich auf den Rücken und schloss die Augen, ehe sie ihr nächstes Geständnis machte, eines, das Josh als Jess' Agent sicher nicht freuen würde. »Jess möchte mich fotografieren. Macht sie das oft mit ihren Schlossgästen?«

»Nein, nie«, antwortete er rundheraus.

»Ist das dann nicht ein bisschen seltsam? Im Vergleich zu allem anderen, was sie fotografiert hat, bin ich doch langweilig.«

»Du bist schön, D'Arcy.«

Als sie den Kopf zur Seite drehte, um ihn anzusehen, streckte er einen Finger aus und ließ ihn langsam von ihrer Stirn zu ihrer Wange und bis auf ihr Kinn wandern. »Wirklich wunderschön«, wiederholte er, beugte sich über sie und küsste sie, nicht sanft oder behutsam, sondern gierig und ganz genau so, wie D'Arcy es sich am vergangenen Abend gewünscht hatte.

Er legte sich neben sie, und sie schmiegte sich an ihn, froh, dass er nur ein T-Shirt anhatte und sie seinen Körper unter dem dünnen Stoff gut spüren konnte. Wie beim letzten Mal tat er nichts anderes, sondern war voll und ganz damit beschäftigt, sie zu küssen. Schließlich beschloss D'Arcy, ihm das Shirt nicht einfach herunterzureißen, wie sie es gern getan hätte, sondern seine Theorie auf die Probe zu stellen. Damit ihre Hände sich nicht doch unter seine Klamotten verirrten, hielt sie den weichen Stoff fest und konzentrierte sich auf das Gefühl seiner Lippen auf ihren, auf seine Hand, die sich ganz allmählich von ihrem Gesicht entfernte und sanft die Haut ihres Nackens und ihre Schultern streichelte, die Träger ihres Kleids ein bisschen herunterschob und sich flach auf ihr Schlüsselbein legte.

Angestrengt vermied sie alles, was ihn verscheuchen könnte, spürte lediglich ihrem Atem nach, der immer heftiger wurde, presste ihre Lippen fester an seine und versuchte, ihm auf diese Weise mitzuteilen, dass er seine Hand ruhig weiterwandern lassen konnte. Doch das Warten war eine Folter, Zurückhaltung nahezu unmöglich, wie von selbst krochen ihre Finger unter sein T-Shirt, und sie hörte sich leise stöhnen, als sie die nackte Haut seines Rückens berührte. Langsam beugte sie das Bein, um sich dichter an ihn schmiegen zu können, und zu ihrer Überraschung umfasste er sie daraufhin enger – als wolle er dasselbe.

Ihr stockte der Atem, so intensiv war das Gefühl, und als seine Hand sich endlich nach unten bewegte und schließlich ihre Hüfte erreichte, vergaß sie fast, seine Küsse zu erwidern. »Du bist so still geworden. Alles okay?«, flüsterte er an ihren Lippen, worauf sie antwortete: »Okay ist nicht ganz der richtige Ausdruck.«

Sie fühlte sein Lächeln, und aus irgendeinem Grund war das der sinnlichste Augenblick von allen. Er küsste ihr Kinn, ihren Hals, wobei er dem Pulspunkt besondere Aufmerksamkeit schenkte, doch dann hob er den Kopf, um sie anzuschauen.

»So wenig ich es will, zwinge ich mich jetzt, aufzuhören«, sagte er. »Ich hoffe, dass wir irgendwann eine Gelegenheit finden, nicht aufzuhören, und vielleicht siehst du dann ein, warum es besser war, weder gestern Abend noch heute Nachmittag sofort ins Bett zu fallen.«

Widerwillig zog D'Arcy ihre Hände unter seinem Shirt hervor. *Irgendwann!*, protestierte ihr Inneres, *für mich gibt es kein Irgendwann! Ich bin nur zwei Wochen hier!* Doch sie sagte nur scherzhaft: »Es fühlt sich an, als funktioniert bei dir dort unten alles einwandfrei, das kann also nicht der Grund sein, weshalb du nicht willst.«

Er lächelte und rollte von ihr herunter, legte sich neben sie und griff nach ihrer Hand.

»Sagst du es mir?«, drängelte sie, denn sie wollte zu gern wissen, warum dieser Mann beim Sex so herrlich altmodisch war.

Er seufzte. »Siehst du, das ist so ein Fall, wo du nicht alles sagen müsstest, was dir durch den Kopf geht.«

»Du musst es mir ja nicht unbedingt verraten, wenn du nicht willst«, log sie, bekannte dann aber doch Farbe. »Ich wüsste es nur schrecklich gern. Ich habe keine Ahnung, ob ich dir Angst einjage oder dich anmache oder dir auf die Nerven gehe oder …«

Er küsste ihre Fingerknöchel. »Eindeutig Nummer eins und Nummer zwei. Gelegentlich auch drei.«

Bei seinen Worten spürte D'Arcy etwas Unbekanntes – womöglich etwas wie Zärtlichkeit. Was er sagte, bestätigte ihren Verdacht, dass er ein bisschen schüchtern war. Das genaue Gegenteil von ihr also. Und trotzdem war er noch hier. Also wartete sie, bedrängte ihn nicht weiter, sondern hoffte, dass er ihr inzwischen genug vertraute, um ihr zu sagen, was er sagen wollte.

»Früher war ich ein ziemliches Arschloch«, begann er schließlich. »Auf dem College fing es an und wurde schlimmer, als ich den Anwaltsjob bekam – neue Partner, die gerade von der Uni kommen, arbeiten hart, trinken viel, und ich gehörte zum Rudel. Wir kriegten die Mädchen leicht rum, wir hatten Geld und Prestige, und so wurden One-Night-Stands mein Lebensstil. Ich hatte nie eine richtige Beziehung mit einer Frau und war ein arroganter Schnösel. Zwar habe ich mich die ganze Zeit dafür gehasst, aber es war wie ein Horrorspiel, aus dem ich nicht mehr rauskam. Gleichzeitig konnte ich mir auch kein anderes Leben vorstellen. Bis …«

Er hielt inne, und D'Arcy zwang sich, zum Himmel zu schauen und nicht zu Josh, weil sie spürte, wie schwer es ihm fiel, ihr das alles zu erzählen. »Ich höre dir zu«, sagte sie nur leise und drückte seine Hand.

»Bis eine der Frauen durchdrehte. Verständlicherweise. Weil ich keiner von ihnen meine Adresse verraten wollte, habe ich sie immer bei ihnen zu Hause besucht. Nicht mal meine Telefonnummer habe ich rausgegeben. Ich habe nur erzählt, dass ich Anwalt bin, denn damit konnte ich beeindrucken, und darüber hat die Betreffende auch rausgefunden, bei welcher Kanzlei ich arbeitete. Sie ist dann dort aufgetaucht. Ich habe sie weggeschickt und ihr ziemlich barsch zu verstehen gegeben, dass ich Besuche an meinem Arbeitsplatz nicht wünsche. Sie kam die ganzen nächsten zwei Wochen trotzdem jeden Tag und hat an der Rezeption auf mich gewartet. Um sie loszuwerden, habe ich schließlich eine unserer Sekretärinnen überredet, mich vor ihren Augen zu küssen. Am nächsten Tag kam sie wieder und hat sich dort an der Rezeption die Pulsadern aufgeschnitten.«

Was gab es dazu zu sagen? Nichts. D'Arcy rollte sich auf die Seite und legte den Kopf auf Joshs Brust.

»Zum Glück hatte sie nicht tief genug geschnitten, aber ich stieg aus der Firma aus, denn mir war endlich meine Charakterlosigkeit klar geworden. Seit meinem Collegeabschluss hatte ich nichts anderes vorzuweisen, als ein Anwalt zu sein, der sich wahllos durch die Stadt schlief. Mehr nicht. Seit Jahren hatte ich kein Gemälde mehr angeschaut und schon fast vergessen, dass ich einmal Kunst studiert hatte. Deshalb kam ich nach Europa, reiste und widmete mich der Kunst, wie ich es mir immer vorgenommen hatte. Nach einem Jahr hatte ich begriffen, dass ich nicht allein schuld war, aber mein Leben dringend ändern musste, kehrte nach New York zurück und schaffte es, die Leute bei der Agentur zu überreden, mir diesen Job zu geben. Sie suchten jemanden, der Verträge aufsetzt und den ganzen juristischen Kram mit den Galerien erledigt, aber nicht unbedingt Aufträge an Klienten vermittelt. Seitdem versuche ich, ein ruhigeres Leben zu führen, in dem ich die kleinen Dinge mehr schätze. Aber diese Woche habe ich gemerkt, dass ich in letzter Zeit nicht besonders gut darin war – zu viel Büroarbeit. Wie gesagt habe ich mir seit Monaten nicht mal mehr die Zeit genommen, die Kunstwerke an den Wänden zu betrachten.«

Als er fertig war, war D'Arcy vollkommen klar, dass er mit dem Mann, von dem er ihr erzählt hatte, rein gar nichts mehr gemein hatte – außer dass er in der Folge zu einem ungewöhnlichen und, wie sie zugeben musste, ziemlich verführerischen Menschen geworden war. »Danke, dass du mir das alles erzählt hast. Ich werde aufhören, mich wie ein Teenager aufzuführen, der gerade den Sex entdeckt hat«, sagte sie.

Er stützte sich auf einen Ellbogen, um sie ansehen zu können. »Du solltest gar nichts verändern. Du bist offen und furchtlos, du kannst gut um Dinge bitten, die du dir wünschst, und das ist großartig. Ich bin ziemlich sicher, dass ich noch mit keinem Menschen so viel über Sex geredet habe wie mit dir in gerade mal zwei Tagen.«

Mit der nächsten Frage ging D'Arcy ein Risiko ein. Aber – wie sie Josh gesagt hatte – das Leben funktionierte im Allgemeinen besser, wenn man etwas wagte. »Bist du deshalb erst mal so schroff, wenn du jemanden kennenlernst? Um niemandem etwas vorzumachen? Um dich nicht zu benehmen wie der Mann, der du mal warst?«

Josh wurde ein bisschen rot. »War ich tatsächlich schroff?« Er warf ihr einen Blick zu. »Was ist? Warum starrst du mich so an?«

Jetzt war sie an der Reihe zu lachen. »Ich dachte nur gerade, dass du ziemlich wunderbar bist.« Er errötete noch mehr, und D'Arcy fügte schnell hinzu: »Wahrscheinlich war ich mindestens genauso müde und mürrisch.«

»Aber wir hatten trotzdem die beste Debatte über Fotografie, die ich seit einer Ewigkeit geführt habe.«

»Stimmt.« Sie lächelte ihn an.

»Siehst du?« Er erwiderte das Lächeln. »Du bist du, und ich bin ich, und – ich weiß nicht, vielleicht werden wir …«

In diesem Augenblick klingelte D'Arcys Telefon, und sie zuckten beide zusammen. D'Arcy sah auf das Display und runzelte die Stirn.

»Deine Mom?«, fragte er.

»Ja.«

Er streckte die Hand aus und drückte für sie auf den Annehmen-Button. »Du solltest endlich mit ihr reden.« Er stand auf. »Ich gehe zurück ins Haus, wenn du fertig bist, sammle ich die Sachen hier wieder ein.«

Damit war er fort, und ihr blieb nicht viel anderes übrig, als mit Victorine zu sprechen.

»Hallo, Darling. Ich weiß, dass du arbeitest, aber ich vermisse dich.«

Die vertraute Stimme, der französische Akzent, den die Jahre in Australien nur wenig gemildert hatten, liebevolle Worte. D'Arcy traten Tränen in die Augen.

»Ich vermisse dich auch«, antwortete sie. »Ich wollte, du wärst hier. Du würdest es lieben, wirklich! Hier würdest du garantiert keine schlechten Erinnerungen haben. Und als Zugabe arbeitet hier ein ziemlich gut aussehender junger Mann.«

Victorine lachte. »Erzähl mir jetzt nicht, dass die romantischen Mächte Frankreichs eine Wirkung auf meine Tochter ausüben, obwohl sie doch aus Überzeugung Single ist – das kann ich nicht glauben!«

Auch D'Arcy musste lachen. »Ich habe nur gesagt, er sieht gut aus, nicht, dass ich ihn heiraten will.«

»Aber sonst erzählst du mir von den gut aussehenden Männern immer erst, wenn du wieder aus ihrer Reichweite bist und dich zu Hause in Sicherheit gebracht hast.«

Auf einmal wurde D'Arcy klar, dass ihre Mutter recht hatte. Zurück in Sydney erzählte sie Victorine gern lustige Geschichten von ihren Begegnungen, amüsante Anekdoten, mehr nicht. Doch über Josh wollte sie wirklich sprechen. Einen Moment zögerte sie, dann platzte sie heraus: »Er ist anders als alle, die ich kenne. Er ist …«

D'Arcy hielt inne und suchte das richtige Wort. »… stabil. Ich weiß auch nicht, so etwas finde ich normalerweise gar nicht anziehend. Bei ihm irgendwie schon. Aber er lebt in Frankreich. Deshalb werde ich wohl noch eine Woche lang seinen Anblick genießen, bis ich nach Australien zurückfliege, und das war's dann.«

»Oder du könntest einfach abwarten, was passiert, wenn du aufhörst, dir Gründe auszudenken, warum es auf keinen Fall klappen darf«, erwiderte ihre Mutter behutsam.

Ihr Leben lang hatte es für D'Arcy immer nur sie und ihre Mutter gegeben, das hatte sie sogar Josh schon erzählt. Meistens wusste die eine auf Anhieb, was die andere dachte oder fühlte. Riet Victorine ihrer Tochter jetzt etwa, sich für ein anderes Leben zu entscheiden?

Victorine selbst hatte nie ernsthaftes Interesse an einem Mann gezeigt, sich nur gelegentlich mal mit jemandem getroffen, denn sie liebte ihre Arbeit und ihre Tochter und behauptete immer, sie sei glücklich – nun glaubte D'Arcy ihr auf einmal nicht mehr.

Unter diesen Umständen war es besser, nur so viel zu erzählen, dass ihre Mutter die Leerstellen ausfüllen konnte, wenn sie wollte – falls es überhaupt Leerstellen gab. Aber D'Arcy nahm sich auch vor, das Gespräch so allgemein zu halten, dass ihre Mutter sich nicht verletzt fühlen konnte, und auch nichts von dem zu verraten, was sie hier in Frankreich herausgefunden hatte. Wenn Victorine von sich aus nichts dazu sagte, würde D'Arcy sie lieber nicht in ihre Suche nach Antworten einbeziehen. Schließlich gab es womöglich für alles eine einfache Erklärung, und sie hatte nicht vor, ihrer Mutter unnötigen Schmerz zuzufügen.

»Du warst so beschäftigt, bevor ich abgefahren bin, dass ich nicht mal mehr die Chance hatte, dir zu erzählen, warum ich nach Frankreich fahre«, begann sie vorsichtig. »Die Galerie stellt Werke des *Photographer* aus, die Sachen sind zum ersten Mal in Australien, also eine richtig große Sache. Weil ich für das Arthandling zuständig bin, darf ich die Bilder anfassen, und sie sind toll. Ich wohne in einem Schloss namens *Lieu de Rêves*.« D'Arcy legte sich zurück und schloss die Augen, spürte die Sonnenstrahlen auf ihrem Gesicht und wartete darauf, dass Victorine erwiderte: *Dort war ich als Kind.* Was das Foto ihrer Mutter beim Picknick vor einem der Zauberbäume ja bewies.

Doch auf ihre Erklärung folgte absolute Stille. Dann sagte ihre Mutter: »Sorry, jemand hat gerade einen Stapel Papiere für mich zum Unterschreiben gebracht. Ich muss Schluss machen. Du wirst nicht mehr so lange weg sein, oder?«

»Nächste Woche komme ich nach Hause.«

»Wunderbar. Bis dann.«

Als sie aufgelegt hatte, kreisten D'Arcys Gedanken noch eine ganze Weile um das Schweigen ihrer Mutter und die plötzliche Eile, mit der sie das Gespräch beendet hatte. Zweifellos war es möglich, dass Victorine wirklich etwas zu erledigen gehabt hatte. Aber warum hatte sie dann überhaupt angerufen?

D'Arcy sprang auf und begann, hin und her zu wandern. Welche Optionen hatte sie überhaupt? Sie konnte Victorine einfach fragen. Aber das Gespräch von gerade eben hatte ihr endgültig klargemacht, dass das nicht der richtige Weg war. Freiwillig würde Victorine nichts über ihre Verbindung zu Jess oder diesem Schloss preisgeben. Sie konnte Jess ganz direkt fragen, aber als sie es heute Morgen versucht hatte, war sie ebenfalls ausgewichen, und D'Arcy glaubte nicht, dass es unabsichtlich passiert war. Außerdem – wenn Jess über all das, wovon D'Arcy keine Ahnung hatte, Bescheid wusste, konnte D'Arcy nicht überprüfen, ob Jess ihr die Wahrheit sagte oder sie mit einer unvollständigen Version abspeiste. Wäre D'Arcy besser informiert, hätte sie eine bessere Grundlage, um zu entscheiden, wo sie nachhaken und welche Fragen sie stellen musste, um die ganze Geschichte herauszufinden. Was hieß, dass sie eine weitere Informationsquelle brauchte. Aber was für eine?

In ihrem Kopf nahm eine verrückte Idee Gestalt an. Zwar wusste sie nicht, wie sie in die Praxis umzusetzen war, doch sie spürte, dass sie es versuchen musste. Sie eilte zum Schloss zurück und warf ein paar Sachen in ihre Reisetasche.

Dann suchte sie Josh in seinem Büro auf. Er telefonierte, und seine Stimme klang ganz anders als vorhin, gehetzt und abgehackt, eindeutig unter Stress. Sie wartete, bis er fertig war. »Ich muss den Zug nach Paris nehmen«, sagte sie und deutete auf ihre Tasche.

Er verzog das Gesicht, und sie beeilte sich, ihm klarzumachen, dass sie keineswegs vorhatte, wegzulaufen. »Ich will nur eine Nacht in

Paris verbringen. Das heißt, ich verliere einen Arbeitstag, aber das hole ich wieder auf, wenn ich morgen länger mache. Ich werde keine einzige Deadline verpassen.«

»Warum willst du denn dorthin?«, fragte er.

»Ich will …« Sie zögerte, denn sie wusste, es würde seltsam klingen. »Ich möchte mir die Schule anschauen, die meine Mutter besucht hat. Das ist der einzige Ort, an dem ich zuverlässig etwas über ihre Kindheit herausfinden kann.«

Statt sie daran zu erinnern, dass sie zum Arbeiten nach Frankreich gekommen war, und nicht, um einer sinnlosen Suche nachzugehen, nickte Josh nur und sagte: »Ich fahre dich zum Bahnhof.«

Kapitel 18

An diesem Abend begann D'Arcy zu recherchieren. Sie hatte sich ein Zimmer in ihrem Lieblingshotel im Marais genommen, öffnete nun ihren Browser und tippte »Victorine Hallworth und Dan Hallworth« ein. Es dauerte schrecklich lange, und sie trommelte schon ungeduldig mit den Fingern.

Alles, was sie erwartete, erschien. Die Jobs der beiden, das *World Media*-Unternehmen, ihre Karrieren als Journalisten und im Management – nichts, was D'Arcy nicht schon längst wusste, keine Beweise, dass es irgendeine Verbindung zwischen ihnen gab, die über die Tatsache hinausging, dass Victorine für Dan arbeitete.

Auch unter »Jessica May« fand sie, was sie erwartete: Informationen über ihren Wechsel vom Model zur Fotografin, Erwähnungen ihrer Arbeit als Fotojournalistin im Zweiten Weltkrieg, die ikonischen Bilder, die sie damals gemacht hatte, ihr rätselhaftes Verschwinden nach dem Krieg.

Erst als sie weiter nach unten scrollte, zu Bezügen und Artikeln, die nur indirekt mit Jessica May zu tun hatten, fand sie etwas Interessantes – einen Beitrag über Frauen im Journalismus, in dem es um die Theorie ging, dass ein Journalist, der über die Nürnberger Prozesse im Jahr 1946 berichtet hatte und als Anwärter für den Pulitzer-Preis gehandelt wurde, in Wirklichkeit Jessica May war, die unter einem männlichen Pseudonym schrieb. Im selben Jahr gewann dem Artikel zufolge ein gewisser Dan Hallworth den Pulitzer, und der Autor vermutete, dass May verloren hatte, weil jemand herausgefunden hatte, dass sie eine Frau war. Im letzten Abschnitt stieß D'Arcy auf den Satz: *In der Nacht, in der Dan Hallworth den Pulitzer gewann, richtete er die Jessica-May-Stiftung ein, dafür bestimmt, Künstlerinnen zu ermutigen, trotz aller Steine, die man ihnen in den Weg legte, nicht aufzugeben.* Dan Hallworth hatte die Jessica-May-Stiftung ins Leben gerufen? D'Arcys überraschtes »Oh« hallte durchs Hotelzimmer. Als Nächstes ging sie auf die Website der Stiftung und las sich die Geschichte des Stipendiums durch, um die sie sich bei ihrer Bewerbung gar nicht gekümmert hatte. Dabei erfuhr sie, dass Dan Hallworth die Stiftung tatsächlich im Jahr 1946 gegründet hatte, *zu Ehren einer wahrhaft heldenmütigen Frau, die ich in Europa kennengelernt habe.* Der kurze Auszug aus seiner Dankesrede verursachte ihr eine Gänsehaut.

Sie hatte ein weiteres Bindeglied zwischen Dan Hallworth und Jessica May gefunden. Aber das zu Victorine, D'Arcys Mutter, fehlte nach wie vor.

Sie beschloss, als Nächstes Dan Hallworths Namen allein in Angriff zu nehmen, was sie bisher aus Angst, was sie finden würde, geflissentlich aufgeschoben hatte. Seine Biographie bestätigte, dass er im Krieg gewesen war, was es noch wahrscheinlicher machte, dass der Chef ihrer Mutter und der Mann auf dem Umarmungsfoto ein und derselbe waren.

Der Rest der Informationen war weniger relevant für ihre Suche, nur eine lange Liste seiner Zeitungsanteile, Schätzungen seines Vermögens, eine Kurzfassung seines familiären Hintergrunds, die unter anderem im Jahr 1945 eine Heirat mit einer Frau namens Amelia enthielt, aus der ein Sohn hervorgegangen war, sowie die wenig später folgende Scheidung. Als sie gerade aufgeben wollte, stieß sie auf eine sehr alte Biografie über amerikanische Zeitungsleute mit einem Eintrag zu Dan Hallworth. Da das Copyright abgelaufen war, war sie im Netz vollständig abgedruckt. Mit einem Ruck war sie hellwach, richtete sich auf und hätte um ein Haar ihre Kaffeetasse umgeworfen, als sie las, was darin über Dan Hallworths Familie stand – nämlich etwas, was nicht mit dem übereinstimmte, was später über ihn veröffentlicht worden war. Zwei Kinder waren verzeichnet: eine Tochter namens Victorine Hallworth, geboren 1940 – im Geburtsjahr von D'Arcys Mutter –, und ein Sohn, James Hallworth, geboren 1946. D'Arcy klappte den Laptop zu.

Wenn die Victorine Hallworth auf Jessica Mays Foto, die in der Biographie erwähnte und D'Arcys Mutter dieselbe Person waren, dann war es mehr als wahrscheinlich, dass D'Arcy einen Großvater hatte, den sie nie kennengelernt hatte.

———

Bevor D'Arcy zu Victorines Internat aufbrach, trank sie einen großen Cognac, um ihre Internet-Entdeckungen zu vergessen. Ihre Augen waren rot vom Schlafmangel, ihre Haut war viel zu blass für eine Australierin, die viel Zeit draußen verbrachte. Sie sah kränklich aus, ohne sich besonders anstrengen zu müssen. Langsam und vorsichtig zog sie die nüchternsten Kleidungsstücke an, die sie besaß: einen schwarzen Samtblazer, den sie in Sydney günstig in einem Secondhandshop gefunden hatte, dazu eine schmale schwarze Caprihose. Einen verstörten Gesichtsausdruck aufzusetzen, fiel ihr nicht schwer, und so schritt sie durch die Eingangstür des Pariser Internats, das ihre Mutter vor vielen Jahren besucht hatte.

»Kann ich Ihnen helfen?«, fragte die Frau am Empfang.

D'Arcy wühlte in ihrer Handtasche nach einem Taschentuch und tupfte sich damit die Nase ab. »Entschuldigen Sie«, antwortete sie mit für sie ganz untypisch dünner Stimme. »Ich hatte gehofft, ich würde es ohne Tränen schaffen, aber ich halte kaum eine Stunde durch, ohne dass ich anfange zu weinen.«

Die Frau trat hinter ihrem Schreibtisch hervor und bot ihr freundlich eine Taschentuchbox an, aus der D'Arcy sich dankbar bediente.

»Bitte, setzen Sie sich doch«, sagte die Frau und komplimentierte D'Arcy zu einem Stuhl.

»Es ist wegen meiner Mutter«, begann D'Arcy. »Sie …« Eigentlich hatte D'Arcy vorgehabt, hier eine Pause zu machen und sich noch einmal das Gesicht abzuwischen, aber plötzlich spürte sie, dass sie wirklich weinte, und erzählte eine Lüge: »Meine Mutter ist vor Kurzem … gestorben.«

Die Frau murmelte etwas Teilnahmsvolles und bot an, D'Arcy ein Glas Wasser zu bringen.

Doch sie schüttelte den Kopf. Dann begann sie, der Frau von ihrer Mutter, einer gewissen Victorine Hallworth, zu erzählen, die schon sehr jung auf die Schule gekommen war und nun ganz unerwartet aus D'Arcys Leben geschieden war. »Wir hatten uns entfremdet, wissen Sie«, erklärte D'Arcy mit erstickter Stimme, aus Angst, das könne fast zwangsläufig irgendwann geschehen, nach allem, was Victorine aller Wahrscheinlichkeit nach vor ihrer Tochter verborgen hatte. »Jetzt glaube ich, dass alles, was ich über sie zu wissen glaubte, nicht stimmt.« Wieder eine Wahrheit zwischen den Lügen. »Ich muss die Distanz zwischen uns irgendwie wiedergutmachen, sonst werde ich verrückt. Können Sie das verstehen?«

Die Frau nickte, obwohl sie offensichtlich nicht verstand, wohin das alles führen sollte.

»Ich versuche, möglichst viele Informationen über meine Mutter zu sammeln, weil ich sie endlich richtig kennenlernen möchte. Und dazu möchte ich am Anfang ihres Lebens beginnen, damals, als sie noch ein Kind war, und ich habe gehofft, dass die Schule Unterlagen über ihre Zeit hier hat, die ich mir vielleicht anschauen kann. Es wäre sehr wichtig für mich.«

D'Arcy war nicht ganz sicher, ob ihre Geschichte und ihre Tränen überzeugend wirkten oder ob man sie so schnell wie möglich aus dieser gediegenen Umgebung entfernen würde, doch man führte sie in einen Versammlungsraum und gab ihr einen Stapel Aktenordner, die sie in Ruhe erforschen durfte. Neugierig schlug sie den ersten Ordner auf.

Ganz oben war ein Brief mit einem Datum Anfang November 1944, eine Anfrage, ob es für ein kleines Mädchen namens Victorine Hallworth einen Platz im Internat gab. Der Verfasser des Briefs erklärte, dass er Angehöriger der amerikanischen Armee war und sichergehen wollte, dass seine Tochter gut versorgt war, während er seinen Pflichten im Krieg nachging. Unterschrieben hatte natürlich Dan Hallworth, ein stichhaltiger Beweis, dass auf dem berühmten Foto tatsächlich D'Arcys Mutter und ihr Großvater zu sehen waren.

D'Arcy schob den Ordner von sich. Warum tat sie sich das an? Sie brauchte das alles nicht zu wissen. Sie war absolut glücklich gewesen und ihre Mutter ebenfalls. Bis jetzt. War es nicht sinnlos, das alles aufs Spiel zu setzen, indem sie Dinge aufdeckte, die so lange zurücklagen, dass sie überhaupt keine Rolle mehr spielten? Aber was, wenn sie doch wichtig waren? Was, wenn D'Arcy einen Großvater haben wollte?

Sie vergrub das Gesicht in den Händen und rieb sich die Stirn. Sie war so verflucht egoistisch. Ihre Mutter war immer genug für sie gewesen, genau wie sie es Josh gesagt hatte. Sie brauchte nicht mehr. Außerdem – was, wenn Dan Hallworth nicht dem Klischee des idealen Großvaters entsprach, weder sanft noch warmherzig oder liebenswert war? Es musste doch Gründe geben, warum Victorine sich so von ihm distanziert hatte.

Doch D'Arcys Hand schien ein Eigenleben zu entwickeln, kroch einfach zurück zu dem Ordner und blätterte weiter. Mehrere Briefe von Dan Hallworth an die Schule, die 1944 Victorines Eintritt ins Internat bestätigten. Eine Liste von Leuten, die als Besucher für sie zugelassen waren, unter ihnen ein Private Sparrow, ein Private Jennings und eine einzige Frau: Jessica May. Allerdings gab es keine Briefe von Victorines Mutter, und es wurde auch nirgends erwähnt, dass Jessica May ihre Mutter war. Was bedeutete, dass D'Arcys Spekulation, Dan und Jess könnten Victorines Eltern sein, bestenfalls zur Hälfte der Wahrheit entsprach.

Beklommen öffnete D'Arcy den nächsten Ordner. Die Papiere waren später datiert und dokumentierten Victorines Internatszeit im Alter zwischen zehn und sechzehn Jahren. Doch es handelte sich lediglich um Kopien von Schulzeugnissen und einige weitere Briefe von Dan Hallworth, diesmal mit dem Briefkopf des *New York Courier* und dann der *World Media Group*.

Doch der letzte Brief war schrecklich. Auf den ersten Blick sah er harmlos aus, schwarze Buchstaben auf weißem Papier, der Briefkopf einer Pariser Klinik. Mit sechzehn hatte Victorine eine Blinddarmoperation gehabt. Um ein Haar hätte D'Arcy nach dem ersten Abschnitt nicht weitergelesen, denn was konnte ein Operationsbericht über ihre Mutter schon offenbaren?

Aber sie las weiter, und so erfuhr sie, dass das junge Mädchen tagelang niemandem von ihren Bauchschmerzen erzählt hatte und dass, als sie endlich bemerkt wurden, Victorine bereits einen Blinddarmdurchbruch erlitten hatte, wodurch sich die Infektion in ihrem ganzen Körper ausbreitete. Wochenlang hatte sie im Krankenhaus gelegen und mehrere Operationen über sich ergehen lassen.

Den vorletzten Abschnitt hätte D'Arcy lieber nie gelesen. Vor der höflichen Schlussformel stand dort, dass die durch die Infektionen verursachten Narben Victorine Hallworths Eileiter so blockiert hatten, dass sie nicht in der Lage sein würde, jemals Kinder zu bekommen. *Nicht in der Lage, jemals Kinder zu bekommen.* D'Arcy stand auf, und wie eine unerbittliche Diaschau erschienen jedes Mal, wenn sie blinzelte, diese Worte vor ihren Augen. Verzweifelt starrte sie auf die Wand, aber auch dort sah sie die Worte wie einen niederschmetternden Film vor sich aufblitzen. Alles, was sie für wahr gehalten hatte, stürzte in sich zusammen.

Teil 5

Als ich diese Fotos ansah, zerbrach etwas in mir.
Eine Grenze war überschritten, nicht nur die Grenze
des Entsetzens; ich fühlte eine Trauer in mir,
die nie enden, eine Wunde, die niemals heilen würde;
ein Teil meines Innern war tot, etwas weint noch immer.

Susan Sontag

Liebe ist wie Krieg: leicht zu beginnen,
aber äußerst schwer zu beenden.

H. L. Mencken

Kapitel 19

BELGIEN, JANUAR 1945 | Als Jess mit Martha die Stadt Bastogne erreichte, sahen sie am Straßenrand zerstörte Panzer, verwüstete Lastwagen, starr gefrorene Leichen deutscher Soldaten, aber auch Fahrzeuge mit Anhängern, auf denen die Toten ordentlich gestapelt worden waren und von fern aussahen wie geschichtetes Feuerholz. Die Belagerung von Bastogne hatte eine volle Woche gedauert, und nach dem, was Jess den nur sehr spärlich nach außen dringenden Informationen hatte entnehmen können, war Dans Division von den Deutschen, die zahlenmäßig vierfach überlegen waren, eingekesselt und unter Dauerbeschuss genommen worden. Gegen jede Wahrscheinlichkeit, nur aufrechterhalten von Gebeten und unerbittlicher, sturer Willenskraft, hatten sie sich schließlich aus der Umklammerung befreit, die Deutschen waren zurückgewichen, und Bastogne, ein Chaos von Blut und Leichen, umgeben von blutig rosa gefärbtem Schnee, befand sich wieder in den Händen der Alliierten. Nun erlaubte man der Presse, zurückzukehren.

Aber wohin? *Sieh zu, dass du lebend wiederkommst.* Diese Worte hatte Jess seit der Party im Schloss jeden Tag im Stillen wiederholt, und jetzt würde sie herausfinden, ob es wahr geworden war oder nicht. Als sie das Hauptquartier des Bataillons endlich gefunden hatten, gaben Jess' Beine plötzlich unter ihr nach: In dem Gebäude, das nur noch aus zwei Wänden und einem halben Dach bestand, hatte sie Dan gesehen. Lebend. Dem Himmel sei Dank!

Er stand neben der mit roten und blauen Markierungen vollgekritzelten Wandkarte und gab am Feldtelefon die Befehle an seine Männer draußen durch. Jess beobachtete, wie er ein Ingenieursteam beauftragte, eine mit Minen gespickte Straße zu beschildern und frei zu machen, hörte, wie er mit beruhigender Stimme jemandem mitteilte, dass Kompanie B gleich zur Stelle sein würde, und endlich konnte sie lächeln.

Jeder Mann, mit dem Dan sprach, war bereit, seinen Anweisungen zu folgen. Alle begegneten ihm mit großem Respekt, teils sogar mit etwas wie Verehrung. Denn genau das hatte dafür gesorgt, dass Bastogne wieder in Händen der Alliierten war: die Führungskraft von Männern wie Dan, die nicht nur wussten, wie man Kompanien und Bataillone manövrierte, sondern vor allem auch, wie man den Männern Vertrauen sowie den Glauben daran vermittelte, dass ihr Tun wichtig war, auch wenn die Situation vielleicht etwas anderes nahelegte.

Martha schlenderte zu Dan hinüber und küsste ihn auf beide Wangen. »Ich kenne jemanden, der sich freuen wird, dass du es geschafft hast«, sagte sie und deutete auf Jess, die zurückgeblieben war, an ihren Kameras herumfingerte, als bräuchten sie ihre Aufmerksamkeit, vollkommen unfähig, Marthas Beispiel zu folgen und Dan ebenfalls zu küssen – obwohl sie nichts lieber getan hätte.

»Sir.« Hinter ihnen erschien Sparrow und beanspruchte Dans Aufmerksamkeit für sich, ehe der Zeit gehabt hatte, mehr zu tun, als Jess zuzulächeln. »Sie werden draußen gebraucht.«

»Wollt ihr mitkommen?«, wandte Dan sich an Martha und Jess, die beide eifrig nickten, denn es war klar, dass sie sich ohne jemanden, der genau Bescheid darüber wusste, wo die Front verlief und wie gefährlich die Situation in diesem Moment war, nicht hinaustrauen konnten.

»Jess!«, mischte sich noch eine weitere Stimme ins Gespräch, und als sie sich umdrehte, wurde sie vom wie immer freundlich lächelnden

Jennings – der jetzt die Rangabzeichen eines Adjutanten trug – auf die Wange geküsst. Dan hatte damit anscheinend eine sehr gute Methode gefunden, um den unfallbedrohten jungen Mann am Leben zu halten.

Als Jess und Dan sich dann endlich in die Augen sahen, bekam sie auf einmal Kopfschmerzen, ein Gefühl, als wäre all das, was sie in diesem Moment empfand, einfach zu viel für sie – und nun wünschte sie sich, sie hätte Dan wie Martha vorhin einfach geküsst, denn mindestens das hatte er mehr als verdient.

»Hier entlang, Sir.« Sparrow ging voraus zum Jeep, ernster, als Jess ihn je erlebt hatte, inzwischen tatsächlich einem Korporal ähnlicher als dem ewigen Witzbold – auch er war befördert worden und arbeitete jetzt als Dans Fahrer –, was einmal mehr unterstrich, wie viele Männer gestorben waren und wie glücklich Jess sich schätzen konnte, dass diese drei alles überlebt hatten.

»Wohin fahren wir?«, fragte Martha, als sie hinter Dans und Sparrows Jeep auf die Straße bogen.

»Da gibt es etwas, um das unser CO sich bestimmt kümmern möchte«, antwortete Jennings leise.

Doch das, was sie vorfanden, überstieg jede Vorstellung.

Umgeben von Granatenkratern, zersplitterten, von Kugeln durchsiebten Bäumen und schneebedeckten Schützenlöchern, in denen Männer der Wärme halber zu dritt oder vier wochenlang gehaust hatten, lag ein verwundeter Mann seit drei Tagen im Schnee. Er war auf eine Mine getreten und hatte, wie Jennings ihnen im Näherkommen grimmig erklärte, eigentlich Glück gehabt, denn das Geschoss hatte zwar den Fuß abgerissen, Venen und Arterien jedoch ins Bein zurückgedrängt und verschlossen, so dass die Blutung zum Stillstand gekommen war.

»Die Sanitäter haben versucht, ihn zu holen«, fuhr Sparrow fort, »aber die Deutschen haben jedes Mal auf sie geschossen. Jetzt, wo sie weg sind, können wir zu ihm.«

Jess konnte sehen, dass der GI, der drei Tage mit abgerissenem Fuß zwischen den gegnerischen Parteien in der Kälte gelegen hatte, bei Bewusstsein war, denn seine Lippen bewegten sich.

Sie machte ein Foto von Dan, der sich neben den Verwundeten kauerte und eine Zigarette für ihn anzündete, und hörte, wie der junge Mann erzählte, er sei von deutschen Soldaten überfallen worden. Sie hätten ihn in der Dunkelheit überwältigt und eine Sprengladung unter seinem Rücken angebracht, die explodiert wäre, sobald er von herbeieilenden Sanitätern – oder von einem Kameraden wie Jennings – hochgehoben wurde.

Gott sei Dank, dass er bei Bewusstsein geblieben ist, dachte Jess. *Gott sei Dank, dass er die anderen warnen konnte.*

Während Dan mit dem jungen Mann eine Zigarette rauchte und ihm für seinen Mut dankte, kappte ein Ingenieur die Drähte, die zu der Sprengstoffladung führten. Jess dokumentierte alles mit der Kamera und würdigte auf ihre Art die mutige Tat dieses jungen Mannes.

———

Durch die anhaltenden Kämpfe in den Ardennen fanden Jess und Dan im nächsten Monat kaum Gelegenheit, miteinander zu sprechen. Ihr Wunsch, Dans Aufmerksamkeit von den Dingen abzuziehen, die er tun musste, kam Jess egoistisch vor. Doch jedes Mal, wenn sie ihn sah, dachte sie daran, wie sein Daumen über ihren Rücken gestreichelt hatte, und die wenigen schnellen Worte, die sie gelegentlich wechselten, reichten ihr nicht.

Wie jede andere Schlacht war auch die in den Ardennen irgendwann vorbei, aber Dan gehörte weiterhin zu den Voraustruppen, die in Richtung Köln vorstießen. Jess und die anderen Korrespondenten pendelten jeden Tag zwischen Spa und der Front, und ihre Situation würde sich erst ändern, wenn eine Basis in Deutschland gesichert worden war. Weil sie so viel unterwegs war, hatte Jess noch weniger Gelegenheit, Dan zu sehen, außerdem geriet sie an einem besonders kalten Tag mit dem Jeep auf der vereisten Straße ins Schlingern, brach sich zwei Rippen und musste ins Lazarett. Wütend über den Unfall, den er als mangelnde Vorsicht auslegte, besuchte Dan sie dort.

»Lee Carson hat in einer Woche vier Unfälle gebaut und vier Jeeps komplett zerstört«, verteidigte sie sich schwach und versuchte, trotz schmerzender Rippen wenigstens zu kichern.

»Lee Carson ist mir scheißegal«, entgegnete er und trat näher an ihr Bett. So zornig kannte sie ihn überhaupt nicht.

Was war mit ihnen passiert? Beinahe wünschte Jess, sie hätten nie miteinander getanzt, gleichzeitig jedoch, sie hätten viel mehr Zeit gehabt zum Tanzen – alles, was helfen würde, die Spannung zu reduzieren, die seither zwischen ihnen herrschte und die sie früher nie gekannt hatte, wäre ihr recht gewesen.

Ehe sie etwas erwidern konnte, erschien Lee Carson persönlich, zusammen mit Martha.

»Man hat mir aufgetragen, dir zu sagen, dass es bald nicht mehr genügend Jeeps gibt«, erklärte Martha und küsste Jess auf die Wange.

»Was noch mehr deine Schuld ist als meine«, meinte Jess zu Lee, die nur grinste.

Dan grinste nicht, sondern verabschiedete sich barsch, herrschte Jess an, in Zukunft gefälligst vorsichtiger zu sein, und verschwand.

»Was ist denn mit unserem wunderbaren Lieutenant Colonel los?«, fragte Lee und nahm sich eine von Jess' Zigaretten.

»Das frage ich mich auch«, antwortete Jess ehrlich.

Als Jess aus dem Lazarett entlassen wurde, war Köln gesichert, der Rhein überschritten. Danach konnte die Regel, dass Frauen nicht in die Nähe der Front durften, nicht mehr durchgesetzt werden, denn die Front war überall. Niemanden kümmerte es mehr, dass Martha keine Akkreditierung vorzuweisen hatte, die Qualität ihrer Beiträge für *Collier's* war – trotz aller Hindernisse – Beweis genug für ihre Fähigkeiten. Zum ersten Mal wurden die Korrespondentinnen sogar ermutigt, die Pressecamps zu nutzen, denn das war die einzige Möglichkeit, einigermaßen in Sicherheit zu bleiben. Das wiederum bedeutete, dass Jess ihr ganzes Talent einsetzen musste, um Warren Stone aus dem Weg zu gehen. Doch sie wurde allmählich besser darin, und ausnahmsweise war er so mit seiner Arbeit beschäftigt, dass er sie meistens kaum beachtete.

Im Pressecamp von Schweinfurt hörten sie von Präsident Roosevelts Tod, worauf die GIs in Massen ins Camp strömten, weil sie mit den Presseleuten sprechen und sich vergewissern wollten, dass die Berichte der Wahrheit entsprachen.

Nach einem besonders grässlichen Streit mit Warren – er hielt das Gerücht von den Lagern, in denen die Nazis überall in Deutschland nicht erwünschte Menschen eingesperrt hatten, für lächerlich – kam Jess aus dem Zensurbüro und sah nur ein paar Meter entfernt Dan stehen. Seit seinem Besuch im Lazarett war sie ihm kein einziges Mal mehr so nahe gekommen, doch er lächelte ihr zu, und sie ging zu ihm, um ihn zu begrüßen. Allerdings widerstand sie dem Drang, ihn zu umarmen.

»Dann stimmt es also«, sagte er, als er ihr Gesicht sah.

Sie nickte. »Ja. Aber setz dich doch, ich organisiere einen Schnaps für uns.«

Als er die Augenbrauen hochzog, erklärte sie rasch: »Wir trinken das, was zur Verfügung steht – Calvados in der Normandie, Champagner in Paris, Schnaps in Deutschland. Das ist der einzige Grund, warum ich Paris manchmal vermisse.«

Dan lachte, und plötzlich fühlte sich alles wieder ganz normal an: Sie tranken und plauderten wie früher. Gott sei Dank! Vor lauter Freude, dass Dan wieder in ihrer Nähe war, grinste Jess viel zu viel für diesen Trauertag, aber sie konnte es einfach nicht unterdrücken.

Jess goss Schnaps ein und setzte sich Dan gegenüber. »Auf Roosevelt«, sagte sie, hob ihr Glas und stieß mit ihm an. »In den letzten zwei Jahren haben wir so viele Männer sterben sehen, und nun macht uns ein Tod, den wir nicht mal mitangesehen haben, dermaßen zu schaffen.«

»Stimmt«, war alles, was Jess herausbrachte, denn es stimmte. Krieg machte die Menschen irrational – unfassbare Dinge drangen nicht richtig ins Bewusstsein ein, und scheinbar nebensächliche Augenblicke werden unvergesslich.

»Wie geht es deinen Rippen?«, fragte Dan. »Und wie viele Jeeps hast du inzwischen noch zerstört?«

»Den Rippen geht es gut. Und während mindestens ein Dutzend Presseleute seither ihren Jeep ruiniert haben, gehöre ich nicht zu ihnen. Früher hatte ich Alpträume von Granatenexplosionen, jetzt davon, bei einem Autounfall ums Leben zu kommen«, meinte sie sarkastisch. »Aber inzwischen haben wir ja April, mit Glatteis müsste also bald Schluss sein.«

»Das ist nicht lustig, Jess.«

»Genauso wenig, wie wenn du weggehst und ich keine Ahnung habe, ob ich dich jemals wiedersehe«, erwiderte sie leise. Ihre Formulierung war zwar nahe an dem, was sie meinte, konnte aber immer noch rein freundschaftlich gemeint sein.

Dan streckte den Arm aus, als wolle er Jess' Hand ergreifen, überlegte es sich jedoch anders, denn inzwischen wurde der Raum zusehends voller, und sie konnten nicht mehr davon ausgehen, unbeobachtet zu bleiben.

»Rutsch mal rüber.« Eine Schnapsflasche in der Hand, erschien Martha, schubste Jess ein Stück zur Seite und setzte sich neben sie, während Lee Carson neben Dan auf der Bank Platz nahm.

»Es ist doch wirklich interessant«, fuhr Martha fort, »dass man in Deutschland keinen einzigen Nazi mehr findet. Niemand war jemals ein Nazi, schuld waren die anderen. Wie kann ein ganzes Land so blind gewesen sein?«

»Wann können wir denn mit in die Lager kommen, von denen jeder spricht?« Lee sah Dan an und klimperte mit den Wimpern, genau wie damals im Hotel Scribe bei Major Mayborn.

In diesem Moment kam Warren Stone vorbei. »Na, beschaffen Sie sich Ihre Geschichte mal wieder auf die übliche Art?«, stichelte er.

»Sie lernen von den Besten, stimmt's?« Dabei lächelte er Jess zu, als hätte er ihr soeben ein Kompliment gemacht.

Dan stand auf. »Ich muss gehen. Ehe ich handgreiflich werde«, murmelte er, aber Warren war bereits weitergegangen – wie immer ging er gerade weit genug, um für Irritation zu sorgen, riskierte aber nie, dass es einen richtigen Streit gerechtfertigt hätte.

»Ich komme mit.« Jess erhob sich ebenfalls und spürte, wie Lee sie beobachtete, als sie mit Dan die Kantine verließ – wahrscheinlich tat Warren dasselbe.

Genau hier lag das Problem. In den letzten Monaten waren Dan und sie ständig umgeben gewesen von Menschen und Blicken, es gab keine Chance auf einen ruhigen Moment, ein wirkliches Gespräch. Selbst hier an der Tür herrschte ein ständiges Kommen und Gehen, immer wieder wurden Jess oder Dan oder auch beide von jemandem erkannt und gegrüßt.

»Glaubst du, dass es diese Lager wirklich gibt?«, fragte Jess, als sie Dans Jeep erreichten. »Ein paar von meinen Kollegen sind der Meinung, dass es unmöglich ist, und der entzückende Warren Stone hat mir auch schon unmissverständlich erklärt, dass ich einfach zu viel Phantasie habe und gefälligst keine Artikel schreiben soll, die auf Spekulationen beruhen …«

Dan seufzte. »Ich fürchte, dass Warren sich irrt. Aber wir werden es erst mit Sicherheit wissen, wenn wir das erste Lager gefunden haben.«

»Wie können Menschen so etwas tun?«, seufzte Jess und starrte hinaus auf das, was sie von Deutschland sehen konnte. »Deshalb wollen die Leute es nicht glauben. Weil sie sich nicht vorstellen können, dass es noch schlimmer kommen kann. Aber jedes Mal, wenn wir so etwas denken, finden wir Beweise dafür, dass es sehr wohl möglich ist.«

»Möchtest du mitkommen, wenn wir eines finden? Du musst nicht. Niemand würde dich deswegen weniger respektieren.« Dans Stimme war sanft, sein Blick zärtlich.

»Aber ich würde in meiner eigenen Achtung sinken, es gibt ja schon einen Bericht, den ich aus Angst nicht schreibe.«

»Den über die Vergewaltigungen?«

Jess nickte. »Ich sage mir immer wieder, dass jetzt nicht der richtige Zeitpunkt ist, so etwas zu veröffentlichen, wo Deutschland doch aller Wahrscheinlichkeit nach kurz vor der Kapitulation steht. Aber was, wenn das bedeutet, dass jede Woche, in der ich nicht darüber schreibe, eine weitere Frau vergewaltigt wird? Bin ich nicht verantwortlich? Bin ich ein Feigling, wenn ich schweige? Vermutlich gab es deshalb den Erlass, nicht mit der Bevölkerung zu fraternisieren – weil diejenigen, die das Sagen haben, ebenfalls Wind von der Geschichte bekommen haben. Aber wie kriegt man das unter einen Hut mit der vorherrschenden Meinung – die, wie ich gehört habe, auch General Patton vertritt –, dass Geschlechtsverkehr kein Fraternisieren ist, wenn man nicht mit der Frau spricht? Dass ein Mann, der einer deutschen Frau einen Schlag über den Schädel verpasst, damit sie keinen Ton herausbringt, alles mit ihr anstellen kann, was ihm gerade einfällt?«

»Du bist ganz sicher kein Feigling, Jess. Genau genommen bist du die mutigste Frau, die ich kenne.«

Ihre Blicke trafen sich, genau wie in jener Nacht auf dem Balkon im Schloss. Ehrlichkeit, Fürsorge und Anteilnahme lagen darin, jedoch auch noch etwas anderes, der Schatten dessen, was im Ballsaal geschehen war.

»Hey, Jess.« Die beiden zuckten erschrocken zusammen – Jennings hatte sich unbemerkt genähert, um seinen CO abzuholen. »Verdammt«, knurrte Dan. »Ich muss gehen. Tut mir leid, dass ich so lange verschwunden war, aber wenn ich etwas von einem Lager höre, komme ich dich holen. Versprochen.«

Damit sprang er in den Jeep, und Jess kehrte in die Kantine zurück, wo sie Lees Fragen und Marthas vielsagende Blicke ertragen musste, weil sie jedes Mal, wenn eine von ihnen Dans Namen erwähnte, rot anlief – was für Jessica May absolut untypisch war.

———

Schon am nächsten Tag kam Dan im Morgengrauen ins Pressecamp zurück, um Jess abzuholen. Zum Glück war sie schon auf und hatte ihn vorfahren sehen, ehe sonst jemand es bemerkte und auch mitgenommen werden wollte. »Wohin fahren wir?«, fragte sie, als sie zum Jeep kam.

»Unsere Scouts sind mit einem beispiellosen Bericht zurückgekommen, ich glaube, es wird schlimm«, antwortete Dan nüchtern.

»Wie die ganzen letzten zwei Jahre auch«, erwiderte sie entspannter, als sie sich fühlte. Ihr Magen rumorte.

»Genau.«

Auf dem Beifahrersitz saß Sparrow, wie in Trance.

»Er war einer der Scouts«, sagte Dan, als würde das dessen Zustand erklären.

Irgendetwas braute sich zusammen, das war ihnen klar. Sie fuhren los, und bald konnte Jess es riechen, Angst und Schmerz lagen in der Luft, ein Pesthauch von Asche, schlammiger Erde und salzigen Tränen.

»Anhalten bitte«, stieß Sparrow plötzlich hervor.

Dan, der ausnahmsweise selbst am Steuer saß, fuhr an den Straßenrand, und Sparrow sprang aus dem Jeep, versuchte zwar noch, sich anstandshalber hinter einem Busch zu verstecken, entleerte seinen Magen jedoch nicht weit von ihrem Fahrzeug entfernt.

Jess und Dan stiegen ebenfalls aus, aber Dan sah Jess an und schüttelte heftig den Kopf. Also blieb sie, wo sie war, und beobachtete, wie Dan zu Sparrow hinüberging und sagte: »Ich bringe Sie zurück.«

Doch Sparrow schüttelte nur wieder den Kopf und schob Dans Hand weg. »Nein. Wenn sie es aushält, kann ich das auch.«

Jess' Magen zog sich abermals zusammen.

Eine Stunde später erreichten sie das Lager. Auf den ersten Blick wirkte es beinahe hübsch, ein großer Platz, umgeben von makellosen Rasenflächen. Blumen in leuchtendem Rot, der Farbe von Liebe und Hoffnung, blühten auf gepflegten Beeten. Zu beiden Seiten eines sauber gerechten, von Bäumen gesäumten Wegs standen zwei Reihen von Holzbaracken. Der Weg sah aus, als befände er sich in der Gartenanlage eines Gutshauses.

Doch es roch entsetzlich, kein normaler Geruch, sondern ein durchdringender, beißender Gestank. Sparrow begann wieder zu würgen. Und nicht nur der üble Geruch strafte den ersten Eindruck Lügen, auch die Befestigungsanlagen passten nicht ins Bild, daran konnten auch die prächtigen Pfauen in ihrem großen Käfig, die an den Bäumen schwingenden Affen und der »Mama!« kreischende Papagei nichts ändern.

Noch ehe der Jeep richtig zum Stillstand gekommen war, sprang Jess heraus und begann, Fotos von diesem perversen Ort zu machen, sie wusste ja, dass sie genau aus diesem Grund hierhergekommen war: um das Unbeschreibliche zu dokumentieren. Der durchdringende Geruch ließ nicht nach, und sie wusste, irgendwo vor ihr lauerte die Hölle.

Dann sah sie Gestalten entlang des Stacheldrahtzauns, menschliche Gestalten, halb verbrannt, erstarrt in Posen, die zeigten, dass sie gerannt waren, ihr Leben riskiert hatten, um dem zu entgehen, was in diesem Lager geschehen war. Doch nicht von ihnen kam der Gestank, der wie unerbittlicher Nebel aufstieg, sondern von den Güterwagen, die ein Stück entfernt in der brütenden Sonne standen und in denen die Überreste von als wertlos erachteten menschlichen Wesen verfaulten – jeglicher Würde beraubt, hatte man ihr Leben im deutschen Boden versickern lassen.

Zum ersten Mal begriff Jess, dass der Tod sehr unterschiedlich sein konnte. Dass diese einst menschlichen Wesen so radikal und schonungslos tot waren, wie es ein Mensch in New York, der, sorgfältig angekleidet, mit gefalteten Händen in einen Sarg gelegt und mit einem Grabstein gewürdigt wurde, niemals sein konnte.

Plötzlich erschienen die Frauen. Oder das, was einmal Frauen gewesen waren – Kreaturen, die weit über die Grenzen alles Menschlichen gestoßen worden waren. Ausgezehrt, teils auf allen vieren, teils nicht einmal mehr fähig, zu kriechen, so schleppten sie sich mit letzter Kraft über den Boden, riesige Augen, Knochen, Nasenöffnungen, klaffende Münder.

Aus dem Augenwinkel nahm Jess eine Bewegung wahr, und sie blickte hinauf zu dem Wachturm, der über ihr aufragte – ein Posten hatte eine Waffe auf sie gerichtet. »Wir sind Amerikaner!«, rief sie auf Deutsch zu ihm hinauf. »Machen Sie, dass Sie wegkommen!«

Sie konzentrierte sich wieder so aufs Fotografieren, dass sie kaum wahrnahm, dass Dan und die anderen mit gezogenen Waffen vor ihr gingen und der Rest des Fahrzeugkonvois gerade anhielt. Plötzlich hörte sie Dan rufen: »Beweg dich!«

Doch sie reagierte nicht.

»Verdammt, Jessica! Er hat eine Waffe, beweg dich!«, brüllte Dan und stellte sich schützend vor sie.

Wie durch einen Nebel nahm sie wahr, dass Dan ihren vollen Namen benutzt hatte, und der Augenblick, als der Wachposten die Waffe fallen ließ und Dan seinen eisernen Griff um ihren Arm lockerte, wirkte ebenso unwirklich.

Hinter den Soldaten betrat sie das Lager, und noch im selben Moment war ihr klar, dass das, was sie vor sich hatte, das Bild war, das den Amerikanern zeigen würde, wie der Krieg heutzutage aussah. Kein heldenhafter Kampf um Ruhm und Ehre, sondern eine barbarische, bestialische Vernichtung.

Im Vordergrund fette Pfauen, deren Gefieder glänzte wie der Sommerhimmel. Leuchtend rote Blumen, die sich im Wind wiegten und nach der Sonne reckten. Und dahinter die Frauen. Papierdünne Haut, die kaum die Knochen zu bedecken schien, nahezu durchsichtig, ihre Gesichter aller Gefühle beraubt. Tot, doch zum Leben verurteilt.

Der Posten auf dem Turm ergab sich zusammen mit einer Handvoll weiterer Wachleute. Die Knochenfrauen weinten nicht. Auch auf Dan, Jennings, Sparrow und die Fahrzeuge, die ihnen folgten, reagierten sie kaum. Als die Sanitäter mit den Tragen kamen, zuckten sie sogar zurück, als hätten sie lieber ihre Ruhe. Und Jess wusste, dass das, was diese Frauen erlitten hatten, jedes Vorstellungsvermögen überstieg. Diese Hölle einer Rettung vorzuziehen, zeugte von einer wahrhaft unvorstellbaren Angst.

Jess fand eine Lagerwärterin, die sich jetzt, da sie in Gewahrsam genommen worden war, bereit erklärte, zu erzählen.

»Es waren einfach viel zu viele Frauen hier, wir konnten uns nicht angemessen um sie kümmern«, berichtete sie Jess auf Deutsch, und Jess übersetzte für Dan. »Die Baracken waren für fünfhundert gedacht, aber mit über zweitausend belegt. Eine Pritsche für vier Frauen, sie schliefen Kopf an Fuß. Jeden Tag starben fünfzig von ihnen, aber es kamen zweihundert Neue an. Was sollte ich da machen?«

Die Frau sah Jess an, als erwarte sie Mitgefühl von ihr. Jess wurde bleich, zwang sich aber zu fragen: »Warum sind die Frauen denn hier?«

»Einige sind Jüdinnen, aber die meisten waren im Widerstand«, antwortete die Wärterin eifrig. »Morgens um zwei haben wir diejenigen, die noch am Leben waren, geweckt und namentlich aufgerufen, damit wir wussten, wie viele noch übrig waren. Zwei Stunden hat das gedauert, und jeden Morgen ist eine umgefallen oder ohnmächtig geworden oder einfach gestorben, aber die Frauen durften sich nicht rühren, auch dann nicht, wenn so was direkt neben ihnen passierte. Sonst bekamen sie Stockhiebe.«

Sie bekamen Hiebe. Nicht etwa: *Ich habe diese Frauen geschlagen.* Als wäre die Wärterin nicht verantwortlich für das, was hier geschehen war.

Jess ging wieder nach draußen. General Collins war in der Stadt gewesen, an deren Rand das Lager betrieben worden war, und hatte eine Gruppe von Einwohnern hierhergebracht und gezwungen, sich alles anzusehen. Mit gesenktem Blick wanderten sie umher, um auch jetzt nicht zur Kenntnis nehmen zu müssen, was direkt vor ihren Augen geschehen war.

»Die Deutschen haben das nicht getan«, protestierte einer. »So etwas hätte unser Führer doch niemals zugelassen!«

Wie konnte man diesen Menschen die Augen öffnen, wenn es nicht einmal die Konfrontation mit den entsetzlichen Beweisen schaffte? General Collins versuchte es und befahl den Zivilisten, die Toten mit ihren eigenen Händen zu begraben. Zweitausend Leichen. Zweitausend vergessene Menschen, begraben von denen, die ihre Not ignoriert hatten, bewacht von amerikanischen Soldaten, die zusammen mit Jess nach Gebeten suchten, um die armen Seelen der Ermordeten zu segnen.

Wie können wir für sie beten, überlegte Jess, wo es doch auch unsere Schuld ist? Wir hatten längst von diesen Lagern gehört. Warum waren wir so langsam, so blind, so dumm, nicht augenblicklich herbeizueilen und die zu befreien, die es am meisten brauchten?

Ehe sie gingen, erfuhren sie, dass die Menschen, die sie gefunden hatten, tatsächlich wie lebende Tote waren. Unfähig, zu arbeiten oder sich zu bewegen. Über zwanzigtausend Frauen, die noch in der Lage gewesen waren, zu kriechen oder zu stolpern, waren auf einen Todesmarsch geschickt worden, ehe die Amerikaner eintrafen, um sie zu befreien. Sie waren die Verschwundenen, zum größten Teil Widerstandskämpferinnen, die nach Wunsch der Wehrmacht unsichtbar bleiben sollten. Und es wäre fast gelungen.

Die Fahrt zurück zum Hauptquartier war lang und sehr still.

»Ich setze mich zu Sparrow«, sagte Jess, als sie in den Jeep stiegen.

Obwohl Sparrow sich nicht noch einmal übergeben hatte, war sein Lächeln verschwunden, seine Augen waren trüb, und er hatte sich völlig in sich zurückgezogen. Jess nahm seine schlaffe, kraftlose Hand in ihre.

Den Rest der Fahrt fragte sie sich, was sie Bel erzählen würde. Wie konnte sie glaubhaft machen, dass die Kamera die Bilder nicht erfunden hatte, dass sie die Einstellungen nicht manipuliert hatte, damit das Gezeigte grausamer aussah, als es war – sondern dass diese Barbarei real war.

Ich flehe dich an, es zu glauben, so würde sie beginnen.

Schon lange bevor sie Dans Hauptquartier erreichten, hatte die Nacht den Mantel der Dunkelheit über sie geworfen, und Jess war nicht sicher, ob sie der Weiterfahrt zurück ins Pressecamp noch gewachsen war. »Bleib doch heute Nacht hier«, bot Dan ihr an. »Es sind ein paar Übersetzerinnen und WAC-Frauen da, bei ihnen kannst du bestimmt irgendwo unterkommen.« Jess war ihm unendlich dankbar und nickte erleichtert.

Mehr sagten sie nicht. Dan sprach kurz mit einer Frau, die gerade aus der Kantine kam. Sie lächelte zwar für Jess' Geschmack viel zu fröhlich, fand jedoch im Handumdrehen ein freies Zelt mit einer Pritsche für sie. Aber Jess wusste, dass sie eine Dusche brauchte, um den Gestank loszuwerden, der noch immer an ihr haftete, musste die Reste dieses Tages abwaschen, wie sie es mit den Bildern und Geschichten in ihrem Kopf leider niemals würde tun können.

Als sie sich auf den Weg zu den sanitären Einrichtungen machte, hörte sie ein seltsames Geräusch, das die nächtliche Stille durchbrach, zugleich wütend und klagend. Im Licht ihrer Taschenlampe ging sie weiter, bis der vertraute Latrinengeruch ihr bestätigte, dass sie auf dem richtigen Weg war.

Als sie die Stoffklappen der Duschabtrennung beiseiteschob, stieg ihr als Erstes ein unguter Geruch in die Nase. Dann sah sie es. Instinktiv ließ sie die Taschenlampe fallen, unfähig, noch mehr Brutalität zu ertragen.

Der Schrei kam, als sie auf die Knie fiel – so laut und lang, dass sie dachte, er müsse von dem Mann kommen, der in der Duschkabine zusammengesunken war. Seine Waffe lag in einer Blutlache neben ihm, die Kugel hatte sein Gesicht zerstört, doch Sparrow war unverkennbar.

Kapitel 20

Als an dem Morgen nach Sparrows Selbstmord die Dämmerung den Himmel berührte, stieg Jess in einen Jeep, machte im Pressecamp halt, um ihre Geschichte zu schreiben und ihren Film einzupacken, und ließ sich dann von Martha nach Paris fahren. Unterwegs sah sie in Gedanken unaufhörlich den Pfau, den Wachposten, die Leichen in dem Güterwagen, die Augen der Skelettfrauen vor sich. Und Sparrow. Sparrow strahlend in seiner patriotischen Aufmachung am Abend der Party in Reims. Sparrows blutiger Kopf auf ihrem Schoß. Dan, der ihre Schreie gehört und sie schließlich mit einer Gruppe von GIs gefunden hatte. Dan, der einem seiner Männer befahl, sie aufzuheben und wegzubringen. Dan, der ihren Platz einnahm und Sparrow im Arm hielt wie einen Bruder.

What time I am afraid, I shall trust in Thee – Wenn ich mich fürchte, so hoffe ich auf dich. Die Worte des Psalms, die einem Mann wie Sparrow Trost hätten spenden sollen, hallten erbarmungslos durch ihren Kopf. Wo war Gott gewesen, als Sparrow ihn am dringendsten brauchte? Als er sich auf den Weg zur Dusche gemacht und mehr Angst vor dem Leben gehabt hatte als vor dem Tod? Jess schloss die Augen, aber die Tränen quollen unerbittlich unter ihren Lidern hervor.

Nach einem Tag und einer schlaflosen Nacht im Hotel Scribe war ihr klar, dass sie so nicht weitermachen konnte. Martha schlug eine Party vor, und in ihrer Stimme hörte Jess die gleiche Erschöpfung, die gleiche Schwäche – den Ton einer Person, die so kurz davor ist, zu zerbrechen, dass alles, selbst ein Lächeln zur falschen Zeit, sie dazu bringen könnte, die Fassung zu verlieren.

Also sollte es am folgenden Abend eine Party geben. Jess sorgte dafür, dass die Nachricht sich in den von den GIs genutzten Hotels verbreitete – alle, die im Lager gewesen waren, hatten ein paar Tage Sonderurlaub bekommen, die meisten waren nach Paris gefahren.

Als es Zeit war, sich umzuziehen, schlüpfte sie aus ihrer Winteruniform, zog jedoch ein ganz normales Kleid über – nichts von Chanel, nichts von Schiaparelli, sie wollte etwas tragen, das sie mitgebracht hatte, als sie nach Europa gekommen war. Das Kleid, das Estella Bissette für sie entworfen und geschneidert hatte – bevor Jess Amerika verlassen und begriffen hatte, dass Krieg nichts anderes war als ein in einem lächelnden Gesicht gefangen gehaltenes Elend.

Sie öffnete den Schrank und holte das Kleid heraus, strich mit der Hand darüber und fühlte, wie sich der schwarze Seidenrock an ihre Finger schmiegte. Als sie es überstreifte, erinnerten sie das weiße, aus wunderschöner, zarter Seide gearbeitete Oberteil und der großzügige Rückenausschnitt an die Jessica May von früher. Die schmale Taille unterstrich die Tatsache, dass Armeerationen nicht sonderlich nahrhaft waren, und der lange, nachtschwarze Rock ging in eine Schleppe über, die höchstwahrscheinlich von den GI-Stiefeln malträtiert und zerrissen werden würde.

Aber sie wollte das Kleid trotzdem tragen, sie würde lächeln und unter dem Lippenstift die Tatsache verbergen, dass sie jeden Abend, bevor sie zu Bett ging, genügend Whiskey trinken musste, damit die Bilder vor ihren Augen zur Unkenntlichkeit verschwammen.

Picasso kam, Hemingway kam, alle Korrespondenten und Korrespondentinnen, die sich in Paris aufhielten, kamen. Mit einer Whiskeyflasche in der Hand wartete Hemingway auf der Galerie zwischen den Treibstoffkanistern darauf, dass alle ihm ehrerbietig ihre Aufwartung machten. Martha verdrehte nur die Augen, als sie ihn sah, und tanzte mit James Gavin, dem Divisionskommandanten, den sie nicht nur von Weitem, sondern durchaus auch in ihrer Nähe attraktiv fand. Picasso wurde von Simone de Beauvoir begleitet. Als Model und durch ihre Beziehung zu Emile – der seinen Presseausweis inzwischen zum Glück abgegeben hatte und, obwohl er jetzt in Paris wohnte, klug genug war, nicht zu erscheinen – war Jess in gewissen Pariser Kreisen noch immer so bekannt, dass genügend Leute von der Party gehört hatten und die Gelegenheit ergriffen, sich hier zu zeigen.

Dann trudelten die GIs ein, nicht nur die von Dans Bataillon, sondern auch viele andere, die Jess und Martha in den letzten achtzehn Monaten kennengelernt hatten. Schon bald war der kleine Raum gedrängt voll, doch Jess merkte, dass die Enge, die eine selbstverständliche körperliche Nähe mit sich brachte, sich positiv auf die Stimmung auswirkte. Ein Tanz und ein Kuss – wer vermochte zu sagen, wohin das führte? Denn alle hatten gute Gründe, vergessen zu wollen, wenigstens für eine Nacht nicht daran zu denken, dass auch die Siege der Alliierten die Abscheulichkeiten nicht rückgängig machen konnten, die bereits geschehen waren.

Auch dass auf dem Grammophon französischer Jazz gespielt wurde, half. Sie hatten das Licht gelöscht, den Raum nur mit Kerzen erleuchtet, und Jess war es sogar gelungen, ein bisschen Vermouth aufzutreiben, mit dem sie nun Manhattan-Cocktails mixte – ein Manhattan war kein Champagner und auch kein Schnaps, also keine Kriegserinnerung.

Nachdenklich, ihr fast leeres Manhattan-Glas in der Hand, lehnte sie an der Tür, als diese plötzlich aufgerissen wurde. Sie stolperte ein paar Schritte vorwärts, verschüttete dabei den Rest ihres Cocktails, und sah, als sie sich umwandte, Dan vor sich stehen.

»Oh, du bist es nur«, sagte er, korrigierte sich aber hastig. »Das habe ich nicht so gemeint, wie es jetzt klang, ich wollte nur sagen …«

»Du wolltest sagen, du bist froh, dass du keine von den Frauen erwischt hast, die eine Szene machen, wenn sie eine Tür in den Rücken kriegen und Vermouth auf ihr schickes Kleid spritzt.«

»Du hast sowieso noch nie eine Szene gemacht – obwohl du mehr Anlass dazu gehabt hättest als die meisten.« Zwar lächelte er bei dieser Anspielung, doch sie konnte sehen, dass es nicht von Herzen kam. Dass er vergessen hatte, wie sich Glück anfühlte.

Er lehnte sich neben sie an die Wand, während sein Blick zu Picasso wanderte, der auf dem Stuhl vor Jess' Schreibmaschine saß und schlief, zu Hemingway, der von seinen Verehrern und Verehrerinnen umringt war, und schließlich zu Jennings, der einer jungen Frau, die sein Interesse allem Anschein nach erwiderte, mit großer Anstrengung den Hof machte. Jess konnte deutlich erkennen, dass er nicht mehr der unfallbedrohte Junge war, sondern ein Mann mit einer verletzten Seele.

»Du hast gar nichts zu trinken«, sagte sie zu Dan.

»Hilft das denn?«, fragte er mit einem Nicken zu dem leeren Glas in ihrer Hand.

»Nein.«

»Hilft überhaupt irgendwas?« Er gestikulierte über den Raum.

Sie schüttelte den Kopf und nahm seine Hand, ohne zu erwarten, dadurch Trost zu finden, denn sie wusste ja, dass es keinen gab. Doch er drückte ihre Hand, ohne den Blick von ihrem Gesicht abzuwenden, und einen kurzen Augenblick – vielleicht eine halbe Sekunde – standen sie Hand in Hand da, die Musik streute Viertelnoten um sie herum, und die Kerzen badeten ihre Haut in goldenem Licht.

Langsam streckte sie die andere Hand aus und fuhr mit einem Finger zart über sein Kinn, fühlte die Bartstoppeln, die sie, seit sie in Europa war, an den meisten Tagen gesehen, aber nie wirklich wahrgenommen hatte, weil sich immer alles um den Krieg drehte, um den Kampf und das Sterben. Niemals um sie beide. Aber in diesem Moment schon. Zwei Menschen mit von Grausamkeiten geschundenen

Herzen, zur Ruhe gekommen in einem Augenblick von großer Schönheit.

Er beugte sich zu ihr, und sie spürte seinen Atem heiß auf der Haut, als er flüsterte: »Können wir die anderen bitten, zu gehen?«

»Ja«, antwortete sie, klatschte in die Hände, erklärte die Party für beendet und empfahl allen, sich in die Bar im Erdgeschoss zurückzuziehen, damit sie ihren Schönheitsschlaf genießen konnte. Außer Martha bemerkte niemand, dass Dan nicht mit allen anderen verschwand.

Als der letzte Gast gegangen war und die Tür sich hinter ihm schloss, verharrten Jess und Dan, wo sie waren, an die Wand gelehnt, jedoch nicht mehr Hand in Hand, denn sie hatte ihn loslassen müssen, um sich von allen zu verabschieden.

Seine Hand strich über ihren Nacken, über das rechte und dann über das linke Schlüsselbein. Sie hörte seinen Atem, der nicht mehr ruhig und langsam war, und sah auch den Puls an seinem Hals schneller schlagen.

Sie trat näher, und in der Luft zwischen ihnen stand all das in Flammen, was nicht geschehen war, seit sie das letzte Mal so dicht beisammen in einem Ballsaal gestanden hatten und er ihr mit der Berührung seines Daumens gesagt hatte, dass er sie begehrte.

»Bist du sicher?«, fragte er leise.

»Ja«, sagte sie. »Hast du nicht auch den Wunsch, für ein oder zwei Stunden die Bilder anzuhalten?«

»Und wie«, antwortete er, nahm ihr Gesicht in beide Hände und zog sie an sich – und endlich küssten sie sich.

Der Kuss dauerte lange, seine Hände glitten ihren Rücken empor, die ihren legten sich in seinen Nacken. Nach einer langen, verschwenderischen Zeit, in der sie beide die Empfindung genossen, endlich das zu tun, was sie sich schon im Ballsaal des *Lieu de Rêves* gewünscht hatten, bewegte Dan die Lippen zu ihrem Hals, küsste die Mulde zwischen ihren Schlüsselbeinen, dann ihre Schultern, und plötzlich fühlte

Jess sein Bedauern, fühlte, wie gern er sich für all das entschuldigt hätte, was nicht seine Schuld gewesen war, von dem er sich aber wünschte, sie hätten es beide nicht sehen müssen. Er umschlang sie enger.

»Wir brauchen ein Bett«, sagte sie, und er nickte, nahm ihre Hand und folgte ihr durch den Saal.

Sie schafften es nicht ganz bis zum Bett, denn das Licht einer Kerze flackerte über Dans Gesicht, erwischte es ungeschützt, und sie musste stehen bleiben und seine Wange streicheln, musste versuchen, mit den Fingerspitzen das Gesicht des jungen Mannes zurückzuholen, der nur Hoffnung, Träume und Freude kannte. Sie ließ ihn nicht aus den Augen, während er sein Hemd aufknöpfte, und als er sie diesmal anlächelte, sah sie das Glücksgefühl, das immer hätte dazugehören müssen. Und darüber war sie unendlich froh.

Dann ließ sie ihre Finger über seine Brustmuskeln wandern und kostete mit den Lippen die Haut dort. An ihrem Mund fühlte sie sein Herz klopfen, seine Erkennungsmarke zitterte, und sie hörte das kurze heftige Einatmen, als sie seine Hüftknochen berührte.

Sie drehte sich um, damit er den Verschluss ihres Kleids lösen konnte, seine Hände glitten sanft in den offenen Rückenausschnitt und so zärtlich ihre Wirbelsäule hinunter, dass sie die Augen schloss und genoss, mit welcher Ehrfurcht er sie berührte.

Schließlich schob er das Kleid über ihre Hüften, und es glitt zu Boden. Langsam wanderten seine Hände zu ihrem Bauch, tanzten von dort hinauf zu ihren Brüsten, streichelten erst die eine, dann die andere Brustwarze, verharrten dort, liebkosten sie fester. Als er begann, ihren Nacken zu küssen, ihre Schultern, den oberen Rücken, hielt sie es nicht mehr aus und drehte sich energisch zu ihm um.

Ihr Mund fand den seinen, seine Hände glitten hinunter zu ihrem Slip, schoben ihn weg, und als sie die Beine um ihn schlang, hob er sie hoch und trug sie zum Bett.

»Du hast noch viel zu viel an«, flüsterte sie.

»Das kann ich ändern«, flüsterte er zurück und entledigte sich seiner Klamotten.

Noch immer leuchteten die Kerzen, und da Jess die Vorhänge nicht vorgezogen hatte, konnte sie im Mondlicht erkennen, dass er ebenso erregt war wie sie. Sie streckte die Arme nach ihm aus, denn sie wollte ihn ganz nah bei sich haben, wollte ihn mit Händen und Lippen berühren, seine Brust küssen. Er ließ seine Hand zwischen ihre Beine gleiten, und für einen Moment verschlug es ihr den Atem. »Tu das noch einmal«, stieß sie dann hervor.

Er lächelte und klang fast wie der Dan von früher, als er antwortete: »Schön zu sehen, dass du im Bett genauso unverfroren bist wie überall sonst.«

Sie lachte. »Wäre es dir lieber, wenn ich dir nicht sagen würde, was sich für mich gut anfühlt?«

»Nein. Sag es mir. Denn darum geht es ja.« Wieder fanden seine Finger ihre Brüste.

»Hm, vielleicht könnte dein Mund deinen Händen folgen«, murmelte sie.

»Jess.« Seine Stimme klang wie erstickt von Begehren, und sie konnten nicht länger warten.

Jess setzte sich rittlings auf ihn, schob ihn in sich und beugte sich über ihn, um ihn zu küssen. Wieder hörte sie ihn ihren Namen sagen, drängend, aber dann konnte sie nicht mehr denken und rang nach Luft, während sich eine nie gekannte Lust in ihr ausbreitete und ihren ganzen Körper durchströmte.

———

Danach lag Dan auf dem Rücken und Jess neben ihm, ihr Kopf auf seiner Brust. Er zündete zwei Zigaretten an, gab ihr eine davon, und sie blies blauen Rauch in das Zimmer, in das der Schein der Straßenlaternen drang.

»Findest du auch, dass es jetzt nachts in der Stadt viel zu hell ist?«, fragte sie. »Ich habe mich so an die Verdunkelungsvorhänge und die fehlende Straßenbeleuchtung gewöhnt, dass es sich jetzt anfühlt wie ein seltsamer, ewiger Tag.«

»Ich bin zum ersten Mal hier, seit die Verdunkelung aufgehoben ist«, sagte Dan. »Und letzte Nacht konnte ich überhaupt nicht schlafen. Zuerst wusste ich gar nicht, warum. Ich dachte, es liegt vielleicht am Lärm.«

»Aber an der Front ist es doch auch nicht still.«

»Stimmt. Es war das Licht! Du hast recht, es fühlt sich an, als stünde draußen alles in Flammen oder als …«

»… als wären wir tatsächlich in der Hölle.« Sie inhalierte den Rauch, atmete ihn wieder aus und sah ihn glitzern, wie er das in ihrem deutschen Quartier nie getan hatte.

»Ich glaube, dass wir in der Hölle sind, haben wir schon vor langer Zeit festgestellt«, flüsterte Dan.

Eine Weile sagte keiner etwas. Jess rollte sich auf die Seite, so dass sie ihm ins Gesicht schauen konnte. »Wenn wir ständig solche Gespräche führen, verschwinden die Bilder aber nie.«

»Stimmt.« Er nahm ihr den Zigarettenstummel aus dem Mund, drückte ihn im Aschenbecher auf dem Nachttisch aus und fuhr ihr mit einem Finger sanft durch die Haare. »Ich weiß, dass sich alle über deine kurzen Haare und deine Vorliebe für Hosen lustig machen, doch ich muss sagen, dass ich dich schon immer schön fand, aber nicht erwartet hätte, dass sich unter der Uniform dieser unglaubliche Körper verbirgt.« Langsam kroch sein Finger zu ihrem Brustansatz.

»Deiner ist auch nicht schlecht«, grinste sie. »Und du musst mir nicht schmeicheln. Ich weiß, dass die Hälfte der Männer ein Bild von mir aus meiner Modelzeit besitzt. Garantiert hast du schon vorher mehr von meinem Körper gesehen, als du zugeben magst.«

»Ich schaue mir so was nicht an, Jess. Für mich warst du seit dem

Tag im Schützengraben eine von uns. Wie gesagt – es ist unmöglich, dich nicht schön zu finden, aber ich habe deine Schönheit auf genau die gleiche Weise wahrgenommen wie Jennings' Sommersprossen: als Tatsache. Ich habe den Männern ihre Bilder gelassen, weil sie ihnen Hoffnung geben. Aber du bist eine von ihnen. Du *warst* eine von ihnen«, korrigierte er sich mit einem Grinsen. »Verdammt, jetzt weiß ich gar nicht mehr, was du eigentlich bist.«

Sie lachte. »Ich weiß das auch nicht.« Den Ellbogen auf seiner Brust, stützte sie den Kopf in die Hand. »Meinst du, dass wir alles vergessen können, wenn es endlich vorbei ist und wir wieder in Amerika sind? Nicht das hier«, fügte sie hinzu und berührte seine Wange, »aber alles andere.«

»Es wird verblassen.« Dan verflocht seine Finger mit ihren. »Wahrscheinlich bleibt es noch eine ganze Weile, aber irgendwann wird es verschwinden, wie Zigarettenrauch. Wie überhaupt alles.«

»Glaubst du? Und hat Sparrow nicht etwas anderes verdient?«

»Doch, das hat er.«

Sie schwiegen lange. Jess legte den Kopf wieder auf Dans Brust, und der Klang seines Herzschlags füllte ihr Ohr – langsam, beständig, unaufhaltsam. Sie ließ ihre Hand über seine Brust wandern, und er schlang einen Arm um sie, warm und stark, und in diesem friedlichen, intimen Moment fühlte sie auf einmal, wie ihr Körper sich entspannte und die Bilder nach und nach wieder verblassten.

———

Erst sehr spät schliefen sie ein, doch Jess wachte früh auf und lauschte dem Klang von Paris, das fast wieder so klang wie die Stadt, die sie 1939 verlassen hatte – die elegante Sprache, die sie von den Straßen heraufschallen hörte, das Klappern der Stühle, die auf den Gehweg gestellt wurden für diejenigen, die Zeit hatten, in Ruhe einen Kaffee zu trinken, das gelegentliche Hupen eines Autos, das einen Fußgänger ermahnte, Platz zu machen, was seit Jahren nicht mehr notwendig gewesen war. Leise stand sie auf und betrachtete lächelnd den schlafenden Dan, der, einen Arm über den Kopf gestreckt, auf dem Rücken lag, so unsäglich anziehend. Ihr Blick wanderte über die dunklen Haare, die schwarzen Bartstoppeln auf seinem Kinn, die Erkennungsmarken, die sich im Atemrhythmus auf der Brust hoben und senkten. Zögernd ging sie zum Fenster hinüber, wohl wissend, dass sie, wenn sie ihn noch länger anstarrte, mindestens das dringende Verlangen haben würde, ihn zu küssen, und wahrscheinlich auch, die Hände über seinen Körper wandern zu lassen. Aber er hatte den Schlaf verdient.

Also blickte sie aus dem Fenster, zu den Passanten auf der Straße, den noch immer mit langen Menschenschlangen verstopften Läden, freute sich daran, dass keine deutschen Uniformen mehr zu sehen waren, sondern nur noch britische, amerikanische, französische. Auch der Anblick der völlig unbeschädigten Opéra, die Straßen zu ihrer Linken, die zur eleganten Place Vendôme und dann zur Seine führten, machten ihr Hoffnung, sie genoss das wunderbare Gefühl, sich nicht bei jedem plötzlichen Geräusch ducken, zusammenkauern und überhaupt ständig in Alarmbereitschaft sein zu müssen.

Doch sie nahm auch zur Kenntnis, was fehlte: die jüdischen Mitbürger, die in dieser Gegend früher ihre Geschäfte gehabt hatten, die Männer, die zur Arbeit eilten, der vergnügte Trubel, den dieser nach Lilien, Rosen und Kastanien duftende Pariser Frühlingsmorgen eigentlich hätte mit sich bringen sollen. Und wenn sie die Ohren spitzte, hörte sie noch immer die Schüsse, die Bomben, die Schreie, die Sirenen, das Schluchzen.

Ein Rascheln ließ sie herumwirbeln. Dan hatte sich umgedreht und die Hände ausgestreckt – er suchte auf ihrer Seite des Betts nach ihr. Die Geste rührte sie so, dass ihr die Tränen kamen.

Dan öffnete die Augen. »Jess?«, murmelte er verschlafen.

»Hier bin ich«, antwortete sie, wischte sich über die Wangen, schlüpfte wieder ins Bett und ließ sich von ihm in den Arm nehmen.

Sie küsste ihn, und obwohl sie nicht wollte, dass er ihr Gesicht sah, merkte er, dass etwas sich verändert hatte, hielt sie ein Stück von sich weg und musterte prüfend ihr Gesicht.

»Jess?«, wiederholte er fragend. »Ist alles in Ordnung? Du bereust doch nicht etwa …?« Ihr war klar, dass ihre Augen noch feucht waren, sie konnte das Weinen nicht abstreiten, doch sie schüttelte entschieden den Kopf. Ihre gemeinsame Nacht war das einzige Schöne in diesem ganzen verfluchten Schlamassel, den man Krieg nannte.

Er zog sie wieder an sich und küsste sie so sanft, dass sie es kaum spürte, leicht und zärtlich, seine Lippen ein Hauch auf ihrer Haut, ihrer Wange, ihrem Hals. Auch seine Finger waren fast quälend leicht, als sie seinen Lippen folgten, über ihren ganzen Körper. Jess schloss die Augen und legte sich zurück. Ihr Atem wurde schneller, während er langsam und ehrfürchtig jeden Zentimeter ihrer Haut erkundete, von den Zehen zu den Waden, von dort über die Knie zu den Schenkeln, hinauf zu ihrem Bauch und zu ihren Brüsten, wo er sich lange und so intensiv ihren Brustwarzen widmete, dass sie es kaum aushielt, kehrte dann zurück zum Bauch und arbeitete sich von dort immer weiter nach unten.

Als er ihre Hüften erreichte, erschauerte sie und wölbte ihm instinktiv das Becken entgegen. Zuerst glitt seine Hand zwischen ihre Beine, dann folgte ihr sein Mund, und in dem Augenblick, als sie seinen Kuss dort fühlte, rief sie laut seinen Namen, und es gab nichts mehr als die Empfindung, wahrhaftig und in ihrem ganzen Wesen geliebt zu werden.

———

»Lass uns nach draußen gehen«, flüsterte sie, als sie sich – eine ganze Weile später – wieder erholt hatten und eng umschlungen auf dem Bett lagen.

»Wir könnten auch einfach hierbleiben«, entgegnete Dan mit einem trägen Grinsen.

»Ich gebe zu, dass das verlockend klingt«, meinte Jess, ebenfalls lächelnd. »Aber ich habe das Gefühl, ich muss mir das Leben draußen anschauen und etwas finden, das mir klarmacht, dass es wirklich wieder gut wird.«

»Und wo könntest du so etwas finden?«, fragte er.

Sie zögerte, denn obwohl sie genau wusste, was ihr vorschwebte, kam ihr der Wunsch albern vor.

»Sag es mir. Bitte«, beharrte er.

»Vermutlich ist das unmöglich, aber am liebsten möchte ich zurück nach *Lieu de Rêves*.«

»Nichts ist unmöglich. Du hast doch einen Jeep.«

»Und auf dem Balkon ist jede Menge Treibstoff.«

Er lachte. »Das hab ich ganz vergessen. Komm, wir fahren. Lass uns etwas Verrücktes tun, das nichts mit dem Krieg zu tun hat und vielleicht sogar Spaß macht.«

»Spaß?« Jess tat so, als schnappe sie erschrocken nach Luft. »Ich habe völlig vergessen, dass so etwas tatsächlich existiert.«

»Willst du damit sagen, dass dir die letzte Nacht keinen Spaß gemacht hat?« Grinsend beugte er sich über sie.

Sie lachte. »Es war schrecklich. Wir brauchen dringend etwas mehr Übung.«

Er begann, sie zu küssen – fachmännisch und keineswegs unerfahren. »Was denn nun – wollen wir lieber üben oder zu diesem Schloss fahren?«

»So verlockend es ist, hierzubleiben, glaube ich, wir sollten fahren. Außerdem«, fügte sie hinzu, schlängelte sich unter ihm hervor und schlüpfte aus dem Bett, »außerdem können wir doch üben, wenn wir zurückkommen. Auf diese Weise können wir den ganzen Tag daran denken, wie viel Spaß wir heute Abend haben werden.«

Dan ächzte, rollte sich auf den Rücken und beobachtete Jess, die nackt zum Badezimmer schlenderte. »Ich hoffe, du verlangst nicht, dass ich mich heute auf irgendetwas konzentrieren kann.«

»Nur auf mich«, rief sie über die Schulter zurück, ehe sie die Tür hinter sich schloss und ihr Bad einließ.

Kapitel 21

Als Jess mit dem Jeep losfuhr, sah Dan sie mit fragend in die Höhe gezogenen Brauen an. »Ist das nicht die falsche Richtung?«

»Wir haben unterwegs noch etwas zu erledigen«, erwiderte sie.

»Okay«, lächelte er. »Ich bin ganz in deiner Hand.«

»Bring mich nicht in Versuchung«, sagte sie, und er lachte.

Doch als Jess dann vor Victorines Schule haltmachte, wurde Dan still. Sie sah, wie er die Zähne zusammenbiss, als unterdrücke er ein heftiges Gefühl, das er nicht angemessen ausdrücken konnte.

»Bist du sicher?«, fragte er lediglich und musterte sie. »Ich habe sie gestern Nachmittag gesehen und könnte sie später noch besuchen.«

»Ja, ich bin ganz sicher.« Jess führte es nicht weiter aus, erklärte nicht, dass sie wusste, wie sehr er das Mädchen vermisste, dass er ihr zweimal pro Woche schrieb und sich ständig fragte, ob es richtig gewesen war, sie in ihrem Alter schon ins Internat zu stecken. Jess wusste auch, dass er normalerweise den heutigen Tag mit Victorine verbracht hätte, und fand, dass es nach der gemeinsamen Nacht und der Freude, die sie erlebt hatten, nicht fair war, dieses Glück für sich zu behalten.

Als er sich dann zu ihr beugte und sie küsste, wusste sie, dass er es genau verstanden hatte. »Danke«, sagte er, mehr nicht.

Er sprang aus dem Jeep und kehrte ein paar Minuten später mit Victorine zurück, die ihre Arme um ihn geschlungen hatte, als wolle sie ihn nie wieder gehen lassen.

»Jess!«, rief sie, machte sich los, rannte zu ihr und fiel auch ihr um den Hals. »Ihr seid beide gekommen!«

»Ganz recht.« Jess lächelte, denn nun wusste sie, dass der kleine Umweg richtig gewesen war.

»Ein ganzer Tag mit dir und Papa!« Victorine strahlte.

Jess stutzte, und Dan, der ihre Verwunderung sah, erklärte mit heiserer Stimme: »So nennt sie mich, seit sie nach Paris gekommen ist. Die Lehrer meinen, es kommt daher, dass sie mit so vielen anderen Mädchen zusammen ist, die alle von ihrem Papa erzählen.«

»Und weil du für sie mehr ein Vater bist als sonst irgendjemand«, ergänzte Jess, drückte seine Hand und ergriff, während Victorine sich auf Dans Schoß vorn im Jeep einnistete, die Chance, sich verstohlen die Augen zu wischen.

Die Straße war wenig befahren, und nach gut zwei Stunden erreichten sie das Schloss. Unterwegs hatten sie eine Menge zu erzählen – vor allem Victorine, die sie über die Details eines jeden Tages, seit sie mit der Schule angefangen hatte, genauestens ins Bild setzte.

»Mit einem so guten Gedächtnis und einer solchen Aufmerksamkeit für Einzelheiten wird sie im Handumdrehen in deine Fußstapfen treten«, sagte Dan zu Jess. »Und dann muss ich mit zwei Reporterinnen fertigwerden.«

»Und jede Minute genießen«, gab Jess grinsend zurück, und wenn Victorine nicht bei ihnen gewesen wäre, hätte sie jetzt am Straßenrand angehalten und ihn geküsst – sein Blick war wie dafür gemacht.

In *Lieu de Rêves* holperten sie die einst so beeindruckende Auffahrt hinauf. Immer noch war sie mit Engelwurz und Seifenkraut, mit wilden Stiefmütterchen und Orchideen überwuchert, die allesamt die Umgebung mit ihren prächtigen Farben zum Leuchten brachten. Die typische Förmlichkeit eines Schlossgartens war im

Krieg durch Zweckentfremdung und Vernachlässigung verloren gegangen, aber Jess gefiel die Fülle an Wildblumen, die Eichen, Pflaumen- und Maulbeerbäume, die hier völlig ungezähmt gediehen, umso besser.

Sie hielt an, und als sie den Motor abstellte, hörten sie statt des Krachens der Granaten und des Ratterns der Flak klar und deutlich eine Nachtigall, deren Trillern schlicht und leidenschaftlich die Luft erfüllte. Alle drei hielten inne, um dem Lied des Vogels zu lauschen, das für sie so außergewöhnlich, so wertvoll geworden war.

»Du hattest recht«, sagte Dan zu Jess. »Genau das haben wir gebraucht.« Er legte den Arm um sie und küsste sie auf den Kopf, und falls Victorine dieses Zeichen der Zuneigung seltsam fand, ließ sie es sich nicht anmerken.

Als sie aus dem Jeep stiegen und das Schloss – nun nicht mehr von Zelten, Fahrzeugen und Soldaten beeinträchtigt – hinter dem Paravent der Platanen auftauchte, entfuhr ihnen allen dreien gleichzeitig ein entzücktes »Oh«.

Victorine rannte auf das Märchenschloss zu, das mit Bergfried, Zugbrücke und Türmchen vor ihnen lag, ganz im mittelalterlichen Stil mit Schießscharten für die Bogenschützen, die Steinmauern mit rotem und grünem Efeu überwuchert. Zum Glück war der Eindruck ein ganz anderer als der vom Dezember 1944, als Jess und Dan mit einer ganzen Division hier gewesen waren, auch wenn auf den Wiesen noch immer die Aschereste der Holzfeuer und die tiefen Furchen, die Jeeps und andere schwere Fahrzeuge hinterlassen hatten, zu erkennen waren.

»Schau mal, ein Schmetterling!«, sagte Jess zu Victorine, die ihm sofort begeistert nachjagte.

So verbrachten sie den Nachmittag auf der mitgebrachten Decke, beobachteten die prächtigen Perlmutterfalter, deren Flügelunterseiten in der Sonne silbrig glänzten, während die schwarzen Tupfen auf den Oberseiten weich und zart waren wie Samt, lauschten dem Zirpen der Feldgrillen, dem Summen der Libellen, den Rufen von Kiebitzen und Eisvögeln und dem Quaken der Stockenten auf dem Kanal. Überall um sie herum wucherten Orchideen, doch näher am Kanal überwogen die Farne. Glänzende Käfer huschten geschäftig umher, Rosmarin schenkte der Luft seinen besonderen Geruch, und Jess entdeckte sogar einige frühe wilde Erdbeeren und Johannisbeeren, die Victorine essen konnte.

Neben dem ganzen Essen und Faulenzen lachten sie über Victorines Geschichten, und Jess fotografierte: Victorine in einem Blumenmeer; Dan auf dem Rücken liegend, wach, aber reglos, weil Victorine auf seiner Brust eingeschlafen war; einen Weißling, der sich für einen Moment wie ein Engel – oder ein Geist – auf Victorines Schulter niedergelassen hatte; den Kranz aus gelben Sumpfdotterblumen, den Victorine für Dan geflochten hatte.

Auch Victorine machte Fotos: von den prallen kleinen Walderdbeeren, den Schlosstürmen, der Nachtigall, die über sie hinwegflog, ehe sie ihr Ständchen an einem anderen Ort fortsetzte. Doch die Zwergbuchen faszinierten Victorine am meisten, und sie gab ihnen allen Namen. Der Baum, den sie »Lehrer« taufte, beugte sich mit der Spitze über die Zweige und wirkte ihrer Meinung nach sehr weise; das »Kleine Mädchen« sah in ihren Augen aus, als könne es jeden Moment seinen Blätterrock raffen und zum Wasser hinuntertanzen; die gekreuzten Äste der »Mutter« formten eine reichlich mit grünem Moos gepolsterte Wiege.

Und zum Schluss noch das Bild von Dan, der sich über Jess beugte, um sie zu küssen. Sein Gesicht war so zärtlich und leidenschaftlich, dass Jess der Atem stockte und sie sich fragte, ob Victorine es tatsächlich geschafft hatte, diesen Augenblick auf Zelluloid zu bannen, oder ob das Foto dieses Gefühl womöglich in der Erinnerung – verwischt von der Zeit, aber dennoch kostbar – immer wachrufen würde.

Irgendwann begann Victorine zu gähnen, und die hereinbrechende Dämmerung raubte dem Himmel mehr und mehr seinen Glanz. Widerwillig, ohne auszusprechen, dass sie aufbrechen mussten, sammelte Jess ihre Sachen zusammen, Dan trug Victorine zum Auto und legte sie auf den Rücksitz, wo sie zunächst schläfrig protestierte und behauptete, sie sei kein bisschen müde, im nächsten Augenblick jedoch schon tief und fest eingeschlafen war. Ehe er in den Jeep stieg, zog Dan Jess an sich, und sobald seine Lippen die ihren berührten, erwachten all ihre Sinne.

»Ich kann mich auf nichts konzentrieren, am allerwenigsten aufs Fahren, wenn du das tust«, murmelte sie. »Wenn wir wieder in Paris sind, setzen wir Victorine im Internat ab, und dann …«

Sie brach ab, weil die Sehnsucht in Dans Augen sie fast überwältigte.

Er lehnte seine Stirn an ihre, bis sein Atem sich beruhigte. »Du hast recht«, sagte er. »Gehen wir.«

Als sie das Internat erreichten, gab Victorine Jess einen verschlafenen Abschiedskuss und ließ auch Dan ohne größeren Abschiedsschmerz gehen – anscheinend hielt das Glück, einen ganzen Tag mit ihm zusammen verbracht zu haben, zumindest noch für eine Weile an. Doch Jess tat das Herz weh, dass es der sehnlichste Wunsch dieses kleinen Mädchens war, Zeit mit dem Mann zu verbringen, den sie jetzt Papa nannte – nicht etwa Weihnachtsgeschenke, Süßigkeiten, ein Hündchen oder sonst irgendeins der Dinge, von denen Kinder in ihrem Alter normalerweise träumten.

»Zu mir oder zu dir?«, fragte Jess, als Dan zum Auto zurückkam.

»Sind die GIs oder die Journalisten die schlimmeren Klatschmäuler?«

»Die GIs«, antworteten beide wie aus einem Mund und lachten.

»Nicht dass ich mich schäme oder so«, fügte Jess hastig hinzu. »Aber es gefällt mir einfach, dass niemand sonst etwas von uns weiß und deshalb auch keine Kommentare oder Analysen abgeben kann über das, was wir tun und warum wir es tun und …«

»Ich weiß«, sagte Dan, beugte sich wieder zu ihr, küsste sie noch intensiver als vorhin, und das Verlangen überkam sie so heftig, dass sie seinen Kuss nur erwidern und sich wünschen konnte, sie wären mit einem Fingerschnippen wieder in ihrem Zimmer im Hotel Scribe.

»Eigentlich habe ich dir doch gesagt, du sollst aufhören«, sagte sie an seinen Lippen. »Vielleicht müssen wir darüber reden, wie ich dich durch die Lobby schleusen kann, ohne dass jemand etwas davon mitkriegt. Du müsstest dich dann mal kurz benehmen.«

Er grinste. »Vielleicht für eine Minute. Warum trinken wir nicht zusammen was an der Bar – es wissen doch alle, dass wir Freunde sind, also findet es sicher niemand sonderbar –, dann schleiche ich mich als Erster unter dem Vorwand, dass ich einen der Hauptquartier-PROs sprechen muss, in dein Zimmer, und du kannst mir folgen, wenn die Luft rein ist.«

»Aber das bedeutet, ich muss einen ganzen Drink lang anständig neben dir sitzen, wo ich doch nur …«

Dan legte ihr sanft den Finger auf die Lippen. »Hör auf zu reden. Je schneller wir dort sind, desto früher sind wir im Bett.«

Nur unter Aufbringung ihrer ganzen Willenskraft konnte Jess dem Drang widerstehen, seinen Finger zu küssen. Sie fuhr los, wagte Dan aber erst wieder anzusehen, als sie am Hotel ankamen, in dem noch mehr Wirbel herrschte als üblich.

»Irgendwas ist los«, sagte Jess, und Dan nickte, noch bevor sie eine Stimme rufen hörten: »Sir!«

Jennings stürzte auf sie zu. »Ich dachte mir schon, dass Sie hier sind, Sir.« Dann wurde er rot und stammelte: »Ich meine nur …«

Also hatte Jennings sie bereits durchschaut. Jess erstarrte – sie wollte nicht zulassen, dass das, was zwischen Dan und ihr vorging, den derben Kommentaren der Armee ausgesetzt war.

»Spucken Sie's aus, Jennings«, sagte Dan, offensichtlich ebenso irritiert wie Jess, obwohl man Jennings ja keinen Vorwurf daraus machen konnte, dass er ausnahmsweise einmal scharfsinnig gewesen war. »Wir haben einen Marschbefehl bekommen«, erklärte der junge Mann. »Wir rücken in München ein. Man sagt, es ist fast vorbei. In einer halben Stunde müssen wir los, wenn wir es rechtzeitig zum Appellplatz schaffen wollen. Da bleibt Ihnen sicher noch Zeit für … ähm.« Er errötete wieder.

Eine halbe Stunde. Jedenfalls blieb ihnen keine Zeit, sich um Tratsch und Klatsch Sorgen zu machen. »Ich verspreche, ihn in einer halben Stunde zurückzugeben«, versprach Jess, was Jennings diesmal so erröten ließ, dass man nicht einmal mehr seine Sommersprossen erkennen konnte.

Jess nahm Dans Hand, und sie eilten zum Aufzug, in dem hier herrschenden Durcheinander so gut wie unbemerkt. Bis zu Jess' Zimmertür hielten sie sich zurück, aber sobald sie drinnen waren, wandten sie sich gleichzeitig einander zu, ihre Lippen begegneten sich, ihre Hände fuchtelten ungeduldig an ihrer Kleidung herum, sie knöpfte seine Hose auf, er hob ihren Rock hoch und zog den Slip nach unten, beide so gierig, dass sie augenblicklich das Bein um ihn schlang, als er sie hochhob und ihren Rücken gegen die Wand presste.

Er glitt in sie und bewegte sich dort so schnell, dass sie kaum Luft bekam, weil die Empfindungen sie überrollten. Doch als er ihr Keuchen missverstand und flüsterte: »Entschuldigung, ich bin zu hastig«, schüttelte sie heftig den Kopf.

»Nein«, stieß sie mühsam hervor. »Bitte nicht aufhören.«

Als sie sich so weit erholt hatten, dass sie wieder sprechen konnten, fingen sie beide an zu lachen.

»Wir sind schlimmer als Erstsemester beim Verbindungsfest«, sagte er.

»Allerdings«, erwiderte sie, »und ich gebe dir allein die Schuld.«

»Ja«, grinste er. »Natürlich.«

Er stellte sie auf den Boden zurück und küsste sie, verschwand dann im Badezimmer, um das Kondom zu entsorgen. Jess' Lächeln verblasste allmählich. Er musste gehen. Und sie war sicher, dass sie ihn vermissen würde.

Langsam zog sie Rock und Slip wieder hoch, doch als er aus dem Bad zurückkam, fragte er: »Kann ich dich jetzt in Ruhe ganz ausziehen?«

»Aber gleich noch mal geht doch gar nicht, oder?«, fragte sie ungläubig.

Er lachte. »Nein, du hast mich tatsächlich geschafft. Aber wir haben noch fünfzehn Minuten, und ich möchte gern jede einzelne davon nutzen und wenigstens neben dir liegen.«

Er zog sie zu sich, doch diesmal nicht, um sie zu küssen, sondern um sie langsam zu entkleiden und aufs Bett zu legen. Dann schlüpfte auch er aus seiner Uniform und hielt Jess im Arm, als wolle er sie in sich aufsaugen, die Gliedmaßen ineinander verflochten, Haut an Haut.

»Dan«, sagte sie zögernd, untypisch schüchtern, denn in diesem Moment schien so viel auf dem Spiel zu stehen. »Damals, an dem Abend im Ballsaal ...« Ihre Stimme erstarb.

Er küsste sie und wiederholte: »Damals, an dem Abend im Ballsaal ...« Auch er hielt inne. »Bitte versteh mich nicht falsch, aber ich bin einfach immer davon ausgegangen, dass die Gerüchte über dich stimmen und du tatsächlich hin und wieder mit einem Mann Sex hast. Aber das war kein Grund für mich, eine schlechte Meinung von dir zu haben«, fügte er eilig hinzu, als er merkte, dass sie von ihm wegrückte, und hielt sie fest, so dass sie sich nicht aus seiner Umarmung lösen konnte.

»Du bist eine wunderschöne Frau«, sagte er und schaute ihr in die Augen. »Weiß Gott, wir haben es alle nötig, uns hin und wieder gut zu fühlen, aber ich dachte, du würdest trennen zwischen den Männern, mit denen du schläfst, auf der einen und mir auf der anderen Seite, weil du an mir nie Interesse gezeigt hast, das über Freundschaft hinausging. Was völlig in Ordnung war, denn auch mir war unsere Freundschaft wichtiger als ein oberflächliches erotisches Abenteuer. Doch als du mir dann gesagt hast, dass das, was man sich über dich erzählt, gar nicht stimmt und dass du mit keinem der Männer im Bett warst, konnte ich diese Trennung nicht mehr aufrechterhalten. An dem Abend im Ballsaal konnte ich an nichts anderes denken als an dich, an die Frau, die ich als Freundin kannte und die die Schönste von allen war. Als wir getanzt haben«, flüsterte er an ihrem Ohr, »und ich deinen Rücken berührte, war es, als begebe ich mich ins Feuer, und ich konnte mich nur noch verfluchen, dass ich unsere Freundschaft aufs Spiel setze, weil ich wusste, nachdem ich das gefühlt hatte, wäre es unmöglich, jemals wieder neben dir einfach auf einem Sofa auf dem Balkon zu sitzen.«

Wieder brachte er sie fast zum Weinen, aber sie wollte nicht ihre letzten gemeinsamen fünf Minuten mit Schluchzen verbringen. »Warum hast du nie was gesagt?«, fragte sie mit heiserer Stimme.

»Jess«, sagte er nur, aber seine Stimme hatte sich verändert.

Es war, als bereite er sie auf etwas vor. Jess war diesen Tonfall gewohnt, sie hatte ihn den ganzen Krieg über gehört, wenn die Offiziere den Männern mitteilten, wer von ihnen gefallen war oder welches selbstmörderische Ziel sie als Nächstes angreifen würden. Oder sonst eine der unzähligen Nachrichten, die keiner hören wollte.

Nein, nein, nein, dachte sie, dann konnte sie die Tränen nicht länger zurückhalten. Wie hatte er sich ausgedrückt? *Ein oberflächliches erotisches Abenteuer.* Aber mehr konnte man in Frankreich im April 1945 wahrscheinlich nicht erwarten, und gleich würde er ihr sagen, dass es Zeit war, wieder zur platonischen Freundschaft zurückzukehren. Dabei war das für sie vollkommen undenkbar.

Er küsste sie, sanft berührten seine Lippen die ihren. »Es gibt drei Worte, die ich so gern zu dir sagen möchte. Aber meiner Erfahrung nach passiert danach immer etwas Schreckliches.« Er rückte ein kleines Stück von ihr ab und musterte sie aufmerksam.

Es schmerzte Jess, ihn anzuschauen und zu erkennen, was er fühlte, denn sie fühlte das Gleiche. Sie wusste, dass er recht hatte und dass aus den Worten ein Fluch werden würde, wenn einer von ihnen sie aussprach. Sie hatten in den letzten Jahren zu viele Liebespaare gesehen, die sich ihre Gefühle gestanden hatten und, wenn sie am nächsten Morgen erwachten, feststellen mussten, dass ihre Liebe ebenso verhängnisvoll war wie die von Romeo und Julia. Eine Tragödie, die sich nicht auf einer Bühne, sondern hinter den Kulissen und auf den Schlachtfeldern Europas abspielte.

Jess schluckte schwer. »Dann sag es lieber nicht.« Behutsam legte sie die Hand an seine Wange. »Stattdessen werde ich sagen …« Sie zögerte, suchte nach Worten, die ausdrückten, was zwischen ihnen geschehen war. »Ich kenne dich«, erklärte sie schließlich. »Denn so ist es. Ich kenne dich besser, als ich je einen Menschen gekannt habe.«

Er küsste sie noch einmal, lang und forschend, und dann flüsterte er die gleichen Worte an ihrem Ohr. *Ich kenne dich.*

Als er den Kuss beendete, glänzten seine Augen ebenso wie die ihren, denn sie wussten beide, dass sie ihre ohnehin mitgenommenen Herzen einem Risiko aussetzten, das sie nicht ermessen konnten – trotz all der Gräueltaten, deren Zeuge sie geworden waren.

Doch dann sprang Dan auf, zog sich hastig seine Kleider über, stieß noch hervor: »Ich kann nicht Auf Wiedersehen sagen«, und war verschwunden. Jess griff nach seinem Kissen und drückte es an sich, um jeden Rest seines Geruchs einzuatmen. Aber gleichzeitig schluchzte sie so heftig, dass sie kaum Luft holen konnte.

Kapitel 22

Jess traf in ihrem Jeep direkt nach Dans Division in München ein. Die Stadt stand wie keine andere quasi synonym für Hitler, denn es war allgemein bekannt, dass sie ihm am liebsten war, und die Stimmung in der Truppe war beinahe heiter. Wenn sie in Hitlers Stadt einmarschierten, würde der Krieg bald zu Ende sein.

Natürlich ging allen durch den Kopf, wie absurd es wäre, ausgerechnet jetzt ums Leben zu kommen, und Jess fand, dass in dieser Situation umso mehr Grund bestand, die fraglichen drei Worte nicht auszusprechen.

Als sie Dans Jeep zum Prinzregentenplatz 16, Hitlers Privatwohnung, folgte, stieg plötzlich Ärger in ihr auf. Wieso war Hitler nicht hier und sah sich an, was er angerichtet hatte? Die Frauen im Konzentrationslager, die über ganz Europa verteilten Gräber? Wie konnte er nur so feige sein? Wie sollte es je Gerechtigkeit geben?

Vor dem Haus hielt sie an und ging mit Dan hinein. Ohne sie wirklich wahrzunehmen, besichtigte sie im ersten Stock die Quartiere der SS-Wachen, die Luftschutzbunker im Keller, die Bibliothek, den kleinen Konferenzraum, in dem alle von Churchill über Franco bis Mussolini einmal Platz genommen hatten. Jennings stieß versehentlich gegen einen Gipsabguss von Hitlers Händen, der mit einem lauten Krachen am Boden zerschellte.

Der größte Teil der Truppe verließ das Haus bald wieder, in Händen Kristall und Silberbesteck mit den eingravierten Buchstaben AH und Textilien aller Art – was dazu führen würde, dass irgendjemand in Amerika bald dazu bestimmt sein würde, den Rest seines Lebens mit einem Löffel zu essen, der Adolf Hitler gehört hatte, oder in dessen Bettwäsche zu schlafen.

Doch den Rest seiner Männer ließ Dan mit anpacken, um das Haus in ihr Hauptquartier zu verwandeln. Auf Hitlers Schreibtisch wurden Karten ausgebreitet. Als einer sich auf Hitlers Stuhl setzte, gab es großes Gelächter.

Jess stieg weiter nach oben, vorbei an dem verstimmten Klavier, auf dem ein GI eine ziemlich schräge Version des *Königgrätzer Marschs* spielte, und vorbei auch an der Telefonanlage mit Direktverbindung nach Berchtesgaden. Als Jennings sie ausprobierte, antwortete ihm allerdings niemand. Jess durchquerte Hitlers fast mädchenhaftes Chintz-Schlafzimmer und gelangte ins Badezimmer – es war blitzsauber, mit glänzenden Fliesen, nirgends das kleinste Fleckchen Schimmel. Handtücher und Bademette waren in plüschigem Weiß gehalten, einer Farbe, die Jess seit Langem nicht mehr gesehen hatte – wer hatte schon die Zeit, das Waschmittel oder die Bleiche, um Wäsche in einen solch sauberen Zustand zu bringen? Der Anblick machte sie noch wütender, als sie ohnehin war.

Entschlossen marschierte sie zurück ins Schlafzimmer, holte ein gerahmtes Foto des Führers und lehnte es am Fußende der Wanne an die Wand. Dann stellte sie sich mit ihren Springerstiefeln auf die weiße Bademette, die im Handumdrehen schmutzig und widerlich aussah.

Als Nächstes platzierte sie ihre Kamera auf dem Waschtisch, ließ warmes, sauberes Wasser in die Badewanne laufen und war gerade dabei, ihr Hemd aufzuknöpfen, als Dan hereinkam.

»Was hast du denn vor?«, fragte er, als sie das Hemd auszog.

»Ich werde ein Bad in Hitlers Badewanne nehmen«, antwortete sie ruhig. »Und du kommst gerade rechtzeitig, um mich dabei zu fotografieren. Du brauchst die Tür nicht zu schließen, es ist mir vollkommen egal, wenn mich jemand sieht.«

Es ging hier nicht um ihren nackten Körper, der sich in diesem Augenblick wie geschlechtslos anfühlte. Es ging ihr darum, eine Erklärung abzugeben, für die ganze Welt.

Den Rest ihrer Kleider ließ sie auf den Hocker fallen, ihre Stiefel jedoch, robust und standfest, wie sie waren, auf der flauschigen Badematte stehen. Dann sank sie ins Wasser, nur ihre nackten Schultern und ihr schmutziges Gesicht waren noch über dem Wannenrand zu sehen.

»Nimm die Rollei, sie steht da drüben«, wies sie Dan an. »Du weißt ja, wie man mit ihr umgeht. Ich möchte, dass er mit mir im Bild ist«, fuhr sie fort und zeigte auf das gerahmte Foto. »Er und ich. Und meine Stiefel. Und der Dreck, den ich in seinem unbefleckten Raum hinterlassen habe.«

Damit nahm sie sich einen Waschlappen, rubbelte sich die Schultern und sah zu, wie der weiße Stoff den Schmutz in sich aufnahm. Dan tat, was sie ihm aufgetragen hatte, und machte ein paar Bilder, die Jess' Wut zwar nicht milderten, aber vielleicht der Welt etwas von ihren und den Gefühlen vieler anderer Menschen zeigten.

———

Das Foto rief eine Sensation hervor, wurde überall gezeigt und auch in allen Zeitungen ihrer Kollegen abgedruckt. Und diesmal warf ihr niemand vor, ihre weiblichen Reize eingesetzt zu haben, um diese Aufnahme machen zu können. Sicher, sie hatte ihren Körper eingesetzt – auch wenn nur ihr nackter Rücken und ihre Schultern zu sehen waren –, um im Namen all derer, die es nicht konnten, zu sagen: *Wir haben gesiegt.* Dieses Foto hielt unausweichlich und für alle Zeiten fest, dass Hitler verloren hatte und sich der Gerechtigkeit nicht mehr entziehen konnte. Als Warren Stone sie vor dem gesamten Pressecamp abkanzelte und sich nur mit Mühe bremsen konnte, sie als Flittchen zu bezeichnen, wurde sie von den anderen Anwesenden verteidigt. Das machte sie bei Warren natürlich nicht beliebter, so viel war klar.

Seine letzte spitze Bemerkung, begleitet von seinem typischen widerlichen Grinsen, lautete: »Für alle diejenigen, die sich fragen, wie man sich die besten Geschichten unter den Nagel reißt – sorgt einfach dafür, dass ihr euch einen Lieutenant Colonel warmhaltet.«

Aber er konnte doch nichts davon wissen, was Jess und Dan füreinander empfanden. Sollte er es jemals herausfinden, dann … Sie wollte den Satz nicht einmal zu Ende denken. Bisher schrieb Warren ihr keine Gefühle zu, die über die einer Edelnutte hinausgingen, also waren Dan und sie noch in Sicherheit. Andererseits hatte sie sich von Dan nackt fotografieren lassen, und das war eigentlich für jeden, der ein Mindestmaß an Grips besaß, so gut wie ein Geständnis.

Aber die Sorge, wie viel Warren wusste, war rasch vergessen in dem Jubel, der sich plötzlich erhob und das Geklapper der Schreibmaschinen, das Pokerspiel und das Geplauder der Korrespondenten übertönte.

»Hitler ist tot!«, rief einer der PROs, der am Telefon saß. »Hat sich umgebracht, zusammen mit Eva Braun.«

»War auch Zeit, verdammt«, brummte Lee Carson, worauf lautes Gelächter folgte, eine Erleichterung für alle Versammelten. Jedenfalls wenn man davon absah, dass Großadmiral Karl Dönitz die deutschen Soldaten ermahnt hatte, weiterhin ihre Pflicht zu tun und auf ihren Posten zu bleiben.

»Es ist noch nicht vorbei«, folgerte der PRO.

Dennoch begann die Party. Sämtliche Schreibmaschinen wurden beiseitegeräumt, sämtliche Karten aufgerollt. Jemand kam auf die Idee, lila Fliederzweige in Wasserkrüge zu stellen, die Korrespondenten mit den besten Beziehungen stellten Cognac und Schnaps zur Verfügung, jeder zog seine sauberste Uniform an.

Wenig später kam General Collins mit seinem Stab und den Nachrichtenoffizieren herein, und selbst die Zensoren beteiligten sich an dem Vergnügen. Als auch das Offizierskorps erschien, hielt Jess Ausschau nach Dan, konnte ihn aber nirgends entdecken. Doch während sie von den Toiletten zurück zur Party wanderte, packte jemand ihren Arm und zog sie in einen der zahlreichen dunklen Gänge. Die Hand gehörte zu einem Duft, den sie überall erkannt hätte, einer Kombination aus Armeeseife und einer Spur Eau de Cologne – Sandelholz und Zitrusfrüchte. Und die Arme, die sie nun umschlossen, hatte sie ohne jeden Zweifel geküsst.

An ihrem Ohr murmelte Dans Stimme: »Ich entschuldige mich für den Hinterhalt.«

Er küsste sie, lang und tief, die Art Kuss, bei der sich ihr Magen zusammenzog und Hitze in ihrem Körper ausbreitete. Sie ließ die Hände unter sein Hemd wandern und spürte sein heftiges Einatmen, als ihre Finger sich einen Weg nach oben bahnten. Seine Hand dagegen tauchte hinab zu ihrem Rocksaum, fand den Weg darunter und arbeitete sich an ihrem Schenkel empor … doch da hörten sie ganz in der Nähe eine Stimme. »Sir!«

Sie rührten sich nicht. Jess' Hände lagen noch auf seiner Brust, seine Finger auf ihrem Schenkel, beide hofften, dass es ein anderer »Sir« war, der gesucht wurde, nicht Dan.

»Lieutenant Colonel Hallworth!«, erklang die Stimme erneut, und sie schauten einander an.

»Du wirst deine Hände bewegen müssen, sonst komme ich hier nicht weg«, flüsterte er.

»Hierher?«, flüsterte Jess zurück, schob die Hände zu seinem Hosenbund und die Fingerspitzen darunter.

Er konnte ein überraschtes Lachen nicht unterdrücken, so laut, dass es sie verriet.

»Sind Sie das, Sir?« Nun klang Jennings' Stimme noch näher, als sei er direkt um die Ecke.

Widerwillig riss Dan sich los und ging zurück in Richtung der Party, während Jess noch ein paar Sekunden wartete, lange genug, um Jennings fragen zu hören:»Alles in Ordnung, Sir? Sie sehen erhitzt aus.« Unwillkürlich grinste sie, doch dann wurde sie nüchtern, denn sie merkte, dass noch jemand in den Gang gekommen war.

Der Mann zündete sich eine Zigarette an und blies den Rauch zu Jess.

Es war Warren Stone. Wie viel hatte er gesehen?

Im nächsten Augenblick beantwortete er ihre unausgesprochene Frage auch schon.

»Als ich Ihnen das letzte Mal vorgeworfen habe, dass Sie mit Lieutenant Colonel Hallworth schlafen«, meinte er gedehnt,»ist es Ihnen gelungen, mich als Idioten hinzustellen. Aber wer steht denn jetzt dumm da? Wie werden Sie es finden, wenn die Presseleute erfahren, dass Sie sich jedes Ihrer Bilder und alle Ihre Geschichten mit sexuellen Gefälligkeiten erkauft haben? Ausgerechnet jetzt, wo Ihre Kollegen doch gerade anfangen, Ihnen zu verzeihen, dass Sie eine Frau sind?«

Was sollte Jess dazu sagen? Weil das System so funktionierte, konnten einige Frauen – Martha, Iris, Lee, vielleicht auch Jess selbst – tatsächlich mehr gute Artikel veröffentlichen als andere Frauen, denn durch ihre Beziehungen hatten sie Zugang zu den notwendigen Informationen. Obwohl sie diese Beziehungen nicht deshalb pflegten, um diesen Zugang zu erhalten. Hätte Jess doch nur etwas gegen Warren in der Hand gehabt … Aber außer zu beten, dass sein Zigarettenstummel Feuer fangen und seine stets sauber polierten Schuhe versengen würde, hatte sie nichts zu bieten.

Dann überreichte Warren ihr ein Blatt Papier. Widerwillig nahm sie es entgegen und erkannte eine Seite ihrer Notizen, die sie sich bei dem Gespräch mit Marie-Laure und ihrer Mutter gemacht hatte. »Woher haben Sie das?«, fragte sie kalt.

»Als der Tisch für die Party abgeräumt wurde, ist das Blatt zu Boden gefallen«, antwortete Warren. »Zum Glück habe ich es gefunden. Mir war nicht klar, dass Sie sich so sehr für Vergewaltigungen interessieren.«

Jess schauderte und wäre am liebsten weggelaufen, aber es erschien ihr gefährlich, Warren Stone in einem solchen Augenblick den Rücken zuzuwenden.

Zu ihrem Glück hatte Martha anscheinend gesehen, dass Warren in dieselbe Richtung gegangen war wie Jess und Dan, und kam herüber, um sie zu warnen, ihr Drink werde warm. »Lassen Sie Jess doch endlich in Frieden, Herrgott nochmal«, fuhr sie Warren an. »Der Krieg ist fast vorüber, Sie brauchen sie nicht mehr lange anzuschauen. Oder ist vielleicht genau das Ihr Problem?«

»Lass uns gehen«, sagte Jess, denn sie wollte Warrens Antwort nicht hören.

———

Am Tag nach der Feier fuhr Jess an den Stadtrand, weil sie es im Pressecamp und damit in Warrens Nähe nicht mehr aushielt. Sie suchte Stoff für eine Reportage, und als sie an einem Haus haltmachte, um ihre Wasserflasche aufzufüllen, öffnete ihr eine junge Frau. Sie gab ihr das Wasser, betonte dabei aber immer wieder, dass sie Jess auf gar keinen Fall sonst noch etwas geben müsse.

»Ich besitze nämlich einen Sonderausweis«, erklärte sie auf Deutsch. »Ich habe die amerikanischen Soldaten schon mit Kost und Logis versorgt, und sie haben mir einen Ausweis gegeben, der beweist, dass ich meine Pflicht getan habe. Falls noch mal ein Soldat vorbeikommt und etwas von mir will, soll ich ihn gleich vorzeigen.«

»Einen Ausweis?«, fragte Jess stirnrunzelnd. »Darf ich ihn sehen?« Ihres Wissens gab es so etwas nicht.

Die junge Frau, die sehr hübsch war – blond, blauäugig, gut gebaut, ungefähr sechzehn Jahre alt –, verschwand, um den angeblichen Sonderausweis zu holen, und zeigte ihn Jess.

Als Jess jedoch las, was auf dem Papier stand, wurde ihr schlagartig übel. *Bescheinigung: Hier steht die beste Nummer von ganz Deutschland vor euch.*

Das Mädchen konnte kein Wort Englisch und hatte offensichtlich keine Ahnung, was hier bescheinigt worden war und was ein amerikanischer Soldat, dem sie das Papier zeigte, ihr womöglich antun würde.

»Hat der Mann, der Ihnen das gegeben hat …« Jess stockte. »War er nett? Oder hat er Ihnen wehgetan?«

»Die Amerikaner haben uns gerettet«, antwortete das Mädchen schlicht. *Deshalb können sie von uns haben, was sie wollen.* Das Unausgesprochene funkelte wie eine Glühbirne, die jedoch ein Licht lieferte, auf das weder Jess noch das Mädchen Wert legte.

Was konnte Jess anderes tun, als das Mädchen und das Papier zu fotografieren, alles aufzuschreiben und für die Reportage aufzubewahren, die sie noch immer nicht geschrieben hatte? Den Bericht, der Jess immer wieder ihre Feigheit vor Augen führte. Eine Feigheit, die sie ihrer Meinung nach auf eine Stufe mit jedem Nazi stellte.

Wütend und aufgebracht fuhr sie zurück in die Innenstadt und machte im Hauptquartier am Prinzregentenplatz halt, wo Jennings ihr einen Schreibtisch überließ, ohne zu fragen, warum sie ihre Geschichte dort schreiben wollte statt im Pressecamp. Dan fand sie, als sie gerade fertig war, und sie zeigte ihm, was sie geschrieben hatte.

Er seufzte. »Heute Morgen kam eine Frau ins Hauptquartier und hat mich gefragt, ob sie das Recht habe, einem Soldaten ihre Töchter zu verweigern.«

Jess blieb der Mund offen stehen.

»Ich habe ihr gesagt, dass sie selbstverständlich dieses Recht hat«, fuhr Dan fort. »Worauf sie mich gebeten hat, ihre Beschwerde aufzunehmen: Zwei Soldaten sind letzte Nacht in ihre Wohnung eingedrungen und haben ihr gesagt, sie würden sich mit ihren Töchtern ein bisschen amüsieren. Die Mutter wollte sie hinauswerfen, aber sie hatten Gewehre, und die Frau war nicht sicher, ob es vielleicht eine neue Regel gab, dass die Soldaten tun konnten, was sie wollten. Ich habe ihre Aussage aufgenommen und an Major Thompson weitergeleitet, den CO der Kompanie, zu der die Männer meiner Vermutung nach gehören.«

»Und?«, flüsterte Jess. Sie fürchtete sich vor dem, was Dan als Nächstes sagen würde.

»Major Thompson hat die Sache einfach an mich zurückverwiesen. Er ist nicht in meinem Bataillon und deshalb nicht mein Untergebener, also kann ich nichts weiter machen. Natürlich habe ich es auch seinem CO gesagt, aber ich gehe davon aus, dass Thompson die Gewohnheiten seines befehlshabenden Offiziers für sich selbst übernommen hat.«

Sie sahen einander an, Worte waren sinnlos geworden in diesem Austausch von Entsetzlichkeiten, an denen sie nichts ändern konnten. Dan strich Jess über die Wange. »Gehen wir essen«, sagte er.

Auf dem Weg in die Stadt musste Jess wegen einer Gruppe von Frauen des British Auxiliary Territorial Service, die wahrscheinlich gerade erst angekommen waren, staunend vor der Frauenkirche standen und wie Touristinnen die ganze Straße versperrten, das Tempo drosseln. Jess hörte sie lachen und beneidete sie einen Moment um ihre Ignoranz – dass München sie beeindruckte und sie überhaupt nicht begriffen, was unter den qualmenden Ruinen lag.

Die Frauen nahmen jedoch von ihrer Umgebung rein gar nichts wahr, und Dan drückte auf die Hupe. »Wie schön, dass jemand denkt, es wäre heute der richtige Tag, um sich an Sehenswürdigkeiten zu freuen«, meinte er etwas gereizt.

Beim Plärren der Hupe wandten die Frauen sich um, Jess trat viel zu heftig auf die Bremse, und Dan sah sie fragend an, weil er unsanft nach vorn geschleudert wurde. »Himmel, Jess. So ein Fahrstil ist doch sonst eher Jennings' Spezialität.«

»Amelia?«, rief Jess, ohne auf ihn zu achten, einer der Frauen zu, die sie ebenfalls verwundert anstarrte. Jess nahm Helm und Schutzbrille ab, fuhr sich durch die Haare und erklärte lächelnd: »Ich bin es – Jess!«

»Jessica May! Ist das zu glauben?«, rief Amelia. »Schau dich bloß mal an! Da fährst du in einem Jeep durch die Gegend, zusammen mit …« Sie hielt inne, schaute Dan an und lächelte auf eine Art, an die Jess sich vom Internat noch genau erinnerte, »… attraktiven Männern.«

Dans Gesicht wirkte wie versteinert, seit er die Frauen gesehen hatte, die sich in München benahmen wie Touristinnen in einem Urlaubsort, und Amelias affektiertes Lächeln machte die Sache nicht besser.

Jess jedoch sprang aus dem Jeep und umarmte Amelia, die makellose Seidenstrümpfe ohne eine einzige Laufmasche trug, und Jess überlegte, wann sie das letzte Mal ein Paar seidenbestrumpfte Beine gesehen hatte. Amelias schulterlange braune Locken umrahmten anmutig ihr Gesicht, und auf einer gigantischen, wahrscheinlich hochmodischen Tolle – Jess hatte so lange nicht mehr an Mode gedacht, dass sie erst später erfuhr, dass man sie »Victory Roll« nannte – kauerte ihre ATS-Mütze.

»Seit wann bist du denn hier?«, fragte Jess. »Und seit wann bist du beim ATS?«

»Ich bin erst vor ein paar Tagen angekommen«, antwortete Amelia leichthin. »Eigentlich wollte ich schon früher da sein, aber dann dachte ich, es wäre vielleicht doch besser, zu warten, bis es nicht mehr so gefährlich ist.«

Jess brauchte sich nicht zu Dan umzuschauen, um zu wissen, dass er in diesem Moment die Augen verdrehte. Trotzdem wandte sie sich zu ihm und sagte:»Entschuldige, ich bin unhöflich. Amelia Cosgrove, das ist Lieutenant Colonel Dan Hallworth von der US-Armee.«

Amelias Lächeln war nicht nur hübsch, sie trug obendrein roten Lippenstift, und wieder fühlte Jess einen Anflug von Neid – an Seidenstrümpfe und Kosmetika konnte sie sich kaum erinnern, dafür gehörten Schmutz und Blut zu ihrem Alltag. Außerdem glotzte Amelia Dan an, als wolle sie ihn auffressen.

»Hallworth«, meinte sie gerade. »Zufällig mit Walter Hallworth verwandt?«

Dan verzog das Gesicht. »Er ist mein Vater.«

»Du bist Walter Hallworths Sohn?«, fragte Jess verwundert. »Das hast du mir nie erzählt.«

»Du hast mich nie danach gefragt. Außerdem«, fuhr er ruhig fort, »hat es mir gefallen, dass du es nicht wusstest.«

Jess war sprachlos. Walter Hallworth war Inhaber eines der größten Zeitungsunternehmen in Manhattan. Und in dem ganzen Strom von Artikeln und Fotografien und Korrespondenten, die Dan gesehen und kennengelernt hatte, war er nie darauf zu sprechen gekommen, dass er so etwas ebenfalls hätte machen können, etwas, das weniger gefährlich war, als in den Kampf zu ziehen und jeden Tag sein Bestes zu geben, um die Männer zu schützen, die auf ihn angewiesen waren.

Amelia lachte. »Du bist noch genauso weltfremd wie früher, Jess. Wissen Sie«, wandte sie sich dann an Dan, »bei unseren morgendlichen Spaziergängen im Internat ist Jess mal einfach an einem Rothschild vorbeimarschiert, aber einem verarmten Pianisten aus dem Jazzclub hat sie zugezwinkert.«

»Was ist denn mit deinem Ehemann passiert?«, unterbrach Jess, denn sie hatte gesehen, dass Amelia keinen Ehering trug.

»Er ist gefallen.« Amelia schniefte dramatisch und ohne echtes Gefühl. »Irgendwo im Mittelmeerraum. Habe ich dir das nicht geschrieben?«

»Nein«, antwortete Jess, verärgert über Amelias übliche Gefühlskälte, obwohl sie gleichzeitig froh war, ein bekanntes Gesicht zu sehen. »Daran würde ich mich erinnern.«

Dann merkte sie, dass Dan ungeduldig wurde, sich ans Steuer des Jeeps gesetzt hatte und offensichtlich weiterfahren wollte. »Nimm ruhig den Jeep«, sagte Jess zu ihm. So gern sie zusammen mit Dan gegessen hätte, hatte sie doch das Gefühl, dass sie es Amelia schuldig war, sich von ihr auf den neuesten Stand bringen zu lassen. »Ich finde bestimmt nachher eine Mitfahrgelegenheit.«

»Du könntest Amelia auch ins Pressecamp mitnehmen, und ihr könntet euch dort unterhalten«, schlug Dan vor. »Ich steige am Prinzregentenplatz aus und hole den Jeep später ab. Dann muss ich mir keine Sorgen machen, von wem du dich womöglich mitnehmen lässt.«

»Wie nett von Ihnen«, säuselte Amelia, als beträfe seine Fürsorglichkeit auch sie, stieg auf den Beifahrersitz und ließ ihre Kolleginnen mit einem fröhlichen »Adieu!« vor der Frauenkirche stehen.

»Jess navigiert, also machen Sie bitte den Beifahrersitz für sie frei, Amelia«, sagte Dan kühl.

»Ich kann doch bestimmt auch navigieren«, protestierte Amelia.

»Wissen Sie, wie Blindgänger aussehen?«, fragte er.

»Ich glaube nicht, dass ich das wissen möchte«, erwiderte Amelia affektiert, machte jedoch den Platz frei. Jess musste sich ein Grinsen verbeißen, als sie neben Dan einstieg. Obwohl sie genau wusste, dass er sie eigentlich nicht brauchte, war sie froh, dass er sie und nicht Amelia neben sich haben wollte – trotz Amelias Schönheit, ihrer Seidenstrümpfe und ihres sauberen Gesichts.

»Ist er ledig?«, waren Amelias erste Worte, als sie in der Kantine eintrafen und Jess ihnen Schnaps einschenkte.

Jess spürte, wie ihr heiß wurde. Amelia musterte sie.

Im gleichen Moment kam Lee Carson vorbei und setzte sich zu ihnen. »Na, wie geht es deinem Lieutenant Colonel?«, fragte sie. Zum Glück klang die Frage eher spöttisch als gemein, was vielleicht bedeutete, dass Warren seinen Verdacht noch nicht öffentlich gemacht hatte.

Amelia lächelte und streckte Lee die Hand hin. »Ich bin Amelia und habe Jess gerade dieselbe Frage gestellt. Vielleicht bist du großzügiger mit den Details.«

»Ich bin Lee Carson, und es ist nutzlos, Jess zu diesem Thema zu befragen.« Lee machte eine Kopfbewegung zu Jess. »Sie und Lieutenant Hallworth sind die besten Kumpel und tratschen prinzipiell nicht übereinander. Glaub mir, ich hab schon des Öfteren versucht, Jess Informationen über ihn aus der Nase zu ziehen, und bei ihm habe ich mich sogar noch mehr angestrengt ...« Sie zuckte resigniert die Achseln. »Und wie man sieht, habe ich immer noch nichts in der Hand.«

»Ist es nicht deine Pflicht, uns bei Laune zu halten und uns ein bisschen von ihm zu erzählen, Jess?«, fragte Amelia.

Natürlich war Jess klar, dass sie geneckt wurde, wusste aber auch, dass sie, wenn in Paris nichts zwischen ihr und Dan passiert wäre, über Amelias Ansinnen gelacht und das Gespräch ganz nebenbei in eine andere Richtung gelenkt hätte. Dann würde sie auch jetzt nicht dieses scheußliche Ziehen im Bauch fühlen. »Dan ist mein Freund, und Lee hat ganz recht – ich tratsche nicht über ihn.« Obwohl es ein bisschen wehtat, fuhr sie, an Amelia gewandt, fort: »Du weißt ja sogar mehr über sein Leben als ich. Zum Beispiel hatte ich keine Ahnung, dass er Walter Hallworths Sohn ist.«

»Das war ein Geheimnis, das er besonders gut gehütet hat«, sagte

Lee und goss sich einen Schnaps ein. »Ich frage mich wirklich, warum er nicht einfach zu den Journalisten gegangen ist.« Sie seufzte. »Er ist also reich *und* schön. Vermutlich muss ich das nächste Mal etwas gründlicher nachbohren.«

»Könnte sein, dass du jetzt mehr Konkurrenz bekommst«, meinte Amelia mit einem Grinsen, das ihr eigenes Interesse überdeutlich zu erkennen gab.

»Trauerst du nicht um deinen Ehemann?«, fragte Jess.

»Trauern?«, meinte Amelia höhnisch. »Heutzutage trauert doch keiner mehr. Wir hätten angesichts der vielen Tode für nichts anderes mehr Zeit.«

Jess zuckte zusammen, aber es stimmte. Trauer war aus der Mode gekommen, weil man jede Sekunde, jeden Tag um einen Toten weinen konnte.

»Ich muss erst mal rauskriegen, wann ich ihn wiedersehen kann«, fuhr Amelia fort. »Du wirst mir wohl nicht helfen, oder, Jess? Wo du so gut mit ihm befreundet bist?«

Dabei warf sie Jess einen herausfordernden Blick zu, und Jess wusste, dass sie nicht widersprechen konnte, weil sie sonst zugegeben hätte, dass sie und Dan … Sie brach den Gedanken ab.

Zum Glück rettete Lee sie. »Dein Hündchen ist hier«, verkündete sie und zeigte zur Tür.

Als Jess sich umdrehte, sah sie Jennings, der ihr wilde Handzeichen gab. »Anscheinend muss ich los«, sagte sie und sprang auf.

Die Nachricht, die Jennings ihr übergab, war kryptisch, aber sie beeilte sich, unter die Dusche zu kommen, und zog ihre Uniform an. Dann fuhr Jennings sie zu einem Haus, das sie nicht kannte, das aber ganz in der Nähe des Prinzregentenplatzes lag.

»Hier werden Sie gebraucht«, erklärte der junge Mann, deutete auf das Haus, und sein erhitztes Gesicht verriet nun doch, wer dort auf Jess wartete.

»Danke«, antwortete Jess und drückte seine Hand. »Ich weiß, es ist eigentlich nicht Ihre Aufgabe, die Freundin Ihres CO zu einem Geheimtreffen zu eskortieren.«

»Er hat es aber verdient«, erwiderte Jennings schüchtern, und seine Verehrung für Dan, seinen Helden, war in seinem Gesicht deutlich zu erkennen.

Als Jennings wegfuhr, öffnete Jess die Haustür, und der Anblick, der sie erwartete, war so wunderschön, dass er ihr fast den Atem verschlug. Irgendwo hatte Dan alte Sturmlaternen aufgetrieben, um die verlassene Aura im Haus zu mildern, und als sie hereinkam, war er gerade dabei, die letzte von ihnen anzuzünden. Lächelnd blickte er ihr entgegen, und sie warf sich in seine Arme, küsste ihn, begann an seiner Kleidung zu zerren, um ihn endlich wieder unter ihren Händen zu fühlen. Auch er fingerte an den Knöpfen ihrer Bluse herum, zog ihr den Rock aus, hakte den BH auf, bis sie beide schließlich nackt waren und er ihre Brüste umfassen konnte, ihre Hände über seinen Bauch wanderten, immer weiter nach unten.

»Jess«, sagte er leise, nahm seine Hände weg und ergriff ihre. Sein Atem ging rasch, seine Haut war warm, Verlangen schimmerte in seinen Augen. »Warte einen Moment.«

»Warum?«, flüsterte sie und wollte ihn wieder küssen, aber er legte den Finger auf ihre Lippen.

»Weil ich möchte, dass diese Nacht kein Ende hat«, antwortete er. »Die letzten Tage waren ruhig, aber meine Männer gehen morgen auf Patrouille, und ich weiß nicht, wann ich dich wiedersehen kann. Es ist jedes Mal so schön mit dir, dass ich mich einfach in diesem Gefühl verlieren möchte, aber lass es uns genießen, so lange wir können.«

Er kniete vor ihr nieder, um ihren Bauch zu küssen, und ihr ganzer Körper brannte, von seinen Worten ebenso wie von seinen Küssen.

Die ganze nächste Stunde konzentrierte er sich immer auf einen ganz bestimmten Bereich ihrer Haut – zuerst auf ihren Bauch, dann legte er sie aufs Bett und küsste hingebungsvoll ihre Brüste, bis sie es kaum noch aushielt. Als sie den Rücken wölbte und seinen Namen rief, wanderte sein Mund weiter zu ihren Ohrläppchen und von dort zu ihrem Nacken. Nach einer Weile begann er, seine Hand sanft zwischen ihren Beinen zu bewegen, und als sie erneut kurz vor dem Höhepunkt war, rollte er sie auf den Bauch, küsste ihre Schultern und die ganze Länge ihrer Wirbelsäule, von oben bis unten.

Und dann machte sie mit ihm das Gleiche, widmete sich seinem wunderschönen Brustkorb, ließ ihre Hände nach unten gleiten, umfasste ihn, bis er ihren Namen mit einer Stimme rief, die so voller Verlangen war, dass sie aufhörte und sich auf die zarte Haut auf der Innenseite seiner Unterarme konzentrierte. Als sein Atem wieder etwas ruhiger geworden war, begann sie, seine Schenkel zu küssen, arbeitete sich langsam wieder an ihnen nach oben und hielt erst inne, als er die Fäuste ballte.

Am Ende lag sie auf dem Rücken, die Arme über den Kopf gestreckt, am ganzen Körper erhitzt, die Augen auf seine fixiert, mit jeder Faser ihres Wesens bereit für ihn. Als er sie diesmal berührte, gab sie sich einen Ruck und sagte: »Ich kann nicht mehr warten.«

Sofort glitt er in sie und flüsterte ihr ins Ohr: »Gott sei Dank. Ich auch nicht.«

Als er sich in ihr bewegte, durchströmte sie das stärkste, mächtigste Gefühl, das sie je gekannt hatte, so, als verschmelze sie mit ihm, als befinde sie sich in seinem Kopf – sie sah seine Gedanken und empfand alles, was er für sie empfand. So überwältigend war dieses Gefühl, dass sie nichts tun konnte, als in seine Augen zu schauen, die ihrerseits in ihre blickten, verbunden durch mehr als nur ihre beiden Körper – umschlungene Seelen wie in Marmor gemeißelt, niemals mehr zu trennen.

Am Ende bebten ihre ganzen Körper. Es dauerte lange, bis sie wieder sprechen konnte. »Hast du das auch gespürt?«, flüsterte sie an seiner Wange, denn sein Blick ließ sie vermuten, dass es so war.

Er verflocht seine Finger mit den ihren und hielt ihre Hand ganz fest. »Ja, das habe ich.«

»Was war das?«, fragte sie ehrfürchtig.

»Ich weiß es nicht«, antwortete er. »Es hat sich angefühlt wie …« Er zögerte. »Wie das Wort, das ich nicht aussprechen werde, weil ich uns nicht verhexen will. Ich hatte das Gefühl, dass ich dich kenne, durch und durch, viel intensiver, als ich es für möglich gehalten hätte.« Er rollte sich auf die Seite und zog sie an sich, legte ein Bein über ihres, hielt sie in den Armen wie damals in Paris, so fest an sich gedrückt, dass keine Feder zwischen ihnen Platz gefunden hätte. Beide hatten sich dem anderen so völlig hingegeben, wie Jess es nie für möglich gehalten hätte. Was nutzte es, sich zurückzuhalten, wenn sie doch beide wussten, wie kurz und unsicher das Leben sein konnte?

»Ich kann immer noch nicht glauben, dass ich hier nackt neben dir liege und so etwas erlebe«, murmelte er und küsste sie sanft, doch seine Zunge erforschte ihren Mund so gründlich, als könne er niemals genug von ihr bekommen, als wäre er noch immer nicht satt.

»Erinnerst du dich, wie wir uns in Italien zum ersten Mal gesehen haben?«, fragte sie lächelnd. »Du hast mich angebrüllt. Als du dann nach London kamst, fand Martha dich hinreißend, und ich habe gesagt, ich würde dich nie so sehen, weil du dich gerade als guter Freund erwiesen hattest.«

»Und jetzt?«, fragte er mit einem frechen Grinsen. »Was denkst du jetzt?«

»Dass du der unglaublichste Mann bist, der mir jemals begegnet ist«, antwortete sie ehrlich. »Dass ich den Gedanken nicht ertrage, dieses Haus zu verlassen und mich von dir zu entfernen. Dass ich lieber sterben möchte, als zu wissen, dass du tot bist.«

Nicht lange danach schliefen sie beide ein, die Erschöpfung, die sie seit Jahren mit sich herumschleppten, zog sie endlich in einen tiefen Schlaf, in dem es nicht einmal Platz für Träume gab. Jedes Mal, wenn Jess erwachte, war Dan da, nahm sie in die Arme und hielt sie fest, bis sie wieder einschlief.

Als sie sich so ein paar Stunden ausgeruht hatten, friedlicher als jede Nacht, die sie bisher in Europa verbracht hatten, berührten ihre Lippen sich abermals, und wieder liebten sie sich, so herrlich langsam, ohne die geringste Eile, und ihre Hände versprachen Dinge, die sie sich zu sagen fürchteten. Sie liebten sich, als hätten sie alle Zeit der Welt, und in diesen Momenten glaubte Jess daran. Als sie danach erschöpft und schläfrig nebeneinanderlagen, unterbrach Dan seine Küsse lang genug, um zu sagen: »Es tut mir leid, dass ich dir nicht gesagt habe, dass ich …« Er brach ab.

»Dass du Walter Hallworths Sohn bist?«, fragte sie. »Ich denke, das spielt eigentlich keine Rolle, mal abgesehen davon, dass ich mir vorkomme wie ein Idiot, weil ich die ganze Zeit von meinen Fotos und Artikeln geschwafelt habe, wo du wahrscheinlich viel mehr über so etwas weißt.«

»Ich wollte nicht der nächste Mann sein, der dir einreden will, er wäre besser oder erfahrener als du«, erklärte Dan. »Das stimmt nämlich nicht. Ich kann definitiv nicht fotografieren und auch nicht über diesen Krieg so berichten wie du. Seit ich zwölf bin, habe ich jeden Sommer beim *New York Courier* gearbeitet, bin mit den Polizeireportern auf Streife gegangen, habe bei Pressekonferenzen gesessen und irgendwann, als ich im College war, auch angefangen, eigene Sachen zu schreiben. Ich soll das Geschäft übernehmen, wenn ich zurückkomme, aber es gefällt mir, dass ich hier nicht von allen als der Sohn des Chefs gesehen werde.«

Jess lächelte. »Dan, du führst deine Männer, wie ich es in ganz Europa bei keinem anderen gesehen habe. Sie würden alles für dich tun. Die Opferzahlen deines Bataillons gehören zu den niedrigsten, und zwar nicht, weil du Gefahren meidest – du gehst mehr Risiken ein als die meisten anderen –, sondern weil du bist, wie du bist. Wenn du dich in New York genauso verhältst wie hier, bezweifle ich sehr, dass dich irgendjemand nur als Sohn des Chefs sehen wird.«

Er küsste sie, und sie stieß ein theatralisches Seufzen aus, ehe sie fortfuhr: »Dann wirst du also der Chefredakteur des *New York Courier*, wenn du wieder in Amerika bist, und ich … ja, was werde ich sein? Wenn es keinen Krieg mehr gibt, braucht die *Vogue* auch keine Kriegsberichte mehr.«

»Jess, deine Fotos sind weltberühmt. Jeder wird mit dir arbeiten wollen. Ich zum Beispiel. Aber vor allem will ich mit dir zusammen sein. Immer. Genauer gesagt …« Er hielt inne und musterte sie, als sei er nicht sicher, ob er fortfahren sollte. »Ich habe keinen Ring und auch kein extravagantes Dinner und auch sonst nichts, womit ich dich überreden könnte, und ich muss dir auch sagen, dass ich als Victorines Vormund die volle Verantwortung für sie trage, die ich nicht vernachlässigen werde, und es ist wahrscheinlich überhaupt nicht das Leben, das du dir wünschst, aber – Jessica May, willst du mich heiraten, wenn wir wieder in New York sind?«

Jess erstarrte, Körper und Seele lechzten danach, einfach zu rufen: *Ja, natürlich will ich dich heiraten!* Aber ihre Vorsicht und das Bewusstsein, dass jetzt, da der Krieg fast zu Ende war, nicht die richtige Zeit war, zu sterben, hielten sie zurück. »Was, wenn ich mit einem Ja …« Sie ließ den Satz unfertig in der Luft hängen.

»Es wird nicht passieren. Jetzt nicht mehr. Wir sind in Sicherheit. Versprochen.«

Versprochen. Sie glaubte ihm. Sie hätte ihm alles geglaubt, er konnte sagen, was er wollte. Also lächelte sie und antwortete: »Wenn du den Mut hast, zu fragen, sollte ich eigentlich auch den Mut aufbringen, Ja zu sagen. Und zwar tausendmal. Ja.«

Teil 6

Kapitel 23

Auf der Fahrt von Reims nach Paris hatte D'Arcy das Gefühl, ständig nach Luft schnappen zu müssen – ausgerechnet das Atmen, das für sie immer ganz selbstverständlich gewesen war, schien auf einmal nicht mehr zu funktionieren. Sie taumelte aus dem Zug, und noch bevor sie sich nach einem Taxi umsehen konnte, bemerkte sie, dass Josh am Bahnsteig auf sie wartete.

Am liebsten wäre sie sofort zu ihm geeilt, hätte den Kopf an seine Brust geschmiegt und sich in seine Arme sinken lassen. Dann würde sie jedoch garantiert wieder in Tränen ausbrechen, und schließlich war sie diejenige, die sich um die wertvollen Werke seiner Klientin kümmern sollte, da konnte sie sich auf keinen Fall so aufgelöst zeigen.

Aber sie war erschöpft, als hätte jemand ein Licht in ihrem Innern ausgeknipst. Seit sie den Brief der Klinik gelesen hatte, war ihre Kehle wie zugeschnürt, und sie musste ständig gegen ein Schluchzen ankämpfen, ein grässliches, lautes Heulen, das von einem Ort so tief in ihrem Innern aufstieg, dass sie nichts von seiner Existenz geahnt hatte. Wahrscheinlich hatte sie es vor sich selbst versteckt, weil sie sich dagegen so machtlos vorkam: Jeder andere Mensch hatte eine Familie, hatte Scharen von Menschen, die ihn bedingungslos liebten. Außer ihr. Für D'Arcy hatte es immer nur Victorine gegeben.

Und das hieß, sie hatte wenig Erfahrung mit dieser Art von Liebe. Weil sie es sich nicht leisten konnte, das bisschen Familie zu verlieren, das ihr gehörte, hatte sie Victorine immer mit Samthandschuhen angefasst, sie nie bedrängen, verletzen oder auch nur an ihr zweifeln wollen. Diese Verunsicherung hatte sich auf jede andere Beziehung übertragen, die D'Arcy eingegangen war, sie hatte immer schnell das Ende herannahen sehen und in mit Zuneigung verwechselter Lust kurzzeitigen Trost gesucht. Erst jetzt wurde ihr klar, warum sie sich nie hatte verlieben wollen: Sie fürchtete, ihre mangelnde emotionale Kompetenz führe unweigerlich dazu, dass sie jede Beziehung ruinieren würde.

Doch was war dann mit Josh? Er war der Mann, der am Bahnhof auf sie wartete – wie lange er wohl da gestanden hatte? Hatte er den ganzen Morgen nach ihr Ausschau gehalten, nur damit er sie jetzt nach Hause fahren konnte? Josh war ein Mann, der sie küssen und wirklich kennenlernen wollte, und umgekehrt wollte D'Arcy nichts lieber, als von ihm in den Arm genommen werden, wenn sie traurig war. Aber sie wollte sich nicht in ihn verlieben. Denn wie sollte das gehen? Nächste Woche musste sie abreisen und würde ihn aller Wahrscheinlichkeit nach nie wiedersehen.

»Was machst du hier?«, fragte sie matt und versuchte, all die trotzigen, kläglichen Gedanken, die ihr durch den Kopf schwirrten, vor ihm zu verbergen. »Ich lebe so, wie du früher auch gelebt hast – ich wollte mit dir schlafen und dich dann vergessen.« Ihre Absicht war, ihm das Negativ von D'Arcy zu zeigen, die Schatten, die sich hinter ihrem Lächeln und den farbenfrohen Kleidern verbargen, wollte die zerbrechliche Verbindung, die sie bei ihrem Picknick aufgebaut hatten, zerreißen.

Doch natürlich wusste er das längst. »Deswegen habe ich Nein gesagt«, erwiderte er. Er hielt inne, doch sie konnte nicht antworten, solange die Trostlosigkeit ihr die Luft abschnürte.

»Danke, dass du mich abholst«, brachte sie schließlich heraus.

»Willst du darüber reden?«

»Nein.« Obwohl sie sich eigentlich endgültig entschieden hatte, ihm nichts zu erzählen, fügte sie aus unerfindlichen Gründen hinzu: »Noch nicht.«

»Komm, wir fahren nach Hause«, sagte er und streckte ihr die Hand hin.

Nach Hause. Wo war das? Nicht bei Victorine, die nicht ihre Mutter sein konnte. Nicht in Frankreich, obwohl sie geglaubt hatte, französische Wurzeln zu haben. Sie hatte kein Zuhause. Es war ihr geraubt worden, erbarmungslos.

Dennoch nahm sie Joshs Hand, die sich so warm und beruhigend anfühlte, dass sie sie nur ungern losließ, als sie ins Auto stieg. Auf der Fahrt zum Schloss herrschte Schweigen. Josh sah hin und wieder zu ihr herüber, doch sie starrte aus dem Fenster und tat, als merke sie nichts davon.

Trotz ihrer Erschöpfung organisierte D'Arcy noch am selben Morgen den Transport der Kisten zum Flughafen, was sich als nicht ganz einfach erwies, da die Firma, der sie solche Jobs normalerweise anvertraute, ihr ganz nebenbei erzählte, dass einer ihrer Gabelstapler letzte Woche ein Loch in eine Kiste aus dem Musée d'Orsay gerammt hatte. Erst nachdem sie ihrer Empörung fünf Minuten lang in fließendem Französisch Luft gemacht hatte, zeigten die Verantwortlichen sich so weit schuldbewusst, dass sie ihnen zutrauen konnte, den neuen Auftrag mit einer angemessenen Sorgfalt auszuführen.

Außerdem überprüfte sie noch einmal die Buchung eines Frachtflugzeugs aus Hongkong und machte die Versicherungspapiere fertig, was immer recht zeitaufwendig war. Verwundert, jedoch durchaus auch erleichtert nahm sie zur Kenntnis, dass Josh sich nicht blicken ließ – vielleicht hatte ihm ihr Schweigen im Auto erfolgreich klargemacht, dass sie lieber allein sein wollte. Gerade als ihr Magen zu knurren begann, brachte Célie ihr etwas zu essen, was D'Arcy verspeiste, ohne die Arbeit zu unterbrechen. Am Nachmittag holte sie ihre Kameras und die restliche Ausrüstung, die sie in Paris gekauft hatte, und klopfte an Jessica Mays Tür.

Jess saß mit einer Kanne Tee und zwei Tassen auf dem Balkon. »Ich habe dich schon erwartet«, sagte sie.

»Dann mache ich gleich alles fertig«, antwortete D'Arcy, stellte die Kamera auf ein Stativ, arrangierte die beiden Stühle so, dass sie im Bild waren, und legte eine zweite Kamera für Nahaufnahmen bereit. Nachdem sie die Szene noch einmal durch das Objektiv begutachtet und sich vergewissert hatte, dass die Beleuchtung gut war und es auch keine störenden Hintergrundgeräusche gab, beugte sie sich zu Jess hinunter, um ein Mikro an ihrem Shirt zu befestigen. Jess lächelte sie an.

»Mir ist klar, warum du Model warst«, sagte D'Arcy, als sie sich aufrichtete.

»Ach ja?«

»Es liegt an deinem Lächeln.« D'Arcy suchte die richtigen Worte. »Man hat das Gefühl, man sei die einzige Person, die jemals so angelächelt wurde – als hätte Jessica May diese Geste speziell für einen erfunden.«

»Das hast du schön gesagt. Du kannst sehr gut mit Worten umgehen.«

Durchs Fenster konnte D'Arcy bis zu den verwachsenen Bäumen hinuntersehen, doch sie versuchte, sich nicht von ihnen ablenken zu lassen. Wieder erregte einer von ihnen besonders ihre Aufmerksamkeit – er stand ein Stück abseits von den anderen, die Äste nach innen gekrümmt, als wolle er nach etwas greifen, und D'Arcy fühlte sich wieder an das Kind auf den Holzvertäfelungen im *Salon de grisailles* erinnerte, das zwischen ähnlichen Bäumen umherirrte.

Sie setzte sich Jess gegenüber. »Ich habe nichts vorbereitet«, sagte sie. »Normalerweise hätte ich das getan, aber als ich meine Fragen aufschreiben wollte, hat es aus irgendeinem Grund nicht funktioniert. Da fand ich es besser, es nicht weiter zu forcieren, und da die ganze Geschichte ohnehin etwas Besonderes ist …« Sie zuckte die

Achseln. »Ich dachte, dann improvisiere ich lieber. Das klingt jetzt vielleicht nicht sonderlich professionell, aber es geht nun mal nicht anders.« Sie hörte selbst den trotzigen Unterton in ihrer Stimme und merkte, dass sie sich kindisch benahm. Als wolle sie Jess durch die Blume Vorwürfe machen, weil sie den Verdacht hatte, dass sich alles, was sie in Paris herausgefunden hatte, irgendwie auf diese Frau zurückführen ließ.

Doch Jess nickte nur. »Ich habe im Krieg die ganze Zeit nur improvisiert, und das hat meine Fotos keineswegs beeinträchtigt.« Sie faltete die Hände im Schoß, wie um zu zeigen, dass sie bereit war.

Wie sollte sie anfangen? *Warum verrätst du der Welt jetzt plötzlich, wer du bist? Warum hast du deine Identität so lange geheim gehalten? Warum hast du es ausgerechnet mir gesagt? Was für eine Verbindung besteht zwischen uns?* Banale Fragen, die einfallslosen Recherchen einer belanglosen Teenagerin. »Auf welche deiner Reportagen aus dem Krieg bist du am stolzesten?«, fragte D'Arcy schließlich.

Jess zögerte, als habe sie mit dieser Frage nicht gerechnet – D'Arcy war selbst überrascht. Offensichtlich musste Jess überlegen. Dann stand sie plötzlich auf. »Vielleicht könnte ich sie dir holen. Ist das Kabel lang genug?«

In einem solchen Moment wären die meisten anderen Produzenten aufgesprungen und hätten die Aufnahme beendet – eine alte Frau, die mitten im Interview aufstand und obendrein auf die Mikrophonkabel Bezug nahm, die doch möglichst unauffällig bleiben sollten, war in dieser Branche nicht gerade gern gesehen.

Doch D'Arcy gefiel so etwas; die kurze Unsicherheit, ganz anders als die perfekten Inszenierungen und Stilisierungen, die in der modernen Fotografie vorherrschten und letztlich eine künstliche Sicht der Welt widerspiegelten. Deshalb hatte sie sich ja auf den Film spezialisiert: Dieses Medium fing Zeitspannen ein, nicht nur einzelne Momente, daher war es manchmal möglich, die Realität zu zeigen, wie sie war, und nicht ihre Idealisierung, die eingefroren, verkleinert und in den Bruchteil einer Sekunde eingesperrt worden war.

»Ja, das Kabel müsste reichen«, antwortete D'Arcy.

Zu ihrer Überraschung kam Jess mit einer Zeitung zurück. D'Arcy hatte mit einer Ausgabe der *Vogue* gerechnet. Sie nahm die zweite Kamera und bewegte sie über die vergilbten Seiten einer 1946 erschienenen Ausgabe des *New York Courier* – einer Zeitung, die zur *World Media Group* gehörte. Darin las sie die Überschrift: »Ich hab eine Pistole, niemand wird mich davon abhalten, mir die kleine Schlampe zu nehmen.«

In dem Artikel wurde ausführlich über Vergewaltigungen berichtet, die im Zweiten Weltkrieg von US-Soldaten begangen worden waren. Auf den körnigen Fotos sah man Frauen mit lichtlosen Augen, passiv, resigniert, als hätten sie irgendwann gelernt, dass es auf diese Art leichter war, ihr Schicksal zu ertragen. D'Arcy las den Bericht einer Frau, die, da sie kein Englisch konnte, dachte, sie hätte einen Sonderausweis bekommen, der sie von allen Forderungen der siegreichen US-Armee freisprach. In Wirklichkeit jedoch ermunterte der englisch geschriebene Zettel den nächsten Soldaten, der bei ihr auftauchte, sich von ihr zu holen, was der erste Mann sich bereits gewaltsam genommen hatte. Beim nächsten Abschnitt hielt D'Arcy abrupt inne.

»Könntest du das bitte laut vorlesen?«, fragte sie, reichte Jess die Zeitung und machte eine Nahaufnahme von ihrem Gesicht.

Jess antwortete nicht sofort, aber D'Arcy hoffte, ihre Kamera würde einfangen, was sie vor sich sah: eine wunderschöne alte Frau mit großen, von tragischen Erlebnissen überschatteten Augen – die dadurch vielleicht noch schöner geworden waren. Wie war das möglich?

Endlich nickte Jess und begann zu lesen. »Die Schreie eines Mädchens drangen durch die verschlossene Tür, und ein Mann mit amerikanischem Akzent brüllte: ›Hör auf zu zappeln, du kleine Schlampe, sonst brech ich dir dein verdammtes Genick.‹ Ich hämmerte an die Tür, trat mit dem Stiefel dagegen und schrie: ›Hey, lass sie in Ruhe, mach auf!‹ Die Tür öffnete sich einen Spaltbreit, ein Mann spähte heraus und fuhr mich an: ›Für wen hältst du dich, dass du mir Befehle geben willst? Ich hab eine Pistole, niemand wird mich davon abhalten, mir die kleine Schlampe zu nehmen. Und jedes andere deutsche Mädchen, das ich will. Schließlich haben wir gewonnen, oder etwa nicht?‹ Damit schlug er die Tür wieder zu.«

D'Arcy legte die Kamera weg, und in der Stille hallten Jess' Worte nach – bei der Nachbearbeitung würde an dieser Stelle eine Totale folgen, auf der sie beide zu sehen waren, wie sie stumm dasaßen. So eine Einstellung besaß mehr Kraft als alles, was sie hätte sagen können.

»Wie haben die Leute auf den Artikel reagiert?«, fragte D'Arcy schließlich.

»Empört natürlich. Aber nicht, weil das Mädchen vergewaltigt worden war.« Jess' Stimme war kalt und hart. »Alle waren wütend, weil ich so etwas über einen ehrenhaften Angehörigen unserer siegreichen Armee zu berichten wagte.«

»So etwas trotzdem zu schreiben, obwohl du bestimmt geahnt hast, wie die Leute reagieren würden – das war außergewöhnlich.« Es mit einer ehrwürdigen Institution wie der Armee aufzunehmen, an deren Sieg sich jeder erinnerte, und eine Wahrheit aufzudecken, von der sonst nie jemand erfahren hätte – das war skandalös. Diese Wahrheit war so tief unter Empörung begraben worden, dass D'Arcy die Fotos nie als Teil von Jess' Lebenswerk zu Gesicht bekommen hatte.

»Aber im Krieg habe ich auch Dinge aus purer Feigheit getan«, erwiderte Jess matt. »Es ist schwer, das eine zu feiern, ohne sich an das andere zu erinnern.«

D'Arcy ahnte, dass das, was Jess andeutete, etwas mit der Leere zu tun hatte, die sich seit dem Parisaufenthalt in ihr aufgetan hatte, und ihr Trotz kehrte zurück. »Ich habe die Rätsel satt.«

»Wirklich?« Jess hielt ihren Blick fest, und D'Arcy wurde blass. Denn es stimmte nicht – sie wollte viel lieber auf sicherem Terrain, bei Jessica May, der Fotojournalistin, bleiben und keineswegs ins Persönliche vorstoßen. Im Moment hatte sie nicht die Energie, weitere Enthüllungen zu verkraften.

»Was ist dein Lieblingsbild aus dem Krieg?«, fragte sie schnell.

Jess schenkte ihr wieder ihr entwaffnendes Lächeln, und plötzlich hatte D'Arcy das Gefühl, gar nicht richtig begriffen zu haben, worum es ging. In diesem Artikel war noch etwas anderes, Jess hatte ihn aus einem ganz bestimmten Grund ausgewählt.

»Mein Lieblingsbild ist natürlich dieses hier.« Jess zeigte auf die Wand hinter sich, an der ein Foto von Victorine und Dan Hallworth hing. Nicht das allgegenwärtige Bild, das alle möglichen Werbeagenturen für ihre Zwecke missbraucht hatten, sondern das andere Foto, das D'Arcy im Archiv gefunden hatte. Auf diesem hob Dan Hallworth das Mädchen in die Luft, und die Freude in ihren Gesichtern bildete einen bewegenden Kontrast zu den verwundeten Männern in der Umgebung. »Und das dort.« Jess deutete auf das Bild auf der Kommode, das sie und Dan Hallworth kurz vor einem Kuss zeigte. »Das habe ich nicht selbst gemacht. Aber es hat sich als eine Art Prophezeiung herausgestellt – dass diese beiden Leute bis in alle Ewigkeit nur das Echo dieses unfertigen Kusses haben würden.«

Bevor D'Arcy nach dem Grund fragen konnte, lenkte Jess das Gespräch unvermittelt auf ein anderes Thema. »Du warst in Paris«, sagte sie.

»Ja, ich habe das Internat besucht, auf dem meine Mu… Victorine war.«

»Aha.« Jess stand auf, ging auf den Balkon und blickte zu dem Baum hinunter, der vorhin auch D'Arcys Aufmerksamkeit auf sich gezogen hatte. »Ich wollte nicht, dass das passiert«, sagte sie, als wolle sie sich bei jemandem entschuldigen, der gar nicht da war.

»Dass was passiert?«

»Ich improvisiere schon wieder.« Jess wandte sich wieder an D'Arcy. »Ich wollte dich nur sehen. Dich kennenlernen oder zumindest einen kurzen Schnappschuss deines Lebens sehen. Ich hätte nie erwartet, dass du so viel über Kriegsfotografie und somit auch über mich weißt, ich konnte nicht glauben, dass es überhaupt noch einen Menschen gibt, der sich für Jessica May interessiert, und jetzt …« Ihre Stimme stockte, und sie verstummte. D'Arcys Magen krampfte sich zusammen. Jess sah aus, als habe sie Angst. Was war denn geschehen?

»Dan Hallworth war die Liebe meines Lebens«, fuhr Jess endlich fort. »Er hat den Artikel über die Vergewaltigungen veröffentlicht, und das war unfassbar mutig. Ich hatte ihm den Bericht zukommen lassen, ohne mir viel davon zu erhoffen, aber er war schon immer – mehr als alles andere – ein Mann, der das Richtige tat, ganz gleich, wie schwierig es war, ohne daran zu denken, welche Folgen es für ihn haben könnte. Ich habe versucht, das von ihm zu lernen, aber ich bin mir nicht sicher, ob ich Erfolg hatte.«

D'Arcy starrte das Foto an der Wand an. Nur jemand, der mit Herzblut bei der Sache war, konnte ein solches Bild machen. Diese Hingabe war in jedem von Jess' Fotos zu erkennen, sie war es, die ihre Bilder von der Arbeit anderer abhob, und der Grund dafür, dass sie so viele Menschen beeindruckten. Genau deshalb hatte sich D'Arcy ja auch bei ihrer Ankunft im Schloss mit Josh gestritten und ihm zu beweisen versucht, dass die Bilder von einer Frau gemacht sein mussten. Aber jetzt wurde ihr klar, dass das Einfühlungsvermögen, das sie schon immer so bewundert hatte, nur von jemandem erzeugt werden konnte, der Leid erfahren hatte. Ungebeten kam ihr Dorothea Langes beharrliche Überzeugung, dass jedes Foto auch ein Selbstporträt war, in den Sinn, und sie fragte sich, was sie noch alles über Jess herausfinden würde, wenn sie ihre Bilder erneut und mit diesem

Gedanken im Hinterkopf betrachten würde. Oder was sie über sich selbst erfahren könnte, wenn sie sich das Filmmaterial ansah, das sie gerade aufnahm …

»Was ist passiert?«, hakte D'Arcy nach, denn inzwischen war sie sicher, dass nicht nur die Vergangenheit von Jess, Victorine und Dan Hallworth von Ereignissen zerstört worden war, für die sie teilweise verantwortlich waren, die sie sich aber nie gewünscht hatten, sondern möglicherweise auch ihre eigene. Worte, die sie vor nicht allzu langer Zeit gelesen hatte, gingen ihr plötzlich durch den Kopf: *Und dennoch ist eine verwüstete Landschaft weiterhin eine Landschaft. Auch Ruinen sind schön.*

Damals hatte ihr akademisches Gehirn zustimmend genickt, aber jetzt verstand sie auf einmal, was damit gemeint war. Durch irgendetwas war Jess ins Unglück gestürzt, geradezu vernichtet worden, dennoch war sie noch immer hier, sie hatte überlebt. Vielleicht begriff man erst durch solche Erlebnisse das Wunder von Kontinuität und wahrer Stärke. Doch zuerst musste man sich dem Leid stellen, ihm ins Auge sehen, statt sich feige abzuwenden, weil man den Anblick nicht ertrug. Und wie stand es da um D'Arcy?

»Ich kann dir nur einen Teil der Geschichte erzählen«, antwortete Jess mit belegter Stimme. »Du musst …« Wieder dieses Innehalten, der gequälte Gesichtsausdruck. »Nach allem Übrigen musst du deine Mutter fragen.«

Deine Mutter. Hieß das, dass Jess nichts von dem wusste, was D'Arcy in Paris herausgefunden hatte? Warum dann die subtile Entschuldigung, als D'Arcy ihr erzählt hatte, dass sie Victorines Schule besucht hatte?

Doch nun begann Jess zu erzählen. Wie sie Dan auf einem Schlachtfeld in Italien kennengelernt hatte, von Victorines turbulenten ersten Lebensjahren. Dass Victorine niemandes Kind gewesen und deshalb Dans und für eine kurze Zeit auch Jess' Tochter geworden war.

Niemandes Kind. Wie D'Arcy jetzt. »Warum nur für eine kurze Zeit?«

Es klopfte an der Tür, und D'Arcy zuckte zusammen. Als Josh erschien, stand sie rasch auf.

»Sorry«, entschuldigte er sich. Ihm war deutlich anzumerken, dass er überrascht war, ihr hier zu begegnen. »Ich kann später wiederkommen. Ich habe ein paar Formulare, die Sie unterschreiben müssen«, sagte er zu Jess.

Aber D'Arcy drängte sich an Josh vorbei zur Tür hinaus, ohne ihre Frage zu wiederholen. Obwohl sie genau wusste, dass es feige war.

———

In der Nacht saß sie in ihrem Zimmer und sah sich das Filmmaterial auf ihrem Computer an. Sie bearbeitete nichts, schnitt nicht, passte weder Ton noch Licht an. Ihre Hand verharrte unsicher über der Maus – sie wollte einen Film im Stil des *Cinéma vérité* machen, unvoreingenommen bleiben und die Wahrheit – wie immer diese aussehen mochte –, auf die Jess sich zubewegte, sich sachte und ausdrucksstark auf der Leinwand entfalten lassen. Jetzt konnte sie sehen, dass ihr Impuls, zu improvisieren, keine Fragen vorzubereiten, sondern sich einfach zu unterhalten, richtig gewesen war. Sonst würde sie nur gegen eine Geschichte anrennen, die sich in ihrem eigenen Rhythmus erzählen wollte, alles Künstliche hätte diese Erzählung bloß verfälscht.

Müde rieb sie sich die Stirn. Konnte sie als Amateurin tatsächlich einen Film über Jess machen, insbesondere einen, der darauf abzielte, die Wahrheit abzubilden? Ihre postmodernen Künstler-Freunde würden die Augen verdrehen und ihr sagen, sie solle sich die Idee aus dem Kopf schlagen, denn egal was Jess ihr erzählte, es wäre ohnehin nicht die Wahrheit, sondern lediglich eine geschönte Version. Sie würden

D'Arcy vorwerfen, naiv zu sein, wenn sie sich weismachen ließ, dass es etwas zu enthüllen gab, wo sie doch nur eine wunderliche alte Frau vor sich hatte, die ihre Identität aus schon lange nicht mehr nachvollziehbaren Gründen geheim gehalten hatte.

D'Arcy streckte sich, ließ den Film auf ihrem Computer weiterlaufen und ging hinaus auf den Balkon. Die kühle Nachtluft und der allgegenwärtige Duft des Gartens legten sich wie eine beruhigende Hand auf ihre Schultern und entspannten ihren Nacken.

Aber im Krieg habe ich auch Dinge aus purer Feigheit getan. Jess' Worte gingen ihr nicht aus dem Kopf, und wieder drängte sich D'Arcy der Gedanke auf, selbst ein Feigling zu sein. Sie war zu ängstlich gewesen, um eine ordentliche Bewerbung für die Jessica-May-Stiftung zu schreiben. Und jetzt traute sie sich nicht, mit Josh zu sprechen – und hatte zu viel Angst davor, Victorine zur Rede zu stellen.

Ängstlichkeit war eigentlich keine Eigenschaft, die D'Arcy je mit sich selbst in Verbindung gebracht hatte. Sie war wagemutig, reiste allein um die ganze Welt und gab nicht klein bei, wenn sie etwas wollte, weder in ihrem Job noch bei den Männern, mit denen sie sich amüsierte.

Sie marschierte zurück zu ihrem Schreibtisch, setzte sich und griff nach der Maus. Vielleicht würde sie sich nie überwinden können, mit Josh zu reden; er würde wollen, dass sie sich ihm ebenso anvertraute, wie er es bei ihr getan hatte, aber allein der Gedanke an das, was sie in Victorines Schule erfahren hatte, tat so weh, dass sie sich nicht vorstellen konnte, jemals darüber zu reden. Und wenn sie daran dachte, Victorine zu sagen, was sie herausgefunden hatte, tat sich vor ihr ein Abgrund, eine unendliche Leere auf. Also hatte sie wohl Angst. Davor, aber nicht vor allem. Sie würde diesen Film machen.

Von nun an verbrachte sie jeden Nachmittag mit Jess. Und jeden Abend zog D'Arcy sich in ihr Zimmer zurück, überarbeitete das Material und brachte die darin enthaltene Wahrheit ans Licht. Was sie mit dem Film machen würde, wenn er fertig war, wusste sie nicht; allein die Vorstellung, dass jemand einen Film von ihr, einer unbekannten Amateurin, sehen wollte, erschien ihr absurd. Aber sie würde ihn trotzdem machen – selbst wenn er bis in alle Ewigkeit auf ihrer Festplatte liegen und außer ihr selbst niemand ihn je zu Gesicht bekommen würde, war er das wert.

Ihr Handy klingelte, es war Victorine. D'Arcy drückte den Anruf weg.

Kapitel 24

Zwei Tage vergingen, an denen D'Arcy Victorines Anrufe weiterhin ignorierte. Wann immer Josh in der Nähe war, drückte sie das Handy allerdings ans Ohr und tat, als würde sie telefonieren, oder sie bohrte und sägte so laut wie möglich, damit er gar nicht erst auf die Idee kam, ein Gespräch mit ihr anzufangen. Nachmittags unterhielt sie sich mit Jess und filmte, abends versteckte sie sich in ihrem Zimmer und arbeitete an der Dokumentation. Manchmal hatte sie das Gefühl, an etwas Besonderem zu arbeiten, aber meistens war sie sicher, dass sie ihre Zeit mit einem Film vergeudete, der nur ihre mangelnde Erfahrung zeigen würde. Sie arbeitete so lange, dass ihre Augen brannten, aber sie konnte nicht schlafen.

Jess und sich selbst gegenüber behauptete sie, dass sie vorhatte, Victorine zurückzurufen, sobald Jess ihre Geschichte über Dan Hallworth, Victorines Kindheit und den Krieg fertig erzählt hatte. Im Vergleich zur bitteren Wahrheit war diese Ausrede so angenehm, dass sie manchmal fast selbst vergaß, warum sie so traurig war, nur um durch irgendeine Anekdote, die Jess aus Victorines Kindheit erzählte, gnadenlos daran erinnert zu werden.

Eines Abends, als ihr klar wurde, dass sie jeden Riss in ihrer Zimmerdecke genau kannte, weil sie schon stundenlang zu ihr emporgestarrt hatte, schlüpfte sie in das schwarze Kleid, das sie bei ihrem Picknick getragen hatte, und ging nach unten, um sich einen Kamillentee zu machen. Kurz davor hatte sie gesehen, wie Célie eine Dose mit getrockneten Kamillenblüten in die Bibliothek gebracht hatte, die an den *Salon de grisailles* grenzte, aber wesentlich gemütlicher war. In der Bibliothek war sie sicher; dort würde sie die *Boiserie*-Malereien nicht sehen und sich ständig fragen, ob das Kind zu den alten, knorrigen Bäumen hinrannte oder vor ihnen weglief.

Sie ließ sich aufs Sofa sinken, dankbar, dass hier alles, was man benötigte, genau zur richtigen Zeit auftauchte. Heute war keine Ausnahme; neben der Dose standen eine Teekanne mit heißem Wasser und zwei Porzellantassen. Sie trank einen kleinen Schluck und schloss die Augen.

»Kann ich mich zu dir setzen?«

Mit einem Ruck öffnete sie die Augen. Josh. Sie zuckte die Achseln. »Klar.«

Er goss sich eine Tasse Tee ein, setzte sich neben sie, schloss ebenfalls die Augen und lehnte den Kopf zurück.

»Wir sehen aus wie Paradebeispiele für die Hektik der modernen Generation«, sagte sie etwas kleinlaut.

Er öffnete die Augen. »Aber ich glaube, deine Erschöpfung kommt nicht nur daher, dass du zu viel zu tun hast. Ich höre dir gern zu, wenn du beschließt, lieber doch nicht alles in dich reinzufressen.«

»Ich weiß gar nicht, was ich dir erzählen sollte«, antwortete sie ehrlich.

»Und was ist das?«, fragte er und deutete zu dem zusammengefalteten Schal auf ihrem Schoß.

D'Arcy errötete. Warum hatte sie ihn mitgebracht? Als Friedensangebot? Oder als Ansporn? »Das ist ein Hermès-Schal aus Seide und Angorawolle aus den 50ern«, sagte sie und reichte ihn Josh. »Die Farbe hat mich an deine Augen erinnert.«

An dem Nachmittag vor dem schrecklichen Schulbesuch hatte sie in Paris bei ihrer Lieblings-Vintage-Boutique haltgemacht, den Schal gesehen und ihn spontan gekauft, weil sie wusste, dass er wie für Josh gemacht war. Auch für Célie hatte sie einen mitgebracht – einen von

Stella Designs aus den 40ern in zarten Grau- und Blautönen, die D'Arcy an das Schloss und seine Bewohner erinnerten. Célies Geschenk hatte sie bereits überreicht, aber das für Josh hatte sie versteckt gehalten. Normalerweise kaufte sie keine Geschenke, nicht einmal zu Weihnachten. Aber das Leben in diesem Schloss hatte D'Arcy irgendwie verändert.

»Danke.« Langsam strichen seine Fingerspitzen über den Schal. »Ich brauche aber womöglich Unterricht im Schalbinden, um ihm gerecht zu werden.«

»Ich glaube, du könntest ihn dir auch einfach um den Hals werfen und sähst ...« *Absolut umwerfend aus*, beendete sie den Satz im Stillen. »Dan Hallworth ist Victorines Vater.« Die Worte sprudelten einfach aus ihr heraus. »Der Mann, der für mich immer nur der Chef des Unternehmens war, bei dem meine Mutter arbeitete, gehört in Wahrheit zur Familie. Und sie hat mir nie etwas davon erzählt.«

»Du siehst so traurig aus, D'Arcy.«

Ihr stockte der Atem. Sie hatte ein dahingesagtes »Das tut mir leid« erwartet oder vielleicht einen Versuch, sie aufzuheitern, doch bei dieser einfachen Frage zog sich ihr Herz zusammen, und ihr schossen Tränen in die Augen. Sie presste die Lippen zusammen – sein Mitgefühl machte sie sprachlos und raubte ihr die Kraft, ihm von ihrer grauenvollen Entdeckung zu erzählen.

Er musterte sie und lehnte sich auf dem Sofa zurück. »Setz dich zu mir, dann massiere ich dir den Nacken, und du kannst ein wenig entspannen.«

Sie warf ihm einen argwöhnischen Blick zu. »Ohne jeden Hintergedanken, versprochen«, sagte er grinsend. »Obwohl ich mir diesen Tag rot im Kalender anstreichen werde, denn zur Abwechslung bist du es mal, die mich anschaut, als könnte ich mich jeden Moment auf dich stürzen.«

Sie musste lächeln, stand auf, setzte sich zwischen seine Beine auf die Sofakante, und er begann, sie genau so zu massieren, wie er auch alles andere tat: leicht, sanft, zärtlich. Während er ihren Nacken und ihre Schultern berührte, redete er über Paris, über sein Lieblingscafé, über kleine, belanglose Dinge, und das war ihr gerade recht, denn damit konnte sie viel besser umgehen als mit den schwerwiegenden, großen Themen.

Minuten verstrichen, in denen sie spürte, wie ihre Muskeln sich lockerten, in denen sie tatsächlich schläfrig wurde und den Klang seiner Stimme dicht an ihrem Ohr genoss. Vermutlich hätte sie aufstehen und ins Bett gehen sollen, er hatte sie schon mindestens eine halbe Stunde massiert und mit Sicherheit Wichtigeres zu tun – beispielsweise selbst Schlaf nachzuholen.

Irgendwann wurde seine Stimme immer leiser, verstummte schließlich ganz, und aus irgendeinem Grund intensivierte sich in der Stille die Hitze, die von seinen Händen ausging, als drücke er mit ihnen aus, was zwischen D'Arcy und ihm passierte. Auf einmal fühlte sich die Massage gar nicht mehr sittsam an, seine Hände waren plötzlich schwer und fast unerträglich warm. Sie erschauerte, ihr Herzschlag beschleunigte sich, und in der Stille hörte sie, dass auch Joshs Atem schneller geworden war.

Sie rutschte näher an ihn heran, seine Lippen streiften ihren Nacken und verursachten ihr eine Gänsehaut. Behutsam ließ er seinen Mund über ihren Hals gleiten, und lange, wundervolle Minuten vergingen, in denen er das Feuer in ihr weiter anfachte. Sie schloss die Augen, während seine Hände zu ihrer Taille wanderten und gemächlich ihren Körper erkundeten. Doch als sie endlich ihre Brüste zu liebkosen begannen, hielt D'Arcy es nicht mehr aus.

Mit einer raschen Bewegung drehte sie sich zu ihm um, setzte sich breitbeinig auf seinen Schoß, griff nach hinten zum Reißverschluss ihres Kleids und ließ es herunterrutschen, so dass er sie ohne Stoffbarriere berühren konnte.

Und das tat er, ließ die Fingerspitzen über ihre nackte Haut gleiten, über die Schultern und schließlich hinab zu den Brustwarzen, auf denen sie einen Moment verharrten, sie dann zunächst sanft, aber bald fester und fester streichelten. D'Arcy zitterte und küsste ihn, um nicht laut aufzuschreien, während sich ein wilder Strom von Sinnesempfindungen in ihrem Körper ausbreitete.

Der Kuss wurde tiefer, als wolle er der Heftigkeit gerecht werden, die, ausgelöst von seinen Händen auf ihrer Brust, in ihnen beiden aufgeflammt war. Schließlich legte Josh sie behutsam aufs Sofa, löste seinen Mund einen kurzen Moment von ihrem und blickte in ihre Augen. Sein Blick war so eindringlich, so konzentriert, dass sie den Impuls spürte, den Kopf wegzudrehen, ihr Kleid hochzuziehen und sich zu bedecken. Noch nie hatte sie sich so verletzlich gefühlt.

Was sonderbar war, da sie gerade noch bereit gewesen war, sich ihm voll und ganz hinzugeben. Nein, das war eine Lüge – sie war bereit gewesen, sich ihm körperlich hinzugeben. Nichts weiter. Aber sie konnte in seinen Augen sehen, dass er ihren Körper nur wollte, wenn sie ihm auch alles andere gab: ihr Herz, ihre Gedanken, ihre Seele.

Sie hatte keine Ahnung, wieso er ihre Gedanken lesen konnte, aber im nächsten Moment tat er, was sie hatte tun wollen: Mit einer raschen Bewegung zog er ihr Kleid nach oben, drückte ihr noch einen hauchzarten Kuss auf die Stirn und stand auf.

»Gute Nacht, D'Arcy«, sagte er, und sie wusste nicht, ob es verletzt oder enttäuscht klang. Aber eines war ihr ganz klar – soeben hatte sie bewiesen, dass sie nicht so war, wie er es sich von ihr erhofft hatte.

Teil 7

Es ist furchtbar, am Ende des Sommers zu sterben,
wenn man jung ist, lange gekämpft hat und
genau weiß, dass der Krieg sowieso zu Ende ist.

Martha Gellhorn

Kapitel 25

MÜNCHEN, APRIL 1945 | Quälend ging der Krieg weiter voran. Bei Sonnenaufgang eilte Dan zurück zu seinen Männern und fluchte bei dem Gedanken, dass er sie gegen ihren Willen auf eine Patrouille schicken musste. Nur ein einziger Heckenschütze war nötig, um das Ende des Krieges, das doch zum Greifen nah war, in unerreichbare Ferne zu rücken und sie stattdessen in den Himmel oder die Hölle zu schicken.

Jess kehrte zum Pressecamp zurück, hütete das unfassbare Geheimnis ihrer Verlobung mit Dan jedoch mit noch größerer Sorgfalt, als die Dokumente im Reichstag bewacht wurden. Sie konnte sich auf nichts konzentrieren, setzte sich schließlich mit Martha in den Jeep und fuhr durch die nahe gelegenen Städte, ohne Ziel. Wie sie beide aus Erfahrung wussten, ließen sich die besten Geschichten manchmal an unerwarteten Stellen finden.

In einer winzigen Ortschaft kam eine deutsche Frau zu ihrem Jeep gerannt und rief: »Helft mir, Soldatenfrauen! Helft mir, bitte!«

Jess hielt an, und die beiden sprangen aus dem Wagen. »Ist jemand verletzt?«, fragte Jess in der Annahme, sie bräuchten einen Krankenwagen oder Sanitäter. Wie weit waren sie vom nächsten Krankenhaus entfernt?

Da zerriss ein panischer Schrei die Luft, und die Frau deutete verzweifelt auf eine geschlossene Haustür. Eine schroffe Stimme mit amerikanischem Akzent blaffte: »Hör auf zu zappeln, du kleine Schlampe, sonst brech ich dir dein verdammtes Genick!« Sofort rannten Jess und Martha los, hämmerten gegen die Tür, und ihre Schreie waren genauso laut wie die von drinnen. Tatsächlich flog die Tür auf, und ein GI spähte heraus, die Pistole im Anschlag. Hinter ihm sahen sie auf dem Bett ein schluchzendes Mädchen.

»Ich hab eine Pistole, niemand wird mich davon abhalten, mir die kleine Schlampe zu nehmen. Und jedes andere deutsche Mädchen, das ich will.« Er zeterte weiter, behauptete, das Mädchen sei sein wohlverdienter Siegespreis, und Jess brachte es nicht über sich, seinen geifernden Mund oder sein wutverzerrtes, feindseliges Gesicht zu fotografieren, weil dieser Moment absolut nichts Menschliches hatte und sich später niemand dieses Bild würde anschauen können.

Was noch letzten August in Paris so bedeutsam gewesen war, verkam schnell zu einem Pyrrhussieg, da die Sieger jeden Tag bewiesen, dass ihre Moralvorstellungen oft kaum besser waren als die der Verlierer.

Der GI schlug die Tür zu.

»Bleib hier«, wies Jess Martha an, dann rannte sie zurück zum Jeep und lief weiter, bis sie einen Offizier fand. Völlig außer Atem berichtete sie ihm, was geschehen war, und zeigte ihm, wo er hinmusste, um dem Ganzen ein Ende zu bereiten.

Er starrte sie einen Moment an, lange genug, dass Jess anfing zu schreien, als wäre er taub und hätte sie nicht gehört. Der Lärm zog Schaulustige an, was den Major anscheinend endlich zum Handeln bewegte. Er rief einen Jeep, doch bevor er einstieg, beugte er sich zu Jess und zischte: »Das Widerwärtigste an diesem verdammten Krieg ist, dass sich Frauen hier herumtreiben.«

Er brauste in die richtige Richtung davon, und Jess schrie ihm nach: »Scher dich zum Teufel, nicht die Frauen sind das Problem!«

»Alles in Ordnung, Ma'am?«, fragte einer der umstehenden Soldaten.

Sie schüttelte den Kopf. »Wie heißt dieser Kerl?« Sie zeigte in die Richtung, in die der Jeep verschwunden war.

»Das ist Major Thompson.«

Major Thompson. Derselbe Mann, der Dans Bericht über die Soldaten, die sich nahmen, worauf sie ein Recht zu haben glaubten, einfach weggeworfen hatte. Jess stieg in ihren Jeep und fuhr ihm nach. Als sie zum Tatort kam, sah sie noch, wie der Soldat, der kein bisschen zerknirscht wirkte, zu dem Major ins Auto sprang und die beiden ohne einen Blick zurück losfuhren.

Fluchend erschien Martha. »Diese verdammten Kerle werden nichts gegen ihn unternehmen. Und die arme Frau …«

Es war unvorstellbar – sie war möglicherweise schwanger, sicher aber verletzt und traumatisiert, weil ein Mann mit einer Pistole und der Macht der Sieger über sie hergefallen war.

»Was sagt das über uns aus, wenn wir über so etwas nicht schreiben?«, fragte Jess leise.

»Dass wir schlau sind«, antwortete Martha entschieden. »Verdammt schlau.«

»Ich brauche einen Drink«, sagte Martha, als sie wieder im Pressecamp waren.

»Ich auch«, murmelte Jess niedergeschlagen und hasste sich dafür. Jess hatte zwar nicht die Macht, für Gerechtigkeit zu sorgen, aber stattdessen die Möglichkeit, das Verbrechen zu enthüllen – und sie setzte sie nicht ein. Die Schuld daran schob sie Warren Stone, den Zensoren und allen möglichen anderen zu, außer sich selbst. »Ich bin eigentlich mit Dan verabredet. Kommst du klar?«, erkundigte sie sich und drückte die Hand ihrer Freundin.

»Ich suche Lee und eine Flasche Whiskey, dann erinnere ich mich an nichts mehr. Zumindest bis morgen.« Martha verzog das Gesicht.

»Ich kann auch bei dir bleiben.«

»Nein, genieß ruhig das einzig Gute, das es hier noch gibt. Und wag es bloß nicht, dich deswegen schuldig zu fühlen.« Martha umarmte Jess, womit sie ihr vermutlich sagen wollte, dass sie wusste, was zwischen ihr und Dan vorging. Jess blinzelte heftig, weil ihr plötzlich Tränen in die Augen stiegen.

»Danke«, flüsterte sie.

Auf ihrem Weg nach draußen sprang Meg, eine der WAC-Frauen, die gerade ihren Telefondienst beendet hatte, hastig auf. »Fährst du in die Stadt?«, fragte sie. »Kannst du mich mitnehmen?«

»Klar«, antwortete Jess. »Ich treffe mich auf einen Drink mit Dan – Lieutenant Colonel Hallworth.« Sie versuchte, sich selbst aufzumuntern, indem sie hinzufügte: »Ich kann kaum glauben, dass man in München etwas so Normales unternehmen kann.«

Meg lachte. »Ich treffe mich auch mit jemandem. Wer weiß, vielleicht gehen wir bald wieder aus, anstatt …« Sie stockte und suchte nach Worten, die beschrieben, wie sich Beziehungen in der Hitze des Kriegs entwickelten.

Als sie in den Jeep stiegen, meinte Meg: »Lieutenant Colonel Hallworth ist wirklich beliebt. Vorhin hat eine Frau angerufen, die ihn sprechen wollte. Ich habe ihr gesagt, sie soll sich hinter dir anstellen, aber sie hat den Witz nicht verstanden. Weil sie sehr beharrlich war, habe ich sie schließlich zum Hauptquartier durchgestellt und ihr gesagt, dass das hier ein Pressecamp und keine Befehlsstelle ist. Sorry«, sagte Meg, als sie Jess' grimmigem Blick begegnete. »Ich wollte nicht …«

»Schon gut«, winkte Jess ab und fuhr los. Anscheinend wussten alle, dass zwischen Dan und ihr etwas lief. Vielleicht war das auch gar nicht so schlimm, wie sie gedacht hatte. Zumindest raubte es Warren Stone einen Teil seiner Macht über sie – wenn die Leute schon Bescheid wussten, würde seine Enthüllung keine großen Wellen mehr schlagen. Vielleicht war ihm die Munition ausgegangen und er hatte sie deshalb in letzter Zeit in Ruhe gelassen.

Jess hielt vor der Bar, die sie und Dan ausgesucht hatten, weil sie klein und ruhig war und nicht von aufdringlichen Presseleuten frequentiert wurde. Sie verabschiedete sich von Meg, ging hinein und bestellte einen Drink. Eine halbe Stunde später kaufte sie sich noch einen und etwas zu essen. Dass Dan noch nicht da war, beunruhigte sie nicht, denn im Krieg waren Terminpläne ebenso unzuverlässig wie dehnbar. Doch nach zwei Stunden gab sie auf – ihm musste etwas dazwischengekommen sein, aber er würde sie aufsuchen, sobald er Zeit hatte.

In etwas gedämpfter Stimmung kehrte sie ins Pressecamp zurück und begegnete dort schon wieder Meg. »Dein Abend ist anscheinend auch nicht so verlaufen wie erhofft?«, fragte Jess.

Meg schüttelte den Kopf. »Er war ein ziemlicher Idiot. Und ich weiß auch, warum aus deinem Treffen nichts geworden ist.« Sie reichte Jess einen Zettel: *Nachricht für Jessica May: Lieutenant Colonel Hallworth im Krankenhaus. Jeep-Unfall.*

Langsam schwebte das Stück Papier zu Boden, während Jess sich umdrehte, nach draußen rannte und sich im Stillen für ihre Naivität verfluchte. Niemals hätte sie zu Dans Antrag Ja sagen dürfen, denn wenn man in einem Kriegsgebiet jemandem ein Versprechen gab, passierte immer so etwas.

Kapitel 26

Noch nie in ihrem Leben war sie so erleichtert wie in dem Moment, als sie Dan im Wartezimmer des Krankenhauses sitzen sah.

»Dan!«, rief sie laut. Er wirbelte herum und gab den Blick frei auf ein blaues Auge, einen Kopfverband, unter dem sich vermutlich eine Schnittwunde verbarg, außerdem kleine Kratzer im Gesicht und an den Armen, aber nichts Ernstes – zumindest soweit sie sehen konnte.

Auf einmal war ihr die ganze Geheimnistuerei egal, sie rannte zu ihm, und er schloss sie in die Arme, so fest, dass sie kaum noch Luft bekam. Einen Moment später beugte er sich zu ihr herunter, um sie zu küssen, und Jess hörte Annes Stimme hinter sich, die seufzte: »Na endlich.« Ein GI rief: »Gut gemacht, Sir«, und ein anderer: »Die zehn Dollar gehören mir.«

Jess zog sich ein Stück zurück. Solange sie nicht mit Sicherheit wusste, dass mit Dan alles in Ordnung war, konnte sie nicht über die Scherze lachen.

Dan nickte, als hätte er ihre Gedanken gelesen. »Es geht mir gut. Aber ...«

Er verstummte, und Jess' Magen krampfte sich vor Angst zusammen. Bitte nicht Jennings. Nicht jetzt.

»Deine Freundin Amelia ...«, begann er, und die Angst wurde zu einer üblen Vorahnung.

Stockend erzählte Dan ihr, dass sie am Nachmittag ein Dorf evakuiert hatten, weil es in der Umgebung Berichte über Scharfschützen gegeben hatte – eine Rebellengruppe, die weiterhin für ihren toten

Führer kämpfte. Auch Amelia war dort gewesen, denn aus irgendeinem Grund hatte der Major General die fixe Idee im Kopf, sie spräche fließend Deutsch und sei mitgekommen, um zu dolmetschen. Doch ziemlich schnell stellte sich heraus, dass selbst Dan und seine Männer dank der wenigen Brocken, die sie im letzten Monat aufgeschnappt hatten, sich besser verständigen konnten als Amelia.

Der Major General war empört gewesen, selbst Amelias Beine und ihr Lächeln hatten nicht gereicht, um ihn zu beschwichtigen, und er war davongebraust, kurz nachdem klar geworden war, dass die Berichte über die Scharfschützen falsch und damit die ganze Mission reine Zeitverschwendung gewesen war. Allerdings hatte der Major Amelia in seinem Jeep hergefahren, und nun war er nicht mehr da, um sie zu ihrer Unterkunft zurückzubringen. Gerade als Dan mit Jennings losfahren wollte, erschien sie bei ihnen, lächelte Jennings kokett an und fragte, ob er ihr nicht netterweise seinen Platz überlassen und sich in einen anderen Jeep zwängen könnte. Natürlich hatte Jennings, da er nun mal Jennings war, irgendetwas gestammelt, war hochrot angelaufen und aus dem Wagen gesprungen, bevor Dan ihn aufhalten konnte.

Dan wusste, dass er zu spät zu seinem Treffen mit Jess kommen würde, außerdem lag Amelias Quartier in einer ganz anderen Richtung. Also hatte er eine Abkürzung genommen.

»Wenn du mit mir im Jeep gewesen wärst, Jess, hätte ich diesen Weg niemals genommen«, beteuerte er. »Aber ich wollte dich unbedingt sehen. Ich wollte deine Hand halten und dich fragen, ob du gestern wirklich Ja gesagt hast oder ob ich das womöglich nur geträumt habe. Ich dachte, ich würde die Straße so gut kennen ...«

Dan hatte Helm und Schutzbrille aufgesetzt und sich geweigert, loszufahren, bis Amelia, die sich lauthals beschwerte, was die Sachen mit ihrer Frisur anrichten würden, endlich das Gleiche tat. Da er jedoch in Gedanken bei Jess und außerdem mit Navigieren beschäftigt war, merkte er nicht, dass Amelia kurz nach dem Losfahren die Schutzausrüstung gleich wieder abgenommen hatte.

Wie so oft hatten die Deutschen einen Draht quer über die Straße gespannt, und in der Abenddämmerung, ohne einen erfahrenen Navigator wie Jennings oder Jess, war er nahezu unsichtbar.

Dan bemerkte ihn zwar in letzter Sekunde und rief ihr »Ducken!« zu, aber Amelia wusste anscheinend nicht, dass es besser war, sich zu ducken, wenn ein Lieutenant Colonel einen dazu aufforderte. Deshalb senkte Dan selbst blitzschnell den Kopf und scherte aus, so dass der Draht ihn verfehlte, doch der Jeep krachte gegen einen Baum. Dan wusste nicht, wie schwer Amelia verletzt war, nahm jedoch an, dass es schlimmer war als ein paar Kratzer und Schrammen. Und dass der Draht, dieser verfluchte Draht womöglich …

»Du kannst nichts dafür«, beruhigte ihn Jess, drückte seine Hand und versuchte, die Bilder der von den Drähten enthaupteten Menschen möglichst rasch wieder aus ihrem Kopf zu verscheuchen. »Sie hätte überhaupt nicht in dieser Gegend sein dürfen, und schon gar nicht ohne Helm. Der Major General hätte sie nicht allein zurücklassen dürfen. Und du hättest diese Abkürzung niemals genommen, wenn du gewusst hättest, wie gefährlich sie war.«

»Aber ich habe es getan«, entgegnete er leise, und Jess führte ihn zu einem Stuhl, setzte sich zu ihm und hielt ihn im Arm, während sie auf Nachricht warteten, was genau mit Amelia geschehen war.

Stunden später rief Anne sie zu sich. »Sie ruht sich jetzt aus. Die Ärzte mussten …« Sie stockte.

»Sag es mir«, drängte Dan grimmig.

»Ein Arm musste amputiert werden, der Aufprall gegen den Baum hatte ihn völlig zerquetscht.« Anne hielt inne, aber Jess ahnte, dass das noch nicht alles war. Ihr Herz setzte einen Schlag aus, und sie verspürte den starken Drang, sich die Ohren zuzuhalten, ließ Dan aber nicht los.

»Sprich weiter, Anne«, bat sie.

»Der Draht hat ihr ins Gesicht geschnitten«, fuhr Anne fort. »Sie wird ihr Leben lang schlimme Narben haben. Tut mir sehr leid.« Anne warf Dan einen mitfühlenden Blick zu, dann ging sie davon.

»Was hab ich nur angerichtet?«, stöhnte Dan und vergrub das Gesicht in den Händen.

»Du hast nichts falsch gemacht«, beharrte Jess. »Komm, lass uns nach ihr sehen. Sie wird dir das Gleiche sagen.«

Doch Amelia sagte nichts, sie schlief tief und fest. Es war unmöglich, zu erkennen, wie schwer sie verletzt war, denn ihr halbes Gesicht war von Bandagen verdeckt. Womöglich war es noch schlimmer, als sie es sich vorstellen konnten.

In jener Nacht blieb Jess bei Dan in seinem Zimmer in Hitlers Wohnung, und es war ihr gleichgültig, dass sie Ärger bekommen würden, wenn sie jemand erwischte. Aber Jennings half ihnen wie immer – ein Blick in Dans Gesicht genügte, und er wusste, dass Jess jetzt für ihn da sein musste.

Sie erwachte noch vor Sonnenaufgang, doch Dan war bereits auf den Beinen und fertig angezogen. Er wollte gerade zum Krankenhaus aufbrechen, um nach Amelia zu sehen, sie um Verzeihung zu bitten und herauszufinden, ob er irgendetwas für sie tun konnte.

»Ich komme mit«, sagte Jess.

Aber er schüttelte den Kopf. »Das muss ich allein machen. Ich muss es wieder in Ordnung bringen.«

Also ließ sie ihn gehen. Später, als Jennings sie fragte, ob mit ihm alles in Ordnung war, schüttelte sie den Kopf und antwortete: »Ich weiß es nicht.«

———

Es war spät am Nachmittag, als Dan sie im üblichen Trubel des Pressecamps aufsuchte.

»Sie meint, ich muss sie heiraten«, sagte er mit matter Stimme.

»Wie bitte?«, platzte Jess heraus.

»Meinetwegen wird niemand sie mehr heiraten wollen. Die Ärzte sagen, sie wird ihr Leben lang Narben im Gesicht haben, die sich nicht verstecken lassen. Und sie hat nur noch einen Arm. Keiner wird sie mehr wollen. Nur indem ich sie heirate, kann ich wiedergutmachen, was ich ihr angetan habe, sagt sie.«

»Was hast du geantwortet?«, fragte Jess fassungslos – wie konnte Amelia so etwas Groteskes fordern?

»Ich habe ihr gesagt, dass wir verlobt sind«, erklärte er schlicht. »Dass ich für sie tun werde, was ich kann, aber dass ich dich heirate und niemanden sonst.«

»Dan …« Jess nahm seine Hand, und die Dummköpfe am anderen Ende des Tischs johlten, als hätten sie noch nie einen Mann und eine Frau gesehen, die sich an den Händen hielten. »Lass uns gehen«, sagte sie.

Und dort, unter einem optimistisch blauen Himmel, direkt vor Warren Stones Augen – verdammt, warum trieb er sich immer zu den ungünstigsten Zeitpunkten in ihrer Nähe herum? –, gab Dan ihr einen Kuss.

»Ich werde Amelia morgen besuchen«, versprach Jess. »Ich bin sicher, ich kann sie zur Vernunft bringen.«

———

Doch Amelia ließ nicht mit sich reden.

»Ich habe nur noch einen Arm, Jessica«, fauchte sie. »Und Narben, wo ich vorher ein Gesicht hatte. Ein Teil meiner Nase ist weg.«

Jess zuckte zusammen.

»Wenn dir schon bei der Vorstellung schlecht wird, wird der Anblick noch millionenfach schlimmer für dich sein«, fuhr Amelia gnadenlos fort. »Wenn ich eines mit Sicherheit weiß, dann, dass es nicht genug Männer für alle gibt – die Hälfte von ihnen ist ja gefallen. Niemand wird mich einer Debütantin mit glatter Haut und vollständigen Gliedmaßen vorziehen. Ich bin hergekommen, um einen neuen Ehemann zu finden, weil es in England keine Männer mehr gibt, und Dan hat mir das unmöglich gemacht.«

»Bei der Liebe geht es nicht ums Aussehen«, erwiderte Jess.

»Ach nein? Dann fühlst du dich nicht von Dans Gesicht angezogen? Oder von seinem Körper?«

»Wir waren Freunde, lange bevor wir ein Paar geworden sind, Amelia. Und als wir befreundet waren, habe ich nicht über sein Gesicht oder seinen Körper nachgedacht.«

»Und jetzt tust du es auch nicht? Du genießt es nicht, deine Hände über seine nackte Haut gleiten zu lassen? Dir verschlägt es nicht den Atem, wenn du siehst, wie attraktiv er ist? Du warst Model, jahrelang hast du mit deinem Aussehen und deinem Körper Geld verdient. Tu jetzt gefälligst nicht so, als würde das keine Rolle spielen. Stell mich nicht als diejenige hin, die keine Prinzipien hat. In der Liebe und im Krieg ist alles erlaubt, wusstest du das nicht?« Zwischen den Bandagen starrten Amelias Augen Jess zornig an, ein eisiges, unerbittliches Blau.

Jess setzte sich. »Würdest du nicht lieber jemanden heiraten, den du wirklich liebst?«, fragte sie leise. »Jemanden, der deine Liebe erwidert?«

Amelia unterbrach sie, ehe sie weiterreden konnte. »Unter den Verbänden habe ich jetzt ein Gesicht, das nur eine Mutter lieben könnte. Und du weißt ja, dass meine Mutter nie so etwas für mich gefühlt hat. Ich habe niemanden mehr. Sitz gefälligst nicht hier rum in dem sicheren Bewusstsein, dass du dir einen attraktiven, reichen Mann geangelt hast, und erzähl mir, ich soll auf die große Liebe warten. Liebe hat mich noch nie interessiert, von solchen Wunschträumen haben meine Eltern mich kuriert. Aber ich will frei sein.«

Amelia senkte die Stimme, doch was sie sagte, traf Jess härter als ihr barscher Ton. »Meine Ehe mit dem Admiral hat mir meine Freiheit gegeben«, fuhr sie fort. »Er war die meiste Zeit auf See, und ich hatte ein Haus, Partys, Freunde, meinen Spaß. Alles für ein bisschen Sex alle Jubeljahre und Begleitung zu dem einen oder anderen Dinner. Als alleinstehende Frau habe ich all das nicht mehr. Keine Bleibe, kein Geld. Weil ich keine Kinder habe, hat der Bruder meines Mannes das Haus und alle anderen Besitztümer geerbt. Aber ich weiß auch, dass ich nicht frei bin, wenn ich einen Mann heirate, der in mich vernarrt ist.«

Also sprach Jess aus, was ihr schon lange im Kopf herumging, in der Hoffnung, dass es, wenn sie es Dan nicht direkt sagte, nicht die befürchteten Konsequenzen haben würde: »Ich liebe Dan. Er liebt mich. Was er und ich haben, ist keine flüchtige Kriegsromanze. Es ist für die Ewigkeit.«

»Hat dir alles, was du in den letzten zwei Jahren gesehen hast, nicht bewiesen, dass so etwas nicht möglich ist? Ich habe das schon als Kind gelernt – nicht mal eine Tochter ist etwas für die Ewigkeit. Deshalb gibt es schließlich Internate und Ehemänner.«

Zum ersten Mal begriff Jess, wie sehr es Amelia verletzt hatte, dass ihre Eltern sie in ein Internat gesteckt hatten, weil es ihnen zu schwierig war, ein Kind großzuziehen. Mit fünfzehn hatten Jess und Amelia aus der Tatsache, dass ihre Eltern sich – im Gegensatz zu den meisten anderen – kaum um sie kümmerten, eine Art monatlichen Wettbewerb daraus gemacht, wessen Eltern die gleichgültigsten waren. Für gewöhnlich hatte Amelia gewonnen.

»Ich glaube nicht an die Liebe«, wiederholte Amelia. »Ich habe meine Wahl getroffen. Und Dan ist es mir schuldig.«

Jess stand auf, sie musste weg. An der Tür stieß sie mit einer Krankenschwester zusammen, die sich auf Deutsch bei ihr entschuldigte. Im Hinausgehen hörte sie noch, wie Amelia die Krankenschwester anschrie: »Ich versteh deine widerwärtige, gottverdammte Sprache nicht, also benutz sie hier gefälligst nicht!«

———

Jess fuhr direkt zu Dan. »Ich habe alles noch schlimmer gemacht ... Und vor allem habe ich mich die ganze Zeit schuldig gefühlt, dabei ist es für dich wahrscheinlich noch viel schlimmer, aber ich wollte doch nur helfen ...«

»Jess«, unterbrach er sie sanft und legte ihr die Hände auf die Schultern. Das Licht war in seine Augen zurückgekehrt, und er sah wieder entschlossen aus, fast wie der Dan, den sie kannte. »Ich bringe das in Ordnung. Heute Morgen geht es mir viel besser. Die Straße, die ich genommen habe, wird häufig von Fahrzeugen benutzt, ich habe mich umgehört. Was passiert ist, war einfach Pech. Vielleicht hätte ich den Weg mit dir nicht genommen, und ja, ich war in Eile, weil ich dich sehen wollte, aber ich war konzentriert und habe aufgepasst wie immer. Ich schulde Amelia etwas, das steht außer Frage, aber keine Heirat.«

Eine große Erleichterung durchströmte Jess. Amelias Argumente waren ihr unwiderlegbar vorgekommen, als gäbe es wirklich keine andere Möglichkeit, als dass ihre Freundin den Rest ihres Lebens allein blieb. Jess kannte sie gut genug, um zu wissen, dass Amelia das nicht aushalten würde, und sie hatte es auch nicht verdient. Trotzdem ließen Dans Worte sie nicht los. *Ich schulde ihr etwas.* Amelia hatte fast das Gleiche gesagt.

Aber vielleicht stimmte es nicht. Vielleicht war es kein Zufall, dass Amelia dort draußen gewesen war.

Zurück im Pressecamp suchte Jess nach Meg. Die Worte, die Amelia der deutschen Krankenschwester entgegengeschleudert hatte – *ich versteh deine widerwärtige, gottverdammte Sprache nicht* –, gingen ihr nicht aus dem Kopf, und sie hatte sich vorgenommen, etwas darüber herauszufinden.

»Meg, gestern hat doch eine Frau angerufen, die Dan sprechen wollte, richtig?«

Meg sah einen Moment verwirrt aus, dann nickte sie. »Ja, stimmt.«

»War sie Amerikanerin?«

Meg schnaubte. »Nie im Leben. Sie war so englisch wie Henry the Eighth und genauso hochnäsig. Warum?«

»Ach, nur so«, sagte Jess und ging langsam davon. Dann hatte Amelia also am Morgen vor dem Unfall angerufen und gefragt, wo Dan den Tag über sein würde. Und siehe da, sie war genau dort aufgetaucht, um zu dolmetschen, obwohl sie überhaupt kein Deutsch konnte. Offensichtlich war es ihre Absicht gewesen, eine engere Bindung zu Dan aufzubauen, und sie hatte sich selbst damit in Gefahr gebracht.

Wenn Amelia nicht gelogen hätte, um sich an Dan heranzumachen, wäre nichts passiert.

———

Der ganze nächste Tag verging, ohne dass sie etwas von Dan hörte. Als Jess sich dabei ertappte, wie sie ihren Frust an Martha ausließ, fuhr sie mit dem Jeep zu Hitlers Wohnung, weil sie dachte, Dan sei vielleicht in der Kommandozentrale. Doch mit besorgtem Gesicht erzählte Jennings ihr, Dan sei krank und den ganzen Nachmittag nicht aus seinem Zimmer gekommen Als sie ihm sagte, dass sie Dan etwas Wichtiges mitzuteilen habe – etwas, das ihm womöglich helfen würde –, erklärte er sich sofort bereit, sie nach oben zu schmuggeln.

Dan reagierte nicht auf ihr Klopfen, also öffnete sie einfach die Tür.

Er kauerte auf dem Boden, mit dem Rücken an die Wand gelehnt. In seinen Augen schimmerten Tränen.

»Was ist los?«, rief sie, ließ sich auf die Knie sinken, schloss ihn in die Arme und drückte ihn an sich.

Es dauerte lange, bis er antwortete. »Amelias Vater ist Lieutenant General Miles Gordon-Dempsey von der British Second Army.«

Er sprach langsam und deutlich, als versuche er beim Sprechen zu verstehen, was die Worte bedeuteten.

Jess schüttelte verwirrt den Kopf. »Ja, und?«

»Er war im Krankenhaus, als ich Amelia heute Morgen besucht habe. Er ist furchtbar wütend über das, was seiner Tochter passiert ist, will jemanden dafür büßen lassen und hat einen deutlich höheren Rang als ich.«

»Aber Amelia hätte gar nicht dort sein sollen«, begann Jess. »Sie …«

Doch Dan fiel ihr ins Wort. »Er kann machen, was er will.«

Für elterliche Sorge war es ein bisschen zu spät, fand Jess. Wo war Amelias Vater in ihrer Internatszeit gewesen? Doch eine Amputation und hässliche Narben im Gesicht waren anscheinend genug, um diese erkaltete Beziehung wieder aufzuwärmen.

»Ich werde morgen vors Kriegsgericht gestellt, wenn ich nicht tue, was Amelia verlangt«, sagte Dan. »Jetzt, so kurz vor dem Ende, wird noch ein neuer CO ernannt, dem meine Männer, die ich seit zwei Jahren anführe, scheißegal sind – und gerade in dieser Zeit ist es schwieriger denn je, dafür zu sorgen, dass sie motiviert, konzentriert und furchtlos bleiben. Wir wissen alle, dass das Kriegsende so verdammt nahe ist und niemand an dem Tag sterben will, an dem die Deutschen kapitulieren wie die unglückseligen Bastarde im Großen Krieg. Auch wenn der Krieg in Europa vorbei ist, wird im Pazifik immer noch gekämpft, und zurzeit wird entschieden, welche Divisionen dorthin geschickt werden sollen. Es könnte gut meine sein. Und …« Er stockte und ballte die Fäuste, fassungslos, als könne er selbst nicht glauben, was er als Nächstes sagen musste. »Und Major Thompson würde ihr neuer befehlshabender Offizier werden«, stieß er hervor.

»O nein«, stöhnte Jess. Dan würde einem Mann wie Major Thompson niemals das Kommando über seine Männer überlassen, um keinen Preis. Und das sollte er auch nicht.

»Ich bin verantwortlich für siebenhundertfünfzig Männer, die ich fast alle mit Namen kenne. Ich weiß, dass man Grayson in einem Gefecht nicht hinten einsetzen darf, weil er zur Salzsäule erstarrt, wenn er sieht, was mit den Männern vor ihm passiert. Ich weiß, dass Kohn alle seine Gebete sprechen muss, bevor ich den Befehl gebe, vorzurücken, denn bevor er fertig ist, rührt er sich nicht von der Stelle und ist ein leichtes Ziel. Major Thompson weiß nichts davon. Er hat keine Ahnung davon, dass Jennings' Mutter mir immer noch schreibt und mich bittet, gut auf ihren Sohn aufzupassen. Als wäre das noch nicht schlimm genug, wissen wir außerdem beide, was für ein Mensch Major Thompson ist.«

»Also hast du der Heirat mit Amelia zugestimmt?« Jess' Stimme bebte, denn sie war sicher, dass das die einzig mögliche Lösung war.

»Nein.« Dan schüttelte entschieden den Kopf. »Ich habe Amelia gesagt, dass ich keine andere heiraten werde als dich.«

Jess' versuchte vergeblich, ihr Schluchzen zu unterdrücken. Dan saß hier und trauerte, weil er sich Sorgen um seine Männer machte, nicht – wie sie angenommen hatte – weil er ihr sagen musste, dass er sie nicht heiraten konnte. Er war bereit, für ihre Liebe seine Ehre und seinen guten Namen aufzugeben. So verflucht egoistisch war sie, und so verflucht selbstlos war er – und das Ganze war so verflucht ungerecht.

Sie schmiegte sich an ihn und wischte mit den Fingerspitzen seine Tränen ab – eine für Grayson, eine für Kohn, eine für Jennings und eine für jeden Mann in seinem Bataillon, den er zwei Jahre lang trainiert, beschützt und geführt hatte. Er ließ seine Hand über ihre Wange gleiten, zog sie zu sich und küsste sie in einem Nebel aus ersticktem Schluchzen und salzigen Tränen.

»Ich liebe dich, Jess«, sagte er, und erst nachdem Jennings sie wieder hinausgeschmuggelt hatte, wurde ihr klar, dass er ihre Abmachung gebrochen hatte.

Teil 8

Kapitel 27

Am nächsten Morgen wachte D'Arcy allein auf dem Sofa auf und konnte sich nicht einmal mehr erinnern, wann sie eingeschlafen war. Doch sie wünschte, sie könnte Joshs Kuss vergessen, seine zärtliche Berührung, das Gefühl, das sie dabei gehabt hatte – dass sie geliebt wurde, wirklich geliebt –, und was sie am Ende daraus gemacht hatte. Schließlich stand sie auf und schlich, so leise sie konnte, die Treppe hinauf. Als sie oben ankam, ging eine Tür auf, und Jess trat heraus.

»Gehst du eine Runde mit mir spazieren?«, fragte sie, und D'Arcy nickte; ihr war alles recht, solange sie nur nicht Josh begegnen musste.

So hakte sie sich bei Jess unter und ging mit ihr nach draußen, wo sie tief Luft holte – an diesem magischen Ort fernab der Welt, dieser wunderschönen, trügerischen Oase, wo sie mehr über sich selbst erfahren hatte, als ihr lieb war.

Sie schlenderten am Kanal entlang zu der Stelle, wo sie vor ein paar Tagen mit Josh gepicknickt hatte, und Jess setzte ihre Geschichte fort – erzählte von Dans Heiratsantrag, den sie angenommen hatte, wie ihre Freundin Amelia Dan erpresst und zu zwingen versucht hatte, stattdessen sie zu heiraten, und wie Dan beschloss, alles – seine Ehre, seine Männer, seinen Ruf – aufzugeben, weil seine Liebe zu Jess stärker war.

»Kannst du mir bitte beim Hinsetzen helfen?«, unterbrach Jess ihren Bericht. »Ich halte mich mit Spaziergängen ganz gut in Schuss, aber Setzen und Aufstehen sind doch um einiges schwieriger als früher. Unter dem Baum da drüben ist ein perfektes Plätzchen zum Ausruhen.«

D'Arcy zögerte. Der Baum, auf den Jess gezeigt hatte, war einer der *Faux*, und ausgerechnet auch noch der, den D'Arcy im Verdacht hatte, in seinem Schatten alle möglichen Geheimnisse gehortet zu haben. Doch unter seinen Ästen, die sich wie ein elegantes, weich fallendes Seidengewand zur Wiese hinuntersenkten, waren sie vor der Sonne geschützt.

»Er beißt nicht«, sagte Jess mit Blick auf den Baum. »Ich dachte früher, er wäre eine Hexe, aber die einzige Person, die die Zukunft ändern kann, ist man selbst. Kein Baum in der Gestalt einer magiebegabten Frau kann so etwas.«

So setzten sie sich am Ufer des Kanals unter die Bäume. Jess zog die Schuhe aus und ließ die Füße ins Wasser baumeln. Das sah nach einer so guten Idee aus, dass D'Arcy es ihr nachtat. Einen Moment lang konnte sie Jess und sich selbst wie durch eine Kamera sehen: eine junge und eine ältere Frau vor dem Hintergrund eines faszinierenden Baums, in einem Paradies, doch keine war wirklich glücklich. Die Last der Vergangenheit umgab sie wie die Trümmerhaufen des Krieges.

Nachdenklich starrte sie ins Wasser. Soweit sie wusste, hatte es keine Rolle gespielt, dass Dan und Jess sich liebten; die Hochzeit hatte nie stattgefunden. Und D'Arcy war sich nicht sicher, ob sie momentan das Ende einer Geschichte aushalten konnte, die geradewegs auf zwei gebrochene Herzen zusteuerte. »Möchtest du den Film sehen?«, fragte D'Arcy abrupt.

Jess zögerte, und D'Arcy bekam heiße Wangen. Warum sollte Jess sich für ihre amateurhaften Bemühungen interessieren? Sie hatte im Weltkrieg fotografiert, ihre Reportagen waren in der *Vogue* veröffentlicht worden – sie hatte ein Vermächtnis hinterlassen, während D'Arcy Kisten für Kunstwerke gezimmert und ansonsten ein unproduktives Leben geführt hatte.

»Wenn der Film von jemand anderem wäre, könnte ich ihn mir

anschauen«, sagte Jess schließlich. »Aber ich fürchte, deiner wäre mir zu ehrlich.«

Jess wollte aufstehen, und im gleichen Augenblick – als hätte er eine telepathische Verbindung zu den Bedürfnissen seiner Klientin – erschien Josh, um sie zum Haus zurückzubegleiten.

D'Arcy konnte ihm nicht ins Gesicht schauen, also blieb sie, die Füße im Wasser baumelnd, am Kanal sitzen und ließ sich Jess' Worte durch den Kopf gehen. War ihr letzter Satz als Kompliment gemeint? Wusste sie etwa, dass D'Arcy sich, eben weil sie die Wahrheit suchte, für den Stil des *Cinéma vérité* entschieden hatte? Eine Ehrlichkeit, die Victorine ihr nie gegönnt hatte. D'Arcy fühlte die Äste des Baums leicht über ihren Rücken streichen, und die nie erzählten Geschichten – die, über die Jess und jetzt vielleicht auch D'Arcy wachten – begannen sich zu regen.

Aus unerfindlichen Gründen kehrte Josh zum Kanal zurück.

»Ich wollte mich entschuldigen«, sagte er. Er stand neben einer der grotesken Buchen, die aussah wie ein Mädchen, das seinen Blätterrock mit den Händen ausbreitete, genau wie D'Arcy es damals, als sie die Zugbrücke zum ersten Mal überquerte, getan hatte – als wäre sie bereit, lachend davonzutanzen, ehe jemand sie einfangen konnte.

»Wofür denn?«, fragte sie argwöhnisch. Eine Entschuldigung von Josh war das Letzte, womit sie gerechnet hatte.

»Ich habe dir eine keusche Massage versprochen, aber es ist zu etwas völlig anderem geworden, und das tut mir leid. Ich weiß, dir geht zurzeit viel im Kopf herum, wovon du mir nichts erzählen willst, da kannst du es wahrscheinlich nicht gebrauchen, dass ich mich dir aufdränge. Deshalb wollte ich dir sagen, dass ich dich von jetzt an in Ruhe lassen werde.«

Bitte nicht. Doch er war fort, bevor D'Arcy die Worte aussprechen konnte.

———

An diesem Abend bat D'Arcy Jess um die Erlaubnis, nach der sie bislang nicht zu fragen gewagt hatte. Dann rief sie die Galerie an und erzählte, was sie wusste: dass Jessica May der geheimnisvolle *Photographer* war, dass sie die Ausstellung erweitern und auch die Kriegsfotografien zeigen sollten und dass D'Arcy eine Dokumentation über Jess drehte. Zum Abschluss überwand sie sich und fügte hinzu: »Ich denke, ihr solltet meine Dokumentation in die Ausstellung integrieren. Sonst fühlt sie sich nicht vollständig an.«

Und Esther, die Kuratorin, lachte sie nicht aus. Ganz im Gegenteil – sie klang begeistert. »Wann kannst du mir einen ersten Rohschnitt schicken?«, erkundigte sie sich.

»Ende der Woche«, versprach D'Arcy. Ihr Lächeln war etwas schief vor Aufregung und Nervosität. Sie hatte dafür gesorgt, dass ihr Werk beurteilt wurde. Vielleicht würde sich herausstellen, dass es nicht gut genug war. Das würde sie akzeptieren müssen, sie würde sich einfach in Zukunft noch mehr anstrengen und stetig dazulernen. Aber vielleicht war es auch besser als gut genug. Vielleicht war es genauso ehrlich, wie Jess es sich vorstellte.

Dann, an ihrem vorletzten Abend, fragte Jess, ob D'Arcy mit ihr in der *Folly* zu Abend essen würde. Es war heiß, und D'Arcy zog das Minikleid an, das sie an dem Abend getragen hatte, als sie mit Josh hier gewesen war. Als sie ankam und ihn mit Jess am Tisch sitzen sah, stutzte sie jedoch. Anscheinend hatte Jess ihn ebenfalls eingeladen.

Er sah müde aus, und der einzige freie Platz war direkt neben ihm. D'Arcy setzte sich, wobei ihr durch den Kopf ging, wie einfach es doch wäre, sich an ihn zu lehnen, seinen Arm auf ihren Schultern zu spüren und sich bei ihm zu entschuldigen. Aber dann wären sie wieder am Anfang und würden darauf warten, dass D'Arcy sich das nächste Mal als Enttäuschung entpuppte – und ihn verließ.

Jess wartete, bis das Essen aufgetragen war, dann ergriff sie das

Wort: »Du denkst, du willst den Rest nicht hören, D'Arcy. Aber es gibt Dinge – zum Beispiel, wie diese Tragödie überhaupt entstanden ist –, die du lieber von mir erfahren solltest. Victorine hat nicht alles davon miterlebt. Vor ein paar Tagen habe ich sie angerufen und ihr gesagt, dass du hier bist und weißt, wer ich bin. Dass du deshalb ihre Anrufe ignorierst. Aber was passiert ist, war allein meine Schuld, Victorine kann nichts dafür. Inzwischen hat sie mir meine Einmischung verziehen, und ich konnte ja auch nicht wissen, was meine damalige Entscheidung alles nach sich ziehen würde. Und wenn Victorine, die mehr durchgemacht hat als alle anderen, vergeben kann, möchte ich dich bitten, ihr ebenfalls zu verzeihen.«

D'Arcy setzte sofort dazu an, zu protestieren – vor allem aber wollte sie wissen, warum Josh zu diesem Gespräch eingeladen war. Jess kam ihr jedoch zuvor. »Ich möchte, dass ihr diese Geschichte alle beide hört.«

Dann begann sie zu erzählen. »Dan hat tatsächlich Amelia geheiratet. Ich …« Ihre Augen waren voller Tränen.

Auch D'Arcy musste schlucken – sie wollte nur, dass diese Geschichte endlich zu Ende war, dass das Weinen aufhörte. Aber was, wenn das Ende der Geschichte nicht das Ende der Trauer bedeutete? *Sag nichts weiter*, flehte sie innerlich. *Bitte hör auf.*

Und einen Moment dachte D'Arcy, Jess habe ihre Bitte gehört, denn niemand sprach. Wie zauberhaft die Nacht war; das sanfte Flüstern der Blumen, das Flügelrauschen des letzten Vogels, der zum Schlafen in sein Nest zurückflog, das Rascheln der nachtaktiven Tiere, die nun erwachten. Die herrlich nach Zitronen und Schnittlauch duftende Luft, der Geschmack von Champagner auf ihrer Zunge.

»Ich wurde schwanger«, sagte Jess. Die ruhige Fassade bröckelte. »Ich konnte mir nicht sicher sein, ob das Kind von Dan war. Also ließ ich ihn gehen.«

Jess starrte mit leerem Blick auf ihre Hände, und D'Arcy wurde das

Gefühl nicht los, dass sie sich schämte – aber wofür? Und wieso war Jess, wenn sie Dan so sehr liebte, möglicherweise von einem anderen Mann schwanger geworden? Doch diese Frage zu stellen, wäre D'Arcy herzlos vorgekommen, also sagte sie nichts.

»Ich nehme an, ich habe ein gebrochenes Herz in Kauf genommen, damit nicht noch jemand verletzt wird. Das scheint in dieser Geschichte ein roter Faden zu sein«, fuhr Jess fort, jetzt sah sie D'Arcy endlich ins Gesicht und musterte sie eindringlich.

»Aber vielleicht war das Kind doch von Dan!«, protestierte D'Arcy. Als ließe sich die Zeit zurückdrehen, als könnten sie alle einen anderen Weg einschlagen, der nicht hierher führen würde, wo sie jetzt saß und sich fragte, wann ihr Herz eigentlich so schwer geworden war.

»Vielleicht«, erwiderte Jess mit einem wehmütigen Lächeln. »Ein schlichtes und doch so gefährliches Wort. Genau wie Hoffnung. Sind wir nicht zu fast allem bereit – nur aus Hoffnung auf dieses Vielleicht?«

»Wo ist dieses Kind jetzt?«, fragte Josh leise und nahm D'Arcy damit das Wort aus dem Mund.

»Sie ist schwanger geworden und bei der Geburt ihres Kindes gestorben. Vor fast dreißig Jahren.«

»O nein«, sagte D'Arcy erschüttert und erkannte in Joshs Gesicht alles, was sie fühlte.

»Den Rest muss deine Mutter dir erzählen«, sagte Jess und stand auf. »Sie erwartet dich, sobald du wieder in Australien bist. Jemandem zu verzeihen ist das Mutigste, was ein Mensch tun kann.« Langsam ging sie zum Haus zurück, bevor D'Arcy die letzte Frage stellen konnte – die Frage, von der Jess offenbar wollte, dass Victorine sie beantwortete: *Was hat das alles mit mir zu tun?*

Sobald Jess fort war, stand Josh ebenfalls auf, als könne er es nicht erwarten, wegzukommen.

»Du musst nicht gehen. Ich verspreche, dass du vor mir sicher bist«, scherzte D'Arcy, um nicht mit den Worten herauszuplatzen, die ihr auf der Zunge lagen: *Bitte bleib bei mir. Hilf mir, herauszufinden, was das alles bedeutet.*

Ihre flapsige Bemerkung zeigte sofort Wirkung, und in seinen blauschwarzen Augen blitzte Wut auf. »Ach ja? In der Nacht neulich auf dem Sofa hättest du mit mir geschlafen, nur um dich abzulenken. Eine kurze Auszeit von der Grübelei darüber, was zur Hölle hier vorgeht. Aber ich will nicht nur eine Ablenkung sein.«

Was sollte sie darauf antworten? Er war genauso stur wie sie, und es war richtig, dass er an dem festhielt, was er wollte, und seine Bedenken nicht wegen einer Frau über Bord warf, die etwas von ihm wollte, das er nicht zu geben bereit war, ohne etwas zurückzubekommen. Es war fast die Umkehrung davon, wie sie die Situation in jener Nacht gesehen hatte. Anscheinend deutete er ihr nachdenkliches Schweigen falsch, denn während sie noch grübelte, wandte er sich ab und ging davon.

D'Arcy saß noch eine lange Zeit allein im *Folly*. Der schwere Geruch der Judasbäume benebelte ihre Gedanken, und irgendwann stand sie schließlich auf und machte sich auf den Weg zurück zum Schloss. Als sich auf der Terrasse etwas bewegte, erschrak sie sich zu Tode.

Doch dann sah sie Jess auf einem Stuhl sitzen und hörte ihre Stimme. »Kann ich dich etwas fragen?«

»Vermutlich wirst du es auch ohne meine Erlaubnis tun«, antwortete D'Arcy mit einem schiefen Lächeln.

Auch Jess grinste. »Da hast du ganz recht. Kennst du Josh? Kennst du ihn richtig? Denn wenn du das tust, brauchst du keine Hoffnung.«

»Ja, ich kenne ihn«, antwortete D'Arcy ohne nachzudenken. »Ich kenne ihn wirklich«, wiederholte sie, als sie die Frage endlich verstanden hatte.

Sie wusste von Joshs Vergangenheit; sie wusste, dass er ein guter Mann war. Sie wusste, dass er sie respektierte, und als sie ihm von ihren Träumen und Zielen erzählt hatte, hatte er ihr auf eine Art zugehört, die sie noch nie bei jemandem erlebt hatte. Vor allem aber wusste sie jetzt, dass er nicht enttäuscht von ihr war. Er war verletzt. Weil sie ihm wichtig war.

Alles, was sie getan hatte, seit sie in diesem Schloss angekommen war, lief noch einmal in Zeitlupe vor ihrem inneren Auge ab – so oft hatte sie nur an sich selbst und viel zu selten an Josh gedacht. Sie hatte ihm zwar einen Schal geschenkt, aber das war ein Spontankauf, keine wohlüberlegte, nette Geste gewesen. Tatsächlich hatte sie sich mit ihm abgelenkt und ihm auch nie ihre tiefsten Ängste und Geheimnisse anvertraut, wie er es umgekehrt getan hatte.

Das hatte er nicht verdient, denn er hatte ihr sein Vertrauen vorbehaltlos geschenkt. Victorine verdiente das Gleiche – dass D'Arcy ihr vertraute und ihr die Chance gab, alles zu erklären. Und damit sich selbst die Möglichkeit eröffnete, zu verzeihen – wie Jess es vorhin gesagt hatte.

Vor allem aber begriff D'Arcy in diesem Moment, dass ihr nicht nur ihre Mutter am Herzen lag. Es tat ihr unendlich leid, dass sie Josh verletzt hatte. Ihre Bewunderung für Jess als Künstlerin hatte sich ebenfalls verändert; seit sie mit ihr zusammenarbeitete, seit Jess ihr ihre Lebensgeschichte anvertraut hatte, schätzte sie Jess als Frau, als jemanden, der auch Fehler gemacht hatte und traurig war.

Spontan trat D'Arcy auf Jess zu und schloss sie in die Arme. Es dauerte nur einen kurzen Moment, dann ließ Jess sich in die Umarmung sinken, als hätte sie ihr Leben lang darauf gewartet.

Die Umarmung war so emotional, dass plötzlich eine Erinnerung aus D'Arcys Gedächtnis aufstieg – Jess hatte vorhin gesagt: *Sie ist schwanger geworden und bei der Geburt ihres Kindes gestorben. Vor fast dreißig Jahren. Den Rest muss deine Mutter dir erzählen.*

D'Arcy war fast dreißig. Victorine war nicht ihre leibliche Mutter. Und es gab eigentlich nur einen einzigen plausiblen Grund für Jess, ihr die Geschichte zu erzählen: D'Arcy war ihre Enkelin.

Teil 9

Krieg zerfetzt, zerfleischt. Er reißt auf, vernichtet.
Krieg verbrennt. Krieg zerstückelt. Krieg verwüstet.

Susan Sontag

Und wie geht es jetzt für sie weiter – für all die Frauen in der
Armee und all die anderen, die ohne den Glanz einer Uniform
Schlange gestanden, Pläne geschmiedet, Fabriken, Hausarbeit
und Büros am Laufen gehalten haben? Ihren Wert haben sie
mehr als bewiesen: ihre Zähigkeit, wo Durchhaltevermögen
nötig war, ihre Schweigsamkeit, wenn Geheimhaltung gefordert
wurde, Taktgefühl, Humor und öffentliches Bewusstsein;
ihre anhaltende Zielstrebigkeit, ihre hingebungsvolle
Disziplin, ihre Macht über Maschinen ... Wie lange dauert es,
bis eine dankbare Nation vergisst (oder zumindest die Männer der
Nation vergessen haben), was diese Frauen geleistet haben,
als ihr Land sie brauchte? Nun ist es an allen Frauen, dafür zu
sorgen, dass es keine Rückschritte gibt, sondern dass es
von hier aus weiter vorangeht.

Audrey Withers, British Vogue, 1945

Kapitel 28

FRANKREICH, MAI 1945 | Nachdem Dan die drei wichtigsten Worte ausgesprochen hatte, reiste Jess nach Paris ab. Sie schickte ihm eine Nachricht und versuchte, das Unerklärliche zu erklären. Dass sie nicht zulassen konnte, dass er vor ein Kriegsgericht gestellt wurde und seine Männer unter dem Befehl eines Mannes wie Major Thompson in Europa oder im Pazifik starben, nur damit er sie, Jessica May, heiraten konnte. Schweren Herzens gab sie ihm ihren Segen, Amelias Mann zu werden, um für die Sicherheit seiner Männer zu sorgen, und beschwor ihn, das Richtige zu tun. Abschließend schrieb sie:

Weißt du noch, dass ich einmal gesagt habe, ich würde nicht leben wollen, wenn ich wüsste, dass du tot bist? Deshalb möchte ich, dass du mir versprichst, auf dich aufzupassen. Aber ich möchte auch nicht in dem Wissen leben, dass ich dir das Herz gebrochen habe. Eines Tages wird der Schmerz nachlassen. Du hast mir einst gesagt, dass alles irgendwann vergehen muss. Warum sollte es mit uns anders sein?

Eine Träne tropfte auf das Papier, als sie die letzten Zeilen schrieb, und verschmierte die Tinte, so dass jeder sehen konnte, dass sie die Worte keine Sekunde geglaubt hatte. Dieser Schmerz würde nie nachlassen.

Doch sie klammerte sich an den Gedanken, dass Dan, wenn sie sich lange genug von ihm fernhielt, Amelia heiraten, ihre Ehe jedoch nicht lange halten würde. Gerade lange genug, um Dan zu retten. Trotz ihrer Narben und des amputierten Arms würde Amelia wieder

Fuß fassen – das tat sie immer. Dann konnte die Scheidung arrangiert werden, und Dan und Jess konnten endlich zusammen sein.

Als sie in Paris das Hotel Scribe betrat, empfing Warren Stone sie mit einem Grinsen. »Jessica May, wie schön, Sie wiederzusehen. Ich hatte schon gehört, dass Sie kommen. Und ausgerechnet jetzt, da ich auch in Paris bin.«

»Wo zum Teufel haben Sie das denn gehört?« Jess warf sich ihre Taschen über die Schulter und marschierte durch die Eingangshalle. Warren folgte ihr. »Die Korrespondenten tratschen gern. Ich habe gestern mit dem PRO in München telefoniert, und er hat mich über alle wichtigen Themen informiert, über die dort gesprochen wird.«

»Zum Beispiel über den Krieg?«, erwiderte Jess ärgerlich. »Ist der nicht wichtig genug?«

»Arbeit allein macht nicht glücklich, wie es so schön heißt. Wir müssen uns amüsieren, wo wir können. Was Sie, wenn ich mich recht entsinne, mehr als bereitwillig mit einem gewissen Lieutenant Colonel Hallworth getan haben. Bis er Sie wegen einer kleinen Engländerin abserviert hat. Und jetzt sind Sie hier, um Ihr gebrochenes Herz zu kurieren.«

»Entschuldigen Sie mich.« Jess stolzierte zum Aufzug, denn sie wollte nicht vor Warren Stones Augen in Tränen ausbrechen.

Da ihr Plan war, nur eine Nacht in Paris zu bleiben, musste es doch möglich sein, ihm aus dem Weg zu gehen. Morgen würde sie sich von Victorine verabschieden, dann nach London und von dort weiter nach New York reisen. Ganz einfach.

Und sie würde nicht an Dan denken. Leider war das alles andere als einfach.

Am nächsten Morgen brach sie früh auf, um Victorine abzuholen, musste jedoch feststellen, dass ihr Jeep verschwunden war. Der diensthabende PRO teilte ihr mit, dass Warren Stone ihn sich ausgeliehen und eine Nachricht hinterlassen hatte, sie solle stattdessen seinen Wagen benutzen.

»Warum hat er denn nicht seinen eigenen genommen?«, knurrte sie, obwohl sie wusste, dass den PRO keine Schuld traf und es das Beste wäre, einfach loszufahren. Wahrscheinlich war es Warrens Ziel, sie auf die Palme zu bringen, aber diese Genugtuung wollte sie ihm nicht geben.

»Ich muss aufschreiben, wohin Sie fahren«, erwiderte der PRO unbeirrt.

»Heute Verzy, morgen London, und danach will ich nie wieder einen khakifarbenen Jeep sehen«, erwiderte sie gereizt.

Ihre Laune besserte sich nur wenig, als sie Victorine sah, denn das kleine Mädchen wollte partout nicht akzeptieren, dass Dan eine sehr liebenswürdige Frau heiraten und sie somit bald eine Mama haben würde.

»Aber du bist meine *Maman*«, sagte sie entschieden.

»Oh, Liebling, nein, das bin ich nicht«, protestierte Jess und investierte ihre ganze Willenskraft, um die Tränen zurückzuhalten.

»Doch, das bist du«, widersprach Victorine. »Und ich will keine andere *Maman*.«

Anstatt weiter zu diskutieren, fuhr Jess mit ihr zum *Lieu de Rêves,* um ein Picknick zu machen. Sie verbrachten einen entspannten, fast glücklichen Tag zusammen, indem sie beide so taten, als hätte sich nichts verändert, und es war herrlich. Jess begann fast, daran zu glauben – bis zu dem Moment, als sie gehen wollten und Victorine die Zwergbuchen am Kanal inspizierte. Jess zückte die Kamera, um ein Foto zu machen, doch in der gleichen Sekunde kam ein Wind auf, und ein knorriger Ast neigte sich dem Mädchen entgegen, als wäre er der Arm einer Hexe, die dabei war, einen Zauber zu wirken.

»Der Baum ist einsam«, verkündete Victorine in dem typischen

Ton, der sie viel erwachsener erscheinen ließ, als sie war. »Ich wollte ihn gerade trösten und ihm sagen, wir sind bald wieder da.«

Bald wieder da. Unter dem einsamen Baum saßen Dan, Jess und Victorine und picknickten, genau wie vor einem Monat. Jess blinzelte. *Nicht weinen.* Sie rang sich ein Lächeln ab, und der Baum sah wieder normal aus. Sie mussten gehen, bevor sie es nicht mehr über sich brachte.

Auf dem Weg zurück zum Auto hielt sie Victorines Hand – die winzigen Finger des Mädchens umklammerten die ihren voller Zuversicht und Vertrauen. Es fiel Jess unendlich schwer, sie loszulassen, ihr zu erlauben, in den Jeep zu klettern und nach Paris zu fahren, ohne zu wissen, ob und wann sie das Mädchen wiedersehen würde.

Sie waren noch nicht weit gekommen, als das Fahrzeug zu schlingern begann. Eine Reifenpanne war in diesem Fall alles andere als ein Ärgernis, denn Jess war dankbar, noch ein bisschen mehr Zeit mit Victorine verbringen zu können, während sie das Auto reparierte. Nur war kein Ersatzreifen im Kofferraum. Dieser verfluchte Warren! Aber vielleicht würden sie es wenigstens bis in die nächste Stadt schaffen.

Als sie den Reifen inspizierte, musste sie jedoch feststellen, dass ein langer Nagel darin steckte; ein Loch, durch das langsam die Luft entwichen war, während sie picknickten. Es war klar, dass sie so nirgendwohin mehr fahren konnten.

Wie lange würde es wohl dauern, bis auf dieser weit abgelegenen Straße ein Auto vorbeikam? Vielleicht würde ein Arbeiter von einem nahe gelegenen Weingut hier durchfahren. Und tatsächlich schienen ihre Gebete schon nach zehn Minuten erhört worden zu sein, denn sie hörte Motorenlärm.

Jess weinte fast vor Erleichterung, als sie sah, dass es ein Armee-Jeep wie ihrer war, streckte die Hand aus, um ihn heranzuwinken, und schirmte mit der anderen die Augen gegen das grelle Scheinwerferlicht ab. Der Jeep hielt an, und ein Mann stieg aus.

Es war Warren Stone.

»Na, haben Sie sich etwa in Schwierigkeiten gebracht?«, fragte er mit einem Grinsen.

Jess' Magen krampfte sich zusammen. Kein Ersatzreifen. Warren hatte ihren Jeep genommen, so dass sie mit seinem fahren musste, und dann hatte ausgerechnet er sie hier gefunden – das konnte kein Zufall sein …

»Wer ist das denn?«, fragte er und warf einen Blick in den hinteren Teil des Jeeps, wo Victorine friedlich schlief.

»Dans … Lieutenant Colonel Hallworths Nichte«, berichtigte sie sich.

»Was für ein entzückendes Kind.« Warren streichelte Victorines Wange. Die Geste hätte zu einer harmlosen älteren Dame im Park gepasst, aber bei Warren bekam Jess sofort ein flaues Gefühl im Magen.

»Maman?«, murmelte Victorine schläfrig und gähnte.

»Maman?«, wiederholte Warren. »Sehr interessant …«

»Sie ist die Tochter von Dans Bruder. Sie ist geboren, bevor ich Dan überhaupt kannte. So nennt sie mich nur, weil sie sonst niemanden hat.«

»Genau wie Sie – Sie haben auch nur mich, eine dunkle Straße und einen kaputten Jeep. Süße, du musst deine Maman und mich eine Weile entschuldigen. Wir haben Geschäftliches zu erledigen.«

Da wusste Jess, dass sich die Drohung von jenem Abend in der Bar des Londoner Savoy Hotel – Eines Tages werden Sie das heutige Gespräch bereuen, Captain May – nun bewahrheiten würde.

»Nein«, sagte sie und konnte selbst das blanke Entsetzen in ihrer Stimme hören.

Er zuckte die Achseln. »Soll ich das Mädchen wecken, damit sie zusehen kann?«

Jess' Hände begannen zu zittern. »Das können Sie nicht machen.«

»Ach nein?«

Jess' Revolver war in ihrem eigenen Jeep, den Warren ihr heute Morgen weggenommen hatte. Sie hatte kein Messer. Sie hatte nur sich selbst.

Aber Warren war größer und stärker als sie, und obwohl sie sich wehren, um sich schlagen, treten und schreien könnte, wusste sie, dass er letztlich die Oberhand behalten würde. Zwar hätte sie niemals geglaubt, dass sie sich auf so etwas einlassen würde, aber sie wusste, dass es besser war, es schnell hinter einem der Bäume am Straßenrand über sich ergehen zu lassen, solange Victorine schlief. Sie wollte nicht, dass die Kleine mitansehen musste, wie ihre *Maman* sich erfolglos dagegen wehrte, dass Warren ihr Gewalt antat, denn diese Erfahrung würde Narben hinterlassen, die nie heilten – Narben, die völlig anders waren als die, die Amelia davongetragen hatte, aber womöglich ebenso schlimm.

Jess spürte, wie ihr Magen rumorte, und sie befürchtete, sich übergeben zu müssen, zwang sich jedoch, ruhig zu atmen. Sie versuchte, ihren Geist vom Körper zu lösen und ihre Gedanken an einen anderen Ort zu schicken – Warren lediglich eine leere Hülle zu überlassen. Aber sie fühlte, wie ihr eine verräterische Träne über die Wange lief.

Dann nickte sie und deutete auf einen Baum ein Stück die Straße hinunter. Hoffentlich würde das dichte Blattwerk dafür sorgen, dass Victorine, falls sie aufwachte, nichts mitbekam.

»Schön, dass du so gefügig bist«, sagte Warren, und die Erregung leuchtete in seinen Augen wie Flakfeuer.

Jess beugte sich zu Victorine hinunter, die wieder tief und fest eingeschlafen war, und gab ihr einen Kuss.

Dann folgte sie Warren zu dem Baum. Sosehr sie auch versuchte, die Tränen zurückzuhalten, es war unmöglich. Warren streckte die Hand aus, um sie wegzuwischen, und seine Daumen pressten sich an ihre Wangenknochen. Das war das Schlimmste – dass er eine nette

Geste in etwas derart Widerwärtiges verwandeln konnte, ließ ihre Dämme brechen, und das erste Schluchzen entrang sich ihrer Kehle. Er grinste.

Und so weinte sie, während er sie küsste, ihre Bluse aufknöpfte, ihren Rock anhob und sich holte, was er von ihr wollte. Er stöhnte, als er grob in sie eindrang, und atmete keuchend, als wäre es tatsächlich ein lustvoller, ein gewollter Moment.

Jess schloss die Augen. Und sie weinte noch immer.

Als Warren fertig war, sackte er gegen sie und presste sein Gesicht in ihre Halsbeuge. Doch als Jess die Augen öffnete, sah sie ein fünfjähriges, verschlafenes Mädchen vor sich stehen. Victorine hatte die tief hängenden Äste beiseiteschoben, die doch alles, was gerade geschehen war, hätten verbergen sollen, und starrte voll Entsetzen auf den fremden Mann, der sich an Jess presste, auf Jess' Rock, der nicht da war, wo er sein sollte, und die Tränen in ihrem Gesicht.

»Victorine!«, stieß Jess hervor und schubste Warren weg.

Er taumelte zurück, fummelte hektisch an seinen Hosenknöpfen herum, und für einen kurzen Moment erhaschte Jess einen Blick auf sein Gesicht. Im Gegensatz zu dem, was sie erwartet hatte, wirkte es weder hämisch noch triumphierend.

Als er die Hand nach ihr ausstreckte, zuckte Jess zurück, weil sie dachte, er wolle sie schlagen. War er denn immer noch nicht zufrieden? Doch stattdessen strich er ihr fast zärtlich über die Haare und sagte verwundert: »Das war gar nicht so, wie ich es mir vorgestellt habe.«

Jess rückte weiter von ihm ab, stellte sich vor Victorine, und nun brach sich ihre Empörung endlich Bahn. Wie konnte er glauben, das einzig Grauenhafte an diesem Gewaltakt wäre seine Enttäuschung?

»Sie dachten doch nicht etwa, ich würde mich in Sie verlieben und Sie anhimmeln, weil Sie mich geküsst und *das* da … getan haben?« Ihre Stimme war ruhig und eiskalt. Sie konnte nicht einmal schreien, so martialisch war ihr Zorn. »Ich habe Dan schon geliebt, lange bevor ich ihn zum ersten Mal geküsst habe«, fauchte sie. »Es gibt einen großen Unterschied zwischen dem hier …«, sie warf einen verächtlichen Blick auf seine aufgeknöpfte Hose, »und Liebe.«

Damit wandte sie sich ab, nahm Victorine auf den Arm, trug sie zurück zum Auto, und der süß und sauber duftende Kopf des Mädchens presste sich an ihren Hals, wo gerade noch Warrens Mund gewesen war. Sie betete zum Himmel, dass Victorine in der Dunkelheit nicht allzu viel mitbekommen hatte. Dass sie noch zu jung war, um zu verstehen – oder es wenigstens nicht in Erinnerung behalten würde.

Das Schrecklichste an diesem Abend jedoch war, dass Jess auf eine verabscheuungswürdige Art gewonnen hatte. Warren hatte bekommen, was er schon so lange gewollt hatte, aber es war nicht das gewesen, was er sich davon versprochen hatte. Ein trivialer Ausgang für ihn und ein Sieg für Jess, wenn auch einer, der sich hohl und leer anfühlte.

Erstaunlicherweise überließ Warren ihr wortlos ihren Jeep, behielt nur den Ersatzreifen. Auf der Fahrt zurück nach Paris, auf der Victorine zum Glück wieder einschlief und hoffentlich das Ganze vergaß, gingen Jess drei Dinge durch den Kopf. Wie der amerikanische Soldat gesagt hatte: *Niemand wird mich davon abhalten, sie mir zu nehmen.* Wie Dan gesagt hatte: *Ich liebe dich.* Und dass sie schreckliche Angst vor den Konsequenzen dieser Worte gehabt hatte.

Anscheinend war diese Bombe gerade hochgegangen.

Kapitel 29

Jess war länger in London als erwartet. Der Krieg in Europa ging bei ihrer Ankunft gerade zu Ende. Alle jubelten, tranken Champagner und küssten sich. Nur Jess nicht. Stattdessen musste sie sich übergeben bei dem Gedanken, dass Dan und sie Amelia nur ein klein wenig länger hätten hinhalten müssen, um ihre Drohung unwirksam zu machen. Doch dann hörte sie, dass Dans Division wahrscheinlich nach Asien geschickt werden würde, und obwohl ihr dadurch nicht weniger übel wurde, bestätigte es ihr doch, dass sie die richtige Entscheidung getroffen hatte.

Sie gab ihren Presseausweis ab, musste aber einen ganzen Monat warten, bis eine Überfahrt nach New York für sie arrangiert werden konnte. Die heimkehrenden Soldaten hatten Vorrang.

In London gab es zwei Überraschungen: Die erste war ein Brief, der ihr vom Hotel Scribe nachgeschickt und offensichtlich von Warren Stone geöffnet worden war. Warren hatte einen Zettel beigelegt, auf dem stand: *Ich konnte Sie nicht gehen lassen, ohne dass Sie das hier gesehen haben.*

Der Brief war von Dan.

Jess, ich weiß, eine Autorin wie du hasst wahrscheinlich dieses Klischee, aber du bist das Beste, was mir je passiert ist. Noch besser als das Beste; du warst für mich ein Wunder.

Ich frage mich immer wieder: Wenn ich nicht zu deiner Party im Scribe gekommen wäre, wäre dann alles besser? Dann wären wir

immer noch beste Freunde, und ich könnte mich auch weiterhin mit
dir treffen. Aber ich schüttle den Kopf, weil mir die Hälfte von dir
nicht genügt. Nicht einmal alles von dir wäre genug. Nichts von dir
ist für mich aber auch undenkbar.

Bei dem Kommandounternehmen letzte Nacht dachte ich, vielleicht
werde ich sterben, und vielleicht wäre das auch gut, weil ich mich dann
nicht mehr so fühlen müsste, wie ich mich gerade fühle. Aber ich weiß,
dass du mich verlassen hast, um meine Männer zu schützen, und dir
das zu vergelten, indem ich sterbe, wäre feige. Außerdem weiß ich, wie
es dir gehen würde, wenn ich sterbe, und das will ich dir nicht antun.

Finde dein Glück, Jess. Ich kann alles ertragen, wenn ich weiß, dass
du glücklich bist. Sonst hat mein Leben keinen Sinn mehr.

Jess sank zu Boden, in die Knie gezwungen von Dans Brief, was Warren ganz sicher beabsichtigt hatte. Erst nach sehr langer Zeit schaffte
sie es, aufzustehen, sich kaltes Wasser ins Gesicht zu spritzen und
einen Whiskey einzuschenken. Die Zigarette, die sie sich dann anzündete, drückte sie sofort wieder aus.

Denn die andere Überraschung war, dass sie nicht allein nach New
York zurückreisen würde. Sie trug ein Kind unter dem Herzen. Ein
Kind, dessen Vater unbekannt war. Dan und sie waren immer vorsichtig gewesen, aber sie wusste, dass viele Kondome im Krieg nicht
richtig geschützt hatten. Und dann war da noch Warren. Er hatte sich
nicht die Mühe gemacht, an so etwas zu denken.

Nur ein paar Tage lagen zwischen ihrer letzten Nacht mit Dan und
jenen grauenvollen Minuten mit Warren. Sie würde es nie wissen.
Und sie wollte nicht, dass Dan jemals erfuhr, was ihr zugestoßen war.
Er würde Warren mit bloßen Händen erdrosseln, und dann würde
er vor ein Militärgericht kommen.

Und genau deshalb war es so wichtig, dass Dan Amelia heiratete,
wenn er es nicht bereits getan hatte. Er musste Jess vergessen.

Liebe, dachte sie müde, als sie den Blick über die zerbombten Ruinen Londons schweifen ließ. Krieg macht Monster oder Engel aus uns, und Liebe tut das Gleiche. Und nun würde sie die Liebe, die Dan aus der Asche des Krieges für sie erschaffen hatte, in Europa zurücklassen – eine Liebe, die schließlich doch von Monstern zerstört worden war.

———

»Du bist wieder da!«, rief Bel, als Jess zwei Wochen später in ihrem Büro auftauchte, und die beiden fielen sich in die Arme. Jess war dünner, älter und vor allem erfahrener geworden – es fiel ihr nicht mehr so leicht wie früher, so zu tun, als sei alles in Ordnung.

Bel hielt sie ein Stück von sich weg und musterte sie. »Gott sei Dank«, sagte sie schließlich, anscheinend zufrieden mit dem Ergebnis, nahm Platz und zündete sich eine Zigarette an. »Du musst ordentlich essen, Jessica May, damit du deine Kurven zurückkriegst, aber ich wüsste nicht, warum wir dich nicht in ein paar Monaten wieder auf dem Cover haben sollten. Inzwischen erinnert sich niemand mehr an Kotex.«

Kotex. Es dauerte einen Moment, bis Jess wusste, was Bel damit meinte. Doch dann stieg aus ihrem Gedächtnis eine vage Erinnerung an ein Feld in Upstate New York auf; an eine Kuh, die im Hintergrund muhte, Bel, die aus ihrem Auto stieg, um mit ihr zu reden, ein Gespräch mit Emile – Gott, sogar Emile hatte sie inzwischen fast vergessen.

Jess hantierte mit einer Zigarette, steckte sie dann aber wieder weg, ohne zu rauchen.

»Wir bringen bald einen großen Artikel über Stella Designs und ihre patriotischen Kleider heraus. Dafür wärst du perfekt. Ich arrangiere ein Treffen.« Bel grinste, als wäre alles beim Alten; sie hatte den Krieg noch nicht ein einziges Mal erwähnt.

Aber wie konnte man das frühere Leben einfach wiederaufnehmen, als wäre es ein Kleid, das vergessen im Kleiderschrank gelegen hatte? Wie sollte sie es einfach überstreifen und wieder lächeln, wieder lachen?

»Ich dachte, ich könnte weiter Reportagen für dich schreiben«, sagte Jess.

»Reportagen?« Bel klopfte die Asche von ihrer Zigarette. »Ich brauche keine Kriegsreportagen mehr. Der Krieg ist vorbei. Bald wird es wieder genügend Papier geben; du hast deine Aufgabe erledigt. Jetzt kannst du dich wieder amüsieren.«

»Ich weiß nicht, ob ich das kann«, erwiderte Jess ehrlich.

»Natürlich kannst du das!«, entgegnete Bel eisern. »Trübsal blasen hat noch niemandem gutgetan. Alle wollen neu anfangen und endlich wieder mal so richtig auf den Putz hauen, und sie müssen wissen, wie sie sich dazu am besten anziehen.«

Auf den Putz hauen? Auf den Gräbern der Gefallenen tanzen? Über die lebenden Toten in den Konzentrationslagern jubeln? Zigaretten auf dem Andenken an die Vermissten ausdrücken? Jess schüttelte den Kopf. »Ich glaube, ich höre mich erst mal um, was sich sonst so für mich anbietet. Aber danke«, fügte sie dann rasch hinzu – es war gar nicht so einfach, ihre Manieren aus der Mottenkiste zu holen, in der sie während des Kriegs verstaut gewesen waren, weil keiner sie brauchte.

»Wie du willst«, meinte Bel etwas verstimmt. »Mein Angebot steht. Versteh mich nicht falsch, ich bin stolz auf das, was du da drüben geleistet hast. Aber jetzt ist das nicht mehr nötig.«

Jess küsste Bel auf die Wange, verließ das Büro und ging nach draußen, wo sie überfallen wurde von einem Wirbel an Eindrücken, die ihr völlig fremd geworden waren – Busse, Taxis, wildes Hupen, Neonreklamen, intakte Gebäude, Menschen ohne Uniform, Menschen, die keine Waffen, sondern Handtaschen trugen, nirgends Schutzhelme, keine Gasmasken. Kein einziger Jeep in Sicht. Und auch keine einzige Blutlache.

Die nächsten zwei Monate war Jess auf Jobsuche. Jeder, bei dem sie vorsprach, hatte schon von ihr gehört, jeder fand ihr Talent beim Fotografieren und Schreiben großartig. Man würde sie gern einstellen, nur …

Nur waren leider alle Stellen besetzt, die Korrespondenten kamen ja zurück, und die heimgekehrten Soldaten der US-Armee brauchten ihre Jobs natürlich dringender als Jess, weil sie entweder schon Frau und Kinder hatten, um die sie sich kümmern mussten, oder vorhatten, eine Familie zu gründen. Um Jess würde sich bestimmt auch bald jemand kümmern, sie war doch so hübsch – die Männer würden sich bestimmt darum reißen! *Zwinker, zwinker.* Apropos – hatte sie nicht Lust, gleich heute Abend auszugehen, auf einen kleinen Drink vielleicht?

»Nein, danke«, sagte Jess. *Nein, danke, nein, danke, nein, danke,* immer wieder.

In einer Stadt, die mit Werbeplakaten gepflastert war, auf denen Frauen in Schürzen und mit knallrot geschminkten Lippen einen Braten zubereiteten, mit Aufrufen, die Frauen ermahnten, Werkzeuge, Stifte und Verstand niederzulegen und die Arbeit den zurückkehrenden Männern zu überlassen, weil sie es verdienten, hörte Jess kurz darauf die Neuigkeiten über Betty Wasson. Betty hatte den gesamten Krieg über als Korrespondentin für CBS gearbeitet und war in der Erwartung zurückgekehrt, jetzt, da der Krieg zu Ende war, würde CBS sie hier in den Vereinigten Staaten einstellen. Doch man hatte ihr eine Abfuhr erteilt. Und so war diese Frau, die täglich fünf Radiobeiträge aus Griechenland zusammengestellt hatte, außerdem fälschlicherweise als Spionin verhaftet worden war und selbst bei einem Verhör durch die Gestapo in Berlin einen kühlen Kopf bewahrt hatte, in ihren Vorkriegsjob als Assistentin der Gastro-Redakteurin bei der Frauenzeitschrift *McCall's* zurückgekehrt. Dorothy Thompson, die ehemalige Büroleiterin der europäischen Geschäftsstelle der *New York Post*, schrieb wieder Kitsch für das *Ladies' Home Journal*. Wenn nicht einmal diese Frauen einen seriösen Job fanden, wie konnte sich dann Jess als bloße Reporterin bei der *Vogue* Hoffnungen machen, einen zu finden?

Dann sah sie einen Artikel im *New York Courier*, in dem stand, dass der mutige, mit diversen Orden dekorierte Lieutenant Colonel Daniel Hallworth mit seiner Frau Amelia nach New York zurückkehren und den Posten des Chefredakteurs übernehmen würde. Da wusste Jess, was sie zu tun hatte, erzählte aber niemandem außer Martha, was sie vorhatte: Sie und ihr ungeborenes Kind mussten New York für immer verlassen.

Teil 10

Kapitel 30

Nachdem sie sich aus Jess' Umarmung gelöst hatte, ging D'Arcy nach oben, ließ sich ein *Buly*-parfümiertes Bad einlaufen, legte sich in die Wanne und dachte nach. Zweifelte. Und hoffte.

Ihr war klar, dass Jess keine direkten Fragen beantworten würde, das hatte sie deutlich zu verstehen gegeben. Sie musste mit Victorine sprechen. Also bat D'Arcy am nächsten Morgen Célie, noch ein Abendessen in der *Folly* vorzubereiten und Josh eine Einladung zu übermitteln. Sie verbrachte ihren ganzen letzten Tag im Schloss mit Dingen, die noch erledigt werden mussten, und hatte fürchterliche Angst davor, dass Josh nicht kommen würde.

Schon recht früh zog sie sich um – ein leuchtend pinkfarbenes, hochgeschlossenes Miss-Dior-Minikleid mit ellbogenlangen Ärmeln – und saß eine halbe Stunde allein mit ihren Gedanken in der *Folly*, bevor Josh zur vereinbarten Zeit kam.

»Danke, dass du hier bist«, sagte sie mit einem Lächeln, das nicht neckisch oder kokett oder irgendetwas anderes war als die ganz normale, alltägliche D'Arcy. Sie schenkte ihm Wein ein und füllte ihr eigenes Glas auf, das sie schon ausgetrunken hatte.

»Muss ich aufholen?«, fragte er und deutete mit einer Kopfbewegung auf ihr Glas.

Ihr Magen und ihr Herz machten einen Satz, als sie den sanften Humor und den Anflug von Sorge in seiner Stimme hörte. Sie hatte in der letzten Woche so viel über ihn gelernt – bis vor Kurzem hätte sie in dieser Situation gedacht, er wolle sie zurechtweisen. »Ich glaube nicht«, antwortete sie, als Célie ihnen wie damals Teller mit dampfender, buttriger Dorade brachte, diesmal garniert mit verrückt geformten, honigbeträufelten Karotten frisch aus dem Garten und herrlich grünen Salatblättern.

D'Arcy wartete, bis Célie gegangen war, bevor sie begann. »Ich habe Jess heute Morgen gefragt, ob sie zu der Ausstellung in Sydney kommen würde.«

»Und was hat sie geantwortet?«, erkundigte sich Josh und wies sie zum Glück nicht darauf hin, dass sie ihn als Jess' Agenten in ihr Vorhaben hätte einweihen sollen.

»Ich möchte, dass sie Victorine, meine Mutter, wiedersieht. Das möchte Jess auch. Aber sie meinte, sie müsse dich bitten, sie zu begleiten; sie habe in ihrem Leben zwar viele strapaziöse Reisen gemacht, aber das Alter schränke sie in ihrem Abenteuerdrang doch ein wenig ein.«

»Und du hast mich zum Essen eingeladen, um zu fragen, ob ich dazu bereit wäre?« Er nippte an seinem Wein.

D'Arcy nahm ihren ganzen Mut zusammen und antwortete: »Nein.«

Irritiert runzelte Josh die Stirn.

»Sorry!«, stammelte sie. »Was ich gerade gesagt habe, habe ich so gemeint, aber es kam ganz falsch raus. Gott, bei so was bin ich echt blöd«, fügte sie mit einem gequälten Lächeln hinzu, und endlich sah er sie an, als hätte sie sein Interesse geweckt.

»Ich weiß, das ist viel verlangt …« D'Arcy wählte ihre Worte mit Bedacht, denn sie war sich nur allzu bewusst, dass er einfach Nein sagen und zum Schloss zurückkehren könnte. »… aber würdest du vielleicht mit mir spazieren gehen? Ich möchte dir etwas sagen, aber es ist schwer genug, mit dir hier zu sitzen …« Genau genommen war diese ganze Situation untypisch für sie – zuzugeben, dass sie sich verletzlich und unbehaglich fühlte, anstatt wie üblich auf irgendeine geistreiche Erwiderung zurückzugreifen.

Josh nickte und stand auf, dann machten sie sich auf den Weg in Richtung Kanal. Die Luft war erfüllt vom Rascheln kleiner Tiere im Gebüsch und dem Summen von Insekten, die sich noch ein Abendessen suchten. In dem heillosen Durcheinander in D'Arcys Kopf war ein Gedanke besonders hartnäckig, nämlich, dass der Weg des geringsten Widerstands, wenn man nach Jess', Dans und Victorines Erfahrungen ging, nicht unbedingt zum erhofften Resultat führte.

Sie könnte einfach sagen, dass der Besuch der Ausstellung für Jess sehr wichtig war und dass nur Josh ihr diesen Wunsch erfüllen konnte. Dann würde er es sicher nicht übers Herz bringen, abzulehnen. Aber er musste eine Entscheidung treffen – zuerst jedoch würde sie ihm alles erklären und eine wichtige Frage stellen.

»Ich habe herausgefunden, dass Victorine keine Kinder bekommen konnte. Und ich war wütend … nein, das stimmt nicht. Ich war so … traurig.« Sie zwang sich, die Worte auszusprechen, ganz gleich, wie schmerzhaft sie auch waren. »Ich dachte, wenn Victorine nicht meine richtige Mutter ist, dann habe ich niemanden mehr. Deshalb war ich in den letzten Tagen so … abweisend«, erklärte sie. »Als ich die Wahrheit über sie herausgefunden habe, habe ich mich ziemlich verloren gefühlt.«

Sie blieb stehen, weil sie plötzlich merkte, dass sie bei dem Baum angekommen waren, unter dem sie damals mit Jess gesessen hatte. Der Baum, der ihr, genau wie Jess und ihr eigenes Herz, zu sagen versucht hatte, was sie wissen musste, und seine Äste jetzt friedlich zum Waldboden senkte. Unwillkürlich lächelte sie. Denn nun wusste sie die Antwort: Sie war nicht verloren. Als sie begonnen hatte, die Geheimnisse zu ergründen, hatte sie tief in ihrem Innern eine Person gefunden, die es wert war, befreit zu werden.

Ganz kurz erwiderte Josh ihr Lächeln. »Danke, dass du mir das erzählt hast. Aber was auch immer passiert ist, ändert nichts daran, dass ich nicht an einem One-Night-Stand interessiert bin.«

Wärst du immer noch an etwas anderem interessiert?, hätte D'Arcy fast gefragt. Aber sie musste ihm noch mehr gestehen, bevor sie darauf zu sprechen kam. »Ich habe eine E-Mail an Dan Hallworth geschickt und ihn auch zu der Ausstellung eingeladen. Ich habe ihm geschrieben, dass Jessica May noch am Leben ist und dass sie dort sein wird.« Wieder zog Josh die Stirn kraus. Kein gutes Zeichen. Aber D'Arcy ließ sich nicht aufhalten. »Genau wie ich mit meiner Mutter reden muss, muss Jess mit Dan reden. Ich glaube, sie denkt, sie hätte etwas getan, was er ihr nie verzeihen kann, aber sie hat selbst gesagt, dass jemandem zu verzeihen das Mutigste ist, was man tun kann. Sie muss das sich selbst gegenüber auch schaffen. Und das kann sie nur, wenn sie mit Dan spricht. Du denkst wahrscheinlich, ich mische mich in Dinge ein, die mich nichts angehen, aber ich habe das Gefühl, dass Jess' und Dans Geschichte noch nicht vorbei ist. Ich wünsche mir, dass der verhinderte Kuss auf dem Foto in Jess' Zimmer endlich für immer Wirklichkeit wird. Aber wenn du ihr davon abraten möchtest, verstehe ich das auch.« Sie verstummte.

»Das ist sehr …« D'Arcy wartete darauf, dass er sie verurteilte, doch das tat er überraschenderweise nicht. »… romantisch«, vollendete er den Satz.

Ein Hoffnungsschimmer, der ihr die Kraft gab weiterzureden. »Die ganze Zeit, die ich hier verbracht habe, dachte ich, wenn die Frau, von der ich geglaubt habe, sie wäre meine Mutter, mich derart verletzen kann, wie viel Schmerz könnte mir dann erst ein Mann zufügen, den ich liebe und der sich nicht durch Familienbande dazu verpflichtet fühlt, nett zu mir zu sein?«

Vorsichtig sah sie ihm ins Gesicht und versuchte, seine Reaktion einzuschätzen – war er überrascht? Oder glaubte er ihr nicht? »Ich möchte gern, dass du mit nach Australien kommst – nicht wegen Jess, sondern … mir zuliebe.« Die letzten beiden Worte flüsterte sie mit gesenktem Blick – ein starker Gegensatz zu ihrer üblichen Direktheit.

»Ich weiß, dass das wahrscheinlich kein großer Anreiz ist. Außerdem muss ich dir auch noch sagen, dass es riskant für dich wäre. Ich habe nämlich keine Ahnung, wie es mir in der nächsten Zeit gehen wird. Und das heißt, ich könnte genauso traurig und unleidlich sein wie letzte Woche. Du hast gesagt, du wünschst dir ein ruhigeres, entspannteres Leben. Was bei mir momentan passiert, ist leider alles andere als das.«

Josh zögerte kurz, dann fragte er:»D'Arcy, wie alt bist du?«

Also hatte er nachgerechnet. Wurde dadurch alles zu kompliziert für ihn?»Ich könnte Jess' Enkelin sein«, antwortete sie nur.

Er umfasste sanft ihr Kinn und hob ihr Gesicht etwas an, damit er ihr in die Augen sehen konnte.»Flieg morgen zurück nach Australien, wie du es geplant hast. Rede mit deiner Mutter. Und …«

Und es war nett, deine Bekanntschaft gemacht zu haben. Sie schloss die Augen, als könne sie sich so vor seinen nächsten Worten schützen.

»Und vielleicht sehen wir uns nächsten Monat«, beendete er den Satz.

Vielleicht. Das bedeutete, es würde wahrscheinlich nicht klappen. Oder doch?

Nur aus Hoffnung auf dieses Vielleicht sind wir zu so vielem bereit, hatte Jess gesagt. D'Arcy hatte gerade zum ersten Mal in ihrem Leben ehrlich über die Dinge gesprochen, die ihr am Herzen lagen, und dafür einen Funken Hoffnung bekommen. Diese Hoffnung war das Unbehagen und die Angst wert, die sie gekostet hatte.

Teil 11

Kapitel 31

NEW YORK, 1946 | Auf den Fluren einer Zeitungsredaktion ging es immer hektisch und laut zu, doch Dan bekam davon nichts mit. Das Klappern der Schreibmaschinen, das schrille Klingeln der Telefone, die aufgeregten Rufe, wenn jemand einen anonymen Tipp erhielt, hastig seinen Hut aufsetzte, Notizblock und Stift einsteckte und davoneilte, etwa ein Schlagzeilenjäger auf einer heißen Spur – das alles verblasste im Vergleich zu einem Schlachtfeld. Hier waren die Geräusche regelmäßig, nicht unterbrochen von Mörser-Explosionen oder Schreien. Niemand brach neben ihm tot zusammen, verlor seine Beine oder vergoss seine Gedärme auf den Boden. Am Ende des Tages waren alle noch am Leben und unversehrt.

Dan ließ das Radio in seinem Büro so laut laufen, dass jeder, der hereinkam, um etwas mit ihm zu besprechen, sich darüber beschwerte. Aber er konnte niemandem sagen, warum er Angst vor der Stille hatte. Jess hätte es sofort verstanden. Aber er wusste nicht einmal, wo sie war.

Er hatte ihre Vorgesetzte bei der *Vogue* besucht, aber die war ebenso verwundert über ihr Verschwinden.»Ich habe sie seit Monaten nicht gesehen«, hatte Belinda erklärt.»Möchten Sie ihr einen Job anbieten? Da müssen Sie es erst mit mir aufnehmen. Ich hoffe immer noch, dass sie die Seiten meiner Zeitschrift wieder mit ihrem Gesicht und ihrem Lächeln schmückt.«

Dan zuckte zusammen, denn er wusste, wie Jess sich gefühlt haben musste, als man ihr nach allem, was sie in Europa geleistet hatte, nahelegte, doch einfach wieder zu modeln.

»Sie hat nach etwas Seriöserem gesucht«, fuhr Belinda fort. »Nach der Art Job, die eine Zeitung wie Ihre wahrscheinlich anbieten könnte.« Er wusste, dass Bel nach Informationen fischte und eigentlich wissen wollte, warum er Jess suchte, aber er hatte nicht die Absicht, es ihr zu verraten. »Kann ich Ihnen meine Visitenkarte dalassen? Und bitte sagen Sie Jess, sie soll mich anrufen, falls Sie etwas von ihr hören.« Seine Visitenkarte. Als wäre Jess eine Geschäftsbekanntschaft. Gott, alles in ihm rebellierte dagegen. Aber wenigstens wusste er jetzt, dass Jess in New York gewesen war.

Er hatte auch versucht, Kontakt zu Martha aufzunehmen, aber sie war verdammt gut darin, ihm aus dem Weg zu gehen. Viel zu gut. Sie wusste etwas, hatte jedoch offensichtlich nicht vor, es ihm zu verraten.

Jedenfalls ließ Martha nichts mehr von sich hören. Das war nicht wirklich überraschend, aber es tat fast ebenso weh wie Gas in der Lunge – ein stechender Schmerz, der unsichtbare Narben hinterließ und ihn nicht nur mitten in der Nacht quälte, sondern auch jedes Mal, wenn er durch die Kälte ging, jedes Mal, wenn er sein Büro verließ und wenn er nach Hause zurückkehrte.

»Mr. Hallworth?« Seine Sekretärin Constance, eine sehr vernünftige Frau, deren Instinkten er in den letzten Wochen zu vertrauen gelernt hatte, öffnete nach einem kurzen Klopfen die Tür.

Er wandte sich von seinem Platz am Fenster ab, wo er wie so oft zu den Wolkenkratzern hinausgestarrt hatte, die wie stählerne Bajonette in den Himmel hinaufragten. »Ja?«, sagte er und kehrte in die Gegenwart zurück, in seine Rolle als Chefredakteur einer der bekanntesten Tageszeitungen New Yorks.

»Gerade kam dieses Telegramm herein«, sagte Constance. »Es ist an Sie adressiert. Der Name des Absenders sagt mir nichts. Haben wir einen neuen Korrespondenten, der aus Nürnberg berichtet? Anscheinend sind auch Bilder dabei.«

Verwundert streckte Dan die Hand aus. »Soweit ich weiß, ist Gareth Hogan nach wie vor unser Korrespondent in der Region. Aber er schickt nie Bilder.« Er warf einen Blick auf das Telegramm – es musste ein Irrtum vorliegen, vielleicht hatte die Vermittlung die falsche Nummer eingegeben, und er las versehentlich eine Nachricht, die für die *New York Post* oder die *New York Times* gedacht war. Aber auf der Seite standen eindeutig sein Name und der Name seiner Zeitung. Sein Stirnrunzeln vertiefte sich noch, als er den Artikel über die Nürnberger Prozesse las.

»Das ist echt gut«, sagte er. »Gareth ist immer zu sehr auf Namen, Rang und Seriennummern bedacht, um wirklich auf den Kern einer Geschichte zu kommen. Wer hat uns das geschickt?«

Constance sah auf ihrem Notizblock nach. »Ein gewisser I. Durant. Kennen Sie ihn?«

»Noch nie von ihm gehört.«

Dan las den Artikel noch einmal. Monsieur I. Durant war gut informiert und hatte sogar daran gedacht, die Schaulustigen zu befragen, die in die Nürnberger Gerichtssäle geströmt waren, um den Prozessen beizuwohnen. Er hatte sie gefragt, warum sie dort waren, um wen sie trauerten und ob sie sich eine Strafe vorstellen konnten, die ihnen genügen würde. Irgendwie war er sogar an ein direktes Zitat eines angeklagten Nazis gekommen. Der Mann war zwar keine so bedeutende Persönlichkeit wie Göring oder Heß, aber trotzdem. Ein Zitat von einem Angeklagten war Gold wert.

»Können Sie Gareth telefonisch erreichen?«, fragte er Constance. »Ich muss unbedingt herausfinden, was da vor sich geht.«

»Selbstverständlich.« Constance verschwand, und wie durch ein Wunder brauchte sie nur eine halbe Stunde, um ihren Korrespondenten ausfindig zu machen.

Sie stellte ihn durch, und Dan verschwendete keine Zeit. »Warum erhalte ich qualitativ hochwertige Artikel von einem Monsieur

I. Durant mit Zitaten von einem früheren Nazi-Offiziellen, während ich von Ihnen den ganzen Tag nichts zu sehen bekomme?«

Ohne großes Mitleid hörte sich Dan Gareths Geschichte von einem Beinbruch durch Trunkenheit am Steuer eines Jeeps an, der ihn mindestens einen Monat außer Gefecht setzen würde. »Ich habe einen ganzen Krieg ohne einen Autounfall wegen Trunkenheit am Steuer überlebt«, meinte er dann schroff. »Für jemanden, der nicht einmal ein paar Monate in einem Hotelzimmer über ein Gerichtsverfahren berichten kann, habe ich keine Verwendung. Sie können das wiedergutmachen, indem Sie herausfinden, wer dieser Durant ist, dann schreibe ich Ihnen im Gegenzug ein Arbeitszeugnis, mit dem Sie einen neuen Job finden.«

Nachdem er aufgelegt hatte, klopfte Constance erneut. »Die Bilder sind gerade gekommen«, sagte sie. »Die müssen Sie sich unbedingt ansehen.«

Damit hatte sie vollkommen recht. Hier war kein Amateur am Werk gewesen, die Fotos waren das Werk eines Künstlers. Einer Person, die keine Filmrolle hatte verschicken wollen, sondern Abzüge. Auf einem davon war der amerikanische Richter Francis Biddle zu sehen, der dem Geständnis von Otto Ohlendorf lauschte. Ohlendorf wurde der Mord an über neunzigtausend Juden vorgeworfen, doch er redete unbeteiligt über nichts anderes als über seine Sorge um diejenigen, die seine Tötungsbefehle vollstreckt hatten. Auf dem Foto war der Blick des Richters nicht auf den Mann gerichtet, der vor ihm stand, sondern er wandte das Gesicht mit tränennassen Augen völlig ungeschützt und ohne es zu merken der Kamera zu. *Wo ist deine Sorge um all diejenigen, die gestorben sind?*, schien das Bild zu fragen.

Das nächste Foto zeigte Marie-Claude Vaillant-Couturier, eine französische Widerstandskämpferin, die Auschwitz und Ravensbrück überlebt hatte und die erste Überlebende gewesen war, die ihre Geschichte vor Gericht erzählte. Auch diesmal hatte der Richter auf dem Foto Tränen in den Augen, aber sein Blick war direkt auf die Frau gerichtet – er würdigte sie, indem er nicht wegschaute, ganz gleich, wie verstörend ihre Worte auch sein mochten.

Dan atmete langsam aus. »Wir sollten alle im Konferenzraum zusammenrufen, um das Nachrichtenbudget festzulegen. Das hier kommt jedenfalls morgen auf die Titelseite.«

———

»Das war Pulitzer-würdige Berichterstattung heute Morgen«, sagte Walter Hallworth zu seinem Sohn, während sie, alle New Yorker Morgenzeitungen vor sich ausgebreitet, ihren Kaffee tranken und Rührei aßen.

Dan hatte nicht die Zeit gehabt, sich eine eigene Wohnung zu suchen – er war aus dem Krieg heimgekehrt und hatte gleich am nächsten Tag bei der Zeitung angefangen, daher wohnte er wieder im Haus seiner Eltern an der Upper East Side. Seinem Vater kam dieses Arrangement sehr gelegen; Walter Hallworth mochte im Ruhestand sein, aber er wusste immer noch gern darüber Bescheid, was in der Welt des Journalismus vorging, und er frühstückte auch gern mit seinem Sohn, auch wenn Dan schon morgens um sechs aus dem Haus musste.

»Wo hast du bloß diesen Korrespondenten gefunden?«, fragte sein Vater jetzt.

»Er hat mich gefunden«, sagte Dan und erzählte seinem Vater das wenige, das er wusste. Gareth war so gut wie nutzlos gewesen, er hatte nichts in Erfahrung bringen können, abgesehen davon, dass jemand ihm erzählt hatte, Monsieur Durant sei Amerikaner – möglicherweise mit einem französischen Vater –, habe während des Kriegs sporadisch Reportagen geschrieben und lebe mittlerweile in Frankreich.

Das meiste davon stand in der Kurzbiographie, die Durant ihnen mit den Fotos hatte zukommen lassen. Außer nach Nürnberg zu fahren fiel Dan nichts ein, wie er an mehr Informationen gelangen könnte, also hatte er eine Nachricht an das Hotel geschickt, in dem Durant wohnte. Er sorgte dafür, dass dieser für seine Arbeit bezahlt wurde, und bot ihm einen Job als offizieller Korrespondent seiner Zeitung an. Keine betrunkenen freien Mitarbeiter mehr, die wichtige Berichterstattungen vermasselten.

»Gareth war ein guter Mann«, protestierte Walter milde. »Immer bereit, ein Glas Whiskey zu trinken.«

»Genau«, antwortete Dan. »Er ist ein Dinosaurier. Macht alles in betrunkenem Zustand und hofft, dass wir mit den nationalen Nachrichten zu beschäftigt sind, um seine schlampigen Berichte allzu aufmerksam zu lesen.« Er stand auf, legte seine Serviette auf den Tisch, hielt aber inne, als er das Trippeln kleiner Füße auf sich zukommen hörte.

»Papa!«, rief Victorine.

Dan küsste sie auf die Wangen, die vom Schlaf noch weich und warm waren. Ganz gleich, wie früh er losmusste, Victorine hatte ein Gespür dafür und wachte immer rechtzeitig auf, um sich von ihm zu verabschieden.

»Komm her, Prinzessin«, forderte Walter die Kleine auf.

Gehorsam ging Victorine zu ihm, drückte ihm einen Kuss auf die Wange, und Dan bemerkte, dass sie sich selbst nach so langer Zeit seinem Vater gegenüber noch immer etwas reserviert verhielt. Allerdings war das nicht nur Walter gegenüber so – Victorine begegnete allen Menschen mit einer Ernsthaftigkeit und Zurückhaltung, die bei einem so jungen Mädchen ganz deplatziert wirkte. Nur selten entspannte sie sich so weit, dass sie jemandem die Wärme entgegenbrachte, die in ihrem Umgang mit Jess so selbstverständlich gewesen war.

Jess. Wie jedes Mal, wenn Dan sich bei dem Gedanken an sie erwischte, zuckte er zusammen.

»Hast du einen Elefanten verschluckt, Papa?«, fragte Victorine schelmisch. Offenbar hatte sie seinen abwesenden Gesichtsausdruck bemerkt.

»So könnte man es ausdrücken«, antwortete er und lächelte sie an.

»Kann ich heute mitkommen?«, bettelte sie.

»Du wirst dich langweilen«, erwiderte er automatisch, ließ sich dann aber wie immer erweichen. »Aber du kannst mitkommen und mit mir zu Mittag essen.«

Victorine klatschte in die Hände und setzte sich dann an den Tisch, um mit ihrem Großvater zu frühstücken, der wie immer versuchte, die Zeitungen wegzuräumen, weil sie seiner Meinung nach keine für Kinder geeignete Lektüre waren. Doch niemand sprach je aus, dass eigentlich nichts von dem, was Victorine bisher erlebt hatte, für Kinder geeignet gewesen war.

———

Als Dan in dieser Nacht nach Hause kam, machte er in Victorines Schlafzimmer halt. Wie immer lag sie wach und wartete auf ihn, und er ermahnte sich oft, spätestens um neun zu Hause zu sein, damit sie mehr Schlaf bekommen würde. Doch es gab leider allzu viele schwerwiegende Gründe, länger zu arbeiten. Das Licht im Flur brannte nicht wie sonst, und als er den Schalter betätigte, erschrak er zutiefst und lief hastig zu ihrem Bett hinüber. Auf Victorines Wange war der rote Abdruck einer Hand zu sehen – jemand hatte sie offensichtlich geohrfeigt.

»Was ist passiert?«, fragte er, hob sie hoch und setzte sie auf seinen Schoß. Sie vergrub das Gesicht an seiner Schulter, und er strich ihr tröstend über die Haare.

»Ich war unartig«, schluchzte sie.

Er fragte nicht weiter nach. »Sag nie, so etwas wäre deine Schuld«, flüsterte er, küsste ihre Stirn und hielt sie fest, bis sie sich entspannte und einschlief. Vorsichtig legte er sie dann zurück ins Bett, deckte sie zu und zwang sich, zu dem Zimmer am anderen Ende des Flurs zu gehen. Er öffnete die Tür.

Von der Schwelle aus konnte man nicht erkennen, dass etwas im Argen lag. Durch die sorgsam nach der Qualität ihrer Schirme und ihres sanften Lichts ausgesuchten Lampen entstand der Anschein, als wäre sie einfach eine Ehefrau wie jede andere, die auf ihren Mann wartete. Ihr Gesicht war mit allen möglichen Cremes und Lotionen gepflegt und akkurat geschminkt, ihr Kleid lenkte den Blick auf Beine und Dekolleté. Erst als sie seine Stimme hörte –»Was hast du getan?« – und sich zu ihm umdrehte, offenbarten sich die Narbenwülste und der leere Ärmel.

»Was habe ich denn jetzt wieder angestellt?«, fragte Amelia. »Was willst du von mir?«

»Dass du mir sagst, was du mit Victorine gemacht hast.«

Sofort veränderte sich Amelias Gesicht. »Sie ist ein unartiges Gör. Sie hasst mich und redet ständig nur von Jess. Von ihrer *Maman*.« Sie spie das Wort aus, als wäre es das Widerlichste, was je über ihre Lippen gekommen war.

»Victorine braucht ein bisschen Zeit«, erklärte Dan ernst. »Sie hat Schwierigkeiten mit dem, was passiert ist, es ist befremdlich für sie. Für mich übrigens auch. Und für dich vermutlich ebenso.«

»Was ist so befremdlich daran, zu heiraten?«, wollte Amelia wissen. »Soweit ich weiß, tun es Männer und Frauen überall auf der Welt, also ist es an und für sich etwas Alltägliches.«

Dan setzte sich seiner Frau gegenüber in einen Sessel. Alles in diesem Raum war weich, luxuriös und sehr englisch: Brokat, dunkles Holz, Samtstoffe, Rottöne, die er in Amelias Beisein Rosé nennen musste.

Da er keine bequeme Sitzposition finden konnte, stand er schließlich auf und ließ sich auf der Bettkante nieder, die zwar auch zu weich war, ihn aber wenigstens nicht so sehr verschluckte wie der Sessel.

»Du weißt, dass nichts an unserer Situation alltäglich ist«, sagte er leise, um keinen Streit zu provozieren.

»Es könnte aber so sein, wenn du dir ein bisschen mehr Mühe geben würdest. Oder widere ich dich so sehr an?«

»Hör bitte auf«, entgegnete er barsch. »Du weißt, dass es nicht an deinem Gesicht und auch nicht an deinem Arm liegt.«

»Aber was ich getan habe, um hierher zu gelangen, widert dich an«, ergänzte Amelia das, was er nicht aussprechen wollte. »Denkst du nicht, es wird allmählich Zeit, mir zu verzeihen und das Beste aus der Situation zu machen, in die wir uns manövriert haben? Für Victorine ist es doch auch besser, wenn wir miteinander auskommen.«

Dan gab sich alle Mühe, seine Gefühle nicht zu zeigen. Wie konnte er ihr je verzeihen, was sie getan hatte? Er musterte sie – ihre dunkelbraunen Haare, fast die gleiche Farbe wie seine, glänzend, frisch gewaschen und perfekt frisiert. Ihre großen blauen Augen, so sanft und flehend, die sie von ihrem Dienstmädchen so geschickt mit all den Utensilien auf ihrem Frisiertisch schminken ließ. Augen, deren klarer, unschuldiger Blick jeden verzauberte und ebenso viel Mitleid erweckte wie ihre Narben und der amputierte Arm. Ihr Kleid, das ihren Körper umschmeichelte und ihn ein Vermögen gekostet hatte. Er wünschte, er könnte die ganze Mühe einfach nur als einen Versuch sehen, die Teile ihrer selbst, die unversehrt geblieben waren, bestmöglich zur Geltung zu bringen und die schmerzliche Erinnerung daran, wie schön sie gewesen war, einigermaßen erträglich zu machen. Aber es fühlte sich an wie ein kalkulierter Schachzug. Vielleicht war alles, was er an ihr sah, von dem Wissen vergiftet, was sie getan hatte.

Also hatte sie wohl recht damit, dass er ihr nicht verziehen hatte. Und jetzt erkannte er, dass diese mangelnde Vergebung in allem steckte, was er tat und sagte. In seinem Tonfall, der steifen Körperhaltung, die er einnahm, wann immer Amelia den Raum betrat, der Tatsache, dass er sie nie wirklich ansah – als würde sie dadurch vielleicht verschwinden. Wie musste es sich anfühlen, so zu leben? Wie musste es sich für Victorine anfühlen, ständig diesen schlecht verhohlenen Hass mitansehen zu müssen? Was für ein Mann war er, dass er nicht einmal einen Funken Mitgefühl für diese Frau empfand? Er seufzte tief, und Amelia verzog das Gesicht. Obwohl er wusste, dass er das angesichts ihres hitzigen Temperaments lieber nicht jetzt ansprechen sollte, fragte er erneut: »Was war los mit Victorine?«

Einen Moment starrte Amelia ihn nur stumm an, und er wartete mit angehaltenem Atem auf ihre Lügen. Darauf, dass sie Victorine beschuldigte, ungezogen und starrsinnig zu sein, und schließlich wieder einmal verlangte, das Mädchen endlich auf ein Internat in Europa zu schicken. Doch stattdessen wandelte sich Amelias Gesichtsausdruck, und für einen kurzen Moment meinte Dan, einen Anflug aufrichtiger Gefühle in ihren Augen zu sehen, eine tiefe Traurigkeit.

»Victorine wünscht sich, ich wäre Jess, das war mit ihr los«, antwortete sie. »Und das bin ich nicht. Das werde ich niemals sein. Deshalb bin ich wütend geworden und habe sie geschlagen. Offensichtlich war ich nicht in bester Verfassung.« Sie wandte sich ab und griff nach ihrer mit Diamanten verzierten, goldenen Zigarettendose.

Ihre Offenheit brachte ihn dazu, ebenfalls ehrlich zu sein. »Es tut mir leid. Das nützt wahrscheinlich nichts, aber es tut mir wirklich leid.«

»Ich weiß. Und ich weiß auch, wenn du mein Gesicht und meinen Arm heilen könntest, indem du eine Million Mal ›es tut mir leid‹ sagst, würdest du es tun.« Sie hielt inne, und so saßen sie sich eine Weile schweigend gegenüber, Dan auf der Bettkante, bereit dazu, aufzuspringen und die Flucht zu ergreifen, Amelia in ihrem kirschroten Kleid, das sich dem Stoff des Polsters anglich, auf dem Sessel vor dem Kamin.

Sie zündete sich eine Zigarette an, inhalierte tief, stieß den Rauch aus und klopfte die Asche in den Aschenbecher. Dan beobachtete sie.

Er wartete immer noch darauf, dass ihr Gespräch in den üblichen Streit ausartete.

»Was sollen wir tun?«, fragte Amelia stattdessen.

»Was wir tun sollen?«, wiederholte er verwundert. Zum ersten Mal fragte Amelia ihn nach seiner Meinung, sonst hatte sie immer nur gedrängt und gefordert, worauf er sich widersetzt und sie ignoriert hatte. Beim Gedanken an all ihre Wortgefechte, all die Vorwürfe, all die Scham, all das Leid, zuckte er jedes Mal zusammen. »Was möchtest du denn tun?«, fragte er.

»Ich hätte gern, dass Victorine und ich uns besser verstehen. Jeden Tag, den wir das nicht tun, hasst du mich ein bisschen mehr.«

Er wollte protestieren, doch sie hob die Hand. »Okay, zu Hass bist du nicht fähig. Dafür bist du zu anständig«, erklärte sie trocken. »Aber du hasst diese Situation jeden Tag ein bisschen mehr. Nicht wahr?«

Jetzt nickte er.

»Also werde ich mich zurückhalten«, sagte sie. »Ich werde nicht darauf bestehen, dass du mich zu Partys ausführst, meine Hand hältst oder deinen Arm um mich legst. Ich werde nicht mit dir zum Abendessen ausgehen. Ich beharre auch nicht mehr darauf, dass wir uns ein Haus weit weg von deinem Vater suchen. Ich werde dich in Ruhe lassen. Ich werde versuchen, mich selbst nicht zu verabscheuen, weil du es nicht erträgst, mich zu berühren …« Ihre Stimme stockte, und sie drückte ihre Zigarette aus.

Er stellte sich vor, wie sie jeden Abend allein in diesem Zimmer saß, während er bis spät in die Nacht arbeitete oder ohne sie ausging, und auf einmal begriff er, dass sie sich geirrt hatte; er war zu Hass fähig, und im Moment hasste er vor allem sich selbst. »Das Wichtigste ist, dass Victorine glücklich ist«, erklärte er zum wiederholten Male. »Ihr bisheriges Leben war das reinste Chaos. Sie kennt keinerlei Stabilität, und sie hat Dinge gesehen, die ein Kind niemals sehen sollte.«

»Und du würdest alles für sie tun, richtig?« Amelia hatte die Hände im Schoß verschränkt – sie wusste, dass Dan für Victorine tatsächlich alles getan hätte, aber nicht für seine Frau.

»Ja«, antwortete er.

»Nun denn.« Sie sah auf und begegnete seinem Blick. Auf einmal begriff er, dass sie den Ball soeben zu ihm zurückgeworfen hatte. Er musste entscheiden, was jetzt geschehen sollte. So lange schon gab er ihr an allem die Schuld, und für einiges war sie tatsächlich verantwortlich gewesen, aber er war ein erwachsener Mann, er hatte eine Entscheidung getroffen und musste nun die Konsequenzen tragen. Doch momentan litt Victorine unter diesen Konsequenzen.

Und Jess war verschwunden. Allem Anschein nach hatte sie auch nicht vor, jemals zurückzukehren. Sollte er sich also weiterhin weigern, den Status quo zu akzeptieren? Mit Amelia abwechselnd streiten und Angst vor ihr haben? Sollte er Victorine diesem lieblosen Umfeld aussetzen und sich selbst dafür hassen, was er Amelia und sich selbst angetan hatte? Oder sollte er tun, was er konnte, um die Granate zu entschärfen, bevor die letzten Überreste von Victorines kostbarer Kindheit für immer zerbrachen?

Kapitel 32

Später, als er Amelias Zimmer mit heftigen Kopfschmerzen verließ, hätte er sich am liebsten irgendwo im Dunkeln hingelegt und geweint. Bei dem Versuch, die Situation zu bereinigen, war schließlich doch etwas zerbrochen: seine Seele.

»Verdammt, Jess«, murmelte er zum millionsten Mal seit seiner Rückkehr aus Deutschland. *Eines Tages wird der Schmerz nachlassen. Du hast mir einmal gesagt, alles vergeht irgendwann. Warum sollte das mit uns anders sein?* Doch er hatte sich getäuscht. Genau wie die Kohlebrände, die Tausende von Jahren unter der Erde schwelten, flammenlos, aber beständig, durch ihr langsames Brennen fast unmöglich zu löschen, würden seine Gefühle für Jess niemals vergehen.

Victorine zuliebe würde er so tun müssen, als wäre er glücklich. Aber er wusste nicht, ob er das, was er gerade mit Amelia getan hatte, je noch einmal tun könnte.

»Papa!« Erschrocken wandte er sich um und eilte in Victorines Zimmer. Ihr Gesicht war tränennass, er nahm sie in den Arm und drückte sie an sich, bis sie aufhörte zu schluchzen.

»Hattest du einen bösen Traum?«, fragte er.

Und nicht zum ersten Mal nickte sie und sagte: »Der Mann war wieder da.«

»Welcher Mann? Was hat er getan?«

Doch Victorine schüttelte nur den Kopf, wie sie es immer tat, unfähig, zu artikulieren, warum ihr der Mann solche Angst machte.

Dan ließ sie auf ihr Kissen zurücksinken und zog die Decke zurecht. Ein merkwürdiges Rascheln ließ ihn irritiert innehalten.

»Was hast du denn da?« Er erwartete, eines ihrer vielen Erinnerungsstücke aus dem Krieg vorzufinden, die bunten Bänder, Holzfiguren und Khakistoffreste, die sie von Krankenschwestern und Soldaten gesammelt hatte, doch stattdessen fand er eine Zeitung. Wie immer bezauberte ihn ihre kuriose, liebenswerte Art, und er legte sich lächelnd neben sie aufs Bett, um sie vor weiteren bösen Träumen zu beschützen. Schließlich schlief er dort ein. Aber nun wurde er selbst von Träumen gequält – es waren Träume von Jess.

——

Früh wie immer saß Dan mit seinem Vater am Frühstückstisch, nachdem er sich unbemerkt aus Victorines Zimmer geschlichen hatte – zumindest dachte er das, bis sie keine zehn Minuten später mit der Zeitung, die er in der vorigen Nacht in ihrem Bett gefunden hatte, auf deren Titelseite die Fotos seines neuen Korrespondenten abgedruckt waren, hereinkam.

Ihre großen, ernsten Augen richteten sich auf Dan. »Du hast *Maman* gesehen«, sagte sie unerklärlicherweise.

Walter warf Dan über sein Rührei hinweg einen fragenden Blick zu.

Dan ignorierte seinen Vater und wandte sich direkt an Victorine. »Ich habe Jess nicht gesehen«, erwiderte er und nahm seinen Hut, obwohl er noch nichts gegessen hatte.

»Aber sie hat doch die Bilder gemacht.« Victorine zeigte auf die Fotos in der Zeitung.

»Nein, die hat ein Mann namens Monsieur Durant gemacht«, erwiderte Dan.

Victorine betrachtete ihn mit einem Stirnrunzeln, als wäre sie von ihm bitter enttäuscht. »Ich hab keinen Hunger«, verkündete sie und verschwand.

»Sie ist wirklich ein seltsames Mädchen«, sagte Walter und musterte Dan, der sein Gesicht so ausdruckslos wie möglich hielt. »Aber weißt du, was ich denke?«

Dan antwortete nicht, was Walter allerdings nicht davon abhielt, fortzufahren. »Wer immer diese Jess ist, es wäre das Beste, wenn Victorine aufhören würde, ständig von ihr zu reden. Ein Kind kann nur eine Mutter haben.« Er wischte sich den Mund mit seiner Serviette ab und warf sie auf den Tisch.

Ich müsste ihr das Herz aus der Brust schneiden, um sie davon abzuhalten, von Jess zu reden, wollte Dan schreien. Stattdessen drehte er sich auf dem Absatz um und ging davon.

———

Noch am selben Tag kam wieder eine Reportage herein. Und weitere Bilder.

Als Dan sie näher betrachtete, sah er, dass ihm Victorine die Augen geöffnet hatte: Die Fotos waren entweder von Jess oder einem sehr talentierten Nachahmer gemacht worden. Eines war perfekt solarisiert, eine Technik, die nur wenige Fotojournalisten anwandten, die aber immer zu Jess' Markenzeichen gehört hatte. Er las sich den Artikel durch, und mit einem Mal wurde ihm klar, warum der von gestern ihn so getroffen hatte – ihre Ausdrucksweise war überall zu erkennen, war wie ein Flüstern in seinem Ohr, während er las.

Und so ging es von nun an jeden Tag. Jedes Mal, wenn er auf einen Drink in der Bar vorbeischaute, in der sich die Zeitungsjournalisten trafen, wurde er nach seinem neuen Korrespondenten gefragt. Alle gingen davon aus, dass der mysteriöse Reporter ein Mann war. Niemand ahnte, dass es sich um Jess handelte.

Jemand, den ich in der Armee kennengelernt habe, antwortete Dan jedes Mal, und die Person, mit der er sich unterhielt, stöhnte, klopfte ihm auf die Schulter und verfluchte Dans Glück. Nicht nur hatte er den Krieg unversehrt überstanden, sondern auch noch einen Fotojournalisten aus den Trümmern aufgestöbert, der die Messlatte so hoch legte, dass allen übrigen nichts anderes blieb, als seine Überlegenheit anzuerkennen.

Eine Woche lang war er starr vor Wut, weil sie auf diese Weise Kontakt mit ihm aufnahm – geschäftlich statt persönlich. Dennoch las er alles von ihr, sobald es ankam, suchte nach einer geheimen Botschaft, irgendeinem Hinweis. Aber er fand nichts. Also sagte und unternahm er nichts. Bis er sich beim morgendlichen Meeting seine Mitarbeiter anschreien hörte und ihm plötzlich auffiel, dass er im Krieg selbst unter schwerem deutschem Beschuss seinen Männern gegenüber nie ausfällig geworden war.

Er beendete das Meeting vorzeitig, nahm seinen Hut, schloss sein Büro ab und fuhr scheinbar ziellos nach Norden – bis er in die Einfahrt des Hauses einbog, in dem Jennings' Eltern wohnten, und wusste, dass er doch auf einen bestimmten Ort zugesteuert war.

»Genau der Mann, bei dem ich mich bedanken wollte«, sagte Mrs. Jennings, während sie ihn umarmte, ihm Tee einschenkte und ein dickes Stück Kuchen abschnitt. »Ich glaube, Sie hatten den schwierigsten Job im Krieg – meinen Sohn am Leben zu erhalten. Ich dachte, er würde bestimmt mit ein paar Kratzern, wenn nicht gar Schlimmerem zu mir zurückkehren, aber er sieht genauso aus wie immer.«

Dan lächelte. »Er hat Ihnen nichts von seinen gebrochenen Knochen erzählt?«

»Ich kann keine sehen. Sie müssen gut verheilt sein.« Mrs. Jennings nippte an ihrem Tee. »Ich kann immer noch kaum glauben, dass ihr beiden früher den Dienstmädchen Frösche ins Bett gelegt und jetzt drei Jahre lang im Krieg gekämpft habt. Nach allem, was ich höre, habt ihr ausgezeichnete Arbeit geleistet.«

»Ich habe lediglich getan, was alle getan haben. Nicht mehr und nicht weniger.« Die Antwort kam Dan genauso über die Lippen wie immer – knapp und ein bisschen abgehackt, wie um klarzumachen, dass er lieber über etwas anderes reden wollte. Denn wie konnte jemand ausgezeichnete Arbeit leisten, wenn er Männer in den Krieg führte, wo sie sterben oder schwere Verletzungen erleiden konnten?

»Was macht Ihr Sohn denn jetzt?«, erkundigte er sich stattdessen.

»Gegen Ende ging alles so schnell, dass ich keine Gelegenheit mehr hatte, ihn zu fragen, ob er hierherkommen und bei euch wohnen wird oder ob er lieber in die Stadt zurückwill.«

Mrs. Jennings schob ihren Teller weg. »Ich wüsste es zu schätzen, wenn Sie mit ihm reden könnten. Auf Sie hat er immer gehört. Er ist ein bisschen … verloren.«

»Das kann doch nicht sein!« Dans Vehemenz überraschte sie beide. Einen Moment hielt er inne, aß einen Bissen von seinem Kuchen und fuhr schließlich fort: »Ich wollte damit sagen, dass er bei Kriegsende ein viel stärkerer Mann war als am Anfang. Ich dachte, er würde bestimmt auf den Füßen landen.«

»Er ist auch stärker, zweifellos.« Auch Mrs. Jennings machte eine Pause. »Aber was soll er mit der Art Stärke machen, die man im Krieg lernt?«

Mrs. Jennings' Worte hallten Dan im Kopf nach, als er zurückfuhr, in der Tasche einen Zettel mit Jennings' Adresse. Was hatte er aus dem gemacht, was er im Krieg gelernt hatte? Nichts. Er war ein Feigling geworden, saß hinter seinem Schreibtisch in der Zeitungsredaktion, scharrte bei den Besprechungen nervös mit den Füßen, ging seiner Frau aus dem Weg und tat bei Victorine so, als würde alles wieder gut werden.

An dem unscheinbaren Apartmentblock in Midtown angekommen drückte Dan auf die Klingel. Eine undeutliche Stimme meldete sich.

»Jennings?«, fragte Dan unsicher.

Augenblicklich öffnete sich die Tür.

Der Mann, der Dan aufmachte, war nur noch ein vager Schatten des alten Jennings – unrasiert, aufgedunsen, nach Alkohol stinkend. »Was hast du denn mit dir angestellt?«, fragte Dan erschüttert und schaltete das Licht an, um seinen Freund besser sehen zu können.

Jennings zuckte zusammen und hob die Hand, um das Licht schnell wieder auszumachen. »Das Gleiche wie du«, sagte er. »Ich will das alles vergessen. Nur hab ich keine Frau, kein Kind und auch keinen Job als Zeitungsredakteur. Deshalb brauche ich das hier.« Jennings deutete auf zwei leere Flaschen auf dem Boden.

Dan starrte ihn ungläubig an. Er war zum Klischee des heimgekehrten Soldaten geworden, der nicht mit dem fertigwurde, was er im Krieg mitangesehen hatte, und sich besinnungslos soff, weil das normale Leben beängstigender geworden war, als direkt ins Geschützfeuer der Deutschen zu laufen. »Du suhlst dich im Selbstmitleid«, konstatierte Dan schroff. »Das hätte ich niemals von dir erwartet.«

Jennings lachte bitter. »Und wie viele deiner Männer hast du gesehen, seit du zurück bist, *Sir*? Keinen einzigen vermutlich. Ich wette, du hast die Augen vor allen verschlossen, die besoffen durch die Straßen torkeln wie ich.«

Dan ließ sich auf den nächstbesten Stuhl fallen, vergrub das Gesicht in den Händen und schloss die Augen. Jennings hatte recht. Jede Nacht hatte er den Blick von den Exsoldaten abgewandt, die sich auf der Straße übergaben. Wo war sein Mitgefühl geblieben? Wenn in Frankreich einer seiner Männer versucht hätte, sich für einen bevorstehenden Kampf Mut anzutrinken, hätte er mit ihm geredet und ihm klargemacht, dass er sich auf seinen CO verlassen konnte.

Vor seinem inneren Auge sah er Sparrows Gesicht, als sie von dem Konzentrationslager zurückgefahren waren. Er sah Jess' Foto von Marie-Claude Vaillant-Couturier, die vor Gericht ausgesagt hatte, was ihr in Ravensbrück widerfahren war. Und er wusste: Was er zu ignorieren versuchte, seit er wieder in Amerika war, war nicht vorbei. Es gab Nachwirkungen. Und sich jetzt abzuwenden, wäre das Feigste, was er je getan hatte.

»Ab in die Dusche«, sagte er zu Jennings, und seine CO-Stimme kam so problemlos zurück, als wäre sie nie weg gewesen. »Rasier dich. Zieh dir was Ordentliches an. Du hast einen neuen Job als Redaktionsassistent beim *New York Courier*. Deine erste Aufgabe ist es, mit mir zu Sparrows Eltern zu fahren. Ich werde darüber schreiben, was nach einem Krieg zurückbleibt, und du wirst mir dabei helfen.«

———

Und genau das tat er. In einer Art fieberhafter Antwort auf Jess' Artikel schrieb Dan über die Auswirkungen des Krieges in Amerika. Er sprach nicht nur mit den Männern; er sprach auch mit den Frauen, die im Krieg gearbeitet, Geld verdient und sich selbst versorgt hatten, ihre Jobs jetzt aber an die zurückkehrenden Männer abtreten mussten. Frauen, deren Verdienste größtenteils vergessen worden war, die jetzt trostlos in ihrer blitzblanken Küche saßen und darauf warteten, dass ihr Mann von der Arbeit nach Hause kam. Er sprach mit Betty Wasson, die bestätigte, was er bereits geahnt hatte: dass für Jess in Amerika die einzige Möglichkeit zu arbeiten darin bestanden hätte, wieder Model zu werden.

In jeder Ausgabe seiner Zeitung ließ er seine und Jess' Artikel zu diesem Thema abdrucken, denn die Menschen durften nicht vergessen, dass die Waffen zwar verstummt waren und kein Blut mehr floss, der Krieg jedoch für jene, die ihn miterlebt hatten, niemals vorbei sein würde. Und er schickte die Artikel an die Adresse des Hotels, das Monsieur Durant angegeben hatte.

Er wusste nie mit Sicherheit, ob Jess seine Texte las, aber er fühlte, wie sich die Qualität ihrer Fotos und ihrer Reportagen weiter steigerte, und ihre Brillanz brachte ihn dazu, weitere Fragen zu stellen sowie seine fast vergessenen Fähigkeiten aufzupolieren, die er in den langen Kriegsjahren nicht eingesetzt hatte.

Es überraschte ihn nicht, als er einen Anruf von einer Person seines Vertrauens erhielt, dass Durant beste Chancen auf einen Pulitzer-Preis im Bereich Auslandsberichterstattung per Telegraphie hatte. Doch er war erstaunt, als er erfuhr, dass Dan Hallworth als heißer Anwärter auf einen Pulitzer-Preis für Inlandsberichterstattung gehandelt wurde.

»Du hast uns dahin geführt, wo wir hinwollten, mein Sohn.« Walter Hallworth klopfte Dan anerkennend auf die Schulter, als dieser von der Arbeit zurückkam und seinen Vater im Arbeitszimmer antraf. »Ich bin stolz auf dich.«

Dan hatte sich daran gewöhnt, dass sein Vater an einem Abend, an dem eine besonders brisante Geschichte herausgekommen war und die Zeitungsjournalisten um die Enthüllungen wetteiferten, im Arbeitszimmer auftauchte. Sein Vater ließ sich solche Neuigkeiten gern wie einen zarten Sonntagsbraten in aller Ruhe auf der Zunge zergehen. Doch dass er ihm Komplimente machte, war etwas ganz und gar Neues. Selbst als er zum Lieutenant Colonel ernannt worden war, hatte Walter Hallworth es nicht für nötig befunden, ihm zu gratulieren. Offenbar hatte Dans Quelle auch Walter angerufen und die Meldung weitergegeben, obwohl es niemand mit Sicherheit wissen würde, bis die Preisträger nächsten Monat bekanntgegeben wurden.

»Danke«, erwiderte Dan etwas unbehaglich und wurde durch das höchst seltene Auftauchen seiner Frau davor bewahrt, noch mehr unerwartete Komplimente entgegennehmen zu müssen.

Seit jener schrecklichen Nacht, als er versucht hatte, das Richtige zu tun, und fast daran zugrunde gegangen wäre, hatte er Amelia so selten wie möglich besucht. Doch er hatte ihr Schmuck und Blumen gekauft, sie auf die Wange geküsst und sie, wie er hoffte, halbwegs glücklich gemacht. Victorine hatte jedenfalls keine Ohrfeigen mehr von ihr bekommen.

»Amelia«, sagte er, als er sich von dem Schock erholt hatte, und drückte ihr automatisch einen keuschen Kuss auf die Wange. »Ich dachte, du schläfst bestimmt schon.«

»Ich musste doch erst meinem Mann gratulieren«, erwiderte sie.

Dan schüttelte ärgerlich den Kopf. Wem hatte sein Vater noch alles von dieser Nachricht erzählt, die bestenfalls ein Gerücht und schlimmstenfalls alberner Tratsch war?

Sein Vater verzog das Gesicht, denn das Arbeitszimmer war seiner Ansicht nach ausschließlich für Männer bestimmt. Doch Amelia ging geradewegs zum Buffet und goss drei Gläser Whiskey ein. »Zum Wohl«, sagte sie und hob das ihre.

»Zum Wohl«, antwortete Dan und trank vorsichtig ein Schlückchen, obwohl er den Whiskey am liebsten in einem Zug gekippt hätte – ein Impuls, der bei Amelias nächsten Worten noch stärker wurde.

»Dein mysteriöser neuer Korrespondent ist also auch ein Anwärter?«, erkundigte sie sich, als würde sie das tatsächlich interessieren.

Dan war dankbar für den schroffen Umgangston seines Vaters. »Mysteriös?«, entgegnete er. »Alle Korrespondenten sind verdammt schlüpfrige Kreaturen. Nie dort zu finden, wo man sie vermutet – aber solange sie so reichlich guten Stoff liefern wie dieser Kerl, können sie meinetwegen so mysteriös sein, wie sie wollen.«

»Da habe ich natürlich keinerlei Erfahrung«, sagte Amelia ruhig. »Ich kenne nur eine einzige Korrespondentin: Jess. War sie mysteriös?« Nachdenklich hielt sie einen Moment inne. »Eigentlich kam sie mir nie so vor. Sie war immer viel zu leicht zu durchschauen. Im Gegensatz zu mir – in dieser entstellten Visage kann man ja nichts mehr erkennen.« Sie deutete auf ihr Gesicht, und plötzlich bekam Dan weiche Knie. Amelia konnte doch unmöglich wissen, wer Durant war. Aber wenn Victorine dahintergekommen war …

»Wer ist eigentlich diese Jess, von der ihr alle dauernd redet?« Walters Ärger darüber, dass er sich nicht in Ruhe und unter vier Augen mit seinem Sohn unterhalten konnte, war ihm deutlich anzumerken. »Ein Krieg ist kein Ort für eine Frau. Und das hier ist der Beweis.« Er deutete auf Amelias leeren Ärmel.

Dan hörte, wie Amelia nach Luft schnappte, und spürte, wie er selbst sich anspannte. Ihm war klar, dass sein Vater nicht gefühllos hatte klingen wollen – doch er wusste auch, dass Amelia ihn für diese spitze Bemerkung monatelang würde büßen lassen.

»Du solltest dich bei Amelia entschuldigen«, wandte er sich an Walter.

Doch der zuckte nur die Achseln. »Der Krieg ist kein Ort für Frauen«, wiederholte er. »Es tut mir leid, wenn du in dieser Hinsicht anderer Meinung bist.«

»Das geht wohl kaum als Entschuldigung durch«, erwiderte Dan barsch.

»Meine Haut ist fast so dick wie die eines Elefanten, das sieht man ja«, meinte Amelia mit einem sarkastischen Lächeln. »Das genügt mir als Entschuldigung. Und um deine Frage zu beantworten, Walter: Jess – auch bekannt unter dem Namen Jessica May – war eine Fotojournalistin, die wir beide in Europa kannten. Sie hat für die *Vogue* gearbeitet. Ich frage mich, was sie jetzt wohl macht. Aber das spielt eigentlich keine Rolle, sie könnte weder Dan noch diesem Monsieur Durant Konkurrenz machen. Soweit ich weiß, gewinnen Frauen keinen Pulitzer-Preis.«

»Da hast du verdammt recht«, stimmte Walter zu.

Damit schwebte Amelia in ihrem Seidennachthemd davon, ließ jedoch den Geruch ihres schweren Parfüms hinter sich.

»Also, wo waren wir?«, murmelte Walter und hob sein Glas. »Ich glaube, wir wollten feiern. Möge der Beste gewinnen.« Walter kippte seinen Whiskey hinunter, und Dan ließ sich endlich auf den nächstbesten Stuhl sinken. *Möge der Beste gewinnen.*

———

Nachdem sein Vater weg war, ging Dan hinauf zum Zimmer seiner Frau, um zu tun, was er schon vor Monaten hätte tun sollen. Er öffnete die Tür und ging zu Amelias Bett. Sie tat, als würde sie schlafen.

Ihre Lider flatterten, und für den Bruchteil einer Sekunde flackerte ein Ausdruck von Resignation über ihr Gesicht, ehe sie ihn verstecken konnte. Fast hätte Dan gelacht. Sie wollte doch genauso wenig mit ihm schlafen wie er mit ihr – wozu dann diese ganze Scharade?

»Ich bin nicht hier, um dich zu verführen«, erklärte er trocken. »Sondern um dem ein Ende zu setzen. Meinetwegen kannst du behaupten, ich wäre fremdgegangen, wenn du die Scheidungspapiere einreichst. Ich werde dich finanziell großzügig unterstützen; du wirst so viel Geld haben, wie du willst, und alle werden glücklich sein.«

»Du meinst, du wirst glücklich sein.« Sie setzte sich auf und lehnte sich an das gepolsterte Kopfteil des Betts. Ihr tief ausgeschnittenes Nachtgewand zeigte mehr nackte Haut, als ihm lieb war.

»Ich glaube, du auch«, widersprach er.

»Das wäre dir wohl recht. Aber ich bin mit der derzeitigen Situation vollauf zufrieden.«

»Ach wirklich? Du meinst, dein erster Instinkt, als ich mich auf dein Bett gesetzt habe, war nicht, dir einen Vorwand auszudenken, warum du gerade unpässlich bist? Du begehrst mich, wie eine Frau normalerweise den Mann begehrt, den sie geheiratet hat?«

»Sexuelle Anziehung ist in der Ehe nicht unbedingt nötig. Das eine ist durchaus möglich ohne das andere.« Amelia nahm sich eine Zigarette aus der Dose auf ihrem Nachttisch, zündete sie an und blies den Rauch ins Zimmer. Unwillkürlich musste Dan an das Zimmer im Hotel Scribe denken, in dem er nackt mit Jess im Bett gelegen hatte, und wie der Rauch dort in der ungewohnten Helligkeit geglitzert hatte.

»Bei einer Ehe geht es in erster Linie um sozialen Aufstieg und um den äußeren Schein«, fuhr Amelia fort. »Ich bin genau die Art Ehefrau, die dein Ansehen steigert. Obwohl ich deformiert bin, finden die Amerikaner mich hinreißend, genau die richtige Frau, von der sich jeder auf eine Party oder ein Geschäftsessen begleiten lassen möchte. Meine Deformierung schadet dir nicht, im Gegenteil – du wirst noch mehr zum Heiligen, weil du mich zur Frau genommen hast. Ich weiß nicht, was sie von dir halten würden, wenn du stattdessen …«

»Sprich ihren Namen nicht aus.« Er stand auf. »Ich verhandle nicht mit dir. Ich habe es versucht. Ich habe getan, was du wolltest. Es hat nicht funktioniert.«

Amelia schwieg einen Moment und beobachtete ihn. Dann überraschte sie ihn, indem sie nickte. »Warte noch bis nach der Vergabe der Pulitzer-Preise. Du willst doch nicht, dass die Beurteilung deiner journalistischen Fähigkeiten von einer bevorstehenden Scheidung beeinträchtigt wird, für die du einen Ehebruch gestehen musst. Scheidung ist, wie du sicher weißt, nach wie vor die achte Todsünde. Wenn du mich danach immer noch loswerden willst, werde ich zustimmen.«

Er war so verblüfft, dass er zunächst kein Wort herausbrachte. Er hatte erwartet, sie würden diese Diskussion über Monate führen, bis Amelia dazu bereit war, nachzugeben. »Danke«, sagte er schließlich und hätte gern einen Luftsprung gemacht. Er konnte sich keinen plausiblen Grund vorstellen, warum er nach der Vergabe des Pulitzer mit Amelia verheiratet bleiben sollte.

Als er sein Zimmer betrat, fand er Victorine in seinem Bett. Sie schlief tief und fest, die Zeitung mit Jess' letztem Bericht offen neben sich. Dan legte sich auf die Decke, die Hände hinter dem Kopf verschränkt, und blickte lächelnd zur Decke hoch. Er würde I. Durant – Jess – ein Telegramm schicken und sie inständig bitten, an der Preisverleihung in New York teilzunehmen – sie musste kommen! Und er würde ihr erzählen, dass er endlich tun konnte, was er schon damals in Deutschland hatte tun wollen: sie heiraten.

Kapitel 33

Als Dan zum Journalistentreffen im Onyx Club an der Upper West Side ging, war er sich längst nicht mehr so sicher. Er hatte nichts von Jess gehört. Während sie darauf warteten, dass die Gewinner bekanntgegeben wurden, und Dizzy Gillespie dazu einen viel zu fröhlichen Song zum Besten gab, wurde er wiederholt gefragt, ob denn sein brillanter Korrespondent auch da sei, und er musste jedes Mal den Kopf schütteln. Sie würde doch bestimmt kommen? Hatte sie etwa sein Telegramm nicht erhalten? Aber warum sollte sie wegen eines Gerüchts eine so weite Reise auf sich nehmen?

Mit Sicherheit wusste er eigentlich nur noch, dass er den ganzen Tag fast nichts gegessen hatte. Er hatte nur Kaffee und Whiskey konsumiert und fühlte sich ein bisschen unsicher auf den Beinen, als er mit seinem Vater, Jennings und ein paar seiner besten Reporter zur Bar ging.

Sie unterhielten sich eine Weile, aber Dan konnte sich auf nichts konzentrieren. Sein Blick schweifte durch den Raum und verharrte nur auf bekannten Gesichtern. Amelia war zum Glück nicht gekommen, weil ihr in letzter Zeit oft übel war und sie die ganzen letzten Wochen keinen richtigen Appetit gehabt hatte.

»Also, Sie und Durant.« Der Herausgeber der *Times* klopfte Dan auf die Schulter. »Die Chancen sind in Ihren beiden Kategorien so gering, dass ich nicht mal wetten möchte.«

»Entschuldigen Sie mich.« Dan wandte sich zu abrupt ab, um höflich zu erscheinen, aber er musste weg, bevor er die Beherrschung verlor. Wer wusste denn schon, wen das Pulitzer-Gremium in Betracht zog, egal in welcher Kategorie? Und genau deshalb kam er sich auf einmal lächerlich vor, weil er sich vorstellte, dass Jess kommen würde.

Er trat auf die 52nd Street hinaus und atmete tief durch. Er musste etwas essen – und durfte definitiv nichts mehr trinken. Der Gedanke verflog, als ihm ein vertrauter Geruch in die Nase stieg. Fieberhaft huschte sein Blick hin und her, und tatsächlich, da war sie, atemberaubender denn je, in einer langen, wallenden Robe, die ihn an das Kleid erinnerte, das sie in der Nacht getragen hatte, als sie im Schloss getanzt hatten. Doch es war blau wie der Himmel und das Meer und die unmöglichen Träume, nicht khakifarben wie Krieg und Tod – und ihre Liebe.

Er brachte kein Wort heraus. Aber das musste er auch nicht, denn alles, was er fühlte und dachte, stand ihm überdeutlich ins Gesicht geschrieben.

Jess ging auf ihn zu. »Ich muss wohl gar nicht fragen, wie es dir geht«, sagte sie leise.

Sie hatte offensichtlich bemerkt, dass er angetrunken und sehr nervös war. Er wandte sich ihr zu, so dass er ihr ins Gesicht sehen konnte, und stellte fest, dass es viel verschlossener wirkte als früher. Was war im letzten Jahr passiert?

»Ich habe dich sonst immer nur in Uniform gesehen«, sagte sie, und ein kleines Lächeln umspielte ihre Lippen. »Der Smoking steht dir gut.«

Die Anspielung auf ihre gemeinsame Vergangenheit gab ihm Hoffnung. »Ich habe mich mit der Frage, ob du kommen würdest, fast verrückt gemacht«, sagte er. »Ich bleibe nicht mit Amelia verheiratet, sie hat inzwischen einer Scheidung zugestimmt. Nach dem heutigen Abend, den will sie noch abwarten. Ich weiß nicht, was es über mich aussagt, dass ich für jeden Einzelnen in meinem Bataillon mein Leben aufs Spiel gesetzt hätte, es aber nicht ertragen kann, mit einer Frau zusammenzubleiben, die durch meine Schuld verletzt worden ist. Vielleicht willst du mich deshalb gar nicht mehr. Aber ich liebe dich, Jess. Die letzten Kriegstage haben mir die fixe Idee in den Kopf gesetzt, dass ich meine Männer retten kann, indem ich Amelia heirate. Aber ich kann nur mich selbst retten. Und ich will mit dir zusammen sein.«

Während er sprach, füllten sich ihre Augen mit Tränen, die in feinen Rinnsalen über ihre Wangen liefen. Am liebsten hätte er sie weggeküsst, um ihr zu zeigen, dass es von jetzt an keinen Grund zum Weinen mehr geben würde. Er sah, wie die Mauern, die sie um sich errichtet hatten, Risse bekamen und schließlich einstürzten, er sah, was er bereits geahnt hatte: Auch sie hatte nicht aufgehört, ihn zu lieben, auch für sie war das letzte Jahr die Hölle gewesen.

Er griff nach ihrer Hand, doch sie entzog sie ihm, drückte sie an ihre Brust und umklammerte sie, als versuche sie, sich an sich selbst festzuhalten.

»Ich habe heute Nachmittag Victorine besucht«, erzählte sie mit leiser Stimme. »Ich nehme an, du warst nicht zu Hause, sonst hättest du davon gehört. Sie ist ein wundervolles Kind. Ich vermisse sie so sehr.« Bei den letzten Worten brach ihre Stimme, und er streckte erneut die Hand nach ihr aus, um sie zu trösten und ihr allen Schmerz zu nehmen, den er verschuldet hatte. Doch sie weigerte sich, näher zu kommen.

Sein Herz hämmerte, sein whiskeybenebelter Magen rumorte.

»Amelia hat mich aufgefordert, zu gehen, nachdem ich ein bisschen Zeit mit Victorine verbracht hatte. Sie meinte, sie fühle sich nicht wohl. Aber diese Krankheit sei ein Grund zur Freude. Morgenübelkeit. Du wirst Vater. Ich gratuliere.«

Das letzte Wort klang todunglücklich, und nun ließ sie sich doch an seine Brust sinken. Er schloss sie in die Arme und spürte, wie sie sich an ihn klammerte.

»Ein einziges Mal.« Es klang wie ein Ächzen. »Ich habe ein einziges Mal mit Amelia geschlafen. Ich dachte, ich würde dich nie wiedersehen. Victorine war unglücklich, und ich habe mir so gewünscht, dass sie endlich erfährt, wie es ist, eine liebevolle Familie zu haben. Deshalb wollte ich es wenigstens versuchen …« Er brach ab, zwang sich dann aber, weiterzusprechen. Er hatte Jess erneut verletzt, da schuldete er ihr wenigstens die Wahrheit. »Es war furchtbar. Wie kann dabei eine Schwangerschaft entstanden sein?«

Er spürte, dass sie ihm verzeihen wollte, denn sie umfasste ihn noch fester und murmelte, das Gesicht an seiner Brust: »Aber so ist es.«

»Es ändert nichts«, beharrte er, obwohl er wusste, dass es nicht stimmte. Wie konnte er noch ein Kind ohne richtige Familie aufwachsen lassen, nach allem, was Victorine hatte durchmachen müssen? Amelia würde ihm ihr Kind nie überlassen, wenn sie sich scheiden ließen.

»Das, was ich dir zu sagen habe, wird aber ganz sicher etwas ändern.« Widerwillig löste sie sich, noch immer mit tränennassen Wangen, aus seiner Umarmung und fuhr mühsam fort: »Du hast Victorine nie von ihren Eltern erzählt, oder?«

Dan schüttelte nachdrücklich den Kopf. »Nein, und das habe ich auch nicht vor. Vielleicht wenn sie erwachsen ist. Aber zu erfahren, dass sie nicht einmal mit mir verwandt ist, sondern französische Eltern hat, deren Namen niemand kennt – das wäre wirklich zu viel für sie.«

»Ich dachte, Amelia wüsste die Wahrheit über Victorine. Sie ist deine Frau, daher habe ich angenommen …«

Dan strich sanft über ihre Wange. »Ich habe Dutzende Gespräche mit Amelia geführt. Ich bin mit ihr verheiratet, ja, aber sie ist nicht wirklich meine Frau. Das weiß sie auch. Sie weiß, dass unsere Ehe eine Lüge ist.«

»Ich glaube, da würde sie dir widersprechen«, entgegnete Jess. »Weißt du, ich habe Victorine beobachtet, und sie wirkte so unbeschwert, so erwachsen, so *anders* als das Mädchen in Italien und Frankreich. Und da ist es mir einfach rausgerutscht. ›Meinst du, ihre Eltern würden sie erkennen?‹, habe ich Amelia gefragt. Sie hat gesagt, das sei doch sowieso unmöglich, weil sie ja tot sind. Und ich habe ihr gedankenlos erklärt, dass ich Victorines richtige Eltern meine, nicht deinen Bruder und seine Frau, sondern Victorines leibliche Eltern.«

Dans Magen krampfte sich zusammen. »Und da hat sie gesagt, sie will es Victorine erzählen, richtig?«

»Nur, wenn du dich von ihr scheiden lässt«, antwortete Jess.

Es war, als höre Dan die Gefängnistür zuschlagen. Amelia bekam ein Kind von ihm, und sie war bereit, Victorines Leben endgültig zu zerstören, indem sie ihr erzählte, dass er nicht ihr Onkel, geschweige denn ihr Vater war.

»Verdammt nochmal!«, fluchte er laut und presste die Fingerspitzen gegen die Schläfen.

Doch statt weiter darüber zu reden, statt ihm zu helfen, einen Ausweg zu finden, trat Jess – als hätte sie bereits resigniert – einen Schritt zurück und kramte in ihrer Handtasche. »Ich wollte dich um einen Gefallen bitten«, sagte sie leise und überreichte ihm einen gefalteten Stapel maschinenbeschriebener Blätter.

Er überflog den Artikel, den Jess damals in Europa hatte schreiben wollen, jedoch davon Abstand genommen hatte, weil er unter den damaligen Bedingungen niemals veröffentlicht worden wäre. Sie hatte sogar mit einigen der etwa dreitausend Frauen in Ostdeutschland gesprochen, die Opfer der Gruppenvergewaltigungen von russischen Soldaten geworden waren.

Es war der beste Artikel, den sie je geschrieben hatte. Aber obwohl sie nicht nur auf die US-Armee einging, würden alle sie dafür hassen.

Und das ertrug Dan nicht. Also schüttelte er den Kopf. Nein, er konnte den Artikel nicht veröffentlichen.

Sie zuckte die Achseln, als hätte sie damit gerechnet, dass er sich weigern würde. Dann zog sie ihn zu sich herunter und küsste ihn zärtlich, viel zu zärtlich. Es war nur eine hauchzarte Berührung, genau wie damals im Ballsaal des Schlosses, als sein Daumen ihren Rücken gestreichelt hatte, aber die Wirkung war überwältigend, und um ein Haar hätten Dans Beine unter ihm nachgegeben.

Als sie sich von ihm löste, schenkte sie ihm ein Lächeln, das er als besondere Spezialität von Jessica May kannte. »Eines Tages, wenn dein Herz geheilt ist, wirst du das Glas auf mich erheben, ja?«, sagte sie. »Wir sind es wert, in Erinnerung zu bleiben.«

Die Hände noch auf ihren tränennassen Wangen, beugte er sich zu ihr und drückte seine Lippen auf ihre, keineswegs sanft. Er fühlte, wie ihr Körper mit seinem verschmolz, als sie den Mund öffnete und ihn so küsste, wie sie es immer getan hatte. Als vertraue sie ihm voll und ganz. Als liebe sie ihn unermesslich. Als wäre sie eins mit ihm. »Das ist nicht das Ende«, flüsterte er an ihren Lippen.

Sie warf ihm ein trauriges Lächeln zu, das zu widersprechen schien: *Doch, das ist es.* Dann sagte sie: »Gratuliere. Du hast den Pulitzer verdient«, und ging.

———

Er hatte keine Ahnung, wie lange er noch draußen stand, nachdem Jess fort war. Schließlich fand ihn sein Vater und zog ihn in den Saal. Die Preise wurden gerade bekanntgegeben. Und durch den Aufruhr in seinem Kopf hörte Dan, als sein Name verlesen wurde, wie sein Vater sagte: »Der richtige Mann hat gewonnen.« Aber nicht Monsieur Durant.

Zum ersten Mal an diesem Abend sah Dan seinen Vater richtig und hörte seine ausdrückliche Betonung des Wortes *Mann*. Und Jess'

Worte. *Gratuliere. Du hast den Pulitzer verdient.* Nicht »du *verdienst* es, zu gewinnen«, als gehe es um etwas, das noch nicht entschieden worden war. Sondern so, als kenne sie das Ergebnis bereits.

»Du hast herausgefunden, dass sie eine Frau ist«, sagte er mit mühsam kontrollierter Stimme zu seinem Vater, denn alle beobachteten ihn und fragten sich wahrscheinlich, warum er nicht lächelte.

»Deine Frau hat mich darauf hingewiesen, dass Durant nicht der ist, der er zu sein vorgibt. Eine absurde Idee, sich als Mann auszugeben.« Walter schnaubte abfällig. »Ich habe ein paar Leute über diese Täuschung in Kenntnis gesetzt.«

»Sie hat niemanden getäuscht. Wir haben alle einfach angenommen, dass es sich um einen Mann handelt, weil es immer so läuft. Wir gehen einfach davon aus, dass nur Männer bedeutsame Dinge tun.«

»Der Pulitzer-Preis wird nur an Männer verliehen.«

Dan warf einen Blick auf die Blätter in seiner Hand, Jess' Reportage, die er ihr zuliebe nicht hatte veröffentlichen wollen. Doch jetzt wusste er, was zu tun hatte. Sein Name wurde erneut aufgerufen; er musste eine Rede halten, obwohl er am liebsten nur laut geschrien hätte.

Aber er riss sich zusammen, holte tief Luft, und als im Club Stille einkehrte, begann er zu sprechen: »Danke. Aber ich werde das Preisgeld nicht in meinem eigenen Namen annehmen.«

Er fühlte den zornigen Blick seines Vaters auf sich ruhen, während er fortfuhr: »Ich spende es den Leuten, über die ich geschrieben habe. Ich gründe zwei Stiftungen für die Verwundeten und Geschädigten, für alle diejenigen, die nicht mehr dieselben sind. Die eine nenne ich *Sparrow-Stiftung*, zu Ehren von Mr. und Mrs. Sparrow und ihrem Sohn. Das Geld wird all den Männern zugutekommen, die Sie heute Abend womöglich auf der Straße sehen und meiden werden, und den Familien all jener, die Sie nicht sehen werden, weil sie nicht mehr da sind. Die zweite Stiftung ist für die Frauen, die auf ihre Weise ebenso mutig gekämpft haben wie jeder Mann und die jetzt nur noch Essen zubereiten. Diese Stiftung nenne ich die *Jessica-May-Stiftung*, zu Ehren einer Frau, die ich in Europa kennengelernt habe und die tapfer war wie ein Löwe.« Er legte eine lange Pause ein, denn seine eigenen Worte überwältigten ihn fast. Aber er war es Jess schuldig, weiterzureden.

»Jess hat die Artikel geschrieben, die Sie alle so sehr bewundert haben«, fuhr er schließlich fort. »Sie ist Monsieur I. Durant. Sie sollte für uns schreiben, unter ihrem eigenen Namen. Daher ist diese Stiftung für alle Künstlerinnen, Schriftstellerinnen und Fotografinnen, um ihnen die Arbeit zu ermöglichen, die wir Männer tun, ohne nachzudenken, weil wir sie uns nie erkämpfen mussten.«

Während er sprach, hörte er, dass geflüstert wurde. Natürlich hatten viele den Verdacht, er und Jess hätten in Europa mehr als nur einen Jeep geteilt. Journalisten waren die schlimmsten Klatschmäuler, und er hatte gerade vor Hunderten von ihnen verkündet, dass er eine Stiftung nach ihr benennen würde.

Aber das war ihm vollkommen gleichgültig. Er hatte genug Geld, und es war höchste Zeit, dass er etwas Gutes damit bewirkte. Höchste Zeit, dass er Jess gebührend ehrte.

Während er sprach, erhaschte er im hinteren Teil des Clubs einen Blick auf blaue Seide, die wogte wie der Ozean, Schultern, die er geküsst, umarmt und geliebt hatte. Jess' Gesicht. Sie lächelte ihn an, hob ihr Glas und formte mit den Lippen lautlos drei Worte, die sie nie zu ihm gesagt hatte: *Ich liebe dich.* Dann verschwand sie in der Menge.

———

Er verließ den Club, so bald er konnte, und war nicht überrascht, Amelia bei seiner Ankunft zu Hause in seinem Arbeitszimmer vorzufinden.

»Wie ich höre, sind Glückwünsche angebracht«, sagte er steif.

Amelia strich sich über den Bauch. Perfekt gekleidet und geschminkt gelang es ihr, die Fassade der armen, verstümmelten Ehefrau aufrechtzuerhalten. »Ich hatte gehofft, du würdest dich freuen.«

Er lachte freudlos und griff nach der Whiskey-Karaffe, hielt sich aber in letzter Sekunde zurück und zündete sich stattdessen eine Zigarette an. »Darüber, dass du gedroht hast, Victorine von ihren biologischen Eltern zu erzählen, oder darüber, dass meine Frau solch eine Expertin im Erpressen ist, dass sie wahrscheinlich in die Politik gehen sollte?«

»Die Welt hat sich verändert, Dan. Du hast Männer erschossen, um zu überleben. Meine Kugeln sind wenigstens nicht tödlich.«

O doch, das sind sie, hätte er am liebsten geantwortet. Aber das hätte ihn verletzlich gemacht und Amelia gezeigt, dass sein Herz niemals heilen würde.

»Dann wird es also keine Scheidung geben?«, fragte sie, und in ihrer Stimme glaubte er ein kaum hörbares Zittern wahrzunehmen – als habe sie Zweifel, ob er trotz allem, was er für Victorine getan hatte, tatsächlich nachgeben würde.

»Nein«, antwortete er kurz angebunden, blickte aus dem Fenster und blies eine dünne Rauchfahne in die Luft. Er konnte Amelia nicht dafür verantwortlich machen, dass sie schwanger geworden war – schließlich war er in gleichem Maße daran beteiligt –, aber er verübelte ihr, dass sie Victorine in den ganzen Schlamassel hineingezogen und Jess all dessen beraubt hatte, was ihr ohne jeden Zweifel zustand.

Ohne sich noch ein einziges Mal zu ihr umzudrehen, wartete er, bis er sie gehen hörte. Dann setzte er sich und schenkte sich ein großes Glas Whiskey ein. Er erinnerte sich daran, was Jess ihm draußen vor dem Club gesagt hatte: *Eines Tages, wenn dein Herz geheilt ist, wirst du das Glas auf mich erheben, ja? Wir sind es wert, in Erinnerung zu bleiben.*

Und auch an seine Erwiderung: *Das ist nicht das Ende.*

»Nein, das ist es nicht«, wiederholte er trotzig. Denn wie konnte es das Ende sein? Wie konnte das, was zwischen ihnen war, jemals vorbei sein? Ein vorläufiges Ende war es vielleicht, aber mehr auch nicht. Und er würde den Rest seines Lebens auf Jess warten.

Teil 12

Kapitel 34

Sobald alle Kunstwerke bei der Galerie eingereicht waren, fuhr D'Arcy auf direktem Weg zu Victorines Wohnung. Und als sie ihre Mutter sah – die Augen so strahlend blau und traurig wie immer, das Gesicht jedoch voller Angst –, sank D'Arcy aufs Sofa und schloss sie in die Arme. Victorine war nicht ihre leibliche Mutter, das stand außer Frage, aber in jeder wichtigen Hinsicht war sie es, auch wenn keine Blutsverwandtschaft zwischen ihnen bestand.

»Erzählst du es mir?«, fragte D'Arcy, als sie wieder sprechen konnte.

»Ich denke, das ist schon lange überfällig.« Victorine küsste D'Arcy auf die Wange, faltete die Hände im Schoß, zögerte und begann dann, zu erzählen.

───

Im Oktober 1973 stieg Victorine am Bahnhof von Reims aus dem Zug, rannte wie eine Dreijährige – obwohl sie über dreißig war – zu Dan und schloss ihn überschwänglich in die Arme. Sie umarmten sich sehr, sehr lange. Als sie sich schließlich voneinander lösten, wischte sich Victorine ungeniert die Tränen von den Wangen und lachte, als Dan es ihr unauffällig gleichtat.

»Ich muss dir wohl nicht sagen, wie sehr ich dich vermisst habe«, sagte sie.

»Und ich dich erst!« Er küsste sie auf die Stirn. »Ich bin froh, dass du herkommen konntest.«

Sie hatten diesen Besuch ein Jahr im Voraus geplant, um ihre überfüllten Terminkalender aufeinander abstimmen zu können – Victorine war Verlagsleiterin eines französischen Zeitschriftenkonzerns, und James, Dans Sohn, arbeitete bei *World Media* und erlernte das Geschäft von Dan. Jetzt endlich würden sie zwei Wochen durch Frankreich reisen. Dan hatte darauf bestanden, sie alle zusammenzutrommeln, weil er fand, dass Familienmitglieder einander kennen sollten, und da bestand bei ihnen ja Nachholbedarf. Da Victorine ahnte, dass Dan die Normandie aufgrund seiner Kriegserfahrungen von vornherein ausklammern und nach dem langen Flug den Urlaub auch lieber nicht allzu weit von Paris entfernt antreten wollte, hatte sie vorgeschlagen, die Reise in der Champagne zu beginnen. Nach kurzem Zögern hatte auch Dan zugestimmt, dass es sicher schön wäre, sich den Kellereien, Schlössern, Wäldern und Gärten zu widmen.

»Das hier ist James. Wahrscheinlich erkennst du ihn nicht mehr.« Dan deutete auf den jungen Mann neben sich, blond und daher seinem Vater nicht sehr ähnlich.

»James!«, rief Victorine aus. »Das kann nicht sein.«

»Doch, ich schwöre es dir«, gab er lachend zurück. Schon als Kind hatte er die Fähigkeit besessen, jeder Situation etwas Lustiges abzugewinnen.

Victorine und James hatten als Kinder zusammen gespielt, sich als Erwachsene jedoch bisher nicht mehr gesehen. Als Victorine zehn war, hatte sie darauf bestanden, aufs Internat nach Frankreich geschickt zu werden, angeblich weil sie ihre französischen Wurzeln pflegen wollte und ihren Geburtsort vermisste. In Wahrheit jedoch wollte sie Amelia entfliehen. Ohne dass sie es je so formuliert hatte, wusste sie, dass Dan ihren Wunsch verstand. Damals war James erst vier Jahre alt gewesen.

Nach dem Schulabschluss hatte Victorine in Frankreich gearbeitet und Dans Angebot, bei seinem Zeitungsunternehmen in New York anzufangen, abgelehnt, weil sie fand, sie habe kein Recht darauf. Als sie achtzehn war, hatte Dan ihr von ihren leiblichen Eltern erzählt, und obwohl sie ihn genauso liebte wie eh und je, wollte sie ihren eigenen Weg gehen. Dan besuchte sie jedes Jahr und begleitete sie auch, als sie den letzten und leider ergebnislosen Versuch unternahm, ihre Eltern zu finden. Bei der Massenflucht aus Paris waren unzählige Familien auseinandergerissen und so viele Unterlagen vernichtet worden, dass das Rätsel, wer Victorines leibliche Eltern waren, wohl für immer ungelöst bleiben würde.

Ein arbeitsreiches Leben passte ihr gut; sie war schon immer ein ernster, verantwortungsbewusster Mensch gewesen; kein richtiges Kind, wie ihre Lehrer immer behauptet hatten. Manche Leute verwechselten ihre Ernsthaftigkeit mit Humorlosigkeit und hielten sie für unfreundlich, doch in Wahrheit trug sie seit jeher eine Bürde auf den Schultern, die noch schwerer auf ihr lastete, wenn sie zu viel Zeit zum Nachdenken hatte.

»Wie geht es deiner Mutter?«, fragte sie James nun, rein aus Höflichkeit.

James sah zu Dan und zog eine Augenbraue hoch.

Dan nahm ihren Koffer. »Suchen wir uns erst mal ein Hotel, dann können wir uns zusammensetzen und das alles bei einem Drink besprechen.«

Victorine verdrehte die Augen bei dem Gedanken, was Amelia jetzt wohl wieder gemacht hatte, und dankte Gott zum wahrscheinlich tausendsten Mal, dass ihr Vater sich endlich von ihr hatte scheiden lassen, als James sechzehn und einigermaßen selbstständig geworden war. Sie folgte den beiden Männern zum Auto, und sobald sie beim Hotel waren, eingecheckt, ausgepackt und die lange Reise abgewaschen hatten, setzten sie sich auf die Terrasse und sahen zu, wie die Sonne gemächlich unterging, während sie ihre Kir Royal tranken.

»Du hattest recht«, sagte Victorine zu Dan. »Das hätten wir schon vor Jahren machen sollen.«

»Meint ihr, wir können uns noch zu einer Sightseeing-Tour aufraffen?«, fragte James, blickte zum majestätisch herbstlichen Himmel auf, zum Kellner, der ihnen noch eine Runde brachte, und dem uralten, aber schönen Hotel, in dem sie übernachteten.

»Ja, natürlich«, befand Victorine entschieden. Selbst im Urlaub fand sie es besser, sich zu beschäftigen.

»Mit ihr zu streiten bringt nichts«, meinte Dan. »Seit sie sprechen kann, habe ich jede Diskussion mit ihr verloren. Was sich auch daran zeigt, dass sie inzwischen länger in Frankreich lebt, als sie in Amerika gewohnt hat.«

Liebevoll legte Victorine ihm die Hand auf den Arm. Er sprach kaum je über den Krieg und ihre ersten Lebensjahre, an die sie sich nur vage erinnerte, wie in einem bleischweren Nebel. »Du weißt, warum ich das getan habe«, erwiderte sie. »Und ich liebe dich nicht weniger, nur weil ich den Großteil meines Lebens in einem anderen Land verbracht habe als du.«

»Ich weiß. Aber du fehlst mir.« Er nippte an seinem Cocktail. »Du hast vorhin nach Amelia gefragt. Es gibt da etwas, das ich dir wahrscheinlich schon vor einer Weile hätte sagen sollen, aber …« Er seufzte. »Ich schätze, ich bin es leid, Amelias Verhalten zu erklären. Willst du es ihr sagen, James?«, fragte er. »Oder soll ich?«

»Ich mach es«, erbot sich James.

Victorine wappnete sich. Wenn es um Amelia ging, war es bestimmt nichts Gutes.

James begann zu erzählen: »An dem Tag, an dem Dad Amelia gesagt hat, er werde ausziehen – meinem sechzehnten Geburtstag –, hat mir Amelia etwas verraten. Sie hat mir nämlich erzählt, Dan sei nicht mein Vater. Sie hatte kurze Zeit nach ihrer Hochzeit eine Affäre, um sich über ihre Verletzungen hinwegzutrösten.«

Dan verzog das Gesicht, und Victorine wusste, dass er Amelias Begründung keine Sekunde lang glaubte. Wenn sie eine Affäre gehabt hatte, dann zu ihrem selbstsüchtigen Vergnügen und nicht, um ihren Seelenschmerz zu lindern.

James fuhr fort: »Ich kam zu früh auf die Welt, und Dad hat immer Witze darüber gemacht, dass ich es eben schon immer eilig hatte, aber eigentlich lag es daran, dass das Datum, das sie ihm genannt hatte, nicht stimmte. Als Dad sich dann endgültig von ihr trennte und meinte, ich sei alt genug, meine eigenen Entscheidungen zu treffen und mich nicht mehr von ihr beeinflussen zu lassen, fand sie, ich solle die Wahrheit erfahren. Ich bin mir sicher, sie dachte, ich würde Dad hassen, wenn ich wüsste, dass er nicht mein richtiger Vater ist. Aber so war es nicht, ich mochte nur sie umso weniger.«

Victorine starrte Dan fassungslos an. Wie war ein wundervoller Mann wie er je an eine Frau wie Amelia geraten? Der Nebel der Erinnerung lichtete sich ein wenig, und vor ihrem inneren Auge erschien Jess, die ihr sagte, Dan müsse eine andere Frau heiraten. Es gehörte zu den Geheimnissen mit dem Etikett *Krieg*, eine Zeit, in der es immer grässlich laut war, in der Männer mit bandagierten Gliedmaßen sie auf die Wange küssten und sie Vicki nannten, in der eine Frau nachts unter einem Baum stand und weinte. Die Last erdrückte Victorine beinahe, sie wurde traurig und bekam Angst.

Entschlossen schüttelte sie den Kopf, ballte die Fäuste vor Anstrengung und schob die Erinnerungen wieder in die Vergangenheit, dort gehörten sie hin. »Das ist schrecklich. Wie geht es dir damit?«, fragte sie Dan.

Dan zuckte die Achseln. »James ist in jeder wichtigen Hinsicht mein Sohn. Und als er mir gesagt hat, er wolle nach der Trennung lieber bei mir wohnen als bei Amelia, wusste ich, dass wir genauso

Vater und Sohn sind, als wären wir blutsverwandt. Es ist zu anstrengend, Amelia zu hassen. Sie hat so viel Gefühl gar nicht verdient, es gibt genug andere …« Er brach ab.

»Du hast also zwei Kinder, die nicht wirklich deine sind«, sagte Victorine sanft, denn sie ahnte, dass er mit den »anderen« sie und James meinte.

»Aber ich liebe euch, als wärt ihr es«, sagte Dan.

Als hätten sie sich abgesprochen, ergriffen Victorine und James gleichzeitig die Hände ihres Vaters.

———

Am nächsten Tag machten sie einen Ausflug mit dem Auto. Der Hotelmanager hatte die weniger touristischen Gegenden auf ihrer Karte markiert und ihnen geraten, sich die wunderschönen Schlösser der Gegend anzusehen, bevor sie sich den Champagnerkellereien widmeten. Das erste Schloss war tatsächlich atemberaubend, und nicht weit davon, hinter einer scharfen Kurve, lag schon das zweite.

Die lange Auffahrt verriet nichts, aber als das Schloss in Sicht kam, konnte Victorine nur staunen: verwilderte Gärten von einer ungezähmten Schönheit und mittendrin ein wahres Märchenschloss.

»Seht euch das an!«, rief sie, als wären ihre Begleiter nicht bereits ebenso fasziniert wie sie. »Ich hoffe, man kann es besichtigen. Kommt mit, wir schauen nach!«

Doch als sie sich umwandte, sah sie, dass Dan kreidebleich geworden war. »Alles in Ordnung?«, erkundigte sie sich, und im selben Moment spürte sie, wie sich in ihrem Gedächtnis etwas regte. Doch die Sorge um Dan lenkte sie sofort wieder ab.

»Warst du etwa im Krieg hier?«, fragte sie, denn sie wusste, wie sehr Dan Kriegsmuseen und ähnliche Einrichtungen hasste. »Du warst doch eine Zeit lang in der Nähe von Reims stationiert, oder?« Hatte er deshalb gezögert, als sie vorgeschlagen hatte, ihre Reise in dieser Region von Frankreich zu beginnen? Jetzt verfluchte sie sich innerlich dafür, dass sie keinen weiteren Gedanken daran verschwendet hatte.

»Nein«, erwiderte Dan mit fester Stimme, und die Farbe kehrte in sein Gesicht zurück. »Ich kenne diesen Ort nicht.«

Victorine warf James einen verwunderten Blick zu, doch er zuckte nur die Achseln, parkte den Wagen vor einer echten Zugbrücke und fragte, um die Stimmung aufzulockern: »Glaubt ihr, da drin gibt es auch Prinzessinnen?«

Noch während er sprach, öffnete sich das Tor. Eine Frau trat heraus; sie war sehr schön, mit langen, dunklen Haaren, elegant und geschmeidig in dem weißen, blumenbestickten Sommerkleid.

»Kann ich Ihnen helfen?«, erkundigte sie sich auf Französisch.

»Wir hatten gehofft, wir könnten uns das Schloss ansehen. Es ist atemberaubend«, sagte Victorine. »Monsieur Clement aus dem Château du Lac meinte, wir sollten diesem Ort unbedingt einen Besuch abstatten.«

Die Frau lächelte, und Victorine starrte sie wie gebannt an. Sie war schlicht hinreißend.

»Die meisten Leute verpassen die Abzweigung«, sagte sie, »aber ich glaube, Monsieur Clement hat eine Schwäche für meine Mutter und schickt oft Leute her, damit er ein Gesprächsthema hat, wenn wir auf einen Drink in seine Bar kommen. Ich habe nichts dagegen, kleine Gruppen durch das Schloss zu führen. Wir können drinnen anfangen, und dann zeige ich Ihnen die Gärten, auch wenn sie in keinem sonderlich guten Zustand sind.« Sie lächelte reumütig. »Wenn Sie in ein, zwei Jahren wiederkommen, werden sie spektakulär sein. Aber momentan sind sie noch in Arbeit.«

»Drinnen anzufangen klingt nach einer ausgezeichneten Idee«, sagte James.

»Sie kommen aus Amerika – entschuldigen Sie«, fuhr die Frau fort und schaltete blitzschnell auf ein perfektes Englisch mit einem leichten amerikanischen Akzent um. »Ich bin Ellis. Aber alle nennen mich Ellie.«

»Ein ungewöhnlicher Name«, sagte James.

»Das ist der zweite Vorname meiner Patentante, Martha Ellis Gellhorn. Vielleicht haben Sie schon einmal von ihr gehört?«

Victorine nahm Dans Arm – sie fühlte, dass er erstarrt war.

»O ja, das haben wir«, antwortete James lächelnd, als fände er die Vorstellung, sie könnten noch nie von Martha Gellhorn gehört haben, völlig absurd. »Eine großartige Journalistin.«

»Ich habe Gellhorn gekannt«, sagte Dan zu Victorines Überraschung – aber es war ja eigentlich kein Wunder, dass ihr Vater, der schon sein ganzes Leben im Zeitungsgewerbe arbeitete, einer Frau wie Martha Gellhorn persönlich begegnet war. »Und eine ihrer Freundinnen sogar sehr gut. Aber Sie haben sie bestimmt nicht mehr kennengelernt. Sie … sie ist schon lange tot.«

Seine Stimme stockte, und er war wieder blass geworden. Ellie sagte etwas Mitfühlendes, und Victorine beugte sich zu Dan und flüsterte: »Bist du sicher, dass alles in Ordnung ist? Wir können auch ins Hotel zurückfahren, wenn dir das lieber ist.«

Er schüttelte den Kopf, aber sein Gesicht blieb düster. »Nein. Vermutlich war mir einfach nicht klar, wie es sich anfühlen würde, nach so langer Zeit wieder in Frankreich auf dem Land zu sein.«

Da James mit Ellie schon weitergegangen war, beeilte Victorine sich, die beiden einzuholen, packte Dan bei der Hand und zog ihn mit.

So wanderten sie durch die Gänge, bis sie einen Raum von atemberaubender Pracht erreichten, der sicher einst als Ballsaal gedient hatte. Die Wände waren in sanftem Hellgrau gehalten, einige der Bilder auf der Holztäfelung, die einen seltsam geisterhaften Wald zeigten, schienen gerade restauriert zu werden. Hinter dem Salon lagen eine Terrasse und ein Garten, der etwas gepflegter wirkte als der vor dem Schloss und zu einem Kanal hinunterführte. Alles lud dazu ein, hinauszugehen und einfach die Sonne, den Duft der Blumen und die vielen schattigen Ruheplätzchen zu genießen.

»Wer kümmert sich um das alles?«, fragte Victorine staunend.

»Ich bin Botanikerin«, antwortete Ellie. »Für mich und meine Mutter sind die Gärten eine Art Herausforderung – als hätten wir ein ungezogenes Kind zu bändigen. Sie hat das Schloss in den 50ern für einen Spottpreis gekauft, weil sich damals keiner dafür interessierte. Wir sind dann jeden Sommer aus Paris hierhergekommen, haben auf dem Gelände gezeltet und eine wundervolle Zeit hier verbracht. Vor ein paar Jahren haben wir beschlossen, den Glanz des Schlosses zumindest teilweise wiederherzustellen – schließlich heißt es *Lieu de Rêves* –, aber die Wildheit zu bewahren, die wir beide so sehr lieben. Sie ist oben, aber sie arbeitet gerade, darum hat sie mich gebeten, nach Ihnen zu sehen.«

»Können wir den Kanal entlanggehen?«, fragte James.

»Natürlich.« Schon machten Ellie und James sich auf den Weg durch den Garten, aber Dan rührte sich nicht von der Stelle.

»Ich glaube, der Jetlag setzt mir zu«, sagte er schließlich. »Vielleicht sollte ich lieber im Auto warten.«

»Ich begleite dich«, sagte Victorine.

Sie warteten sehr lange. Hin und wieder schlenderte Victorine ein kleines Stück davon, um eine Blume zu betrachten, Erdbeeren für Dan zu pflücken, sich über die seltsam verkrüppelten Bäume in der Umgebung zu wundern oder auf James und Ellie zu lauschen, die erst ziemlich spät zurückkamen.

Auf der Rückfahrt zum Hotel sprach Dan kein Wort. Auch James war merkwürdig still.

»Ich hoffe, es stört euch nicht, wenn ich heute Abend woanders esse«, sagte er, als sie das angenehm kühle Foyer des Hotels erreichten. »Hier in der Gegend wohnt eine Freundin, die ich gerne besuchen möchte.«

»Natürlich«, antwortete Victorine. »Dann können Dan und ich in Ruhe ein bisschen reden.«

Die nächsten Tage waren seltsam. Den Morgen verbrachten sie alle gemeinsam, dann war James den größten Teil des Tages verschwunden. Dan war seltsam launisch, und Victorine hatte nicht das Gefühl, dass er den Urlaub genoss. Dann, eines Nachts, als sie nicht schlafen konnte und lieber in der Lounge saß und einen Espresso trank, betrat James das Hotel mit einem so niedergeschlagenen Ausdruck im Gesicht, dass sie davon Abstand nahm, ihn zu rufen, sondern nur zusah, wie er direkt auf den Aufzug zusteuerte, ohne sie im Geringsten wahrzunehmen.

Am nächsten Tag wollten sie die Champagne verlassen und an die Loire fahren. Auf der Fahrt zur Schnellstraße bog James in Richtung *Lieu de Rêves* ab und murmelte etwas davon, er habe seinen Hut dort liegen lassen. Doch das Tor war geschlossen, und es sah aus, als wäre niemand da. Er sprach kaum auf dem Weg nach Amboise, wo er Dan und Victorine absetzte, um selbst früher als geplant nach Paris zu fahren und von dort aus zurück nach New York zu fliegen.

Neun Monate später klärte sich alles auf. In ihrem Büro erhielt Victorine einen Anruf von Jessica May, einer Frau, die sie nie ganz vergessen hatte, einer Frau, die sich seit ihrer letzten Begegnung, als Victorine fünf Jahre alt gewesen war, in ihrem Unterbewusstsein verborgen hatte.

»Lass mich dir erklären, wer ich bin«, sagte Jess.

»Ich weiß, wer du bist«, flüsterte Victorine, und all die Gefühle, die sie so lange zurückgehalten hatte, stürzten auf sie ein – Liebe und Freude, aber auch eine bodenlose Angst.

»Ich weiß, das ist viel verlangt, aber ich möchte dich bitten, mich zu besuchen«, sagte Jess.

Und sie gab Victorine die Adresse: *Lieu de Rêves*, das Schloss, in dem sie letzten Herbst mit Dan und James gewesen war.

Kapitel 35

Sofort nach dem Telefonat mit Jess verließ Victorine ihr Büro und nahm den nächsten Zug nach Reims. Am Bahnhof wartete eine Frau auf sie, die sie wahrscheinlich überall wiedererkannt hätte, und sie warf sich ihr in die Arme. Im selben Augenblick erwachte die Vergangenheit, die sie im dunkelsten Winkel ihres Gedächtnisses vergraben hatte, ganz von selbst wieder zum Leben – vor allem der Moment, als Dan mit blutunterlaufenen Augen und nach Whiskey stinkendem Atem zum Frühstück aufgetaucht war und ihr erklärt hatte, sie werde bald ein Geschwisterchen bekommen und solle Jess für immer in Erinnerung behalten, aber nie mehr von ihr sprechen.

»Es tut so gut, dich zu sehen«, sagte Victorine schließlich, wischte sich die Tränen von den Wangen und musterte Jess' Gesicht.

»Ich hoffe, das denkst du immer noch, wenn wir da sind und ich dir sage, warum ich dich hergebeten habe.«

Das klang unheilvoll.

Doch es war Jess hoch anzurechnen, dass sie nicht versuchte, die Enthüllung aufzuschieben. Sobald sie das Märchenschloss erreicht hatten, führte sie Victorine zu einem Zimmer im Obergeschoss, legte einen Finger an die Lippen und öffnete leise die Tür. Auf Zehenspitzen schlichen sie hinein, und als ihre Augen sich an die Dunkelheit gewöhnt hatten, erkannte Victorine ein Kinderbett, in dem ein Baby schlief. Unwillkürlich schlug sie sich die Hand vor den Mund.

Lautlos verließen sie das Zimmer wieder, und in Victorines Kopf begann sich das Puzzle zusammenzusetzen. »Ellie ist deine Tochter, nicht wahr«, sagte sie. »Und das ist Ellies Baby.«

»Ja. Aber es steckt noch mehr dahinter, sonst hätte ich dich nicht den weiten Weg hierher machen lassen«, sagte Jess.

Sie setzten sich auf die Terrasse, und Jess erzählte Victorine, dass sie damals vom Balkon aus beobachtet hatte, wie sie mit Dan und James zum Schloss gekommen war. Als sie aus dem Auto stiegen, hatte sie sofort gewusst, dass sie ihnen nicht ins Gesicht sehen konnte, es sei denn, durch die Kamera. Sonst hätte sie erklären müssen, wer Ellie war, und das war selbst nach dreißig Jahren unmöglich.

»In jener Nacht«, erzählte Jess weiter, »kam James ins Schloss zurück und führte Ellie zum Essen aus. Am nächsten Tag hatten wir den schlimmsten Streit unseres Lebens, als ich ihr sagte, sie könne sich nicht mehr mit ihm treffen. Die Ausreden, die ich vorbrachte, waren erbärmlich. Dass er Amerikaner und nur auf eine Urlaubsromanze aus sei. Dass er es unmöglich ernst mit ihr meinen könne. Alles außer der Wahrheit.«

»Das verstehe ich nicht«, sagte Victorine. »Was wäre so schlimm daran, wenn sie ein paar Mal miteinander ausgegangen wären?«

Anstatt ihr direkt zu antworten, sagte Jess: »Zum Glück habe ich einen leichten Schlaf. Eines Nachts ging ich nach unten, um mir einen Tee zu machen, und fand sie mit gepacktem Koffer vor, im Begriff, zu James zu fahren. Sie hatten sich tagelang heimlich getroffen und dir und deinem Vater nichts davon verraten, weil Ellie nicht wollte, dass ich etwas davon mitbekam. Sie waren verliebt. Sie wollten zusammen weglaufen und heiraten. Ellie weinte und sagte, sie wünsche sich eine richtige Hochzeit mit mir an ihrer Seite, aber ich sei so vehement gegen ihre Beziehung zu James gewesen, dass sie mir nichts von ihren Plänen erzählt hatte. Ob ich jetzt, da ich es wusste, bereit sei, nachzugeben? Ob ich denn nicht wisse, dass sie mich nicht verlassen würde, nur weil sie James heiratete? Sie dachte, deshalb wäre ich so aufgebracht. Sie sah so hoffnungsvoll aus.« Jess' Stimme brach, und Tränen begannen ihr übers Gesicht zu laufen. »Ich musste ihr die Wahrheit sagen. Zumindest teilweise.«

»Und die wäre?« Victorines Herz schlug schneller, als wüsste sie irgendwo in ihrem Unterbewusstsein, worauf Jess hinauswollte, auch wenn sie die Bilder in ihrem Kopf noch nicht richtig zusammengesetzt hatte.

»Dass James und sie womöglich Halbgeschwister sind. Dass ich mir nicht sicher sein kann. Dass es zwei Möglichkeiten gibt, wer Ellies Vater ist. Dan Hallworth oder …« Sie verstummte.

In Victorines Kopf erschien eine Erinnerung, die sie vollständig verdrängt hatte: Jess, mit dem Rücken an einen Baum gepresst, und ein Mann, der ihren Hals so fest umklammerte, dass der Druck seiner Finger ihre Haut blutrot färbte. Die Geräusche, die dieser Mann gemacht hatte. Der qualvolle Ausdruck in Jess' Gesicht. »Du bist vergewaltigt worden«, flüsterte sie.

Jess schloss die Augen und nickte.

»Wie sagt man seiner eigenen Tochter, dass sie das Resultat einer Vergewaltigung sein könnte?« Jess stand auf und starrte in den Garten hinaus. »Stattdessen habe ich Ellie gesagt, dass ich töricht war und zur gleichen Zeit mit einem anderen Mann geschlafen habe, so dass ich nicht weiß, ob Dan ihr Vater ist oder der andere Mann. Aber sie dürfe James nicht heiraten, weil er ihr Halbbruder sein könnte. Ellie war völlig außer sich vor Wut. Sie ist trotzdem noch in derselben Nacht abgehauen. Aber nicht mit James.«

Einen langen Moment herrschte Schweigen, dann ergriff Jess wieder das Wort. »Ich weiß nicht, wohin Ellie gegangen ist; sie hat es mir nie gesagt. An irgendeinen Ort, an dem sie hoffte, ihr gebrochenes Herz heilen zu können. Einen Tag bevor das Baby geboren wurde kam sie hierher zurück – letzte Woche. Sie war krank und völlig am Boden zerstört. Ich glaube, sie hatte sich nicht gut um sich gekümmert. Aber das war nicht das Problem. Während der Geburt hatte sie starke Blutungen. Ihre Plazenta war nicht an der richtigen Stelle, weil sie jedoch nicht zur Schwangerschaftsvorsorge gegangen war, wusste niemand davon.« Jetzt strömten Jess' Tränen wie eine unaufhörliche Flut.

»Wo ist Ellie jetzt?«, fragte Victorine ängstlich.

»Sie ist tot«, sagte Jess und starrte ins Nichts, eine Mater Dolorosa, die die Welt anflehte, ihr zu sagen, warum so etwas geschehen konnte, und eine Erklärung für das Unbegreifliche verlangte.

Victorine brachte kein Wort über die Lippen. Denn die einzige Erklärung, die sie hätte anbieten können, würde nichts ändern. Ellie, diese wunderschöne Frau, deren Herz von etwas gebrochen worden war, das sich im Jahr 1945 ereignet hatte – sie wäre dennoch tot. Wie sollte sie Jess sagen, dass nichts davon hätte passieren müssen? Denn James war nicht Dans Sohn. Und das hieß, James und Ellie konnten unmöglich Halbgeschwister sein, selbst wenn Ellie Dans Tochter war.

Wie blind stand Victorine auf, ging zur Balkontür und stützte die Hand an den Rahmen, während ihre Gedanken sich überschlugen. Es wäre doch bestimmt eine Erleichterung für Jess, zu wissen, dass Ellie und James nicht verwandt waren. Oder würde sie sich dann Vorwürfe machen, weil sie die Liebenden unnötig voneinander ferngehalten hatte?

Jess ging zu ihr, und die beiden Frauen blickten wortlos zum Kanal hinunter. Dann ergriff Jess Victorines Hand und hielt sie so fest, dass es wehtat, aber Victorine entzog sie ihr nicht, und so klammerten sie sich aneinander, an dieses Geheimnis, an den Verlust und das bittere Erbe eines längst vergangenen Krieges.

»Ich musste sie trennen«, flüsterte Jess schließlich. »Aber damit habe ich sie umgebracht.«

Während Jess sprach, fiel Victorines Blick auf zwei Bäume, um die sie als Kind gern herumgetanzt war – ein Kind, das die Grausamkeit in ihrer Umgebung gesehen, sie aber noch nicht hatte verstehen können. Jetzt erinnerte sie sich, dass sie diesen Bäumen Namen gegeben hatte: Den, der einen Rock aus Laub auszubreiten schien, hatte sie »Kind« getauft, der mit den ineinander verschlungenen Ästen war die »Mutter«.

Und in diesem Moment traf Victorine eine Entscheidung, an die sie sich in den kommenden Jahren eisern hielt, ohne zu wissen, ob sie richtig gewesen war, jedoch immer in der Hoffnung, weiteres Leid abwenden zu können. Sie würde Jess nicht sagen, dass James und Ellie hätten heiraten können. Dass Ellie vielleicht nicht hätte sterben müssen, wenn sie mit James glücklich geworden wäre und sich besser um sich gekümmert hätte. Dass die ganze schreckliche Tragödie hätte verhindert werden können, wenn nur alle die Wahrheit gekannt hätten. Sie war sich sicher, dass es Jess umgebracht hätte, das zu erfahren.

Und so beschloss Victorine in diesem Moment, die Mutter des Kindes zu werden. Genau wie Jess würde sie unter allen Umständen ihr Schweigen bewahren, und einzig und allein die fernen Bäume würden wissen, was wirklich geschehen war.

Teil 13

Kapitel 36

Als Victorine am Ende ihrer Erzählung angekommen war, konnte D'Arcy sie minutenlang nur fassungslos anstarren. Dann sagte sie: »Jess hat dich gebeten, das Baby aufzunehmen, oder? Und das war ich.«

»Ja, so ist es.« Victorine küsste sie auf die Stirn. »Ich habe Jess gefragt, ob ich dich haben darf. Vielleicht hatte sie unbewusst genau darauf gehofft, als sie mich gebeten hat, sie zu besuchen. Sie war so am Boden zerstört wegen Ellie, dass sie nicht klar denken konnte – sie wusste nur, dass sie sich plötzlich um ein Kind kümmern musste, und war nicht sicher, ob sie die Kraft dazu hatte. Sie war überzeugt, weil sie Ellies Leben ruiniert hatte, würde sie bestimmt auch deines verpfuschen. Und sie hat es nicht über sich gebracht, Dan davon zu erzählen und ihm ein Baby aufzubürden, das das Enkelkind von Warren Stone sein konnte – dem Mann, der sie vergewaltigt hatte und den er zu Recht hassen würde. Also habe ich ihr die Sache mit der Blinddarmentzündung und ihren Folgen erzählt: dass ich keine Kinder bekommen kann. Ich habe ihr versprochen, dich an einen Ort zu bringen, wo die tragische Vergangenheit uns niemals einholen würde.«

Victorine stockte. Ihre Lippen zitterten, sie hatte Tränen in den Augen – zum ersten Mal in ihrem Leben sah D'Arcy sie weinen. Aber sie wusste, dass ihre Mutter weitersprechen würde, sobald der Schmerz es zuließ.

»Jess hat Dan nie von der Vergewaltigung erzählt«, fuhr Victorine schließlich fort. »Über solche Sachen hat man damals nicht gesprochen. Für den einzigen Artikel, den sie über das Thema geschrieben hat, ist sie übel angegriffen worden. Ich selbst hatte die Erinnerung an die Vergewaltigung verdrängt wie einen Alptraum und mir später oft Vorwürfe gemacht, weil ich, wenn ich damals in der Lage gewesen wäre, Dan alles zu erzählen, vielleicht die ganzen schrecklichen Dinge, die dann passiert sind, hätte abwenden können.«

»Nein, nein, nein!«, rief D'Arcy und schloss ihre schluchzende Mutter in die Arme. »Nichts davon ist deine Schuld. Niemand kann etwas dafür. Außer vielleicht Warren Stone«, schloss sie grimmig.

Victorine berührte D'Arcys Wange, die tränennass wie ihre war. »Ich frage mich, ob er überhaupt weiß, welches Leid er verursacht hat. Im Krieg haben Männer den Frauen so viele schreckliche Dinge angetan, mit unvorstellbaren Konsequenzen, von denen oft niemand etwas erfahren hat.« Sie seufzte. »Jess und ich waren uns einig, dass es am besten sei, wenn wir unseren Kontakt auf einem Minimum halten – als würde das unsere jeweilige Schuld verringern. Aber ich habe ihr jedes Jahr Fotos von dir geschickt, und sie hat sich jedes Mal dafür bedankt. Letzte Woche hat sie mich dann angerufen – sie wollte dich sehen, ehe es zu spät ist. Dich kennenlernen. Ich verstehe das sehr gut.« Victorine hielt erneut inne und schluckte schwer. »Deshalb hat sie der Ausstellung hier in Australien zugestimmt und dich als Arthandler engagiert. Allerdings hat sie bestimmt nicht beabsichtigt, dass dadurch alles ans Licht kommt. Aber ich bin froh darüber.«

»Ich auch.« Dann gestand D'Arcy ihrer Mutter, was sie auch schon Josh gestanden hatte. »Ich habe Dan Hallworth zu der Ausstellung eingeladen.«

»Ich weiß, er hat mich angerufen.«

»Oh.« D'Arcy wich dem Blick ihrer Mutter aus.

»Keine Sorge. Ihn die ganze Zeit anlügen zu müssen gehörte zum Schwierigsten. Nachdem ich dich bei mir aufgenommen hatte, habe ich Dan angeboten, den australischen Geschäftszweig von *World Media* aufzubauen, von dem er immer geredet hat. Und er hat zugestimmt. Also kam ich mit dir her, und ich …« D'Arcy konnte sehen, wie schwer es Victorine fiel weiterzureden. »… ich habe ihm gesagt, er soll mich nicht besuchen. Ich würde einmal im Jahr zu ihm nach New York kommen. Wenn ich unterwegs war, hab ich dich immer bei einer Babysitterin untergebracht, obwohl es mir jedes Mal fast das Herz gebrochen hat. Und Dan auch. Aber ich konnte ihm einfach nicht sagen, was passiert war. Ich habe mich in Interviews geweigert, über mein Privatleben zu reden. Ich nehme an, Dan hat sich unauffällig bei meinen Kollegen, die nach New York umgezogen sind, über mich informiert – genau wie ich mich umgekehrt über ihn.«

Victorine stand auf, ging zur Kommode, nahm den seit Neuestem wieder aufgestellten Rahmen mit dem Foto von Jess in Uniform, die Arme voller Blumensträuße, umgeben von glücklichen Pariserinnen, und sagte eher zu dem Bild als zu D'Arcy: »Als ich gestern mit Dan geredet habe, hat er mir erzählt, dass er die ganze Zeit dachte, Jess wäre tot. Nach ihrer letzten Begegnung 1946 hat er jahrelang erfolglos nach ihr gesucht. Nachdem ich Jess in Frankreich getroffen hatte, dachte ich, es würde ihn umbringen, die ganze Wahrheit zu erfahren, genau wie ich es auch bei Jess gedacht hatte. Womöglich war es falsch von mir, ihnen alles so lange zu verheimlichen.«

Beim letzten Satz brach ihre Stimme, und D'Arcy spürte den Schmerz, den es ihr bereitet hatte, eine Entscheidung treffen zu müssen, an der sie ständig gezweifelt, aber dennoch festgehalten hatte, weil sie glaubte, sie könne ihre Familie dadurch schützen. Victorine war die selbstloseste Person, die D'Arcy kannte. »Meinetwegen musstest du auf so viel verzichten«, brachte D'Arcy mühsam hervor. Auch das war ein Beweis der Selbstlosigkeit ihrer Mutter.

»Ganz im Gegenteil – du hast mein Leben immens bereichert«, widersprach Victorine und wandte sich ihr lächelnd zu. »Ich habe dich geliebt wie mein eigenes Kind. Der Teil von mir, der romantische Gefühle für einen Mann hätte entwickeln können, wurde in jener Nacht zerstört, als ich gesehen habe, wie dieses Scheusal Jess vergewaltigt hat. Meine Beziehung zu dir war immer das Wichtigste in meinem Leben, und nie würde ich es anders haben wollen.«

D'Arcy lief zu ihrer Mutter, legte ihren Kopf auf ihre Schulter wie ein Kind und weinte. Nach einer Weile stellte sie noch zwei Fragen. »Glaubst du, wenn Jess und Dan zu der Ausstellung kommen, werden sie …«

»Ich hoffe es«, flüsterte Victorine in D'Arcys Haare. »Sie haben es verdient.«

Und dann die letzte Frage: »Hat Jess nie herausgefunden, wer Ellies Vater war?«

Victorine schüttelte den Kopf. »Damals gab es noch keine DNA-Tests. Und was mich angeht, warst du immer Jess' und Dans Enkelin. Du hast ihre Eleganz, seinen Charme und ihren Mut.«

———

Am Abend der Ausstellung war D'Arcy so nervös wie nie zuvor in ihrem Leben. Nun würden alle erfahren, dass Jessica May der geheimnisvolle *Photographer* war. Jess und Dan würden einander wiedersehen, nach so langer Zeit. Sie und Victorine würden ihre Familie zurückbekommen. Und Josh … er würde womöglich nicht erscheinen.

Sie hatte darum gebeten, beim Aufhängen der Bilder nicht anwesend sein zu müssen, denn sie wollte sich überraschen lassen und später die erstaunten Gesichter der Besucher sehen, wenn sie erfuhren, dass jedes der ausgestellten Fotos, von 1943 bis heute, von Jessica May gemacht worden war.

Victorine und sie waren pünktlich zur Stelle. Dankbar nahm D'Arcy ein Glas Champagner an, und als sie ihrer Mutter ebenfalls eines in die Hand drückte, sah sie, wie Victorines Augen plötzlich zu leuchten begannen – hingerissen blickte sie dem Mann entgegen, der soeben hereingekommen war, und in seinem Gesicht spiegelte sich die gleiche innige Freude.

In diesem Moment lösten sich D'Arcys Sorgen in Luft auf. Endlich konnten sie zum nächsten Teil ihrer Familiengeschichte übergehen. Nicht nur waren Dan und Victorine Vater und Tochter, ohne blutsverwandt zu sein, sondern für D'Arcy und Victorine galt das Gleiche. Nach all der langen Zeit würde endlich Jess mit Dan darüber sprechen können, dass sie wahrscheinlich ein Kind zusammen gehabt hatten. Und noch immer eine Enkelin hatten, nämlich D'Arcy.

Als Dan sich nun zu ihnen gesellte und D'Arcy ihn von Nahem sah, meinte sie, in seinem Gesicht den gut aussehenden Soldaten des letzten Jahrhunderts wiederzufinden, den sie von den Fotos kannte. Und natürlich auch den Mann, der ihre Mutter so liebevoll in eine inzwischen weltberühmte Umarmung geschlossen hatte. Sicher, er war alt geworden, seine Haare waren grau und seine Bewegungen etwas steif, aber er hielt sich aufrecht, und in seinen blauen Augen schimmerte seine Klugheit ebenso wie seine Liebe zu Victorine. Er küsste sie auf beide Wangen, dann stellte Victorine ihm D'Arcy schüchtern als ihre Tochter vor.

»Du hast einiges zu erklären, Victorine«, sagte Dan grinsend, und ihm war anzuhören, dass er die Bemerkung keineswegs vorwurfsvoll meinte.

»Ich denke, wir haben uns alle eine Menge zu erzählen«, erwiderte D'Arcy.

»Ist Jess …?« Dan zögerte, aber D'Arcy sah die Hoffnung in seinen Augen.

Victorine drückte seine Hand. »Ja, sie kommt. Ihr werdet euch wiedersehen.«

Dan atmete langsam aus. »Ich kann es noch gar nicht glauben. Nach so langer Zeit.«

»Ich denke, du wirst feststellen, dass sie noch dieselbe Person ist wie damals, als ihr euch kennengelernt habt«, sagte D'Arcy mit einem Lächeln, und als Dan es erwiderte, wurde ihr ganz warm ums Herz.

Dann entdeckte sie ein weiteres vertrautes Gesicht – es war Josh, und er lächelte. Rasch entschuldigte sie sich und eilte zu ihm.

»Hi«, begrüßte sie ihn, »wie geht es dir? Und wo ist Jess?«

»Sie war müde von dem langen Flug und wollte sich ein bisschen ausruhen«, antwortete Josh, ohne den Blick von ihrem Gesicht abzuwenden. »Außerdem meinte sie, dass sie sowieso lieber erst morgen kommen würde, weil sie dann hoffentlich nicht mehr so angestarrt wird. Ich glaube, sie möchte warten, bis die Presse die Information, wer sie ist, halbwegs verdaut hat. Aber morgen früh bringe ich sie mit, versprochen.«

»Oh, natürlich – das hätte ich mir wirklich denken können«, erwiderte D'Arcy zerknirscht. »Am besten wäre es sicher, ihr kommt eine Stunde vor dem offiziellen Einlass, und ich bitte Dan und Victorine, dann auch hier zu sein. Die beiden brennen darauf, Jess zu sehen, und sie muss Dan ja auch etwas sagen.«

»Was denn?«, fragte Josh neugierig.

»Das erzähle ich dir später. Das Wichtigste ist, dass Jess mit Dan redet und ihr Lebenswerk zu sehen bekommt«, antwortete D'Arcy mit einer ausladenden Handbewegung, die nicht nur Jess' Fotografien, sondern auch Dan und Victorine mit einschloss. »Lass mich den beiden nur kurz ankündigen, dass Jess heute Abend nicht dabei sein wird.«

Als Dan hörte, dass er bis zum nächsten Tag warten musste, sah er einen Moment enttäuscht aus, nickte dann aber und meinte verständnisvoll: »Es ist bestimmt besser, wenn wir uns heute Nacht erst

mal ausruhen. Dann haben wir uns beide ein bisschen von der Flug-
reise erholt. Obwohl ich nicht beschwören möchte, dass ich morgen
gefasster bin, wenn ich sie wiedersehe«, fügte er hinzu.

D'Arcy küsste ihn auf die Wange. »Ich kann es kaum erwarten,
euch hier zu sehen, vor den Bildern, die euch zusammengebracht
haben.«

»Ich auch«, pflichtete Victorine ihr bei und hakte sich bei ihrem
Vater unter. »Dann bringe ich dich jetzt erst einmal zurück zum
Hotel.«

D'Arcy dagegen kehrte zu Josh zurück.

»Wollen wir uns ein bisschen umsehen?« Josh nahm ihre Hand,
und D'Arcys Herz machte einen Sprung bei dem Gedanken, dass er
vielleicht … vielleicht nicht nur Jess zuliebe die weite Reise nach Australien auf sich genommen hatte.

Zusammen schlenderten sie zu den ersten Bildern der Ausstellung,
den Fotos, die Jess im Krieg gemacht hatte, von den Soldaten, den
Krankenschwestern, den Nürnberger Prozessen und auch von den
Vergewaltigungsopfern, die sie immer so beschäftigt hatten. Darauf
folgten die 50er, 60er und 70er Jahre, in denen sie in der Fotokunst
Fuß gefasst hatte, und schließlich die letzten zwanzig Jahre, der Höhepunkt ihrer Karriere.

Im vorletzten Raum lief ein Film – D'Arcys Dokumentation. Sie
hatte intensiver und schneller daran arbeiten müssen, als sie es je für
möglich gehalten hätte.

Der Raum war fast voll, die Zuschauer blickten offensichtlich fasziniert auf den Bildschirm, manche hatten Tränen in den Augen.
Denn D'Arcys Film war weit davon entfernt, das Werk einer Amateurin zu sein, er war genau wie die Fotos das einer Künstlerin.

»Du hast es geschafft«, sagte Josh. »Ich hoffe, du bist stolz auf dich.«

»Könnte sein, dass ich tatsächlich ein bisschen stolz bin«, gab
D'Arcy zu.

»Und es gibt noch einen Raum, den wir uns ansehen müssen.« Er deutete auf die Hinweistafeln.

»Haben wir denn noch nicht alles gesehen?«

»Nein. Jess hat darauf bestanden, dass die Galerie noch ein paar zusätzliche Bilder aufhängt«, erklärte Josh in einem Ton, der D'Arcy beunruhigte. Trotzdem ließ sie sich in den letzten Raum führen.

Hier hingen nur sechs Bilder, doch sie waren sehr groß – fast so, als hätte man die Gefühle, die darauf eingefangen waren, sonst nicht angemessen zeigen können. Und zu sehen waren D'Arcy und Josh.

Josh, der eine Handvoll Wasser über D'Arcys Rücken goss, und D'Arcys freudestrahlendes, lachendes Gesicht. D'Arcy mit einem Schmetterling auf dem Kopf und Josh, der sie mit den Augen zu verschlingen schien. D'Arcy allein an einem Tisch voller Kisten und Werkzeuge, den Blick nach draußen gerichtet, als suche sie etwas. D'Arcy und Josh auf dem Sofa, zurückgelehnt, sichtlich erschöpft, die Hände so nah beieinander, dass der aufmerksame Betrachter den Impuls hatte, sie ineinanderzulegen. Josh und D'Arcy auf einer Picknickdecke, Josh mit geöffneten Lippen, als sage er etwas, und D'Arcy lauschte ihm mit einem Ausdruck in den Augen, der nicht nur ihr Herz, sondern ihr ganzes Wesen offenbarte.

Das letzte Bild jedoch zeigte Jess und Dan. Der Moment vor dem Kuss, verliebt und doch für den Großteil ihres Lebens voneinander getrennt.

D'Arcy stockte der Atem. Jedes Bild, auf dem sie zu sehen war, zeigte, dass sie in Josh verliebt war. Das war genauso deutlich zu erkennen wie die Liebe zwischen Jess und Dan. Aber was empfand Josh?

»Komm mit«, bat sie ihn.

Sie führte ihn ins unbesetzte Büro der Kuratorin und schloss die Tür. In der letzten Zeit hatte sie gelernt, dass Geheimnisse sehr viel

Leid verursachen konnten, und nun rang sie sich zu einer Offenheit durch, zu der sie noch vor zwei Wochen nicht fähig gewesen wäre.

»Ich liebe dich«, sagte sie und war selbst überrascht, wie fest ihre Stimme klang.

Josh lächelte, und ihr Herz machte einen Satz. »Es ist leichter, so zu tun, als hätte ich die Gefühle, die auf den Fotos zu sehen sind, in Wirklichkeit gar nicht«, fuhr sie fort. »Zuzugeben, dass ich in dich verliebt bin, ist viel schwerer. Zum einen, weil ich keine Übung habe im Verliebtsein. Zum anderen, weil ich hier lebe und du in Paris. Und aus vielen anderen Gründen auch. Aber ich will trotzdem mit dir zusammen sein.« *Bitte sag etwas*, dachte sie. *Dein Lächeln sagt eine Menge, aber ich muss es hören.*

»D'Arcy Hallworth, ich bin in dich verliebt, seit du über die Zugbrücke des Schlosses marschiert bist. Noch bevor du gesagt hast, dass ich ganz gut aussehe, wusste ich das«, sagte er und kam näher.

Sie streckte die Arme nach ihm aus, schlang sie um seinen Nacken, und Josh zog sie an sich. Und dann küsste sie ihn.

Nichts hätte sie darauf vorbereiten können, wie es sich anfühlte, einen Mann zu küssen, den sie liebte und der ihre Liebe erwiderte. Der Kuss dauerte lange, denn keiner von ihnen wollte aufhören. Diesmal war D'Arcy voll und ganz damit zufrieden, sich einfach diesem Kuss hinzugeben, bis Josh sich widerwillig von ihr löste.

»Nachdem wir so lange gewartet haben, möchte ich nicht in einem Büro Sex mit dir haben«, sagte er entschieden.

»So lange gewartet?«, wiederholte sie lachend. »Das klingt ja fast, als hättest du es auch schon früher gewollt.«

»Damit hast du vollkommen recht.«

Sein Blick verschlug ihr fast den Atem, ihr wurde heiß und kalt. Ohne sich bei jemandem für ihr abruptes Verschwinden zu entschuldigen, eilten sie nach draußen und suchten sich ein Taxi.

Die Fahrt zu ihrer Wohnung dauerte viel zu lange, aber als sie ankamen, umfasste er ihr Gesicht mit beiden Händen, zog sie an sich und küsste sie wieder. Nicht zärtlich, nicht langsam, sondern genauso, wie sie geküsst werden wollte. *Endlich*, dachte sie, als ihre Zungen aufeinandertrafen und sich sein Körper begierig an ihren presste.

Kapitel 37

Am nächsten Tag, nachdem sie gemeinsam mit Josh geduscht hatte – was wesentlich länger dauerte, als man von einer Dusche erwarten sollte –, holten sie sich beim nächsten Takeaway einen Kaffee. Beide dachten mit Wehmut an Célies Kaffee und Baguettes und eilten dann zurück zur Galerie, die sie gerade noch pünktlich zu dem vereinbarten Treffen erreichten.

Doch noch war niemand da. Irritiert runzelte Josh die Stirn. »Vielleicht hätte ich Jess abholen sollen.«

Das Klacken von Victorines hohen Absätzen unterbrach sie.

»Mum, das ist …« Ehe D'Arcy ihr Josh vorstellen konnte, bemerkte sie Victorines gerötete Augen, und ihr blieben die Worte im Hals stecken. Hilfe suchend umklammerte sie Joshs Arm. Jetzt, da sie alle endlich wieder vereint waren, hätte das Weinen doch aufhören sollen! »Was ist los?«, fragte sie erschrocken.

Bevor ihre Mutter antworten konnte, traf Dan Hallworth ein. Er strahlte und freute sich offensichtlich auf das Wiedersehen mit Jess. Doch als er Victorine sah, hielt auch er inne, und seine Freude verwandelte sich in Sorge.

»Was für ein Fiasko«, seufzte Victorine, rieb sich die Stirn, und D'Arcy wusste, dass etwas Schreckliches passiert sein musste.

»Was ist denn?«, fragte auch Dan.

»Jess war damals schwanger«, erklärte Victorine, »das war einer der Gründe, warum sie sich von dir ferngehalten hat, nachdem du Amelia geheiratet hattest.«

»Also haben Jess und ich ein Kind?«, flüsterte er, und D'Arcy zuckte zusammen, als wäre sein Schmerz auch ihrer.

»Das ist es ja gerade«, sagte Victorine. »Sie wusste es nicht. Warren Stone ...« Es war ihr anzusehen, welche Mühe es sie kostete, weiterzusprechen. »Warren Stone hat sie vergewaltigt. Ich habe es mitangesehen. Sie konnte sich nicht sicher sein, wer der Vater des Kindes ist. Und ihr war klar, was du mit Warren Stone machen würdest, wenn du es erfahren hättest. Sie wollte dich nicht mit einem Kind belasten, das möglicherweise auf diese schreckliche Weise gezeugt worden ist. Aber sie hat ihre Tochter sehr geliebt.«

»Woher weißt du das alles?«, fragte Dan stockend.

Und nun begann Victorine von Ellie und James zu erzählen. Dass Jess gedacht hatte, James wäre Dans Sohn. Dass sie die beiden nicht heiraten lassen konnte, weil Ellie Dans Tochter hätte sein können. Dass Ellie zu ihrer Mutter zurückgekehrt war, kurz bevor das Baby zur Welt kam. Dass sie starke Blutungen gehabt hatte und gestorben war. Mit angehaltenem Atem hörte D'Arcy zu.

»Ist das Baby auch tot?« Dans Stimme war kaum hörbar.

»Nein, das Baby steht dort«, antwortete Victorine und deutete auf D'Arcy. »Jess hat sie mir anvertraut.«

»D'Arcy ist Jess' Enkelin?«, hakte Dan nach.

»Ja. Und wahrscheinlich auch deine. Ganz real, nicht nur durch mich«, erklärte Victorine mit belegter Stimme, als hätte sie noch mehr auf dem Herzen.

Was würden sie jetzt noch ertragen müssen? D'Arcy ermahnte sich, zu atmen. Dann stellte sie die Frage, die am Rande ihres Bewusstseins lauerte, seit ihre Mutter hereingekommen war: »Wo ist Jess?«

Victorines Schweigen war Antwort genug. Die gnadenlose Wahrheit traf D'Arcy mit einer Wucht, dass ihre Beine um ein Haar unter ihr nachgegeben hätten.

Victorine versuchte zu sprechen. *Sag es nicht*, dachte D'Arcy. Sie ergriff Dans Hand, der ebenfalls aussah, als könne er jeden Moment zusammenbrechen.

»Ich habe letzte Nacht von Jess geträumt«, erzählte er traurig. »Sie lag neben mir und lächelte ihr einmaliges Lächeln. Nichts hat mich je so glücklich gemacht wie dieses Lächeln.« Einen Moment hielt er inne, und seine Augen blickten durch D'Arcy hindurch, als sähen sie die Vergangenheit, eine Zeit, in der Jessica May nur für ihn gelächelt hatte. »Dann hat sie mich geküsst. Und sich … verabschiedet.« Er holte tief Luft. »In all der Zeit, die ich sie kannte, haben wir das nie getan. Im Krieg verabschiedet man sich nicht von jemandem, sonst …«

»Nein, nein, nein!«, rief D'Arcy, völlig außer sich. »Das darf nicht sein!«

»So vieles hätte nicht sein dürfen«, sagte Dan dumpf.

Fast wäre D'Arcy aus dem Raum gerannt, um nicht vor den anderen in Tränen auszubrechen, denn welches Recht hatte sie, zu weinen? Sie kannte Jess erst seit zwei Wochen, Dan dagegen hatte sie sein Leben lang geliebt und um sie getrauert. Plötzlich wurde ihr bewusst, dass sie sich an Josh klammerte, der sich seinerseits an ihr festhielt. Auch er hatte Jess geliebt, das hatten sie alle. Und nun war sie fort.

Auf einmal merkte sie, dass auch Dan sie von der einen und Victorine von der anderen Seite in den Arm genommen hatte.

»Champagner«, sagte Dan plötzlich mit rauer Stimme. »Wir brauchen Champagner.«

D'Arcy nickte etwas unsicher, während Josh sofort losging und eine bei der Vernissage übrig gebliebene Flasche und Gläser herbeiholte. Dan ließ den Korken knallen und reichte jedem ein Glas.

»Vor langer, langer Zeit hat Jess mich gebeten, auf ihr Wohl zu trinken«, sagte er, und jetzt klang seine Stimme auf einmal ganz weich. »*Eines Tages, wenn dein Herz geheilt ist, wirst du das Glas auf mich erheben, ja? Wir sind es wert, in Erinnerung zu bleiben*, hat sie gesagt. Aber ich habe nie auf ihr Wohl getrunken. Zum einen, weil ich immer gehofft habe, dass wir doch noch zusammenkommen, und zum anderen, weil mein Herz nie ganz verheilt ist ...«

Er schloss die Augen, unfähig weiterzusprechen.

»Nun«, fuhr er nach einer Weile fort. »Ich nehme an, ihr könnt euch ungefähr vorstellen, wie es jetzt, in diesem Augenblick, um mein Herz bestellt ist. Aber Jess verdient es, dass wir das Glas auf sie erheben. Und mit Sicherheit ist sie es wert, in Erinnerung zu bleiben. Also – auf Jess!«, rief er mit fester Stimme.

»Auf Jess!«, wiederholten die anderen. So war hier in dieser Galerie nicht nur Jess' gesamtes künstlerisches Lebenswerk zusammengetragen – auch die Menschen, deren Leben sie am tiefsten geprägt hatte, hatten sich hier versammelt, um sie zu feiern und ihrer zu gedenken. Und nicht nur D'Arcy schwor sich, von nun an so zu leben und vor allem zu lieben, wie es Jess nie möglich gewesen war.

In ihrem Kopf nahm eine Idee Form an. »Ich finde, nach der Ausstellung sollten wir alle Fotos von Jess ins Schloss zurückbringen und dort eine öffentlich zugängliche Sammlung einrichten. Damit jeder ihre Bilder bewundern kann. Sorgen wir dafür, dass die ganze Welt das Glas auf Jess erhebt«, sagte sie zu Josh. »Natürlich nur, wenn das für euch in Ordnung ist«, fügte sie, an Dan und Victorine gewandt, hinzu, und sie nickten beide.

»Du solltest auch die Jessica-May-Stiftung von dort aus leiten«, meinte Dan. »Nach deinen eigenen Vorstellungen. Mach das Schloss zu einem Ort, an dem Frauen wie du Zeit und Raum bekommen, künstlerisch tätig zu sein. Lass Jess' Vermächtnis jeden Tag ein wenig weiter wachsen.«

»Meinst du das ernst?«, fragte D'Arcy ehrfürchtig. Der Gedanke, dass sie mit der Stiftung, bei der sie früher selbst Unterstützung gesucht hatte, jetzt anderen Künstlerinnen bei der Verwirklichung ihrer Träume helfen könnte, überwältigte sie fast.

»Sehr ernst sogar«, bestätigte Dan.

Durch Tränen lächelnd fügte Victorine hinzu: »Als ich dich aufgenommen habe, hat Jess mir gesagt, es sei ihr Wunsch, dass du das Schloss nach ihrem Tod erbst.«

»Und du musst auch nach New York kommen und James kennenlernen, deinen Vater«, fügte Dan hinzu.

Niemals wäre D'Arcy auf die Idee gekommen, dass sie einmal einen Vater haben würde! Es war beinahe zu viel auf einmal, und plötzlich hatte sie das Gefühl, dass sie verstand, was Balzac mit der mystisch-philosophischen Äußerung gemeint hatte, jedes Mal, wenn etwas fotografiert werde, zeige sich kein reales Abbild, sondern die Kamera halte lediglich ein »Gespenst« fest, einen flüchtigen und letztlich nicht realen Moment. Die Fotos, die Jess von ihr gemacht hatte, hatten vieles von dem, was D'Arcy zu sein glaubte, bloßgelegt und ihr geholfen, unnötigen Ballast abzuwerfen. Sie hoffte, dass ihr in ihrer Dokumentation dasselbe gelungen war – dass sie all die Schichten entfernt hatte, unter denen Jess sich nach dem Krieg verborgen hatte, und dass die wahre Jess zum Vorschein gekommen war: kühn, stark, wunderschön und von vielen Menschen geliebt.

Victorine und Dan hielten sich im Arm, während Josh und D'Arcy sich den Bildern von Jessica May zuwandten, die über den Bildschirm flackerten. Es war, als gebe Jess ihrer Liebe mit ihrem Lächeln den Segen, den sie ihnen, wie D'Arcy nun erkannte, in Wahrheit schon auf der Terrasse des Schlosses gegeben hatte. Über den Tod hinaus spürte D'Arcy noch immer diese Umarmung, die ihr und Josh ein langes, wunderschönes Leben verhieß, und staunend begriff sie, dass dieses lange, wunderschöne Leben, das Dan und Jess nie gehabt hatten und das D'Arcy sich nicht einmal in ihren wildesten Träumen vorgestellt hatte, auf einmal direkt vor ihr lag. Wie um dieses Zukunftsversprechen zu besiegeln wandte sie sich zu Josh um und küsste ihn auf die Lippen.

NACHWORT DER AUTORIN

In mancher Hinsicht war dieses Buch das schwierigste, das ich je geschrieben habe – es war nicht einfach, all die Personen, Handlungsstränge und Zeitspannen so zusammenzubringen, wie ich es mir vorgestellt hatte. In anderer Hinsicht jedoch war es das leichteste. Jess und Dan sind zwei Charaktere, die sich mir mühelos offenbart haben; sie sind ein Geschenk der Schriftstellermuse. Aber natürlich gab es viele Gründe für das Zustandekommen dieses Buchs, nicht zuletzt das unfassbar gute Recherchematerial, das gar nicht anders konnte, als mich zum Schreiben zu inspirieren.

Von Lee Miller habe ich zum ersten Mal gehört, während ich *Die Kleider der Frauen* schrieb. Ihre Geschichte zog mich sofort in ihren Bann – sie war ein berühmtes Model, Man Rays Geliebte, sie schrieb und fotografierte, verfasste im Zweiten Weltkrieg außergewöhnliche Reportagen für die *Vogue*, aber dann gerieten ihre Werke größtenteils in Vergessenheit. Selbst ihr Sohn Antony Penrose wusste bis nach ihrem Tod nur sehr wenig über die erstaunliche Vergangenheit seiner Mutter, bis seine Frau beim Ausräumen des Dachbodens der Farley Farm – Millers Haus – auf sechzigtausend ihrer Fotos und Negative, auf Zeitungsausschnitte, Kameras und Kriegsandenken stieß, die Miller wahllos in Kisten verstaut hatte. Penrose ließ ihren Nachlass auferstehen, und inzwischen wird Lee Miller weltweit als begnadete Fotojournalistin anerkannt.

Wer könnte da der Verlockung widerstehen, über diese Frau zu schreiben?

Aber ich wusste auch, dass ich ihre Lebensgeschichte nicht so aufschreiben konnte, wie sie real passiert ist. Lee Miller sind schreckliche Dinge widerfahren. So wurde sie von einem Freund der Familie vergewaltigt, als sie sieben Jahre alt war, und mit Gonorrhöe infiziert. Ich war mir absolut nicht sicher, ob ich in der Lage sein würde, diese Tragödie angemessen wiederzugeben, da ich mir letztlich keine Vorstellung davon machen kann, wie Lee wahrscheinlich ihr Leben lang darunter gelitten hat. Außerdem wollte ich wie bei meinem letzten Buch *Die Kleider der Frauen* aus zwei Erzählperspektiven schreiben, und das wäre nicht möglich gewesen, wenn ich mich ausschließlich an die Tatsachen gehalten hätte. Also beschloss ich, Lee als Inspiration für Jess, meine Hauptperson, zu nehmen.

Meine Geschichte beginnt damit, dass Jess' Modelkarriere vor dem Aus steht, weil ein Bild von ihr für eine Kotex-Werbung verkauft wird. Genau das ist Lee Miller auch passiert, wenn auch etwas früher als in meinem Buch. Heutzutage können wir uns nur schwer vorstellen, dass es tatsächlich das Ende einer Karriere bedeuten konnte, in einer Werbung für Hygieneprodukte aufzutauchen, aber so war es damals. Miller gab das Modeln auf, weil niemand das »Kotex-Mädchen« in Abendkleidern posieren sehen wollte. Condé Nast hat Lee Miller tatsächlich entdeckt – wie Jess in meiner Geschichte –, sie gehörte wirklich zu seinen Lieblingsmodels, und sein Einfluss war ausschlaggebend für ihre Karriere. Die Aufnahmen, die Toni Frissell in der Anfangsszene meines Buchs von Jess macht, basieren auf den Fotos, die Frissell 1942 für die Titelseite der *Vogue* aufgenommen hat.

Meine Beschreibung von Italien, als Jess 1943 dort ankommt, beruht auf Martha Gellhorns Reportage »Visit Italy«, die im Februar 1944 in *Collier's Weekly* erschien, Margaret Bourke-Whites *Salt of the Earth* und *Fifth Army Field Hospital*, Auszügen aus ihrem Buch *They Called it Purple Heart Valley*, das 1944 erschien, sowie aus ihrem

Bildband *Evacuation Hospital*, veröffentlicht in der *Life Photo Collection* im Februar 1944. Die Szene während des Oster-Gottesdienstes in Italien basiert auf »Easter in Italy: Americans Pray Within Earshot of German Lines«, einer Reportage der Korrespondentin Sonia Tamara, die im April 1944 in der *New York Herald Tribune* veröffentlicht wurde.

Warren Stone erzählt Jess, dass ein Foto einer nackten, mit Tarnfarben bemalten Frau in Lehrveranstaltungen benutzt wurde. Auch das beruht auf der Realität; Roland Penrose, Fotograf, Millers Liebhaber und späterer Ehemann, hielt seine Vorträge in Tarnkleidung und benutzte dieses Bild als sogenanntes *startle slide*, also Schock-Dia, um sicherzugehen, dass alle aufpassten.

Warren Stones Ausführungen, warum Frauen aus biologischen Gründen nicht für den Aufenthalt in Kriegsgebieten geeignet sind, stammt aus *The Woman War Correspondent, the US Military, and the Press* von Carolyn M. Edy. Das Zitat über die angeblich verheerenden Auswirkungen, die Fallschirmtraining auf »die zarten weiblichen Organe« haben könnte, stammt aus *Never a Shot in Anger*, den Memoiren des Public Relations Officer Colonel Barney Oldfield, ebenso die Anekdote über Capa und seine Kollegen, die ihre Fallschirmtrainingsplätze wegen einer Sauftour verloren hatten.

Martha Gellhorn fuhr tatsächlich als blinde Passagierin auf einem Lazarettschiff mit, um als erste weibliche Korrespondentin in der Normandie zu landen. Ich habe mich bemüht, Martha nur an Orten auftauchen zu lassen, die mit ihren tatsächlichen Aufenthaltsorten im Krieg übereinstimmen, aber ihre Beziehung zu Jess ist selbstverständlich fiktional.

Viele Korrespondentinnen schickten Briefe an das Alliierte Hauptquartier (Supreme Headquarters of the Allied Expeditionary Forces, kurz SHAEF), um gegen die ihnen im Krieg auferlegten Beschränkungen zu protestieren, daher basiert die Szene, in der Jess mit der

Unterstützung der anderen Korrespondentinnen ein solches Protest-
schreiben verfasst, auf einer Kombination aus diesen Briefen.

Iris Carpenters Reise an den Omaha Beach und ihr daraus resul-
tierender Gerichtsprozess ist in Carpenters Memoiren *No Woman's
World: From D-Day to Berlin, a Female Covers World War II* doku-
mentiert. Außerdem habe ich Ernie Pyles Telegramm-Abschrift vom
Juni 1944 (er arbeitete als Korrespondent für *Scripps-Howard News-
papers*), betitelt »Omaha Beach after D-Day«, die in *Reporting World
War II: American Journalism 1938–1946* veröffentlicht wurde, als
Grundlage für Jess' Beschreibung von Omaha Beach benutzt.

Dass Lee Carson es schaffte, mit Wimpernklimpern dem Kriegsgericht zu entgehen, ist ebenfalls in Oldfields Memoiren erwähnt.
Catherine Coyne, Lee Carson und Iris Carpenter waren allesamt
reale Personen, und auch bei ihnen habe ich mich bemüht, dass ihr
Erscheinen in Jess' Leben mit ihren tatsächlichen Aufenthaltsorten
während des Kriegs übereinstimmt. Sowohl Iris Carpenter als auch
Lee Carson hatten die Erlaubnis, die betreffenden Gebiete zu etwa
der gleichen Zeit zu bereisen wie Jess im Buch.

Auch die Szenen um den Auftritt der Sängerin im Hotel Scribe – das
Schild auf dem Klavier und die kläglichen Versuche frauenfeindlichen Humors am nächsten Morgen – werden alle in Oldfields Memoiren beschrieben, die völlig unbeabsichtigt als unschöne Chronik
der sexuellen Belästigung von Frauen im Krieg dient. Dort ist auch
die Geschichte des Mädchens zu finden, das ein Schreiben eines amerikanischen Soldaten bei sich trug, von dem sie dachte, es sei ein Sonderausweis, der sie von ihren Pflichten gegenüber der amerikanischen
Armee befreie. Oldfield merkt an, der Verfasser müsse sich »köstlich
amüsiert haben und … äußerst humorvoll und edelmütig gewesen
sein«. Ich habe versucht, die Schikanen, denen Frauen im Krieg ausgesetzt waren, nicht zu übertreiben, aber ich weiß, dass viele von mir
beschriebene Vorfälle unglaublich erscheinen.

Ich wollte über Ravensbrück schreiben, das einzige Konzentrationslager, in dem ausschließlich Frauen eingesperrt waren, doch dieses Lager wurde von den Russen, nicht von den Amerikanern befreit. Daher ist das Konzentrationslager, das ich in diesem Buch anhand von Lee Millers und Iris Carpenters Berichten beschreibe, eine Mischung aus Ravensbrück und anderen Lagern, beispielsweise Buchenwald und Dachau. Nachdem Lee Miller in Dachau fotografiert hatte, schickte sie, da die Fotos zu den ersten KZ-Bildern gehörten, ihrer Lektorin bei der *Vogue* ein Telegramm, in dem sie diese inständig bat, ihr zu glauben. Dieses Telegramm habe ich Jess ebenfalls verschicken lassen.

Dass viele Korrespondenten an der Existenz der Konzentrationslager zweifelten, beruht ebenso auf Tatsachen wie der Bericht, dass General Collins die Bewohner der thüringischen Stadt Nordhausen zwang, als Strafe dafür, dass sie die Augen vor den Gräueln verschlossen hatten, die sich direkt vor ihrer Türschwelle ereigneten, die Toten des dortigen KZs zu bestatten. Die Maßnahme, deutsche Zivilisten aus nahe gelegenen Städten zu den Konzentrationslagern zu bringen, um ihnen zu zeigen, was sie ignoriert hatten, wird auch in *The Women Who Wrote the War: The Compelling Story of the Path-breaking Women Correspondents of World War II* von Nancy Caldwell Sorel erwähnt. Jess' Erfahrung, ein solches Lager zu betreten und mit Maschinenpistolen bedroht zu werden, basiert auf einem tatsächlichen Erlebnis von Marguerite Higgins, einer Korrespondentin für die *New York Herald Tribune*, in Dachau.

Die im Buch General Patton zugeschriebene Ansicht, Geschlechtsverkehr sei kein Fraternisieren, stammt ebenfalls aus Oldfields Memoiren.

Die Beschreibung von Hitlers Wohnung basiert auf Lee Millers Artikel»Hitleriana«, der 1945 in der *Vogue* veröffentlicht wurde. Ich habe auf das berühmte Foto von Lee Miller in Hitlers Badewanne Bezug genommen und Jess dasselbe tun lassen wie Lee.

Die Reporterin, die 1945 einen US-Soldaten dabei erwischte, wie er ein deutsches Mädchen vergewaltigte, war Iris Carpenter. Im *Boston Globe* berichtete sie nie darüber, beschrieb das Verbrechen jedoch in ihren 1946 veröffentlichten Memoiren. Dort hält sie auch die Reaktion des Offiziers fest, dem sie den Vorfall zur Kenntnis brachte – das Hauptproblem im Krieg sei gewesen, dass Frauen sich in der Nähe befanden. Jess' Bericht von der Vergewaltigung basiert auf Iris' Erinnerungen in ihren Memoiren.

Die Geschichte von der 371sten Kampftruppe und Yvette, dem verwundeten Mädchen, das zu ihrem Glücksbringer wurde, ist ebenfalls wahr. Auch in einem Feldlazarett in Italien hielt sich wochenlang ein italienischer Waisenjunge auf, der für die Krankenschwestern und das in der Nähe stationierte Bataillon ebenfalls zu einer Art Glücksbringer wurde. Bei Fiktion geht es in erster Linie darum, was möglich wäre, und diese beiden Beispiele überzeugten mich, dass ein Kind wie Victorine durchaus über mehrere Monate in einem Feldlazarett untergebracht gewesen sein könnte.

Aus vielen anderen Quellen bekam ich Informationen, die mir halfen, diesen Roman zu schreiben. Für Information über weibliche Korrespondentinnen im Krieg sowie die oben genannten Quellen zog ich auch *Women War Correspondents of World War II* von Lilya Wagner, *Women of the World* von Julia Edwards und *Where the Action Was: Women War Correspondents in World War II* von Penny Colman zu Rate.

Um Lee Millers Leben zu verstehen, las ich *Lee Miller, Krieg. Mit den Alliierten in Europa 1944–1945*, herausgegeben von Antony Penrose, *Lee Miller: A Life* von Carolyn Burke, und *Lee Miller: A Woman's War* von Hilary Roberts. Martha Gellhorn ist eine weitere außergewöhnliche Frau, und für Einzelheiten ihres Lebens bezog ich mich auf eine Sammlung ihrer Reportagen, die unter dem Namen *Das Gesicht des Krieges. Reportagen 1937–1987* veröffentlicht wurde, und

Caroline Moorheads Biographie *Martha Gellhorn: A Life*. Außerdem las ich Gellhorns literarische Werke, um mehr über ihre Ausdrucksweise zu erfahren.

Der Wald *Faux de Verzy* liegt im Naturpark Montagne in der Nähe von Reims.

Dans Division basiert auf der 82nd Airborne Division der US-Armee, obwohl ich es bei ihren Truppenbewegungen manchmal nicht hundertprozentig genau nehmen konnte; es ist gut möglich, dass er schon vor Ostern aus Italien abgezogen wurde, um sich auf die Invasion vorzubereiten, die Division kämpfte in Anzio, nicht in Cassino, und zog nach Berlin weiter, nicht nach München.

Die Einzelheiten der Schlachten im Zweiten Weltkrieg und des Lebens in der US-Armee entnahm ich Antony Beevors *Der Zweite Weltkrieg*, David Drakes *Paris at War* und *Atlas des Zweiten Weltkriegs* von Alexander Swanston und Malcolm Swanston. Außerdem studierte ich im Zuge meiner Recherche Utah Beach und Omaha Beach und besuchte das *Omaha Beach Memorial Museum*, das *Normandy American Cemetery and Memorial* in Colleville-sur-Mer sowie das *Airborne Museum* in Sainte-Mère-Église. Ich gestehe, dass dies der schwierigste Teil meiner Recherche war, da ich zu Anfang nichts von Militärrängen oder dem Unterschied zwischen einem Platoon, einer Kompanie und einem Bataillon wusste; alle Fehler gehen auf mein Konto, denn obwohl ich mein Bestes gegeben habe, bin ich längst keine Expertin und kann nur hoffen, dass das meiste korrekt ist.

Susan Sontags *Über Fotografie* und *Das Leiden anderer betrachten* haben mir sehr geholfen, die moralische Komplexität der Kriegsfotografie zu verstehen.

Die Inspiration zu zwei der Fotos, die ich beschreibe, bekam ich durch echte Bilder: David Heaths *Vengeful Sister* und Mark Cohens *Group of Children*.

Das letzte Wort sollte natürlich Lee Miller haben. Etwas, das sie an Audrey Withers, ihre Lektorin bei der *Vogue*, geschrieben hat, war mir stets im Gedächtnis, während ich an diesem Buch arbeitete und mir vorzustellen versuchte, wie es gewesen sein musste, sowohl das Grauen als auch das Heldentum des Krieges mitzuerleben und darüber zu berichten: *Jedes Wort, das ich schreibe, fällt mir so schwer, als müsste ich einem harten Stein Tränen auspressen.*

DANK

Neben all den auf den vorhergehenden Seiten bereits aufgeführten Quellen gibt es noch viele Personen, denen ich danken möchte. Die wichtigste ist Rebecca Saunders von Hachette Australia, die mich glauben lässt, dass ich tatsächlich Bücher schreiben kann und diese es wert sind, gelesen zu werden. Ohne Rebecca und ihr unerschütterliches Vertrauen, ihre unermüdliche Unterstützung und Ermutigung würde ich jetzt garantiert nicht schon meinen vierten historischen Roman veröffentlichen, das weiß ich genau.

Die Belegschaft von Hachette Australia ist wundervoll – ich glaube, ich erwähne in jedem meiner Bücher, wie glücklich ich mich schätze, dass meine Texte hier veröffentlicht werden. Es ist nun mal die Wahrheit. Ein spezieller Dank geht an Sophie Mayfield für ihre Detailgenauigkeit und redaktionelle Unterstützung.

Dank auch an Celine Kelly für ihre clevere strukturelle Bearbeitung und ihre Hilfe, das Buch zu dem zu machen, was ich mir erhofft habe. Alex Craig ist die weltbeste Korrektorin, und einmal mehr schätze ich mich glücklich, dass sie mit mir an diesem Buch gearbeitet hat.

Ein großer Dank geht auch an alle meine literatur- und schreibnahen Freunde und Freundinnen, für das Lachen, wenn der Text gut ist, und die Taschentücher, wenn es mal nicht so klappt. Speziell möchte ich Sara Foster danken, die meine Manuskripte durchliest und wundervolle Tipps und Vorschläge auf Lager hat, wenn ich sie am dringendsten brauche.

Meine drei Kinder sind die Liebe meines Lebens, ihre Begeisterung für meine Bücher – vor allem auch für die Rechercherreisen nach Europa, auf die ich sie mitnehme – ist inspirierend, und ich möchte sie natürlich weiterhin stolz machen. Außerdem danke ich meinem Mann – er hat nie, nicht ein einziges Mal, an mir gezweifelt.

Wie immer geht das größte Dankeschön jedoch an meine Leserinnen und Leser. Eure Mails und sonstigen Nachrichten sind für mich tägliche Lichtblicke, meine Hoffnungsfunken, wenn ein Buch zu schwierig zu werden scheint. Ich hoffe, auch dieses Buch findet einen Platz in euren Regalen.

BIBLIOGRAPHIE

Die Zitate auf Seite 151 sowie auf Seite 498 stammen aus Lee Miller, *War 1944–45*, Condé Nast Books, 1992, Übersetzung von Christine Strüh.

Das Zitat auf Seite 289 stammt aus Susan Sontag, *On Photography*, Farrar, Straus and Giroux, 1977, Übersetzung von Christine Strüh.

Das zweite Zitat auf Seite 289 stammt aus Henry L. Mencken, *Heliogabalus*, 1920, Übersetzung von Christine Strüh.

Das Zitat auf Seite 306 stammt aus Psalm 56,3.

Die Zitate auf Seite 359 sowie auf Seite 397 stammen aus Susan Sontag, *Regarding the Pain of Others*, Farrar, Straus and Giroux, 2003, Übersetzung von Christine Strüh.

Das Zitat auf Seite 369 stammt aus Martha Gellhorn, *The Face of War*, Atlantic Monthly Press, 1988, Übersetzung von Christine Strüh.

Kapitel 1

2. JUNI 1940 | Estella Bissette rollte einen Ballen goldene Seide aus und sah, wie der Stoff zu tanzen begann und quer über den Arbeitstisch einen Cancan hinlegte. Fasziniert strich sie mit der Hand über den Stoff, der sich so zart und sinnlich anfühlte wie Rosenblüten und nackte Haut. »*What's your story, morning glory*«, murmelte sie auf Englisch.

Prompt hörte sie ihre Mutter lachen. »Estella, du klingst amerikanischer als jeder Amerikaner.«

Estella lächelte. Ihr Englischlehrer, der letztes Jahr den Unterricht beendet hatte, um sich dem Exodus aus Europa anzuschließen, hatte genau das Gleiche gesagt. Kurz entschlossen klemmte sie den Stoffballen unter den Arm, drapierte die Seide über die Schulter und schwang sich, ohne auf die warnenden »*Attention!*«-Rufe der anderen Frauen zu achten, in einen wilden Tango. Von den Zwischenrufen angestachelt begann sie zu singen, und stimmte spontan, immer wieder von Lachsalven unterbrochen, Josephine Bakers rasantes *I Love Dancing* an.

Nach einer gekonnten Rückbeuge richtete sie sich zu schnell wieder auf, so dass die goldene Seide über den Arbeitstisch der beiden jungen Näherinnen wischte, Nannettes Kopf knapp verpasste, um schließlich auf Maries Schulter zu landen.

»Estella! *Mon Dieu!*«, schimpfte Marie und fasste sich an die Schulter, als wäre sie verletzt.

Estella küsste sie auf die Wange. »Aber sieh nur, er verdient mindestens einen Tango«, erklärte sie und deutete auf den Stoff, der selbst in der alltäglichen Umgebung des Ateliers leuchtete wie der Mond im Sommer und ganz eindeutig für ein Kleid bestimmt war, das nicht bloß für Aufmerksamkeit sorgen, sondern die Blicke schneller auf sich ziehen würde, als Cole Porters Finger im berüchtigten Jazzclub Bricktop's in Montmartre über die Klaviertasten jagten.

»Der Stoff hat vor allem eines verdient – dass du dich mit ihm hinsetzt und endlich anfängst zu arbeiten«, grummelte Marie.

Angelockt von dem Lärm erschien auch Monsieur Aumont an der Tür, warf einen Blick auf die seidendrapierte Estella und meinte lächelnd: »Was hat *ma petite étoile* sich denn jetzt wieder ausgedacht?«

»Mich mit diesem Stoff zu prügeln!«, beklagte sich Marie.

»Ein Glück, dass du gut gepolstert bist und Estellas Späße aushalten kannst«, neckte sie Monsieur Aumont, und Marie nuschelte etwas vor sich hin, das niemand verstand.

»Was machen wir daraus?«, fragte Estella und strich zärtlich über die goldenen Falten.

»Das hier«, antwortete Monsieur Aumont. Mit einer eleganten Verbeugung reichte er ihr eine Skizze.

Es war ein Lanvin-Kleid, eine Überarbeitung der berühmten La-Cavallini-Robe aus den zwanziger Jahren, aber statt mit Tausenden Perlen und Kristallen war die große Schleife hier mit Hunderten winzigen goldenen Rosenknospen verziert.

»Oh!«, hauchte Estella und berührte behutsam die Zeichnung. Sie wusste, dass die zarten Blumenreihen von Weitem aussehen würden wie ein einziger funkelnder Goldstrudel und ihre wahre Komposition – ein geschwungenes Band von Rosen – erst zu erkennen sein würde, wenn man der Trägerin nahe genug kam. Und es gab bei diesem Kleid keine militärischen Schulterklappen, keine umgehängte Gasmaskentasche, genauso wenig wie es in einem der zahlreichen Blautöne gehalten war – Maginot-Blau, Royal-Air-Force-Blau, gedecktes Stahlblau –, die Estella inzwischen allesamt aus tiefstem Herzen hasste. »Wenn meine Entwürfe eines Tages so aussehen«, sagte sie und betrachtete bewundernd Lanvins exquisite Illustration, »werde ich so glücklich sein, dass ich nie wieder einen Liebhaber brauche.«

»Estella!«, wies Marie sie zurecht, als dürfte eine Zweiundzwanzigjährige dieses Wort nicht kennen und schon gar nicht laut aussprechen.

Grinsend schaute Estella zu Jeanne, ihrer Mutter, hinüber. Diese hatte, wie es ihre Art war, während des ganzen Geschehens unbeirrt weiter winzige Kirschblüten aus Seide geformt. Sie blickte nicht auf, mischte sich nicht ein, aber Estella sah, dass sie sich ein Grinsen verkneifen musste, denn sie wusste, wie viel Spaß es ihrer Tochter machte, die arme Marie zu schockieren.

»Ein Kleid ist doch kein Ersatz für einen Liebhaber«, meinte Monsieur Aumont ernst und deutete auf die Seide. »Du hast zwei Wochen Zeit, um das hier in ein goldenes Bouquet zu verwandeln.«

»Wird es Reste geben?«, fragte Estella, den Stoffballen noch immer fest an sich gedrückt.

»Wir haben vierzig Meter bekommen, aber nach meinen Berechnungen solltest du nur sechsunddreißig brauchen – wenn du sorgfältig arbeitest.«

»Ich werde so exakt arbeiten wie beim Klöppeln von Calais-Spitze«, erwiderte Estella ehrfürchtig.

Die Seide wurde zum Spannen mit Nägeln auf einem Holzrahmen befestigt, dann, um sie fester zu machen, mit einer Zuckerlösung bestrichen, so dass Marie mit den schweren eisernen Stanzformen Kreise herausstechen konnte.

Als Marie fertig war, legte Estella ein sauberes weißes Stück Stoff über einen Schaumstoffblock, erhitzte ihre Modellierkugel auf niedriger Flamme, überprüfte die Temperatur in einer Schüssel mit Wachs, legte eine der runden goldenen Stoffscheiben auf das weiße Tuch und drückte dann die warme Kugel in die Seide, die sich sofort darum-schmiegte und zu einem wunderschönen Blütenblatt formte. Estella legte das Blatt zur Seite, wiederholte den Vorgang mit dem nächsten goldenen Seidenkreis, und bis zum Mittag hatte sie bereits zweihundert Rosenblüten zusammengesetzt.

Wie jeden Tag plauderte und lachte sie bei der Arbeit vergnügt mit Nannette, Marie und ihrer Mutter, doch alle wurden ernst, als Nannette leise sagte: »Ich habe gehört, dass inzwischen mehr französische Soldaten aus dem Norden fliehen als belgische oder niederländische Zivilisten.«

»Wenn die Soldaten fliehen, was steht dann noch zwischen uns und den Deutschen?«, fragte Estella. »Sollen wir Paris mit unseren Nähnadeln verteidigen?«

»Der Wille des französischen Volkes steht zwischen uns und den *Boches*. Frankreich wird sich nicht ergeben«, erklärte Jeanne mit Nachdruck, und Estella seufzte.

Die Diskussion war sinnlos. So gern Estella ihre Mutter in Sicherheit gebracht hätte, so sicher wusste sie, dass sie und ihre Mutter niemals weglaufen, sondern weiterhin im Atelier sitzen und Stoffblumen formen würden, als wäre Mode das Wichtigste auf der Welt. Für sie gab es keinen Ausweg. Sie würden sich nicht den nach Süden strömenden Flüchtlingen aus den Niederlanden, Belgien und Nordfrankreich anschließen, denn sie hatten keine Verwandten auf dem Land, bei denen sie Zuflucht finden konnten.

In Paris hatten sie ein Zuhause und Arbeit, jenseits der Stadt hatten sie nichts. Obwohl der Glaube ihrer Mutter, dass die Franzosen der deutschen Armee Widerstand leisten könnten, ihr Sorgen bereitete, wusste Estella keine Erwiderung darauf. Und war es denn so falsch, solange Couturiers wie Lanvin nach goldenen Stoffblumen verlangten, innerhalb der vier Wände ihres Ateliers wenigstens noch ein paar Tage so zu tun, als könnte alles gut gehen?

In der Mittagspause aßen sie in der Küche des Ateliers Kanincheneintopf. Estella saß etwas abseits und zeichnete. Mit Bleistift skizzierte sie ein Kleid mit bodenlangem, schmal geschnittenem Rock, Flügelärmeln, einer schmalen Schärpe aus goldener Seide um die Taille und einem eleganten V-Ausschnitt, den als unerwartetes Detail ein Revers wie auf einem Herrenhemd zierte, was das Kleid modisch und besonders zugleich machte. Obwohl der Rock eng anlag, würde man darin gut tanzen können; kühn und golden, war dies ein Kleid, um das Leben zu feiern. Und alles, was Leben verhieß, war in Paris im Juni 1940 hochwillkommen.

Als Jeanne mit dem Essen fertig war, ging sie, obwohl die Mittagspause erst in fünfzehn Minuten zu Ende wäre, durchs Atelier zu Monsieur Aumonts Büro. Estella beobachtete die Gesichter der beiden, die leise miteinander tuschelten. Monsieur Aumont hatte im Großen Krieg gekämpft und gehörte zu den *gueules cassées* – so nannte man die Männer, deren Gesicht von einem Artilleriegeschoss, einer Kugel oder was auch immer zerstört worden war. Ihm hatte ein Flammensturm die Lippen verformt und von der Nase kaum etwas gelassen. Ein schrecklicher Anblick, der Estella längst nicht mehr auffiel, den Aumont jedoch außerhalb seines Ateliers unter einer Kupfermaske verbarg. Er machte kein Hehl aus seiner tiefen Abneigung gegen die Deutschen, die *Boches*, wie er und Jeanne sie nannten. In letzter Zeit hatte Estella immer wieder mitbekommen, dass Männer im Atelier aus und ein gingen und sich im Treppenhaus mit Aumont trafen. Angeblich lieferten sie Stoff oder Färbemittel, aber ihre Kartons wurden nur von Monsieur Aumont höchstpersönlich ausgepackt.

Jeanne gehörte zu den 700 000 Kriegswitwen aus dem Großen Krieg – ihr Mann war bald nach der Hochzeit gefallen, sie war damals gerade erst fünfzehn gewesen. Hier tuschelten also zwei Menschen ständig miteinander, die allen Grund hatten, die Deutschen zu hassen, und ihre Ernsthaftigkeit wies keinesfalls auf eine heimliche Romanze hin.

Estella beugte sich wieder über ihre Skizze, als ihre Mutter zurückkam.

»*Très, très belle*«, sagte Jeanne mit einem Blick auf den Entwurf ihrer Tochter.

»Das nähe ich mir heute Abend aus den Stoffresten.«

»Und ziehst es an, wenn du ins La Belle Chance gehst?«, fragte ihre Mutter. Das La Belle Chance war ein Jazzclub in Montmartre, den Estella besuchte, obwohl kaum noch Männer in der Stadt waren, seit die französische Armee vergangenes Jahr mobilgemacht hatte und die Briten bei der Schlacht von Dunkerque im Mai geflohen waren. Eigentlich gab es nur noch Männer, die in der Kriegsindustrie arbeiteten und deshalb vom Wehrdienst freigestellt waren.

»*Oui.*« Estella lächelte ihrer Mutter zu.

»Ich gehe nachher zur Gare du Nord.«

»Dann wirst du morgen müde sein.«

»Genau wie du heute«, erwiderte Jeanne.

Gestern war es Estella gewesen, die auf dem Bahnhof gestanden und Suppe an die Flüchtlinge verteilt hatte, die durch Paris zogen. Manche hatten es geschafft, mit dem Zug hierherzukommen, während andere auf der Flucht vor den Deutschen Hunderte von Kilometern zu Fuß zurückgelegt hatten. Sobald sie sich gestärkt hatten, machten die Flüchtlinge sich von Neuem auf den Weg, um Zuflucht bei Verwandten zu suchen, oder sie schleppten sich, so weit die Füße sie trugen, fort von der Front, auf die andere Seite der Loire, wo man angeblich in Sicherheit war.

Der Tag verging, Rosenknospe um Rosenknospe. Um sechs verließen Estella und ihre Mutter gemeinsam das Atelier. Sie gingen die Rue des Petits-Champs hinter dem Palais-Royal entlang, vorbei an der Place des Victoires und an Les Halles, vor denen anstelle der üblichen Lkw nun von Pferden gezogene Wagen warteten, um Lebensmittel anzuliefern. Die Realität, die Estella mit einem Stoffballen wunderschöner goldener Seide zu verdrängen versucht hatte, machte sich hier mit Nachdruck bemerkbar.

Zuallererst war es die gespenstische Ruhe – es war nicht wirklich still, aber um diese Uhrzeit hätte es hier von Näherinnen, Schneidern, Zuschneidern und Models wimmeln sollen, die nach Feierabend auf dem Heimweg waren. Doch kaum jemand eilte an den leeren Ateliers und Läden vorbei. Wo noch vor einem Monat alles voller Leben gewesen war, herrschte trostlose Leere. Als am 10. Mai der *drôle de guerre* – der »seltsame Krieg«, dann als »Sitzkrieg« bezeichnet – vorbei war und Hitlers Armee in Frankreich einmarschierte, hatten viele Menschen Paris auf schnellstem Wege verlassen. Als Erstes die Amerikaner in ihren schicken Limousinen mit Chauffeur, dann die Familien mit älteren Autos, dann diejenigen, denen es wenigstens gelungen war, Pferd und Wagen aufzutreiben.

Es war ein warmer, milder Juniabend, der Flieder duftete, wie mit Perlenketten behangen blühten die Kastanien, hier und dort gab es noch ein offenes Restaurant, ein Kino oder ein Modehaus, dessen Pforten noch nicht geschlossen waren wie bei der Maison Schiaparelli. Irgendwie ging das Leben weiter. Wenn man nur die Katzen hätte ignorieren können, die, von ihren geflüchteten Besitzern zurückgelassen, durch die Straßen streunten. Die abgedeckten Straßenlaternen, die Fenster mit Verdunkelungsvorhängen. Nichts davon erzählte von einem Pariser Sommer der Liebe.

»Ich habe gesehen, wie du mit Monsieur Aumont geredet hast«, begann Estella unvermittelt, als sie die Rue du Temple überquert hatten und der Marais sie mit seinem vertrauten Geruch nach Abfall und Leder empfing.

»Er begleitet mich heute Abend, wie üblich«, erklärte Jeanne.

»Zur Gare du Nord?«, hakte Estella nach. Sie wurde das Gefühl nicht los, dass sich ihre Mutter in letzter Zeit, wenn sie abends wegging, nicht nur um das Verteilen von Suppe kümmerte.